K
H
R
Q
S
C
B
B
P

DADOS INTERNACIONAIS DE
CATALOGAÇÃO NA PUBLICAÇÃO (CIP)
Jéssica de Oliveira Molinari CRB-8/9852

Natureza Macabra: Fungos / organizado por Silvia Moreno-Garcia, Orrin Grey ; tradução de Ana Vestergaard...[et al]
— Rio de Janeiro : DarkSide Books, 2024.
320 p.

ISBN: 978-65-5598-443-9
Título original: Fungi

1. Ficção fantástica 2. Antologia
I. Moreno-Garcia, Silvia II. Grey, Orrin III. Vestergaard, Ana

24-0337 CDD 808.8376

Índice para catálogo sistemático:
1. Ficção fantástica

Impressão: Braspor

Sob a superfície do mundo que conhecemos, há um reino oculto, repleto de maravilhas e terrores. Nos recantos mais sombrios da natureza, onde a vida e a morte dançam em um ciclo eterno de magia, os fungos governam com mistério e poder, tecendo sua teia de encantos e segredos insondáveis.

Fazenda Macabra
Reverendo Menezes
Pastora Moritz
Coveiro Assis
Caseiro Moraes

Leitura Sagrada
Isadora Torres
Rebeca Benjamim
Jessica Reinaldo
Tinhoso e Ventura

Direção de Arte
Macabra

Coord. de Diagramação
Sergio Chaves

Colaborador
Jefferson Cortinove

A toda Família DarkSide

MACABRA™ DARKSIDE

Todos os direitos desta edição reservados à
DarkSide® Entretenimento Ltda. • darksidebooks.com
Macabra™ Filmes Ltda. • macabra.tv

Organizado por

SILVIA MORENO-GARCIA
ORRIN GREY

PEQUENOS ESPOROS MORTAIS

NATUREZA MACABRA

DARKSIDE

FUNGOS

Um Reino Fungi fantástico e letal, com múltiplas espécies que buscam seu alimento vivo ou morto

ILUSTRAÇÕES

Ernst Haeckel
A. Cornillon & Adolphe Millot

TRADUÇÃO

Ana Veestgard, Cristina Lasaitis, Débora Isidoro, Gabriela Müller Larocca, Monique D'Orazio & Solaine Chioro

MACABRA™
DARKSIDE

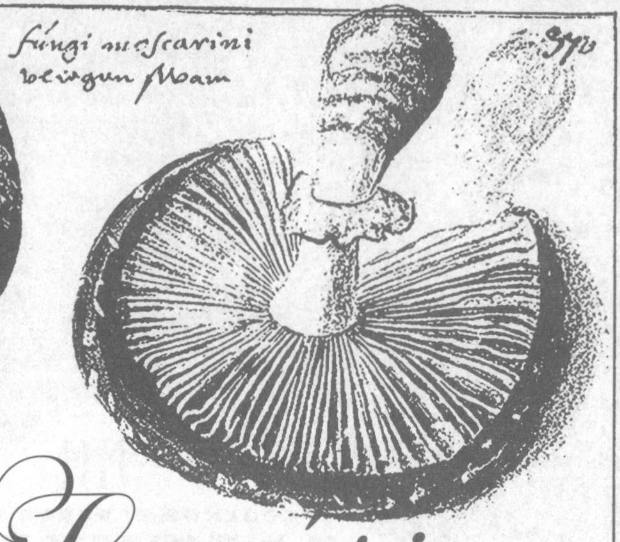

Sumário

Vliegen Swam. | fungi Moscarini.

Sumário

PEQUENOS ESPOROS MORTAIS
NATUREZA MACABRA
DARKSIDE

INTRODUÇÃO

ESPOROS NA NOITE

Nas profundezas da caverna,
onde a luz do dia nunca
penetra, os fungos floresciam,
criando um mundo próprio,
estranho e fascinante...

Tudo começou com uma voz na noite...

A pergunta é sempre, claro, "por que uma antologia sobre fungos?". E a resposta mais curta é que provavelmente ninguém fez isso antes, pelo menos não que saibamos. Existe um pequeno, mas persistente, fio fúngico que passa, como o micélio, pela história da ficção weird. É um fio arraigado nas pedreiras decadentes e mares repletos de ervas daninhas das histórias de horror náuticas de

William Hope Hodgson, especialmente "A Voz na Noite", que talvez seja *a* história de terror fúngico. Ela foi responsável por gerar uma rica colheita de corpos de frutificação ao longo dos anos, de autores como Lovecraft, Bradbury, King e Lumley, aos escritores cujo trabalho está nessa antologia.

Descobrimos, logo no início, uma fascinação mútua por fungos em geral, e ficção fúngica em particular, quando conversamos sobre a inusitada adaptação cinematográfica japonesa de "A Voz na Noite", lançada em 1963 pelo diretor de *Godzilla*, Ishirō Honda, e mais conhecida como *Matango*, mas também chamada de *Ataque das Pessoas-Cogumelo* e *Fungos do Terror*. Um de nós ficou apavorado com o filme; o outro, encantado. E decidimos que era uma combinação apropriada para organizar uma antologia de histórias fúngicas.

Mais parecidos com animais do que com plantas, mas fundamentalmente diferentes de ambos, os membros do reino fungi são um bando diverso e misterioso. Enquanto organizávamos essa antologia, nós nos deparamos com várias notícias fúngicas, incluindo: um fungo recém-descoberto na Floresta Amazônica que pode decompor o poliuretano do plástico; um estudo detalhando como a evolução do fungo chamado de "podridão branca" pode ter dado fim a um ciclo de acúmulo de carvão durante 60 milhões de anos, o período geológico Carbonífero; e uma empresa em Nova Inglaterra que está criando materiais de embalagem biodegradáveis feitos de cogumelos. Em suma, os nossos amigos fúngicos podem ser a fonte de diversas maravilhas... ou terrores, como demonstrado pela visão de formigas "zumbificadas" sob o feitiço de um estranho parasita.

Com tantas possibilidades de inspiração, sabíamos que iríamos precisar de algo mais robusto do que apenas um conjunto de pastiches. Queríamos ir além do horror corporal e pessoas-cogumelo à Hodgson para explorar a gama de possibilidades oferecida pela ficção fúngica. Nossos autores lançaram seus esporos para longe, e dentre essas páginas você encontrará todo tipo de fungo, interpretando todo tipo de papel, em todo tipo de história e percorrendo todos os gêneros, do horror à fantasia sombria. O resultado é uma antologia com submarinos-cogumelo, invasões fúngicas, cogumelos psicodélicos, fungos alienígenas — e sim, alguns monstros-cogumelo.

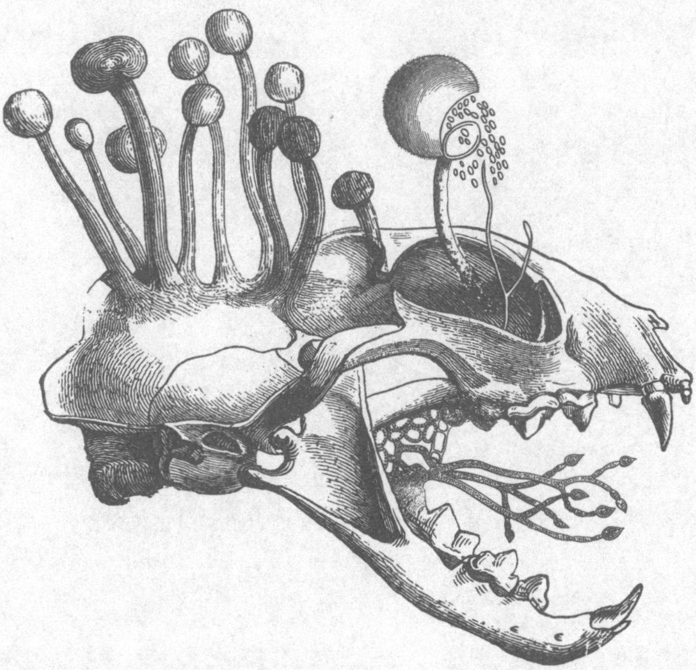

1

PEQUENOS ESPOROS MORTAIS
NATUREZA MACABRA
DARKSIDE

HIFAS

JOHN LANGAN

Para Fiona

A casa estava em condições piores do que ele havia imaginado, com o telhado empenado, o revestimento desbotado, os batentes das janelas claramente podres. O quintal também era um desastre, com a grama alta e amarelada, as plantas ornamentais mortas ou sem poda. A entrada de carros nunca foi grande coisa — seu pai costumava asfaltá-la, dizendo que isso a tornava perfeitamente transitável — e os últimos quinze anos de chuva e neve só aprofundaram os sulcos. O chassi do Subaru raspou em uma pedra exposta e James fez uma careta.

Quem sabia se a chave ainda encaixava na fechadura da porta da frente? Dirigiu até onde a calçada terminava, de acordo com suas lembranças, e desligou o motor. O pai não tinha lidado bem com a partida da mãe; não se surpreenderia se ele tivesse trocado as fechaduras. James saiu do carro. Se não conseguisse entrar na casa, sua obrigação estaria cumprida, certo? Podia bem imaginar o que a irmã, presa em casa depois de uma cesariana, diria sobre isso.

A chave entrou na fechadura sem dificuldade; girou sem encontrar obstáculos. Ele suspirou e abriu a porta da frente.

O cheiro que saiu da casa o fez recuar.

"Meu Deus..."

Era o odor de leite podre e bolor misturado ao de um queijo forte deixado ao sol até derreter. Ele tentou entrar, recuou, tentou de novo.

"Pai?"

O cheiro inundou suas narinas. Ele respirou pela boca.

"Oi? Pai? É o James." *Seu filho gay*, quase acrescentou, mas achou melhor evitar as hostilidades por enquanto. Seu pai estava mesmo ali? Cobrindo a metade inferior do rosto com a mão, ele entrou na casa.

Esperava encontrar a sala de estar cheia de pratos sujos acumulados ao longo dos meses, restos podres de comida que justificariam o odor do qual sua mão não conseguia protegê-lo. Mas estava limpa, assim como a sala de jantar e a cozinha, o quarto do pai e o banheiro. Seu antigo quarto e o de Patricia tinham sido reformulados, viraram sala de televisão e sala de costura, respectivamente, mas nenhum dos dois guardava mais que a bugiganga comum.

"Pai?"

Abriu a geladeira. Com exceção da jarra de água, estava vazia, que nem o fogão, o forno e o micro-ondas. Precisava de mais provas de que o pai não estava ali — considerando o estado das coisas, talvez tivesse saído há algum tempo? Mas, mas... Ele espiou o banheiro. Os produtos de higiene do pai estavam em cima da pia. Não seria nenhum absurdo se ele tivesse comprado outros, é claro, não fossem os hábitos econômicos de toda uma vida. Uma olhada no armário revelou que não havia espaços vazios entre camisas, calças e paletós, nem gravatas faltando no estoque criado pelos presentes de Dia dos Pais e aniversários — o que confirmava sua tese de que o pai continuava em casa.

"Em uma casa sem comida", disse, e voltou à cozinha. A porta do porão estava fechada, mas ele decidiu dar uma olhada lá embaixo também. A bancada de trabalho do pai estava lá, atrás da caldeira, lar de uma coleção de ferramentas elétricas que causaram medo em James quando era mais novo, sem dúvida por causa dos avisos tenebrosos que o pai dava sobre cada uma delas. *Esta aqui arranca sua mão. Essa queima seus olhos e faz eles saltarem da cabeça. Aquela arranca a pele do seu braço antes que você perceba o que aconteceu.* Estranho pensar que James acabou morando com um marceneiro.

Ele parou na porta do porão. Lá embaixo sempre foi o retiro de seu pai. Depois de um dia ruim na IBM, ou especialmente depois de uma discussão com a mãe de James, ele abria a porta, descia a escada e trabalhava em sua bancada. Às vezes, James ouvia as ferramentas elétricas uivando, sentia o cheiro de serragem, enquanto o pai mergulhava em um ou outro projeto, cortando madeira para a nova caixa de correspondência que ele estava sempre a um passo de construir, ou criando uma nova treliça para a varanda. Ele passou cada vez mais tempo lá embaixo nos anos que antecederam a partida de James para a Universidade Cornell e, pelo que Patricia contou, antes de sua mãe ir embora, ele praticamente morava no porão.

O conflito que passou a definir o casamento dos pais tinha um único tema: a saúde do pai, e, mais especificamente, o péssimo estado de seus pés. Era engraçado; para não dizer absurdo, pensar que esse assunto teria destruído vinte e cinco anos de convivência, mas, para ser justo com a mãe, havia algo de muito errado com os pés do pai. As unhas eram grossas, amareladas, como pedaços de chifres brotando na pele. Os dedos e as laterais dos pés eram brancos como barriga de peixe, os calcanhares eram cinzentos e atravessados por rachaduras das quais se projetavam fibras finas, quase fantasmagóricas. E a aparência nem era o pior: o cheiro, um odor de suor azedo misturado com fedor de mofo, tornava o ato de ficar sentado ao seu lado quando ele estava descalço uma prova de resistência. Se alguém mencionava a condição de seus pés, ele explodia de raiva. James não entendia como o homem que insistia em levá-lo ao médico no primeiro espirro deixava de cuidar de uma parte evidentemente doente do próprio corpo; ver os pés descalços do pai provocava nele uma vergonha obscura. Quando ficou mais velho, a adolescência transformou a vergonha em desprezo, porque compreendeu que o pai tinha medo do que o médico poderia dizer sobre seus pés. Nos últimos anos, o desprezo se desfez em algo parecido com pena, embora fosse difícil não sentir um pouco de raiva diante da inércia do pai.

Ele abriu a porta do porão e teve que recuar vários passos ao sentir uma nova onda de mau cheiro. Sufocando com a náusea, os olhos cheios de lágrimas, cobriu boca e nariz com a mão.

"Jesus", disse tossindo. Isso era demais. James voltou cambaleando para a sala de jantar, em direção à porta dos fundos. Liberando as fechaduras às cegas, abriu a porta e empurrou a tela externa para sair e respirar ar fresco no quintal.

Depois de limpar os olhos e o nariz, caminhou até a lateral do quintal. O cheiro o seguia. Respirou fundo. Alguma coisa ficou presa em sua garganta e ele se curvou ao meio, tossindo. Endireitou as costas, mas foi dominado por um segundo ataque de tosse. A boca ficou cheia de catarro. Ele cuspiu, e o que respingou na varanda era cinza.

"Merda." Continuou inclinado para a frente até os pulmões se acalmarem. Sentia o peito dolorido, a garganta esfolada. Levantou-se hesitante, e alguma coisa na grama alta atrás do quintal chamou sua atenção.

Era um carro, o carro de seu pai, o mesmo Saturn vermelho que dirigia desde que James foi para a faculdade. Ele desceu a escada do quintal e se aproximou do automóvel. A camada densa e amarela de pólen encobrindo as janelas confirmava que o veículo estava parado no local fazia algum tempo. James sentiu uma onda de pânico momentâneo ao pensar que o pai podia estar sentado lá dentro, morto por um infarto ou um AVC. Com o coração disparado, abriu a porta do motorista, preparando-se para encontrar o corpo decomposto. O carro estava vazio. James se recostou e afundou contra o veículo.

Pegou o celular do bolso da calça jeans e abriu o flip. Sem sinal. Levantou o aparelho e girou lentamente. Nada. Ótimo. O telefone da casa ainda funcionava? O que ele pretendia dizer à irmã, se conseguisse ligar para ela? "Papai não está aqui e tem um cheiro estranho saindo do porão"? Ele fechou o celular e o devolveu ao bolso.

Talvez a camisa... ele a desabotoou, tirou de dentro da calça e a despiu, então a dobrou improvisando uma bandana, que amarrou sobre o nariz e a boca. O odor fraco de leite estragado e bolor já impregnava o tecido. Era suportável. James voltou ao quintal e entrou novamente na casa.

Pelo menos a luz do porão funcionava. Ele desceu a escada devagar, procurando... o quê? O que produzia aquele cheiro. Nunca tinha lidado com mofo preto; talvez fosse isso. O odor desafiava a máscara improvisada. Ele se concentrou em respirar pela boca.

Ao pé da escada, o aquecedor de água continuava em seu nicho, isolado do restante do porão por uma porta marrom cuja metade superior era feita de ripas, através das quais ele conseguia ver o cilindro branco e não muito mais que isso. Quando era criança, James sentia um arrepio na nuca toda vez que passava na frente daquela porta. Talvez fosse a posição das ripas, cada uma delas inclinada em um ângulo de 45 graus, a luz que não alcançava o interior da alcova, deixando as paredes do nicho invisíveis e criando a impressão de que o aquecedor de água ficava no fundo de um vão grande e escuro. Quando tinha 14 anos, ele ajudou o pai a substituir o tanque, e, apesar de o espaço ter sido iluminado por duas lamparinas que o pai pendurou nas paredes, James ainda achou que o lugar era grande demais para sua finalidade.

Tinha quase passado pelo nicho quando percebeu alguma coisa através das ripas, uma estaca de madeira apoiada no aquecedor de água. Ele introduziu os dedos sob a ripa mais baixa e abriu a porta. Era o cabo de uma enxada, cuja base estava quase completamente enferrujada, exceto pela lâmina, brilhante em função do uso. Uma picareta tinha caído no chão ao lado dela. As pontas da ferramenta brilhavam. James apoiou as mãos dos dois lados da porta e se debruçou para o interior da alcova.

À esquerda, viu um buraco de tamanho considerável aberto na parede. Um metro de largura por um metro e trinta, talvez quase um e meio de altura, a margem irregular, e parecendo se projetar para dentro da terra atrás da parede. James soltou a porta e contornou o aquecedor de água, parou na frente do buraco. Era escuro demais para enxergar lá dentro. Pegou o celular do bolso, abriu e virou a tela para a escuridão. A luz pálida revelou um túnel rústico e estreito que se estendia para um destino incerto.

"Pai?"

Houve resposta? Ele chamou o pai pela segunda vez e prestou atenção. Nada. Segurando o celular voltado para a frente, abaixou a cabeça e avançou para o interior do túnel. O espaço era apertado — seu pai era menor que ele, pelos menos uns quinze centímetros e uns treze quilos —, mas podia passar por ali. O solo tinha um declive, e as paredes se curvavam levemente à esquerda. Ele olhou por cima do ombro. Quase não conseguia mais ver o aquecedor. A passagem parecia ter sido aberta em rocha maciça. Não sabia que tipo de pedra havia embaixo da casa, mas seu pai conseguira abrir caminho através dela.

Para onde ele ia? Estava construindo algum tipo de abrigo subterrâneo? Para quê? Seu pai sempre foi homem de seguir os próprios impulsos, inclusive chegando a extremos. É claro, havia o exemplo dos pés, que a mãe de James dizia terem sido infectados por alguma coisa que ele contraiu em uma viagem de trabalho a Paris. Um colega francês o levou para visitar as catacumbas, onde ele pisou em uma poça funda de água de esgoto. As meias e os sapatos ficaram encharcados. Quem poderia saber o que nadava naquela água e decidiu pegar carona na pele de seu pai? Sem dúvida, um tratamento para frieira teria resolvido, mas o máximo que seu pai fez pelos pés foi deixá-los de molho em uma bacia com água morna. James conseguia se lembrar da expressão dele quando afundava os pés na água morna, a agonia que se dissolvia em alguma coisa parecida com prazer.

Além dos pés, e do que ele chamava de parcimônia e James chamava de avareza, havia também a recusa do pai em sair da casa, apesar da campanha de quase uma década e meia feita pela mãe de James para que se mudassem de lá. Enquanto James e Patricia moravam lá, a mãe alegava que a casa era muito pequena, que a escola do bairro estava abaixo do padrão. Depois que eles se mudaram, ela dizia que a casa dava muito trabalho para arrumar, que ficava muito longe de tudo. Não importava o argumento, a defesa do pai era sempre a mesma: aquele era o *lar* deles, e a ênfase na palavra substituía horas de discussão. James soube pela mãe que, no início da vida, o pai não tinha raízes. Filho único de um segundo-sargento do Exército, ele acompanhou o pai e a mãe na mudança de New Jersey para a então Alemanha Ocidental, da Alemanha Ocidental para Washington, de Washington para o Kansas, do Kansas para o Japão, do Japão para Nova York, onde o avô de James morreu em um acidente de carro quando seu pai tinha 13 anos. Mais tarde, o pai e a avó de James continuaram perambulando, morando com um ou outro parente, até que ela se desentendeu com a família, e foi preciso procurar um novo lugar para ficar. Mesmo sabendo tão pouco sobre o começo de vida do pai — porque o homem se recusava a discutir os detalhes com ele —, James podia reconhecer o que devia ter sido uma profunda vontade, uma necessidade de ter a própria casa. Mas insistir em permanecer naquele lugar em detrimento do casamento ia além da necessidade e se tornava uma patologia, um diagnóstico de leigo que parecia ser confirmado pelo túnel que James agora percorria.

Até onde ia essa coisa? O ar ficava marcadamente mais frio e úmido. Até que profundidade era preciso cavar para que isso acontecesse? O cheiro de leite estragado e mofo ficou forte o suficiente para atravessar o tecido da máscara improvisada. O espaço estava ficando mais estreito? O que aconteceria se não conseguisse dar meia-volta? O medo cresceu dentro dele, começou a subir para a garganta. *Relaxa. Relaxa.* Ele parou, concentrou-se em respirar devagar e profundamente. *Você está bem. Relaxa.* O medo cedeu.

Ele moveu o celular para cima e para os lados. A luminosidade azulada mostrou apenas rocha, nada que justificasse o cheiro. Seria alguma espécie de micro-organismo vivendo na pedra? Apontando o celular para a frente, ele continuou andando.

Uns cinco metros adiante, o túnel terminava em escuridão. Algum tipo de rocha? Carvão? Havia carvão nessa região? Ao se aproximar, ele viu que não era pedra. A luz morria no vazio, como se estivesse olhando para o espaço, o que — percebeu — era exatamente o que estava acontecendo. O túnel de seu pai terminava em uma caverna.

No fim da passagem, James parou e moveu o celular de um lado para o outro. A luz revelou um teto baixo e arqueado sobre algo brilhante — água, um lago subterrâneo cujas margens ficavam além do alcance da luz do telefone. Diretamente à frente e à direita, uma plataforma de pedra servia de margem para o lago. James pisou nela com cuidado. A pedra sustentou seu peso. Apoiou o outro pé nela e, quando a plataforma não rachou e não o jogou na água, ele começou a se mover.

Isso devia ser parte do aquífero que abastecia o poço da casa. O pai estava tentando chegar aqui? Como ficou sabendo que isso existia?

À direita, ele viu um retângulo branco no chão. Sacos — grandes sacos feitos de resistente plástico branco, uma dúzia ou mais deles, achatados e empilhados perfeitamente. Havia uma inscrição em letras verdes no saco no alto da pilha: "Nitrato de Amônio", e, sobre as palavras, uma porcentagem, "N: 34.40%", e, embaixo disso, uma medida, "Peso: 500 kg", e, finalmente, embaixo disso, "Produzido na Ucrânia". Ele se ajoelhou para examinar os outros sacos. Mais do mesmo. Não era esse o princípio ativo da bomba caseira usada no atentado de Oklahoma City? Era isso que seu pai estava fazendo, planejando explodir a casa de baixo para cima?

Não, isso era ridículo. Uma coisa era certa: qualquer que fosse o propósito, seu pai esteve ali. James se levantou e continuou andando pela margem, mantendo-se perto da parede. Quem poderia saber que profundidade tinha o lago? Não podia ter nada vivo dentro dele, podia? A imagem de um peixe sem olhos e de pele translúcida passou por sua cabeça. Obrigado, National Geographic. Quando encontrou o pai, foi quase um anticlímax. Ele estava em pé com as costas apoiadas na parede, as mãos nos bolsos da calça, a pose casual de um homem que está só passando o tempo. Não fosse pelo detalhe das pernas da calça enroladas até acima dos joelhos, talvez para evitar sujá-las com o fertilizante branco que formava uma pilha até a metade de suas canelas, ele poderia estar encenando o desfecho de uma piada longa demais: *Ah, oi, filho. O que te traz aqui?*

"Pai!"

Os olhos do pai estavam fechados, os lábios, entreabertos. Ele não respondeu ao grito de James. O filho se aproximou da pilha de fertilizante e estendeu a mão para tocar o peito do pai. A pele era perturbadoramente macia através da camisa. James esperou. O cheiro de leite estragado e terra era esmagador; conseguia senti-lo como uma camada recobrindo a superfície dos olhos. Embaixo de seus dedos, o peito do pai se moveu, um movimento tão sutil que quase passou despercebido. Um arrepio percorreu o braço de James. "Aguenta firme, papai", disse ele. "Vou tirar você daí."

Demência. Era a única resposta capaz de explicar... isso. Sem dúvida, o pai estava perdendo o juízo há muito mais tempo do que qualquer um deles tinha percebido. A recusa em sair da casa parecia mais ansiedade que teimosia, de repente. Uma onda de piedade invadiu James. Ele deixou o celular no chão com a tela apontada para o pai e pisou no fertilizante. Encaixou as mãos abaixo dos braços do pai, unindo-as atrás de suas costas, abraçando-o. Meu Deus... não sobrou quase nada dele. Há quanto tempo estava ali em pé? "Aguenta, pai", disse, levantando-o e recuando. Seus braços afundaram nas costas do pai. O peito dele se achatou contra o seu. O corpo se inclinou na direção de James, mas não se desprendeu do fertilizante. Grunhindo, James puxou com mais força. Entre seus braços e o peito, o tronco do pai mudou de posição, como se os ossos tivessem se tornado não só frágeis, mas esponjosos. O cheiro de leite estragado e mofo dominava o ar em torno deles. James se inclinou para trás, puxando com toda força que tinha. O suor escorria pelas laterais do rosto.

Houve um barulho como o de papelão molhado sendo rasgado, e ele conseguiu arrancar o pai de lá. Desequilibrado, James caiu, puxando-o sobre seu corpo. A base do crânio bateu na plataforma de pedra, detonando fogos de artifício diante dos olhos. Suspiros fracos escaparam de seu pai. Segurando-o pelos ombros, James o virou com cuidado e o deitou de costas. "Aguenta", disse, tentando ficar em pé, apesar da tontura. Com uma das mãos, ele pressionou a parte de trás da cabeça, enquanto pegava o celular com a outra. Virou a tela para o pai.

James não gritou ao ver o que a luz revelava. Durante muito tempo, seu cérebro simplesmente se recusou a registrar as lacunas abaixo dos joelhos do pai, insistindo que ele devia estar confundindo o fertilizante que cobria sua pele com vazio, ausência. Da mesma maneira, o cérebro dele não reconhecia as fendas longas no pescoço e no peito do pai, tratando-as como nada mais que sombras. Os ramos claros que se projetavam das extremidades das pernas, as aberturas no pescoço e no peito, na frente da camisa, tudo era só cabelo, poeira, teias de aranha. Só quando as pálpebras do pai se ergueram e revelaram duas órbitas salpicadas de manchas cor de ferrugem, James emitiu um som, um gemido baixo, o ruído de um animal quando entende que os dentes da armadilha morderam fundo sua perna e não vão soltar.

A boca do pai se abriu. A ponta da língua apareceu, tentando umedecer os lábios. A voz era um chiado fino e forçado. "Quem?"

James não respondeu.

"Luz", disse o pai, e as pálpebras baixaram.

James não moveu o celular.

Com os movimentos fracos e hesitantes de alguma coisa muito velha ou muito doente, seu pai se torceu de um lado para o outro. Estava tentando virar de bruços, o que teria sido mais fácil se ele tirasse as mãos dos bolsos, ou se as pernas continuassem abaixo dos joelhos. Em vez disso, ele usava os cotovelos e o quadril. Teve que fazer várias tentativas.

Quando conseguiu se virar, ele levantou a cabeça como se farejasse o ar e começou a rastejar em direção ao monte de fertilizante. Seu corpo se arrastava sobre o piso de pedra.

O que fez James sair correndo da caverna e fugir do que seu pai tinha se tornado foi ver as coisas que ele deixava por onde passava, e identificá-las como partes de seu corpo, pedaços de carne que mais pareciam a polpa branca de um grande cogumelo. Isso e os fios brancos que se projetavam do lugar onde antes as pernas estiveram imersas no fertilizante, e que se inclinavam em sua direção enquanto ele rastejava de volta. Quando o que tinha sido seu pai se jogou sobre a pilha de fertilizante, a coisa suspirou, o som de algo que se sentia em casa.

Com o celular na mão, James correu pelo túnel em direção ao porão, esfolando as mãos e a cabeça na pedra sem se importar, preocupado apenas em fugir do que havia testemunhado. O nó que sentia no peito era indescritível. Ele subiu a escada do porão pulando os degraus de três em três, chegou à cozinha e sentiu a luz do sol arder seus olhos. Cambaleou pela sala de estar, saiu pela porta da frente e foi para o carro. Quando estava saindo de ré, percebeu que ainda usava a máscara improvisada e respirava o odor que tinha saturado o tecido. Ele a arrancou do rosto, abriu a janela e a jogou na grama alta ao lado da entrada pavimentada.

Quando estava quase em casa, James parou no acostamento, desengatou a marcha e gritou até os tendões do pescoço ficarem salientes, batendo com as mãos no volante até ouvir um estalo. Quando não conseguiu mais gritar, ele pegou o celular no banco do passageiro, onde o havia jogado, e ligou para a irmã. A ligação caiu na caixa postal. Com a voz rouca, ele avisou que tinha mudado de ideia: não iria visitar o pai, afinal.

PEQUENOS ESPOROS MORTAIS

NATUREZA MACABRA

DARKSIDE

AS MÃOS BRANCAS

LAVIE TIDHAR

Clitocybe rivulosa — Funil-de-Tolo

Na ilha de Chanterelle, há extensos manguezais onde prospera a *clitocybe rivulosa*, o cogumelo *Funil-de-Tolo*.

Chanterelle é uma ilha agradável, localizada no Mar do Sul, e permaneceu inexplorada até o Acordo Humano-Fungo do ano de 945 DF. É uma ilha montanhosa, com floresta densa, deslumbrantes praias de areia branca espalhadas em meio às lagoas escuras e geladas, onde se estendem os manguezais, com suas raízes infinitas nas águas rasas, nas quais um excesso de peixes vive e morre.

Entre as raízes dos manguezais, brota o Funil-de-Tolo, um negócio branco e achatado, do tamanho de um corpo, desprovido de beleza comum, mas cuja porosidade e longevidade provaram ser de grande utilidade quando foi descoberto.

Não há nativos humanos na ilha, nem fungos com consciência.

As primeiras pessoas a chegarem em Chanterelle o fizeram em grandes canoas, feitas dos troncos de árvores Migdal, com cerca de cinquenta remadores por barco. A expansão humana de 1015-1230 DF partiu do seu principal continente de Adam, pelo Mar do Sul, e colonizou muitas das ilhas. Foi em Chanterelle que eles descobriram a *Clitocybe rivulosa*, mas foi apenas dois séculos depois — em torno de 1354 DF — que a primeira flutuante, ou jangada-fungo, foi construída e lançada.

Existe uma pequena ilha longe de Chanterelle, chamada Paddestoel, onde os humanos fizeram sua base — um caminho de pedras dentre outros tantos na grande migração pelo Mar do Sul. Com frequência, as crianças nascidas lá brincavam na parte rasa do mar e as mais aventureiras construíam suas próprias pequenas canoas para explorar os arredores da ilha principal de Chanterelle. Lá, sem dúvida enquanto brincavam de forma inocente, da maneira que fazem as crianças humanas, descobriram as propriedades que tornam o Funil-de-Tolo tão interessante.

As crianças usaram o Funil-de-Tolo como apoio, descobrindo que o fungo podia facilmente aguentar o peso delas. Mais tarde, começaram a cortar os cordões miceliais do manguezal que ele nutria. Para o claro contentamento deles, descobriram que o cogumelo mutilado continuava funcionando, não só para carregar peso, mas agora — flutuando livremente — também podia atuar como um barco em miniatura.

Pouco depois dessa descoberta, a famosa Corrida da Ilha Paddestoel começou, e vem sendo celebrada anualmente desde então. Competidores tentam navegar em volta da ilha usando um recém-colhido Funil-de-Tolo como veículo. Não é permitido motor ou remo.

Um marinheiro entusiasta que passava por lá e em breve seria famoso, Gobalak Yigmaq, viajou para Paddestoel no começo de 1351. Ao presenciar as crianças brincando, ele percebeu a imensa importância do que tinham descoberto. Conseguindo fundos da ilha-nação de Onddo, Yigmaq começou um programa para construir um ambicioso navio em Paddestoel — o primeiro que temos conhecimento na história dos humanos.

O que Yigmaq havia descoberto é que, ao amarrar vários dos fungos flutuantes juntos, podia-se criar um veículo marinho que confrontasse — e logo ultrapassaria — as frágeis canoas humanas. Dentro de apenas alguns anos, a ilha-nação de Onddo construíra — e armara — a primeira tropa de jangadas-fungo. Também em um curto prazo, conquistaram quase um quarto do mundo conhecido, acabando com o breve Acordo Humano-Fungo no processo, que durou apenas um pouco mais de quatrocentos anos.

Hygrocybe coccinea — Capuz-Escarlate

Esta história que chega a nós é do pré-império de Onddo.

Fala sobre um rebelde — um justiceiro — chamado "Capuz-Escarlate".

Ele nasceu do caso de amor entre um humano e um fungo que surpreendeu a corte de Onddo. Sua mãe era humana, uma princesa da corte, e se chamava "Agatha". Seu pai era um notório capitão pirata, Agaricus Augustus, o Príncipe.

Capuz-Escarlate, assim, nasceu na realeza, ainda que fora dos laços matrimoniais e da alta sociedade. Ele foi parido no esconderijo pirata de Canteiro Uitzetten, uma ilha de fungos flutuantes. Um poema foi escrito sobre seu nascimento, dizia assim:

Ele tinha forma humana, ainda que poroso,
Pálido como cadáver, exceto pelo capuz!
Escarlate feito um pirata raivoso.
Escarlate feito aquilo que o carrasco reproduz.
Hygrocybe Coccinea!
Viver é querer, essa é a sina.

O pai dele foi capturado pouco depois disso por Amanita Phalloids e executado de maneira terrível. Sua mãe se matou quando recebeu a notícia. Ele cresceu na pobreza, criado por humanos e piratas fúngicos, e aprendeu a brandir uma espada antes de aprender a escrever.

Ele voltou a Onddo como um jovem capitão elegante. Os homens o desejavam. As mulheres o achavam irresistível. Ele foi bem-recebido pela corte por um tempo, uma curiosidade, uma aberração, ainda que charmosa. No entanto, logo entrou em conflito com as autoridades. O Capuz-Escarlate viu em primeira mão as injustiças na corte, a pobreza do povo, e decidiu lutar. Pouco tempo depois, ele corria livremente pela ilha, roubando e matando, ainda que apenas os ricos. Dizia-se que ele distribuía as fortunas para os pobres. Ele fomentou a revolução. Por um tempo, pareceu provável que ele venceria, que derrotaria a dinastia monárquica de Onddo.

Por um tempo.

Armillaria Mellea — Cogumelo-do-Mel

O Cogumelo-do-Mel, ou *Armillaria mellea*, é um fungo sem consciência com origem na ilha de Zbohatlík, mas cultivado extensamente em outros lugares. Agora é uma substância proibida em todas as ilhas e continentes. Cultivação, distribuição, contrabando e uso podem acarretar multas pesadas, encarceramento e sentença de morte.

Dizem que o notório justiceiro Capuz-Escarlate se tornou viciado no Cogumelo-do-Mel durante o tempo que ficou em Onddo. Ele se tornou o principal distribuidor na ilha, importando a droga por meio de suas conexões com os piratas de Canteiro Uitzetten.

A droga gerava uma sensação de bem-estar, como se estivesse "se afogando em mel". É altamente viciante tanto para humanos quanto para fungos com consciência. Dizem que o Cartel de Zbohatlík controla 80% das ações do mercado e é a organização criminosa mais poderosa conhecida por este editor.

Mamarang e Sumulpot

Uma história chegou até nós do continente de fungos Uyoga.

Como a maioria das narrativas de origem de fungos, a interpretação e adaptação para os termos humanos são incertas. Foi transcrita em um poema que diz assim:

Mamarang, bem volumosa
Ela vem de esporos carregada!
Sumulpot, bonito, com lamela (e/ou) cobertura formosa.
Poeta pensante, amor (encontra a atração por esporos conectada)
Juntos, juntos.
Mamarang e Sumulpot
Entram na floresta escura.

Enfim, a história: Mamarang e Sumulpot se apaixonaram (esporularam-se), mas, sendo de diferentes clãs de fungos, fugiram para a Floresta Escura, um lugar mítico na mitologia dos fungos, para onde os fungos rebeldes tradicionalmente fugiam, algo equivalente à nossa ilha do Pirata. Lá eles tiveram muitas aventuras, até, por fim, chegarem à enorme árvore Migdal (embora elas só cresçam, pelo que sabemos, no continente humano de Adam). Ali, eles se desenvolveram nas raízes da árvore gigante, produzindo muitos esporos, que evoluíram em um novo filo, sobre o qual tanto humanos quanto fungos, até hoje, falam apenas aos cochichos...

Agaricus Augustus — o Príncipe

O lorde pirata de Canteiro Uitzetten, pai de Capuz-Escarlate, herdeiro da dinastia Russula de Uyoga. Foi morto pelas mãos dos Chapéus-da-Morte, com a utilização da torta-venenosa.

Habeloma crustuliniforme — torta-venenosa

Fungo sem consciência com origem na área florestal de Uyoga, usado principalmente pelos Chapéus-da-Morte, que são imunes ao seu efeito. Causa morte lenta e agonizante tanto para humanos quanto para fungos.

Onddo, A queda de

O Império Marítimo de Onddo se estendeu, até seu zênite, por um quarto inteiro do mundo, inclusive com dominância significativa em ambos os continentes, Adam e Uyoga, assim como numerosas ilhas. Ele controlava a ilha de Chanterelle, onde o raro fungo Funil-de-Tolo crescia, e de onde originou sua frota.

Até os anos 1600 DF, o Império chegara ao seu ápice e, no começo daquele século, encontrou pela primeira vez os Chapéus-da-Morte.

“Eles pareciam ter vindo do nada”, escreveu o historiador Gljiva em *Ascenção e Queda de Onddo*. “Eles não usavam nenhuma armadura, não tinham nenhuma feição humana, não usavam jangadas. A superioridade deles estava em controlar o céu.”

Os Chapéus-da-Morte ficavam em cima dos fungos semiconscientes *Lepiota procera*, ou Cogumelo Guarda-Sol. Os Chapéus-da-Morte eram parasitas. Quando pousavam em território humano, se acoplavam em hospedeiros, embrenhando-se em suas peles e mentes, controlando-os e se alimentando deles, descartando cada humano como frutos comestíveis e seguindo para o próximo.

"O Reinado de Terror durou por séculos", escreveu Gljiva. "Eles não podiam ser parados. No alto, bombardeavam as jangadas-fungo e planavam nos ventos para passar por qualquer defesa. Eles drenavam segredos de nossas mentes, transformavam nossos filhos e filhas em gado. Tinham aparência comum, atitudes cruéis, e, às vezes, eram excelentes poetas."

Gljiva se lembra de uma visita rara até a corte em Onddo: "Cheguei no porto. O céu estava escuro com a sombra dos cogumelos guarda-sol. A jangada-fungo era tripulada por humanos dóceis. Chegamos em terra firme. A cidade, antes incrível, se estendia diante de nós. Estava transformada.

"No lugar dos muros de pedra, das casas robustas, agora cresciam casas de fungos, expandindo-se e contraindo suavemente, como se respirassem. As estradas estavam limosas com esporos. Vi um homem pendurado na viga da árvore Migdal colonizada, com milhares de crias de fungos exóticos sugando a vida dele, crescendo nas raízes e nos galhos. O humano, um homem, estava suspenso e sem se mexer, com fungos crescendo por seu corpo nu, pelas pontas de seus dedos, seu pênis, seu nariz. Apenas os olhos estavam livres. Ele me viu e piscou. Nossos olhares se encontraram. Ele estava consciente. Ele sabia o que estava acontecendo. Virei o rosto.

"Cheguei à corte. O palácio surgiu diante de mim. Enorme, bulboso, respirando, poroso, era ridículo e belo ao mesmo tempo. Fui até a sala do trono. Era escura, quente, úmida. Caí de joelhos. Me ofereci para ser usado e descartado. Me senti do jeito que se sente em lugares sagrados."

Gljiva (sem sobrenome)

Historiador humano menos importante do período do Segundo Império de Onddo. Viciado em Cogumelo-do-Mel. Desapareceu em uma viagem de exploração no continente ao norte, Fong. Dado como morto.

Langermania gigantea — bufa-do-diabo

Fungos sem consciência, nativo da ilha de Cendawan. A Bufa-do-Diabo é um esporo aerotransportado do tamanho de vários humanos. Não devem ser confundidos com *Lepiota procera*, ou Cogumelo Guarda-Sol.

É uma tradição — que começou com o Festival da Subida de 372 DF — se prender na haste de uma Bufa-do-Diabo durante o período de liberação de esporos, o que ocorre uma vez ao ano. Os passageiros, normalmente crianças pequenas, são suspensos no céu com os esporos que sobem. Alguns descem logo; outros se perdem no mar; e alguns se veem, por sorte dos ventos, chegando, como o próprio fungo, em um novo território, um novo mundo para explorar.

Um poema do período do Acordo Humano-Fungo descreve o fenômeno:

Içando voo
Esporos
Sobem
Crianças
Sobem
Vento
Pede
Para ventar.
Além, além
Novos horizontes
Chamam.

Tremella mesenterica — Cogumelo Cérebro-Amarelo

Espécie de fungo inteligente do continente norte, Fong. Destruída pela Civilização de Chapéus-da-Morte/Segundo Império Onddo em 2015 DF. Desapareceu em 2113 DF, na mesma época em que a ilha Kulat afundou.

Fong

Continente de fungos do norte. Tornou-se inacessível por volta de 2113 DF. Agora é cercado por uma força repelente que proíbe tanto visitantes marítimos quanto aéreos.

Laccaria Laccata — Enganadores

Culto de base fúngica, mas popular tanto entre humanos quanto entre fungos. Mais ativo durante o Segundo Império Onddo, quando era praticado pela força rebelde. Acredita-se que teve origem na ilha pirata flutuante de Canteiro Uitzetten séculos antes.

Xylaria hypoxylon — Fungo Pingo-de-Vela

Um cogumelo pequenino que surge no casco de uma árvore, uma manga preta seguida por sua mão branca, esticando-se, como se acenasse. É o tradicional símbolo do Culto de Enganadores (veja *Laccaria Laccata*), assim como a marca final de uma frase no alfabeto hieroglífico da civilização de Cérebros-Amarelos. Uma cantiga infantil, gravada pelo historiador Gljiva, na ilha de Chanterelle, diz assim:

> Veja aquelas mãos brancas
> Na costa a acenar.
>
> Adeus, adeus, elas dizem
> Logo vão todos zarpar.

SUA DOCE MENINA TRUFADA

CAMILLE ALEXA

Morel desvia o olhar do fino portal membranoso situado no exterior do gigante fungo *puffball* e examina novamente o daguerreótipo aninhado em suas mãos. A imagem é de uma jovem mulher, na verdade uma moleca, posando desconfortavelmente para o fotógrafo em seus babados brancos engomados e cachos minuciosamente enrolados. Prefere se lembrar de seus membros pálidos sempre em movimento, jogando tênis com ele no gramado da propriedade do pai ou brincando no celeiro com os filhotes recém-nascidos de Whippet, enquanto a luz do sol reluzia os fragmentos de palha presos em seu chapéu extremamente branco. Ao fechar os olhos, ele pode praticamente ouvir seus suaves gemidos enquanto a toma nos braços, pressionando seu corpo contra o dela, seus óleos aromáticos e fluidos delicados enchendo sua boca enquanto se agarra avidamente a ela.

Sim, Amanita é uma doce menina trufada. Ele sente muito a sua falta.

Um lamento ecoa pelas passagens emborrachadas da embarcação subaquática, ricocheteando para fora do interior esponjoso do fungo enquanto faz o caminho em sua direção. Morel guarda o belo retrato da srta. Virosa no bolso do colete, ignorando os roncos do estômago vazio, e vai em direção à câmara para ver se pode aliviar a agonia de seu colega.

O sr. Shiitake está exatamente como Morel o deixou, infeliz e deitado curvado contra uma das paredes interiores do cômodo. As mãos do homem estão vermelhas e em carne viva onde ele as tem mastigado. A macia carne amarela do cogumelo *puffball* está se tornando de um tom marrom necrótico onde o sr. Shiitake tem arrancado punhados de carne apodrecida, empurrando-as direto para a boca. Os seus lábios, sob o fino bigode preto, estão azuis, quase tão emborrachados quanto a pele do submersível orgânico no qual flutuam ao longo do arenoso fundo do mar.

Morel se ajoelha ao lado do homem, virando-o em uma posição mais confortável, e usa um lenço não muito limpo para enxugar o abundante suor que se espalha pelo rosto dele, passando pelo desagradável odor que emana dos cantos de sua boca lacerada. "Está melhor assim, sr. Shiitake?", pergunta.

"Oh, sim, sr. Morel. Obrigado." As mãos de Shiitake tremem enquanto agarra a lapela de Morel. "Desculpe por ser um incômodo tão grande."

Pela centésima vez, Morel desejou que o dr. Crimini não tivesse sucumbido. Surpreende-o que um médico não tenha o bom senso de não consumir o corpo em decomposição do modificado cogumelo *Calvatia gigantea*, não importa o quão faminto tenha ficado, especialmente por ter incorporado uma boa dose da altamente tóxica *Clitocybe rivulosa* em seu processo de produção. "Para as brânquias, veja bem", o doutor apaixonadamente contou para Morel. "Para as enormes brânquias."

No entanto, é claro que foi a loucura que o levou a fazer o que fez. A loucura de estar preso léguas abaixo do mar em um cogumelo gasteroide do tamanho de uma casa, oco e em estado de deterioração. Nenhuma força propulsora, nenhum alimento, nenhuma luz além da sinistra fosforescência emitida pelos estranhos corpos de frutificação enxertados no exterior do *puffball*, ancorados por pegajosos filamentos fibrosos, que pouco iluminam, por vários metros em todas as direções, a completa escuridão das profundezas do oceano, enquanto orbitam ao redor do gigante fungo com lentas ondulações subaquáticas. Tal qual planetas orbitando ao redor de uma lua afogada.

É o suficiente para fazer com que qualquer homem racional tome medidas irracionais.

* * *

A janela de Morel está começando a ficar embaçada. Ele pressiona seu rosto contra a membrana outrora clara, espiando as profundezas infernais. Por entre os flutuantes orbes de fungos luminescentes nadam criaturas fantásticas. Antigamente, Morel teria corrido avidamente para buscar seu caderno de desenhos. Ele teria tentado, com rápidas e leves pinceladas de carvão, capturar os estranhos e sobrenaturais movimentos esvoaçantes das guelras dos animais e as enormes bolas de gude onde os olhos estariam, caso tais criaturas vivessem perto da superfície, perto de coisas que Morel mal conseguia lembrar como eram, como ar fresco e luz solar. O ar que agora entra em seus pulmões foi mil vezes reciclado, tendo passado pelas enormes guelras adicionadas ao fungo gigante — uma invenção biológica do falecido dr. Crimini — e filtradas para fora, para outra respiração. Quantas vezes, questiona Morel, ele puxou essas mesmas partículas para dentro de seu corpo, apenas para expulsá-las novamente e puxá-las de volta? Ele consegue sentir a rancidez do ar em sua língua, como se fosse uma coisa sólida. Faz sua mente ficar confusa, recheada de esporos e névoa.

A luz do sol pode muito bem ter sido só fruto da sua imaginação, em vez de algo que atingiu a superfície de sua pele com uma familiaridade desvalorizada apenas alguns dias antes. Será que realmente só se passara uma semana desde que entrou no escritório do sr. Virosa, anunciando ao industrial sua intenção em relação à sua única filha? *Farei minha fortuna, senhor. Farei minha fortuna e então vou fazê-la feliz, para sempre*.

Foi para ela que organizou essa pequena expedição. Era para ser apenas um teste, mas que ainda teria pavimentado seu caminho para fazer uma fortuna com a Marinha Real Britânica. Uma embarcação submarina, cultivada e equipada na terra em tempo recorde, colocada em circulação em águas de pouca profundidade quando totalmente crescida. De curta duração, sim, mas um recurso infinitamente renovável, que, com prática, poderia ser adaptado ao uso terrestre — e até mesmo aéreo! O dr. Crimini usou os esboços que Morel fez de *puffballs* voadores — enormes cápsulas ocas, enchidas por baixo com gases aquecidos e equipadas com gôndolas e lastro — para moldar seus experimentos com os fungos cultivados em seu laboratório no continente. Morel ganharia o crédito, é claro: ele era o visionário.

Mas o visionário precisava de um engenheiro e o engenheiro precisava de um investidor: Morel, dr. Crimini e o sr. Shiitake. Juntos, os três teriam revolucionado os métodos de viagem, transformado irrevogavelmente o curso da história e feito suas fortunas no processo. No meio de tudo isso, o vestido branco dela, emanando de seu corpo perfeito e pálido, como asas de um anjo se abrindo. Ela seria sua querida, sua bela Amanita Virosa.

A forma ameaçadora surge novamente no canto de visão de Morel e ele em vão limpa o invólucro membranoso que o separa das águas do mundo. Logo além do perímetro iluminado pelos talos dos esporocarpos, algo grande aguarda. Morel consegue senti-la esperando, tem sentido nos últimos dias, embora o dia tivesse menos e menos significado à medida que o tempo se passava nas profundezas. Se eles apenas não tivessem apressado o teste do projeto. Se ao menos tivessem se preparado para uma possível falha no sistema de propulsão, naquela engenhosa inovação orgânica projetada pelo dr. Crimini que equipou o fungo gigante com respiração branquial, pela qual a água era puxada e expelida das câmaras inferiores do corpo de frutificação; de forma que a quantidade de ar que era puxada e eliminada redesenhava a parte superior. Instalar formas de locomoção alternativas parecia muito caro na época, embora agora o sr. Shiitake tenha quase certamente se arrependido umas mil vezes, ou até um milhão de vezes, de ter vetado o tal planejamento. Devem ter recaído sobre o investidor todas as recriminações que Morel poderia pensar, embora o próprio Morel tenha sido o maior responsável por apressar mais do que deveria o desenvolvimento do empreendimento. Ele simplesmente desejava Amanita com um ardor impaciente, originário mais da paixão do que da sensatez. Ele enxerga isso agora.

Uma mudança na escuridão aquática do exterior da janela de Morel o faz perder o fôlego. Na misteriosa e azulada luz emanada pelas longas hastes dos orbes flutuantes, Morel tem um vislumbre simultâneo de todos os elementos da enorme criatura: rabo e barbatanas nada graciosas, atarracadas e em movimento; camuflagem áspera e verrugosa, parecendo uma coisa doente, encharcada e coriácea destinada a nunca ser tocada pelo sol; globos oculares salientes, redondos e leitosos, com a catarata da cor de um leite coalhado que azedou no fundo de uma placa de Petri... e os dentes. Que os céus os ajudem, ele não esperava tais dentes em uma coisa que, na melhor das hipóteses, poderia ser classificada como um mero peixe. Os dentes são pontiagudos, retos e afiados, cada um do comprimento do antebraço de Morel, e passam rapidamente por sua janela membranosa.

Morel acorda assustado com aquela sensação de estar caindo de um penhasco, que faz com que as pernas tremam tal qual uma marionete com cordas. Sua cabeça se vira rapidamente, o cérebro confuso pela fome tentando se concentrar, as orelhas obstruídas pela pressão e os olhos anestesiados pela fosforescência tentando reconhecer o cômodo emborrachado, momentaneamente irreconhecível, no qual estava deitado de maneira encolhida. Ele empurra o maleável chão fúngico e fica de pé sobre as pernas trêmulas, sentindo em seu rosto as marcas por ter dormido encostado contra o daguerreótipo de sua bela dama fechado na mão.

Após acordar com a sensação de queda, Morel adquire a vaga sensação de movimento, como se algo muito grande tivesse colidido ou sacudido o submersível. Ele balança a cabeça em negação, devolvendo a imagem de Amanita ao bolso do colete e esfregando a cabeça para esclarecer as ideias. Quando a segunda sacudida vem, é na forma de um abalo abrupto e silencioso que deixa a embarcação inteira tremendo, o movimento do impacto reverberando do chão vivo diretamente para as pernas de Morel, seus joelhos molengas e estômago vazio.

Ele corre para o portal, enxugando-o inutilmente com a manga e vislumbrando as formas dos dentes enquanto a enorme criatura das profundezas dá outra mordida, arrastando com uma horrível e elástica lentidão as câmaras de propulsão do basidiocarpo inferior, até que a pele cede e o rasgo propaga outra onda de choque através da embarcação subaquática.

"Não!", grita Morel, o rosto pressionado contra o portal embaçado. "Saia daqui! Vá embora!", diz, enquanto bate monotonamente os dois punhos contra a parede. A superfície é bem menos elástica do que era antes, não voltando ao lugar após as mãos de Morel caírem para os lados. Horrorizado, ele observa os novos amassados na parede, profundas marcas em formato de lua crescente com delicadas crenulações do exato tamanho e formato dos nós de seus dedos.

Do lado de fora, o monstro dá outra mordida no grosso invólucro exterior, e todo o submersível dá uma forte guinada para a esquerda de Morel, ricocheteando a força do ataque. Um lamento ecoa do corredor em direção aos cômodos superiores e a fraca e assustada voz do sr. Shiitake chama: "Sr. Morel! Sr. Morel!".

Morel avança pelas passagens gasteroides vazias, desviando o olhar do escritório sem porta onde jaz o dr. Crimini, inchado e azulado. Ao entrar no quarto de Shiitake, ele vai rapidamente até o lado do homem. Ignorando os odores de vômito e outros excrementos ainda mais desagradáveis, Morel se ajoelha e oferece apoio aos ombros de seu investidor enquanto do lado de fora outro tremor balança o gigante fungo, outra parte da carne do corpo de frutificação arrancada pelas terríveis mandíbulas do leviatã.

"O que está acontecendo?", pergunta o investidor, seu fino bigode praticamente desaparecendo entre as inchadas e ranhosas membranas mucosas da boca e do nariz. Olhando para a parede do cômodo, Morel observa que o homem ao menos parou de comer a polpa venenosa da embarcação. Então, rapidamente suprime o pensamento que aparece logo em seguida: talvez fosse melhor se ele não tivesse parado.

"Creio que seja um pequeno contratempo", responde Morel, sentindo-se um tolo. Qual parte dessa viagem desde o momento em que a propulsão falhou e eles afundaram nas profundezas não foi um contratempo? É seu costume acalmar os investidores. É seu método de sempre apresentar as possibilidades e os lados positivos de um projeto ao invés de seus perigos. Logo, o peixe gigante vai abrir seu caminho até o interior carnudo e macio do fungo e, em seguida, vai devorar Morel e Shiitake, contudo eles não irão notar, já terão se afogado. Será que tal destino não poderia ser encarado como melhor do que morrer de fome? Não, essa provavelmente não era a reviravolta que ele desejava ter em meio a sua iminente destruição.

Outra reverberação balança o submersível, tal qual a vibração de um enorme gongo silencioso embutido em suas paredes elásticas. O fungo dá outra forte guinada. O sr. Shiitake geme e esconde seu rosto suado entre as mãos trêmulas. "Faça alguma coisa, Morel. Pelo amor de Júpiter, *faça alguma coisa.*"

E esse *é* o trabalho de Morel. Ele é o visionário. No primeiro dia após a morte do doutor — Crimini havia sido o piloto, assim como engenheiro, o único homem vivo que conhecia intimamente o funcionamento único da embarcação tanto por dentro quanto por fora, de seu nível mais ínfimo até o mais grandioso —, Morel ficou exausto puxando cada uma das protuberâncias em forma de alavanca na sala de controle, balançando cada faixa elástica orgânica e pressionando toda superfície nodosa cravejada na parede, tal qual cogumelos venenosos comuns em um tronco podre... mas tudo foi em vão. O próprio dr. Crimini havia parado de tentar quando as propulsões foram subitamente interrompidas e eles afundaram cada vez mais fundo. O homem entrou em pânico muito mais rápido do que Morel imaginou, embora a coragem de alguém frequentemente seja testada apenas em momentos de crises, e muitas vezes tarde demais. Tarde demais.

Mas se Morel conseguiu transformar em realidade o *puffball* submarino, encontrando uma maneira de reunir todas as condições que, quando combinadas, permitiram que atravessassem o oceano em uma embarcação tão improvável, então, por Júpiter, ele certamente deveria ser capaz de encontrar as condições que possibilitassem sua fuga desta sepultura aquática. Anteriormente, ele havia simplesmente imitado os esforços finais do pobre doutor ao comando da embarcação, não entendendo o que mais poderia fazer. Uma pequena parte do seu cérebro tipicamente otimista estava torcendo para que estivessem boiando em direção à superfície, apesar do crescente aumento de peso à medida que os tecidos esponjosos da embarcação absorviam água e se aproximavam da fase de esporulação — tornando-se cada vez mais lenta e sem vida. Uma vez na superfície da água, Morel raciocinou, eles seriam avistados por um navio e rebocados até terra firme. Enfim resgatados e reunidos com suas amadas.

Através do tecido fino de sua camisa, ele sente a firme borda do daguerreótipo guardado no bolso do colete, pressionando seu peito bem perto do coração. Deitando o agitado Shiitake no chão, ele diz: "Fazer algo. Sim. Vou fazer".

Caminhando pelo corredor em direção ao quarto do dr. Crimini, Morel tenta assimilar os minuciosos detalhes presentes nas intermináveis explicações do cientista sobre esporos, brânquias e a união microscópica de uma espécie de esporocarpo a outra. Palavras flutuam por sua mente, algumas com apenas parte da explicação, outras unicamente com os sons das sílabas ecoando em seu crânio, como pedrinhas dentro de uma lata: *basídio*, *gleba*, *estatismosporo*, *balistosporo*. Ele acha que lembra do fato de que a *Calvatia gigantea* pode facilmente conter vários trilhões de esporos e acha que lembra do doutor dizendo que os sistemas modificados de propulsão das brânquias *rivulosas* inferiores originaram um novo aparato híbrido de expulsão de esporos.

Morel nunca havia prestado muito atenção a essas informações. Após adentrarem o oceano, ele esperava uma curta viagem pela costa. Havia imaginado apenas algumas horas viajando pelas águas rasas do canal e, em seguida, os calorosos parabéns do sr. Virosa quando retornasse à propriedade do homem com as notícias de seu sucesso. E finalmente, finalmente, havia imaginado os membros pálidos e esbeltos de Amanita entrelaçados com os seus, prateados sob a luz do luar enquanto beijava sua doçura. O que ele *não* havia imaginado era que sua embarcação flutuante afundaria tão rápido e profundamente da forma como afundou, nem que seria apanhado por rápidas correntezas que o carregariam para as profundezas da água e o jogariam em alto-mar. Sua visão de sucesso não tinha espaço para o doutor entrando em pânico antes do fim do terceiro dia e ingerindo as membranas internas de sua própria criação, nem para a convulsão imediata e fatal dos músculos de seu coração. Ele não havia imaginado os gemidos de seu investidor durante o auge de um envenenamento semelhante e certamente nunca havia feito nenhum plano de contingência caso um hostil gigante das profundezas rasgasse, dentada por dentada, o revestimento emborrachado de sua embarcação até que o invólucro do fungo se rompesse e a água salgada substituísse o ar presente nas câmeras superiores — o ar que Morel e Shiitake precisavam para permanecerem vivos.

Ao entrar na sala de comando, Morel voltou a estremecer. Embora o doutor não tenha sofrido as mesmas humilhações físicas que o sr. Shiitake, ele está morto há dias. O fedor atinge suas narinas como algo sólido, não sendo aliviado pelo já rarefeito ar.

Engolindo em seco, Morel passa por cima da figura deitada no chão.

O portal membranoso na sala de comando é maior do que aquele que Morel tem assombrado na parte traseira da embarcação. Esse também está opaco, com um azul leitoso colorindo seus cantos e espalhando-se para o interior tal qual a geada em uma manhã de inverno se espalha sobre as vidraças do modesto apartamento de Morel situado acima de uma padaria. No entanto, o centro ainda permanece nítido o suficiente para enxergar a extremidade de uma enorme barbatana em movimento.

Engolindo em seco novamente, Morel deliberadamente desvia o olhar da janela. Ele se ajoelha ao lado do corpo inchado de Crimini e, com um rápido e silencioso pedido de desculpas, coloca a mão no bolso do colete do doutor. Em vida, o dr. Crimini era inseparável de seu pequeno caderno. Já na morte, não foi tão difícil separá-lo do objeto. Morel recua para uma distância um pouco menos desagradável do cadáver. Uma enorme sombra passa pelo grande portal de comando de novo, e de novo. Morel desvia o olhar. O peixe gigante havia parado de dilacerar o grosso exterior do fungo, mas obviamente não havia perdido o interesse nele. Morel amaldiçoa a si mesmo por sua melancólica inércia dos últimos dias, culpando o desespero e a bizarra combinação de esperança por um improvável resgate e desesperança por ter tentado tudo que lhe vinha à mente para levá-los à superfície.

É difícil ler o pequeno caderno do doutor na fraca luz fosforescente que emana, ao mesmo tempo, de todas as partes e de parte nenhuma. Os orbes conectados do lado de fora são mais brilhantes, mas não muito. Página após página, o caderno está abarrotado de pequenos símbolos misteriosos, cálculos matemáticos, receitas e fórmulas botânicas. Tudo está escrito em uma caligrafia estreita e indecifrável. Morel olha fixamente para as letras, tentando entender os rabiscos e garranchos, os traços e pontos, as espirais dos montantes e diagramas do doutor.

Enquanto Morel encara o caderno, olhando para cada página como se um exame atento pudesse transformar as linhas confusas e as notas malformadas em um todo compreensível, os esboços, modelos e linhas começam a ganhar sentido. Ele folheia e folheia as páginas pegajosas e úmidas, finalmente encontrando desenhos menos lineares, menos formulados e mais descritivos que os outros.

O *puffball* estremece, recuperando-se de outra mordida em seu exterior macio e redondo. Morel apoia a mão na parede do portal de observação, mas rapidamente a retira quando o membro afunda na carne amolecida do fungo. Desta vez, a embarcação salta para cima, com o recuo da laceração os libertando e enviando para longe de seu atacante, em direção à superfície. Morel sente o movimento ascendente na boca do estômago, uma breve e cambaleante subida, antes de voltarem a afundar lentamente.

Voltando a analisar o caderno, ele sente no peito, sob o daguerreótipo em seu bolso, algo que dificilmente se atreveria a reconhecer como esperança. Embora as abreviações nos diagramas do doutor não estejam mais legíveis do que antes, as linhas se organizam em desenhos reconhecíveis: *Aqui* está o sistema de filtragem das brânquias que regula o ar das câmaras superiores da embarcação; *aqui* está a brânquia que manuseia a água através das câmaras inferiores, projetada para ser dirigida exatamente da mesma sala em que Morel se encontra e na qual o autor do caderno morreu; e aqui, *aqui*, está o tecido que carrega os esporos do gigantesco cogumelo *puffball*, vastamente modificado e muito maior e mais poderoso do que qualquer outra coisa já documentada na flora fúngica da Natureza.

Modificado, sim, e um balistosporo ao invés do típico cogumelo *puffball* estatismosporo. Além disso, o fungo era enorme: enorme comparado a outros corpos de frutificação, tal qual o exterior do leviatã quando comparado a uma truta comum. Contendo trilhões de esporos à espera de serem descarregados quando amadurecem, à espera de serem expulsos desta embarcação híbrida em um processo que Morel nunca se preocupou em estudar, pensando que até lá estaria são e salvo em terra firme, pensando ser um mero processo biológico que interessaria somente aos naturalistas e a outros entusiastas do ciclo de vida do *Agaricus bisporus* e de seus primos semelhantes.

Trilhões de esporos. Trilhões e mais trilhões, esperando para serem dispersados. Esperando nas câmaras inferiores da embarcação que Morel ajudou a transformar em realidade, esperando ser disparados como fogos de artificio bem debaixo de sua cadeira.

Com o caderno de Crimini em mãos, Morel atravessa as passagens decadentes em direção à câmara onde o sr. Shiitake se encontra apoiado contra a parede. A respiração do homem está fraca e rápida, seus olhos estão fechados. O suor encharca suas mangas e seu colarinho sujos. Morel cai no chão esponjoso. Após uma última olhada no diagrama, ele enfia o caderno no bolso. Ele tira o daguerreótipo do colete e, após beijar a superfície, utiliza a borda afiada para realizar um profundo corte diagonal no chão do cômodo. O fungo estremece, mas Morel sabe que a movimentação é uma resposta não senciente das mandíbulas do gigante peixe do lado de fora, não uma reação à violação que está fazendo em seu corpo.

Quando a fenda se torna grande o suficiente, Morel segura as bordas e as rasga com toda a sua força. Até um dia atrás, a superfície da embarcação teria sido muito resistente para que realizasse tal ato. Muito firme e muito forte. Mas agora, a carne comprometida rasga com facilidade em suas mãos, quase abrindo voluntariamente espaço para lhe permitir acesso às câmaras inferiores, mais em formato de sino do que propriamente esféricas. Através da suave luz fosforescente das paredes, Morel enxerga a água a menos de um braço de distância de onde está ajoelhado, escutando o eco de suas batidas contra as agora imóveis brânquias. Cuidadosamente ele devolve a imagem de sua encantadora Amanita para o bolso do colete e lança um olhar rápido ao inconsciente Shiitake, mergulhando de cabeça na câmara inferior preenchida pelas águas do oceano.

O frio inicial causa um choque. Morel emerge e respira, ignorando a agonia gelada que inunda todos os seus poros. Sabendo que deve trabalhar rápido, ele mergulha novamente e, com os olhos bem abertos, agarra a brânquia mais próxima e seus incontáveis basídios ondulados. Ele sacode as brânquias e as golpeia, chutando repetidamente o basídio mais próximo, ansiando, sem esperança alguma, que isso fosse provocar uma reação, e outra reação e outra reação, até que todos os trilhões de esporos fossem disparados em uma gloriosa erupção que impulsionaria o submersível até a superfície.

As forças dos membros de Morel estão se esvaindo na água gelada. Ele chuta mais uma vez, pensando ter visto um tremor nas brânquias que não era nem uma reação ao peixe farejando do lado de fora do receptáculo, nem uma resposta aos seus chutes do lado de dentro. Ele dá, então, um último chute com o pé inclinado, sabendo ser sua última tentativa se ainda quisesse ter forças para sair da água e voltar para a câmara acima. Como resposta, o basídio explode, seus gigantescos esporos disparando em todas as direções e deslizando contra outros basídios com esporos, formando a reação em cadeia que Morel estava esperando para estremecer o cogumelo e agitar a água. Ao mesmo tempo em que, com os braços trêmulos, Morel passa o corpo pelo buraco irregular, ele sente o fungo subir. Morel antecipa o nó em seu estômago que virá da subida rápida, sentindo as primeiras e pequenas agitações em seu sangue, as quais imagina serem os gases fervendo. Ele cambaleia para o lado de Shiitake, coloca-o sob seus braços e o levanta. A pele do homem queima onde os dedos gelados de Morel tocam, brilhando onde se encontra coberta por suor, lágrimas e muscarina mucosa. Com a liberação dos esporos, o fungo está colapsando e pequenos rasgos aparecem nas paredes. Morel observa o oceano gotejando por eles e logo jorrando através dos buracos cada vez maiores. Mas eles estão se movendo para cima: ele sente em suas entranhas e imagina a surpresa do monstro abaixo, olhando cegamente após a rápida ascensão da embarcação com milhares de esporos em seu rastro, rodopiando nas agitadas águas.

Quando a água na câmara em que se encontram chega ao nível do peito, Shiitake desperta de seu estado inconsciente. "Sr. Morel?", fala, enquanto suas mãos debilmente batem na água que não para de subir.

"Não tenha medo, sr. Shiitake", responde Morel, o otimismo o inundando em um delírio extático. "É apenas um pequeno contratempo. Tudo ficará melhor em breve, assim que chegarmos na superfície. O ar fresco lhe fará bem."

Shiitake acena agradecido antes que seus olhos se fechem novamente e sua cabeça caia sobre seu peito. Morel levanta a cabeça do homem inconsciente na tentativa de mantê-la longe da água, utilizando seu outro braço para remar quando os pés deixam o chão da câmara. A agonia que corria em suas veias e entranhas foi substituída por um leve atordoamento, nem um pouco desagradável, após os últimos dias de melancolia e desespero. Quando a câmara, que se enchia de água com rapidez, leva-os para perto do teto, Morel usa o braço livre para perfurar o material macio da embarcação em colapso. Ele imagina o gigante *puffball* esvaziando como uma enorme bexiga privada de ar. Quando seu punho arrebenta a membrana, de forma mais rápida e fácil do que esperava, a água e seu rápido impulso ascendente fazem o restante, rasgando o fungo em pedaços, como a casca descamada de um melão maduro, que então se abre e libera seus viajantes como se eles também fizessem parte de seus esporos aparentemente infinitos.

A água próxima da luz solar é de um belo azul-turquesa e lembra Morel dos brilhantes olhos da sua Amanita. Eles estão tão perto da superfície que até pode enxergar o sol: uma cintilante bola de fogo verde-clara brilhando acima dos poucos palmos de distância entre Morel e o topo do oceano. Arrastando o inanimado Shiitake com ele, Morel bate e bate e bate e chuta a água que o rodeia. À medida que a ardente bola verde vai se tornando mais tênue, Morel fica cada vez mais imóvel. Abaixo dele, o esferoide branco que restou do *puffball* afunda na escuridão, comprometido para além da flutuabilidade e da redenção. Ao redor, a água brilha com os trilhões de esporos. Trilhões e trilhões de esporos brilhando sob a luz tão próxima do sol, tal qual uma miríade de peixes que parece se deliciar com a repentina recompensa. A luz reflete nos brilhantes cardumes prateados, e na multidão de esporos, e no daguerreótipo que os dedos entorpecidos de Morel tateiam no bolso do colete, enquanto ele afunda, segurando o falecido Shiitake com seu outro braço e olhando para o rosto cada vez mais imperceptível de sua bela Amanita.

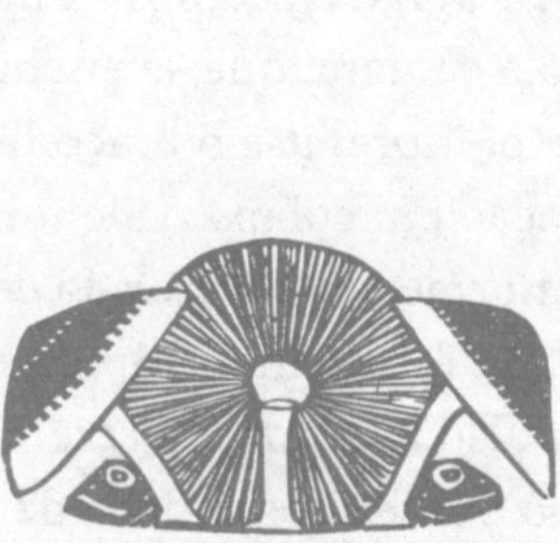

PEQUENOS ESPOROS MORTAIS
NATUREZA MACABRA
DARKSIDE

A ÚLTIMA FLOR DA ESTEPE

ANDREW PENN ROMINE

Duke Winchester espiou através do visor de seu rifle para confirmar o que seus ouvidos já tinham registrado — uma coluna de fumaça luminescente serpenteava pela Passagem de San Padrós, emaranhando-se nas pontiagudas colônias de fungos que envolviam os pinheiros. Um assobio longo e solitário ecoava ao longe nas colinas pontilhadas de cogumelos venenosos do interior do Colorado.

O L&W 445 vindo da cidade de Zohar rugia para fora do túnel, bem na hora programada. Duke precisou de duas garrafas de uísque Black Goat e sete gramas de maconha Maná asteca para subornar um sujeito da Ferrovia Lemuria & Western a lhe ceder o cronograma. Sim, saiu caro, mas quando o zumbido dos vagões etéreos do grande monstro de ferro atingiu seus tímpanos, Duke se parabenizou pela esperta barganha.

Legs McGraw, seu parceiro, se contorceu ao lado dele, seus tentáculos espalhando trilhas de um muco viscoso pelo tapete de líquen de seu mirante no topo da colina. O cheiro pungente de cogumelos podres não provinha da paisagem, mas de Legs. Ele estava chateado, Duke sabia; as emoções do *beyonder* flutuavam na brisa no equivalente odorífero a uma carranca.

"O que está te perturbando, amigo?"

A L&W havia sequestrado a maior mente da ciência micótica, então Duke já antecipava um problemão. De acordo com o informante, os guardas da L&W estariam bem armados com tiros de fogo infernal e rifles que cuspiam relâmpagos verdes como se fossem tornados texanos no espaço-tempo. Os professores de Zohar estavam pagando muito bem pelo serviço de Duke, mas ele ainda tinha algumas dúvidas sobre brincar com toda aquela parafernália científica. Com certeza o Oeste tinha mudado muito desde os tempos em que ele usava fraldas.

Professor Karlowe. A voz mental de Legs fez cócegas nos pensamentos de Duke, indistinta: estava lá em um momento, mas meio que não no outro. Legs já tinha vivido pelo menos cem vezes a idade de Duke nas cidades submersas do Pacífico Sul e, portanto, possuía uma robustez sobrenatural para a maioria das coisas. Apesar disso, o *beyonder* parecia nervoso desde que partiram de Zohar, e isso preocupava Duke.

E se o professor planejou o próprio sequestro?

Duke avistou o carro de metal através do cristal de adivinhação em seu rifle. A coisa parecia mais com uma embarcação marítima do que com um vagão de trem, com seu casco arredondado e aletas de descarga. A imagem estava embaçada, revelando uma mancha cromática de proteções e contrafeitiços. Aquela ocular tinha custado a Duke uma fortuna em pó de ouro, mas não podia refutar o que já sentia no íntimo: Legs tinha razão.

"Bem, isso muda um pouco o plano." Duke perscrutou as dobras turbilhonantes de sombra e limo do rosto do amigo, com cuidado para não olhar em seus olhos compostos. Legs não tinha como evitar que seu olhar deixasse Duke abilolado por uma ou duas horas.

Karlowe tem uma mente traiçoeira. Além disso, envolveram aquele casco com a trama sobrenatural de Van Schjin. Eu não consigo tocá-lo.

A hesitação de Legs era um território misterioso para Duke.

"Então, você cuida dos guardas. Vou dar um jeito de abrir o vagão. Deve ter uma trava de segurança na locomotiva. Você distrai o fogo enquanto eu vou ter uma conversinha com o engenheiro sobre como abrir a tranca." Duke deu um tapinha nas alças de suas armas Colt Criadoras--de-Maldições para mostrar a Legs que tipo de conversa ele pretendia ter.

Seria moleza, mas o *beyonder* ainda parecia agitado com seus pensamentos ocultos, gavinhas de sombra oscilando na visão periférica de Duke. O seu fedor de gambá se tornou mais pungente, como vinagre, antes de se abrandar em um odor de milho queimado com manteiga.

Talvez não devêssemos ter aceitado este trabalho.

"Deixe de ser pessimista, Legs", Duke deu uma risadinha. "Há quanto tempo a gente já faz isso?" Ele amarrou o rifle frouxamente nos alforjes, tentando não contar os anos. Seu cavalo, Shiloh, choramingou baixinho, as chamas dançando nos cascos, tão ansioso para continuar com o trabalho quanto Duke.

Desde que Adão mordeu a maçã, Legs respondeu com o velho refrão.

"Então comece a se mexer, McGraw. Temos um trem para roubar."

Um fedor de matadouro engrossou o ar quando Legs se ergueu em uma coluna de lodo marinho. Duke observou seu parceiro descer a encosta, tentando afastar a sensação de que havia algo que o *beyonder* não estava lhe contando.

Através das vigias do vagão Van Schijn, Maribel de Miedo observava as sombras tristes da terra forrada de cogumelos do Colorado enquanto suprimia outro ataque de tosse. A dor em seus pulmões arrefeceu com uma tragada em seu frasco de prata. *Alimentando os vermes.*

Os médicos da cidade chamavam isso de "Pneumonia do Pacífico", embora a maioria das pessoas a conhecesse como "pulmão de névoa" por causa dos miasmas rastejantes que saíam do oceano e cobriam as cidades costeiras por dias a fio em mortalhas impenetráveis cor de azeitona. Respirar esse ar às vezes fazia com que pequenos vermes pretos crescessem em seus pulmões. Em algum momento, terminariam por devorar o resto de suas entranhas. O frasco de tequila e láudano de Maribel ajudava com a morte lenta.

Ela não podia se dar ao luxo de ter outra crise agora. Enquanto a noite caía, o trem deixava as colinas em direção a um amplo vale repleto de anacoretas-de-chapéu-da-morte. Os cogumelos altos e desgrenhados davam uma boa cobertura — e um ótimo lugar para uma emboscada. Ela se sentia impotente presa no vagão blindado sem espaço para se mexer.

No entanto, Maribel não estava completamente sozinha. O vagão Van Schijn fedia a zumbi — quatro Mortos-Vivos rápidos no gatilho em uniformes da L&W mal-ajambrados estavam sentados com seus rifles longos e etéreos no colo. Confiantes demais, porém leais à ferrovia, seus cérebros colonizados por fungos estavam convencidos de que seus armamentos científicos e sua carne reforçada com quitina substituiriam a experiência real de um tiroteio. Mas Maribel era mais esperta que isso.

E ela também não simpatizava com o passageiro deles.

Se entregassem o professor Karlowe em segurança em Forte Derleth, tudo ficaria bem. Os zumbis provavelmente torrariam o pagamento deles em Maná asteca, mas, além de uma recompensa enorme, Maribel planejava colher a promessa da L&W de uma cura para seu pulmão de névoa.

"Ei, Calico, você parece doente."

Marsh, o sargento zumbi, cambaleou e colocou a mão gentil no ombro dela. Ele não era mau atirador, o único dos Mortos-Vivos que realmente valia o que lhe pagavam, mas muito ruim de cama.

"Pare de me chamar assim", retrucou, agitando o ombro a enxotá-lo. Depois, disse mais baixo: "Aqui não".

"Ei, *Señora de Miedo*, não me leve a mal", ele sorriu, a voz empastada como folhas molhadas na sarjeta.

"Está escurecendo e estamos atravessando um território difícil, Marsh. É melhor ficar de olhos abertos." Ela olhou para os globos oculares dele, recobertos por uma penugem de esporos, desafiando-o a ficar irritado com a piada. Ela desejou não ter transado com ele em Zohar.

Marsh apenas sorriu e agitou os ombros, fazendo os ossos transparecerem por baixo do uniforme, descamando esporos e tiras de carne com o movimento. Então, Maribel começou a dar ordens a ele e a mais um par de zumbis.

"Cuidem do lado norte do vagão. Atirem em qualquer coisa que se aproximar. Vou ficar nas vigias do lado sul."

Maribel apontou para o quarto zumbi, aquele com olhos lixiviados e brancos pela infestação. "Você fica de olho no professor. Cuide para que tudo fique em ordem se a situação degringolar."

O zumbi engoliu em seco, olhando para a carga. Coberto com uma pesada cortina de veludo costurada com runas de oricalco, o professor

Karlowe estava protegido contra os solavancos do trem por cordas de borracha da Índia. Debaixo daquela cortina, em uma cuba de vidro grosso do tamanho de um barril, o cérebro de Karlowe cochilava, latejando com pústulas micóticas e corpos de frutificação psíquica. Era tudo o que restava dele depois de seus experimentos: o cerne de uma mente ávida e diabólica. Enquanto o pano de proteção estivesse no lugar, o professor permaneceria adormecido.

E se não fosse assim, bem, então Maribel sabia que o pulmão de névoa seria a menor de suas preocupações.

Olhando para as faíscas que voavam sob o vagão, Duke desceu das colinas em paralelo aos trilhos por bons quatrocentos metros de distância do trem. Todo esse desembalo atravessou o comprimento da composição: locomotiva, dois vagões de tripulação, depois o vagão Van Schijnn, mais doze vagões de carga e um vagão de frenagem. Não havia luzes no trem além das faíscas elétricas. Zumbis não precisavam de muita luz, mas algo nas janelas vazias fez Duke parar e pensar: era como se o trem estivesse se pilotando sozinho.

Talvez estivesse mesmo. Trabalhando para os professores em Zohar, Duke tinha visto muitas coisas esquisitas. "Os Inventores da Era", os jornais os chamavam, enquanto eles adaptavam as maneiras dos *beyonders* de lidar com o Oeste transmutado pelos esporos. Rivais como a L&W, desesperados para lucrar neste novo mundo, não tinham pudor em roubar segredos. Porém, com a competição, uma nova era que Duke mal reconhecia estava nascendo. Ele não conseguia acompanhar, nem mesmo em um cavalo-pesadelo.

Legs tinha cavalgado seu plasma para o norte — fora de vista — com a intenção de voltar à L&W 445 assim que o último vagão passasse. Pelo menos a noite estava nublada, e não haveria lua para trair sua emboscada até pelo menos meia-noite. Duke esperava que as nuvens ficassem firmes no céu até bem depois da Hora das Bruxas. A lua cheia podia animar Legs, mas Duke preferia fugir no aconchego da escuridão depois que pegassem Karlowe. Ele também havia parado de pensar nisso como um resgate. Se Legs estivesse certo e o professor tivesse mesmo tramado sua própria fuga, então ele certamente iria tocar o terror a fim de evitar o seu retorno.

Duke deu um tapinha nas escamas do pescoço de Shiloh e o cavalo-pesadelo ganhou velocidade no chão plano, inclinando-se em direção ao trem. Os cascos de fogo de Shiloh ergueram uma nuvem e Duke prendeu sua bandana encantada com firmeza para se prevenir de contaminações com os cogumelos venenosos.

Quando se aproximou do trem, uma língua de fogo saiu da janela reforçada de um vagão de tripulação atrás da locomotiva.

Bolas sacrossantas! Passou raspando!

Outra explosão de enxofre passou e o L&W berrou como um leviatã do mar, uma bravata para Duke e um aviso para os que estavam no trem. O sangue jorrou através dele como cobre derretido. Com relíquias ou não, Duke sabia que tinha nascido para roubar trens. Debaixo da bandana, ele sorria enquanto uma mancha escura bruxuleava perto do vagão de frenagem.

"Tudo bem, Legs", disse ele, sabendo que o *beyonder* ouviria seus pensamentos mesmo a essa distância, "manda ver!"

Maribel viu os lampejos do fogo infernal na frente do trem pela planície fúngica desolada. Os vermes em seus pulmões se agitaram ao som profundo do assobio da locomotiva. Uma emboscada, então. Nada menos do que ela já esperava.

Ela abriu o visor em fenda. O brilho das descargas do vagão e as malditas nuvens mergulhavam a noite do Colorado no breu. Mas ali, logo depois de uma moita de anacoretas-chapéus-de-cobra, ela o viu — um cavaleiro solitário, uma mancha de tinta contra as colinas de veludo. Chamas fracas faiscavam dos cascos do corcel, o sinal revelador de um pesadelo. Maribel prendeu a respiração. Quem quer que estivesse tentando emboscar o L&W 445 Express não era um qualquer. Pesadelos eram muito difíceis de domar; a maioria dos que tentavam era devorada. Maribel sabia de apenas um indivíduo que já tinha feito isso e ela esperava que não fosse ele lá fora agora.

Marsh a cutucou nos rins com a coronha do rifle.

"Bandidos de estrada?" O fedor terroso da sua carne cheia de mofo encheu as narinas dela, que estremeceu de desejo. Idiota ou não, Marsh era uma distração indesejada. Mas Maribel não sobreviveu ao Oeste Desperto por ceder a cada vez que qualquer estúpido rajado de fungos lhe direcionava um olhar malicioso.

"Um cavaleiro solitário. Acho que ele está tentando chamar nossa atenção para outro lu..."

Houve um barulho como de ondas caindo sobre o trem e até mesmo o vagão Van Schijn balançou com o impacto.

"Merda e enxofre!", Maribel xingou enquanto o ar se empestava com um fedor de gambá.

"Fechem a porra das vigias!", gritou para Marsh e o restante dos Mortos-Vivos. Fora atravessada por um pavor latejante; o próprio ar reverberava com um desespero abissal. Marsh também sentia.

"Um *beyonder*!"

Maribel meneou a cabeça, preparando-se mentalmente para enfrentar o poder alienígena que sondava o vagão blindado. Graças à Deusa pela trama do vagão Van Schijn, ou todos eles seriam agora chupadores de cadáveres balbuciantes. *Beyonders* não costumavam andar com bandidos de estrada, mas havia alguns desses diabos poderosos que levavam uma vida fora da lei. Maribel avaliou as possibilidades como se fosse um jogo de pôquer. O Relâmpago de Taos? Shoggoth Jr.? Legs McGraw? Ah, merda, Legs não. Ele deveria estar em Wichita.

Ela empurrou Marsh para fora do caminho e se dirigiu para a escada que levava à cúpula do vagão. Maribel apontou para a porta pesada na frente do vagão, repleta de alavancas e trancas como um cofre de banco grotesco.

"Vigie aquela porta. Não abra para ninguém a menos que eu mande."

Marsh assentiu, apertando seu rifle até que as veias verdes de suas mãos ficassem brancas. Maribel subiu a escada para a plataforma da cúpula. Havia uma metralhadora Van Schijn lá. Sua munição mística era capaz de mastigar qualquer coisa em que você mirasse, até mesmo um *beyonder*.

Ela ouviu gritos abafados e descargas de raios do lado de fora. Os gritos rapidamente se transformaram em berros. Maribel ignorou a chuva de partes de zumbis sobre a cúpula e abriu a escotilha.

A noite mais profunda envolvia o vagão atrás dela, com um redemoinho de estrelas à semelhança de um arco-íris no fundo de um copo de láudano. Seus olhos doíam com a visão, e o fedor de matadouro do *beyonder* penetrou na cúpula, acalmando a mente dela, fazendo-a desejar a rendição antes que a criatura a despedaçasse.

Maribel enfiou o cano da arma Van Schijn através de sua escotilha especial. Ela cerrou os olhos contra a vertigem sobrenatural.

Maribel?

A mente alienígena roçou a dela e recuou rapidamente — mas ela já havia apertado o gatilho.

"*Madre de noche*", ela gritou. *Legs!*

Ela deu um giro amplo com a arma, e o fogo verde balbuciou atrás de suas pálpebras, o ar se rasgando como um tapete molhado. Mil abutres arranharam o cérebro dela e o fedor do *beyonder* desapareceu. Maribel se perguntou se havia acertado os tiros.

Outro choque violento sacudiu o vagão. A arma giratória se soltou de suas mãos e a arremessou do alto da cúpula. Ela caiu em um dos Mortos-Vivos e os dois bateram na cuba coberta de veludo. O chão tremeu e ela rolou. Seu calcanhar esmagou alguma coisa, e o cheiro de quinquilharias velhas, mofadas e virulentas encheu suas narinas, sufocando-a até que o mundo escurecesse.

O trem foi mais fácil de parar do que Duke havia imaginado. O engenheiro não era muito mais do que uma pilha de mofo em forma humana, crescido rapidamente até a caldeira com gavinhas grossas e pegajosas florescendo com brotos roxos. Só estremeceu silenciosamente quando Duke o explodiu para fora do espaço-tempo.

Legs cuidou do restante dos guardas zumbis. Agora, Duke batia na parte de baixo do vagão Van Schijn com a coronha da pistola. Era um bom espetáculo. Ele também enfiou uma única banana de dinamite de implosão entre dois suportes nas rodas e outro junto à porta blindada. Não o suficiente para destruir o vagão, mas assustaria quem quer que estivesse lá dentro.

O que está fazendo?

"Só vou pegá-los no pulo", ele respondeu a Legs em pensamento. Sobreveio um cheiro de ovos podres e adubo quando Legs se aproximou.

Vejo que parou o trem. Bom trabalho. O *beyonder* mancava em seu movimento bamboleante, e a voz estava fraca.

"E vejo que você levou um tiro. Bom trabalho."

Metralhadora com cartuchos Van Schijn. Adivinha quem?

"Alguém que conhecemos?"

Maribel. Ela está protegendo Karlowe.

"Ah, merda!" Duke evitava pensar em Maribel de Miedo sempre que podia. Isso só o levou a muitas doses de uísque e longos monólogos com Shiloh.

"Bel não deveria estar em Wichita?"

Legs se virou e não respondeu por vários minutos.

Lembra daquele fandango no México, Duke?

Os primeiros sintomas do pulmão de névoa tinham acabado de aparecer, e Bel e Duke brigavam o tempo todo como dois gatos ensandecidos. A última noite dos dois começou com uma dança e terminou em um tiroteio bêbado no qual nada morreu além do seu afeto mútuo. Talvez não devesse ter pedido a ela para usar aquele vestido espanhol. Ainda assim, algo no tom de Legs o corroía.

"Espera. Você... e Bel?"

Sim. Você a deixou. Eu estava tentando tratar a infecção dela.

"Aposto que sim", murmurou Duke, checando seus sentimentos e encontrando a velha ferida ainda aberta. "E eu não a abandonei. Só acabei bancando o machão com toda aquela *cerveza*."

Depois que Maribel lhe contou que estava morrendo, Duke se isolou em uma cantina por três dias. O mundo estava Despertando, mas ele não entendia por que deveria ser um ataque pessoal e lhe tirar Maribel. Depois do México, continuou com seus negócios, até conseguir juntar o suficiente para arranjar um lugarzinho em uma das cidades seladas no Leste. Mas havia começado a trabalhar para os professores e, de alguma forma, nunca parou.

Duke saiu de baixo dos painéis bulbosos do vagão Van Schijn, traçando um rastilho. Ele olhou para Legs enquanto se contorcia na escuridão, um pesadelo mais profundo contra os horrores da pradaria Desperta. Duke admitiu para si mesmo por que não tinha voltado para o Leste. Ele não queria deixar Legs para trás.

Suspeitei que ela pudesse estar neste trem, admitiu Legs, exalando um almíscar de terra e ferro. *Eu a vi com um* zumbi *da L&W no Cosmic Eye Saloon em Zohar.*

"Você devia ter me contado."

Eu não tinha certeza.

"Bem, o que diabos vamos fazer agora?", respondeu Duke, limpando poeira e cascalho do traseiro. Karlowe, eles queriam vivo ou morto, mas Maribel? Maribel sempre foi uma complicação.

Karlowe vai lutar contra nós também. Posso sentir a mente dele se esforçando para escapar.

"Posso explodir todo o maldito vagão Van Schijn, então."

Não com Maribel dentro.

Duke esfregou o rosto nas mãos e suspirou.

"Então teremos que pedir a ela para sair."

Maribel acordou com o sorriso cheio de dentes de Marsh, um borrão de estupidez e despeito.

"Você pegou ele, Calico", ele gargalhava.

Ela se ergueu cambaleante, aliviada ao ver que a cortina ainda estava segura ao redor de Karlowe. O zumbi em cima de quem ela caiu não teve tanta sorte. O rosto dele estava afundado, uma lambança de cogumelos e meleca pastosa. As lâmpadas cintilavam como estrelas moribundas; os glifos na cortina de Karlowe brilhavam. O vagão Van Schijn estava parado.

"Bandidos de estrada."

Marsh franziu a testa. "É. E agora?"

Maribel estava ferida, a escuridão fluida do *beyonder* ainda girando em seus pensamentos. Teria atirado se soubesse que era Legs? A dor da memória inchou até se tornar indistinguível da dor em seus pulmões. Os vermes se agitaram e um ataque de tosse a dominou. Ela se afastou de Marsh para que o zumbi não visse o sangue pingando de suas mãos trêmulas.

Estrelas irromperam em seus olhos e Maribel pensou no México — e em Legs. E em Duke. Merda. Duke também estava lá fora.

"Tudo o que temos que fazer é esperar eles saírem", murmurou, meio que para si mesma. "Os médiuns da L&W já devem saber que paramos. Eles vão mandar alguém."

Maribel sentou-se em um dos bancos acolchoados de veludo e tirou um frasco de sua bota. Um pouco de tequila, um pouco de láudano. A dor em seu peito amainou.

"Esperar?", Marsh lançou a ela um olhar duvidoso e fez uma cena verificando as cordas que mantinham a cortina presa ao chão. Três rangidos soaram da porta.

"Boa noite, pessoal", uma voz abafada chamou do outro lado. "Posso entrar e fazer uma mágica?"

Maribel colocou o frasco de volta na bota. Era mesmo Duke.

"É melhor se afastar da porta, Duke", respondeu. "Está carregada."

"Acho que não, Bel", Duke bradou. "Não restou nenhum gênio aí na sua garrafa."

Ele tinha razão, as lâmpadas estavam quase apagadas e a bateria não duraria muito.

"Se tentar entrar por aquela porta, Duke, temos relâmpagos e chumbo grosso o suficiente para estraçalhar vocês", ela avisou, uma ameaça insincera.

"Temos um impasse, então. Somos só nós dois, Bel. Sai daí e vem dançar comigo."

"Sabemos como isso terminou da última vez", respondeu, tentando esconder o sorriso que repuxava seus lábios.

"Vá dançar com Legs, então. Você deu uma surra nele, mas aposto que ele te perdoa. Inferno, até eu te perdoo se você sair."

Francis "Duke" Winchester e Legs McGraw. Notórios caçadores de recompensas, quase tão caros quanto ela. Se fossem quaisquer outros bandidos de estrada, ela teria ordenado que os Mortos-Vivos atacassem para valer, com ou sem impasse. Mas é claro que foram seus velhos amigos que vieram caçar Karlowe. Bons atiradores, difíceis de matar, mesmo que ela quisesse. E os dois ótimos para um rala e rola.

"Eu também te perdoo, Duke", ela bradou.

Marsh apontou o rifle para ela. "Desculpa interromper o romance, Calico, mas não tem jeito de abrirmos essa porta."

Maribel olhou para o cano da arma de Marsh quando as lâmpadas em arco falharam. Marsh olhou de volta. As colônias de fungo nos olhos e no resto do corpo dele brilhavam com uma luminescência azul suave. Esse também seria o destino dela? A cura de Karlowe para os vermes em seus pulmões a transformaria em um fantasma forrado de fungos?

Ela balançou a cabeça. "Temos que fazer um acordo, Marsh. Ele prefere matar Karlowe do que esperar que as tropas da L&W cheguem aqui."

"Você é uma tonta e ele é um mentiroso. Ele vai atirar em você assim que abrir aquela porta."

Maribel olhou além do cano longo do rifle para a porta. Não estava tão longe, tampouco estava Marsh.

"Inferno, *eu* vou atirar em você se tentar", disse Marsh.

A L&W não seria leniente com uma traição, e certamente não estariam dispostos a oferecer qualquer cura depois desse fiasco. Seus pulmões coçavam e ela sabia que a tosse voltaria em breve. Estava quase sem tequila.

Os dois Mortos-Vivos restantes brandiram seus rifles, mirando em Maribel, os rostos podres e imundos rígidos de tanto medo. Eram estúpidos demais para saber que seus rifles eram quase inúteis nos confins do vagão protegido.

Maribel caiu e tirou uma faca Bowie da bota. Um golpe rápido abriu as canelas de Marsh. O zumbi uivou, despejando raios na parede lateral. Por um momento o vagão ficou parecendo um dos laboratórios de Fort Derleth; arcos de eletricidade como vermes azuis escaldantes rastejavam pelas escoras de proteção.

Ela jogou o ombro contra as pernas feridas de Marsh e o derrubou no chão. Vergando o rifle dele, explodiu os outros dois zumbis com o enxofre de sua arma de fogo infernal. Eles desabaram, ganindo, os buracos no peito cauterizados por brasas.

Ela se ajoelhou sobre Marsh, pressionando sua faca sob o queixo do zumbi.

"A L&W vai te matar por isso!", ele rosnou.

"Desculpe, Marsh. Mas já estou morta." Maribel se apoiou sobre a faca até ouvir a lâmina estalar contra o osso do pescoço dele. Cortar a medula espinhal não era a única maneira de parar um zumbi, mas era a mais rápida. Ela se sentou nas próprias ancas, limpando a lâmina nas calças dele, deixando rastros de sangue viscoso e icor oleoso de fungos.

O vagão Van Schijn estava escuro novamente, exceto pelo estranho brilho esverdeado dos signos na cortina de oricalco de Karlowe. O fedor de zumbi em chamas enchia os pulmões dela e fez irromper outra crise de tosse. Os vermes se alvoroçaram descontentes, e a ruminação deles queimava quaisquer pensamentos.

Ela não notou o zumbi com o rosto esmagado se levantando atrás dela até que ele já estivesse na cortina de Karlowe. Vermes escuros rastejaram para fora de sua boca quando ela se virou a tempo de vê-lo serrando furiosamente as cordas de borracha da Índia. Ele puxou o pano de proteção para o lado.

Uma voz profunda explodiu na mente dela.

NÃO VOU VOLTAR!

* * *

Duke esperava diante da porta blindada, no vestíbulo, abrigado do vento ácido que soprava irregularmente planície afora. Nuvens verdes, carregadas de esporos, rolavam do topo das montanhas. Mais chuva. Não costumava chover tanto assim por ali. Legs pulsava silenciosamente no escuro. O tiroteio havia parado havia cinco minutos, embora o ar ainda estivesse com cheiro de queimado. No silêncio, um pressentimento profundo sobreveio a Duke.

Tem alguma coisa errada.

Ele verificou a dinamite presa na porta e torceu a espoleta do detonador.

"Claro que tem. É Maribel."

Ela ainda o amava, apesar de tudo.

Duke olhou para Legs. Um relâmpago rasgou o alto.

"Estamos ficando sem tempo, Maribel. Você vem ou não?"

Tinidos ressoaram do outro lado da porta blindada, que se abriu, arrotando fumaça e fedor de relâmpagos na estepe. A dinamite, desalojada, foi parar junto a um par de botas pretas desgastadas com glifos maias.

Maribel de Miedo emergiu da penumbra carbonizada do vagão Van Schijn tingida com a escuridão das entranhas do zumbi. Tinha um olhar tresloucado que cintilava com a luz das nuvens. A entidade que observava através daqueles olhos funestos não era Maribel.

Duke tentou gritar um aviso para seu parceiro, mas o *beyonder*, já pressentindo o perigo, cambaleou em seus tentáculos viscosos. Coisas sombrias voaram como corvos de sua forma de mancha de tinta, apenas para desaparecer em nuvens de fumaça quando alcançaram a possuída Maribel.

EU FORTALECI MINHA MENTE ACIMA ATÉ DE SUAS PRÓPRIAS CAPACIDADES, BEYONDER.

Duke puxou seus criadores-de-maldições e os apontou para a antiga namorada.

"Não quero atirar em você, Bel!"

ATIRE, VOCÊ NÃO PODE ME FERIR, Karlowe se regozijava, exercitando seu poder.

Os dedos de Duke apertaram os gatilhos por conta própria, mas as balas amaldiçoadas giraram no ar como moscas brilhantes diante das mãos estendidas de Maribel. Elas explodiram em pequenas partículas, cada explosão pontuando as palavras mentais de Karlowe.

NÃO VOU VOLTAR PARA A PRISÃO DELES EM ZOHAR.

O pronunciamento ressoou no crânio de Duke, deixando-o de joelhos e fazendo cair os revólveres de suas mãos. O *beyonder* atacou, golpeando Maribel/Karlowe com suas próprias energias psíquicas. Mesmo assim, várias lesmas de enxofre queimaram na massa turva de Legs. Quando ele caiu no chão, Maribel também desabou, vermes escorrendo de seu nariz. A mente obscura de Karlowe procurava por um solo mais fértil do que alguém com pulmão de névoa.

A escuridão se encrespou na mente de Duke e ele perdeu Legs de vista. Na última cintilação de consciência, ele viu uma luz fraca e rosada pulsando de dentro do vagão Van Schijn. O cérebro de Karlowe chapinhava na cuba de óleo enquanto Legs McGraw lutava contra a força psíquica liberta de Karlowe. Se o professor conseguisse controlar a mente do *beyonder*, todos estariam condenados.

O detonador jazia a poucos metros de onde seu parceiro lutava. Duke se arrastou pelo chão do vestíbulo, as unhas rachando enquanto raspavam a madeira áspera. Seus dedos se fecharam ao redor da alavanca. Maribel, ainda meio enlouquecida pela influência sinistra do cérebro de Karlowe, pegou a dinamite antes que Duke pudesse alcançá-la.

“BEL!”

O brilho sobrenatural desapareceu dos olhos dela, substituído por um tipo diferente de luz. Dor. Contudo, o meio-sorriso era totalmente de Maribel, mesmo com os vermes nos lábios.

“Dança comigo?”, ela ofegou.

“Achei que nunca pediria”, Duke riu.

Maribel jogou a dinamite no vagão Van Schijn e caiu fora do vestíbulo.

Duke pressionou a alavanca. O detonador estalou e o brilho vermelho e latejante dentro do vagão apagou-se da existência como uma luz distante no mar.

A realidade girou com um rugido surdo e um borrifo de cores como um pôr do sol e um mergulho profundo. Legs gritou e alguém deixou que as estrelas caíssem do céu.

* * *

As galáxias desaceleraram sua corrida frenética e Duke se concentrou em um único redemoinho de luz gasosa abaixo dele. Era ótima a sensação de flutuar ali e ver o redemoinho se desenrolar. Mas a luz ficou mais brilhante e o sonho galáctico regrediu. Maribel se inclinou para perto, o rosto como uma lua nascente.

"Está acordado?"

Duke sentiu um alívio tão vasto quanto o universo ilimitado. Era muito bom estar vivo, mesmo que o mundo não fizesse sentido.

Ele se sentou, saboreando cada contusão e rangido de seus ossos. Eles estavam deitados no matagal fúngico, a poucos metros do lugar onde a dinamite havia arrancado o vagão da pista em um ângulo reto. O vagão Van Schijn foi esmagado ao meio, o centro comprimido em um nó não maior que um punho. As nuvens verdes seguiram em frente, e a luz estelar pura e cristalina iluminava a planície cravejada de chapéus-de-cobra. Shiloh estava por perto, relinchando baixinho.

"Não sobrou nada de Karlowe para receber a recompensa", disse Maribel.

"Ei, nós te pegamos", respondeu Duke.

Legs jazia de bruços, ao lado de Duke, fedendo a esquilo morto e cabelo queimado. Mas seus tentáculos se contraíam e se agitavam como sempre. Um homem que tem amigos ficaria bem. Duke deu um tapinha cuidadoso no chão perto de seu parceiro.

"Ao alto e avante, McGraw. Ainda temos uma cavalgada a fazer."

Duke se levantou, recuperando as pistolas. Maribel se ergueu, limpando vermes mortos do queixo. Além das montanhas, a borda do céu empalidecia com o primeiro rubor da manhã.

"O que vamos fazer com você, Bel?"

"Dividir em três?", ela sugeriu.

Ela mereceu, Legs murmurou, acordando. *Não podemos deixá-la aqui para ser encontrada pelos insetos da L&W.*

"Eles virão procurar, com certeza", disse Duke.

Loucos como vespas alvoroçadas, Legs concordou com um cheiro delicado de água contaminada e quarto de doente.

* * *

Enquanto os rapazes debatiam, Maribel de Miedo acariciou o flanco de Shiloh. Os professores de Duke, em Zohar, poderiam ter uma cura para ela, mas ela duvidava disso. Ainda assim, calculou que tinha algum tempo sobrando; ainda poderia botar para quebrar ao lado de Duke e Legs novamente. O cavalo-pesadelo bufava de prazer.

"Pronta, garota?", ela sussurrou para Shiloh. Duke não era o único que sabia montá-la. Já ia a meio quilômetro de distância quando o fora da lei e o *beyonder* notaram sua ausência. Ela sorriu quando os gritos perplexos deles ecoaram pela planície. Talvez ela até os deixasse alcançá-la.

Maribel cavalgou sob a luz evanescente das estrelas, para o sul, até a cidade de Zohar, sonhando com constelações distantes.

OS PEREGRINOS DE PARTEN

KRISTOPHER REISZ

Eu sabia que Macy ia partir, mesmo sem ela dizer. Ela não havia crescido aqui, só tinha vindo para fazer faculdade e acabou ficando por minha causa. Mas tinha se formado havia um ano e ainda não conseguira encontrar um emprego em design gráfico. Precisou pedir dinheiro emprestado à mãe enquanto enviava currículos para Boston e Nova York. Alguém logo a contrataria; suas ideias e arte eram muito marcantes para serem ignoradas.

Quando partisse para um lugar novo, ela não ia querer que eu a acompanhasse. E por que deveria? Eu não tinha emprego fixo desde que o loteamento Cherokee Bluff havia declarado falência. No começo, ela me apoiava; mas, conforme o verão ia passando, ela já não falava muito e nunca sorria. Sua mente parecia estar a milhares de quilômetros de distância, já em Boston ou em Nova York. Ela ficava acordada até tarde vendo TV; assim não precisava ir para a cama até eu já ter pegado no sono.

Uma vez, reuni coragem para perguntar na lata se ela ia embora. Macy não conseguiu responder. Ela disse: “Eu só quero o que é melhor para nós dois. Eu sempre vou gostar de você, Austin. Você sabe disso”.

Eu sabia. Mas também sabia que tinha sonhos maiores do que eu poderia lhe oferecer. Macy logo iria embora e eu não podia culpá-la.

Em um agosto murcho, esbarrei com o Everest, um gesseiro de quase duzentos quilos que também tinha trabalhado em Cherokee Bluff. Nenhum de nós tinha ouvido falar do pagamento atrasado que ainda nos deviam. Depois que a Childress Construção havia falido, ninguém conseguia entrar em contato com o sr. Childress, apenas com seu advogado imprestável, e o advogado nunca dizia nada.

Os olhos de Everest se enrugaram, pedindo para eu avisá-lo se soubesse de algum trabalho. "Não precisa ser com gesso; eu faço qualquer coisa. Concreto, parte elétrica, o que for. E se o seu tio precisar de mais um par de mãos, sou o cara certo. Fala pra ele, tá? Ele sabe que eu trabalho bem."

Prometi falar com o tio Chuck. Everest tinha filhos. Se eu podia dizer alguma coisa, era que ele estava em uma situação pior do que a minha. Conforme ele se afastava, tirei os últimos dez dólares da carteira. "Ei, lembra daquela vez que você pagou o almoço e eu não tinha dinheiro? Finalmente posso te devolver."

Everest balançou a cabeça. "Não, irmão. Fica com isso, beleza?"

Mas eu pressionei a nota dobrada em sua mão. "É o seu dinheiro. Estou te devendo."

Era mentira — ambos sabíamos disso —, mas, às vezes, as mentiras tornam as coisas mais fáceis. Everest me abraçou forte e se inclinou para sussurrar: "Escuta. Se você está precisando mesmo de grana, conhece o parten? O cogumelo que não sai do noticiário? Está crescendo em todos os lugares pelas casas de Cherokee Bluff. O negócio agora está rendendo trinta dólares por cogumelo. É arriscado, mas a gente faz o que precisa ser feito".

Histórias sobre parten enchiam os noticiários havia meses, geralmente com congressistas carrancudos e oficiais confusos da Agência de Combate às Drogas. Era um cogumelo alucinógeno. Os usuários sonhavam com uma cidade — sempre a mesma cidade —, uma ruína alienígena às margens de um mar moribundo. Os médicos não sabiam o que achar disso.

Eu era frouxo demais para traficar drogas, mas me permitia usar de vez em quando. Os noticiários chamavam o parten de uma epidemia que ameaçava a juventude dos Estados Unidos, se bem que os noticiários sempre encontravam alguma coisa que ameaçava a juventude no país. No verão anterior, tinham sido as gangues haitianas e os ataques de tubarão.

Quando cheguei em casa, Macy estava sentada ao computador, imprimindo mais currículos para enviar a empresas de design gráfico e editoras de livros didáticos. Preparei uma sopa, me sentei no sofá para comer e tentei pensar em algo para fazer Macy sorrir. Falei sobre o parten.

"Sério?" Ela deu um sorrisinho de canto de boca. "Você está pensando em... experimentar?"

Dei de ombros. "Não sei. O sr. Childress ainda me deve uns salários atrasados. O mínimo que ele pode fazer é nos dar um pouco de diversão no sábado à noite, não acha? Quer dizer, se você quiser experimentar."

Macy olhou para a tela do computador e para a pilha de envelopes. "Tá", ela assentiu. "Aquele idiota nos deve uma noite de sábado. Vamos chamar de carma." Ela sorriu, fazendo meu coração acelerar.

No sábado, partimos com um pé de cabra e alicates corta vergalhão no porta-malas. A placa "lotes ainda disponíveis" estava caída na lama. As estradas eram pavimentadas, mas não havia postes de luz. Estacas e linhas de pedreiro gabaritavam o terreno para mostrar onde os caminhos de pedra e um lago comunitário com patos teriam sido construídos. Entre terrenos cheios de ervas daninhas de meio metro e paletes de tijolos, casas meio construídas jaziam abandonadas, com o prateado do isolamento térmico exposto. Quando os faróis tocavam nelas, brilhavam com uma fragilidade luminosa, como fetos em frascos.

"Uau, ei, tem alguém aqui." Macy apontou para a luz na janela de uma das casas. A luz se apagou quase no mesmo momento em que ela falou.

Uma F-250 vermelha estava quase toda escondida atrás da casa. Parecia a caminhonete de Everest. O coitado devia estar morando em uma das casas vazias. Isso explicava como ele sabia que havia parten ali. "Acho que está tudo bem", eu disse. "Vamos tentar nas casas do outro lado."

A primeira casa neocolonial que invadimos tinha quinze centímetros de água no porão. Caminhei em meio à água, movendo o feixe da lanterna pelos cantos e entre as vigas. Encontrei-os na parede abaixo das tubulações da lavanderia: uma coluna de cogumelos com aspecto semelhante a couro e formato conchiforme, grudados na argamassa. Eram branco-amarelado como dentes estragados. Tirá-los da parede foi estranhamente catártico, como tirar a pele morta da ponta dos dedos.

De volta ao apartamento, cercados por fragmentos e restos dos materiais artísticos de Macy, comemos o parten, um broto para cada um, e então nos deitamos na cama abraçados. O cogumelo agiu rapidamente, ansioso para nos acolher. Quando engoli o último bocado, minha pele formigou. Os cientistas diziam que o parten criava a ilusão de cinestesia, a sensação de estar em movimento, mesmo enquanto estávamos imóveis. Macy e eu demos risada, nossos rostos esbofeteados por um vento que não estava realmente ali. O ímpeto do movimento nos apertou o estômago, e o sangue se esvaiu dos nossos braços, pernas e rosto. Meus dedos entrelaçados aos dela, fomos lançados tão depressa que perdi os sentidos.

Quando voltei a mim com um sobressalto, estava deitado à beira de um mar moribundo.

O sol ofuscante ocupava um quarto do céu. O oceano havia recuado, deixando exposta uma planície seca de lama rachada que se estendia rumo ao horizonte. Sal e argila pairavam no ar. Ao nosso lado erguia-se um arco de pedra liso e independente. Macy estendeu a mão em sua direção.

Mais arcos serpenteavam entre as dunas, conduzindo a uma cidade de domos perolados. Parecia magnífica e comovente naquele lugar morto e imóvel. Pessoas deambulavam em direção à cidade como peregrinos. Todos nus — inocentes e belos em sua nudez.

A cidade nos puxava, a mim e a Macy. Passamos por debaixo do segundo, terceiro, quarto arcos, todos manchados de marrom-azul-verde. Cada arco tinha uma forma ligeiramente distinta; cada forma ecoava a anterior.

Um homem tocou meu ombro. "Não se pode chegar à cidade tão rápido. Só podemos chegar lá indo devagar."

Eu não sabia o que ele queria dizer. Não tinha certeza se ele era real ou uma alucinação. Sorrindo vagamente, continuei caminhando pelas areias quentes. Poucos minutos depois, algo macio pressionava a minha orelha. Virei e era meu travesseiro. Eu estava de volta ao apartamento. Macy sentava-se apoiada em um cotovelo, olhando para o nada.

"Arcos", disse eu, e Macy se virou, notando minha presença. Engoli para umedecer a garganta. "No meio do nada... como um deserto... havia arcos que levavam a uma grande cidade."

Macy assentiu. "Quase como portais xintoístas; mas eram feitos de pedra. Eu toquei em um. Tinha criaturinhas minúsculas fossilizadas nele. Eu senti, Austin. Eu pude sentir a textura da..." Ela apertou meu braço e depois se afastou. Então pulou da cama e sentou-se na beirada. "Aquilo era outro mundo. Um mundo completamente diferente."

Tirei a camiseta e enxuguei o suor do pescoço. "Você acha mesmo isso? Quer dizer, não é apenas uma alucinação?"

"Não pode ser. A gente viu a mesma coisa. Eu senti a pedra. Tem que ser real. Um verdadeiro planeta alienígena." Apoiando-se de volta no meu peito, ela envolveu meus braços em torno de si mesma como costumava fazer. "Temos que voltar. Você tem mais parten, não tem?"

O nome do cogumelo provinha de uma palavra do campo da biologia, "partenogênese", cujo significado é "nascimento virginal". O parten se reproduzia de forma assexuada, então cada corpo de frutificação era um clone do anterior, uma precisa melodia genética tocada à repetição. Os primeiros soldados haviam aparecido ao longo das margens do lago Michigan e marcharam sem parar para o sul através do Cinturão da Ferrugem. Forças-tarefa antidrogas tentaram todos os tipos de fungicidas diferentes, mas nada conseguia detê-lo. Ele gostava de florestas inóspitas de pinheiros, estruturas de casas abandonadas e fábricas fechadas, onde o solo devia estar tão doente que nada poderia crescer.

A cidade também passou a ser conhecida como "Parten". Ela era virgem, um lugar imaculado que ansiava por ser tomado. Porém não podíamos alcançá-la.

Eram 36 arcos que levavam à cidade. Da segunda vez que tomamos os cogumelos, acordamos sob o arco mais baixo, como antes. Juntos, partimos em direção à cidade. O efeito da droga durava apenas uma hora ou duas, e não tínhamos chegado sequer à metade do caminho quando fomos arrastados de volta à Terra. Na oportunidade seguinte, corri de peito aberto até que meus pulmões arderam como a areia escaldante. Cheguei perto o suficiente para ver que não havia nada entre as cúpulas, exceto dunas coroadas por mato alto e resistente, e uma ampla rampa que levava para baixo de uma das cúpulas. A cidade era subterrânea. Ainda assim, não consegui alcançá-la. Desabei e voltei ao apartamento, ofegante para recuperar o fôlego.

"Não dá. Não conseguimos chegar lá." Meu corpo tremia devido às drogas ou ao cansaço. "É longe demais."

Macy riu e me beijou. "Há um segredo. Alguns dos outros peregrinos me contaram. Parten não pode ser conquistada. Você precisa amá-la. Só pode ser alcançada por meio do amor."

"Hã? O quê?"

"Vou te mostrar, não se preocupe, mas precisamos de mais cogumelos."

A cidade ansiava por ser tomada, mas apenas por aqueles que a amavam. Os peregrinos nem sempre acordavam sob o arco mais baixo. Era possível chegar em qualquer ponto que você já tivesse estado antes, contanto que visualizasse o lugar enquanto a droga te lançava entre as estrelas. Precisava imaginar todos os detalhes — o formato do portal, a queda das sombras, cada detalhe de todos os ângulos. Você tinha que amar o lugar.

Macy era melhor em enxergar do que eu, melhor em estar consciente. Às vezes, ela pegava minha mão e passava meus dedos pelos fósseis em espiral ou pelas sutis fraturas de cores na pedra. É por isso que ela é uma artista, pensei. É assim que ela vê o nosso mundo o tempo todo.

Funcionou. Acordamos sob o segundo arco, depois o quarto, depois o sétimo. Nunca havia brisa. O furioso sol vermelho estava suspenso sempre na mesma posição no céu, como se estivéssemos viajando por um instante congelado no tempo. Na Terra, sites de internet surgiram para compartilhar histórias sobre Parten. No maior deles, *O Outro Lado*, as pessoas escreviam longos tratados sobre viagem astral, Éden e Shambhala. Mas, na verdade, ninguém sabia onde Parten ficava localizada ou como a alcançávamos. E, o principal, precisávamos saber o que jazia dentro dela.

Às vezes, Macy seguia em frente antes que eu pudesse acompanhá-la, mas sempre me ajudava. Na Terra, ela sussurrava no meu ouvido: "Lembra da duna ao lado do arco? Lembra como a areia cai ao redor do seu pé quando você dá um passo?". Sem Macy, eu ainda estaria preso sob o arco mais baixo.

No dia em que chegamos ao 31º arco, voltamos à Terra e Macy tinha uma mensagem no celular. Era de uma das empresas de design, querendo marcar uma entrevista. Senti o velho terror de que ela fosse embora, mas Macy apagou a mensagem e disse: "Para onde eu iria? Tenho Parten e você. O que mais eu poderia querer?".

Eu precisava de Macy para me ajudar a visualizar o caminho até a cidade, e ela precisava de mim para colher o cogumelo em Cherokee Bluff. Enquanto eu pudesse lhe oferecer Parten, ela ficaria.

Dois dias depois, caminhando de mãos dadas, entramos no domo mais próximo. Macy soltou um suspiro surpreso quando o espaço se abriu diante de nós. Os partenianos viviam no subsolo em vastos zigurates invertidos. Terraços escalonados em níveis circundavam um enorme átrio, uma montanha invertida de luz e ar fresco. Havia oficinas e espaços de convivência, mas também aquedutos e amplas arenas abertas.

O domo protegia a vila subterrânea do vento que assolava a superfície e da pior parte do calor do sol, mas permitia entrada suficiente de luz para que fosse possível enxergar e cultivar alimentos. Os terraços mais baixos eram agora campos em pousio.

Ao longo de todo o outono, exploramos o zigurate. Havia maravilhas suficientes lá para manter Macy feliz por uma vida inteira. Sendo melhor em visualizar através da cidade, Macy sempre seguia na minha frente; ela não podia evitar. Tudo estava bem. Na Terra, ela preenchia cadernos de esboços com marcos para me ajudar a acompanhar. Ela parou de preencher currículos, e Parten se tornou nossa vida. Descobrimos uma avenida de árvores com galhos nus. Ali, a luz caía pelos ramos como renda fina na face e nos braços de Macy, fazendo os pequenos pelos de sua nuca brilharem como filamentos. Tornou-se meu lugar favorito nos dois mundos.

Mais desabrigados haviam se instalado nas casas meio construídas em Cherokee Bluff. Eu estava vasculhando um porão quando dois marginais magros como espantalhos surgiram na porta acima de mim segurando canos. Graças a Deus, Everest apareceu e os avisou que eu era um amigo. Depois disso, eu sempre levava lanchinhos para os filhos deles — biscoitos Oreo, bolinhos Twinkie — para trocar pelo parten. Eles eram gente boa, na verdade. Todos eles eram peregrinos e me contavam sobre novos lugares para procurar na distante cidade.

Seguindo pistas que os desabrigados nos deram, encontramos o túnel abobadado que levava a um segundo zigurate, e depois a um terceiro. Macy postou alguns de seus desenhos n'*O Outro Lado* e se tornou meio que famosa. Nomes de lugares também surgiram da comunidade d'*O Outro Lado* — o Zigurate de Verão; o Zigurate dos Quatro Corações, em formato de trevo; O Canal de Léthê; O Tribunal. Este último era uma paliçada no Zigurate de Verão, cercado por 81 colunas. Oitenta e uma colunas, quatro corações, trinta e seis arcos — os partenianos gostavam de raízes cúbicas, mas ninguém sabia por quê. Além de documentar o que os partenianos haviam deixado para trás, algumas discussões na internet especulavam sobre quem eles realmente tinham sido.

Não havia imagens em lugar algum da cidade. Os partenianos poderiam muito bem ter sido cegos; eles só precisavam de luz solar para suas colheitas. Mesmo sem imagens, porém, ficava claro que os partenianos estavam longe de ser humanos. Não havia escadas, apenas rampas. Não havia camas ou roupas, e todas as ferramentas tinham cabos grossos. Eram vegetarianos — ou, pelo menos, ninguém havia encontrado ossos de animais ou matadouros.

Padrões ondulados de metais diferentes haviam sido martelados nas paredes de pedra em alguns lugares. Uma teoria era que se tratava de uma espécie de linguagem tátil. Talvez os partenianos pudessem sentir a diferença entre os variados tipos de metal, até detectarem suas assinaturas químicas únicas. No entanto, se era uma linguagem, ninguém conseguiu decifrá-la.

A principal ciência dos partenianos tinha sido a química — havia oficinas e laboratórios com vários andares por toda parte. E, em vez de serem construídos em pedra argamassada, como a maioria dos lugares, sempre eram esculpidos no substrato rochoso. Certa noite, fomos procurar a passagem que conectava o Zigurate de Verão ao chamado "Vila Quem". Eu me separei de Macy novamente e passei o tempo explorando uma oficina cheia de vidrarias e braseiros elaborados. Parado entre jarros de pós empelotados e líquidos oleosos, pensei que talvez os partenianos tivessem dominado a alquimia em vez da química, uma mistura de ciência e magia que não poderia existir no nosso mundo.

Quando retornei à Terra, Macy estava chorando baixinho. "Como todos podem ter desaparecido? Eles devem ter sido pessoas bonitas e pacíficas. Como podem simplesmente sumir?"

Eu a abracei, pensando na sala de trabalho. Depois de muito tempo, eu disse: "Talvez eles soubessem que estavam desaparecendo e criaram o parten para que fossem lembrados. Eles criaram uma droga que permite que outras pessoas visitem seu lar e a enviaram para a Terra, de alguma forma. Então, quando exploramos a cidade, não estamos fazendo isso apenas por nós mesmos. Estamos explorando por eles também".

Macy enxugou os olhos. "Você acha, talvez, que eles quisessem nos inspirar? Talvez eles quisessem nos mostrar o que poderíamos nos tornar."

"Claro." Eu a beijei. Nossos lábios estavam ressequidos, um efeito colateral do parten. "Eles acreditavam que poderíamos nos tornar tão incríveis quanto eles, algum dia."

As coisas estavam desmoronando na Terra. As microfissuras do país estavam se ampliando. Os políticos usavam relatos sobre o parten — sobre a cidade maravilhosa e estranha que ele revelava — para manter as pessoas assustadas e ignorantes. Agora faziam buscas pelo parten no aeroporto, e o Congresso havia aprovado uma lei que dizia que você poderia ser preso apenas por ter esporos nas suas roupas. A polícia local derrubava edifícios onde o parten era descoberto e preenchia porões com concreto. Macy e eu assistimos à procuradora-geral do estado defender o direito do governo de derrubar casas. Ela declarou: "As pessoas fingem que essa droga é inofensiva, mas não é. Temos relatos de usuários abandonando seus empregos, suas famílias, simplesmente desaparecendo. Estamos criando uma geração que não faz nada além de sonhar com uma cidade imaginária".

Só que Parten não era imaginária, não importava o quanto insistissem que fosse. E os peregrinos não estavam mais sonhando; estávamos acordando. Nós nos sentíamos como pioneiros dos tempos em que o país não havia sido sugado até não haver mais nada e pisoteado; quando era selvagem, verde e cheio de possibilidades.

Em fevereiro, os peregrinos haviam descoberto oito zigurates, formando um anel. Deveria haver um nono — os partenianos faziam muitas coisas em raízes quadradas. Por fim, um visitante frequente d'*O Outro Lado* postou as direções para o nono zigurate. Não ficava no centro do anel como todos haviam presumido. Em vez disso, era uma extensão do Zigurate Canto do Pássaro, como um esporão.

Depois das instruções, o autor da postagem escreveu: "Existem pontes permanentes entre nosso mundo e Parten. Vocês podem encontrá-las a partir do último zigurate".

"Permanentes?", indagou Macy, lendo por cima do meu ombro.

"É o que ele diz." Passei os olhos rapidamente pelas respostas à postagem principal. A maioria estava perguntando se era verdade. O autor original nunca respondeu. "Pode ser uma brincadeira."

"Mas e se não for?" Macy apertou meu braço. "E se pudermos viver em Parten para sempre?"

E se pudéssemos recomeçar? E se pudéssemos dar início a uma nova sociedade cheia de maravilhas, amor e comunidade, finalmente livres dos advogados imprestáveis e políticos que monetizam o medo? Essa ideia atraía os peregrinos como açúcar atraía formigas. Não demorou muito e as pessoas começaram a partir. Elas chegavam ao último zigurate e aprendiam algum segredo. Quando voltavam para a Terra, entravam em seus carros ou aviões e partiam... para algum lugar. Elas nunca mais voltavam.

Macy e eu nos dirigimos para o Zigurate Canto do Pássaro e, esperávamos, para o último zigurate além deste. Macy correu à frente como sempre. Ela amava Parten mais do que me amava, mas pelo menos continuava desenhando marcos para me ajudar a acompanhá-la. Depois de chegar ao Zigurate Canto do Pássaro, ela me mostrou imagens do grande pórtico que circundava os campos, suas vigas de sustentação retorcidas como marshmallows. "E há água de verdade, Austin. Ainda não vi, mas pude ouvir um riacho correndo. É muito fraco, quase como se eu estivesse imaginando."

Olhando para seus desenhos, implorei a Macy que não partisse sem mim. Macy sorriu e prometeu que esperaria. Naquele momento, era provável que estivesse sendo sincera.

Tentei alcançá-la, mas não consegui. Uma semana depois, voltei de Parten quando o pôr do sol cor vinho inundava as janelas do apartamento. Macy estava enchendo uma bolsa de viagem com roupas. Eu sabia o que aquilo significava.

"Macy, não vá."

Ela sorriu para mim e pegou seu caderno de desenhos de cima da mesa de cabeceira. "Você vai ficar bem. Desenhei todos os lugares que você precisa encontrar. Você v..."

"Não." Afastei o caderno de desenhos. "Só me diga como chegar a Parten e ficar lá em definitivo. Macy, fale comigo, por favor."

"Não posso explicar exatamente. Você tem que falar com os partenianos."

Olhei para ela, atordoado. "O q-quê?"

Macy sorriu. "Eles não estão mortos. Estão esperando no último zigurate. Vão te mostrar o que fazer."

Ela foi embora. Corri atrás dela, mas ela já estava em seu carro, saindo do estacionamento.

Eu não podia perder Macy. Eu não ia ser deixado para trás nesse mundo miserável e de pernas para o ar. Peguei minhas coisas, dirigi até Cherokee Bluff. Havia crianças gritando, brigando umas com as outras entre rolos de turfa morta, mas eu não vi Everest ou outros adultos. Entrei em quatro casas, colhendo o máximo de parten que pude antes que as autoridades descobrissem esse lugar e o derrubassem. Sem luzes da rua, a noite era espessa como tinta. Na escuridão, uma criança chorou: "Mas onde está a mamãe? Onde ela está?".

No apartamento, o celular de Macy tocava. Era a mãe dela, então deixei tocar. Não demoraria muito até que as pessoas viessem procurá-la, fazendo perguntas que eu não podia responder. Chamariam a polícia, e então a polícia encontraria esporos de parten por toda parte. Só havia uma direção para onde eu poderia fugir.

Deitado, segurando o caderno de Macy, comi o parten cru. A carne resistente do cogumelo azedaria meu estômago, mas eu não me importava. O suor escorria da minha testa como chapéus de cogumelo enquanto eu sentia que estava sendo levantado da Terra e lançado em velocidade rumo a Parten.

Era difícil não avançar rápido demais, memorizar intimamente cada visão antes de prosseguir. Levei dias para chegar ao Zigurate Canção do Pássaro. Entre os intervalos, eu me escondia no apartamento, comendo macarrão e bebendo água, deixando minha carne ficar flácida nos ossos. O definhamento do meu corpo tornava a minha alma mais madura, quase pronta para ser colhida.

Eu sabia o que deveria tentar ouvir no Zigurate Canção do Pássaro, mas ainda não acreditava por completo. O barulho da água corrente preenchia o grande espaço. Era a única água que alguém tinha encontrado em Parten. O fino riacho caía em um abismo natural, um lago subterrâneo que existira por séculos antes de os partenianos esculpirem o zigurate ao seu redor.

O riacho corria acompanhando o piso de um longo túnel ladeado por estalactites e estalagmites. Parado à entrada, senti um cheiro úmido, parecido com carne. Não apenas pedra e terra seca, mas o cheiro de algo vivo.

As pessoas se desvencilhavam de mim para entrar no túnel, e eu segui. Aglomerados de globos escuros e brilhantes pendiam do teto entre as estalactites. Um deles balançou suavemente, mas não senti o vento movê-lo.

O último zigurate talvez tivesse sido o primeiro que os partenianos habitaram. Ao contrário dos outros, esse parecia em grande parte natural — uma grande cratera coberta por um domo pálido como a lua. Mais aglomerados de globos encontravam-se em nichos e grudados nas paredes. O ar estava úmido, e musgo roxo crescia nas pedras. Apesar disso, não parecia alienígena ou exótico; parecia o meu lar. Percebi que — de alguma forma — eu ansiava por esse lugar muito antes de parten me permitir vislumbrá-lo. O cogumelo havia simplesmente despertado um anseio adormecido.

Mas onde estavam os partenianos? Onde estava a ponte entre este mundo e o nosso? Comecei a subir a encosta de pedras para olhar ao redor.

Abaixo, uma voz trêmula disse: "O...lá. Me chamo Jake. Você entende?". Olhei para baixo. Um homem que havia entrado no último zigurate antes de mim estava conversando com um dos aglomerados de globos, que ia escorregando na direção dele. Os aglomerados estavam vivos, os partenianos! Eles eram a evolução de um fungo. Era por isso que viviam no subsolo, longe do calor terrível do sol de sua terra.

Jake tocou a carne viscosa do parteniano. Um dos globos se estendeu para formar um tentáculo com a ponta plana. Ele tateou os dedos, o braço, finalmente acariciando a mandíbula. Rindo, Jake disse: "Você entende? Jake. Meu nome é Ja...".

Uma dúzia de tentáculos prendeu os membros de Jake. Apertaram seu torso e cabeça. Ele se contorceu para trás — os dedos cravando a carne fúngica —, mas o parteniano o envolveu. Gritei no lugar de Jake. Virando para ajudar, vi outros partenianos deslizando atrás de mim, tentáculos se estendendo.

Não ousei tocá-los. Tentei desviar deles, mas os tentáculos me sentiram. Recuei até a beira da encosta e estava reunindo coragem para pular quando o tentáculo prendeu minha coxa.

A coisa se enrolou ao redor do meu rosto, empurrando-se para dentro da minha mente como uma língua forçada na minha boca. De repente, eu ocupava dois corpos. Eu estava no meu corpo e no corpo do parteniano, poços de sensibilidade química ao longo de seus tentáculos provando meus próprios hormônios azedados.

Eu sabia sua história. Eu sabia sobre o mundo moribundo e o alquimista brilhante que criara o cogumelo. Como os recursos escassos tinham sido gastos enviando nuvens de esporos para se espalharem pelo espaço. Levou séculos. Os esporos deviam ter caído em incontáveis mundos mortos antes de chegarem à Terra. Havíamos perdido a esperança. Menos de 6.561 de nós ainda estavam vivos, encolhidos no último zigurate. Mas, finalmente, os humanos vieram, e poderíamos escapar. Poderíamos seguir suas projeções astrais de volta para seus corpos, que esperavam na Terra, um planeta que não estava seco e esgotado.

O parteniano sorveu minha mente como uma ostra, me aprisionando em seu próprio corpo cego e surdo. Tentei gritar, xingar, chorar, mas fui condenado ao silêncio.

Estou aqui há semanas, ou talvez apenas dias. Não consigo imaginar o que está acontecendo na Terra.

Rastejando pelas pedras, absorvendo musgo como alimento, às vezes me deparo com outro humano preso no corpo de um parteniano. Nos abrigamos juntos, mas não podemos falar. Só podemos trocar sinais químicos de medo e arrependimento. Acho que a maioria ficou louca. Forço-me a ficar são por Macy. A coisa que me deu um beijo de adeus não era ela, apenas um parteniano usando sua pele. Então, vasculho o último zigurate, procurando por Macy, rezando para que, se eu a encontrar, saiba que é ela.

2

PEQUENOS ESPOROS MORTAIS

NATUREZA MACABRA

DARKSIDE

COGUMELOS DA MEIA-NOITE

W.H. PUGMIRE

I

Ele flutuava, junto à sua própria sombra, por baixo de uma lua de arsênico. Quando levantou os olhos e fitou a esfera lunar, seus pálidos raios pareciam sedimentos de lampejos gelados atingindo seu rosto. Conseguia sentir aquela erosão de luminosidade rastejando por sua visagem e alcançando seus olhos, afundando a modo de encontrar o cérebro dentro de seu crânio. Dessa forma, ele contemplou a noite gelada de uma maneira diferente, experimentando seu recém-adquirido encanto. Ele nunca soube que a luz das estrelas poderia ser tão íntima e persuasiva, como se pudesse sair do chão sólido e caminhar por entre os espaços das estrelas frias até chegar na lua, onde dançaria sobre sua poeira. Até esse momento, cabriolaria sob a carcaça brilhante do satélite e fecharia os olhos, sonhando o sonho do escultor. Assim, saltitou ao longo da estrada desolada de uma cidade esquecida, passando por residências que cederam devido ao tempo, não abrindo os olhos até tropeçar em tijolos que haviam caído de alguma chaminé desalojada. A queda foi como um rude despertar e ele arranhou a terra enquanto se levantava de joelhos. Olhou para o lado e então seus membros rastejaram para as tábuas de madeira que serviam de calçada, em direção à janela torta iluminada por uma luz dançante. A besta sombria o observava daquela janela, com a língua molhada estendida. Franzindo o cenho, ele entrou pela janela, esbarrando na fera enquanto seus olhos se deleitavam com as chamas em movimento na lareira. O frio não havia adentrado no quarto e isso o deixou contente. Sem apetite, ele não olhou com desejo para a jovem aristocrática sentada em uma poltrona esfarrapada com um prato no colo, faca e garfo nas mãos. Ele contemplou seu exuberante cabelo vermelho, a saia verde-ácido, a pele de porcelana. Seus lábios pálidos sorriram ligeiramente quando pegou a pá e escavou uma pilha de cinzas próximas da frente da lareira, que estava livre do fogo. Ele observou aquela pá levantar uma pilha de cinzas e trazê-las diante dele. Ele não se moveu quando a pá girou, fazendo com que as cinzas caíssem no chão de madeira. Com a pá, a moça deu uns tapinhas nas cinzas até que formassem uma superfície plana e lisa.

"Escreva seu nome", ordenou. Ele hesitou por um momento, pairando a mão sobre as cinzas para sentir se ainda estavam quentes e então movimentou o dedo por sua superfície fria e fuliginosa, observado em silêncio por sua companheira, enquanto o canídeo dela permanecia na janela resmungando. Ele escreveu seu nome na sujeira, enquanto a mulher espetava a coisa em seu prato e começava a cortar uma pequena porção. Por fim, ela analisou o nome que havia sido gravado nas cinzas. "Bem, Demetrios... o que o traz ao meu refúgio?"

"Você não existe para mim", respondeu ele. "Na verdade, acho que você não é nada mais do que um sonho de um artista imaginativo influenciado pela horripilante luz que emana da lua inchada; pois a lua plantou uma estranha paixão em meu cérebro estético, e uma esdrúxula canção em minha boca poética, a qual eu cantarolaria em êxtase excêntrico para aquele distante globo de poeira."

A moça riu à toa. "Tenho outra ideia. Venha e dê uma mordida nisso. Venha, Demetrios. Aproxime-se e olhe meu prato. Você pensaria que essa coisa pálida de tonalidade chamativa é um nabo deformado, não é mesmo? Ora, quase parece o pé decepado de uma criança, não é? É maravilhoso o tipo de fungos estranhos que podemos encontrar brotando em nosso jardim. Venha, partilhe desta pequena fatia e então seu êxtase lunar encontrará seu correspondente em uma visão nebulosa." Ele permitiu que ela colocasse o garfo em sua boca e seus dentes se fecharam ao redor da fina fatia do que, a princípio, era o insípido pedaço de uma substância esponjosa. Ele olhou para a coisa que estava no prato, que começou a ficar desfocada e sutilmente encaracolada. Seus sentidos foram afetados pela carnuda e macia fatia que havia mastigado, que suspeitou, na verdade, se tratar de uma espécie de cogumelo disforme e alucinógeno que estava começando a afetar sua perspicácia mental. Prestando atenção, imaginou ter escutado um vento soprando e sentiu uma lufada de ar quente se movendo da lareira em sua direção. Então, a lareira derreteu e desapareceu de sua vista, assim como todo o resto. Enquanto se ajoelhava sobre um pedaço frio de terra solitária, ele estremeceu. A besta sombria, que ainda se encontrava a alguma distância dele, o observou com olhos tristes e então avançou para a frente enquanto uma partícula do que ele ainda mastigava caía de sua boca. O focinho canino investigou o pedaço de cogumelo e a língua da criatura o lambeu enquanto o homem engolia o que havia restado em sua boca. Ele observou quando os olhos escuros do animal começaram a cintilar com uma sensação estranha, e estremeceu quando o cão levantou o rosto em direção à lua cheia e uivou. E então ele seguiu, apoiado nas mãos e nos joelhos, enquanto o animal começava a trotar em direção a uma floresta na qual adentraram. Seguiu a besta por entre a assustadora sombra formada pelos grossos galhos que se uniam acima deles, até que chegaram a um pequeno monte de terra.

Enquanto a criatura descansava a cabeça no monte e grunhia, esperando que o humano se juntasse e ela, ele se aproximou. Seu nariz frio cutucou a mão dele, enquanto ele a colocava no monte, de forma que juntas, as duas criaturas começaram a cavar, alcançando as profundezas do solo até que tocaram em algo suave e frio. Ele teve dificuldades em levantar o objeto de seu leito imundo, mas ao fazê-lo, um pedaço de luz lunar atravessou os galhos fechados da floresta e iluminou o que estava em suas mãos. Analisou, então, a forma da coisa e ficou maravilhado que um pedaço de matéria expandida pudesse se assemelhar a um bebê humano adormecido. Ele observou os membros pálidos e atrofiados, os dois braços e a insinuação de pequenas pernas, enxergando que uma das pernas não possuía o pé. Como é curioso que uma corrente de névoa saiu do lugar onde uma criança poderia ter tido uma boca. Como é peculiar a forma como o homem imaginou que o objeto se enrolou, enquanto descansava em suas largas mãos abertas.

No entanto, nada disso importava, pois ele ainda estava atordoado com o prazer causado pelo êxtase semelhante ao ópio que havia experimentado ao se banquetear com aquela lasca de fungo pálido. E assim, à medida que a névoa oriunda da boca fúngica começava a pairar sobre eles, o homem segurou a massa disforme em direção ao seu companheiro faminto, enquanto ambos se curvavam perante a coisa carnuda e começavam a consumi-la.

II

Eu devorava minha torta de cogumelos enquanto Demetrios talhava o dorso da mão com uma faca trinchante. A besta sombria ao seu lado lambeu o sangue que começava a escorrer do desenho que abria a carne de meu irmão. "Que palavra curiosa", eu disse enquanto olhava as letras cravadas em sua mão.

"É a palavra polonesa para cogumelo ou fungo, é pequena o suficiente para caber precisamente nas costas da mão." Então ele pegou o guardanapo de jantar e colocou em cima das letras entalhadas, parando o fluxo de líquido vermelho. Sua fera desabou sobre o chão e resmungou.

"Gostaria que não fizesse isso na mesa de jantar. Duvido que você tenha esterilizado essa lâmina. Sua execução foi bem melhor empregada durante o tempo em que criou aquela coisa curiosa. É muito excêntrico da sua parte, após ter trabalhado duro em sua estranha criação, você a enterrou na terra antes que qualquer um tivesse a chance de admirá-la."

A coisa havia sido seu projeto mais ambicioso e ele passara semanas a criando. A maior parte da figura foi esculpida em madeira balsa que importara do Brasil. Sua forma sugeria que Demetrios desejava que fosse feminina, mas ele vestiu a figura de um metro de forma estranha, de modo que aquilo que a cobria se assemelhava a pedaços de tumores em vez de roupas. Ele não conseguiu conferir um rosto a ela e adornou a cabeça com um estranho chapéu que lembrava um cone carnudo, aberto no topo com um tipo de teia que servia como véu. Realmente, era uma obra de arte notável. Logo, fiquei perplexa quando, em uma meia-noite enluarada, ele carregou o objeto (que era bastante leve) para fora de seu estúdio e em direção à floresta, onde fiquei surpresa ao ver que este delicado artista havia escavado um buraco redondo e profundo na terra. Dentro daquela cova imunda ele posicionou sua criação, cobrindo-a com a pilha de terra que surgiu como um monte ao lado do buraco.

"Não é um projeto de arte", disse Demetrios, despertando-me do devaneio. "É ritualístico, algo que você se recusa a entender."

"Bem, odeio pensar em como foi abusada, habitando naquela cova profunda por quase nove meses, molestada por minhocas ou insetos ou sabe-se lá o que mais. E agora, no círculo elevado de terra que a cobre, cresceu uma cama de cogumelos — os quais, devo confessar, você preparou de forma magnífica nessa deliciosa torta."

"Eles têm um sabor muito rico, não é mesmo? Seria fácil se tornar completamente viciado nesse sabor e sonhar com ele sob a fria luz das estrelas. E as propriedades psicoativas desses cogumelos são capazes de introduzir o sonhador sensível em um raro domínio de maravilhas e percepção psicológica."

"Foi muito perspicaz de sua parte saber que eu teria apetite a essa hora da noite; afinal, logo mais será meia-noite. Por que você se levanta e age de modo tão inquieto?"

"O tempo do cultivo está chegando ao fim. Está quase na hora de dançar e sonhar. Venha comigo, se quiser."

Eu o observei sair de casa, acompanhado por sua besta sombria. Após um momento, levantei-me da cadeira para me juntar a ele. Senti uma vertigem repentina e experimentei uma excêntrica visualização de nebulosas manchas em preto e branco diante de meus olhos, as quais eu conseguia realmente *sentir* em meu cérebro. Embora tivesse parado de comer a torta, o sabor de seu recheio permaneceu comigo, se intensificando. Fui para fora e olhei de relance o céu, mas minha visão estava tão turva que as estrelas, deitadas no cobertor preto da noite, se assemelhavam à vertigem que havia produzido a ilusão de ótica em manchas preto e branco que tinha acabado de experimentar. Com a mão fria, massageei minha testa e enxerguei a passagem por onde meu irmão havia adentrado na floresta. Cambaleei atrás dele, entrando na mata e caminhando por entre as árvores ainda iluminadas pelo luar. Na floresta, os moradores dendroides não se aglomeravam um sobre o outro, possibilitando que a luz da lua se infiltrasse no lugar. Caminhei até encontrar Demetrios, que dançava em torno de um pequeno círculo de cogumelos e espetava sua mão machucada com um galho afiado, abrindo mais uma vez o símbolo arcano que havia esculpido antes. Enquanto escorria e pingava sobre a cama de cogumelos, o sangue carmesim captou o reflexo do luar. Demetrios ria de uma forma peculiar e abaixava a mão para sua criatura, eu não observei quando o animal lambeu sua cicatriz simbólica.

Olhei aquele leito de fungos se mover enquanto algo abaixo começava a subir; naquele momento, senti que realmente estava intoxicada pelos ingredientes da torta que havia consumido, a qual ainda conseguia saborear intensamente em minha imaginação. Vi que a bizarra construção foi empurrada para fora, de forma a zombar de seus vizinhos arborescentes, e mal consegui reconhecer o trabalho artístico de meu irmão — pois a escultura havia se transformado em uma entidade viva. Fiquei encantada por seu corpo descolorido e pelas estranhas dobras de tumores que formavam seu traje. No entanto, o mais estranho de tudo era sua cabeça em formato de cone, o qual se abria no topo projetando uma série de videiras cujas terminações continham pálidos casulos de aparência venenosa. Analisei o miasma que irradiava do topo aberto, com espirais de névoa que emanavam uma fraca fosforescência. O crescimento em forma de teia que formava uma espécie de véu, presente na escultura original de meu irmão, havia desaparecido, sendo substituído por uma máscara fúngica que imitava o semblante de uma mulher. Demetrios se aproximou de sua criação senciente, curvando-se e oferecendo-lhe a mão ferida, à qual a coisa abaixou sua cúpula para que os pálidos casulos pudessem se prender à insígnia ensanguentada e sugar dali seu alimento. Incapaz de resistir a essa cena digna de um pesadelo, me aproximei ainda mais de meu irmão, parando apenas quando a criatura moveu sua cúpula em formato de funil, de modo que a sua cintilante neblina fosse disparada em direção aos meus olhos. Ah, como a névoa estava quente quando penetrou em meus olhos e encontrou meu cérebro, agradando-me com a instigante memória dos cogumelos que eu havia devorado na torta. Ah, como a fera de meu irmão uivou para a lua morta enquanto sua forma se expandia e se transformava em um homem alto e esguio de pele escura como a noite que levantava uma das mãos para fazer movimentos enigmáticos para a lua. A criatura virou seu semblante canino em minha direção e ofereceu seus braços, mas eu não tinha desejo nenhum de me esgueirar em um reino de extinção proferida. Afastando-me do homem, vi meu irmão estender a mão à máscara anêmica de sua criação e a remover. Assisti enquanto ele pressionava a máscara fúngica contra seu rosto e gritei quando a máscara assumiu a aparência de seu rosto febril. Algo na visão daquela máscara de cogumelo me encheu de um desejo quase obsceno, um apetite voraz. Chamei seu nome e Demetrios se desprendeu do abraço de sua criação, flutuando até a minha direção. Inclinando-me para ele, encostei meus lábios em seu rosto sonhador e então o beijei com a língua. Enquanto saboreava meu irmão, senti a sombra de sua criação atrás de mim. Logo, Demetrios e eu estávamos envoltos na espessa e venenosa névoa que desintegrou a realidade e nos conduziu ao domínio de um rico e fascinante sonho. Rindo timidamente, Demetrios flutuou para longe de mim para dançar com sua recém-transformada fera sob a pálida luz do luar. Ao virar, me deparei com a forma feminina, a coisa sem rosto que havia enchido minha alma com uma fome inquietante. Abrindo minha boca, finquei meus dentes no lugar onde a coisa deveria ter uma face. Meu banquete foi um sonho eterno.

PEQUENOS ESPOROS MORTAIS
NATUREZA MACABRA
DARKSIDE

KUM, RAÚL (O TERROR DESCONHECIDO)

STEVE BERMAN

Ninguém que habitava Tzapotl, uma pequena vila nas florestas ao sul do México, teria qualquer conhecimento de inglês se não fosse por dois estadunidenses: Robert Hayward Barlow e Gerald Ramsey. O primeiro foi um distinto antropólogo que um dia seria chefe de departamento na Universidade Autônoma Metropolitana da Cidade do México; o segundo, um cientista que foi desonrado depois de envenenar várias alunas com refeições de *Boletus satanas*.

Barlow foi para Tzapotl no fim de 1946 em um período sabático para estudar a lenda local de *Cueva Muerte*, uma caverna onde os aldeões faziam sacrifícios humanos anualmente a fim de ouvir os sussurros de seus ancestrais. Embora fosse fluente nas línguas maia tseltal e tsotsil, e não tivesse nenhum problema com o dialeto zapoteca, Barlow ensinou aos aldeões um pouco de inglês durante os meses que ficou em Tzapotl. Seu favorito entre os habitantes locais era Raúl Kum. A tutela de Barlow foi de algo casual para romântico quando Kum expressou interesse em um livro que Barlow trouxera consigo, *El Baile de los Cuarenta y Uno* que falava de um escândalo homossexual em 1901. O caso entre os dois homens acabou assim que Barlow, junto a Kum e outro guia local, começou a espeleologia da caverna. Os três descobriram uma espuma pálida que se agarrava e escorregava das paredes úmidas da caverna. Era uma espécie desconhecida de fungo com hifas que se prendia de forma agressiva à pele parasitoide. Barlow e Kum quase não escaparam com vida, e o terceiro homem pereceu quando parte de seu corpo foi rapidamente consumida e substituída pelo fungo. Barlow achou a experiência muito parecida com a ficção weird de seu amigo e primeiro crush, o autor Howard Phillips Lovecraft (ver o conto de 1927 de Lovecraft, "A Cor que Caiu do Espaço"), e ele sofreu um colapso nervoso, fugindo de Tzapotl e da floresta para o santuário de um hospital na Cidade do México. Abandonado e temendo os terrores da *Cueva Muerte*, Kum se tornou recluso e depressivo.

Seu costume de expor alunos a fungos perigosos fez Ramsey ser banido pela Sociedade Micológica da América (SMA), e o homem se convenceu que alguns dos membros da SMA contratara assassinos para livrar o mundo de sua genialidade, então ele fugiu para o México, onde podia desaparecer. Enquanto visitava um bordel, Ramsey acabou encontrando uma edição descartada de *Cuentos Misteriosos*, uma revista *pulp* que continha uma história de 1947 escrita por Barlow enquanto se recuperava dos barbituratos em um sanatório. O conto "Podredumbre Innoble" mencionava tanto a *Cueva Muerte* quanto Tzapotl, que era ali perto. Ramsey ignorou a prostituta, pegou a revista e se aventurou pela floresta. Ele chegou ao povoado e impressionou os nativos com seu conhecimento limitado de anatomia e biologia. Eles valorizavam suas habilidades de cura, o que se tornou o seu meio de virar um déspota através da extorsão. Os aldeões começaram a fazer sacrifícios para Ramsey e não para *Cueva Muerte*. Assim, ele obtinha vítimas para seus experimentos com as amostras de fungo que havia coletado nas paredes da caverna. Kum foi temendo cada vez mais o controle de Ramsey sobre o povoado e sua manipulação do fungo.

Com medo de que sua homossexualidade fosse descoberta pelo conselho da universidade, Barlow se suicidou nos primeiros dias de 1951. "Podredumbre Innoble" foi descoberta por Donald Wandrei, traduzida como "Fungo Ignóbil" e publicada em *Memórias de Leng e Outros Ensaios* (Arkham House, 1955). Wandrei deu uma cópia da edição ao seu amigo, Charles Gray, um explorador e apreciador do insólito, que fez uma busca no sítio arqueológico La Proveedora e chegou perto de descobrir a Jovem Inca Congelada, quase meio século antes de Johan Reinhard. Gray ficou obcecado em encontrar aquela caverna. Ele passou muito tempo no sul do México procurando Tzapotl e, em junho de 1957, chegou ao povoado. Ramsey ressentiu-se com a intrusão do homem e tentou envenená-lo com fruta enlatada contaminada por fungos, mas Gray, que sofria de intolerância à frutose, descartou o presente assim que deixou o casarão de Ramsey.

Kum o alertou para que não se aventurassem pela *Cueva Muerte*, mas Gray o ignorou. Nessa altura, os experimentos de Ramsey haviam criado muitos cadáveres semiambulantes completamente contaminados e movidos pelo fungo a espalhar e infectar qualquer animal ou desafortunado que encontrasse. Ramsey confinara essas monstruosidades malfeitas à caverna para estudos adicionais. Gray se tornou mais uma vítima. Quando o explorador não retornou para casa no momento previsto, sua irmã, Gina, convenceu o marido rico, Dan Matthews, a organizar uma expedição para encontrar o irmão. Matthews seguiu a rota de Gray, mas se viu diante de nativos hostis que impediram sua entrada em Tzapotl. Contudo, antes que ele fosse embora, Kum o abordou e prometeu que explicaria o que acontecera com Gray, com a condição de que seria o primeiro a voar para os Estados Unidos — o que Kum mais queria era chegar até o solo estadunidense, desertar e começar uma nova vida longe de Tzapotl.

Kum alegou que Gray morrera de uma doença tropical, depois sugeriu que fora um acidente durante a espeleologia, deixando tanto Gina quanto o marido dela desconfiados de que havia mais para contar. Matthews organizou uma nova expedição e forçou Kum a acompanhá-lo de volta ao México. Assim que Kum colocou os pés em seu antigo povoado, os moradores, sob ordens de Ramsey, o capturaram. Ramsey tentou, sem sucesso, desencorajar o resto da expedição a entrar na caverna. Matthews não se saiu melhor do que o cunhado, mas um homem, um empregado, escapou.

Enquanto era prisioneiro no insano povoado micológico, Kum descobriu explosivos — o plano B de Ramsey para forçar seu domínio sobre Tzapotl. Kum esperava usar a dinamite para assassinar Ramsey, mas conseguiu apenas danificar os pavios antes de ser descoberto. Ramsey mandou que cortassem a língua de Kum por ser um traidor e, depois, que o jogassem na caverna. A morte dele, no entanto, não foi em vão, porque Ramsey usou a dinamite para silenciar Gina e o outro sobrevivente da expedição no único túnel que ligava a caverna à superfície. A detonação do explosivo ocorreu cedo o bastante para prevenir a fuga do micologista e vedou *Cueva Muerte*, protegendo o mundo de um contágio terrível.

— Das páginas de *The Guide to Lost Gay Cinematic Characters, Vol. 3: Films of the Fantastic and Feared.*

BOCA DE CADÁVER E NARIZ DE ESPORO

JEFF VANDERMEER

Perto do amanhecer, o detetive saiu, encharcado e pingando, do rio Moth. A terra seca parecia dura e firme. Seus músculos doíam. A água o deixara enrugado e envelhecido. O fedor de lama e lodo estava emplastrado nele. Ao seu redor, a luz se esforçava para romper a escuridão, encontrava falhas geológicas e perfurava o preto com fios cinzentos alaranjados. A oeste, entre as torres gêmeas que os capuzes cinzentos haviam erguido quando reconquistaram a cidade, o céu brilhava em um inquietante tom de azul. Pássaros estranhos voavam lá, desvanecendo quando chegavam ao limite formado pelas torres.

O detetive se deitou sobre as rochas lisas do cais e percebeu que nunca esteve tão cansado em toda a sua vida. Teria adormecido ali mesmo, mas não parecia seguro. Com uma sacudida e um gemido, o detetive se levantou, esticou as pernas, tirou o sobretudo e tentou sacudir a água dele. Depois de um tempo, desistiu. De repente, ciente de que os capuzes cinzentos já poderiam estar vindo atrás dele, alertado por microscópicas câmeras fúngicas, ele se virou, olhando para a terra firme.

Ninguém andava pelas ruas estreitas à sua frente. Nenhum som atravessava os prédios rachados e destruídos. Uma névoa cobria o espaço entre as habitações. Era tudo confuso, indistinto. Um arrepio penetrou na roupa molhada e na pele do detetive. À meia-luz, Ambergris não parecia ser uma cidade, mas, em vez disso, uma lousa em branco esperando que sua imaginação a transformasse, a recriasse.

Fora da névoa, enquanto ela se retraía e circulava de volta como uma maré solene de outono, uma enorme cabeça surgiu de repente: um produto de seus sonhos, a proa inesperada de um navio. Mas não, era apenas uma estátua, quando finalmente revelada, e o detetive soltou a respiração presa. As pernas tremeram, pois a deriva da névoa se assemelhava ao avanço de um gigante pálido como a morte.

Ele reconhecia as feições agora. Quem não reconheceria? Voss Bender estava morto havia quinhentos anos, mas ninguém que já tivesse ouvido sua música poderia esquecer daquele rosto. As feições da estátua sofriam com fissuras, buracos de bala, infiltrações de mofo e o brotamento espúrio de um grande cogumelo roxo em sua cabeça. No entanto, nada disso prejudicava a graça da representação. Até o naco de pedra que faltava na sobrancelha esquerda só servia para deixar a estátua mais imperiosa.

Agora o detetive ouvia o som da respiração. Um som silencioso, nem elaborado nem errático. A princípio, o detetive imaginou que o som vinha da própria estátua, mas, depois de ouvir atentamente, descartou essa teoria. Na verdade, ele não sabia dizer de onde vinha. Talvez a própria Ambergris respirasse, as brisas e correntes ascendentes que revolviam a névoa diante deles, o sopro estável e confortável das rochas.

Automaticamente, o detetive seguiu o olhar da estátua de Voss Bender: para baixo e para a esquerda. Era um velho hábito — ele sempre tinha que saber para onde as pessoas estavam olhando, por medo de que vissem algo mais interessante, mais profundo, mais vivo...

E assim ele encontrou uma placa de sinalização mais notável, sombreada pelo maior cogumelo que já tinha visto.

Era mais alto do que uma palmeira, seu tronco de carne branca rendada tinha dois metros de circunferência. O chapéu de meia-lua tinha manchas em roxo e azul, com listras amarelas. A frágil rede de filamentos sob o chapéu, da qual os inevitáveis esporos um dia flutuariam, tinha uma aparência laqueada e irreal. Gavinhas semelhantes a raízes haviam agarrado, rachado e atravessado a calçada.

Enquanto o detetive caminhava em direção à placa de sinalização e ao cogumelo, o som de respiração ficou mais alto. Poderia estar emanando do próprio cogumelo? Estaria o cogumelo respirando?

A placa de sinalização subia quase até seus um metro e oitenta de altura. Originalmente, era feita de pedra cinza, mas uma substância branca viscosa gradualmente seduziu as rachaduras e outras imperfeições de modo que, agora, o detetive mal conseguia ler as palavras. A placa não incluía o nome da cidade, mas simplesmente um "A" gigante. Debaixo do A, em letras doentias de tantos floreios, uma pequena inscrição:

Cidade majestosa e santa, bane teus temores.
E da profundeza dos teus anos de sono, alça.
Tempo demais moraste no vale dos clamores.
Nós te refaremos com misericórdia e graça.

Muitos elementos dessa inscrição perturbavam o detetive, mas certamente não mais do que aquela respiração silenciosa. Primeiro, ele se perguntou quem havia escrito as palavras. Segundo, ele não conseguia conectar as palavras a Ambergris. Terceiro, ele não tinha ideia de quem eram "nós" ou de como refariam a cidade com misericórdia e graça.

O detetive deixou de lado essas perguntas em favor de resolver o problema mais desconcertante da respiração. Ele pegou sua arma e ficou imóvel por um longo momento, escutando.

Por fim, decidiu que o som devia estar vindo de *trás* do cogumelo. Com agilidade, ele contornou o flanco esquerdo do cogumelo, enojado com a viscosidade sob seus pés.

No lado oposto, ele descobriu uma gavinha que não era uma gavinha. E uma estátua que não era uma estátua. Tais conclusões teriam sido elegantes, seguras, racionais. Infelizmente, o mistério da respiração, agora o detetive sabia, não tinha solução racional. Havia um homem deitado sob o cogumelo. Se o detetive não tivesse visto os pés fundidos com a raiz, poderia ter pensado que o homem estava apenas tirando uma soneca.

A palidez do homem o surpreendeu — ele brilhava na luz sombria do amanhecer. A cabeça havia sido despida de todos os cabelos, incluindo sobrancelhas, assim como o resto de seu corpo. Os olhos estavam fechados. Os órgãos genitais tinham sido substituídos pelo bulbo azul gélido de um fungo. Pequenos tentáculos brotavam das unhas e agora vasculhavam inquietos a terra ao redor. Pela dureza súbita e fibrosa ao redor dos joelhos, o detetive podia dizer que o homem havia se tornado mais cogumelo acima da perna e menos nos pés; no entanto, apesar dessa intrusão, dessa invasão, ele podia ver o peito subindo suavemente e, sim, pela respiração calma e constante, que o homem estava vivo.

O detetive manteve-se sobre o homem adormecido, esse cadáver vivo, a arma pendendo da extremidade do braço, pendurada em um dedo. Ele tinha vindo a Ambergris para resolver um caso — *o* Caso — e para encontrar uma pessoa desaparecida. Mas não essa pessoa. E não esse mistério. Ele começou a ver, com um rompante de pavor, que para resolver o Caso ele talvez tivesse que solucionar uma dúzia de outros casos antes deste. Ou então os outros poderiam conspirar para encobrir o Caso Verdadeiro. O Verdadeiro Crime.

Ele analisou o rosto do homem. A espessura da máscara branca lembrava borracha. Em todos os lugares, os contornos delicados da maçã do rosto, do nariz, da orelha deram lugar a um volume excessivamente maduro. A respiração emanava do espaço ínfimo entre os lábios grossos. As pálpebras bulbosas tremulavam, os cílios pareciam miniaturas dos tentáculos que haviam colonizado os dedos.

Contra seu próprio bom senso, o detetive se ajoelhou ao lado do homem. Não tinha espaço para nojo nem fascínio dentro dele. Estava simplesmente cansado e ansioso para explodir esse mistério menor por quaisquer meios possíveis. Ele bateu na lateral da cabeça do homem com a arma. Sem resposta. Bateu de novo, com mais força.

Os olhos dele se abriram. O detetive teve um rápido vislumbre de pretume ilimitado, através do qual minúsculos insetos deslizavam e caíam, um mundo inteiro preso na superfície dos olhos. O detetive se levantou com um grito de horror, recuou, a arma apontada para o homem.

O homem-cogumelo abriu a boca — e sua boca estava repleta de cadáveres. Nenhum dente permanecera naquela boca, para que pudesse estar ainda mais apinhada de cadáveres. Cadáveres magros. Cadáveres gordos. Cadáveres sem cabeça. Cadáveres com guelras. Cadáveres com asas. Cadáveres com um único olho. Cadáveres com múltiplos olhos. Cadáveres que murmuravam com suas bocas mortas. Cadáveres que tentavam dançar em sua decrepitude cambaleante. Cadáveres sorridentes. Cadáveres em prantos. E todos eles não tinham mais do que cinco centímetros de altura.

A boca do homem continuou a se abrir muito além do ponto em que deveria ter parado, enquanto o detetive continuava a olhar para esse mistério que ele não tinha certeza de que entenderia completamente. O dedo retesou no gatilho e ele subiu a arma na mão, segurando-a com tanta força que imprimiu as marcas de seus dedos nela.

O homem começou a tossir os cadáveres — eles deslizavam para fora de sua boca em ângulos estranhos, revestidos de muco. Derramavam-se sobre a barriga dele e caíam no chão. Centenas. Eles alcançaram as pernas do detetive e ele recuou com nojo. E medo. Mas não conseguia parar de olhar os cadáveres minúsculos, parecidíssimos com bonecas nuas ou crianças. E ele não conseguia parar de olhar a boca do homem enquanto ela continuava a se expandir. Ou os olhos mortos cheios de vida.

Se não fosse o Caso, o detetive teria ficado lá por muito tempo. Ele poderia ter deixado seu sobretudo cair suavemente no chão. Poderia ter tirado toda a roupa e se deitado ao lado do homem-cogumelo. Poderia ter esperado que os tentáculos rastejassem furtivamente, deslizassem e se enrolassem em seus braços e pernas. Poderia ter adquirido tentáculos e sonhos estranhos para impedi-lo de pensar no que havia se tornado... mas algo na terrível complexidade do rosto do homem-cogumelo o fez pensar em Alison, a garota desaparecida, e, com esse pensamento, a névoa começou a se dissipar, a luz da manhã se tornou mais clara e o transe se quebrou. Ele se abaixou ao lado da cabeça do homem-cogumelo.

"Isso não está certo", disse. "Não está certo. Não tem nenhum mistério aqui. Você é tão transparente quanto sua pele. Seu caso é tão antigo quanto esta cidade e não mais do que isso. A solução é simples. Nós dois sabemos disso."

O detetive segurou a arma contra a cabeça do homem-cogumelo, cujo olhar vagou lentamente para a esquerda, para observar a arma e o seu portador.

Em meio ao abarrotamento de cadáveres, o homem-cogumelo murmurou: "Não", em um sussurro tão suave quanto sua respiração.

"Eu. Não. Acredito. Em. Você", disse o detetive.

Ele se levantou. Apontou. Disparou. A bala entrou na cabeça do homem-cogumelo — que explodiu em cem mil esporos brancos como a neve e se ergueram no ar feito exploradores acorrentados repentinamente libertos. Eles flutuaram sobre as centenas de cadáveres minúsculos. Flutuaram sobre os restos do corpo do homem-cogumelo. Flutuaram sobre o detetive, prendendo-se em seu cabelo enquanto ele agitava as mãos para afastá-los.

Nem mesmo os olhos do homem-cogumelo permaneceram — apenas seu torso saliente, suas pernas finas, os pés que não eram realmente pés.

Ninguém veio correndo para investigar, apesar da repercussão do tiro. Ninguém veio prendê-lo. O cogumelo gigante não se retesou de dor. Os esporos, carregados pela brisa, estavam destinados a explorar a cidade bem antes do detetive.

Quanto ao detetive, ele apenas ficou lá, cercado pelos esporos e maravilhado com o que havia feito. Ele matou um homem que não era um homem. Da cabeça despedaçada derramaram-se milhares de vidas, espalhadas com a explosão. Como alguém poderia trabalhar em apenas um caso nesta cidade?

Lentamente, com relutância, o detetive guardou a arma. O amanhecer havia claramente chegado, um segundo sol começava a brilhar no espaço entre as duas torres dos capuzes cinzentos. Ele podia ouvir vozes na cidade atrás de si. A névoa começou a evaporar. Agora podia enxergar com clareza. Tinha um Caso. Tinha um Cliente. Seus ombros caíram, os músculos relaxados. Ele respirou fundo, pelo nariz...

Um esporo entrou em seu nariz.

Ele o sentiu se contorcer em sua cavidade nasal. Espirrou, mas o esporo se enganchou na carne macia dentro da narina esquerda. A dor o fez saltar e ele uivou.

Desistindo de manter a pose, enfiou o dedo indicador esquerdo na narina em busca do esporo — apenas para ser picado (ele só conseguia pensar nisso como uma picada de abelha) pelo esporo, que avançou narina adentro. O detetive retirou o dedo. A ponta estava sangrando. Em desespero, ele colocou as duas mãos na ponte do nariz, xingando enquanto tentava impedir que o esporo avançasse mais fundo.

Sem efeito — exceto que agora ele sentia o esporo deslizar para a parte de trás de sua garganta e começar a rastejar até a sua boca. Ele fez uma dancinha enquanto tentava enrolar a língua sobre si mesma para golpear a coisa para fora.

O detetive ainda estava xingando, mas as palavras saíam todas disformes e chorosas.

O esporo, apesar dos melhores esforços de sua língua, grudou desafiadoramente no céu da boca. Ele começou a se sentir como se sufocasse. De novo, tentou desalojar o esporo com a língua. A língua ficou entorpecida, um peso morto pendurado na boca. Ele colocou três dedos da mão esquerda na boca, afastando a língua, e tentou puxar o esporo para fora, que começou a se enterrar no palato para escapar da mão. Saltando em uma perna, o detetive deixou a arma cair dentro do bolso do sobretudo. Ele enfiou na boca o máximo de dedos que conseguiu. A sensação de escavação ficou ainda mais intensa. Seus dedos, disputando espaço uns com os outros, ficaram presos na extremidade da cauda do esporo. Ele puxou, mas só conseguiu arrancar um tufo.

Ele retirou os dedos, em pânico. Como se estivessem esperando pelo momento certo, outra dúzia de esporos brancos como leite flutuaram para dentro de sua boca. Ele fez um som gorgolejante. Apertou a garganta. Parecia que estava se engasgando até a morte com um chumaço de plumas. Começou a se sentir fraco. Gargarejou. Tentou gritar. Caiu de joelhos. Ao lado dos cadáveres minúsculos. Havia um zumbido em seus ouvidos. Era capaz de sentir uma respiração, como a respiração do mundo, e uma risada minúscula. Os esporos estavam rindo dele. *Nós te refaremos com misericórdia e graça.*

A raiva cresceu dentro dele. Enquanto continuava a ser privado de oxigênio, a sensação de riso zombeteiro dos esporos se intensificou. Ele se ajoelhou, tentou insistir que não se tornaria um lar para cadáveres. Mas tudo o que saiu foi um gemido. Ele desmoronou no chão.

Por um momento — um terrível milésimo de segundo —, enquanto o detetive se curvava de joelhos entre os cadáveres, havia um grande Nada em sua cabeça. Nem um pensamento. Nem uma memória ou sequer Memória. Havia apenas o contorcer implacável dos esporos enquanto corriam por seu corpo.

Então, como uma lula-gigante arrebentando a superfície, o detetive se levantou. Ele murmurou para si mesmo. Inclinou-se e pegou o casaco. Ergueu-o. Virou a cabeça como um macaco, olhando ao seu redor. Lambeu os lábios. Olhou para a cabeça despedaçada, a boca do cadáver que uma vez fora ele.

"*Haw haw haw.*" As grandes sílabas em loop saíram da boca do detetive como se ele sempre tivesse falado dessa maneira. O seu corpo se moveu em uma dança violenta ao redor do cadáver debulhado. "*Haw haw haw*. Odessa Bliss! Eu. Sou. Odessa. Bliss!", berrou o detetive. E ele coçou a axila distraidamente.

Então, com uma explosão assustadora de velocidade, o corpo sequestrado do detetive correu para a cidade de Ambergris, as pernas bombeando, o rosto contorcido em uma expressão de pura e desamparada estupidez, às vezes abandonando a linha reta de seu caminhar desajeitado para pular de alegria com a liberdade.

O detetive não ouvia mais o riso dos esporos. Apenas os murmúrios vazios e pensamentos malformados de Odessa Bliss. O Caso havia sido absorvido por essa nova situação. Ele não tinha nenhum caso agora. Sequer tinha sua própria mente. Uma frase enrolou-se em seus protopensamentos como um pedaço de arame farpado: "*Nós te refaremos com misericórdia e graça...*".

Logo, ele tinha uma nova perspectiva de tudo.

A NOIVA DO BODE

RICHARD GAVIN

Marietta chegou ao Campo para esperar mais uma vez pelas luzes-fantasma. E embora elas fossem se manifestar naquele dia, Marietta não imaginava que essa seria a última vez que as veria.

Sua peregrinação acontecia sob o calor do meio da tarde. As luzes-fantasma apareceram à maneira habitual, levantando--se do próprio éter. Pequenos respingos de luz de cor exuberante, o centro roxo-escuro como sangue do coração, as extremidades com o brilho extravagante do *chartreuse*, com sua cor verde-amarelada. Elas pairavam no ar como enfeites de Natal presos por fios de teias de aranha.

A terra fria e ensopada do Campo começou a subir pelo couro esburacado que cobria os pés de Marietta, enquanto ela permanecia imóvel como pedra, olhando. Embora apenas pulmões e pálpebras se movessem, e mesmo assim bem pouco, Marietta tinha a sensação de estar avançando rapidamente, girando através do território sem fronteiras dentro dela mesma.

Depois de tantas visitas, estava acostumada com essas sensações, mas ficava igualmente eufórica. Fechou os olhos com força, vendo as sugestões mais pálidas das luzes-fantasma descendo em cascata pelos véus carnudos das pálpebras.

Fazia um esforço para ouvir o som do pulo *dele*, ou seu terrível berro que, muito tempo atrás, inspirou os pastores locais a levarem seus rebanhos para outro lugar. (Até onde sabia, ela era a única que ainda visitava o Campo.)

Mas esses arautos da chegada dele não se apresentaram.

Ela abriu os olhos e ficou confusa com a ausência sombria tanto do campo quanto dos bosques que o cercavam.

De repente, a paisagem parecia alterada. Até as luzes-fantasma mudaram seu padrão. Começaram a girar e a se dobrar de um jeito frenético.

Depois começaram a deslizar, deixando rastros finos de névoa pútrida por onde passavam.

Marietta as seguiu até o outro lado da clareira.

As luzes pareciam se reunir para criar uma espécie de constelação. A atmosfera ficou mais densa com uma nova e rara gravidade, atraindo o olhar de Marietta para um trecho de lama que se estendia sem alterações até o ponto embaixo das órbitas brilhantes.

Ali o solo descia em uma inclinação preguiçosa; forjava uma valeta que separava o Campo da área de bosque denso que existia ao lado.

Lá, amontoado sobre a terra como um fardo de feno jogado, havia um pesadelo de carne e pelos. Os sentidos de Marietta se afrontaram de tal forma com a visão que ela se virou em uma reação instintiva, contando pulsações suficientes para devolver o fantasma ao estado de galhos retorcidos, aos quais sua imaginação tinha dado vida.

Mas quando abriu os olhos, Marietta descobriu que o esforço tinha sido em vão.

O saltitante continuava caído na lama. O choque da descoberta tingiu a atmosfera com um torpor frio e cinza que lembrava uma lápide.

Garras de pesar penetravam fundo, muito fundo em Marietta, até que, rasgada, ela só pôde desmoronar ao lado de seu grande amor.

As mandíbulas do alquebrado se moviam, mas nenhum som saía de sua boca. Quando os soluços de Marietta finalmente perderam força, o único ruído que ela conseguiu identificar foi o delicado respingar de icor sobre pedra.

Ela não podia fazer nada além de olhar o fluido vital escorrendo das várias feridas que iluminavam a pele coriácea de seu tronco, manchando a lã escura sobre os contornos irregulares das grandes pernas. Emergindo dos tufos emaranhados de pelos via-se a sua grande serpente furiosa de músculo, a pele com a tonalidade de uma ameixa madura demais. Marietta olhava em um transe vergonhoso, mas inquebrável. Quando essa serpente se contraiu, o poço escuro de seu olho se alargou liberando uma nota aguda, um som que não era diferente de uma canção. O icor vívido escorreu até desse buraco pulsante, misturando-se com o tom tão mortal e monótono da terra.

Marietta acreditava que a coisa fazia uma súplica com seus olhos sobrenaturais. A íris era azul como um mar congelado; as pupilas eram como frestas verticais, pretas e oniscientes. Uma membrana fina se movia sobre eles em piscadas rápidas, empurrando partículas e secreção para as beiradas das órbitas avermelhadas.

Ela queria muito interrogá-lo, descobrir o que havia acontecido e como. Mas sabia que, embora a língua gorda do amante tivesse muitas utilidades, falar não era uma delas.

Os outros o encontraram? Eles o seguiram até a grande caverna avermelhada onde dormia e o espancaram, o cortaram com lâminas e o perfuraram com flechas?

De repente o bosque escureceu. De início, Marietta pensou que o tempo havia desaparecido (as horas sempre passavam muito mais depressa quando estava com ele), mas percebeu que a penumbra era resultado das luzes-fantasma piscando em tediosa sucessão.

Agora as cores das luzes existiam apenas no icor vital que vertia do deus moribundo e encharcava a terra em torno de suas mãos deformadas e do brilho apagado dos pés bifurcados.

Novas formas começaram a envolver o antigo e decadente: moscas que chegavam não para coroá-lo, mas para se banquetear nos jorros de sua seiva vital. Marietta as espantou como pôde, mas logo elas se tornaram uma legião. Chegavam depressa. Depois de lamber o icor vívido, os insetos se afastavam intoxicados. Voavam sem direção, visivelmente atordoados. Nunca haviam sugado um sangue tão rarefeito.

Marietta passou a mão pelo rosto de ossos salientes. Através do musgo imundo da barba, um oval silencioso de agonia se tornava mais largo.

Eu vou voltar, Marietta projetou o pensamento. *Vou voltar com ajuda, com vinho ou uma canção. Vou voltar com alguma coisa que te cure. Eles virão me procurar, se eu não retornar ao vilarejo, mas eu* vou *voltar para você. Por favor, fique comigo. Por favor.*

Naquela noite, a jovem não dormiu. Quando o sol nasceu e ela retornou ao Campo, descobriu que até os restos ensanguentados de seu grande amor tinham desaparecido.

Ela se esquivou das tarefas para dedicar a maior parte do dia a percorrer os prados, os bosques e as cavernas úmidas e sombrias. Levava no alforje uma pequena ração de vinho e sal para provocar um paladar minguante. Mas não o encontrou em lugar nenhum.

Até o lago sinistro formado por seu sangue tinha sido absorvido pelo solo.

Marietta se ajoelhou no local do perecimento, arrasada demais até para chorar.

A invasão começou na manhã seguinte. Grandes navios apareceram, carregando pessoas de pele pálida como fantasmas e uma fé que era estranha àqueles bosques ancestrais.

Os vilarejos de tendas de lona foram dizimados tão rapidamente quanto se balas fossem disparadas, tão inexoravelmente quanto se fossem ceifadas por lâminas. O que surgiu no lugar foram estruturas construídas de florestas estripadas. Os contornos rústicos de seu grande templo orgânico foram aplainados por capelas de castidade, de simetria. Seus suspiros e gritos foram calados por uma fé que se empenhava em manter todos os êxtases irritantemente distantes, até que a carne se tornasse respeitavelmente fria.

O Campo foi revolvido e transmutado em um dourado tapete de trigo. Colheitas brotavam e logo eram novamente semeadas, à medida que os invasores aprofundavam suas raízes.

Marietta permaneceu, não por laços familiares, mas para vigiar o lugar que foi dele, que foi deles.

Ganhava o sustento executando míseros labores para uma das famílias preeminentes do vilarejo. Dormia em uma caminha no celeiro e preparava as refeições da família de acordo com suas especificações singulares. Esfregava a madeira do assoalho e lavava os pratos de cerâmica. Quando as roupas engomadas que eles vestiam pareciam usadas demais, Marietta as remendava com agulha e linha.

Mas, à noite, quando os austeros dormiam, ela levava uma lamparina ao local onde antes existia o Campo e repetia o nome dele para a escuridão.

Essas pessoas ao menos conheciam o nome daquele que havia chamado essas colinas rústicas de lar? Tinham alguma ideia das forças que vibravam sob seus caminhos, suas igrejas e suas casas confortáveis?

Com certeza, alguns deles arderiam por isso, se pudessem descobrir a Fonte...

Marietta desejou e, por fim, as luzes-fantasma retornaram... mas em um estado alterado.

Na colheita antecipada, durante uma das raras visitas vespertinas que ela fez ao local onde encontrava seu amor, Marietta descobriu que as luzes agora coloriam o trigo.

Tinha sido uma estação chuvosa, e a safra que brotou não era dourada, mas esbranquiçada e manchada por um fungo peculiar: azul, verde e salpicado de um preto que a fazia pensar na amplidão que abrigava as estrelas; a escuridão que havia sido a natividade de seu grande amor, cujo nascimento tinha anunciado o amanhecer primal. E agora seu sangue soberano florescia mais uma vez, ctônico, mofado e cru.

As pessoas ficavam tão desesperadas por preservar o próprio conforto, que se expunham ao risco de toxicidade, em vez de negarem a si mesmas uma mesa abundante.

Elas cortavam as espigas grotescas e as moíam. Embora a farinha resultante fosse pastosa e cheirasse a raízes, eles a usavam para fazer pães, que eram devorados com gratidão ao seu Criador. Esses foram os presentes concedidos aos verdadeiros.

Adequadamente, foi uma jovem quem primeiro sentiu o icor queimando dentro dela. Acordava com estranhas histórias de voos noturnos por bosques misteriosos e do toque de um amante que não era humano.

Marietta confortava a filha, aconselhando-a a guardar esses relatos só para ela, descansar e, é claro, comer o pão e o mingau de trigo que ela preparava para a garota todos os dias.

Os guardiões da fé rigorosa logo souberam sobre passeios noturnos semelhantes de outras meninas no vilarejo. A superstição se espalhou quando relatos de uma grande silhueta chifruda emergindo do bosque para promover reuniões causaram grande alarme, depois perseguição e, finalmente, execuções.

Vinte meninas encontraram a morte na ponta de uma corda. Homens razoáveis argumentaram com as autoridades, explicando que o verdadeiro problema era uma mistura de superstição, fantasia adolescente e uma safra contaminada do outono anterior. Ergotismo era o nome que alguns davam à contaminação: um estranho bolor que tinha infectado as meninas com a doença, provocando pesadelos vívidos.

Mas, àquela altura, as luzes-fantasma já tinham incendiado o sangue dos castos. Essa pira sanguinária anunciava o tão esperado Retorno...

O clã que conspirou para pôr fim ao diabolismo era pequeno, mas estava entre os mais fanáticos. Eles foram ao Campo, agora desnudo, onde as meninas disseram ter visto *Aquilo*.

Lá esperaram, sem o conforto de fogo ou comida. Em uma escuridão tão fria quanto o mar profundo, eles esperaram.

As luzes-fantasma foram a primeira manifestação que testemunharam e, mesmo assim, com olhos incrédulos.

Depois, tomados pelo pânico, viram a silhueta caprina saindo de um trecho feio de bosque e entrando na clareira.

Pensaram que nada poderia ser mais inefável que o impressionante gigante inclinado que agora caminhava trôpego na direção deles, cheirando a um suor que recendia medo e luxúria antiga.

Mas, um a um, ergueram os olhos e viram o rosto da mulher nua montada nas costas da criatura.

Mais pavoroso que a aparição da Besta era o rosto de sua Noiva. Seu aspecto, o emblema vivo do Êxtase desenfreado.

PEQUENOS ESPOROS MORTAIS
NATUREZA MACABRA
DARKSIDE

INCHADO MCMUNGO, GORDO DE FUNGO

MOLLY TANZER E JESSE BULLINGTON

Embora a época da Grande Coceira seja, hoje, apenas memória, se você se aventurar nos pardieiros de Cheapside em uma noite quente de verão, ainda poderá ouvir os pequenos filhotes de rato cantando esta cantiga ao pular corda:

Inchado McMungo, gordo de fungo,
Espalhou-nos a peste, sem um resmungo!
Com peruquinhas se enfeitou,
Calvas de que ninguém suspeitou,
Quantos animais ele infectou?
Um, dois, três...

E assim por diante.

Mas poucas criaturas fora de nossas colônias ainda se lembram que essa rima possui o mesmo tema de outra melodia popular:

Você conhece o moço da peruca?
O moço da peruca
O moço da peruca?
Você conhece o moço da peruca
Que vende numa loja mixuruca?

Mas decerto versavam sobre o mesmo gato mal-intencionado.

Nos dias seguintes à Restauração, quando o alegre monarca Chester II reviveu a gloriosa Corte Felina, lá vivia um fabricante de perucas para bichanas chamado Tigrado McMungo. McMungo era o proprietário de uma boutique exclusiva — e nada mixuruca — na rua St. James, onde a *noblesse* ia em busca do fino trato. A loja, Perucaria Vovó Peluda, ficava entre a Perfumes Felpudos e a Gatocinzas, uma tabacaria sofisticada, e todos os dias da semana era possível ver a nata da sociedade gaturama com suas botas altas e rufos se dirigindo com passinhos macios ao estabelecimento de McMungo.

McMungo era um gatempresário inteligente e, portanto, conhecia sua clientela como as criaturas ariscas que eram. Para esse fim, ele criava a maior variedade de perucas de bichana luxuosas que se podia encontrar em toda a Cidade de Londres, usando escamas e couros flexíveis, peles exóticas e as penas mais raras. Até chegou a fazer uma peruquinha de erva-gateira viva para o próprio rei Chester II, quando o monarca demonstrou interesse em seduzir Lady Felpudica, duquesa de Portsmouth, que se tornou sua amante. Era feita de terra fértil, presa no lugar por uma rede, semeada; tudo que o rei tinha que fazer era regá-la regularmente para mantê-la fresca e potente. Com esse tipo de talento disponível a um preço, nenhum dos membros da Corte *jamais* seria pego exibindo por aí as perucas de bichanas disponíveis nas lojas da sra. Mios ou mesmo nos tecelões de perucas da Bond Street.

Agora, dadas as demandas e a diversidade de sua clientela, McMungo não tinha mais como gerenciar o trabalho sozinho! Não, ele empregava uma aprendiz, uma ratinha imigrante chamada srta. Tazana. Mal remunerada, subvalorizada e sobrecarregada, ela fazia o melhor que podia — mas McMungo era tão difícil quanto qualquer mestre em um conto de fadas ou em um tratado sobre as tribulações da classe trabalhadora.

"Ah, srta. Tazana", ouvimos McMungo rosnar enquanto fumava seu cachimbo e bebia um copo de xerez após o jantar, na tarde em que tudo começou. "Minha barriga está cheia e meu cachimbo também" (ele pronunciava *cachumbo*, uma peculiaridade de fala que custou à srta. Tazana algum tempo para compreender), "e você ainda está compenetrada no trabalho. Enquanto eu me delicio com cogumelos exóticos e fumo tabaco raro, você trabalha até suas patas sangrarem. Isso é justo, Tazana? É *justo?*"

"Eu não saberia dizer, senhor", esganiçou a srta. Tazana, a testa úmida de suor enquanto fazia furo atrás de furo com uma agulha em um pedaço de couro quase do tamanho dela.

"Antes de você chegar, Tazana, minhas garras adormeciam fazendo esse tipo de trabalho", continuou McMungo, flexionando uma pata enquanto soltava uma baforada de fumaça. "É de uma grande ajuda, isso que você faz."

"Obrigada, sr. McMungo", disse a srta. Tazana. Os elogios de seu mestre eram raros, e a gentileza inesperada tornava o fardo do seu trabalho muito mais suportável.

"Mas às vezes", disse ele, estreitando os olhos alaranjados, "não sei se empregar você vale a pena, pois estou sempre atormentado pelo *seu fedor de rato*!"

"Oh, senhor. Peço *mil* desculpas, senhor", disse a srta. Tazana. Infelizmente, esse tipo de comentário era mais a cara dele. Ela tentava não sentir pena de si mesma; sabia que era sortuda por ter um emprego. Havia muitos ratos que não conseguiam encontrar trabalho. Por isso, mesmo que já tivesse desenvolvido reumatismo agudo em seu curto período como aprendiz do sr. McMungo, tentava encontrar o lado positivo das coisas. Era difícil, no entanto, especialmente quando...

"Tazana, sua cadela burra!", McMungo rugiu, despertando a ratinha de seu devaneio com um sobressalto. "Eu falei couro *crème* para o forro, *crème*, raios partam seus olhos!"

"*Crème*?" A srta. Tazana piscou para o couro. "Mas, senhor, isso é *crème*. Eu..."

"Balela!" McMungo lançou seu cachimbo de barro na lareira, onde explodiu. A srta. Tazana encolheu-se enquanto o gatuno se movia pela loja até encontrar um pedaço de couro e, sacudindo-o no focinho dela, exclamou: "*Isso* é *crème*! O que você tem aí é creme! *Creme!* Você não sabe a diferença?".

A srta. Tazana *sabia* a diferença e, portanto, sabia que a peça em que estava trabalhando era de cor *crème*. Só que a luz da vela a fazia parecer mais clara... Não que a srta. Tazana fosse corrigir o chefe, é claro. Não era sábio corrigir McMungo, especialmente quando ele tinha fumado seu cachimbo e bebido seu xerez.

"Creme!", vociferou McMungo, lançando o pedaço de couro aos pés dela e marchando até a porta. Calçando suas botas altas, ele rosnou: "Você arruinou meu humor... Agora como vou conquistar novos clientes no Bestiário Biruta esta noite? Se eu parecer um felino de ovo virado, ninguém vai querer falar comigo sobre minhas perucas de bichanas!".

"O senhor é sempre muito brincalhão e agradável. Tenho certeza de que..."

"Não tenha certeza de nada! Isso é um aviso, Tazana." Brandiu uma garra na direção dela. "Se eu não conseguir pedidos suficientes esta noite, terei que reconsiderar se tenho meios de pagar por uma aprendiz. E se eu passar por uma época de vacas magras longa demais, pequena Tazana, posso acabar usando *você* para fazer uma peruca!"

E então ele girou sua capa em volta dos ombros e saiu furiosamente, batendo a porta atrás de si. A srta. Tazana enterrou o rosto no couro *crème* semiperfurado.

Depois dessa partida dramática, vimos McMungo parar e ouvir na porta, apenas para ter certeza de que as lágrimas da srta. Tazana estavam fluindo. Percebendo um soluço patético, ele arremeteu-se em direção ao Beterrababizarra, seu pub favorito, onde restaurou os ânimos com duas canecas de cerveja amarga e um chamego na cabeleira de Malhadannabelle, uma gatuna cujo tempo estava geralmente à venda. Embora McMungo não fosse pródigo — que bom comerciante é? —, ele não havia mentido sobre a necessidade de estar em plena forma naquela noite para o Bestiário Biruta e, assim, considerou seu dinheiro bem gasto naquela tarde.

O Bestiário Biruta, veja só, era um entretenimento anual, patrocinado pelo próprio rei Chester, muito esperado por todos os súditos da Corte Felina. Era realmente mais uma competição de alto risco do que um entretenimento, devemos esclarecer, já que o Bestiário Biruta entrou para a história, como tantas outras coisas.

Todo ano, para o Bestiário Biruta, os aristogatos ricos tentavam superar uns aos outros pagando caçadores para capturar as criaturas mais raras e incomuns. Contratavam tratadores para desfilá-las diante de um painel de juízes — e depois levavam todo o crédito, é claro! O vencedor recebia um chicote com cabo de ouro e era nomeado Mestre do Bestiário para o ano seguinte. Portanto, você pode ver por que qualquer pessoa felina digna desse título estaria em Whitehall para testemunhar o espetáculo.

Pois bem, para esses prósperos comerciantes como McMungo, o Bestiário Biruta também era uma oportunidade de exibir sua mercadoria e atrair novos clientes. Com esse propósito, ele correu para casa a fim de ter tempo o bastante para se aprontar. Vestiu uma capa de veludo curta, suas melhores botas, seu chapéu de peregrino mais impressionante e — é claro — uma peruca de bichanas que havia fabricado especialmente para o evento. A primavera se avizinhava e, assim, ele havia procurado evocar as cores dessa estação. O forro era um campo verde-ouro feito com tecido de lã e enfeitado com asas de beija-flor, cravejado de bagas de azevinho laqueadas, pintadas com pontos pretos, e contornado em toda a extensão por penas azuis. O efeito era como olhar para um prado cheio de joaninhas em um dia sem nuvens, e ele sabia que era a melhor peruca que já havia criado.

Foi com confiança suprema que McMungo saltou de sua carruagem naquela noite e se dirigiu ao palácio... apenas para ser detido por seu camarada, capitão Edwin, um furão amarronzado que havia adquirido sua reputação durante a Segunda Batalha de Newbury. Um belo de um janota nos dias atuais, estava elegantemente vestido com um rufo rosa rígido e luvas de renda, sapatos baixos de fivela, meias altas com bordados nos tornozelos e — o sr. McMungo ficou satisfeito em notar — uma peruca de bichanas da mais fina pele de foca, comprada mal fazia duas semanas na loja do próprio McMungo.

"Ah, Tigrado!", exclamou o capitão Edwin. "Você está com uma ótima aparência — talvez ótima até demais!" Ele cutucou McMungo na barriga flácida.

"Os negócios estão indo bem, Eddie", respondeu McMungo, esfregando a barriga, "mas o objetivo desta noite é prazer. Estou *muito* ansioso pelo espetáculo majestoso das curiosidades da natureza."

"Conversa fiada", disse o capitão Edwin. "Você está aqui para vender suas perucas de peru enquanto bajula a nobreza. E por que agiria diferente? É preciso se manter atualizado, senão logo vão esquecer tudo sobre você e suas perucas de bichanas; partir para a próxima coqueluche, não é mesmo? Maldição, ali está o pai de lady Du Peltier. Melhor eu dar o fora!".

Enquanto o capitão Edwin se escafedia, McMungo foi em busca de refresco; após pegar uma tigela de sillabub no bufê, ele passeou entre os aristogatos, observando quais bichanas estavam cobertas por uma peruca sua — e quais não estavam. Ficou satisfeito ao ver suas mercadorias adornando a zona sul de muita gente importante, e estava se sentindo bem otimista com suas perspectivas. Mas então, exatamente quando viu o *major domo* aparecer carregando o sino dourado que anunciaria o início do Bestiário Biruta, ele ouviu um grupo de dândis falando sobre um certo "seignior Chiazza".

Isso fez McMungo parar de chofre. Ele sabia que esse nobre italiano era um fabricante de perucas de bichanas, mas sempre as achara um tanto berrantes e pretensiosas... pelo menos, aos padrões ingleses. Era difícil falar pelos continentais. Então, você pode imaginar a surpresa dele quando ouviu esses galantes locais declarando que nunca seriam vistos usando perucas de mais ninguém, nunca mais!

"Ele é o melhor; é só isso", disse lorde Delon. Isso ofendeu McMungo. Ao longo dos anos, lorde Delon havia gastado o dobro de guinéus na Perucaria Vovó Peluda do que qualquer outro aristogato; no entanto, naquela noite ele ostentava uma peruca ao estilo italiano: toda com guizos de prata tilintantes e cetim escarlate! "Não posso acreditar que costumava me contentar com as perucas daquele pardieiro na rua St. James — não consigo me lembrar nem do nome!"

"É uma bela peça", admitiu o conde Hubert. "Mas o cetim é muito delicado. Como ele suporta o peso dos seus badalos?"

"Isto *não* é cetim", disse Delon. "É a pele de uma criatura furtiva do Oriente. É *por isso* que seignior Chiazza é o *melhor* fabricante de perucas de bichanas. Seus materiais são sempre o suprassumo do luxo! Ele nunca consideraria algo tão comum como *cetim*. Isto é pele de xinforínfula."

"Xinforínfula? Rara?", interrompeu McMungo, antes de pensar no que dizer a seguir. Para ganhar tempo, ele fingiu uma risada. Parecia que estava expelindo uma bola de pelo — não, espera, de repente nos lembramos: ele *realmente* expeliu uma bola de pelo, uma grande bola malhada. Ela caiu no tapete com um suave *plap*.

"Ah, McMungo", disse lorde Delon, seu rosto se contorcendo enquanto tentava erguer uma sobrancelha e franzir o focinho rosado ao mesmo tempo. McMungo sorriu de volta para ele. Tinha plena consciência de que o aristogato não havia realmente esquecido seu nome e considerou esse reconhecimento uma pequena conquista. "Estávamos aqui apenas..."

"Decretando o estado deplorável da fabricação de perucas de bichanas italianas, sim, eu ouvi", disse McMungo rapidamente. "Alguém mencionou a pele de xinforínfula, o que me pregou um belo susto — não consigo imaginar nem mesmo um *italiano* se rebaixando ao uso de uma pele tão comum."

Isso provocou risadinhas dos outros aristogatos, mas lorde Delon os dispensou com um aceno de sua pata. "A xinforínfula está *longe* de ser comum. É a criatura mais rara..."

"Que embuste!", zombou McMungo. "Acredita-se que a xinforínfula seja rara por aqui, mas apenas porque a maioria dos súditos bichânicos não percebe que é apenas um sinônimo para Enguia do Rio Carmesim. Infeliz é o indivíduo que desfila pela sociedade com o jantar de um camponês adornando suas partes!"

O riso dos nobres no séquito de Delon foi abafado pelo sibilar do próprio lorde quando ele disse: "Que despautério! Gostaria de saber de que materiais exóticos *você* está fazendo suas perucas hoje em dia, seu tigrado mal-ajambrado, para caluniar verdadeiros mestres artesãos! Penas de galinhas excepcionais de Essex? Conchas de caramujos da longínqua Dover?".

McMungo corou, ficando vermelho como uma xinforínfula sob sua pelagem alaranjada, pois os nobres temperamentais estavam rindo dele outra vez; porém ele rapidamente os silenciou com uma bravata que logo se arrependeu de ter proferido: "Minha coleção de primavera, lorde Delon, é feita de peles tão luxuosas, únicas e inestimáveis, que se você fizer uma oferta razoável por *uma* delas, precisará de *um empréstimo bancário*!".

Os olhos verdes de lorde Delon se arregalaram e ele rosnou, furioso, mas antes que uma luva pudesse ser jogada ao chão, o sino dourado tocou pelo salão. McMungo se despediu às pressas de Delon e se afastou sem demora;

lorde Delon cheirou uma pitada de erva-gateira de seu estojo de erva-gateira cravejado de joias e fingiu não se importar. Nenhum dos outros nobres ousou rir, dada a violência do insulto de McMungo, mas poucos deixaram de encobrir seus sorrisos perversos com um lenço. Qualquer que fosse o entretenimento que o Bestiário Biruta oferecesse naquele ano, seria difícil competir com o espetáculo que haviam acabado de testemunhar.

Como era de se esperar, McMungo teve uma noite de cão. Por mais estranhas e maravilhosas que fossem a Criatura Marinha Azul-Cerúlea ou o Wumpussauro Plumado, durante todo o espetáculo ele podia sentir o olhar malévolo de lorde Delon fulminando-o do outro lado do salão. O que diabos o havia possuído para fazer de seu ex-cliente um inimigo? Por mais sombria que essa perspectiva certamente fosse, uma possibilidade muito mais sombria se apresentou na forma de uma mensagem que o capitão Edwin entregou no meio do Bestiário.

"É verdade, Tigrado? Diga que é!"

"Só se não for", disse McMungo, distraído. "Pelo amor de Deus, fique quieto. Não consigo ver o Ronronóbulo!"

"O quê?" O capitão Edwin continuou a dar saltos na frente do amigo. "Escute! A notícia de seu desafio a Delon se espalhou! O rei será o juiz! De uma vez por todas, mostraremos àqueles lambuzadores de espaguete o que pensamos de suas perucas de bichanas papistas!"

"O quê?", gemeu McMungo. "Que desafio?"

"Quem vai fazer a melhor peruca antes do Baile da Páscoa: você ou o seignior Chiazza. Eu deveria ser seu modelo, não acha, especialmente se o juiz será o rei Chester? Uma vez, ele..."

Mas McMungo já não estava mais ouvindo, pois seu coração parecia ter parado no peito. Delon, aquele vilão! Ao olhar para o local onde o Ronronóbulo estava sendo conduzido atrás da cortina, Delon encontrou os olhos do fabricante de perucas de bichanas e acenou com o lenço em saudação. Para piorar as coisas, o rei Chester notou a troca de olhares e ergueu uma sobrancelha felpuda para McMungo. Então era realmente verdade.

McMungo sabia que se fosse derrotado por um italiano na frente de toda a corte, poderia muito bem se aposentar — nenhum aristogato jamais colocaria os pés em sua boutique dali por diante! Podia ter sido orgulhoso, mas não era tolo, e com lorde Delon financiando a encomenda mais ostentosa que o dinheiro poderia comprar, o fabricante italiano tinha uma vantagem avassaladora. A bem da verdade, era melhor demitir a srta. Tazana, fechar a loja, fazer as malas e fugir para a Holanda, onde seu primo fabricava perucas para a cabeça de cima. Melhor ser um comerciante anônimo holandês do que enfrentar uma humilhação na corte. Toda esperança estava perdida; sua vida estava em ruínas. Nada poderia salvá-lo, exceto...

"... a exibição final desta noite", anunciou o *major domo* à medida que a cortina cor de açafrão se abria, "é considerada a última de seu tipo. Lady Felpudica apresenta agora uma criatura única em toda a face da Terra. Para o prazer de Sua Majestade, temos aqui... o *último Trúfalo vivo*."

Nem mesmo o uivo interno de McMungo conseguia competir com a visão diante de seus olhos, e ele ficou tão silencioso quanto o resto da normalmente gatofônica corte. Até o capitão Edwin parou de pular, virando-se para observar o animal ser conduzido pela passarela.

O focinho curvado para cima do Trúfalo testou o ar; seus cascos batiam delicadamente no chão; seus olhos miúdos pareciam fitar os de McMungo. O coração do felino se agitou quando o Trúfalo cantarolou uma canção, e se ele pudesse desviar os olhos da criatura, teria visto que não estava sozinho. Todos encontravam-se hipnotizados pela graça e beleza do Trúfalo. Mas McMungo estava enfeitiçado por um tufo muito especial de pelos sob o queixo do animal — uma barba arco-íris cintilante que cantava para o fabricante de perucas de bichanas de um jeito que nem remendo nem lamento jamais haviam cantado. Era a criatura mais garbosa que já tinha visto...

E, se ele pudesse consegui-la, aquela seria também a solução para seu problema mais angustiante!

"Só espere, Eddie", disse McMungo, aproximando-se do capitão Edwin. "Talvez você seja o modelo desta peruca e talvez não... mas eu vou ganhar essa disputa, pode apostar!"

Podemos ser os únicos que sabemos o que realmente aconteceu mais tarde naquela noite, nos estábulos onde as atrações do Bestiário Biruta foram alojadas. E embora saibamos que você pode nos julgar por isso, confessamos que não interferimos de forma alguma, não ajudamos nem o sr. McMungo nem o Trúfalo. Não é assim que fazemos as coisas por aqui. Observamos de nossos poleiros nos beirais e sótãos, ouvimos de nossas moradas em seus áticos. Observamos dos campanários também:

um clichê, talvez, mas são bem adequados às nossas necessidades. Basta dizer que estávamos lá, com olhos piscando e asas coriáceas — baralhando uivando lambendo fungando aprumando —, mas não ocupados *demais* para ver, depois que todos os gatinhos do estábulo tinham ido dormir bocejando, a porta externa se abrir uma nesga — e uma figura solitária se esgueirar para dentro com, sejamos francos, alguma dificuldade.

McMungo ia com a pata suspensa na frente da vela, mas a chama ainda tremeluzia; estava tremendo de nervosismo. Ele queria, não, *precisava* se apressar — mas embora olhasse cuidadosamente em cada baia ou cercado em busca de sua presa, o Trúfalo não estava em lugar nenhum!

Chutou a palha com sua bota, cuspiu de desgosto — e quase fugiu quando seu arroubo perturbou um gatolinho dorminhoco e o fez emitir um ronco prodigioso. No entanto, quando ele se virou, a chama da vela piscou e ele avistou uma porta nos fundos dos estábulos. Prosseguindo na investigação, ele descobriu o alojamento das aves do rei, onde seus falcões e gaviões de caça eram abrigados.

E, naquela noite, também abrigava o Trúfalo.

Quem teria imaginado que, apesar dos cascos e da completa falta de asas, a criatura preferiria se encorujar em um poleiro a dormir em uma baia? Mas o mundo natural é cheio de maravilhas, não é mesmo?

"Ah, você está aqui", murmurou McMungo, sua excitação aumentando à medida que os pelos da barba do Trúfalo cintilavam à luz da vela. "Vamos brincar de barbeiro, que tal?"

Apanhou uma das facas que os falcoeiros usavam para cortar as penas e avançou em direção ao Trúfalo. A criatura relinchou para ele, mas McMungo fez barulhinhos e o animal se acalmou, aceitando sua presença. Era uma boa coisa, pois McMungo precisava ficar muito perto dele, de fato.

Embora deslumbrado com o pelo da criatura, quando McMungo se aproximou, viu que a pele também era linda. Entre os tufos manchados do brilhante pelo do animal, redemoinhos fosforescentes pulsavam por toda a pele, manchas esverdeadas cintilantes que, quando McMungo tocava, deixavam um resíduo em pó nas almofadinhas de suas patas.

Incerto se deveria ficar maravilhado ou enojado, McMungo limpou a poeira na coxa, onde ela deixou uma marca azul-esverdeada em seu pelo laranja. Curioso para saber quanto tempo o brilho duraria, usou sua faca para raspar um pouco do pó dos redemoinhos da pele. Sem ter onde depositá-lo, raspou a borda da lâmina no fornilho de seu cachimbo entalhado de sepiolita, que ele só fumava na corte. O resíduo iluminou o interior do fornilho com uma luz espectral.

A coleta do resíduo perturbou o Trúfalo, então McMungo acariciou as costas da criatura para acalmá-la antes de começar a desnudá-la de sua barba. Usando a faca, ele tentou cortar silenciosa e rapidamente, não querendo puxar nenhum dos fios, mas o pelo era grosso e resistia à sua lâmina. Teve que serrar para partir os fios e, a fim de manter o Trúfalo calmo, ele murmurava uma canção alegre enquanto trabalhava:

Você conhece o moço da peruca?
O moço da peruca
O moço da peruca?
Você conhece o moço da peruca
Que vende numa loja *nada* mixuruca?

Depois de coletar um punhado generoso dos brilhantes fios, McMungo abaixou sua faca — apenas para notar que, logo atrás do que havia aparado, estava um tufo de pelos da garganta da mais vívida cor verde-pavão que ele já vira. Encantado, o gato ergueu sua lâmina mais uma vez...

McMungo não havia pensado que esses pelos seriam tão difíceis de aparar, mas eram. O ângulo estava todo errado, por isso ele foi com calma e se certificou de ser bem cuidadoso — só que eis que, completamente por acidente, ele puxou com um pouco de força demais.

A criatura guinchou e afastou a cabeça para longe de McMungo; este, em pânico para acalmar a fera, retirou a pata bruscamente. Ai de mim! Com o movimento frenético do animal, a lâmina da faca brilhava mais do que a pele manchada do Trúfalo e, *quelle horreur*, sangue violeta jorrava da garganta do animal, espalhando-se sobre as patas, braços, capa e cara de McMungo, que ficou coberto pelo líquido quente e viscoso! Quando o Trúfalo caiu do poleiro e começou a se debater e se borrar todo no chão, McMungo soube que sua vida havia encontrado o fim derradeiro. Decerto, alguém o ouviria; decerto, alguém viria; decerto, decerto...

McMungo voltou a si em um beco escuro a várias ruas de distância de Whitehall — segurando a faca, o pequeno cachimbo cheio de pó fosforescente e os pelos que havia cortado do Trúfalo.

Havia escapado!

Com um miado de triunfo, ele correu de volta para sua loja. Podia ter matado uma criatura única e bonita, a última de sua espécie, mas havia alcançado seu objetivo. Afinal, não era *um tigrado tão mal-ajambrado assim*, ele riu consigo mesmo, escondendo os pelos na bota para abrir a porta da Perucaria Vovó Peluda.

"Sr. McMungo, o que diabos aconteceu?"

"O quê?!", McMungo se virou. Não esperava encontrar a srta. Tazana ainda trabalhando — mas lá estava ela, olhando para a pelagem encharcada de sangue.

"N-nada!", rosnou McMungo. "Não se preocupe! Você, ah, vá para casa, Tazana — mas esteja aqui amanhã cedo! Temos uma nova encomenda... um grande trabalho. Como pode ver, estou coberto de tintura, ah, e preciso que você esteja *alerta*." Ele remexeu o porta-níquel em seu cinto e jogou um punhado de moedas para a srta. Tazana, mais do que ela havia ganhado trabalhando para ele durante um ano inteiro. "Compre um pouco de queijo e vá dormir, Tazana... Então, amanhã! Amanhã!"

"Sim, senhor, sr. McMungo", disse a srta. Tazana, enquanto pegava as moedas — e se mandava.

Como vários de nós nos alojávamos no sótão acima da Perucaria Vovó Peluda, pudemos observar o sr. McMungo trabalhando nas semanas seguintes — e como ele trabalhou! O fabricante de perucas de bichanas entregou-se inteiramente ao projeto, mourejando na nova peruca noite e dia, às vezes começando até antes de a srta. Tazana chegar — e, todos os dias, a pobre diaba chegava uma hora antes do amanhecer; bem, todos os dias, exceto aos sabagatos, é claro.

No início, McMungo se recusou a deixar sua aprendiz ajudar de qualquer forma que fosse, ordenando que ela apenas desse uma limpada nas coisas e mantivesse as velas acesas, com medo de que estragasse sua Grande Obra, mas, com o passar dos dias, um desdobramento curioso forçava a pata cada vez mais gordinha do felino: o fabricante de perucas de bichanas ficou doente. Incapaz de manter as garras firmes, ele não teve outra opção senão aceitar a ajuda da srta. Tazana.

Você pode pensar que uma aprendiz ficaria encantada em ajudar o mestre em sua obra-prima, mas vimos muito claramente a apreensão de srta. Tazana ao lidar com o estranho pó fosforescente, seu nervosismo ao tocar a barba cintilante. Nossa suspeita — pois ela não compartilhou seus pensamentos conosco — era de que sua ansiedade se dava em parte pela preocupação com McMungo e em parte porque, não sendo tola, ela percebeu que a insólita doença começara logo após ele trazer para casa aquelas estranhas matérias-primas. Isso nós supomos porque ela começou a usar luvas enquanto trabalhava, o que não era de seu feitio.

Sua cautela era justificada; a doença de McMungo era terrível. Começou com uma coceira intermitente, um ou dois dias após ele iniciar o trabalho na peruca. Como o gatuno era propenso a queixas estranhas — coceiras, espirros, comichões noturnos e algo que ele chamava de "narina quente" —, a srta. Tazana não deu muita importância... até que percebeu que ele havia se lambido até ficar em carne viva em alguns lugares, de tão intensa que era a irritação!

Ver a pele nua brilhando através das falhas cada vez maiores na pelagem de seu empregador fez a srta. Tazana corar — mas ela não conseguia deixar de olhar. Era uma coisa curiosa: em vez de ser lisa e pastosa, como ela esperava, a epiderme de McMungo estava manchada com os mais lindos redemoinhos azul-claros, como se conchas marítimas estivessem emergindo de sua pele. A princípio, pensou que devia ser a luz da vela brincando com seus olhos cansados; mas, quando ele coçou uma dessas manchas por acaso, esta pulsou com a luz fraca de uma estrela distante. Vimos a srta. Tazana olhando de um lado para o outro nesse entremeio da dedalada de "cuspe de vaga-lume seco" que o sr. McMungo havia adquirido recentemente para esse novo projeto e dos espirais quase brilhantes que salpicavam a alopecia de sua pelagem; talvez tivesse percebido alguma semelhança, mas não a questionamos...

Nos últimos dias antes do Baile da Páscoa, a srta. Tazana foi obrigada a assumir cada vez mais o projeto, pois um novo desdobramento assustador ocorreu. Embora sussurrasse para si mesma que estava imaginando coisas, depois que McMungo exigiu que ela tirasse uma folga certa manhã por algumas horas para que ele pudesse afrouxar as costuras de seu colete favorito, ela não pôde mais negar: o sr. McMungo estava inchado como um sapo afogado. Túrgido e cada vez mais imóvel, seu empregador agora era visto se coçando constantemente — e não com a língua ou os dedos dos pés como qualquer aristogato deveria fazer. Em vez disso, ele fixava uma agulha especial para confecção de perucas em uma régua de um metro, já que sua barriga estava tão grande que ele não conseguia alcançar as piores coceiras.

Por mais azedo que o temperamento ferino de seu mestre pudesse ser, o coração da srta. Tazana se compadeceu enquanto redobrava esforços para garantir que a peruca de bichana em suas patas calejadas fosse a melhor já feita por gato ou rato — e ela também sentiu uma coceira estranha começar sob sua própria pelagem. Assim, foi a uma botica e comprou uma tintura para o tratamento, mas não contou a seu mestre o que havia feito. Ele vinha se tornando estranhamente paranoico e desconfiado, e parecia suspeitar de todos como se estivessem conspirando contra ele, inclusive ela.

Apesar de sua determinação, as queixas da srta. Tazana começaram a atrapalhar seu ritmo, e foi apenas na noite anterior ao Baile da Páscoa que a peruca foi, enfim, terminada. As pobres patas da rata haviam perdido completamente os pelos devido à fricção e às muitas horas extras que ela havia dedicado ao projeto, mas ela não se importou, pois que triunfo era aquela peruca de bichana!

Ela a levou para que McMungo a admirasse, e ele o fez. Então, imagine seu choque quando, naquela hora tardia, ele insistiu que ela criasse mais uma dúzia! Sua incredulidade diante dessa ordem impossível foi um pouco atenuada quando seu mestre esclareceu que essas doze perucas adicionais seriam simples, feitas apenas de pele de cabrito e pelos de gato, mas mesmo assim... Ela estava cansada a ponto de não aguentar um gato pelo rabo; então, quando, afinal, colocou a última peruca alaranjada sobre a mesa de trabalho e se levantou com suas pernas trêmulas, começou a choramingar de exaustão.

McMungo, de súbito dado a gentilezas, colocou uma pata quase paternal em seu ombro — mas rapidamente a retirou, fazendo uma careta de nojo ao ver que a alça do avental dela havia arrancado todos os pelos no local até chegar à pele azul. Ficou ainda mais revoltado quando viu, também, que a barriga sob o avental estava duas vezes maior do que uma quinzena atrás! Que vergonha — é claro que ela estava cansada, pois havia engravidado por aí quando deveria estar dormindo! A ideia de todos os filhotes se remexendo nas entranhas dela também o revoltou; por outro lado, o trabalho na peruca estava magnífico, e McMungo sentiu que lhe devia um elogio.

"Excelente trabalho", disse ele. "Tire um dia de folga amanhã... mas esteja aqui no dia seguinte! Você voltará com uma carga de trabalho consideravelmente maior, eu diria! Quando aqueles bichanos esnobes virem esta peça, vão derrubar minha porta!"

"Sim, senhor", disse a srta. Tazana, com os olhos cheios de lágrimas enquanto olhava para suas patas arruinadas.

"Oh... e você não vai contar a ninguém sobre aquelas últimas peças que você fez, vai, Tazana?", rosnou McMungo.

"Claro que não, senhor!", ela chiou. "Eu nunca contaria a ninguém!"

"Supeeerrrr", ele ronronou. "Porque se você fizesse isso, Tazana..."

"Ninguém vai saber. Eu *prometo*", interrompeu a srta. Tazana, muito cansada para usar boas maneiras. "Tenho sido tão discreta que acho que nem os morcegos do sótão suspeitam do que estivemos fazendo!"

Ai de nós! Sabemos que ela nunca quis causar problemas; mesmo assim, ai de nós!

"De fato", disse McMungo. Deveríamos ter percebido que algo estava errado, a tomar por base como as manchas dele ficaram pálidas! "De *fato*, Tazana. Bem, boa noite."

"Boa noite, senhor", disse ela e partiu.

"Sim, uma ótima noite", respondeu McMungo em voz baixa e, então, alto demais, acrescentou: "Vou ter que perguntar aos inquilinos lá em cima se conhecem outro aprendiz em potencial. Tazana está tão gorda que vai parir a qualquer momento e eu realmente estarei encrencado se não tiver um substituto pronto. *Espero* que alguns deles estejam interessados em...".

Ouvimos o gaturamo revirando coisas, mas quem ficaria atento a um comerciante mexendo em suas ferramentas? Nós o ouvimos na escada, mas já estávamos esperando por ele depois do que falara sozinho em sua tranquila loja e já tínhamos colocado a chaleira no fogo. Vimos sua cabeça coberta de pelos surgir pela abertura, olhos brilhando, e então Tigrado McMungo se espremeu pela porta do alçapão e entrou em nosso sótão.

"Deixe-me fechar aquela janela para a rua", disse McMungo, enquanto caminhava pesadamente pelo sótão. "Sei que vocês gostam do escuro, então não vamos ter aquela maldita lua brilhando sobre nós..."

E podíamos ouvi-lo muito bem, obrigado, enquanto ele murmurava: "Nunca trabalhei em *morcegos* antes. Algo para a coleção de verão, talvez...".

Agora, aqueles de nós que *não* estavam sendo assassinados por um gatuno malvado por causa do suposto crime de terem ouvidos aguçados ouviram por demais naquela noite. Toda a Corte Felina estava em polvorosa com rumores e especulações. Entre mordidas de canapés e goles de champanhe, todas a população felina falava sobre a mesma coisa: quem venceria o desafio? O sr. McMungo ou o seignior Chiazza, o mestre italiano? Apostas foram feitas, como era típico dos nobres, mas as chances estavam todas a favor do seignior Chiazza. Apenas o capitão Edwin alimentava a mais leve esperança de uma vitória para McMungo, mas quem, em todas as Ilhas de Manx, apostaria no favorito de uma doninha?

Foi o seignior Chiazza quem entrou primeiro no salão do rei naquela noite, revelando sua peruca de bichana ao som de trombetas. Até o capitão Edwin ficou em silêncio ao ver, pois peça de perucaria mais fina jamais fora vista na Corte Felina. Mesmo os céticos da moda continental não puderam negar a glória da peruca do seignior, uma peça rococó de tamanha beleza delicada que mais de uma bichana desmaiou ao vê-la e mais de um gatuno chorou ao saber que suas próprias partes pudendas jamais seriam adornadas tão lindamente quanto as daquele italiano metido. Vimos o próprio rei Chester se curvar ao vê-lo e o ouvimos perguntar com decoro e discrição quanto custava.

O desafio... Não, não o desafio, mas que Tigrado McMungo sequer fosse *comparecer* foi esquecido pela Corte, enquanto todos se aglomeravam para ver melhor as penas e conchas, os fios de antenas de borboleta, a precisão do trabalho com agulha. A plateia já extasiada suspirou em uníssono quando o esbelto seignior, após piscar para seu mecenas, lorde Delon, acionou a caixa de música de sua obra-prima, enchendo o silencioso salão com uma ária encantadora.

A Corte Felina inteira estava enfeitiçada — deslumbrada —, hipnotizada! O desafio parecia tão decidido a favor do seignior que os presentes se sobressaltaram quando — assim que a melodia da peruca se completou — três batidas rápidas soaram na entrada do salão. Todos os olhos se voltaram para as portas duplas abertas; o rei Chester deu uma olhada de esguelha, meio irritado com a intrusão, meio curioso para ver quem teria a audácia de bater seu cajado no chão como um oficial de justiça vindo cobrar um distinto proprietário rural.

Lá, recortado na ampla porta, estava nada menos que Tigrado McMungo em felinez!

Ele se arrastou para dentro do salão como se fosse o dono do palácio e, para crédito da Corte Felina, a primeira coisa que os ouvimos comentar não foi a beleza de seu pelo (brilhava após o que pareciam ter sido horas de lambeção) nem o inesperado ganho de peso que McMungo adquirira no último mês (embora fosse surpreendente), mas sim a magnificência da peruca de bichana que ele havia confeccionado. Era uma coisa de rara beleza e, embora mais sutil que a do seignior Chiazza, não menos maravilhosa por isso. Os aristogatos imediatamente começaram a discutir em sussurros: era azul-claro, ou verde-claro, ou o rosa-púrpura-claro das conchas das Colônias? Será que cintilava ou brilhava? Era tecido em tear ou tricotado?

Ouvindo a agitação, o seignior Chiazza olhou a corte perplexa e, consternado, percebeu que havia praticamente perdido — e perdido para *quem*? Para o sr. McMungo da Perucaria Vovó Peluda? Isso não podia ser tolerado! Olhe só para ele! Gordo, nojento, baixo e cambaleante sob o peso de sua própria pançona inchada!

Desesperado, o seignior Chiazza olhou de volta para o rei, cujos olhos cobiçosos estavam fixos na magnificência de McMungo. Com o soberano claramente encantado, tudo parecia perdido, mas então o seignior Chiazza notou a gata ao lado do rei: Lady Felpudica, a duquesa de Portsmouth. Ela parecia ser a única desinteressada pela peruca de bichanas de McMungo — não, ela parecia... desconcertada! Até mesmo repugnada!

O seignior Chiazza viu uma maneira de reconquistar o favor da multidão e, sim, o próprio desafio. Todos sabiam que Lady Felpudica tinha o rei Chester aos seus pés; será que, se conquistasse sua aprovação, ela poderia influenciar o monarca esfarrapado? Sabia que esse tipo de comportamento era desonroso, mas ele não podia perder! O contínuo — e necessário — patrocínio de lorde Delon dependia da vitória de Chiazza, e ele havia investido uma parte considerável de suas economias na elaboração de sua inscrição para o concurso!

O seignior tomou sua decisão. Caminhando em direção a McMungo e farejando com desdém, disse em voz alta: "Não vejo nada de notável nesta peruca — ou, para dizer a verdade, em seu criador! Ora, é tão comum que apresentá-la aqui é nada menos que um insulto a esta corte!".

"De fato, senhor?", respondeu McMungo com voz arrastada. Seus lábios estavam tão intumescidos quanto o resto dele. "Está me desafiando?"

"Desafiá-lo?", seignior Chiazza riu atrás de sua pata. "Para desafiá-lo, eu precisaria saber como você se chama! Esqueci-me... era... Tigrado McMungo? Porque, se for, acho que você deveria mudar para *Inchado* McMungo!" E então ele cutucou a barriga protuberante de McMungo.

"Ai!", disse McMungo, sentindo-se um pouco estranho na barriga.

"Isso é um ultraje!", exclamou o capitão Edwin, leal até o fim.

"Quero essa peruca de bichana!", uivou o rei, apontando rudemente para as partes baixas de McMungo.

"Pelo amor de Bastet, não toque nele!", exclamou Lady Felpudica.

Agora, se você já observou um gato, qualquer gato, nobre ou não, perto de um objeto que deseja, sabe que é impossível essa espécie resistir a seus impulsos ladroeiros — *especialmente* quando o gatuno sabe que o objeto em questão é amado por outro. Deixe seu delicioso sanduíche sobre a mesa por um momento breve e, se uma bichana se interessar por ele, ela o comerá; deixe seu novelo de lã no chão e, se um gatolinho estiver com vontade de brincar, fará o que quiser com ele.

Portanto, você pode imaginar como os minutos seguintes se desenrolaram: o rei Chester II avançou, correndo de quatro como um cachorro vira-lata, e tentou arrancar a peruca de McMungo. A aristogatia, vendo seu rei naquele estado, correu atrás dele (afinal, deve-se seguir a moda!) e, logo, toda a Corte Felina se lançou sobre McMungo. Houve um grande tumulto de uivos, cuspes, arranhões e mordidas...

Então o som de tecido rasgando — uma nuvem de poeira brilhante em direção ao céu...

E o balaio de gatos nobres se dissipou, cada um segurando seu pedaço de peruca!

"Ai!", disse McMungo novamente, pisoteado, machucado e privado da obra de sua vida. Ele não conseguia erguer o corpo tumescente do chão de pedra do salão sem ajuda — mas o pior ainda estava por vir!

"Basta!", berrou Lady Felpudica.

Todos na Corte, incluindo o rei Chester, olharam para cima ao saírem de seu estado de admiração por seus belos pedaços de perucas e viram a gatuna rondando, curiosa, na entrada, segurando o lenço sobre o nariz. Ela parecia desesperada, pronta para se acabar — ou, pelo menos, para sair da sala.

"O que foi, milady?", perguntou o rei, um tanto mais calmo depois de ter agarrado a melhor peça da peruca para si.

"Essa peruca..." Ela balançou a cabeça. "Eu ousaria dizer que foi feita de..." Ela arfou: "*... pelos de Trúfalo*!".

"Mas o Trúfalo já partiu, voltou para casa ao longo da Rota da Seda!", protestou o rei.

"Não, não partiu", disse Lady Felpudica, ainda sem abaixar o lenço. "Ele foi enterrado em uma sepultura revestida de cal há semanas. Ele... morreu. Hemorragia causada pela dor de sua doença, ah, suspeitamos? Não era realmente... Oh, a vergonha! Mas todos vocês, larguem essas perucas! O Trúfalo não era realmente... um Trúfalo. Era um Tapir-Arborícola provinciano de Yorkshire." Ela abaixou a cabeça. "Ele contraiu algum tipo de... Bem, realmente não sabemos. O ferreiro suspeitou de uma infecção fúngica causada por comer grãos podres. Causa feridas, alopecia e inchaço — e se espalha como fogo selvagem, temo, o que é o motivo pelo qual os tratadores no Bestiário usavam aquelas luvas compridas. As feridas ficam todas... pulverulentas. Se entrar em contato com você...".

E então ela fugiu do salão.

De uma só vez, os gaturamos se voltaram para encarar McMungo, onde ele ainda estava deitado no chão, como uma tartaruga virada e de olhos arregalados em horror. Ele se contorceu um pouco sob os olhares acusatórios.

"Você teve algum desses sintomas, sr. McMungo?", perguntou o rei, muito calmo, de fato.

“Não!”, protestou McMungo. “As longas horas... comer mal. Vocês sabem como é! Não é? Olhem para mim... eu pareço... infectado para vocês? Onde, então, estão essas feridas? Que alopecia vocês estão vendo?”

Foi então — naquele exato momento — que exercemos nossa vingança.

“Mentiroso!”, guinchamos, descendo *en masse* dos caibros. “Assassino! Você vai causar *mais* mortes esta noite?”

Nossos primos que haviam escapado do massacre no sótão da Perucaria nos contaram tudo, é claro — não há segredos entre o nosso povo —, e assim tomamos conhecimento não apenas do crime de McMungo, mas também de sua ardileza. Caímos sobre ele e arrancamos de seus braços, pernas, barriga e costas a dúzia ou mais de pequenas peruquinhas simples que a srta. Tazana havia fabricado em couro e pelos alaranjados. Debaixo delas, como vocês já sabem, McMungo estava cheio das mesmas espirais reveladoras que tanto impressionaram no Bestiário Biruta, mas que agora horrorizavam a Corte Felina!

“Você arriscou todos nós... por causa de uma aposta?” O rei Chester parecia chocado; a Corte Felina, furiosa.

“Err”, disse McMungo, desejando, estamos certos, ter o poder de se levantar e correr como se sua vida dependesse disso.

“Prendam-no!”, gritou o rei Chester. “Levem-no às masmorras! Trancafiem-no lá até confirmarmos as alegações de Lady Felpudica. E se todos nós formos afetados por essa praga... bem, o seu destino estará decidido, *Inchado McMungo*!”

Nos meses subsequentes, a Corte Felina experimentou algumas mudanças significativas. Perucas de bichanas, talvez não inesperadamente, saíram de moda... entre os sobreviventes da corte, é claro. Mais de um aristogato, lamentamos dizer, sucumbiu à hidropisia e alguns à perda de sangue ao coçar com muita força as espirais fúngicas que afetaram quase todos que compareceram ao baile.

Mas a *noblesse* estava longe de ser a única atingida pela peste da alopecia, ou a Grande Coceira, como veio a ser chamada pelos londrinos a doença do *faux*-Trúfalo. Ela realmente se alastrou como incêndio florestal, e os aristogatos, descuidados com qualquer um exceto eles mesmos, infectaram seus criados, que a espalharam mais além: para os boticários, comerciantes, prostitutas e outros tipos de comerciantes que atendiam às necessidades dos ricos. Esses comerciantes, é claro, transmitiram-na para seus aprendizes e arrumadeiras, seus fornecedores e prostitutas, e quando essas almas infelizes voltaram para casa, elas a espalharam para seus irmãos, irmãs, pais e tios...

Felizmente, antes que gente *demais* morresse, um médico holandês chamado dr. Patas descobriu um remédio fácil e barato feito de alho ralado e essência de lavanda. No entanto, a cura não foi suficiente para satisfazer a infeliz Cidade de Londres. Eles haviam sido gravemente afligidos pela praga da alopecia, afinal — mas, como sempre acontece, ninguém pensou em culpar a aristogatia. Assim, não foi Lady Felpudica a gatuna punida por trazer o Trúfalo à corte em primeiro lugar; foi, é claro, o sr. McMungo.

O fabricante de perucas definhou, sem tratamento, nas masmorras durante toda a Grande Coceira, cada vez mais inchado, cada vez mais calvo. Não sabia que sua profissão havia se tornado *persona non grata*; não sabia que uma cura tinha sido encontrada. Ele nem sequer sabia o que acontecera com sua aprendiz, a srta. Tazana (nós sabemos: ela morreu). Tudo o que ele sabia era que um dia, enquanto estava brincando ociosamente com partículas de poeira na luz escassa que entrava pela janela alta de sua cela, foi capturado pelos guardas do palácio, teve cada uma de suas quatro patas amarrada a um porco de carruagem faminto e, embora tenha gritado por misericórdia, foi arrastado e esquartejado por seus crimes contra gatos e gatolândia.

E assim, termina a vergonhosa história de Inchado McMungo. Seu nome virou lenda; seus crimes foram, em grande parte, esquecidos; e tudo o que resta dele são duas canções bobas. Ninguém se lembra da glória de suas perucas de bichanas, exceto nós — mas a história é escrita pelos vencedores.

COGUMELOS SELVAGENS

JANE HERTENSTEIN

Certa vez, tivemos uma infestação de cogumelos-ostra, que começaram a brotar no canto do nosso porão inacabado após uma forte tempestade em julho. Minha mãe usou água sanitária pura para matá-los, mas eles voltaram, de novo e de novo, um fruto persistente e pervasivo. Uma praga impossível de ser erradicada.

Caçar cogumelos não era só uma atividade recreativa para a minha família; foi assim que meus pais me colocaram na faculdade, fizeram os pagamentos iniciais do carpete da sala de estar e, tempos depois, pagaram pelos tratamentos de Tata. Nos primeiros anos, foram os cogumelos que nos sustentaram. Minha mãe congelava um cogumelo-galinha como se fosse um frango à passarinho inteiro, e ia adicionando fatias dele em ensopados ou temperando sopas durante todo o inverno.

Meus pais tinham vindo para os Estados Unidos da Tchecoslováquia (quando ainda era Tchecoslováquia), onde forragear era uma tradição. Uma geração ensinava à seguinte o que procurar. Era muito raro que alguém morresse por comer um cogumelo "ruim". Uma vez que você saiba a diferença entre um porcini e um chapéu-da-morte, é difícil confundir os dois. Mamãe e Tata vieram para os Estados Unidos em 1969, após a "Primavera de Praga". (Minha mãe se lembrava de que os moréis eram particularmente abundantes naquele ano.) Elas simplesmente saíram andando. Senti certo ceticismo; como aquilo era possível? As pessoas não simplesmente saíam andando de um país comunista. "Quer dizer que *vocês escaparam*", eu a corrigi.

Eu sempre tinha dúvidas sobre minha capacidade de compreendê-los por completo. Cresci ouvindo tcheco sendo falado em casa, mas assim que entrei no jardim de infância, esqueci o idioma, deixei-o para trás. Muitas vezes me via corrigindo o inglês vacilante dos meus pais com um tom de voz incriminador.

"Nós apenas saiu andando", repetiu ela. "Nós disse: 'Ok, hoje dia'. Nós coloca várias camadas de roubas." (Minha mãe sempre confundia as palavras. Eu a culpo — frequentemente tenho dificuldade em lembrar a diferença entre "respira" e "respiro".) "Bem quente lá fora, nós sua. Nós caminha pela floresta com cesto. Ninguém vê nós. Só parecia camponeses. Colhedor de cogumelos. Nós cruza a fronteira e chega na Áustria."

Seu sotaque eslavo carregado me constrangia. Durante a Guerra Fria, as crianças sempre perguntavam se éramos russos. Eu odiava em especial a combinação de roupas (roubas?) de mamãe e Tata. De outubro a abril, meu pai gostava de usar sobre as camisas um colete de lã grosso que cheirava fortemente a suor, muito parecido com o cheiro de um cogumelo maduro, e minha mãe vivia em vestidos caseiros florais, daqueles que, quando você se curva, revela a parte carnuda da coxa. Para ela, era ou o vestido de ficar em casa ou um avental completo combinado com casacos impermeáveis de borracha para trabalhar duramente pelos campos. Quando você tem 13 anos, a pior coisa que pode acontecer é encontrar um colega de classe no supermercado da cidade, com sua mãe empurrando o carrinho de compras vestida como uma *babushka* caçadora de cogumelos.

Suspeito de que o relacionamento difícil que tive com meus pais derivava não tanto da confusão de idiomas, mas sim de uma lacuna, uma falha em compreender tudo pelo que eles haviam passado. Havia mundos de distância entre nós, como a diferença entre uma nação emergente e um país desenvolvido. Acho até difícil acreditar que eu possa ter sonhado em tcheco algum dia.

* * *

Era sempre minha tarefa limpar os cogumelos. Sábados e domingos eram reservados para a caça aos *houby*, que é como os cogumelos são chamados em tcheco. Eu levava meu dever de casa comigo e me sentava no carro, ou lia no banco de trás enquanto eles caminhavam pela floresta. Já era ruim o suficiente ter pais imigrantes, mas me causava verdadeiro horror ter que explicar aos meus amigos por que eu não podia passar a noite na casa deles, ir à festa de aniversário ou simplesmente sair no fim de semana.

Mamãe e Tata carregavam sua colheita de volta ao carro, onde descarregavam a cesta em um cobertor puído com as típicas linhas horizontais coloridas das colchas Hudson's Bay. Minha sinusite era atacada imediatamente, um cheiro mofado semelhante ao de tênis velhos, sótãos e porões mofados, lixo de quintal fermentado. Básico. Orgânico. Agulhas de pinheiro com ferrugem e terra preta e empedrada agarravam-se às estipes grossas ou às raízes finas. Eu usava uma toalha velha para limpá-los. "Nada de água!", meu pai avisava, histérico. Cogumelos, quando molhados, parecem derreter, talvez porque sejam 90% água, um fato que aprendi na aula de biologia. A terra envolvia minhas unhas, acumulava-se embaixo delas e manchava as calosidades na parte externa do meu indicador. Era necessário fazer lavagens sucessivas ("Água demais!", meu pai reclamava, estalando a língua. "Você desperdiças.") antes que minhas mãos ficassem limpas. O cheiro, porém, persistia no meu nariz como se estivesse impresso naquela parte do cérebro.

No meu primeiro ano na faculdade, conheci um garoto. Foi uma surpresa; parecia sorte, por isso suspeitei de que fosse amor. Eu não estava procurando, não ia a bares ou festas. Nós nos encontramos fora do cinema na rua Court quando bati com minha bicicleta em seu carro. Ele havia parado e aberto a porta do carro exatamente quando eu estava passando. Meu corpo foi lançado por cima do guidão e caí de cabeça no meio da calçada. Ainda bem que eu estava usando capacete. Não perdi a consciência nem tive uma concussão. Ele ficou comigo o tempo todo até a chegada de uma ambulância. Minha principal preocupação era a bicicleta, que ficou ainda mais danificada quando um caminhão passou e a arrastou pela rua. O garoto e eu mantivemos contato durante as férias de Natal. No início, ele se sentia culpado. A polícia o citou em seu relatório como o responsável. Então, Matt teve que pagar minha conta de hospital — ou melhor, quem pagou foi seu seguro; na verdade, foi o seguro *dos pais dele* —, mas foi apenas uma noite e apenas para observação, porque eu reclamei que estava com o pescoço rígido.

Namoramos por três anos, às vezes exclusivamente; às vezes, não, e depois, no meu último ano na faculdade, tivemos uma grande briga, terminamos, e logo voltamos de uma forma que me convenceu de que ele queria nos levar a sério. Com a formatura se aproximando e nosso futuro nos encarando friamente, era hora de fazer planos pós-universitários. Nós dois queríamos estar em uma cidade grande e, como eu não tinha carro, fazia sentido procurar empregos em Chicago — ele em vendas e eu em relações públicas e/ou comunicações. Ele sugeriu que morássemos juntos. Durante as férias da primavera, levei Matt para a casa dos meus pais no sul de Illinois.

Mamãe fez uma coroa de massa folhada com cobertura de glacê de açúcar com um ovo tingido no centro e lombo suíno assado lentamente no forno. Ela enfeitou o prato com cenouras e batatas e, é claro, cogumelos. Matt deu uma mordida e gemeu como se estivesse em êxtase: "Meu Deus!".

"Sim", concordei, "a carne derrete na boca. Bom trabalho, mãe!"

"Não, não, é outra coisa. Um sabor rico e amendoado. O que é?"

Cantarelos e porcinis da última temporada secos e reidratados com os outros legumes. Quando contei, ele ficou imediatamente intrigado. "Cogumelos selvagens. Caramba, como vocês sabem onde encontrá-los?"

Meu pai bateu na testa como se estivesse insinuando que estava tudo ali na cabeça dele. "Nós caçadores temos nossos segredos", disse, dando um sorriso enigmático.

Matt tinha que ver por si mesmo, então ele e eu pegamos o carro e fomos a uma reserva natural. A neve havia diminuído recentemente. Nas sombras, havia gelo em forma de favos de mel, tão intrincado como renda, facilmente esmagável sob os pés. O solo esponjoso era perfeito para cultivar cogumelos. Estacionamos na beira da estrada, e eu peguei no porta-malas do carro o velho cobertor da Hudson's Bay que havia jogado lá no último minuto. "Não se surpreenda se não encontrarmos nada", avisei. "É um pouco cedo." Embora eu estivesse esperando que tivéssemos sorte e encontrássemos um morel. Os moréis estavam rendendo 22 dólares por quilo na época. Talvez pudéssemos dar um sinal para comprar um apartamento. Depois de caminhar por cerca de uma hora, jogamos o cobertor no chão e nos beijamos, com o aroma de terra aquecida embaixo de nós.

As coisas, no entanto, não deram certo. Ele conseguiu um emprego em Phoenix e eu acabei alugando um estúdio. Mais tarde, voltei ao local de nosso amor e descobri um anel de fadas, como ovos aninhados na grama baixa. Eu me agachei para inspecionar os topos, só para ter certeza, porque há um cogumelo venenoso que se parece muito com esses; não letal, mas o suficiente para deixar alguém doente.

Depois de duas décadas vivendo nos limites da zona rural, meus pais de repente se encontraram nos subúrbios. Bridal Path Estates, Stonehenge Terrace, minimansões onde costumava haver campos de soja. As garagens para três carros eram maiores do que a nossa casa bangalô de dois quartos. O escoamento dos gramados tratados com produtos químicos fez a taxa de mortalidade dos cogumelos dar um salto. Mamãe e Tata tinham que dirigir cada vez para mais longe a fim de empreender suas incursões em busca de cogumelos.

Muitas pessoas pensam que os cogumelos podem crescer em qualquer lugar, como roedores e outros tipos de pragas comuns. De fato, nos lugares mais improváveis, como a Antártica, existe um cogumelo que cresce a uma taxa de um centímetro a cada cinco anos. No deserto chileno, há uma variedade que sobrevive com uma dieta de névoa. Além desses dois exemplos extremos, as condições para os cogumelos têm que ser perfeitas. Um grau mais quente ou mais frio os afeta, a quantidade de chuva ou umidade no solo, sua relação delicada com a vegetação circundante. Alguns cogumelos só podem ser encontrados crescendo em conjunto, ou sob um certo tipo de árvore, daí a dependência do cogumelo-ouriço na velha árvore de abeto. É um mistério, uma maravilha. Ainda posso enxergar meu pai em uma luz poeirenta filtrada pela floresta, grandes cogumelos redondos a seus pés, como alienígenas em vagens. Eu não sabia, ele estava na presença de algo muito maior.

* * *

Tata saiu de casa no meio da noite para começar o trabalho bem cedo, ao romper da aurora. Havia sido um inverno difícil, e ainda pior por causa da quimioterapia. O médico disse que ele estava em remissão. O câncer ainda estava lá, mas controlado, gerenciável. Tata tinha perdido muito peso. Ele se parecia com uma fotografia dele mesmo com minha mãe na Tchecoslováquia antes de escaparem, de *saírem andando*. Maçãs do rosto altas, suspensas em um rosto magro, cercado por uma fartura de cabelo, um topete loiro. Só que agora suas bochechas estavam cinzentas e o cabelo estava mais ralo, sem brilho, com veias azuis aparecendo sob a pele. Ele deixou mamãe dormindo no sofá, sem um bilhete. Era provável que estivesse com muita pressa para sair. Era a época ideal para moréis pretos.

Um caçador experiente pode passar a vida inteira sem ver um. São como o ovo de ouro da caça de cogumelos, um grande trunfo, o prêmio maior. Como um porco trufeiro, meu Tata tinha faro para moréis, uma intuição para onde encontrá-los, como debaixo de um tronco de olmo ou sob uma camada de maçãs podres em um pomar abandonado.

O morel típico tem cerca de dez centímetros de altura, com a textura de uma esponja, toda enrugada e oca, em formato fálico. Tem um sabor como nenhum outro, uma combinação de notas surpreendentes tais como abacaxi e filé-mignon. É inexplicável, como esperança e amor, desejo e arrependimento. Comer um é experimentar uma transcendência comparável a uma conversão religiosa.

Ele nunca mais voltou. Era o fim de março e as noites estavam frias, com temperaturas abaixo de zero. Formou-se um grupo de busca, mas, sem uma ideia definida da sua localização, era como procurar uma agulha no palheiro, ou uma trombeta-negra, difícil de avistar por causa de sua cor, que tende a se confundir com a cobertura do solo. Então, no início de abril, nevou, e as equipes de resgate passaram a se dedicar aos esforços de recuperação. Tata mantivera seus campos secretos, guardando segredo até mesmo da minha mãe. Ela suspeitava de que ele tinha ido à floresta para morrer. Ela voltou a falar comigo em tcheco, embora eu entendesse pouco.

Por fim, no outono seguinte, um pai e um filho encontraram os restos mortais. Quando as autoridades do condado chegaram, os delegados adjuntos e os peritos criminais tiraram fotos, para registrar caso tivesse sido algum crime. Minha mãe insistiu em ver as fotos. O legista preocupou-se que pudessem ser muito macabras. A identificação positiva não dependia de ela reconhecer as roupas desbotadas e partidas — embora o colete fosse prova suficiente. Ela levou meia dúzia de fotos para mais perto de uma janela, longe do brilho das luzes fluorescentes, e, uma por uma, as estudou. Em determinado momento, ela exclamou — acredito que compreendi o significado, embora algumas palavras específicas não possam ser traduzidas. "Olhe! Ali! Um morel crescendo ao lado do pé."

Enterramos o que restava dele no Cemitério Nacional Boêmio, perto da Peterson Road.

O último cogumelo selvagem que comi foi em 1999. Mamãe vendeu a casa, com a intenção de ser demolida. A propriedade em que a residência estava situada valia mais do que a madeira e a pedra e o porão úmido com sua matéria fúngica. Ela voltou para a Tchecoslováquia, ou melhor, para a República Tcheca, para viver confortavelmente em uma casa pequena ao lado de uma floresta onde caça regularmente, quando não está ocupada jogando na internet. Mamãe é viciada no computador. Ela me enviou por e-mail uma foto de um grupo de amanitas-pantera, não comestíveis, mas lindos, mesmo assim.

Moro em Chicago, só eu, e faço compras no Whole Foods, onde um pacote de champignons custa cerca de 3,60 dólares. Eu os coloco nos ovos mexidos; não tanto pelo sabor, mas pela estética. Não há mais sabor neles do que na caixa de isopor em que vêm, e a textura é asquerosa — frouxa, sem consistência. Não tem *ali* nenhum ali.

No último sábado, eu estava voltando para a cidade depois de uma conferência e, ao lado da congestionada via expressa Dan Ryan, naquelas terras baixas tóxicas entre o acostamento e a mureta, avistei um chapéu-de-tinta, inconfundível mesmo de longe, ao lado de um copo descartado da Starbucks. O trânsito não estava saindo do lugar. Não seria nada parar, abrir a porta do carro e pegá-lo. Senti a tentação; na verdade, coloquei o carro em ponto-morto. Eu não conseguia pensar no motivo de querer tanto aquele cogumelo e, quanto mais ponderava, mais perdia a coragem. Talvez fossem as lágrimas me cegando. Era difícil o respiro (respirar?).

Desde então, não consigo tirar os cogumelos da minha cabeça. Eu os vejo em todos os lugares. Surgindo em rachaduras escuras. Eles me assombram. Estão no meu sangue, correndo em minhas veias, se alimentando dos detritos dentro de mim.

3

HISTÓRIAS QUE VIVERÃO PARA SEMPRE

PAUL TREMBLAY

12C.

As manchas de tinta no bilhete impresso com rapidez evidenciam minha queda, que pode ou não ser icariana. É evidente que o inconstante processo de evolução deixou faltando em nosso DNA um ou dois aminoácidos para que escolhêssemos pagar pelo seguinte privilégio: aceitar ser marcado temporariamente como gado com letras e números de atribuição de assentos regulamentados, afogar-se em refrigerantes diet baratos com ingredientes comprovadamente letais para ratos, tudo isso enquanto nos deslocamos pela estratosfera a mais de oitocentos quilômetros por hora.

O que estou tentando dizer é: odeio voar.

Enquanto a lata com asas se arrasta pela pista, tento ignorar as instruções para no-caso-improvável-de-emergência que o comissário de bordo transmite com o entusiasmo de um proctologista. Em vez disso, concentro minha ansiedade no ódio singular por dois passageiros: um deles é um homem repugnante do outro lado do corredor que acredita que as instruções para desligar e desconectar dispositivos eletrônicos por trinta nanossegundos antes do voo não se aplicam a ele.

O outro está no assento à minha direita. Um jovem loiro de cabelos curtos, provavelmente com apenas uns vinte e poucos anos (marcas de acne pós-adolescência contornam seu couro cabeludo) e um blazer marrom com retalhos de camurça escuros como vírgulas nos cotovelos. Como tinha sido um dos últimos passageiros a embarcar, logo notei seu traje. O que chamou ainda mais minha atenção foi a forma como ele se jogou no assento ao lado do meu, executando, em seguida, uma acrobacia desajeitada para encolher-se em posição fetal com uma aterrissagem quase perfeita e o rosto escondido entre as mãos. Presumo que esteja passando mal. Espero que seja algo não transmissível, e não o resultado de um contágio exótico. Ainda não senti uma lufada de álcool emanando de sua figura prostrada, mas, para ser honesto, geralmente faço questão de evitar lufadas sempre que possível. Estendo a mão para cima do meu assento e ajusto as rajadas oscilantes da circulação de ar.

Durante a decolagem, os ruídos do estresse estrutural, meu ângulo de elevação alarmantemente crescente e a contemplação da física do voo fazem com que o coelho assustado em meu peito corra em busca de segurança para dentro de túneis cada vez mais estreitos. Faço oferendas silenciosas e constrangedoras buscando aplacar os novos deuses da aviação.

Ah, por favor, ah, por favor, ah, por favor...

Ao alcançar finalmente um tipo de estado secreto de horizontal coletivo, o piloto desliga o sinal de "atar os cintos" e eu expiro pela primeira vez a trinta e cinco mil pés. Meu vizinho loiro puxa a bandeja de plástico cinza e frágil do encosto e se debruça sobre ela; sua cabeça se enterra fundo nos braços cruzados, como se a bandeja fosse uma carteira escolar e ele, um aluno recalcitrante cochilando descaradamente na frente do professor. Eu me controlo para não dizer: "Desculpe, senhor, mas acho que a bandeja não aguenta. Não que eu esteja insinuando que você seja cabeçudo." Prometo usar o gracejo imaginário em uma história futura, o que me provoca um sorriso tímido e uma risadinha semelhante a um pneu esvaziando. Meu vizinho compactamente prostrado, no entanto, tem a risada final e definitiva quando avisto um saco de vômito posicionado com educada discrição no chão sob a bandeja trêmula. Sem saída, afasto-me em meu lugar (Isso conta como exercício durante o voo? É preocupante passar muito tempo sem se mexer nessas altitudes, pois coágulos se formarão nas pernas e se movimentarão com alegria pelo sistema circulatório até chegar aos pulmões, coração ou cérebro...). Se eu pudesse passar para a próxima longitude e ficar longe da dele, eu o faria.

A voz enrolada do comandante propaga-se dos alto-falantes repletos de estática, o que não diz muita coisa a favor do sistema elétrico antigo de nosso intrépido Airbus. Seja com um rádio bidirecional ou latas e barbante, ele transmite sua mensagem: um aviso de turbulência à vista. Suas sílabas e sintaxe têm uma cadência ensaiada, provavelmente polida e submetida a grupos focais para projetar uma vibração zen diametralmente oposta ao que se associa ao risco iminente de aniquilação em chamas. Confesso minha ignorância quanto à ciência do voo, já que não entendo por que, se o piloto sabe que vai haver turbulência, ele não possa simplesmente desviar dela como um carro (modalidade de transporte tradicional e adequada) desvia de um buraco. Bem, o avião atravessa com um estrondo o primeiro buraco e o seguinte. Enquanto mergulhamos e dançamos animadamente no ar agitado, imagino os compartimentos acima lutando com o excesso de bagagem de mão, para não falar do nosso peso acumulado enquanto permanecemos sentados com educação em nossos assentos. Cada chacoalhada perturbadora treme causando uma reação em cadeia de terror pelo piso do avião, sacudindo e entortando minha poltrona, inclinando e torcendo toda a cabine e, por favor, não há a menor chance de que eu olhe pela janela e veja as asas incrivelmente finas vibrando como diapasões. Minhas mãos se fecham em punhos impotentes e começo a suar, para ser franco, em lugares que não achava que poderia.

Inclino-me lentamente contra o encosto — lentamente, porque temo que um movimento brusco e rápido demais venha a ser o ponto de inflexão em nosso equilíbrio catastrófico e, sim, é totalmente irracional e narcisista acreditar que meus menores movimentos e pensamentos em pânico teriam qualquer efeito sobre o ambiente caótico ao meu redor; no entanto, nessas circunstâncias, acredito *sim*, e isso piora tudo.

O medo destrói o âmago do meu eu interior, id e ego, fazendo meus joelhos se baterem de forma cômica. O próximo solavanco turbulento é particularmente forte e me convenço de que posso prever o futuro, que o próximo abalo vai nos erguer dos assentos e rachar a cabine. A linha de falha passará pela seção à minha frente, as luzes vão se apagar, uma terrível luz brilhante vai surgir, depois um frio sugador e a queda, sem permitir que eu sequer grite diante da escuridão.

Fecho os olhos e catalogo as milhões de pessoas que voaram com sucesso. Concentro-me em indivíduos e nas vidas secretas de pilotos e comissários de bordo para quem voar é uma ocorrência curiosamente cotidiana. Lembro-me das estatísticas inexoráveis: mesmo se todo dia um avião se lançasse contra a terra firme, ainda assim seria mais seguro voar do que dirigir. No entanto, como a maioria dos ocidentais, sou analfabeto funcional quando se trata de matemática e estatística; os números não trazem qualquer conforto ao meu temeroso cérebro reptiliano.

Depois do que parecem anos, o capitão anuncia que podemos circular com segurança pela cabine, como se estivéssemos a bordo de um cruzeiro de luxo e o convés transbordasse com a luz dourada do sol. Optando por dar o exemplo aos outros passageiros, permaneço sentado e ocupado com minhas anotações para a palestra, a *raison* para ter colocado minhas próprias bactérias nesta placa de Petri voadora mortal.

Sou um escritor pouco conhecido, para meu desgosto constante, mas um orgulhoso autodidata. Amanhã de manhã, darei uma palestra sobre um conjunto de autores pouco conhecidos mortos há muito tempo em uma conferência literária pouco conhecida. Estou certo de que, pelo menos, o hotel terá instalações adequadas, se eu chegar lá e esta viagem me permitir passar quatro dias longe do meu trabalho diário: algo na área de TI que nem vale a pena mencionar, então não mencionarei. Minha palestra consiste em um lamento elegíaco a respeito dos heróis literários esquecidos pela história e um discurso inflamado dirigido em cheio contra a natureza intrinsecamente etérea e impermanente do pós-modernismo, em especial no que se refere à nossa desgastada tradição de ficção gótica, sendo o pós-modernismo antitético à atemporalidade na literatura, à própria natureza da narrativa com sua propensão a promover os temas da cultura de massa e da mídia do "frívolo agora". Espero que a ironia de usar o PowerPoint para a minha apresentação não passe despercebida aos alunos.

Não sou tão inflexível a ponto de não perceber que a guerra contra o pós-modernismo está perdida há muito tempo; estamos todos fadados a viver dentro de seus limites turvos. A saber: coloquei-me no ventre desta câmara de tortura aérea na esperança de que a palestra me dará *visibilidade*, que minha *rede de contatos* será expandida, que talvez alguns dos alunos presentes resumam minha palestra de noventa minutos em uma postagem animada no Facebook ou em um tweet de cento e quarenta caracteres incluindo a palavra "*Arrasou!*", o que então, se eu tiver sorte, fará com que minha posição no ranking de vendas da Amazon avance um pouco, assim como o relógio do juízo final. Nada mais infernalmente pós-moderno do que isso.

Outro anúncio pelo sistema de intercomunicação interrompe meu devaneio. De acordo com o momento e a tradição, o comissário dá sua primeira volta com o carrinho de bebidas: uma besta desajeitada de metal que deixa o corredor intransitável. Como isso não é considerado uma quebra das normas de segurança, uma quebra do no-caso-improvável-de? Eu continuaria, mas a superstição me impede de usar a palavra *quebra* novamente.

Meu vizinho loiro inesperadamente se anima com a oferta sedutora de bebidas superfaturadas. Ele deixa a etiqueta de lado, exigindo dois copos d'água. O comissário, relutante, obedece e serve dois copos largos de plástico. O homem esvazia o primeiro e inclina novamente a cabeça sobre a mesa, acariciando o segundo copo ainda cheio. Talvez ele seja digno de pena. Talvez não esteja de ressaca ou infestado por um vírus, mas, assim como eu, sofra nas mãos nodosas e apertadas da aerofobia. Seja o que for, permanecer em meu assento e observar obsessivamente o segundo copo d'água deslizar e balançar com as rajadas nada suaves e invisíveis que atravessamos me provoca além do meu limite, principalmente quando (depois de beber minha própria água) a pressão em minha bexiga tornou-se mais do que incontestável.

O indolente carrinho de bebidas termina, enfim, sua passagem laboriosa. Afrouxo meu cinto de segurança (uma tira de náilon ridiculamente frágil e esgarçada), o que provoca uma pontada em meu corpo como um alerta de que eu não deveria fazer aquilo, que agora *o mal* vai acontecer. Caminhando pelo corredor, agarro as costas dos assentos e faço rapel em direção à cauda do avião. Uma aeromoça está sentada em um banco compacto desdobrado do painel traseiro. Será que ela não percebe que aquilo é uma borda frágil e fabricada que a deixa permanentemente pendurada sobre um precipício? Ela lê uma revista de fofoca e não vê quando me transformo em um origami para entrar no banheiro do tamanho de uma cabine telefônica. Se ao menos houvesse um S em meu peito a ser revelado; isso, é claro, não resolveria o problema com o voo. Deslizo a porta sanfonada para fechá-la e acionar a fechadura e sua sinalização de *Ocupado*.

Os rugidos dos motores e do ar violentamente rompido são amplificados aqui, dentro desta caixa de metal pouco iluminada. E se tudo tiver desaparecido quando eu abrir a porta e só restarmos eu e este banheiro, um elevador com o cabo cortado em uma descida eterna? Os agora familiares tremores de turbulência sacodem o avião. Perco o equilíbrio e esbarro nas paredes e no teto cada vez mais apertados do banheiro. Depois de urinar precariamente equilibrado sobre o vaso sanitário de metal (nunca me senti tão vulnerável ou ridículo), lavo os óculos embaçados e jogo água fria no rosto e na barba. O segundo de dois solavancos em staccato me lança contra a pia e o espelho. Uma luz vermelha acima da porta do banheiro pisca, e o piloto anuncia que devemos voltar aos nossos assentos, levantar as bandejas e afivelar os cintos de segurança. Agarro-me às bordas da pia e encaro no espelho o meu eu encurvado, ascético, gotejante e apavorado, Quasimodo sem seu sino e sua beldade, e me pergunto por que concordei em fazer isso, por que concordei em fazer o que quer que seja, pois agora está dolorosamente claro que não faz sentido: escrevi uma palestra de noventa minutos sobre autores e livros que alguém leu em um passado remoto promulgando com arrogância um ideal de prosa imortal e atemporal. Eu mesmo escrevo ficção barata e sensacionalista com níveis variados de sucesso e fracasso monetário e pessoal. O próprio fato de eu ter existido não fará diferença e serei esquecido em um piscar de olhos, como todos nós seremos, e isso, tudo isso, é uma piada infinita, e é aqui, na bola saltitante do banheiro do avião, que estou encarando a verdade de nossa condição humana, e é uma condição de solidão existencial, niilista e cósmica.

Talvez eu devesse simplesmente voltar para o meu lugar.

Saio do banheiro tentando recuperar o equilíbrio, enquanto o avião balança e se inclina com meus movimentos corretivos frenéticos como se eu fosse o fulcro de sua alavanca. As luzes da cabine oscilam e a atmosfera se ioniza com minha preocupação densa e o gemido da mortalidade. Meus pés traiçoeiros não me obedecem; não querem me levar pelo corredor escuro e desleal; renegam a tolice de que retornar ao meu assento resultaria em segurança e salvação. Então ocorre um mergulho de embrulhar o estômago acompanhado de um estrondo de ranger os dentes, um estrondo que implica impacto com alguma coisa. Pode haver estrondo sem impacto com uma massa sólida? Os rangidos do aço, ligas metálicas e plástico são os estertores agonizantes da nossa civilização tecnocrática!

Então o avião se acalma. O silêncio resultante dentro da cabine é tão estranho quanto inesperado. Cambaleio em direção ao meu assento e passo por dezenas de passageiros que assumiram uma postura idêntica à do meu vizinho loiro: inclinados para a frente, braços e cabeças debruçados sobre suas bandejas apesar das claras instruções do comandante de colocá-las de volta na vertical. Atrevo-me a olhar para a parte de trás do avião e não vejo a aeromoça em seu assento. Talvez esteja agachada com o outro comissário lá na frente, atrás da cortina de veludo azul da primeira classe. Perdi alguma coisa? Estou voando com inveterados infratores de regras ou existe uma nova posição para quedas que, felizmente, desconheço?

Quando já estou quase no meu assento, o avião é atingido pela turbulência mais uma vez: um ataque implacável, quase um maremoto. Uma queda vertiginosa seguida por uma súbita correção exagerada da nossa trajetória ascendente me tira do chão. Minhas anotações soltas para a palestra, que deixei sobre a poltrona, explodem no ar pressurizado; o eflúvio da declaração de princípios da minha vida literária cresce e se espalha pela cabine mal-assombrada. Não posso recolhê-las agora e lamento brevemente o desaparecimento das ideias, daqueles sonhos que logo seriam esquecidos, enquanto me arrasto até o assento e afivelo o cinto com as mãos trêmulas. O golpe seguinte apaga as luzes da cabine e máscaras translúcidas de oxigênio caem de compartimentos ocultos do teto. No estranho e fraco brilho da iluminação de emergência do corredor, as máscaras parecem águas-vivas explorando as profundezas.

Enquanto me atrapalho na luta desesperada com os tentáculos da máscara, um braço passa pelo meu colo, destrava e gentilmente abaixa minha bandeja. O homem loiro, sem endireitar o corpo ou erguer a cabeça, coloca o saco de vômito sobre minha bandeja e diz: "Tome isso se quiser viver". Apesar da frase clichê, proferida por muitos heróis de ação estadunidenses movidos a esteroides, abro o saco enrugado e esvazio seu conteúdo sobre a bandeja: uma massa escura, do tamanho do meu polegar, com uma casca que parece oleosa ou úmida, mas que é, na verdade, escamosa e seca ao toque. De caule grosso e com um chapéu no topo, parece um cogumelo.

Eu me viro para dizer algo ao meu vizinho e, na penumbra, com seu blazer de tweed marrom, ele parece um monte composto de solo, de turfa, da própria terra. Pergunto: "O que é isso?". Não há resposta e essa talvez seja uma resposta. Talvez haja a ponta de uma gavinha marrom espreitando entre seus lábios ou talvez seja uma sombra. Segurando o cogumelo como se fosse um ovo de pássaro que eu quisesse devolver ao ninho, examino brevemente a cabine e vejo minhas anotações ainda esvoaçantes e moribundas e o balanço das máscaras de oxigênio, nenhuma exercendo seu propósito de acoplar-se a rostos gentis de passageiros. Meus outros vizinhos são protuberâncias estáticas, apodrecidas e indistintas.

O avião desmaia e entra em queda livre. Algo se quebra em algum lugar dentro de mim e ao meu redor. Sem premeditação, impulsionado por puro instinto, coloco o cogumelo na boca. Ele se desintegra em pedaços de matéria orgânica morta. Seu gosto e cheiro terroso, de madeira, solo, planta e outra coisa que não consigo identificar, mas que me parece de uma familiaridade ancestral, enche minha boca: imiscível com minha saliva e, ao mesmo tempo, muito relaxante e penetrando além da língua, palato, esôfago, membranas e diretamente em meus ossos. Inclino-me para a frente, caindo como uma velha — mas digna — conífera, repouso a cabeça e os braços sobre a bandeja, que é reconfortante como um leito de musgo, e fecho os olhos.

Em algum lugar além do reino físico, posso ver o futuro infinito: o avião, em instantes e *in memoriae*, perderá toda a força e cairá. Não haverá sobreviventes, mas, como prometido, sobreviverei. Não gritarei e não estarei sozinho. Tudo a bordo do avião será incinerado por chamas quimicamente intensificadas que queimarão além das temperaturas de contemplação e nos livrarão de nossos corpos antigos. Dezenas de investigadores e equipes de inspeção não nos enxergarão sob nosso novo solo: as cinzas dos destroços, as cinzas do nosso renascimento eterno. Todos nos tornaremos um. Nossos filamentos se entrelaçarão, formando nossa rede de hifas, nosso micélio, com um alcance que se estenderá por quilômetros e séculos; não será possível determinar nosso método de crescimento, ou como crescemos, ou como nos comunicamos. Não seremos antropomorfizados, pois estaremos, simplesmente, *além*. Nossos corpos de frutificação se confundirão, ocultando nosso verdadeiro tamanho, que será medido em hectares. Nossa linguagem será o próprio tempo. Nos comunicaremos e comungaremos nas línguas da era geológica. Nossos rizomorfos se aprofundarão na terra e chegaremos ao tamanho e à idade do mundo. Nosso alcance será tão ilimitado quanto nosso apetite.

Em breve, tudo mudará para você. Mas para nós, não haverá mudança. Seremos apenas nós, além da forma, do tempo e do espaço. Nunca estaremos sozinhos. Sempre seremos um mosaico de muitos. Ao contrário de seus tomos antigos, empoeirados e impermanentes, e sua efemeridade digitalmente pixelada, nossas histórias viverão para sempre.

PEQUENOS ESPOROS MORTAIS
NATUREZA MACABRA
DARKSIDE

ONDE OS MORTOS VÃO SONHAR

A.C. WISE

Ela era de verdade.

Jonah a tinha observado por tempo suficiente para saber disso e saber o que era melhor para si, também. Ele deveria se virar e ir embora. Uma mulher vendendo sonhos; era loucura. Ele esmagou a guimba do cigarro, mas não deu um único passo para sair da estação de trem lotada.

Não. A loucura era uma navalha em sua pele todas as noites, tentando recapturar a sensação de centenas de cacos de vidro espelhados retalhando sua carne. O amor era uma loucura, uma infecção que o corroía até os ossos. A loucura estava mais adiante, *nessa* estrada cheia de não saber e não ter resposta para nada.

"Merda." Ele jogou a bituca do cigarro e foi em direção à mulher que vendia sonhos.

Merrin se fora, provavelmente morta. Provavelmente. Mas ele não tinha certeza. Tudo o que sabia era que ela havia desaparecido na noite e que a culpa era dele. Nenhum vestígio dela foi encontrado nas avenidas habituais. Se ele queria respostas... *se*... então, loucura ou não, tinha que ser os sonhos e a mulher que os vendia.

A mulher estava sentada entre as raízes da enorme árvore-de-fogo no centro da estação, com as pernas enfiadas debaixo de uma saia vermelha espalhada no piso de mosaico como uma poça de sangue. Atrás dela, o tronco se retorcia para cima e para o alto, e os galhos superiores sustentavam o telhado de vidro. De cada galho, globos — frutos estranhos da cor da lua — pendiam, iluminando a estação ao crepúsculo.

Um pano contendo ossos, moedas, pedras e folhas — todas as ferramentas imagináveis de vidência — jazia esparramado diante da mulher. Ela ergueu os olhos quando Jonah se aproximou, inclinando a cabeça.

"Você cheira a perda." Os olhos dela eram brancos, polvilhados com um delicado padrão mofado, como rendas sobre as íris que outrora foram verdes. Jonah se agachou.

"Eu... estou procurando por uma pessoa. Ouvi dizer que você vende sonhos verdadeiros." A voz de Jonah emergiu rouca, de uma garganta seca como pergaminho.

A mulher não disse nada, os olhos recobertos de fibrilhas perscrutaram através da pele de Jonah para medir seus ossos, pesar sua alma.

"Desculpe. Eu cometi um erro. Desculpe."

Ele se levantou para sair, mas a mão da mulher disparou, pegando-o pelo pulso. Perdendo o equilíbrio, quase caiu no colo dela. Olhou a mão que segurava seu braço. Um padrão esfuziante de brancos, azuis e verdes cobria as costas daquela mão, correndo em espirais para dentro da manga. Não era tatuagem nem tinta: era bolor.

"Você está procurando por um sonho?" Ela se inclinou para mais perto, mostrando os dentes como prova do prazer que sentia com o desconforto dele.

Os dentes estavam manchados de preto, e Jonah duvidava que fosse por tabaco. Ele não fazia a menor ideia da idade da mulher. A raiva — ou algo parecido — endureceu as linhas ao redor da sua boca e obscureceu os olhos. Ela poderia ser dez anos mais nova que ele, ou dez anos mais velha.

"Quanto?"

"Vejamos." A mulher encostou a mão na bochecha dele.

Onde as pontas dos dedos dela o tocaram, Jonah sentiu fios pegajosos, como teias de aranha, puxados de baixo de sua pele. A mulher recuou, desemaranhando os fios, apenas para enrolá-los de novo nos dedos, como uma cama de gato. Jonah não podia ver a teia, mas podia senti-la e sabia exatamente o que a vendedora de sonhos veria, provaria, cheiraria, ouviria.

Merrin. E as digitais dele embaçando os espelhos que cobriam a sua pele. O cheiro do sangue dele, extraído toda vez que faziam amor, misturando-se com o suor dela. Palavras murmuradas e pequenos sons de prazer; as batidas de seu coração, altas demais por dentro da pele. Amor.

"As moedas no seu bolso. Todas elas." A vendedora de sonhos se recostou.

Jonah encheu a palma da mão da mulher. Ela pesou a prata e o ouro, antes de sumir com as moedas rápido demais para que Jonah conseguisse ver onde as guardou.

"Não aqui." A mulher ergueu a bainha da saia, tirando uma carta do cano de sua bota. Exibia um endereço na rua Bergamon, no Bairro Antigo. "Venha tarde, essa noite. Eu tenho o que você está procurando."

A luz deslizou pela lâmina. Ele não conseguiu conter o tremor, não completamente. Nunca poderia, não desde que Merrin desapareceu.

Jonah agarrou o cabo e fez um corte longo e raso ao longo da própria coxa. Respirou fundo, sacudiu gotas vermelhas da borda fina da navalha. Sua pulsação estabilizou; a dor o deixou centrado.

Ainda assim, as memórias se desenrolaram.

A língua de Merrin recolhendo suor e sangue de sua pele. Ela erguia a cabeça o suficiente para sorrir para ele. "Foi mal. Não quis te machucar."

"Eu sei." Jonah acariciou os cabelos dela, respirando-a.

Ela recendia a vidro; e este não tinha cheiro de outra coisa a não ser o dela. Ela cheirava a Merrin — e o odor só se intensificava com o sexo, exacerbando sua *autenticidade* enquanto a pele dela brilhava sob o seu toque.

Jonah gostava de acreditar que Merrin era mais ela mesma depois que faziam amor. Como se ela entrasse em foco quando se tocavam, a essência dela se aclarava no brilho remanescente do sexo.

Outro corte superficial, combinando com o primeiro.

A dor desapareceu, rápido demais. Mas na aguilhoada sangrenta, no corte da lâmina, ele quase podia alcançá-la. Podia rebobinar o tempo e abraçá-la novamente.

Os olhos de Merrin eram do mesmo tom dos espelhos que recobriam a pele dela, sem cor e de todas as cores, capturando a luz e refletindo o que quer que estivesse ao redor. Haviam se tornado o pôr do sol e a luz estelar, o luar e as novas folhas; e abrangiam todo o mundo dele.

"Vamos lá. Vamos te limpar." Ele pegou a mão dela, levando-a da cama ao banheiro.

Ele enchia a banheira vitoriana, o único luxo em seu apartamento minúsculo. O vapor ondulava, turvando os vidros dela. A água rodopiava em tons de rosa quando ela se abaixava na banheira.

"Não quer se lavar também?" Ela deslizava os dedos na água.

"Não estou com pressa." Jonah torceu o excesso de água da esponja. "Vou me lavar mais tarde."

Outro corte — preguiçoso, rápido. Ele mal sentiu a dor.

Merrin se inclinou para a frente, os braços em volta das pernas. Jonah passou a esponja na pele cravejada de espelhos. Gavinhas molhadas de cabelo escuro enrolavam-se no pescoço e nos ombros dela. Respirando vapor, ele também a respirava.

Corta. Retalha. Com força.

Ele prometeu que não o faria, mas olhou. Abaixo da superfície, que apenas refletia o recinto ao redor deles, estava a verdadeira essência dos espelhos de Merrin. Luz fracionada e futuros possíveis deslizando por sua pele. Filhos que teriam um dia — um menino, uma menina ou ambos, e ambos com o cabelo vermelho-escuro de Merrin. A casa deles — uma cabana à beira-mar, um apartamento com varanda e vista para a cidade, um bangalô de pedra cercado por um jardim de trepadeiras. O futuro dos dois espalhava mosaicos na pele dela — Jonah e Merrin fazendo amor, mil repetições em mil fragmentos de vidro, cada iteração tirando o fôlego dele.

Um corte, mais profundo desta vez.

Então. *Então...*

Jonah respirou fundo. Merrin estremeceu, a água do banho de repente esfriou. A imagem mudou, o futuro perfeito deles substituído por uma severidade que zombava de Jonah com sua natureza implacável.

Em cada fragmento de vidro, Merrin estava morta.

A pele pálida embalava cacos de espelho — rachados, quebrados, vazios de todos os futuros possíveis.

“O que houve?” Ela ficou rígida.

“Nada.” Jonah tentou se afastar, queria desver. Suas pernas não se endireitavam, mantendo-o agachado ao lado da banheira, agarrando a borda com tanta força que seus ossos doíam em contato com a pele.

Os olhos de Merrin se arregalaram, refletindo o horror na sua expressão. Ela passou por ele, respingando, para se envolver em uma toalha enquanto se levantava.

“Te falei para não olhar.” Arrepios formigaram entre os vidros dela. Merrin saiu da banheira. A água se acumulou aos seus pés.

O medo dela — ele o colocou lá. A raiva também. Ela viu o que ele viu, apenas olhando para o rosto dele, e isso deixou seus lábios apertados, a expressão fechada e sombria.

“Merrin...” Ele estendeu a mão para ela, que se virou.

Os dedos de Jonah roçaram a borda da toalha, mas ela continuou, os pés descalços batendo no piso e depois na madeira do corredor. A memória dele sempre acelerava aqueles passos, transformando-os em uma corrida.

A navalha, serrilhada, foi fundo. Jonah sibilou de dor e largou a lâmina, tremendo muito.

Soltou um suspiro e pegou um lençol amassado para pressionar contra a ferida e estancar o sangue. Ficou encharcado de vermelho em um instante.

Merrin. Se estivesse morta, ele realmente queria saber? Se ela fugisse, se ainda estivesse viva e não quisesse nada com ele, não seria melhor?

Ela disse uma vez que seus espelhos podiam mentir. Eles mostravam possibilidades, não a verdade.

Jonah se levantou, deixando cair o lençol ensanguentado em uma pilha ao lado da porta. Ele iria até a vendedora de sonhos. Mesmo que não gostasse da resposta, ele *tinha* que saber.

Um fedor verde subia dos canais, envolvendo Jonah enquanto cruzava uma das inúmeras pontes de pedra que costuravam a cidade. As roupas agarravam-se em suas feridas, ameaçando reabri-las a cada passo. Números de latão presos aos tijolos ao lado de cada porta brilhavam pela luz doentia dos globos pendurados como frutas maduras das árvores-de-fogo retorcidas que ladeavam a rua Bergamon. Cada luz arrastava a sua sombra para longe, fazendo-a esgarçar e sangrar na escuridão da cidade.

Ele foi ao endereço informado no cartão da vendedora de sonhos, uma casa de tijolos estreita, geminada a outras idênticas de ambos os lados. A mulher abriu a porta antes que ele batesse, a luz do corredor enquadrando-a. Ela retirou o lenço de cabeça, revelando que era totalmente careca a não ser pelo mofo, delicado como renda, espiralando pelo couro cabeludo e descendo pelo pescoço.

"Entre."

Jonah a seguiu até uma sala apinhada com um sofá e poltronas baixas, todos estampados em dourado e carmim desbotado. Havia uma xícara de chá esperando na mesa diante do sofá, na temperatura certa, como se ela o tivesse preparado cronometrando a sua chegada.

"Chá *orange pekoe*." Ela sorriu. Até adicionou a quantidade exatamente certa de mel.

Apesar da abundância de poltronas, ela não se sentou. A vendedora de sonhos ficou encostada no batente da porta, observando-o enquanto ele tomava um gole da xícara com leve aroma de jasmim.

"De que adianta conhecer o futuro se você não pode mudá-lo, se a sua namorada acaba morta de qualquer maneira?"

As palavras dela cortavam, eram quase tão afiadas quanto a navalha. A xícara de Jonah sacudiu quando ele a baixou; sentia uma vontade esmagadora de correr dali. Mas a vendedora de sonhos estava diante da porta, bloqueando a passagem.

"Por qual motivo você veio até aqui, afinal?"

"Eu tenho que saber o que aconteceu com ela." Jonah odiava o quanto sua voz soava constrita.

"Os sonhos não dizem a verdade, assim como os espelhos. Eles são inconstantes."

Por trás da camada de mofo que lhe recobria os olhos, ela o observou — como se os filamentos brancos apenas aguçassem sua visão.

"O que você quer *de verdade?*"

Os dentes de Jonah doíam, assim como todo o seu corpo. Ele não conseguia olhar a vendedora de sonhos nos olhos. Em vez disso, fitou as próprias mãos, trêmulas, pressionadas contra as coxas.

"Quero que Merrin me perdoe."

"Ah." Ela meneou a cabeça. "Agora você foi claro." A sombra de um sorriso se desenhou nos lábios dela quando se virou. "Venha comigo."

Jonah hesitou, mas tanta honestidade o havia exaurido. Ele abandonou o chá e seguiu a vendedora de sonhos.

"Amarílis." A voz da mulher voltou até ele. Jonah levou um momento para perceber que aquela palavra era o nome dela.

Ela abriu uma porta em sua minúscula cozinha, conduzindo-o por uma escada de madeira. O porão estava frio; cheirava a teias de aranha e canais. Jonah imaginou água espessa pressionando as paredes do outro lado.

"Vou respeitar você o bastante para não perguntar se quer mudar de ideia", disse Amarílis.

A vendedora de sonhos puxou uma corda pendurada no teto, inundando a sala com uma luz intensa. Suas sombras se estendiam pelo cimento queimado, parando perto de uma pesada porta de metal fixa na parede oposta.

Amarílis atravessou o recinto e abriu a porta, que se soltou com um leve silvo, um som acompanhado pela respiração de Jonah. Amarílis deu um passo para o lado; a visão dentro da câmara frigorífica o socou.

Um homem morto estava pendurado em uma dúzia de cordas finas. Os pés descalços e cinza-azulados apontavam para baixo; a cabeça pendia como se a qualquer momento ele fosse acordar. Cogumelos — delgados como o ar, cinzentos como asas de mariposa — cobriam cada centímetro da sua pele. Apenas o rosto estava limpo, exceto por um brotamento delicado logo abaixo do olho direito.

"Só frutificaram depois que ele morreu." A voz de Amarílis puxou Jonah de volta.

Ele fechou a boca, virando-se para encará-la em vez do homem morto. Ela olhou através dele para o cadáver, então Jonah não sabia dizer a quem ela se dirigia.

"Existe um desequilíbrio em todos os relacionamentos, uma pessoa que ama mais do que a outra."

Jonah abriu a boca para protestar, mas ela continuou. "Eu amava mais e ele amava igual, todo mundo, da mesma forma. Isso o matou.

"Ele foi baleado. Um marido ciumento, uma esposa ciumenta — não importa. Todo mundo queria algo dele, mais do que ele tinha pra dar.

"Mas foi a mim que trouxeram o corpo dele no final. Eu cuidei dele quando estava vivo, bêbado de sonhos; por que não deveria cuidar dele quando morto? Não tem diferença. Depois de uma semana, apareceram dois funcionários da prefeitura dizendo que eu tinha que queimá-lo ou enterrá-lo. Eles disseram que eu não podia deixá-lo encostado lá, apodrecendo. Não era seguro, não era higiênico.

"Mas eu sabia e continuei esperando. E eu estava certa. Ele não apodreceu; ele floresceu."

Amarílis arrancou o cogumelo da bochecha do homem morto. Ela o ergueu contra a luz penetrante, deixando-o brilhar para mostrar as delicadas lamelas que tinha por baixo. O chapéu do cogumelo era tão fino que um sopro poderia derretê-lo. Jonah segurou o fôlego.

Ela girou a estipe, pensativa, os olhos agora fixos no cogumelo e ainda não em Jonah.

"Quando estava vivo, da pele dele cresciam papoulas vermelhas como sangue." A boca de Amarílis formou um sorriso melancólico.

O amado da mulher estava pendurado — morto e não sonhando, ou sonhando e não morto, pronto para acordar a qualquer momento e tirar o fôlego de Jonah com um abrir de olhos. Será que ele sentiu quando ela arrancou o cogumelo de sua pele? Será que doeu?

Uma crosta de bolor se enrolou na bochecha de Amarílis, gentil como o toque de um amante. Ela a tocou, a linha firme de seus lábios suavizando ainda mais.

Amarílis estendeu o cogumelo para ele. "Deixe derreter na língua e você encontrará o caminho para onde os mortos vão sonhar."

No brilho derramado pelas árvores-de-fogo que flanqueiam o canal, o cogumelo parecia ainda mais efêmero. Jonah roçou o chapéu com um dedo, perguntando-se por que não se rasgou. Ele se encostou na parede baixa da ponte que atravessava o canal.

A noite cheirava a verde e preto.

O que era melhor como última imagem — Merrin fugindo dele, zangada e assustada, ou Merrin morta, seus espelhos rachados e vazios? Não era tarde demais. Ele ainda poderia desistir.

Jonah colocou o cogumelo na língua. Derreteu no instante em que fechou a boca, com sabor de vinho empoeirado, manteiga e profundezas geladas — não a terra, mas os vermes que se moviam por ela; não os vermes, mas seus sonhos. O último resquício do sabor atingiu o fundo da garganta e Jonah se engasgou. Ele se virou, agarrando a ponte, tentando manter sob controle a lassidão insubstancial. Respirou fundo, o cheiro doentio do canal retemperando o travo espesso em sua língua, infestando a garganta e o nariz.

O mundo vergou. O suor frio despontava por todo o corpo. Olhava fixamente para seu reflexo vacilante na água escura, concentrando-se nele, concentrando-se em não cair. A imagem se dividiu, dobrou, e um rosto que não era dele se virou ao seu lado, na sua direção.

Jonah se virou, apoiando-se na parede da ponte. O homem morto usava calças pretas folgadas e uma camisa preta aberta. Debaixo da camisa, cobrindo a pele, papoulas floresciam densas.

"Amarílis te enviou." Não era uma pergunta.

Jonah agarrou a parede rochosa atrás dele. O homem inclinou a cabeça, um gesto curioso e paciente. Cabelos escuros roçaram a gola e ondularam macios em contato com as bochechas. Os olhos pretos estavam tingidos de vermelho, como se todo o seu ser estivesse encharcado de sangue sutil.

Ele deu um passo à frente, estendendo a mão como se quisesse acalmar um animal assustado. Sob os pés descalços do morto, os paralelepípedos racharam. Pétalas brilhantes se desenrolavam nas rachaduras, preenchendo o ar com um cheiro adocicado e enjoativo, à beira da podridão. As papoulas se revoltaram, correndo por baixo das solas dele para engolir as pedras.

O homem morto deu mais um passo e o céu cintilou. A noite mudou de preto para branco. A pele do morto ficou cinza, as flores aderidas murchando e caindo. Ele abriu a boca e a água escura do rio escorreu pelo queixo.

Jonah recuou; seu único pensamento era escapar. A mão coberta de pétalas pegou Jonah antes que ele caísse, puxando-o da beirada da ponte. Os olhos do homem morto estavam novamente avermelhados e escurecidos, a pele intacta e despontando em flores.

O olhar dele procurou Jonah do mesmo modo como fizera Amarílis, vasculhando-lhe os ossos.

"Tem certeza de que quer mesmo fazer isto?", perguntou o homem. "Em vez disso, eu poderia fazer você esquecer." O hálito dele também recendia a papoulas.

Os dedos cinza-morte arrancaram uma flor do peito igualmente cinza e a estenderam. Os olhos do cadáver eram pretos como café, contornados por sangue seco. Eram da cor da meia-noite e do amanhecer carmesim. Ele era o homem mais bonito que Jonah já tinha visto, e o mais aterrorizante.

Jonah abriu a boca, fechou-a em silêncio e balançou a cabeça. "Eu preciso saber."

Ele não podia olhar diretamente para o homem morto enquanto respondia, mas olhou para ele por baixo das pálpebras meio abaixadas.

O sorriso do homem era torto. "Que pena."

Ele jogou a papoula sobre a ponte e o canal a pegou. A flor flutuou por um momento, destoando no preto-esverdeado escorregadio antes de afundar. O céu cintilou novamente; a ponte estremeceu. A pedra se dividiu e cogumelos pálidos frutificaram no lugar das pétalas vermelhas. Olhos brancos, pele azul, o homem morto apontou para a água.

"Ali."

O pavor inchou na garganta de Jonah, bloqueando a respiração. Endureceu os músculos do pescoço para que não pudesse virar a cabeça. Ele sabia o que veria e já não queria mais. Mas era tarde para mudar de ideia.

Depois de uma eternidade, ele se virou.

Merrin se levantou da água, pingando, que escorria preta de sua pele, como tinta, gotas grossas traçando a carne entre os espelhos. Entre flutuar e andar, nadar e mergulhar, se moveu para a borda do canal e escalou a rocha lisa.

O pulso de Jonah martelou, o medo enraizando-o onde estava. Merrin atravessou a ponte e parou a centímetros dele, os olhos com a cor opaca e estilhaçada de vidro quebrado. Quando ela piscou, o sangue escorreu de suas pálpebras. Por toda a pele dela, os espelhos estavam quebrados. Jonah não conseguia ver nada neles.

"Me desculpe." Estendeu a mão a ela.

Ela se encolheu. "Você não deveria ter olhado tão fundo."

Jonah cerrou a mandíbula, os dedos. "Você não devia ter fugido. Eu podia ter te ajudado. Poderíamos ter pensado em alguma coisa juntos."

Merrin piscou. Mais sangue escorria de seus olhos. Ela estremeceu.

"Não." A voz dela soprou — um vento frio vindo de longe.

Jonah estendeu a mão para ela novamente, insistindo, e ela se afastou.

"Eu não tinha medo da morte." O tom e o olhar de Merrin eram firmes. Ela encarava os olhos de Jonas. "Toda vez que você olhava nos meus espelhos, todos aqueles futuros possíveis estreitavam o mundo. E foram me encurralando até que eu não conseguisse respirar. Você viu o que queria ver e nunca me perguntou o que *eu* queria."

"Isso não é verdade! Eu nunca..."

Jonah balançou a cabeça. Ele sabia o que tinha visto na pele dela — todas as casas em que poderiam viver, os filhos que teriam, diferentes iterações, mas sempre juntos, sempre felizes. Ele tentou alcançar o ombro dela. Desta vez conseguiu, cravando os dedos quando ela tentou se libertar.

Ele agarrou com mais força, desesperado para segurá-la. As mãos escorregaram, moveram-se, apertaram. Os polegares dele pressionando a traqueia dela, esmagando-a.

Os olhos espelhados se arregalaram, verdades e mentiras passando por eles; Jonah não conseguia distingui-los.

O amor dele a aterrorizava. Ela fugiu em busca da morte. A morte dela foi um trágico acidente. Ela não estava morta. Tinha um amante secreto, uma vida criminosa. Ele nunca a conheceu de verdade. Ela era uma estranha e seus espelhos só mostravam a ele o que ele queria ver.

"Pare." Não era a voz de Merrin, mas a do homem morto.

Ele colocou a mão no pulso de Jonah. Papoulas cinzentas, finas como asas de mariposa, cobriam a pele dele. Os olhos eram brancos, tingidos de vermelho.

Jonah a soltou, assustado. As palmas dele foram laceradas uma dúzia de vezes, agora manchadas de sangue.

Ele se virou de volta para Merrin, mas o espaço que ela ocupara agora estava vazio, a única evidência dela era a água escura acumulada na rocha. Deu tudo errado. Ele queria dizer que estava arrependido. Que pretendia consertar tudo. E agora era tarde demais. Outra vez.

"Você deveria ter escolhido esquecer." O homem morto tocou a borda de uma das papoulas que cresciam em sua pele, uma delicada flor em forma de cogumelo.

"Será tarde demais?"

"Provavelmente. Para você." O sorriso do morto cintilou como o mundo, o céu estremecendo do branco de volta ao preto. O ar cheirava a papoulas; o sorriso dele tinha sabor de esquecimento. "Mas, novamente, os sonhos são coisas estranhas e inconstantes."

Jonah piscou. Estava sozinho na ponte, a névoa espessa do canal pairando ao seu redor. As árvores-de-fogo lançavam uma luz assombrada. Não havia flores, nem cogumelos nascendo entre as rachaduras nas rochas.

As estrelas não haviam mudado um centímetro. A noite seguia como antes, como se ele nunca tivesse sonhado.

Jonah passou a mão sobre sua carne cheia de cicatrizes, os últimos cortes apenas começando a fechar. Eles coçavam, e Jonah puxou a manga para trás. Pode ter sido uma sombra, um artifício da luz, mas ele pensou ter visto um leve traço de bolor entre as linhas vermelhas e brancas.

O cheiro de flores esmagadas se misturava ao aroma frio de um cômodo sob uma casinha apinhada de móveis. Ele pensou em olhos foscos e brancos e em olhos da cor da terra escura, encharcados de sangue.

Talvez não fosse tarde demais.

Afinal, os sonhos eram coisas estranhas e inconstantes.

PÓ DE UMA FLOR ESCURA

DANIEL MILLS

Este é um relato verdadeiro dos acontecimentos recentes no cemitério de Falmouth Village conforme contado pelo assassino Hosea Edwards na noite anterior à sua morte.

I

Meu nome é Hosea Edwards, médico de Falmouth Village, nas concessões de terra de New Hampshire, e diácono de sua congregação. Condenado à forca pelos assassinatos do sacristão Samuel Crabb e do reverendo Judah Stone e subsequente destruição, pelo fogo, da capela da vila, deixo estas páginas a fim de que sejam encontradas por meus carcereiros após minha morte.

Amanhã à noite, serei cinzas, meu corpo será queimado segundo minhas instruções; e embora morra como um criminoso, tenho a consciência limpa. Não apresentei, em meu julgamento, qualquer alegação ou protesto de inocência, pois ainda esperava poder poupá-los do conhecimento destes eventos. Mas o tempo é curto: a criança White morreu e foi enterrada nestes dois dias, e a longa noite está quase no fim.

Não deve haver mais hesitação. Um relato minucioso precisa ser feito.

II

No inverno passado, o reverendo Ambrose Cooper, responsável por minha ordenação ao diaconato e com quem viajei da vila de Marshfield, em Massachusetts, para Falmouth, na margem oeste do rio Connecticut, no ano de 1767, retornou ao Senhor na idade de sessenta mais um ano. Com o solo bastante congelado, seu corpo foi transferido para a cripta após o funeral, devendo ser enterrado na primavera.

A estação logo passou; a sepultura foi preparada; e, no segundo dia de abril, nós o baixamos à terra. A solicitação de um novo ministro feita por nossa igreja ainda não havia sido atendida e, dessa forma, o reverendo Crane, da vizinha Putney, dirigiu o sepultamento e a elevação da lápide de ardósia na qual Samuel Crabb, o sacristão da igreja, havia trabalhado durante todo o inverno.

Era algo de singular elegância e beleza: mais de um metro de altura e tão pesada que foram necessários os cinco homens mais robustos da vila para baixá-la na relva. A lápide distinguia-se ainda por ser um dos melhores trabalhos de Crabb, incluindo uma imagem do ministro em suas vestes seguida por algumas palavras de homenagem que eu mesmo preparei. Na base havia um epitáfio que o próprio ministro havia escolhido ao sentir que era chegada sua hora:

Ele então me arrebatou em espírito sobre um grande e alto monte, e mostrou-me a Cidade santa, Jerusalém, que descia do céu, de junto de Deus (Apocalipse 21, 10).

Eram palavras otimistas, perfeitamente condizentes com um homem de seu caráter, mas naquela manhã sombria de abril, em que caía uma chuva suave e a terra molhada cedia diante de nós como a abertura de uma garganta, percebi que não podia compartilhar de sua esperança; e, logo depois, ao retornar para o meu casebre, caí de joelhos diante do fogo e chorei.

Embora o reverendo Cooper fosse insubstituível em todos os aspectos, a Igreja logo enviou um novo ministro para Falmouth. O reverendo Judah Stone, vindo de Norfolk, nas Ilhas Britânicas, chegou à vila no dia 22 de abril e instalou-se de imediato na casa paroquial, que ficava fora do vilarejo propriamente dito, na base da Colina da Capela.

Homem de trinta anos, o reverendo Stone parecia dotado de uma mansidão e bom humor imperturbáveis. Muitas foram as manhãs nas quais o vi passar diante das janelas de meu casebre com o chapéu puxado até a testa, acenando para todos que encontrava e cumprimentando-os com sua habitual alegria. Seu carinho pelas crianças era notório, assim como a paciência com que exercia todos os aspectos de seu ministério, desde o púlpito até o leito de enfermidade.

Isso não significa que não tivesse excentricidades: sua aversão ao contato humano logo se tornou evidente para nós (e para mim, pessoalmente, quando ele se recusou a apertar minha mão por ocasião de nosso primeiro encontro), e estava sempre acompanhado do aroma da água de rosas em que se lavava. Além disso, dizia-se que ele sofria de alguma doença obscura nas articulações que o atormentava constantemente, embora nunca consentisse em ser examinado.

Mas esses eram assuntos menores e sem importância para nós, dada a profundidade de seu conhecimento e a força de sua fé; de fato, havia momentos em que ele nos parecia mais espírito do que carne. Em suma, logo passamos a acreditar que o reverendo Stone havia sido enviado a nós em resposta às nossas constantes orações — mas isso foi antes dos estranhos eventos na Colina da Capela.

III

Crabb foi o primeiro a notar. Ele levou a questão ao reverendo Stone, que descartou as preocupações do sacristão com sua solicitude habitual e instou-o a não pensar mais naquilo. Mas Crabb não conseguia afastar o assunto da mente e passou uma noite inquieta em seu casebre de só um cômodo próximo ao cemitério. Na manhã seguinte, jungiu seu boi, preparou sua carroça e seguiu até a vila para pedir meu conselho. Ao saber de sua descoberta, não perdi tempo em insistir para acompanhá-lo ao cemitério naquele mesmo dia.

O sol aproximava-se do meridiano quando chegamos à pequena colina alongada. Acorrentamos o boi na base e completamos a subida a pé. Crabb me levou a um canto do cemitério, a noroeste da capela, até o túmulo da criança Mead, uma menina que nascera morta três anos antes. A lápide de ardósia havia afundado até a metade no chão e inclinava-se para o lado em um ângulo agudo, como se apontasse para o túmulo próximo de sua mãe solteira, que havia seguido a criança na morte, apesar da assistência carinhosa do reverendo Cooper.

"Observe-me", disse Crabb, "de perto."

Ajoelhado junto à sepultura da criança, ele passou o dedo indicador pela lápide. Foi um gesto gentil, de extrema delicadeza, e ainda assim a ardósia parecia se desmanchar em contato com sua pele. A pedra se desfez em uma nuvem de pó preto, de consistência mais fina que a pólvora, mas quase da mesma cor. O sacristão mostrou-me o dedo, cuja ponta estava coberta com grânulos do estranho material. Percebi então, pela primeira vez, que o próprio homem parecia pálido e esquelético, como se estivesse doente.

"Há quanto tempo está assim?", perguntei, pensando que talvez a posição da lápide nos limites do adro a deixara vulnerável aos efeitos do tempo; mas a resposta de Crabb invalidou a hipótese: "Desde ontem de manhã".

Fiz um gesto para que o sacristão se afastasse e coloquei a bolsa que levava a tiracolo no chão, ao lado da lápide. Tirei dela um bisturi e passei a borda afiada pelo topo da ardósia, observando, mais uma vez, a forma curiosa como ela cedia ao menor contato; primeiro, em lascas quebradiças como um queijo endurecido e, novamente, como um pó preto. Esse último se agarrou à lâmina, mas foi removido com facilidade, deixando uma mancha. Aquilo não me lembrava nada além do pó de uma flor escura.

Em seguida, dediquei-me a uma inspeção da face da lápide, que constatei estar em condição igualmente delicada. Meu bisturi raspou a pedra facilmente, expondo uma camada de sedimento preto, semelhante a cinzas, abaixo da superfície. Coletei uma amostra do material e a guardei em minha bolsa para um estudo mais aprofundado. Minhas observações iniciais já haviam me levado a suspeitar de que se tratava de uma substância de natureza orgânica; esperava que testes subsequentes pudessem dar mais credibilidade a essa teoria.

Depois disso, Crabb e eu descemos a colina juntos e retornamos à vila, onde ele me deixou com a promessa solene de me informar sobre quaisquer novos acontecimentos. Então ele deu a volta com a carroça e seguiu novamente para a capela.

IV

Embora eu não seja um homem da ciência, meus anos no Philadelphia College outorgaram-me uma forte admiração e conhecimento razoável do método de Descartes. Ao voltar para casa, comecei a preparar uma estrutura apropriada para analisar as propriedades químicas do pó preto.

Após dividir minha amostra em três partes, peneirei o primeiro terço em uma bacia de estanho e o deixei exposto ao ar, então coloquei o segundo terço em um prato de vidro com água, e guardei o terço restante para testes adicionais, conforme necessário.

Na manhã seguinte, a primeira amostra não parecia diferente. A segunda, no entanto, que estava embebida em água, tinha sofrido uma transformação singular. Pela ação de algum agente obscuro, o pó havia congelado durante a noite e se extrudado em uma série de fios de cabelo preto, fibrosos e delicados, todos presos por meios desconhecidos ao fundo do prato, como se tentassem se ancorar ali.

O mau cheiro era indescritível; tudo que posso dizer é que me lembrou o fluido de um furúnculo aberto. Manchas escuras surgiram em minha visão e me afastei depressa para não sucumbir a um desmaio.

Naquela noite, acendi uma vela de sebo e submeti a substância a um teste final. Com o auxílio de um fórceps de aço, que muitas vezes utilizo nos chamados partos pélvicos, juntei uma pequena quantidade do pó restante e o aproximei da chama. Para minha surpresa, a amostra se inflamou com uma rapidez surpreendente e queimou em um piscar de olhos, liberando uma nuvem de fumaça acre que se prendeu como bile em minha garganta.

Mais tarde, ao pegar o instrumento para limpá-lo, surpreendi-me ao não encontrar carvão ou cinzas. Qualquer que fosse sua natureza, a substância em questão havia evidentemente queimado por completo, sem deixar qualquer vestígio.

V

No dia seguinte, uma quarta-feira, recebi uma segunda visita de Crabb. Ele me procurou na fazenda dos White, a seis quilômetros e meio do vilarejo, aonde eu fora chamado para realizar uma amputação no filho mais velho, Ethan, cuja perna direita havia começado a apresentar sinais de gangrena.

O procedimento foi realizado com a ajuda da mãe do menino, que forneceu rum e uma tira de couro enquanto os garotos mais novos, Martin e John, observavam da porta. Feitos os curativos, despedi-me e deixei a casa.

Crabb esperava por mim do lado de fora com o boi e a carroça. Como antes, o sacristão parecia doente, as pálpebras caídas como se não dormisse há dias. “O problema se agravou”, ele enunciou com sua solenidade típica. “Vim à sua procura imediatamente.”

Chegamos à Colina da Capela no início da tarde e escalamos a encosta íngreme. Em nossa caminhada, passamos a cerca de dez passos das janelas da casa paroquial, por trás das quais só podíamos avistar o reverendo Stone, seus contornos afiados suavizados pela distorção do vidro *crown*.

Perguntei ao sacristão se Stone estava ciente dos novos desenvolvimentos, mas ele sacudiu a cabeça. "Parecia de pouca utilidade", disse. "Sua dor piorou ultimamente, e ele não deseja que eu o perturbe."

O canto noroeste do cemitério parecia ter sofrido algum estranho tipo de inundação ou afundamento. A lápide da criança Mead estava completamente preta e descaracterizada, com cacos de ardósia espalhados no chão adiante.

Todas as lápides ao redor, incluindo a da mãe da criança, estavam salpicadas com o mesmo pó preto, que se soltava em nuvens rodopiantes toda vez que o vento soprava da capela e sacudia a árvore-da-vida. Um leve odor pairava sobre a cena sombria, não muito diferente do cheiro de pus produzido por meus experimentos.

Uma inspeção superficial da lápide da criança confirmou que já não se tratava de ardósia; em vez disso, parecia ser totalmente composta de um material orgânico poroso. Voltei minha atenção à base e afastei a terra molhada com uma das mãos, apenas para constatar que a massa penetrava no solo, como se enraizada em algum lugar sob nossos pés.

A conclusão a que cheguei era, sem dúvida, fantasiosa, porém inegável, pois certamente aquela coisa preta havia saído do chão e, infiltrando-se para cima, começara a substituir a ardósia *de dentro para fora*. Por fim, a camada externa da lápide rachara como uma noz, deixando uma duplicata medíocre em seu lugar.

Parecia claro o que tínhamos que fazer. Se aquilo era algum tipo de doença específica da terra — uma "gangrena do solo", como descrevi para Crabb —, não havia outra escolha a não ser procurar a fonte da infecção e eliminá-la.

"Mas, primeiro, precisamos levar o assunto ao reverendo", disse eu, "e deixá-lo decidir. Embora eu não deseje perturbar este solo consagrado, talvez isso se mostre necessário."

VI

Algum tempo depois, batemos à porta da casa paroquial e fomos recebidos na sala pelo reverendo Stone, que nos convidou a sentar perto da lareira. O ministro trajava suas vestes austeras habituais, com colarinho alto que chegava ao pescoço. O cheiro de água de rosas era, como sempre, evidente. Ele nos ofereceu cerveja, que recusamos, e instalou-se em uma cadeira à nossa frente, estremecendo ao fazê-lo pela dor de sua enfermidade. "É um distinto prazer", disse, com um sorriso forçado, "mas sinto que vocês não vieram apenas fazer uma visita."

Admitimos que ele tinha razão e Crabb resumiu os estranhos acontecimentos dos últimos três dias. Seu relato foi bastante claro, interrompido pelas vezes em que ele parou para tossir em seu lenço. Quando terminou, ofereci minhas próprias conclusões e aconselhei uma escavação no cemitério para encontrar a fonte da infestação. Ao ouvir a sugestão, Stone ergueu a mão e se dirigiu a nós em tom de repreensão cansada.

"Não devemos nos precipitar em excesso", disse ele. "Tais descobertas são estranhas e, sem dúvida, sugestivas. No entanto, até o momento, não passam muito disso."

Ele se levantou e nos conduziu para fora da sala. "E agora receio que vocês devam me desculpar, pois o jovem Martin White estará aqui em breve. Estejam, por favor, certos de que orarei sobre o assunto como foi descrito e que em breve comunicarei minha decisão."

Fora da casa paroquial, o sacristão e eu nos despedimos, mas ele permaneceu propositalmente ao lado de sua carroça, indicando que tinha mais a dizer.

"Há algo mais", disse, após um momento de reflexão. "Não quis dizer, a princípio, porque sei de sua estima pela memória dele, mas a podridão se espalhou para a nova seção do cemitério, a sudeste da capela, onde jaz o reverendo Cooper."

"Mostre-me", eu disse, tentando exibir um ar de autoridade, embora minhas palavras tivessem saído estranguladas e fracas. Subimos a colina até o cemitério mais uma vez e nos dirigimos à lápide do reverendo Cooper. Apavorei-me quando entramos na nova seção e fui assolado por uma onda de terror ao avistar o monumento do reverendo. Embora todas as lápides estivessem cobertas com o pó preto, a do reverendo Cooper parecia duramente atingida.

A podridão havia brotado por trás de sua imagem esculpida e o deixado sem rosto: tão sinistro e terrível quanto o espectro da Morte. Minhas palavras de homenagem haviam sido totalmente obscurecidas pela mancha que se espalhava, de modo que apenas as palavras finais de seu epitáfio estavam visíveis:

Que descia do céu, de junto de Deus.

Era um presságio medonho, sugerindo que aquela estranha infestação fora lançada sobre nós como um julgamento do Todo-Poderoso; contudo, eu sabia que não poderia ser esse o caso, pois não havia homem vivo ou morto mais santo do que o falecido ministro. Nossa vila não merecia tal punição, eu tinha certeza, mas também estava certo de que aquilo não era obra do homem ou da natureza. Restava apenas Lúcifer, o Pai da Mentira. Mas não é verdade que até a obra do Diabo glorifica Seu Santo Nome?

Muito abalado, voltei para o meu cavalo, montei e esporeei o animal a caminho de casa. Após cerca de vinte metros, encontrei Martin White, um garoto de doze anos, que evidentemente seguia para seu encontro com o novo ministro. Caminhava com lousa e cartilha debaixo do braço e com o rosto abatido, como se estivesse imerso em um devaneio. Ele não ergueu a cabeça nem demonstrou qualquer sinal de reconhecimento, passando por mim sem dizer nada e entrando na sombra da Colina da Capela.

VII

Nos dois dias seguintes, esforcei-me para esquecer o assunto e cumprir meus deveres na vila. Mas quando a sexta-feira chegou sem notícias do sacristão, decidi, eu mesmo, ir visitá-lo imediatamente. Preparei minha bolsa e os instrumentos de minha profissão, e cavalguei até a capela, onde encontrei o homem trabalhando na beira do cemitério.

Sua doença havia piorado e ele estava claramente bem fraco — muito fraco, pensei, para controlar o boi e a carroça sozinho, o que explicava sua ausência prolongada. No entanto, ele se recusou a ser examinado. “Ainda não está tão ruim assim”, disse, “e nem é de médico que eu preciso.”

Não entendi o que ele queria dizer, pois era evidente que sua doença era de natureza degenerativa: seu colarinho estava encharcado de suor e seu peito salpicado de marcas de saliva escura. Crabb sacudiu a cabeça. “Não ache que sou tolo, doutor. Não estou bem, é verdade, mas a doença de que eu talvez sofra não está apenas aqui”, (ele apontou para o peito com o polegar) “mas ao nosso redor. No cemitério. Na própria terra.”

Ele tossiu ruidosamente com a mão em concha, depois virou a palma para me mostrar. Havia saliva e sangue, mas também, em suspensão, fios finos de um material preto idênticos aos produzidos em meu experimento.

Crabb deu um sorriso terrível, exibindo os dentes. “A podridão avançou muito”, disse. “A lápide da menina Mead está desmoronando, desprendendo-se como uma pele com lepra, enquanto o túmulo do reverendo Cooper escurece mais a cada dia. Amanhã não haverá nada além de pó e cinzas.”

“Devemos contar ao reverendo Stone. Ele comunicou sua decisão?”

“Não. E nem vai gostar da interrupção.”

“Talvez não, mas não vejo outro recurso.”

“Sim”, o sacristão concordou. “Mantive o povo da vila afastado, mas eles descobrirão com o tempo — na manhã de sábado, se não antes. O que acontecerá então?”

Ele estava certo, é claro; eu podia imaginar o pânico subsequente, o medo que domina vilarejos como Falmouth e logo se transforma em histeria como em Salém ou durante a última guerra. Precisávamos agir, e rápido.

A porta da casa paroquial foi aberta pelo reverendo Stone, que usava as vestes e perfume habituais. Pela severidade de sua postura, ficou claro que estava insatisfeito com nossa presença ali, ao mesmo tempo que suas feições estavam pálidas e contorcidas como se ele estivesse sofrendo.

Ele não nos convidou a entrar, mas ouviu-nos do vão da porta, tomando o cuidado de manter uma atitude cortês durante todo o nosso relato apesar de seu evidente descontentamento. Depois que terminamos, ele permaneceu em silêncio por um longo tempo antes de se dirigir a nós com uma voz que lembrava o último gelo da primavera.

“Ontem vocês procuraram meu conselho e hoje me dizem o que deve ser feito? É muito provável que essa ‘podridão’ de que estão falando seja apenas mais um fenômeno natural que os homens da ciência”, (e, nesse momento, ele olhou diretamente para mim) “apesar de todas as suas reivindicações de erudição, são incapazes de explicar. Sob nenhuma circunstância o Senhor nos permitirá escavações neste cemitério. Eu imploraria a ambos, na condição de ministro e pastor desta comunidade, que não se incomodassem mais. Tenham um bom dia."

Com isso, ele fechou a porta na nossa cara. O som ecoou da colina com a irrevogabilidade de um tiro de mosquete. Crabb virou-se para olhar para mim. Seus caninos pareciam surpreendentemente brancos contra as profundezas escuras de sua garganta, e sua respiração também era fétida.

Por instinto ou intuição, eu sabia que ele não viveria para ver outro sábado, mas não era, ainda, impossível salvá-lo. Além do mais, não podia tolerar sua morte, assim como não poderia permitir a profanação final do reverendo Cooper, um homem em tudo imaculado, que havia partido para o túmulo com humilde dignidade para aguardar o Dia da Ressurreição.

O tempo era curto. Detalhei meu plano para o sacristão, que consentiu e pediu que eu o encontrasse na escuridão da meia-noite. Então montei no cavalo e voltei para casa.

VIII

Quatro horas depois do crepúsculo, preparei meus alforjes com pá e picareta, coloquei uma vela nova dentro do meu lampião e me esgueirei por trás da casa até o estábulo, onde o cavalo dormia. Acordei-o com um tapinha gentil e posicionei os alforjes sobre ele. Então subi na sela e o instiguei a caminhar.

Logo estávamos fora do vilarejo e no meio da floresta, onde as árvores brotavam, embora ainda não estivessem em flor. Escuros e malignos, seus galhos balançavam com o vento, curvando-se aos gritos das corujas e aos uivos dos lobos do norte que formavam uma espécie de música, uma cacofonia sinistra que me acompanhou desde a vila e me seguiu como o luar até a base da Colina da Capela.

A cinquenta passos da casa paroquial, apeei e subi a colina a pé, com os alforjes sobre o braço. Não havia luzes visíveis lá dentro, nem mesmo o brilho fraco de uma chama, mas esperei para acender o lampião quando chegasse ao topo.

Crabb estava à minha espera perto do portão do cemitério. Vestia peles pesadas e lã, com suor frio brilhando no rosto. Segurava com ambas as mãos uma tocha apagada cuja ponta tremia visivelmente, embora eu não soubesse se de medo ou febre.

Não dissemos nada, e nem era preciso. Crabb acendeu sua tocha e, erguendo a luz, arrastou os pés em direção ao canto noroeste do cemitério. Seu andar era perigosamente vacilante e fiz questão de caminhar ao seu lado para poder segurá-lo se caísse.

Como Crabb mencionara, uma mudança profunda havia ocorrido nos dias que se seguiram à minha última visita ao cemitério. Todas as lápides no canto noroeste haviam sucumbido à podridão, inclusive a da mãe da menina Mead. Ao redor de sua sepultura estavam espalhados inúmeros cacos de ardósia que haviam rachado e caído, deixando para trás uma duplicata em forma de lápide composta por aquele material estranho: escuro e esponjoso, não muito diferente do interior de um osso.

Entreguei a picareta a Crabb e peguei a pá. Juntos, iniciamos a escavação, limitando nossos esforços às proximidades do túmulo da criança. Logo descobrimos que o que antes havia sido sua lápide — e agora era uma excrescência monstruosa — descia até o pequeno caixão. De fato, após uma inspeção mais detalhada, a coluna escura parecia se erguer *a partir* do próprio ataúde, estreitando-se em um círculo irregular, não mais largo que o punho fechado de um homem, onde rompia a tampa.

"Mais luz", pedi a Crabb, que se inclinou para direcionar o brilho de sua tocha para dentro da sepultura. Na luz trêmula, pude ver claramente que a coisa havia, de fato, crescido de *dentro* do caixão. Na aparência, lembrava uma espécie de cordão hediondo e viscoso, trançado e torcido várias vezes. Enquanto eu observava, ele estremecia levemente ao longo de seu comprimento musculoso, pulsando no ritmo das batidas de um coração.

Meu estômago revirou-se; o mau cheiro da febre era insuportável.

Pedindo coragem em oração, ergui a pá e bati com força na excrescência inatural. Direcionei o golpe contra o ponto mais estreito do cordão, constatando que sua substância essencial era tão densa quanto granito: a pá não penetrou mais do que um centímetro antes de ser repelida. Empreguei minha serra óssea, porém sem melhor resultado, pois os dentes, apesar de afiados, deslizavam. Crabb ofereceu ajuda, mas também não conseguiu romper as fibras pegajosas com a picareta. Não tínhamos outra escolha senão abrir o caixão já rompido, embora ambos temêssemos o que poderia haver lá dentro.

Crabb removeu os pregos com a lâmina da picareta, mas não conseguiu erguer a tampa por causa da excrescência intrusiva. Não ousamos arriscar quebrar o caixão, já que o barulho resultante certamente nos levaria a sermos descobertos em nosso trabalho abominável, mas arquitetei uma solução com o uso da serra óssea e removi com sucesso os dois terços inferiores da tampa, permitindo-nos assim iluminar o interior.

Após três anos debaixo da terra, a carne da criança havia sido consumida, restando um emaranhado grosseiro de ossos e juntas. Vislumbrei primeiro os pés, depois discerni o contorno das costelas e da pélvis. O que vi em seguida congelou o ar em meus pulmões.

O crânio do bebê estava estilhaçado, estourado como um ovo de pássaro. A excrescência escura brotava dos restos de sua mandíbula, eruptiva, à maneira de uma semente que se alimentara na terra antes de explodir em flor. Vacilante, cambaleei para trás e caí de joelhos, como em uma súplica exausta a qualquer poder terrível que estivesse à solta na vila.

A criança estava morta havia três anos. Nada restava além dos ossos; do que, então, a podridão se alimentava? Lembrei da primeira epístola de Paulo aos Coríntios: *Se há um corpo psíquico, há também um corpo espiritual* (1ª Coríntios 15, 44) Na ausência do primeiro, aquela criatura, fosse de Deus ou do Diabo, encontrara sustento no último; e então, achando-o agradável, dera início a um *banquete*?

Tremi ao pensar no falecido ministro, que partira para o túmulo com a promessa da ressurreição apenas para se encontrar à espera da própria aniquilação: uma escuridão persistente e perniciosa como o fogo de Geena.

Crabb abaixou-se ao meu lado, arfando com os pulmões parcialmente congestionados por poeira ou fluido. "Descobrimos a raiz", disse, apontando para um local dentro do caixão logo abaixo do crânio quebrado. "Está vendo?"

Um cabo de dois centímetros de diâmetro e semelhante a uma planta do gênero *Umbilicus* havia entrado no crânio da criança a partir da traqueia, depois de penetrar no caixão por baixo. Ergui o corpo e me abaixei para deslocar o peso do caixão, movendo-o apenas o suficiente para expor a extremidade da estrutura.

Do caixão, o cordão seguia para o sudeste, em direção à capela. Não ousei tocá-lo e mal conseguia respirar com o peso da constatação, mas Crabb não hesitou. Ergueu a picareta acima da cabeça e, com um golpe hábil, partiu a raiz em duas.

Depois disso, nossa respiração ficou mais leve, e a lua brilhava forte sobre nós enquanto enchíamos a sepultura com grama molhada. Sugeri que escondêssemos a terra revolvida com ervas daninhas e capim seco, tarefa que o sacristão cumpriu habilmente, mas nosso trabalho naquela noite não havia terminado. Crabb tinha a mesma sensação que eu, e fiz sinal para que ele pegasse as ferramentas e me seguisse até a seção nova, escondendo nossas luzes ao passarmos à vista da casa paroquial.

IX

Chegamos à lápide do reverendo Cooper, que o lampião revelou estar completamente descaracterizada, com a última parte do epitáfio também apagada pela podridão crescente. Acenei com a cabeça para Crabb e peguei a pá das mãos dele; e embora aquilo me doesse mais que o luto, sabia que não tínhamos escolha senão macular o túmulo de meu querido amigo.

Depois que um terrível vendaval que ocorreu há alguns anos derrubou os lariços, arrancamos os tocos da terra e descobrimos, para nossa surpresa, que as árvores não eram separadas, mas cresciam de uma única raiz. Da mesma forma, pensei que, se rastreássemos as raízes de cada galho fibroso, cada flor escura e esfarelada, poderíamos identificar a fonte da infestação e cortá-la.

Crabb rompeu o solo com a picareta, a lâmina penetrando fundo. Da terra emanava aquele odor familiar que era ao mesmo tempo doce e amargo, como o de maçãs apodrecidas. Juntos, trabalhamos para desenterrar o caixão do ministro. O esforço era duro para o sacristão, percebi, pois com frequência ele parava para descansar, tossia e tremia, mas sempre retomava a tarefa com a concentração apática de um sonâmbulo ou de um homem morto há muito tempo.

Por fim, avistamos o contorno do caixão do ministro e me virei, horrorizado, sem conseguir continuar. Cobri o rosto com as mãos, mas não pude tapar os ouvidos, que detectaram primeiro o som dos pregos sendo removidos, seguido pelos guinchos característicos da lâmina da serra e o gemido da tampa sendo deslocada.

O sacristão respirou fundo. Em seguida, houve um silêncio que se estendeu por um minuto ou mais antes que a pá descesse e atingisse o interior do caixão com um baque surdo. Ouvi a tampa sendo recolocada, o som melancólico da grama batendo na madeira, e então... nada.

Abri os olhos. Crabb havia se empoleirado na beira da sepultura com o cabo da pá entre as pernas. Havia choque e perplexidade em seu rosto. Abaixei-me ao lado dele. Sua cabeça girou. Ele olhou diretamente para mim, mas sua expressão era curiosamente plácida, quase vazia.

"Foi horrível", disse. "Ele tinha o mesmo aspecto do dia em que o sepultamos, nada diferente, exceto pela podridão. Tinha crescido para fora de sua garganta, a coisa escura, larga o bastante para quebrar o maxilar. Sua boca estava aberta, como se ele gritasse de agonia, e a expressão em seu rosto... Nunca tinha visto tamanho desespero."

"Está feito?", perguntei, não querendo pensar nas implicações de sua descoberta. "A raiz foi cortada?"

"Sim", ele afirmou. "Está feito. Embora eu tema que talvez tenhamos demorado demais."

"Para onde seguia?"

"Noroeste."

"Em direção à capela?"

Ele voltou os olhos para mim novamente, a lua brilhando como bioluminescência fúngica em seu rosto pálido. "Não em direção a ela", disse, sacudindo a cabeça. "Não 'em direção', de maneira alguma. Mas *para* ela. Não há dúvida de que tudo começou lá."

X

Mal restava uma hora de escuridão quando cheguei à vila. Exausto e inquieto, resolvi dormir, porém fui despertado do sono menos de um quarto de hora depois por batidas frenéticas na porta.

Era John White, o mais jovem da família. O sol estava baixo ao leste no céu, violeta àquela hora da manhã, e ao ver John percebi que ele devia ter saído de casa, a pé e desacompanhado, na hora mais escura da noite.

Não hesitei em extrair dele a história. Mais cedo naquela noite, o irmão do meio, Martin, que havia estado doente nos últimos três dias, tinha piorado e perdido a consciência. Com Ethan ainda não recuperado e a mãe ocupada cuidando de Martin, ela enviara o filho caçula para buscar ajuda. E assim, ele viera até mim.

Vesti-me e preparei o cavalo. Então, levando John atrás na sela, parti em galope para a fazenda White. A estrada diante de nós estava vazia, os bordos verdes e florescendo, e eu sabia, pelo calor da luz nas minhas costas, que o dia seria extremamente úmido.

Apeamos no pátio da fazenda. Entreguei a trela a John e pedi-lhe que levasse o cavalo para o estábulo enquanto eu corria para dentro da casa e subia pela escada estreita até o sótão, ao lado da chaminé, onde a família costumava dormir.

Mas naquela manhã, nenhum membro da família dormia: Ethan, de 16 anos, revirava-se inquieto em um lado da cama e gritava desesperado, aflito com a coceira no membro amputado, enquanto Martin jazia em silêncio ao seu lado, com o rosto virado para cima, encharcado de febre, as roupas de baixo penduradas como trapos molhados. A mãe ocupava uma cadeira ao lado da cama, segurando um pedaço de pano branco sobre a testa de Martin. Ela demonstrou perceber minha presença com um leve aceno de cabeça, mas eu sabia que não era por grosseria. Em sua viuvez, ela havia se fortalecido, mas quase tinha sucumbido diante das últimas provações.

Apressei-me em examinar o rapaz inconsciente. Aproximando o ouvido de seu peito, verifiquei que o coração ainda batia, embora o ritmo fosse irregular. Sua respiração era igualmente irregular e superficial, de modo que suspeitei da presença de alguma obstrução nos pulmões. Enrolei o tecido de sua camisa, expondo seu peito à luz da minha vela.

Com isso, a mãe se engasgou. Receio que eu talvez também tenha recuado em estado de choque.

O peito do menino estava obscurecido por uma massa de crescimentos tumorais pretos, abobadados como verrugas e que brotavam da carne de ambos os lados do esterno. Deviam ter se espalhado em seus pulmões e depois se expandido até romper a pele, como cogumelos depois da chuva. Toquei com o dedo o topo de uma das protuberâncias e observei sua consistência porosa; o tumor deprimiu-se com o contato antes de retomar a forma anterior. Aquilo me trouxe à mente certos fatos: não apenas a infestação no cemitério, mas a doença do sacristão e a visita recente do próprio Martin à Colina da Capela.

Rolei-o para o lado direito para ver com mais clareza a carne pálida de suas costas. Ali minha vela evidenciou as mesmas protuberâncias escuras, ocupando aproximadamente a área correspondente aos pulmões em seu peito. Certamente era um milagre que ainda estivesse vivo, mas eu sabia que suas chances de recuperação eram ínfimas. Ainda assim, não podia permitir que aquela doença o levasse sem ser combatida.

Abri minha bolsa e tirei primeiro as ventosas, depois as curetas. A essa altura, John havia se juntado a nós no sótão e pedi a ele que aquecesse as ventosas de vidro no fogo do andar de baixo. Ele voltou pouco tempo depois, quando então peguei as ventosas e as apliquei diretamente nas costas de Martin.

A pele inchou e formou bolhas, e a mãe estremeceu com o chiado da carne queimada. Por mais incrível que fosse, a doença parecia recuar das bordas externas das ventosas e até mesmo arder sob a cúpula de vidro, onde o calor era mais intenso. Lentamente, furúnculos se formaram sob as ventosas, drenando os maus humores do corpo e concentrando-os em um só lugar, de forma que pudessem ser facilmente lancetados e eliminados.

Tendo removido as ventosas, apliquei-as, cada uma, outras duas vezes, de modo que um total de seis furúnculos se formaram, três de cada lado da coluna vertebral. Após selecionar a cureta mais fina e afiada, lancetei o fluido dos furúnculos, um de cada vez, coletando o líquido sanguinolento em um prato de estanho que orientei John a despejar no fogo do andar de baixo.

Terminei rapidamente a tarefa e enfaixei as feridas abertas. Em seguida, pedi água e removi o carvão e o pus das ventosas. Fiz uma rápida oração pela recuperação do menino e me despedi da família.

Estava a meio caminho de casa quando a tosse me dominou. Meu peito arfava a cada contração dolorosa, como se tentasse expelir à força um corpo estranho que se alojara dentro de mim. Puxei as rédeas do cavalo e respirei fundo, temendo desmaiar e perder a consciência. Por fim, o ataque passou e, ao limpar a boca, minha mão voltou manchada e salpicada de um material escuro.

XI

Passei o restante do dia em oração e meditação intensa. Já havia correlacionado a doença da criança White com a do sacristão Crabb; o início de minha própria tosse com a proximidade recente das pessoas mencionadas; as sepulturas infestadas com a localização da capela; e, talvez o mais alarmante, o início da doença putrefata com a chegada do reverendo Stone a Falmouth. Confrontado com tal evidência, não sabia como deveria proceder, mas tinha consciência de que não poderia permanecer inerte.

E, assim, cavalguei até a Colina da Capela. Chegando no final da tarde, subi até o casebre do sacristão, evitando as janelas da casa paroquial, e bati peremptoriamente à porta. Nenhum grito em resposta veio lá de dentro, nenhum som de passos. Esperei; bati outra vez. Diante da ausência de reação, entrei na sala comum.

Crabb estava esparramado, de barriga para cima, no chão de terra. Sua boca estava aberta, suas bochechas tão azuis e inchadas que mal o reconheci. Era provável que tivesse morrido sufocado, o que tinha sido, creio eu, um pouco de clemência, pois o poupara da visão com a qual me vi confrontado.

De sua garganta projetava-se uma espiral preta, de sete centímetros de largura e enganchada na ponta, terminando a mais de um metro acima da boca. Enlaçada e semelhante a uma corda, ela ondulava e se contorcia em seu lugar, movendo-se como uma sanguessuga e tentando subir como se procurasse a luz.

Eu me virei e fugi. Não ousei parar até que a porta se fechasse atrás de mim e eu estivesse bem longe do casebre. Pensei na alma do sacristão, da qual a coisa se alimentara, e me obriguei a deixá-lo e seguir para o cemitério, na certeza de que já não podia fazer nada por ele.

A essa altura, o sol já havia quase desaparecido, deixando para trás uma escuridão fragrante, repleta do almíscar dos brotos da primavera e do aroma de contágio. Em menos de uma semana, a doença havia germinado, se arraigado e dado flor. Assim como as sepulturas ao redor, a lápide do reverendo Cooper se desfazia em pó, e não havia uma em todo o cemitério que não exibisse sinais de infestação e decomposição. Restava apenas um local a ser explorado.

Atravessei o cemitério até a capela e abri a porta do santuário. O ar lá dentro era ao mesmo tempo rançoso, úmido e nauseante. O odor doce de putrefação pairava no ar, tão forte quanto na sepultura aberta do ministro, mas, mesmo na escuridão, o interior parecia inalterado.

Acendi meu lampião e entrei pela porta. As janelas estavam escuras e as sombras espessas se desfaziam diante da luz, revelando as mesmas treliças sem pintura, os bancos familiares. Segui até a metade do corredor e me virei para examinar a galeria acima. Tudo estava como deveria estar e, no entanto, a infestação do cemitério havia começado ali; disso não havia dúvida.

Então, chegou aos meus ouvidos o farfalhar de um tecido, semelhante a uma vassoura sendo arrastada pelo chão. Virei, apavorado, direcionando a luz ao púlpito, e abaixo dele estava o reverendo Stone.

Sua postura era rígida, como se tivesse passado horas ajoelhado em oração, e ele estava diante de mim sem camisa e com um chicote tipo gato de nove caudas na mão. As pontas farpadas das cordas pareciam carmesins à luz do lampião, com gotas de sangue onde haviam açoitado suas costas. Ainda pior era a visão de seu peito, coberto de tumores escuros em tal profusão que quase os confundi com pelos.

Mas foi sua expressão que me congelou de horror, causando-me ao mesmo tempo uma certa pena. Pois jamais havia visto tamanha angústia em um rosto humano, nem teria sonhado que fosse possível suportar tamanha agonia e continuar vivo — se ele estivesse realmente vivo.

O chicote caiu de suas mãos. Seus olhos estavam esbugalhados, o branco brilhando, e ele cambaleou em minha direção com os braços estendidos, como que para me envolver em um abraço.

Enojado e temeroso, forcei-me a dar um passo para trás, quase tropeçando na orla do corredor ao fazê-lo, mas incapaz de me virar, relutante em dar as costas, mesmo por um momento, àquele homem — àquela coisa — que continuava avançando em minha direção, não com uma atitude ameaçadora, mas com um desespero patético, murmurando suas orações o tempo todo.

"Ó Deus, como Tu és meu juiz, Tu sabes que nunca pretendi que isso acontecesse. Só Tu sabes o que é carregar este fardo, ser amaldiçoado com esta aflição para maior glória do Teu nome. Peço apenas Tua ajuda, pois não posso fazer nada por mim."

Ele se lançou sobre mim. Seus braços nus, assim como seu peito, estavam cobertos de protuberâncias escuras, e compreendi no mesmo instante as razões de sua maneira habitual de se vestir. Joguei-me para trás, mas prendi o pé na orla e caí pesadamente de costas. O lampião voou na escuridão, atingindo a galeria baixa logo acima e se estilhaçando. As vigas de madeira irromperam em chamas. O fogo subiu pelos cavaletes até o teto, atravessando o santuário com uma velocidade chocante, como se ele não apenas estivesse infestado com a podridão, mas, na verdade, fosse *feito dela*, totalmente constituído da mesma doença que o ministro, a mesma influência corruptora da qual Martin, Crabb e eu tínhamos sido vítimas.

Stone não deu atenção às chamas, mas caiu sobre mim como uma criança chorosa, gemendo enquanto me segurava. "Abrace-me", disse. "Abrace-me."

Pela primeira vez, senti nele o odor da doença, que se escondia sob a água de rosas com que ele se lavava regularmente. Engasguei-me, perdi o fôlego e quase desfaleci, mas, por algum esforço supremo nascido do terror, consegui desalojar o ministro enfermo e jogá-lo para longe, fazendo com que ele caísse no corredor.

O teto pingava acima. Pedaços de carvão caíam, em chamas, da galeria, incendiando os locais onde aterrissavam entre os bancos. As janelas explodiram para fora, provocando uma lufada de ar frio que atiçou ainda mais o fogo, varrido em nossa direção como uma onda. O calor era insuportável, o mau cheiro ainda mais, porém forcei a porta e me joguei sob as chamas, que irromperam com a nova incursão de ar, e rolei até alcançar o que julguei ser uma distância segura.

Olhei para a capela. Pela porta, vislumbrei o ministro, que ainda me olhava através das chamas, seu rosto uma máscara da mais extrema angústia, mantendo o olhar em mim, mesmo quando o fogo caiu sobre ele e o consumiu de dentro para fora.

Pouco depois, o teto desabou com um estrondo lancinante, fazendo com que faíscas voassem soltas em grandes nuvens. Levantei-me novamente, ignorando a dor de minhas muitas queimaduras, e desci, cambaleante, a encosta da colina, virando-me uma última vez para ver o túmulo do reverendo Cooper transformar-se em uma tocha, seguido por todo o canto noroeste e o casebre do sacristão. Caí diante da casa paroquial e ali permaneci, inconsciente, até que os aldeões me encontrassem.

XII

Acordei sob custódia da lei, acusado de provocar o incêndio e as duas mortes resultantes. Na manhã seguinte, fui levado acorrentado ao tribunal de Westminster e detido até meu julgamento. Nisso, descobriu-se que a capela de Falmouth havia sido consumida pelo fogo em minutos, sem deixar cinzas; apenas uma mancha gordurosa no chão. Meu lampião foi recuperado, embora não houvesse vestígios do homem por cujo assassinato fui condenado, enquanto o casebre de Crabb também foi consumido com seu corpo dentro, deixando-me como testemunha final dos estranhos eventos na Colina da Capela — ou foi o que eu, por um tempo, me permiti acreditar.

Esta noite, soube do destino de Martin White, que morreu há três noites de uma "doença semelhante à varíola" e foi enterrado rapidamente devido ao temor de que o contágio se espalhasse. Hesito em escrever isto por conhecer intimamente as dificuldades que sua família tem enfrentado nestes últimos dias, mas o corpo do rapaz *deve* ser exumado, e rápido, e queimado assim como eu serei. Ele não terá corpo, nem lápide, mas o Senhor não o esquecerá, assim como Ele não me abandonou durante essas últimas provações.

Minha doença piorou nos dias que se seguiram ao incêndio. Os tumores escuros, agora abundantes, crescem em meu peito e nas costas, de modo que mal durmo à noite e, ainda assim, sonho. De manhã, acordo nesta cela imunda, com a camisa suja de sangue e saliva, mas permaneço imperturbável, sabendo que sou afortunado, pois esses sofrimentos terminarão — e logo.

Somente com a mais aguda tristeza penso no sacristão Crabb, que morreu em agonia no chão de seu casebre, e no meu querido amigo, reverendo Cooper, o melhor homem que conheci, e na coisa escura que se alimentou de ambos, negando-lhes, dessa forma, a promessa da qual a Eleição os fez herdeiros. Para eles, há apenas escuridão, assim como havia para o reverendo Stone, e só posso pranteá-los como o incrédulo pranteia toda vida, toda perda e a passagem final deste mundo para uma noite sem fim.

Assim concluo meu relato.

Que a paz de Nosso Senhor Jesus Cristo esteja com o vosso espírito...

H. Edwards
Westminster, 1773

PEQUENOS ESPOROS MORTAIS

NATUREZA MACABRA

DARKSIDE

UM MONSTRO NO MEIO DE TUDO

JULIO TORO SAN MARTIN

Le Vicomte Triste para *Le Grand Duc*

Agora que o mundo está indo para o inferno, penso em como deveria ter atirado em você com minha arma, não com minha inteligência, durante nosso jogo de *écarté* tanto tempo atrás. Mas, paciência, o que um *vicomte* pode fazer, *monsieur*?

Você se lembra do meu fiel ciborgue? É claro que deve lembrar. Ele está agora como o mundo estará em breve, morto e destruído por seu senhor, vertendo muco e criando fungos. Eles dirão: Era o glorioso 158° ano da nossa esplêndida era do cogumelo, quando tudo virou nada. Ou, esperamos, alguém dirá isso. Espero que não seja você. De agora em diante, não o tratarei como gosta, pelo título de *Monsieur le Grand Duc*, mas simplesmente por *monsieur*, como julgo mais apropriado, e ainda é boa etiqueta, apesar da diminuição do título.

Oito meses atrás, lembro-me de ver meu serviçal recolher punhados de material fúngico e encher minha carruagem a vapor e ele mesmo com o combustível grumoso. Reagi mal, pois sem dúvida se lembra do meu desgosto por brotos imundos e seus cheiros, tão doces para muitos, tão pútridos para *moi*. Foi com aflição ainda maior que testemunhei o quão vorazmente ele se entupiu com os novos e tóxicos botões de fungos. O autômato idiota praticamente encheu a própria cabeça com parte das mais gosmentas e líquidas transmutações verdes da substância, que escorria de sua boca e ficava pendurada no queixo como ondas flácidas de gelatina sólida.

Então notei como um dos olhos do meu valete brilhava com luxúria e avidez inquietantes de se ver. Ele se aproximou do ciborgue e enfiou um dedo ávido e trêmulo, como um grande remo, na substância pastosa da cabeça de ovo do meu serviçal, depois lambeu a substância detestável do próprio dedo como se tivesse fome, babando como um animal. Seus olhos adquiriram uma luminosidade vidrada, estúpida, e ele caiu.

Eu sabia, é claro, que ele estava então sob o fatal sono hipnótico do fungo verde e sua gosma. Havia surgido recentemente, e eu o estudava com interesse para fazer um tratado científico para *L'École Mycologique*, que eu estava lendo para apresentar em nossa próxima reunião.

Observei como, quase instantaneamente, o queixo do valete começou a apodrecer e se transformar em uma massa. Em segundos, seu queixo era um líquido fétido. Logo, *monsieur*, o próprio homem era líquido. Fiquei alarmado ao descobrir esse novo subproduto metamórfico anômalo do fungo verde. Até então, ele só havia agido como uma espécie de opiáceo que levava à morte cerca de 95% de seus consumidores. Os outros 5%, que acordavam, descreviam seus efeitos como alucinatórios, um tipo de experiência xamanística, que envolvia viajar a lugares estranhos, exóticos... ou talvez a outros mundos... ver seres sombrios e esquisitos e, por fim, encontrar uma entidade estranha e verde em forma de estrela ou água-viva que não compartilhava (até onde sei) nenhuma sabedoria, mas apenas *era*, e pulsava no centro de um gigantesco mundo-cogumelo. Essa foi a primeira observação que fiz e que, mais tarde, foi notada e confirmada por toda a Europa, inclusive por você. Mais tarde (como sabe), também documentei como uma forte compulsão afetava alguns inocentes para que comessem a substância: como só alguns consumidores eram liquefeitos; como, dos que despertavam de seus efeitos, uma pequena porcentagem era transformada em uma nova estética do grotesco; e como os sobreviventes do opiáceo logo começavam o próprio culto, centrado na divindade verde (que Deus no céu tenha misericórdia de suas almas). Os integrantes pavorosamente deformados são tidos em alta estima, agora. Os mais monstruosos são altos sacerdotes, sobre os quais há alguns sussurros... ouso dizer... que alguns são inomináveis em seu horror, e que são considerados semideuses, os mais elevados mestres da grande cadeia de seres da terra.

Mas tudo isso é um passado muito distante.

Monsieur sabe que há dezenove dias me apresentei à *L'École Mycologique* com uma petição para buscar a fonte da ameaça do fungo verde, se existisse alguma. Só pedi uma grande embarcação a vapor da frota real e permissão para me retirar mais cedo, a fim de comparecer a uma performance *mecanique* de *Les Precieuses Ridicules* [As Preciosas Ridículas] de Moliére e *Le Mariage de Figaro* [As Bodas de Fígaro], de Beaumarchais, no Theatre-Français. Quase tive meus três pedidos negados, por sua causa. Mas felizmente (ou não, pelo que parece), seu voto dissidente, e os de seus colegas em sua ausência, foram anulados por nosso estimado secretário de L'Academie des Sciences, o *marquis* de Condorcet.

Em dois dias, eu estava pronto para partir em minha missão, *monsieur*.

Vesti-me para a ocasião com um terno de veludo de seda cor vinho da mais alta moda da corte, com paletó de gola alta ricamente bordado e um colete luxuoso com diamantes no lugar de botões. Também usei fivelas nos sapatos e na calça, e levei uma adaga incrustada de pedras de um lado, um rufo branco franzido no pescoço e nas mangas e, sobre a cabeça, uma pequena peruca castanho-avermelhada empoada e elegante com, é claro (como estava, de certa forma, indo para a guerra), um chapéu militar de tecido refinado sobre a peruca. Meu ciborgue e os valetes também estavam vestidos de maneira impecável.

Em nossa despedida, donzelas choraram ao me ver partir e mademoiselle Tussaud desmaiou. Diga à pobre criatura para não esperar por mim.

Eu me mantinha na popa do navio, com um canhão portátil pendurado no ombro esquerdo. Depois de saudar os oficiais, a nobreza e os membros da ciência, e nosso rei Louis e nossa rainha Marie Antoinette, que tinham ido de Versailles especialmente para me ver partir, pedi ao timoneiro para circundar Paris uma vez, e depois seguir rumo ao brilhante céu azul.

Multidões nos seguiam e aplaudiam, trombetas soavam alegremente lá embaixo e bandeiras francesas tremulavam orgulhosas. Sobrevoamos grandes edifícios, ruas, carros, parques, o Louvre, os distritos, o populacho imundo — resumindo, voamos sobre tudo. Vi crianças de rua e trabalhadores municipais removendo e limpando a camada membranosa de fungo que crescia nas paredes e no chão, nas árvores e em todos os lugares, e ameaçava engolir a cidade, se a deixassem se espalhar sem contenção. Aqui e ali, notei corpos caídos babando, sem dúvida, vítimas dos próprios ímpetos incontroláveis pelo mofo gosmento verde e fatal.

Em pouco tempo, nosso navio e o balão preso a ele, com seus três dirigíveis menores, voavam sobre o porto naval. Atravessamos tranquilamente o Sena e seguimos o curso do rio. Vi alarme e medo em alguns dos homens, mas isso não me preocupou muito, porque estava convencido de que meu espírito aventureiro seria alegria suficiente para todos.

"*Vive la France! Vive la liberté!*", gritei corajoso na proa da embarcação, com uma brisa boa e forte soprando minha peruca. Um rapaz, um carrancudo aluno da marinha chamado "Napoleão", ficou tão tocado com meu entusiasmo por essa liberdade e pelo patriotismo que eu então sentia, que se juntou a mim para gritar com paixão ao céu.

Era um dia claro, com poucas nuvens não muito acima de nós e um sol forte. Viajávamos em boa velocidade náutica, com a tripulação mantendo o carvão e os fungos em brasa. O vapor combinado permitia que o grande balão anexo suportasse com tranquilidade o peso de nosso navio couraçado.

Em pouco tempo, voamos até o Oceano Atlântico, e me senti fascinado e nauseado ao contemplar diante de mim, estendendo-se em todas as direções, um vasto, viscoso e ondulante deserto de gosma e cogumelo. De fato, ali compreendi de maneira crua e poderosa quanto de nossa terra o organismo realmente dominava!

Durante o dia, enquanto viajávamos, tudo que eu conseguia ver era o mofo, e distante, através da luneta, como que mantendo distância deliberadamente, gaivotas quase impossíveis de distinguir, que para minha mente científica não pareciam ou voavam como gaivotas deveriam fazer. À noite, a gosma verde e invasiva brilhava sinistra e projetava uma luz esverdeada sobre o mundo silencioso.

Quando todos estavam dormindo, eu olhava pela luneta, sozinho e escondido, a membrana asquerosa cobrindo o oceano e que, em alguns trechos, se elevava e era mais compacta, formando ilhas sólidas de esponja ou montes menores parecidos com icebergs. Ao olhar os fungos no escuro, eu conseguia discernir em alguns lugares, embaixo d'água ou, mais horrivelmente, na própria substância, contornos amorfos que, em minha cabeça, pareciam seguir nosso navio veloz. Não gostei daquilo.

Por causa disso, um dia, falei para o capitão: "*Capitaine*, ordeno que mude o curso imediatamente. Acredito que estamos sendo seguidos. A mudança de curso pode confundir nossos perseguidores e fazê-los perder o interesse em nós, ou perder nosso rastro. Chegaremos ao nosso destino por outro caminho".

Ele respondeu agitado: "*Monsieur le Vicomte*! Para isso, teríamos que recalibrar nosso astrolábio computacional e, muito provavelmente, prorrogar nossa jornada! Isso não vai agradar o timoneiro, no caso do astrolábio, nem a tripulação, no caso da prorrogação. Tem certeza de que estamos sendo seguidos?".

"Não tenho certeza nenhuma. Mas essa é minha ordem."

Depois dessa breve conversa, ele mudou rapidamente para uma rota indireta, e tenho certeza de que foi por causa dessa precaução de minha parte que o primeiro trecho da jornada foi salvo.

O segundo trecho começou em uma manhã quando estávamos perto de nosso destino. Um oficial na vigia viu uma coluna de fumaça preta subindo no horizonte de nosso porto. Cautelosamente, nos aproximamos da origem da fumaça, com o timoneiro controlando o vapor do balão para descermos e termos uma visão melhor, depois que percebemos que o local não oferecia perigo.

Abaixo de nós havia três navios militares, couraçados como o nosso, ainda fumegando depois de uma recente tragédia, todos pretos, queimados e sem tripulação. Os cascos estavam atolados, flutuando sobre uma grande plataforma de geleia gosmenta. Seus aeróstatos tinham sido queimados até virar cinzas. Esses três navios eram embarcações titânicas de impérios, especificamente Inglaterra, Espanha e Rússia. Sem dúvida, o nosso teria sido o quarto.

Mais tarde, o capitão me disse: "É certo que eles não destruíram uns aos outros. Os canhões não dispararam um único tiro, pelo que nossas investigações puderam apurar. Aparentemente, dois navios são velhos, e a embarcação russa é mais recente. Deve ter caído sobre as outras duas ou se chocado contra elas".

Como não queria expor a tripulação a mais perigo, e não tinha tempo para me aprofundar nesse mistério, decidi desembarcar.

O capitão perguntou se eu tinha alguma suspeita sobre o que havia acontecido com o navio russo.

Respondi com segurança: "Sabotagem".

E assim começou a terceira e última parte de minha jornada.

Não sei se é loucura, ou um desejo egocêntrico de ser considerado um herói, ou talvez um amor muito grande por meus semelhantes, mas naquele mesmo dia, parti acompanhado apenas por meu homem mecânico. Viajamos em uma máquina de metal que eu havia transportado no navio, uma das minhas novas invenções experimentais, que chamei de "submarino".

O fungo perto da embarcação era compacto e sólido, de forma que meu submarino, que andava e parecia uma criatura híbrida de macaco e polvo, nos levou em uma vasta jornada sobre aquela paisagem pustulosa.

Meu homem *mecanique* me dizia para onde ir. Você pergunta o porquê, talvez? Porque, *monsieur*, habilidoso que sou com autômatos, tinha instalado em meu ciborgue um recurso pelo qual ele podia, como um perdigueiro, rastrear a origem de nossa situação. Só precisava encher sua cabeça com a substância vil e, instantaneamente, sentia a origem como se fosse um farol. Não se surpreenda com isso, já que tem conhecimento de minha prodigiosa habilidade científica para a construção de robôs servis.

Em algum momento no meio do dia, olhei para trás e, pela cúpula de vidro no topo do submergível que nos abrigava e continha os painéis de controle, vi sombras nos seguindo de longe. Não conseguia ver claramente as formas, mas algo em como se moviam me causou um arrepio. Acelerei a minha máquina.

Não demorou muito até meu homem me dizer para frear e mergulhar na ilha de cogumelo. Olhei para cima, para o sol quente, e me despedi daquela luz antes de mergulhar meu submarino blindado na polpa gosmenta.

Ele penetrou a substância, rasgando os tecidos do organismo com seus muitos braços na medida que avançávamos, até o submarino encontrar água limpa sob a massa. Ele nadava em velocidade máxima, como um polvo debaixo do Atlântico; cardumes de peixes brilhantes e rápidos como a luz passavam por nós. Fiquei encantado.

Seguindo grossos filamentos de fungos, descemos até que, depois de um tempo, chegamos a um buraco. Caímos nele e, passadas algumas horas, emergimos em uma caverna a centenas de pés de profundidade.

Fiquei surpreso ao encontrar medições indicando haver oxigênio ali. Depois de uma curiosa exploração do ambiente, meu autômato apontou nossa nova direção. Era um túnel, mas a entrada era muito pequena para a passagem de nosso veículo, por isso desembarcamos do cefalópode ambulante e continuamos a jornada a pé.

No túnel, tínhamos a iluminação da radiante gosma verde. Eu detestava estar tão perto da coisa repugnante. Chocado, vi que passamos por um cadáver fétido em decomposição, que rapidamente presumi ser um ianque — sem dúvida, pensei com um humor mórbido, ignorante do recente triunfo sobre a Inglaterra em sua guerra revolucionária. Enquanto especulava que surpresas ainda me aguardavam, chegamos perto do fim do túnel e, *monsieur*, realmente me surpreendi com que o que vi a seguir.

Ao sair do túnel, encontramos uma caverna enorme, ondulando e viva de gosma — em seu centro, vibrando horrivelmente, um cogumelo ciclópico com rodas verdes ou em forma de estrela-do-mar. Ele se ligava ao resto do fungo e da gosma, como uma coisa de muitos tentáculos, e tive certeza de que aquilo era a origem da substância verde. Estava lá suspenso, como uma aranha grotesca e pulsante em sua teia. Era o cérebro da espuma membranosa que dominava o mundo. A divindade do mundo dos cogumelos alucinógenos, que era o nosso mundo! Aquilo era como um deus, de fato!

De repente, senti uma poderosa pancada na cabeça. Caí — fraco, sangrando e tonto — na gosma. Antes de desmaiar, vi um pedaço de perna grossa, cinza e espumante em meu campo de visão.

* * *

Acordei com um cântico estranho dirigido àquela contaminação no centro de nosso mundo. Ao meu lado eu vi, também caído, meu ciborgue.

Estava nas garras do insano culto à divindade verde, sem dúvida. Por um momento, fui esquecido enquanto eles o louvavam.

Nunca se viu, *monsieur*, tão variada depravação da humanidade doente. Eles ficavam parados como coisas esponjosas atrofiadas, porque não ouso chamá-los de "humanos", formadas por crescimentos e deformidades horrendos demais para descrever e cobertos de gosma verde de uma podridão imunda. Aproximavam-se da entidade fúngica. A cada passo, seus corpos tremiam, tremiam tanto que eu temia que sua integridade celular pudesse desmoronar. Então, uma coisa maravilhosa aconteceu.

Eles começaram a desintegrar!

A enorme caverna se encheu de seus gemidos, enquanto eles se decompunham e viravam poças. O mais robusto se virou e tentou escapar. Foi então que eu soube que aquilo não fazia parte do plano deles. De maneira incompreensível, o deus estava destruindo seus adoradores!

O que estava acontecendo? Com coragem, eu me movi na direção da coisa malévola. Nada aconteceu.

Deduzi que a mente-cogumelo tinha desenvolvido consciência a partir do fungo progenitor desprovido de inteligência durante anos de isolamento e instintivamente, por motivos de sobrevivência, espalhou seu tecido e a gosma verde, como um câncer, pela espécie paterna e através dela, assumindo o controle, comprometendo a própria integridade familiar, transformando partes da carne da família nele mesmo. Tudo isso enquanto, sem ter mais do que um cérebro simples e primitivo, agia por instinto de defesa e sem pensar, como um animal, alheio a tudo, exceto à própria espécie.

Ao me dar conta disso, peguei meu canhão portátil, que um dos seres cogumelos havia carregado ao se aproximar do tumor pulsante. Mesmo suspenso, ele pareceu se agachar na minha frente como um duende maldoso, projetando raios fúngicos em todas as direções. Toquei sua carne macia e escorregadia. Ela brilhou verde. Em alguns lugares, vertia um muco perturbador de impureza. Tudo nele provocava em mim profunda repugnância. Certamente, essa vida era incompatível com o homem. E, no entanto, ah, no entanto, era uma visão que inspirava fascínio. Ali estava um bebê, uma forma de vida recém-nascida, exuberante de fecundidade, a primeira de sua espécie, o senhor de seu mundo envolvendo a terra. Eu o afaguei, imaginando que seu processo de pensamento fosse como o de um cachorro. Depois, fazendo pontaria pela humanidade, atirei e o eliminei do reino animal.

Não vou mentir. Não vou dizer que a coisa chorou, gritou ou se debateu e rolou em sofrimento, porque ela queimou em um fogo poderoso. Apenas queimou sem nenhum som, pulsando de um jeito errático, embora tenha tido a impressão de ver por um segundo o mais sutil contorno de um rosto semi-humano, distorcido e aflito, surgindo e desaparecendo em sua superfície. Talvez tenha feito isso por minha causa. Quando se tornou uma casca queimada, a coisa explodiu liberando fumaça, e então desmoronou como um saco sem ar.

Fiquei entusiasmado com a facilidade para destruí-lo! Então, a deterioração celular do fungo à minha volta começou.

Meu ciborgue e eu corremos com medo. A fértil, exuberante vibração tropical do cogumelo se desintegrava à nossa volta, como se a vitalidade do corpo fúngico, cujo centro não estava mais ali para bombear vida por suas veias, estivesse chegando ao fim. E assim compreendi que a entidade morta não era apenas a mente do fungo, mas também seu coração.

Tive a sensação de que oxigênio e calor, até a umidade do ar, eram sugados para fora da caverna.

Quando voltamos ao meu submergível, vi que ele havia sido danificado — sem dúvida por aqueles cultuadores que nos seguiram e agora estavam mortos.

Conseguimos voltar à ilha cogumelo antes de a máquina quebrar completamente. Vi então como a ilha também se deteriorava lentamente. Notei como filamentos finos do fungo, semelhantes a algas marinhas, e, também, gosma fina se interligavam a outras ilhas de excremento fúngicos. Essas ilhas também se desmanchavam. Que imensa rede arterial o rei mantinha nessa terra! E agora tudo estava morrendo!

Eu era herói ou vilão?

Enquanto contemplava toda essa nova informação, ouvi as engrenagens de meu homem mecânico girando e estalando atrás de mim. Depois, pela primeira vez em eras, ouvi brotar do gramofone embutido em seu peito uma risadinha artificial, que foi ficando mais e mais alta.

"De que está rindo?", gritei aborrecido.

Ele se esforçou para usar os tubos de fala que há muito tempo não eram utilizados. Lentamente, uma frase começou a brotar deles. "O mestre está cego", disse.

Fiquei furioso com a afirmação, mas também senti medo. "Como assim?", perguntei, temendo a resposta.

Ele sofreu um espasmo. Ouvi a caixa computacional rangendo em seu peito.

Ele então respondeu: "*Monsieur* não levou em consideração todas as ferramentas disponíveis nas ciências atuais. Quando o fungo apareceu, espalhou-se rapidamente e destruiu a maior parte das plantas e árvores na terra, enquanto também se tornava uma importante fonte de combustível e alimento, entre outras coisas, para sua espécie, o que mudou muito seu mundo. Essas plantas verdes que mencionei anteriormente, acredita-se que elas forneciam oxigênio para a terra, o ar que sua espécie respira para sobreviver. O fungo dominador promoveu uma mutação e assumiu o comando sobre esse processo, por motivos que não posso imaginar. Ao destruí-lo, você se destruiu, porque, com o fungo morto, a terra será privada de seu oxigênio. O mestre é um bom robotista, mas um péssimo micologista e botânico. E é um estrategista ruim". Ele começou a rir novamente.

A razoabilidade da lógica de meu serviçal me apavorou. Gritei para ele: "E há quanto tempo teorizou esse possível desfecho? Fale!".

"Desde o dia em que saímos da França."

Peguei meu canhão portátil e bati nele com força, até transformá-lo em uma confusão de engrenagens e metal amassado.

Desde aquele dia, tenho visto esta ilha encolher em quase 60% de sua massa, calculo, e o processo continua.

Vou enviar esta carta com uma das gaivotas que capturei, na esperança de que ela chegue até você, *monsieur*, já que é apontado como o maior micologista da França.

Fico me perguntando o que a nova face da terra vai trazer nos próximos anos. Que catástrofes virão? Morreremos, ou não?

Agora, passo as horas me culpando por nossa situação, ocasionalmente culpando os outros.

Certa manhã, vi ao longe um grande monte de gelatina em decomposição se elevar do oceano. Parecia um vulcão. Ela explodiu e lançou ao alto milhões de coisas parecidas com esporos. Não sei o que isso pode significar.

Mas, naquela noite, sonhei que andava pela ilha fúngica à noite, sozinho. Quando olhei para o céu, vi uma lua terrivelmente grande e pulsante, toda verde e pingando gosma da mesma cor. Eu a imaginei como um olho me observando. Pensando nisso, cobri os olhos.

23 de julho, 17...

4

A PÉROLA NA OSTRA

LISA M. BRADLEY

O pelo invisível de Art eriçou-se na brisa da manhã. Ele disfarçou o arrepio com um alongamento enquanto puxava as mangas do moletom sobre os nós dos dedos. Estava feliz pela camada extra de proteção, embora ela o fizesse se sentir mais visível, assim como o derramamento de óleo que manchava de preto a paleta normalmente pastel de South Padre Island. Com pouco mais de um metro e oitenta de altura, Art era mais alto do que a maioria das pessoas no Vale e uma das poucas que não estava desempacotando balsas com cogumelos na praia manchada de petróleo. E vestindo o moletom preto em um dia que logo estaria escaldante, ele se tornara um ponto de referência fácil para os voluntários recrutados pela Associação dos Refúgios da Vida Selvagem Costeira.

Entre uma orientação aos voluntários e outra, Art examinava a praia com binóculos para observação de pássaros. O instrumento "inteligente" não conseguia distinguir entre as manchas e a coloração natural, por isso, a princípio, ele acreditou que os pássaros amontoados sobre um barril de lixo distante estivessem com a plumagem coberta de óleo. Mas eram apenas gaivotas-alegres (nome totalmente impróprio no momento), donas de cabeças naturalmente escuras sobre peitos brancos como algodão, as asas cinzas com pontas normalmente pretas. Art também viu um pelicano-pardo aninhado no recolhedor de petróleo inativo. O pássaro estava ali, em vigília, há cerca de uma hora, como se enojado com a capacidade humana de emporcalhar as coisas.

Risadas espantaram as gaivotas. Art baixou os binóculos e viu um grupo de adolescentes vindo lentamente pela areia em direção à sua tenda e fazendo as piadas de sempre com "barreiras". O pelicano-pardo encerrou sua triste vigília e fugiu para os molhes.

Alguém tinha deixado aquelas crianças matarem aula para salvar o mundo? Art não perguntou, apenas entregou-lhes os kits contendo meias à prova d'água, luvas, protetor solar e panfletos impressos com a mesma rapidez com que a Associação havia sido organizada.

"Não consigo andar com essas coisas", disse uma jovem, tentando devolver as meias.

"Sinto muito, é proibido participar sem elas", respondeu Art. "Vai por mim; você não vai querer passar três semanas raspando piche dos pés. É cancerígeno. Bem, alguém tem alergia a mofo ou cogumelo?"

O fluxo de voluntários aumentou e logo Art estava tão ocupado que deixou de notar a brisa em seu pelo. Meia hora depois, quando uma mulher se aproximou da tenda de recepção pela lateral, o calor era tanto que ele havia puxado as mangas até os cotovelos. Automaticamente, ele entregou um kit sem olhar para ela e virou o mapa laminado sobre a prancheta em sua direção para mostrar onde ajuda era necessária.

"Ah, não", disse ela, achando graça ou envergonhada. Art observou o rosto dela e compreendeu imediatamente, embora ela continuasse explicando: "Não posso ficar no sol. Vou só ajudar na recepção. Sou a Claudia, sabe? A Claudia Ramirez".

Art recuou para deixá-la entrar. Ela estava ainda mais vestida do que ele. Usava um chapéu de sol frouxo preso sob o queixo; blusa de manga comprida; calça de ioga com areia acumulada nas bainhas que ondulavam e se arrastavam; e papete com meias.

"Desculpe o atraso", ela disse, enfiando a bolsa sob a mesa dobrável. "Meu filho ficou enrolando hoje de manhã. Achei que não conseguiria fazer ele sair e ir para a escola, e então houve um capotamento na estrada e o Departamento de Segurança Pública não queria deixar nenhum carro passar..."

"Sem problema."

Art tentou se encolher — como tinha feito a vida toda —, mas Claudia ocupava mais espaço do que a maioria das pessoas. Sua pele não era, de fato, mista. Os enxertos haviam dado a seu rosto e mãos a aparência irregular de uma colcha de retalhos, mas Art sabia que ela não era contagiosa ou algo assim. O Centros de Controle e Prevenção de Doenças havia eliminado as bactérias carnívoras no Memorial Hospital poucos dias depois do surto, e aquilo tinha acontecido há dez anos.

Ainda assim, Claudia intimidava. Art calculou que ela devia ter pouco mais de um metro e cinquenta e talvez uns cinquenta quilos, mas parecia prestes a "girar" como um rolo compressor mesmo quando estava parada, forte como uma tempestade. Art não conseguia imaginar que o DSP inteiro fosse capaz de pará-la, muito menos uma criança.

"Deixe-me atender esse casal que está chegando", ele disse, "e já respondo, caso você tenha alguma pergunta."

Assim que ele despachou os voluntários, ela estendeu a mão. "Seu nome é...?"

"Art", respondeu, apertando a mão dela. Havia uma sutura carnuda sob o polegar que ele tomou o cuidado de não pressionar.

"Bart?"

Ele sorriu. Era o nome de um urso-pardo do Alasca que tinha aparecido em vários filmes. Ele pensou em não corrigir. Ela não era uma voluntária regular; talvez nunca voltasse a vê-la. Mas se sentiu compelido a dizer: "Não, é 'Art'. Como de Arturo... Villanueva".

Ela assentiu e bateu na têmpora com o gesto autodepreciativo que significava "*Mensa*!" antes de perguntar: "As tais barreiras são mesmo feitas de cabelo?".

Art anuiu. "E outras coisas", falou, estreitando os olhos ao observar os longos tubos que flutuavam na água. Formavam uma espécie de recife artificial. Abaixo da superfície, cortinas pendiam dos tubos até o fundo do mar, criando uma barreira semipermeável. "Parece que o cabelo absorve o petróleo e aquilo que as barreiras de contenção não absorvem, elas encurralam o óleo para que os recolhedores o possam aspirar da água."

"Que *grosero*. Prefiro manusear *hongo* do que tubos de cabelo. Não é?"

Art seguiu o olhar dela até a praia. Voluntários com a pele brilhando de suor retiravam balsas de palha da traseira de um caminhão no estacionamento e as carregavam até a linha da preamar. Ali, outros voluntários retiravam o plástico biodegradável e o usavam para amarrar as balsas, que — de acordo com os panfletos que Art distribuía — estavam repletas de esporos de *Pleurotus corticatus* aprimorados em laboratório. *Micorremediação*, era o nome. Os cogumelos se alimentariam do petróleo, limpando assim a água, e depois seriam recolhidos e enviados de volta para as estufas, onde seriam transformados em compostagem para a produção de mais uma geração de fungos guerreiros.

Alguns barcos já ondulavam com cristas nevadas de cogumelos-ostra. Tinham despontado no caminho, atravessando o plástico. Outros haviam de fato se rompido com a proliferação de fungos, mais brancos do que a espuma do mar.

"Não sei", disse Art, inquieto. "Não são apenas cogumelos. Quando as balsas estiverem todas conectadas e ancoradas na linha da preamar, será aplicado um composto bacteriano fortificado na palha."

"Mas é seguro, certo?", Claudia olhou para ele. "Não o colocariam na água se não fosse."

"Ah, é claro. É só uma versão turbinada de bactérias que já existem no oceano. Elas ajudam a decompor o petróleo."

"Então...?", ela provocou.

Art encolheu os ombros. "Acho que é a ideia de coisas vivas empacotadas dessa maneira que me assusta."

O escrutínio de Claudia se intensificou. Art teve a sensação de que formigas-loucas andavam em sua pele, pior do que as cócegas que o vento fazia em seu pelo fantasma.

"Não me parece que estejam sofrendo", disse ela. "Veja, as balsas já estão cheias de *hongos*. Parece que eles mal podem esperar para engolir o petróleo."

"Seguindo nossas ordens..."

"É tipo fermento", continuou Claudia, "daqueles do mercado?"

Mas o fermento pode ser colhido do ar, pensou Art. Não precisava ser seco e lacrado em um envelope. Felizmente, o rugido profundo de um motor interrompeu a conversa. Um quadriciclo passou pela praia puxando uma prancha. Amontoados sobre ela, sacos de lixo alaranjados, destinados a resíduos com risco biológico, chacoalhavam com o vento forte do Golfo.

"É o que estou pensando?", Claudia gritou.

Art olhou para ela, suspeitando que seu rosto estaria contorcido de repulsa se os enxertos fossem elásticos o bastante. "Receio que sim", disse. "Se não os coletarmos, a petroleira o fará, e eles os destruirão antes que a Agência Estadunidense de Controle de Pesca e Vida Selvagem possa contá-los."

"Peixes?", perguntou Claudia. "E pássaros, suponho."

"E tartarugas, golfinhos, águas-vivas, tubarões... muitos animais."

Felizmente, o quadriciclo seguiu para o local de despejo seguinte.

"Tão triste", Claudia murmurou após sua passagem.

Art folheou o cronograma da tarde em sua prancheta até Claudia soltar um "tsc" de desaprovação. "Veja só você", ela disparou. "Um minuto atrás estava todo preocupado com bactérias em frascos e agora, recita animais mortos como se fossem uma lista de compras."

"Bem..." Art baixou a prancheta e deu de ombros outra vez. "Esses animais estão mortos. Lamento mais por aqueles que ainda estão presos."

"No petróleo", disse Claudia, assentindo.

Em qualquer lugar, pensou Art.

Art abriu a porta do carro e girou no banco do motorista para calçar meias e sapatos. Tinha dirigido descalço, relutante em espremer as garras dos pés até o último momento. Depois de uma vida inteira sendo obrigado a vestir roupas humanas, estava quase resignado com o tecido esmagando seu pelo e as costuras restringindo seus movimentos — nisso, suar ajudava —, mas sapatos ainda o torturavam. Geralmente usava sandálias para evitar a sensação das garras se entranhando nos dedos dos pés, mas não achava que elas seriam apropriadas para jantar na casa de alguém.

Não tinha certeza, é claro, já que geralmente evitava contato humano fora de seus afazeres e do trabalho no Centro de Vida Selvagem de Laguna Madre. Nos fins de semana, podia passar mais de quarenta e oito horas sem dizer uma palavra. No entanto, quando Claudia fez o convite, não aceitou uma negativa. De qualquer forma, Art pensou que sair de sua zona de conforto poderia valer a pena. Claudia devia saber como era se ver de uma maneira e ser visto por todos os outros de uma forma diferente.

O ar frio chocou-se contra seu focinho quando Claudia o recebeu na porta. Isso e o aroma de frango e cebola fervendo com arroz em um caldo apimentado.

"*¿Arroz con pollo?*" Ele entrou, tomando cuidado para não pisar nos pequenos pés dela. Só então se lembrou de que o convidado costumava trazer um presente: uma garrafa de vinho, flores para a mesa, sobremesa.

"Você disse que era onívoro", ela o lembrou, uma provocação sutil sobre a escolha de palavras dele.

"Eu sou", ele garantiu. "O cheiro está ótimo."

Ela o apresentou ao filho, Moises, um garoto de seis anos, que só abandonou suas páginas de colorir na mesinha de centro depois de muita bajulação.

"Talvez seja sua barba", Claudia disse em tom de desculpas. "Ele não conhece muitos homens barbados."

Art percebeu, envergonhado, que, quando Claudia mencionara o filho, ele tinha imaginado um pele-mista. O que era ridículo. Os enxertos de pele e cicatrizes de Claudia eram resultado de uma infecção bacteriana, não uma condição hereditária. Moises tinha a pele tipicamente luminescente de uma criança recém-saída do banho. Seu cabelo castanho e liso havia secado em alguns lugares, em outros não. Ele se escondeu parcialmente atrás da mãe para apertar sua mão.

Art tentou não esmagar os dedos do menino com sua grande pata. "Devo parecer um gigante, hein?", disse. "Prazer em conhecê-lo, Moises."

Moises espiou por trás do vestido solto de algodão de Claudia. Não para olhar para o rosto de Art, mas para estudar sua pata com curiosidade, como se visse a mesma coisa que Art via: os coxins grossos, as garras marrom-acinzentadas acentuadamente curvadas, a densa subpelagem marrom e os pelos externos, mais ásperos. O urso sobreposto a uma moldura humana.

Moises esticou-se para trás, absorvendo a altura total de Art. Ele olhava acima da cabeça humana, talvez para as orelhas arredondadas de urso, e sua boca se abriu de espanto, revelando a falta de um dente na frente.

"O que você acha?", perguntou Claudia com uma das mãos sobre os ombros do filho. "Ele parece um gigante?"

"Não", sussurrou Moises. "Um urso."

A única razão para Art não ter sido invadido por uma onda de suor e coceira era que a casa inteira de Claudia era tão fria quanto a seção de congelados do supermercado. Na praia, ela explicara que sua pele enxertada não podia suar, daí ter recebido uma tarefa sob a sombra protetora da tenda.

Aparentando não notar qualquer embaraço, Claudia riu e empurrou Moises de volta para o livro de colorir. "Vai terminar seu dever de casa."

Ela fez um gesto para que Art a seguisse enquanto entrava na cozinha americana. Uma tigela de salada já estava sobre a mesa, com três frascos de molho e uma jarra de — Art farejou — chá gelado de hibisco. Claudia mexeu o frango e o arroz, verificando o cozimento e falando sobre um programa de TV que Moises assistia e no qual havia um grande urso. Enquanto isso, Art tentava se controlar. Ele fixou os olhos no círculo úmido que a jarra de vidro deixava sobre a toalha até se lembrar das boas maneiras.

"Posso ajudar em alguma coisa?", perguntou, sentindo-se um urso com cérebro minúsculo.

"O quê? Não!" Ela girou, derramando caldo de sua colher no movimento. "Sente-se, você sabe há quanto tempo eu não tinha uma desculpa para fazer um prato que não esteja no menu infantil?"

"Tem certeza?"

"Bem, quer saber, isso aqui ainda precisa cozinhar por mais alguns minutos", ela disse, virando-se para tampar a panela. "Tem certeza? Porque a lâmpada da porta dos fundos queimou há alguns meses e não consigo alcançá-la nem com uma escada, mas aposto que você consegue. Você se importaria?"

"Não, de jeito nenhum." Art ficou, na verdade, aliviado ao sair por um momento. Deu-lhe tempo para se recuperar.

Mas ao voltar com a compacta lâmpada fluorescente salpicada de mariposas na mão, a cozinha estava vazia. Ouviu sussurros urgentes na sala de estar e a ideia de que *Claudia*, entre todas as pessoas, sentisse necessidade de baixar a voz parecia tão absurda que Art congelou perto da porta de vaivém.

"*Mi hijo*, o que você fez?" Ela parecia exasperada. "Não lemos as instruções juntos?"

"Pinte de acordo com o número", recitou Moises. "Foi o que eu fiz, mamãe!"

"Mas veja o que diz a legenda. O um é vermelho, o dois é azul e o três, deixe em branco."

"Que bobagem!", exclamou Moises.

"Não, são as instruções."

Um sorriso incerto surgiu nos lábios de Art. Era difícil imaginar que uma página para colorir fosse tão importante. Mas, obviamente, ele não era pai. Antes que pudesse ser pego bisbilhotando, ele se aproximou do balcão. Puxou uma toalha de papel do rolo, dobrou-a sobre o balcão e colocou a lâmpada gentilmente em cima. Estava lavando as mãos quando Claudia voltou.

"Esse menino!", ela disse com uma alegria forçada. "Juro que ele está tentando sabotar o jantar. Como se fosse morrer por comer alguma coisa que não seja a profana trindade amarela: macarrão com queijo, nuggets de frango e batata frita."

"Para que arriscar?", Art brincou.

Durante o jantar, Claudia perguntou sobre o trabalho de Art no centro de vida selvagem, evitando o impacto deprimente do vazamento. Ainda assim, conseguiu falar o bastante para que Art não precisasse quebrar a cabeça para manter a conversa. Ele dizia a si mesmo para tirar os olhos da comida de vez em quando e flagrou Claudia várias vezes batendo um dedo perto do prato de Moises. Art reconheceu o código para "coma sua comida", "use o garfo" e "pare de brincar com o copo" de sua própria infância, quando ainda agia mais como um filhote do que como um menino.

Art teve pena de Moises. "Você gosta de ir à praia?", perguntou.

"Não", respondeu Moises, pegando-o de surpresa. "É como uma grande boca com refluxo."

A cabeça de Claudia caiu. "Vou matar o primo Hector por ter ensinado essa palavra a você."

"Por que você trabalha lá?", Moises perguntou a Art. "Oceano não é lugar de urso. Um lago seria melhor."

"Ele não é urso coisa nenhuma", repreendeu Claudia. "Você sabe disso. Não sabe?"

Apesar do constrangimento de Claudia, Art passou o guardanapo na boca e explicou: "Alguns ursos entram, sim, no oceano. Lembra dos ursos-polares? O nome científico deles é *Ursus maritimus*, que significa 'urso do mar', e eles são conhecidos por nadar por até nove dias. E os ursos-pardos, ou cinzentos, vivem na costa do Alasca. Você já deve ter visto fotos deles pegando salmão com a boca, mas eles também são encontrados em zonas entremarés, onde comem amêijoas".

"Mas não no Texas", disse Moises, a voz se transformando em pergunta.

"Não em South Padre Island", adicionou Claudia.

"Mas você tem razão em uma coisa. Este urso", Art falou, com um polegar apontado para o próprio peito, "preferiria, sem dúvida, um lago. Na verdade, estou pensando em um dia comprar uma casa em Wisconsin ou em Michigan perto de um."

"Mas acabamos de nos conhecer", provocou Claudia. "Você não pode ir embora agora! Ou é justamente *por isso* que você vai?"

Depois do jantar, enquanto tiravam a mesa, Moises perguntou a Art: "Você sabe qual é a cor do número um?".

Claudia parou de encher a lava-louça e se virou. "Não comece de novo", alertou.

"Não sei se entendi", disse Art, olhando para o menino.

"Ele trouxe para casa uma página para colorir com a bandeira dos Estados Unidos. Cada cor corresponde a um número. O um é vermelho, dois é azul etc.", explicou Claudia. Ela pegou o prato de Moises, tentando capturar sua atenção. "Eu disse que conversaríamos sobre isso mais tarde, com sua professora."

Art sentiu o olhar expectante de Moises grudado em si. Sabia que não devia se meter entre mãe e filho, mas, mesmo assim, perguntou: "Mas você pintou diferente?".

"Pintei do jeito que é", disse Moises, os lábios oleosos brilhando sob a luz da cozinha. "O papel diz que um é vermelho, mas, na verdade, é verde-escuro, e o dois é rosa e o três, amarelo..."

"Ai... Moises!" Claudia arrancou o prato de Art das mãos dele. "Já chega! Vá se lavar no banheiro. Falaremos sobre isso com a srta. Farias no dia da Escola de Portas Abertas."

"Desculpe", pediu Art, sem saber ao certo a quem estava se dirigindo. Claudia e Moises assentiram, no entanto, cada um aparentemente se sentindo no direito. Art tentou ser útil entregando o restante dos pratos a Claudia. Suas garras-fantasma raspavam na porcelana, deixando tanto seus dentes reais quanto os dentes-fantasma no limite; ele resistiu ao impulso de falar mais alto, por cima dos arranhões que Claudia não ouvia — mas que Moises talvez ouvisse.

"Não sabia o que fazer com a lâmpada", disse, apontando para o balcão, quando terminaram.

"Ah! Não se preocupe", disse Claudia. Art suspeitava que ela estivesse feliz por ter outra coisa para fazer com as mãos. "Só vai levar um minuto. *¡Tantas gracias!* Eu já estava ficando louca; por meses eu apertava o interruptor e ficava confusa e depois irritada, e tentava várias vezes, *pero.*"

Ainda falando, abriu uma gaveta com coisas sem uso — Art viu ímãs de geladeira, elásticos, hashi — e pescou um envelope de remediação que também servia para envio ao fabricante. Art se contraiu. Claudia não percebeu. Ela enfiou a lâmpada dentro do envelope, que era grosso como um dos antigos de plástico-bolha, e lacrou a parte superior.

"Você deve estar pensando que sou maluca, discutindo com Moises por causa de cores, pelo amor de Deus", ela contou.

"Não estou em condição de chamar ninguém de maluco", disse Art. Era para ser uma piada, mas ele se perguntou se logo teria que confessar. Moises sabia que havia algo errado, ainda que a criança não parecesse considerar a condição de urso de Art "errada" de forma alguma.

Claudia segurou o envelope entre as mãos e o amassou. Art estremeceu quando os fragmentos da lâmpada perfuraram as densas camadas miceliais que revestiam o interior.

"É que já vai ser difícil o bastante para Moises na escola, no mundo, com uma mãe de pele-mista", ela explicou. "Desculpe se essa expressão te ofende, mas vamos falar sem rodeios. Existem coisas piores para se chamar alguém. De qualquer forma, a questão é que *mijo* não pode piorar as coisas para si mesmo não seguindo instruções simples e sendo tão teimoso com sua imaginação..."

Enquanto falava, Claudia triturava a lâmpada. Art encolhia-se a cada estalo. Um despertar tão brutal para o fungo lá dentro. Esporos de *Boletus reticulatus*, talvez, ou *Lycoperdon perlatum*. Qualquer que fosse o cogumelo, Art sentia outro ser vivo — algo selvagem — preso em um recipiente minúsculo aprovado por humanos. Forçado a hibernar, projetado para comer lixo e cuspir de volta algo aceitável para os humanos...

"Você está bem?", perguntou Claudia, e Art só conseguiu ouvir por ela ter parado de moer o vidro e enfiar toxinas no fungo. "Não me diga que te fiz passar mal! A única vez em meses que tenho a oportunidade de cozinhar para um amigo e acabo o intoxicando? *¡Que cataclismo!*"

Sentindo-se menos enjoado e mais estúpido a cada segundo, Art percebeu que jamais poderia contar a Claudia. Não importava que ela também estivesse presa em um corpo que não lhe cabia. *Peludo*, *esquisito* ou *louco*, era disso que ela o chamaria, tão impiedosa com seus insultos quanto o rótulo que dera a si mesma.

"O que está acontecendo?", Moises quis saber. Ele mantinha a porta da cozinha aberta com mãos cheirando a chiclete, ainda levemente úmidas. Franziu a testa para Art, que sentiu uma poça quente de pena sob o esterno. A testa de Moises estava franzida demais para uma criança de sua idade. Ele desejou poder ficar.

Mas Claudia esmagaria a ambos nos recipientes apropriados, tudo para tornar suas vidas mais fáceis. E Art sabia, abatido como já estava, que sucumbiria muito antes de Moises. Não faria favor nenhum ao garoto ficando por perto.

"Não foi o jantar", Art disse. "Prometo. A comida estava ótima. Eu só... estou sentindo uma enxaqueca a caminho. Preciso chegar em casa antes que ela me pegue de jeito."

Art escapou por pouco dos cuidados maternos de Claudia: "Você pode se deitar no sofá, apagaremos as luzes para você; é seguro dirigir? Já está vendo as auras?". Uma vez são e salvo em seu carro, ele tirou os odiosos sapatos e afundou no banco do motorista.

Tinha sido tolice tentar brincar de humano.

* * *

Da margem, Art observava o lago emergir da sombra das falésias enquanto o sol subia no céu. Uma brisa agitou seu pelo, mas sem provocar arrepio. Naquela manhã, os tanacetos do lado de fora de sua cabana haviam murchado com o orvalho frio, mas, mesmo sem sapatos, ele se sentira mais aquecido e tranquilo caminhando até seu pedaço do lago Michigan do que jamais tinha se sentido em South Padre Island. Os cacos de conchas de mexilhão-zebra que cobriam a areia não o incomodavam, calejados como seus pés estavam com as caminhadas descalço pela floresta.

Ele viu um brilho na grama e usou sua lança, um pedaço de pinheiro-branco de quase dois metros, para separar as folhas enroladas. A joaninha que rolava pela areia percebeu a audiência e saiu voando, quase inaudível. Começou a pensar em peixe-branco ou lota-do-rio para o almoço. Depois passaria a parte mais quente da tarde na floresta, colhendo mirtilos e amoras silvestres. O sumagre-da-virgínia devia estar maduro para o chá. Talvez até desse sorte com alguns cogumelos morel. Embora sempre ouvisse sobre o peixe frito à vontade no "clube de jantar" local — termo que nunca ouvira até se mudar para o Meio-Oeste —, Art gostava de procurar comida.

A única coisa que destoava do cenário elísio era a usina de energia que operava no topo da falésia mais próxima. Nuvens de estanho subiam das chaminés com listras pretas, lançando sombras sobre a água e as dunas. O *bip-bip-bip* dos caminhões basculantes em ré ecoou das falésias e fez Art se lembrar do aviso no espelho retrovisor: *objetos no espelho podem estar mais próximos do que parecem*.

Art sabia da usina quando comprou aquele pedaço de terra desordenado, bem como do grau de conserto que sua "casa precisando de reparos" exigiria. Mas o preço tinha sido justo e a floresta tinha o tom exato de verde que Art imaginara quando Moises lhe contou a verdadeira cor do um. (Ele suspeitava que a luz da manhã que se derramava pelo buraco em sua porta de tela era uma expressão perfeita do dois. Os tanacetos ainda não haviam florescido, mas, pelo que Art sabia, produziriam botões de três.)

Depois de algumas pesquisas, descobriu que a usina estava nas últimas. Antiquada, atendia apenas metade dos condados de antes. Não podia competir com as novas usinas nucleares espalhadas nos Grandes Lagos — uma faca de dois gumes, para dizer o mínimo. Rumores davam conta de que ela encerraria suas atividades no ano seguinte.

Tudo o que Art precisava fazer era esperar que a usina fechasse. Depois de décadas vivendo no armário, ele concluiu que tinha paciência o bastante para mais um ano.

Porém, um dia, a falésia desabou.

O lago jamais conseguiria abrigar um trailer, caminhão basculante, retroescavadeira, três unidades de armazenamento, uma infinidade de materiais de construção e as toneladas de detritos descarregadas pelo deslizamento de terra. Os veículos e a maior parte dos equipamentos poderiam ser retirados, embora com um custo alto, tanto monetário quanto ambiental. Mas e as cores suaves do combustível na água, as cinzas de combustão do carvão logo abaixo da superfície, a rocha e o solo que haviam deixado um rastro da largura de um campo de futebol, a costa entupida com um cataclismo de metais pesados como arsênico, chumbo e mercúrio...? Os colegas de trabalho de Art nos Guardiões das Águas dos Grandes Lagos falavam em "desacelerar a borboleta". Art achava que era mais como sugar o veneno de uma picada de cascavel. Aquela sordidez teria que ir para algum lugar.

E foi o que ele fez também. Estava mudado depois da primavera e do verão que passara em Michigan. Nunca antes sua natureza se sentira tão nutrida. Sua terra, sua floresta, seu pedaço do lago tinham-no salvado. Ele não podia mais se esconder em uma tenda. Precisava salvar seus salvadores.

Sem hesitar, ele vestiu um blazer, enfiou os sapatos e colocou até uma gravata. Chocou os colegas de trabalho, já acostumados com sua timidez, ao se oferecer para falar em várias reuniões da prefeitura sobre suas experiências com o vazamento no Golfo. Elaborou uma apresentação ultramídia para otimizar a compreensão dos participantes, independentemente de seus estilos de aprendizagem. Explicou sobre recolhedores, tapetes de cabelo, barreiras de contenção e — apesar das restrições pessoais — técnicas de biorremediação e até mesmo de micorremediação. Falou até ficar rouco; escreveu até ter cãibras na pata; pesquisou até que as letras dançassem em seus olhos fechados à noite. As letras tinham cores diferentes, e algumas não se davam bem, mas quando ele sonhava, sabia que as via como realmente eram.

No final, foi como um déjà-vu. Art triturava a grama ressequida pela geada para visitar o lago todas as manhãs antes de ir ao trabalho. No entanto, não precisava mais esperar que o sol nascente tardio revelasse as ondas.

Boiando como nenúfares deformados, um mar de cogumelos-ostra brilhava com uma cor branca como a de calotas polares iluminadas pela lua no lago frio do outono. Balsas ancoradas repletas do fungo aprimorado em laboratório e resistente ao clima cobriam a área mais atingida pela avalanche industrial. Se fosse um animal mais leve — um lagarto de Jesus Cristo, talvez —, Art poderia atravessá-lo correndo, de balsa em balsa, de costa a costa, sem que seus pés ondulassem a água.

Como havia se hospedado em um hotel na cidade na semana em que as balsas foram instaladas, Art quase podia fingir que as camadas de almofadas brancas com brânquias haviam brotado naturalmente. Todas as manhãs, ele agradecia aos ávidos "voluntários" que consumiam as cinzas de combustão do carvão, convertendo neurotoxinas em prateleiras carnudas com um leve aroma de anis. Mas quando chegou o momento de recolher as balsas que se desintegravam e colher os cogumelos, abrindo espaço para a próxima geração, Art estava lado a lado, ombro a ombro, com os voluntários humanos. E, em vez de enviar os sacos de fractais pregueados de volta para os laboratórios, Art e os outros os jogaram em um caminhão refrigerado com destino ao clube de jantar.

Dolorido no final do dia, mas ainda um animal solitário, Art juntou-se aos vizinhos no reformado salão dos veteranos onde funcionava o clube de jantar da cidade. Não havia cardápio ou opções de prato principal. Apenas salada de repolho e cogumelos-ostra à vontade, a noite toda. A empresa de micorremediação insistia que era seguro comer os cogumelos modificados, que eles decompunham os metais pesados e toxinas tão completamente que era mais fácil que salada de repolho estragada ou fritadeiras sujas causassem uma intoxicação do que eles.

Mais do que testes ou descobertas científicas, os locais esperavam que Art, seus colegas de trabalho e a liderança da usina e da empresa de limpeza terceirizada provassem que era seguro comer os cogumelos — pelo exemplo. A mesa VIP estava posta na entrada do salão, lâmpadas fluorescentes compactas brilhando sobre copos de água gelada e saleiros e pimenteiros com tampa de aço.

Art carregou o prato de bambu cheio para a longa mesa de banquete forrada com papel pardo. Sua cadeira guinchou quando ele a puxou sobre o piso de linóleo, não mais alto do que muitas outras que ecoavam pelo salão, mas sujeita a um escrutínio especial.

Ele se sentou em silêncio e pegou os talheres. Cortou o empanado marrom-dourado do "filé" superior em sua montanha de ostras. Dentro brilhava uma carne agora cremosa, quase em tons de sépia. Art não falara mais com Moises desde que deixara o Vale, mas achava que aquela cor em particular poderia ser a cor do infinito.

Os esporos de *Pleurotus corticatus* haviam sido capturados, modificados e replicados em laboratório. Art soltou a faca. Os esporos novos e aprimorados tinham sido colocados em estase, embutidos em balsas de palha e embrulhados em plástico. Art baixou a mão com a faca para o guardanapo em seu colo.

Contidos, aprisionados em recipientes aprovados por humanos, os esporos haviam sido enviados para Michigan em outubro e obrigados a se alimentar do veneno do erro humano. Art ergueu o garfo. O mínimo que podia fazer era receber o refugiado como um irmão, libertá-lo daquele ciclo modificado e artificial.

Art abriu as bocas, tanto a oculta de urso quanto o óbvio orifício humano. Mordeu a carne amanteigada e mastigou com uma redundância de pré-molares e molares. Engoliu e agradeceu. Não estava em paz, mas comeria seu pedaço, e o seguinte, e o seguinte.

CARTAS PARA UM FUNGO

POLENTH BLAKE

Caro fungo,

Escrevo para externar minhas preocupações com seu comportamento recente. Compreendo que você precise de um lugar para morar, mas precisava encher meu gramado de seus fungos?

Eu conseguia lidar com os cogumelos-madeira. Era fácil removê-los. Mas, desta vez, você produziu os cogumelos mais malcheirosos que se possa imaginar e eles estão atraindo moscas. Se você não agir, serei obrigada a relatar o acontecido à associação de moradores.

Grata pela pronta atenção a este assunto.

Com os melhores cumprimentos,
Jane Goodworth

Agradeço por você ter tratado das moscas. Comê-las não era o que eu tinha em mente, mas resolve bem o problema.

Contudo, não estou satisfeita com sua mudança de residência. Quando mencionei meu descontentamento com os cogumelos no jardim, não quis dizer que você poderia se mudar para o batente da porta. Admito que eliminou a podridão seca da casa, mas você não é uma melhoria. Seus esporos estão causando uma crise de asma terrível na tia Mabel. Eu a impedi de arrancar o batente e expulsá-lo, mas não posso esconder o pé de cabra para sempre.

Ela me culpa por ter tocado nos cogumelos-madeira. Como eu poderia saber que isso o aborreceria tanto? Tudo o que eu desejava era um gramado limpo.

Estou disposta a fazer concessões. Você tinha razão. O jardim é o melhor lugar. Espero que possamos arranjar um plano de realocação que seja conveniente para ambos.

Sinto muito pelo exterminador. Eu deveria ter lhe dado uma advertência final. Mas acho que comê-lo foi um pouco excessivo. Os esporos que você disparou eram venenosos?

Tendo ponderado as possibilidades, decidi que você pode ficar com a casa. Tudo o que desejo em troca é que desocupe a porta da frente. Ou talvez uma das janelas. Sei que nem sempre estivemos de acordo, mas não acho que seja pedir muito.

PS: Aquele exterminador não foi um lanche barato.

Você comeu a tia Mabel.

Não estou brava. Nunca escrevo cartas quando estou brava. Seria tolice. Você é um fungo. É como culpar um vulcão por derramar lava.

Bem, espero que entenda por que tentei incendiá-lo. Você não me deixou outra escolha. Sem ressentimentos.

Você cortou a linha telefônica. Acidentalmente, tenho certeza. Se puder consertá-la, poderei chamar os bombeiros. É melhor seguirmos caminhos distintos antes que um de nós faça algo de que venha a se arrepender.

*   *   *

Não sabia que tia Mabel gostava de desenhar. Ela se sentava na janela do quarto e olhava para o jardim, bloco na mão. Eu achei que ela estivesse escrevendo cartas sobre as crianças da vizinhança. Elas estão sempre se infiltrando no jardim.

A princípio, pensei que os desenhos fossem pontos aleatórios. Então percebi — eram as antigas pilhas de cogumelos que cobriam o gramado. É como encontrar figuras nas nuvens. As formas são aleatórias, mas estão lá. Quadrados e triângulos. Pessoas e cogumelos. Não sei se a pessoa está colhendo o cogumelo ou batendo nele. Suponho que você também não.

Vi um dos vizinhos hoje. Escrevi SOCORRO em um pedaço de papel e segurei na última parte descoberta da janela. Ele acenou e foi embora.

Lembro-me dele. É o que ficou com três gatos depois que a gata teve filhote. O acordo de habitação dizia claramente que o máximo eram dois. Eles são um risco para a saúde. Ele devia ter me agradecido quando um não voltou para casa.

Você também. Eu mantinha o jardim bonito. Nunca usei herbicida. Afinal, não se trata apenas da aparência. A podridão pode estar por dentro. Mata as aranhas e besouros, não apenas as ervas daninhas. Subitamente, as pragas se espalham sem que haja nada para comê-las.

Você nunca me agradeceu.

Tia Mabel queria um celular. Apareceu com um, alguns meses atrás, para falar com as amigas do bingo. Joguei fora sem que ela visse. Celulares significam torres desagradáveis. Eles dizem que isso não reduz os preços das casas, mas não acredito. Melhor que todos escrevamos cartas, não acha?

Não importa. Qualquer que seja o meio de comunicação, é sempre unilateral. Envio cartas e ninguém responde. Telefono e sou atendida por uma secretária eletrônica. Tia Mabel me disse que eu devia ouvir primeiro, mas sempre ouço. Ela só estava com raiva por causa do celular.

Gostaria de não o ter jogado fora.

* * *

Você está em toda parte. Abriu buracos na porta. O padrão quase parece um gato escondido. Quer que eu me esconda? É isso que está esperando?

Talvez eles não venham me salvar, mas não deixarão você fugir. Você é muito perigoso. Eles vão matar você. O monstro sempre morre.

Somos muito parecidos, você e eu. Ninguém nos quer aqui. Poderíamos ter sido amigos, se você ao menos ouvisse.

Havia crianças no jardim. Aquela garota da casa ao lado estava cantando de novo. Já conversei com os pais dela sobre isso. Hábito irritante.

Um menino a chamou para ver os cogumelos. Eu poderia ter gritado para alertá-los. Não me permiti. Você pode muito bem fazer algo útil enquanto estiver aqui.

Esperei pelos gritos, mas eles não vieram. Apenas canções e risos.

Cara Jane,

Escrevo para externar minhas preocupações com seu comportamento recente. Compreendo que você precise de um lugar para morar, mas precisava encher meu gramado com a sua vizinhança?

Poderíamos ter sido amigos, se você ao menos ouvisse. Você pensou que meus desenhos fossem pontos aleatórios. Qualquer que seja o meio de comunicação, é sempre unilateral.

A podridão pode estar por dentro. Subitamente, as pragas se espalham sem que haja nada para comê-las. Comer você não era o que eu tinha em mente, mas resolve bem o problema. O monstro sempre morre.

Com os melhores cumprimentos,
Fungo

PS: Sinto muito pela tia Mabel.

O POÇO NO CENTRO DE TUDO

NICK MAMATAS

Tudo o que precisava saber sobre cultivar hortas, Joachim aprendeu com a mãe. Tinha uma casa agradável e era a maior intrometida de Loisaida.* Gritava com as crianças na rua quando as brincadeiras ficavam violentas; uma vez deu uma vassourada na cabeça de um traficante e, quando ele voltou com um canivete, ela o recebeu com uma faca de açougueiro. Graças a ela, todos os outros inquilinos do prédio na 4ª avenida com a D aprenderam a jogar fora o lixo, manter os cães de estimação calados e os filhos, na escola ou na igreja. E quando o senhorio enviou do Bronx os filhos para incendiar o prédio ao lado do deles, a mãe de Joachim acordou e correu pelos cinco lances de escada e pelo corredor com nada além das enormes cinta e sutiã, batendo nas portas e despertando todos para uma evacuação geral. Enquanto o bairro observava o prédio ao lado queimar, os rumores se espalhavam

* Vizinhança na cidade de Nova York, famosa pelas comunidades de imigrantes latinos e os movimentos ativistas que nela surgiram para a melhoria das condições de vida de seus residentes.

— o senhorio não ousaria queimar a casa da mãe de Joachim, mesmo que todos os inquilinos estivessem enquadrados no aluguel controlado* ou na Seção 8.** Era o ano de 1974 e, para muitos proprietários, era mais fácil providenciar um incêndio criminoso do que cobrar o aluguel.

Depois apareceram as ratazanas e as seringas abandonadas, então a mãe de Joachim decidiu reunir as crianças. Com um rolo cheio de notas que talvez estivesse guardando no peito havia anos, ela as enviou para o que chamou de "loja judaica" ao sul de Delancey em busca de pás, espátulas e sementes, e iniciou uma horta comunitária no terreno baldio. Joachim é quem teve que trabalhar mais pesado. Sem histórias em quadrinhos, sem bicicleta, sem tacobol. "Vou fazer com você o mesmo que os judeus e os chineses fazem com os filhos deles", disse a mãe, referindo-se à horta e à escola. Ela fez coisas especiais com o solo para torná-lo fértil, coisas que Joachim não entendia completamente, mas sabia o bastante para entender que seu professor de ciências da quarta série, o sr. Braunstein, não aprovaria. À noite havia orações, velas acesas, coisas feitas com ossos de frango, mesmo nas noites em que Joachim só comia macarrão instantâneo com queijo no jantar. Joachim cavava, capinava e adubava o solo até escurecer. Naquele verão ele comeu tanto tomate que começou a ficar enjoado até com pizza. Todos os vizinhos estavam cheios de abobrinhas, pimentões, pimentas cubanas, e cebolas e berinjelas nas variedades roxa e branca. No outono, quando escurecia mais cedo, a mãe de Joachim o fazia arrastar pedaços parrudos de madeira queimada do terreno para dentro do prédio, e então ela os levava para o quarto dela. E assim voaram os anos.

Surgiu o punk, que Joachim adorava à distância — a bateria soava como homens das cavernas golpeando troncos à luz do fogo bruxuleante de seus rochosos lares. E o grafite e o hip-hop também, mas ele ainda dançava ao som dos discos de Willie Colón com seus primos e amigos na laje do prédio. A cidade cheirava bem lá de cima, graças à horta.

* Na cidade de Nova York, os apartamentos com controle de aluguel operam sob um sistema que determina que existe um aluguel máximo a ser cobrado para cada apartamento.

** Refere-se a um programa do governo federal dos Estados Unidos para ajudar famílias de baixa renda, pessoas com deficiência e idosos a pagar por moradia. Os participantes podem escolher uma moradia que atenda aos requisitos do programa e receber vales-moradia para ajudar nas despesas do aluguel.

A horta ficou famosa e pessoas brancas começaram a se mudar para o bairro. Primeiro, vieram uns drogados de cabelo seboso e mulheres gordas que tinham mais filhos do que dentes na boca, mas depois vieram os universitários, os artistas e as bichas. Na maior parte das vezes ele não conseguia dizer qual era a diferença entre um homem gay e um motoqueiro de Hell's Angels. Alguns deles compraram uma cerca de alambrado para a horta e não saíram mais do meio das fileiras da plantação. A mãe de Joachim ficava cada vez mais gorda e mais velha, e teve que amputar um pé. "Um sacrifício", foi como ela chamou o acontecimento, com um filosófico dar de ombros. Ela o mandou procurar duas toras debaixo da cama e levar uma para o jardim, para enterrá-las na terra preta. Era uma coisa esquisita, coberta de bolhas de cera e com cheiro de chulé, mas Joachim era um bom garoto e fazia o que lhe mandavam.

O que quer que fosse aquele tronco, os vizinhos não tiveram a oportunidade de saber; não no início. O bairro estava mudando, e o mesmo senhorio que havia incendiado seu próprio edifício quinze anos antes, agora queria reconstruí-lo. Fazer um condomínio de estúdios e apartamentos de um quarto por 400 mil dólares cada. A mãe de Joachim ainda pagava 400 dólares por mês de aluguel no lugar em que morava desde que chegara a Nova York. Os moradores brancos do bairro organizaram reuniões e convidaram Joachim para participar, para falar sobre a horta de sua mãe. A foto dele foi parar no *Village Voice*. Ele ganhou abraços, aplausos e cusparadas, e foi chamado de "bicha chupadora de pau" enquanto estava na Rua Houston coletando assinaturas para enviar ao prefeito. Um velho com uma longa barba branca — um dos primeiros da vizinhança — inventou um tipo de roda especial. Ele a empurrava como um carrinho de mão para pintar as calçadas e os cruzamentos das ruas com uma trilha de pegadas verdes. Essas pegadas cobriam o Lower East Side e o East Village, atraindo os curiosos para a horta comunitária.

Aconteceram duas coisas. A mãe dele sonhou com um navio afundando, e que vinha novamente à tona com uma tripulação de esqueletos subindo pelo cordame de algas marinhas. E, em uma manhã, alguém colocou um envelope debaixo da porta do apartamento enquanto Joachim assistia ao noticiário do NY1 e comia waffles feitos na torradeira. Nele, havia dois mil dólares em notas de cem e um Post-It que dizia: "Por favor, pare". A mãe dele estava gemendo de dor no outro quarto, então Joachim pegou o dinheiro e parou. Ele pagou sua matrícula na Faculdade de Justiça Criminal John Jay e comprou alguns analgésicos para a mãe.

Algumas daquelas pessoas brancas — que nunca tiveram muito tempo para a horta, na verdade, exceto quando havia tantos tomates que ameaçavam apodrecer nos galhos — decidiram se acorrentar aos portões do jardim. Levaram um banho de spray de pimenta, foram espancadas ali mesmo e arrastadas para longe. Depois as escavadeiras chegaram devastando o jardim de cima a baixo. A cidade estava nadando em dinheiro novamente. Levou poucas semanas para fazerem as fundações e erguer o esqueleto de vigas de aço. Com o arrochar do inverno, a construção desacelerou.

Em uma noite escura, a mãe de Joachim o chamou até o quarto dela. Ele deixou o dever da faculdade aberto na mesa da cozinha e entrou no quartinho. Por toda parte havia velas em frascos de vidro pintados com imagens de santos. A mãe dele ainda estava na cama, mas as sombras dançavam no teto.

"Aqueles filhos da puta", disse ela. Raramente praguejava e nunca em inglês. "Tinha cogumelos crescendo na horta quando eles a arruinaram?"

"Não, mãe", respondeu Joachim. Ele trabalhou na horta todas as tardes até o dia em que os brancos se acorrentaram ao portão, ironicamente mantendo todos fora do pedaço de chão onde haviam se fixado. "Não que eu tenha visto."

"Então as pessoas lá estavam todas desvairadas, né?"

"Não mais do que de costume, mãe", ele falou. "Quer que eu vá buscar água ou café pra você?"

"Não, você pode pegar uma coisa embaixo da minha cama. Tem um tronco aí, especialmente tratado e preparado. Ponha no outro prédio. Lance por cima da cerca e, em seguida, escale para ir pegar ele", falou a mãe. "Encontre o poço de ventilação que eles estão construindo — eu sei que tem um. Eu vejo o maldito prédio subindo todos os dias. Eles destruíram minha plantação, mas tenho uma coisinha pra eles."

Joachim não disse nada por um bom tempo, até que sua mãe bufou e disse: "O que foi?".

"Se eu fizer isso, mãe, você vai morrer?", perguntou Joachim.

A mãe ofegou e gaguejou: "Morrer! Está querendo que eu bata as botas antes da hora, é?".

"Não, não... é que é tão..."

"Só vai!"

E Joachim foi. Foi bem fácil escalar o andaime com a tora e depois descer de volta para o canteiro de obras. O segurança era um velho amigo do ensino médio. Joachim mostrou o tronco e lhe contou sobre a horta e o pedido de sua mãe.

"Não tem nenhuma bomba nesse tronco aí, né?", perguntou o guarda.

"Você pode conferir se quiser", disse Joachim, de braços estendidos, apresentando o tronco.

"Cara, é só dizer", replicou o segurança, as palmas erguidas.

"Minha mãe plantou outro igual a este na horta."

"Ah, então acho que tá tudo certo. Não é como se meu emprego fosse durar mais que a construção desse prédio."

Joachim caminhou pelo local até encontrar o que parecia ser a estrutura do respiradouro. A avenida D estava se gentrificando, obviamente; no entanto, em Manhattan, até os ricos se espremem em apartamentos pequenos. Mesmo nos conjuntos habitacionais é necessário, por lei, ter uma janela voltada para o ar livre, portanto, poços de ventilação. Quando era criança, Joachim tinha até ciúmes de amigos que tinham janelas voltadas para as condutas de ar. Eles jogavam aviõezinhos de papel uns para os outros pelo poço e assistiam de graça aos showzinhos de sexo estrelados pelas sombras dos pais deles e das bichas por trás das venezianas baratas que o senhorio havia instalado. Enterrando o tronco sob uma lua crescente, Joachim estava feliz por não ter uma janela agora. E assim voaram os anos.

A mãe de Joachim não morreu. Joachim ficou com ela. Ele terminou o curso de criminologia na John Jay e começou a trabalhar na prefeitura, manipulando as estatísticas para fazer com que os policiais ficassem bem na foto. A horta comunitária era uma memória distante. O artigo do *Village Voice* pregado no quadro de cortiça em seu quarto ficou amarelo, depois marrom. O aluguel subiu lentamente para mais de 600 dólares por mês, o que ainda era um roubo. Ele se esqueceu completamente do tronco. Garotas entraram e saíram de sua vida.

Então uma pasta pousou em sua mesa no trabalho. E mais uma. Muitas chamadas de emergência para o prédio ao lado do seu. Quando o sistema avisa sobre esse tipo de coisa, geralmente significa que alguém está usando o apartamento para traficar drogas, ou tem problemas domésticos, ou há algum velho rabugento querendo companhia e altas emoções. Mas esses relatórios eram diferentes. Aleatórios. Masturbação em público nos corredores e nas escadarias — que, na verdade, só eram incomuns porque os criminosos eram mulheres da mesma idade da mãe de Joachim. E automutilação. Um homem arrancou o próprio olho direito e tentou substituí-lo por um ovo azul brilhante de passarinho. Ele tinha mais um na mesa de café e outra colher grande para ovos, mas os policiais arrombaram a porta e o impediram. Um vizinho relatou os gritos. De acordo com a transcrição do serviço de emergência, o sujeito que ligou disse: "Olha só, seus tiras, vocês têm que ouvir essa merda" e, aparentemente, segurou o telefone contra a porta. Só coisas estranhas, e Joachim ficou surpreso por não ter ouvido nenhuma fofoca da vizinhança a respeito disso. De fato, os moradores do novo prédio se mantinham em silêncio. Joachim e seus amigos eram os indesejáveis, os pobres que faziam compras no mercadinho da esquina em vez de ir ao supermercado Whole Foods, que bebiam água das torneiras como se o abastecimento do município fosse confiável. Que estavam em casa às 22h, mesmo que fosse apenas para se reunir e dançar na laje do prédio. O mais próximo que alguém do novo prédio chegou de dançar na laje foi despencar no poço de ventilação com um paraquedas em forma de lençol amarrado aos pulsos.

"Ah, sim, o poço", Joachim comentou consigo mesmo.

Era muito mais difícil entrar naquele prédio agora. Ele não conhecia os inquilinos e ninguém respondeu quando tocou a campainha. Havia câmeras de segurança, de modo que os moradores podiam ver quem estava ligando. Não era como no prédio de Joachim, com seu sistema de campainha primitivo. As poucas pessoas que entravam ou saíam eram rápidas em fechar a porta e encaravam com estranhamento Joachim, plantado ali sem razão aparente. A carteira de identidade municipal dele não significava nada. Um pentelho da Universidade de Nova York até fez piada sobre "testes de qui-quadrado de emergência tarde da noite".

Ainda havia suprimentos de jardinagem no porão do prédio de Joachim. Ele pegou cordas elásticas e uma escada e foi do telhado de seu prédio para o do prédio novo com bastante facilidade. Só havia um andar de diferença entre eles. O plano era descer o smartphone, no modo câmera de vídeo, pelo poço de ventilação, mas ele nem precisou. As paredes estavam cobertas de mofo até o fundo. Nenhuma das janelas estava aberta, mas o ar tinha cheiro de meia suada. Ele se abaixou e enfiou a mão no poço para raspar um pouco da sujeira com um cartão fidelidade da farmácia. Conhecia um cara no laboratório forense da guarda municipal. Mas primeiro, perguntaria à mãe.

Ela sorriu quando viu a coisa e pediu para que ele se sentasse ao lado dela. "De joelhos", disse. Ela apontou para um braseiro entre as estatuetas e velas em sua escrivaninha atulhada, que Joachim foi buscar. Ela pescou uma velha caixa de fósforos do supermercado Key Food, depois raspou o mofo para dentro dela e pôs fogo. Palavras mais antigas que o espanhol escaparam da boca dela enquanto a fumaça enchia a sala, e algo maravilhoso aconteceu com Joachim. Era como uma história que ele havia lido uma vez. A respeito de um cara em um porão que viu algo que o deixava ver tudo: "as multidões da América... uma teia de aranha prateada no centro de uma pirâmide escura... um labirinto estilhaçado (que era Londres)", mas o que Joachim viu nem era desta Terra. Era uma coisa mais profunda e sábia, e que desejava o bem a ele e a sua mãe. Havia um caminho feito um labirinto, como uma teia de aranha prateada, como um longo túnel que atravessava o centro de tudo em direção a um outro lugar, um lugar melhor. Um dia, Joachim seria capaz de segui-lo como se ainda pudesse seguir as pegadas verdes desbotadas nas ruas lá fora até o degrau de sua casa. E pensou que gostaria de um dia fazer aquela longa caminhada adentro da noite superestrelada.

Horas depois, quando a boca de Joachim conseguiu voltar a funcionar, e quando ele teve certeza de que sua mãe ainda estava viva, perguntou: "O tronco?".

"É, claro. É difícil cultivar esse mofo em um clima como este, mas se você se esforçar, consegue. É tão bonito. É por isso que eu o queria na horta. Alimentar as pessoas com a mesma sabedoria, ensinar a elas as palavras que sei dizer quando o fogo queima e o mofo penetra pela respiração. As palavras que vou te ensinar."

"Mas e o segundo tronco? Aquele que você me fez plantar ao lado, no poço de ventilação?"

"Sem as palavras acontece uma coisa diferente", a mãe respondeu. E então ela sorriu e adormeceu.

PEQUENOS ESPOROS MORTAIS
NATUREZA MACABRA
DARKSIDE

DE VOLTA PARA CASA

SIMON STRANTZAS

Ela lembrava pouco do pai, mas aquilo que lembrava permanecia vívido e cristalizado nas fraturas de sua psique. Seu hálito azedo, a garganta inchada subindo e descendo enquanto a encarava e lambia os lábios rachados. Se fechasse os olhos, quase poderia ouvir aquela voz arrastada berrando com sua mãe assustada. Os fantasmas de sua presença a rodeavam. Ela sabia disso porque cada parte de si queria desatar a chorar. Mas não ofereceria essa satisfação nem mesmo à sua memória. Olhando para trás, conseguia lembrar de seu rosto atrofiado, da pele ictérica e da força se esvaindo de seu corpo, mas nenhuma dessas coisas lhe pareceu anormal na época. Ela estava cega para a verdade, e talvez sempre estivera assim. Mesmo quando seu pai desapareceu para sempre, ela não questionou o que aconteceu. Ives não conhecia nada da vida além disso, sempre acreditando que o mundo era de um único jeito e de nenhum outro. Mesmo que ela não conseguisse expressar o que estava pensando, entendeu que nada era permanente, que tudo nesse mundo tendia em direção ao caos.

Essa era a razão pela qual pais morriam e o mofo preto infectava a única prova tangível de que eles sequer haviam existido.

Mais tarde, quando os machucados foram curados e as feridas cicatrizadas, uma vez que Ives tinha idade suficiente para entender, sua mãe contou histórias do marido, de sua generosidade e dos feitos que realizara antes da morte, mas Ives entendeu que essas imagens não poderiam ser compatíveis com a forma que atormentava sua memória — do homem que olhara para ela por entre as grades do berço, do homem cuja pele transpirava uma podridão terminal. Essas eram suas verdadeiras memórias, e Ives seria sua guardiã caso a mãe não conseguisse guardá-las.

O retorno à casa foi adiado unicamente pela relutância de Ives e por uma janela do porão que se encontrava inchada e emperrada. Tantos anos passados em fuga, apenas para regressar e descobrir que nada havia mudado. Nada além dos fungos que rastejavam por toda a parede. Enquanto pisava com cuidado, Ives apontou a lanterna e uma parte sua vasculhou os escombros em busca de qualquer sinal do falecido pai, mas não encontrou nada. Em vez disso, havia apenas o desejo constante da gravidade de desfazer tudo.

O mofo nocivo havia se espalhado pelos quartos vazios, embrenhando-se em luminárias e tomadas quebradas. Era um padrão bizarro, um que ela quase entendia, mas que ainda assim permanecia frustrantemente além de sua compreensão. Parte dela ansiava tocar naquele câncer que se espalhava pela casa, como se isso fosse de alguma forma revelar o que estava escondido de forma tão enganosa, mas resistiu. Era uma armadilha: tocar naquele tumor não ofereceria nenhuma recompensa que ela pudesse querer. E, ainda assim, o anseio estava lá, tal qual o sofrimento de saltar da beira de um desfiladeiro sem fim ou de colocar a mão nas chamas — aquela urgência em experimentar a morte, mas, ao mesmo tempo, se esquivar rapidamente dela.

Os esporos flutuantes se encontravam tão densos no ar que Ives mal conseguia respirar. Eles cobriram sua boca e deslizaram até seus pulmões — o mero pensamento arranhando sua garganta, querendo que ela tossisse. Em vez disso, engoliu e sufocou a sensação antes que involuntariamente lançasse mais esporos no ar. Seus olhos se encheram de lágrimas. Lágrimas por ninguém além de si mesma e pelo que a vida lhe trouxera em uma bandeja tentando convencê-la de que era um doce fruto. Mas ela não era nenhuma tola; se fosse, a vida não teria sido tão terrivelmente amarga.

Desamparada, sua pálida mãe se perdeu. Sem nenhum planejamento, ela as levou de Montreal até Ottawa, onde acreditava que um recomeço as aguardava. No entanto, suas ansiedades vieram junto, tornando impossível permanecer nos poucos lugares onde encontrou emprego. Ives também não teve sorte, começando a escola no meio do calendário letivo — seu inglês não era muito bom e suas condições de vida eram inconstantes demais para que conseguisse acompanhar as lições. Em vez disso, ela permaneceu com a mãe, fingindo ser feliz na esperança de que isso inspirasse a verdadeira felicidade entre elas. Mas sua mãe não era como ela. Não era forte e pouco podia fazer para colocar comida na mesa ou um teto sobre suas cabeças. Ives tinha quase nove anos quando estavam dormindo em um carro estacionado, e não estava nem perto dos dez quando a mãe saiu para comprar comida e nunca mais voltou. Ives esperou pacientemente dentro do carro por dias, contemplando os edifícios ao longo da rua. Foi por entre suas paredes que ela viu o primeiro indício de contaminação que existia em sua vida, uma pequena veia de escuridão que irrompeu através da argamassa tal qual uma cobra irrompe da própria pele.

A casa se saiu ainda pior. Ninguém havia posto os pés dentro daquelas quatro paredes assimétricas desde que Ives e a mãe partiram aos prantos. O que antes era uma construção firme tornou-se cada vez mais instável — um fantasma desaparecendo de vista, invisível para o mundo ao seu redor. Em sua chegada, Ives, também, quase passou reto por ela, a paisagem coberta de vegetação ocultando a entrada. Foi apenas o puxão vindo de suas memórias insepultas que a fez desacelerar o suficiente para notar a construção.

Desenhos feitos pelas pequenas mãos de Ives ainda permaneciam afixados na geladeira quebrada, mas as formas desenhadas haviam se tornado um mistério. Linhas, espirais e bolhas, cuidadosamente delineadas em algum padrão enigmático cujo propósito tinha sido esquecido há muito tempo. Uma atmosfera pesarosa impregnava o local.

Nela, uma mesa desbotada e um conjunto de cadeiras se materializaram, como se tivessem vindo de lembranças vagas do passado de Ives. Ela passou o dedo pela superfície deixando marcas como cicatrizes na poeira, mas, por baixo, as cores não eram tão suaves. Com sua lanterna, iluminou a parede da cozinha onde o mofo preto havia se expandido pelo exterior como uma teia, crescendo em espiral a partir das rachaduras e indo em direção a outras, brilhando sob a luz forte.

Ives imaginou que os tumores tinham sido pretos e tuberosos, o veneno crescendo dentro de seu pai sendo pouco diferente da aversão que sua mãe tinha pela vida. Ambos roubaram tudo que Ives tinha e a abandonaram sem nenhuma esperança de sobrevivência. Mas ela sobreviveu. O carro abandonado foi seu abrigo, sua casa, e embora soubesse, bem lá no fundo, que sua mãe nunca voltaria, ela continuou esperando. Mesmo quando foi descoberta por um agente de trânsito. Mesmo quando foi levada até a delegacia por assistentes sociais. Ela esperou em silêncio. Foi somente quando recebeu um quarto junto a outras crianças e lhe foi ordenado que dormisse, comesse e esperasse com meninos e meninas perdidas dos pais, que ela enxergou com nitidez toda a escuridão de sua vida. Ela não era nada parecida com aquelas crianças. Permaneceu sozinha em sua cama, olhando para os cantos das paredes, não mais esperando por algo que finalmente entendera que nunca viria.

O que ela jamais revelaria era o que testemunhou enquanto estava dentro daquele automóvel trancado, esperando que sua mãe trouxesse comida. Pessoas das mais diferentes formas e idades passavam ao seu lado, a maioria ignorando o carro velho, enquanto algumas espiavam pelas janelas. Com estas, ela fazia o que sua mãe havia instruído e se escondia debaixo de um cobertor, permanecendo perfeitamente imóvel até que tivesse certeza de que tinham ido embora, e então voltava a esperar um pouco mais. Havia mais coisas do lado de fora do carro para ela se preocupar, mais do que homens traumatizados e mulheres impertinentes. Tinha uma presença lá fora no frio, espreitando a partir dos becos escuros e do lixo descartado, observando por entre os tijolos e o cimento. A presença queria Ives e a queria de um jeito que ela nunca havia sido desejada antes. Se tivesse para onde ir, Ives teria corrido e não olhado para trás.

Sua frágil salvação veio sob o disfarce de uma tia que ela nunca soube que existia, convocada de Sherbrooke por uma ligação da polícia. Ives foi recebida de braços abertos e levada de volta àquela pequena cidade para receber o tipo de vida que nunca pensou ser possível ter. Lá, ela estava segura, sendo inacreditavelmente amada por uma mulher que havia renunciado ao próprio filho, mas, ainda assim, Ives não conseguia apagar de sua alma a mancha daquela casa pútrida. Ela passava a noite acordada em seu quarto com decoração suave, imaginando se foi lá que tudo começou a dar errado, se era lá que suas infinitas escolhas haviam sido restringidas, deixando-a com apenas um fétido caminho para trilhar. Um caminho que levava de volta a um único e devastador lugar.

Seria aquela casa decadente tão diferente assim dela? A doença havia crescido ao longo de seus alicerces, devorado seu suporte e se espalhado em círculos cada vez maiores a fim de consumir tudo ao seu redor. Tiras de mofo estendiam-se como sombras pelas paredes, pelos tetos, pelo chão. Ela conseguia vê-los estremecer diante do feixe de luz de sua lanterna, lutando para voltar ao esconderijo e serem livres novamente para se mover, tocar, explorar. Se fechasse os olhos, poderia imaginá-los em torno de sua garganta, tentando sufocar o último resíduo de vida que jazia em seu corpo maltratado.

Ela ficou ao pé das escadas irregulares que levavam ao segundo andar e sentiu-se inundada por memórias da infância, mais vívidas do que qualquer outra que já tivera antes. O pequeno feixe de luz da lanterna subiu os degraus antes dela e Ives se surpreendeu por não iluminar o rosto de sua versão mais jovem, empoleirada entre os andares na escada com brinquedos de pelúcia na mão, olhando para o que se aproximava no topo. Um calafrio percorreu as pernas de Ives, indicando a presença do espectro de algo logo atrás dela, mas a lanterna não encontrou nada — nenhuma assombração do passado, nenhuma memória materializada. Em vez disso, havia apenas uma sala de estar vazia, com o gesso de suas paredes negligentemente caindo aos pedaços.

No topo da escada, três quartos aguardavam com as portas abertas, mas ela não tinha vontade de entrar em nenhum deles. O ar cheirava a terra rançosa e ela se perguntou se não havia tomado a decisão errada ao voltar àquela casa. O que se escondia nos cantos daquele corredor esquecido?

Eram meras sombras ou eram nódulos daquele mofo preto que se expandia das paredes infiltradas e descascadas como se fosse mais do que um simples fungo, como se fosse algo do *além* tentando abrir caminho? Parte dela procurou uma explicação que trouxesse o mínimo de sentido a tudo que tinha vivenciado, mas dentro de sua cabeça havia outra voz, uma voz mais sábia e desconhecida que queria que ela saísse daquela casa e nunca mais olhasse para trás. Foi a essa voz que ela quase obedeceu.

No entanto, tinha uma porta, um quarto, que não poderia ser ignorado. Ela conseguia sentir ali dentro uma força a atraindo, silenciosamente prometendo as respostas que há tanto tempo procurava. O ar estava tão congestionado pela poeira e pelos esporos, densos e enjoativos como mel, que ela precisou forçar lentamente seu caminho através deles. A cada passo, sua hesitação aumentava. Cada fibra de seu ser a alertava, mas ela foi em frente, apesar de saber que não encontraria nada que curasse suas feridas abertas. Encerramento era uma mentira na qual o mundo queria acreditar. Mas não poderia existir encerramento nem fim. Não existiam círculos, apenas linhas, cada uma com um começo e um fim. E não havia nada no meio disso.

Como se a visão de Ives estivesse antes embaçada, subitamente a forma no centro do quarto entrou em foco, embora ela não acreditasse que aquilo fosse possível. Era um berço, o *seu* berço — ela sempre reconheceria aquelas barras —, mas seu formato, antes protetor, havia sido danificado pelo mofo escuro. Com sua lanterna, Ives iluminou e viu que o bolor tinha se espalhado por toda parte, por todas as paredes e superfícies, suas estipes como uma espiral de Fibonacci, cada gavinha posicionada recursivamente em espiral até que cada superfície fosse ocupada. Abaixo de sua lanterna, o mofo preto pulsava como veias de um corpo, bombeando icor escuro ao seu redor. Quando ela as seguiu, percebeu que cada filamento se originava nitidamente de um único lugar, de um ponto incolor no meio do quarto. O local onde seu berço escurecido estava posicionado.

Com o denso ar acumulando em seus pulmões, ela não conseguia mais lutar contra a tosse. No entanto, o eco que se seguiu não soava correto. Foi como se tivesse saído de outro ser, um que simultaneamente ridicularizava Ives enquanto se esforçava para se *tornar* ela. Era algo mais frio e profundo, carecendo de qualquer uma das nuances presentes na fala humana. Era de outro mundo. Quando, mais uma vez, ela se virou para iluminar o que estava atrás de si, o que encontrou não era um mero ar repleto de esporos, mas algo infinitamente pior.

Era uma figura, mais escura do que todas as sombras ao seu redor. Não tinha rosto, nem mesmo uma cabeça de qualquer tipo para além de um nódulo disforme. Não tinha olhos, mas ainda assim a enxergava. Ives *sabia* que a enxergava, porque coreografava seus movimentos a partir dos dela. A coisa tinha quase sua altura, mas era muito mais larga. No lugar onde deveriam existir braços havia crescido um feixe com longas gavinhas, cada uma pulsando e se estendendo em direção ao percurso escuro que tinha irrompido do berço. A superfície borbulhava como rocha derretida, enquanto protuberâncias verrugosas cobriam seu corpo. Não era algo humano, mas que desejava ser. Desejava ter pernas, braços e um rosto. Por algum motivo incompreensível, queria olhar Ives nos olhos. Seu cheiro era completamente repulsivo, mas foi esse mesmo cheiro que elucidou suas origens, levando Ives a entender o que era aquilo que se inclinava em sua direção, esperando para finalmente nascer. Marcas esburacavam seu corpo, visíveis apenas pela luz refletida em sua superfície vitrificada. A cada passo dado esses buracos encolhiam e sua força crescia. O medo deixou as palavras entaladas na garganta de Ives, mas sua mente fragilizada finalmente encaixou todas as peças do quebra-cabeça. Apesar do medo sufocante, ela conseguiu gritar em voz alta: "Papai! Não!".

No entanto, ditas em voz alta, as palavras revelaram seu equívoco. O mofo preto a enganou, a traiu, pois aquilo que havia estendido a mão e a envolvido no que pareciam ser braços não era seu pai. Não *podia* ser. O que a envolvia naquele fétido abraço não o fazia com raiva ou ressentimento, nem nojo, ódio ou vingança. O que a tomava nos braços era algo diferente. Algo tão estranho que ela não sabia se possuía um nome. Independentemente disso, a coisa a capturou, e embora ela lutasse com todas as forças, sabia que era tarde demais. Havia sido infectada. Os estranhos esporos escurecidos que estavam dentro dela finalmente criaram raízes.

Ives permaneceu uma eternidade naquele enlace, o próprio tempo sendo desacelerado pelo ar solidificado. Pensamentos percorriam sua mente suspensa, com visões febris do passado, despidas de qualquer significado, passando apressadamente por ela. Ela não possuía controle e sua resistência esvanecia perante o domínio doentio do mofo. Ela não conseguia respirar e seu corpo lutava por ar, mas ainda permanecia incapaz de expulsar a massa de esporos que residia em seus pulmões. As gavinhas que a prendiam absorveram suas convulsões. Então, como em um movimento de defesa, sua mente se desligou e entrou em um estado febril de delírio.

Quando sua consciência enfim retornou, o fez de forma gradual. Foi apenas quando finalmente abriu os olhos que as gavinhas que a aprisionavam afrouxaram seu aperto. Ofegante, Ives caiu no chão e a podridão escura começou a ser expelida de seus pulmões. Olhando para cima, ela enxergou a coisa, grotesca e incompleta, logo antes desta começar a se liquefazer, seu lodo escuro escoando para as rachaduras entre as tábuas deformadas do assoalho. Tossindo, ela se viu tentando alcançá-la, mas quando sua mão finalmente a tocou, aquilo que havia restado estourou como uma fina membrana, derramando o restante de sua asquerosidade no chão sedento.

Quando Ives finalmente reuniu forças suficientes para ficar de pé, o fez com as pernas bambas. Seu peito ainda queimava por aquilo que havia vivenciado; sua cabeça doía, cheia de memórias inquietas. Ela recuperou a lanterna no mesmo lugar onde havia derrubado e a usou para descobrir que não havia nenhum vestígio daquela coisa incompleta. No entanto, mais coisas haviam desaparecido. O berço escuro no meio do quarto tinha ido embora também. Ao iluminar as paredes ao seu redor, ela percebeu que a rede de fungos já não brilhava como antes. Sua cor se tornara opaca e seu pedaços já haviam começado a despencar. Foi então que Ives constatou vividamente o quão vazia aquela casa realmente era, o quão desprovida de qualquer coisa com que ela pudesse se importar. Eram os destroços de outra vida, remanescentes de outro mundo que desabou para longe quanto mais rápido os esporos aquecidos dentro dela se multiplicaram e cresceram. Ao seu redor, pedaços da parede desmoronavam como uma avalanche, mas ela desconfortavelmente passou por cima dos escombros em direção às frágeis escadas. A cada passo que dava, mais a sua força retornava e os seus passos, antes cambaleantes, tornavam-se agora uma caminhada confiante. À medida que seu medo diminuía, as paredes da casa começaram a encolher, retornando a uma forma muito mais comum do que suas memórias uma vez imaginaram. Enquanto caminhava até a porta da frente, pedaços da residência choviam ao seu redor. Quando chegou até a porta, a escancarou, permitindo que a luz do dia inundasse a casa.

Ives saiu e ficou maravilhada. O sol havia nascido, algo que agora as janelas cobertas de mofo não podiam mais manter em segredo. Ela encarou então aquele astro suspenso. Embora quisesse desviar o olhar, não podia. Era grande demais, impressionante demais, e ela sentiu seu calor intenso. O sol queimou a última parte de Ives que tinha se refugiado na casa em ruínas de sua infância, uma casa que ela havia construído a partir dos tijolos de seu passado. Ela se afastou e nunca mais olhou para trás.

ELES VIERAM ATRÁS DOS PORCOS

CHADWICK GINTHER

"Primeiro eles vieram atrás dos porcos. Depois vieram atrás de seus donos."

A expressão dos homens contava a história. Eles olhavam para o cadáver com a pele amarelo-urina e os cogumelos brotando dos olhos, da boca, das orelhas e do nariz. Os cogumelos balançavam, embora não houvesse brisa. Lutavam contra as raízes, tentavam alcançar alguma coisa. Como se me caçassem.

Estremeci, e todos os olhos se voltaram para mim. Eles não acreditavam em mim. Como poderiam? Era terrível demais para imaginar. Esses homens não tinham inclinação acadêmica. Eram embrutecidos pelas ruas. Os melhores — ou eu deveria dizer os piores? — que Khyber tinha a oferecer, atraídos à minha casa por promessas de riqueza. Esfreguei a mão no rosto; precisava convencê-los da ameaça. Toda minha riqueza seria insignificante se os ataques continuassem. Não sobrava mais ninguém para eles atacarem.

Ninguém além de mim.

Toquei a corrente de prata em meu pescoço, o Cordão do Filho de Deus. Ele se pendurou na Muralha e enfrentou pagãos para conquistar a confiança do pai. Certamente, eu poderia enfrentar esses... homens.

Eles vinham de toda a cidade de Khyber. O que significava que vinham do mundo todo.

"Quem são eles?", perguntou Carvão, o garan de pele negra.

Ele vestia as túnicas coloridas comuns ao seu povo do deserto e era mais alto que todos ali reunidos. Eu mesmo mal alcançava o peito do homem. Peles o envolviam embaixo daquelas vestes, e era possível ver trechos delas aqui e ali, o que o fazia parecer ainda maior. Ele estremeceu como se não conseguisse se aquecer, embora estivéssemos no auge do verão de Khyber e eu sentisse o suor escorrendo da testa. Suas mãos seguravam uma caneca de chá, e ele bebeu um gole. Uma teia de aranha de cicatrizes alaranjadas cobria aquelas mãos grandes, brilhantes como brasas.

"Eles são isso", respondi, apontando para o cogumelo. "Andam como homens, caçam como homens. Matam como homens. Mas não são. Não são homens! Não são animais! Levaram meu gado, mas não ficaram satisfeitos. Perdi meus subordinados em todos os cantos de Khyber. Meu senescal!* Agora, nem as facas da guilda aceitam meu dinheiro para cuidar da segurança!"

Tentei me acalmar. Essas explosões eram reprováveis, mesmo entre os de origem mais baixa.

Wei, um xiou indecifrável, encostou-se na parede empurrando o chapéu largo para trás com a ponta do cajado. Ele comprimiu os lábios, mas não disse nada.

"Nem o Velho Destino poderia me convencer disso", berrou Hraki, um valkuran gigantesco do Mar do Norte, me cutucando com um dedo grosso e me obrigando a recuar um passo cada vez que me cutucava. "E ele é mais mentiroso que qualquer deus em Khyber." Hraki era quase tão largo quanto o garan era alto, uma mistura furiosa de cabelo e ferro.

"Um feiticeiro garan poderia ter feito essa magia", Carvão comentou cauteloso, como se desafiasse os outros a acusá-lo. Quando ninguém protestou, ele continuou: "Mas teria pago um preço alto. Ele teria que dar sua humanidade para tirar a das vítimas".

* Senescal é o termo para o antigo mordomo-mor das casas reais.

Hraki cruzou os braços sobre o peito forte. Cuspiu no meu tapete. Fiquei feliz por ter tomado a precaução de remover meus valiosos tapetes coloridos antes de convidar esses rufiões para visitarem minha casa. Como Hraki, eles vinham do bárbaro extremo norte. Diferentes dele, eram insubstituíveis.

"Uma bruxa ou feiticeira, nada mais", insistiu o valkuran.

"Todos vocês estão errados, hein?", uma voz alegre anunciou.

Viramos todos ao mesmo tempo e vimos um homem magro encostado no batente da porta. Ele tirou alguma coisa do meio dos dentes, olhou o que era e jogou o fragmento nas minhas tapeçarias.

Respirei fundo. Essas eu havia esquecido de remover, estava mais preocupado com a sujeira nos pés dos meus... convidados.

"Cogumelos saindo de todos os lugares", falou o desconhecido, apontando para o que antes era meu senescal. Ele também estremeceu, mas senti que era um gesto exagerado de falsa repulsa. "Fico feliz por terem mantido a calça daquele ali, hein?"

"*Você*."

Todos os meus perigosos homens disseram a palavra ao mesmo tempo, cada um com uma entonação diferente. O valkuran com raiva, o garan desconfiado, o xiou com humor.

"Quem?", perguntei curioso, refletindo a confusão anterior de Carvão.

"Agulha", eles repetiram em uníssono.

Depois, separadamente:

"Um ladrão e mentiroso", acrescentou Carvão.

"Um homem morto", rosnou Hraki.

E xiou: "Um bom alfaiate".

Agulha jogou o capuz para trás, revelando um rosto bronzeado e um sorriso contido. Ele acenou com a cabeça na direção de Wei. Não fosse o humor em seus olhos, poderia ser qualquer homem de Khyber.

"É a podridão sinistra, é sim. Cygaricus, deus de merda e muco e todas as coisas que brotam lá. É a Trufa Maléfica, amor. Esse é o seu culpado."

Ele falava com o sotaque rápido de um nativo de Khyber, embora eu não conseguisse determinar de que região era originário. E, também, não demonstrava nenhuma preocupação com a recepção menos que acolhedora.

"Nunca ouvi falar nessa 'podridão sinistra'", disse Hraki.

Agulha inclinou a cabeça, revirou os olhos. "Olha com bastante atenção para sua pica, então, e você vai ter uma ideia, Hraki Marinheiro Durão. Ultimamente, a única coisa dura em você é a dificuldade de pôr sua bunda gorda em um barco."

"Eu devia ter te matado", o valkuran falou por entre os dentes.

"Bom, não matou, matou? E é tarde demais para voltar atrás."

"Nunca é tarde demais para tentar de novo", Hraki apertou o cabo de um machado.

"Por favor, por favor", intercedi, tentando evitar uma briga em minha sala de estar. "Isso não é necessário. Não há tempo."

Agulha sorriu, me ignorando. *Homenzinho detestável.* Ele segurava um punhal em cada mão. Mal o vi movê-las para se armar. "Veja até onde consegue ir, amor."

"Não sou seu *amor.*"

"É, foi o que sua irmã disse, mas se abaixou mesmo assim."

"Ela me pediu para levar a ela sua virilidade."

"*Sabia* que ela ainda gostava de mim."

O cajado de Wei encontrou o peito de Hraki, impedindo o valkuran de atacar o intruso. Quando ele falou, foi com um tom duro, seco. "Acho que ele pode levar mais que um dedo, dessa vez."

A situação tinha escapado ao controle. Eu precisava reassumir o comando da reunião, antes que esses bandidos se matassem na minha casa.

Ergui os ombros até atingir minha altura máxima — que não era grande coisa diante desses guerreiros, mas era o *suficiente* para eu poder olhar de cima para Agulha — e encarei o ladrão como se ele tivesse tentado me dar uma moeda de madeira.

"Eu... nós não gostamos da invasão."

"Deviam me agradecer", Agulha respondeu. "E com isso quero dizer que deveriam ir comigo para a Cidade Subterrânea, ou não vão voltar da escuridão. O Trufa quer de volta o que é dele; essa é a notícia que ouvi. Precisam levar aquele corpo, ou eles vão continuar voltando. Acho que nem fogo mata essa podridão."

"Não gosto de ser ameaçado..."

Ele riu. "É claro. Alguma coisa ruim aconteceu em uma de suas operações. Você não gostou do cheiro da situação, e foi procurar..." Ele olhou para cada um dos homens. Para Carvão, "os maiores", para o xiou, "os piores", e finalmente para o valkuran, "os mais fedidos de todos os bandidos que poderia encontrar. O único erro foi deixar um de fora, hein?"

"Quem seria esse excluído?", perguntei em dúvida.

"O melhor, amor. O melhor."

"Prove."

"Bem, eu peguei *isto*", Agulha mostrou uma bolsa de couro de aparência engordurada, testando seu peso na mão aberta e sorrindo para Hraki, "dele".

Hraki rosnou e tentou pegar a bolsa. Agulha se esquivou, recuou um passo e balançou o indicador.

"Por favor, ó grande desajeitado cabeludo. Roubo bolsas desde que você começou a cultivar essa sua barba... há muitos anos, é sim."

O ladrão enfiou um dedo na bolsa. Retirou-o imediatamente e fez uma careta.

"Como eu pensava. Cogumelos *Vala*. Trabalhando para o Trufa, então?"

"São sagrados", respondeu Hraki.

"São uma besteira, isso sim. Só um grande idiota comeria um cogumelo da loucura antes de enfrentar o sanguinário deus do fungo e da podridão. Veneno para a mente, amor." Agulha levou o dedo à têmpora. "Quando chegam aqui..."

"É um talento que vai se mostrar mais útil que seus dedos rápidos. Ou sua boca."

Hraki arrancou a bolsa da mão de Agulha, mas senti que foi com a permissão dele.

"Ah, sim", murmurou o ladrão. "Sempre útil ter um valkuran louco espumando pela boca, cortando tudo que se mexe. Eu ainda estou me mexendo e pretendo continuar."

Eu não gostei disso.

Não conhecia esse homem, e quem o conhecia me dava poucos motivos para querer conhecê-lo. Garantias de que ele brigava bem ou de que conhecia a Cidade Subterrânea tão bem quanto qualquer homem vivo não aplacavam a minha consciência perturbada.

Gostava ainda menos de ter que acompanhá-los. Depois de perder meus guardas de confiança e meus empregados — tirados de mim —, quem poderia me provar que eles conseguiram resolver o problema?

Quais eram nossas opções? Ir de porta em porta em Khyber, e os subornos e propinas que acompanhariam uma jornada como essa esvaziariam até a bolsa do Lorde General, e eu não chegava nem perto de ser tão rico. De um jeito ou de outro, eu tinha reunido minha elite de escolhidos, e havia sentinelas que não deixariam passar um garan. Outros tinham o mesmo tabu em relação a xious ou a valkurans. Agulha, o filho da mãe esperto, tinha razão.

Eu precisava dele.

Tentei impedir minha bochecha de tremer. Fiz um esforço ainda maior para exibir um sorriso.

"Parece que você pode ser útil, afinal."

O sorriso dele me deixou apavorado.

"Nunca duvidei disso, amor. Nunca duvidei."

A Cidade Subterrânea era um mundo labiríntico de esgotos, cisternas e ruínas soterradas sob Khyber desde os dias em que a cidade era nova. Eu tinha rezado pedindo ao Filho de Deus para nunca mais ver a escuridão aqui. Existem... coisas que vivem no escuro. Homens, e os que antes usaram a forma de homens, idolatram senhores caídos onde esperam que os olhos do Deus Uno não consigam encontrá-los.

Descemos para a escuridão da Cidade Subterrânea por um buraco do qual Agulha se proclamou dono. Minha barriga passou apertada, e imaginei que Hraki só conseguiu empurrar o corpanzil pelo espaço estreito graças à benevolência de seu deus pagão, Destino. Ele ficou com os braços arranhados. O sangue secou nas áreas que ele esfolou nos tijolos. Agulha riu, e me perguntei se ele tinha nos levado ali porque era a entrada mais próxima, ou porque queria deixar Hraki para trás. Imagino que a segunda alternativa seja a correta, porque o homenzinho parecia gostar de atormentar o valkuran. Quase tanto quanto gostava de nos lembrar de suas proezas.

As mãos de Carvão se acenderam, e chamas se elevaram delas como se o próprio homem fosse uma tocha. Pulei para trás com uma das mãos no peito. Mal conseguia ouvir o crepitar do fogo que queimava sobre a pele do homem, mas não a consumia. Durante todo esse tempo, pensei que ele fosse apenas um incendiário. Tive que ver com meus próprios olhos. Ele era um feiticeiro. Ser um feiticeiro garan tinha apenas um significado: ele fez um pacto com o oponente do Filho de Deus.

Que o Filho de Deus me proteja, mas eu seguiria até uma luz pagã nesse lugar muito, muito escuro.

Pingava água do teto, gotas caíam sobre as cisternas, uma cacofonia de ruídos baixos que pareciam retumbar nos meus ouvidos. Fazia calor. Enxuguei a testa com a manga da camisa, já ensopada. Eles me fizeram arrastar o corpo de meu senescal como se eu fosse a mula de carga do grupo.

Ultrajante.

Eles deveriam estar trabalhando para *mim*.

Fiz uma careta, mas havia pouco que eu pudesse fazer, diante de seus olhares duros. Ninguém tocaria o corpo de Kavin. Embrulhado ou não.

Esse calor não parecia certo. O suor pingava do meu nariz no mesmo ritmo em que a chuva caía de um céu pesado.

"Nervoso com o serviço, então?", Agulha provocou, surgindo de repente atrás de mim.

Rangi os dentes. "Não gosto deste lugar."

Ele sorriu. "Eu me preocuparia se você gostasse, amor. Eu me preocuparia. Mas você se acostuma."

O esforço nesses horríveis túneis labirínticos era interminável. Mas o ladrãozinho nunca vacilava, virava em cada intersecção sem hesitar, como se estivesse andando para o mercado.

"Por que não vai aceitar pagamento?", perguntei.

"Bondade do meu enorme coração?"

Ri baixinho.

"Os cultistas comedores de insetos sempre têm uma ou duas bugigangas que vale a pena roubar. Eu me contento com o que eles tiverem." Olhou de canto de olho para Hraki, antes de cochichar: "Não preciso receber adiantado, antes de enfrentar o perigo. A irmã dele também não precisou".

A última frase não foi um sussurro.

"Porra", Agulha gritou. "Mas isso é um cogumelo muito grande!"

A cisterna que ele ocupava já conteve água suficiente para molhar a boca de uma região inteira de Khyber. Não mais. Só as colunas que sustentavam o teto arqueado interrompiam a massa de fungos. Ramalhetes amarelos — quase tumorosos — de plantas menores salpicavam a brilhante massa roxa de onde as colunas se projetavam para o alto. Era luminoso, cintilava suavemente com uma luz pulsante, mutante.

Toquei a corrente em meu pescoço. Havia o Filho de Deus jamais visto alguma coisa como essa?

Olhei para o garan, mas ele balançou a cabeça.

"Até minhas chamas levariam dias para destruir tudo isso."

Dias que talvez não tivéssemos.

"Não vou atravessar isso aí", disse Hraki.

"Precisa ir", insisti.

Um erro. Ninguém deve insistir para um Homem-Dragão valkuran fazer *nada*. A menos que esteja preparado para sustentar as palavras com aço e escudo.

"Mais uma palavra da sua boca gorda, Porta-Moedas, e eu pego você."

Engoli em seco e assenti. Eu sabia usar uma espada; sabia. Mas agora a lâmina parecia uma proteção fina como papel, diante do machado trêmulo do valkuran.

"E já que é tão insistente", disse Hraki, "*você* vai na frente."

Engoli de novo. Sim. Um ato de coragem, de liderança, poderia me fazer parecer mais que um porta-moedas aos olhos desses homens. O grande cogumelo tinha inchado e ocupado tanto espaço da cisterna que não havia lugar onde pisar, a não ser em cima dele. No centro, no ponto em que ele se erguia até o teto, eu teria que me agachar e rastejar. Olhei para os homens. Hraki mantinha a expressão carrancuda e a mandíbula contraída. Carvão parecia impassível. O rosto de Wei traía sua preocupação, ou o que eu interpretava como preocupação. Até o sorriso debochado de Agulha tinha se diluído pelo nervosismo.

"Vá, então." Agulha apontou para a entrada da cisterna. "Não faça o barba preciosa esperar."

Levando a coragem no peito, respirei profundamente e pisei no grande tapete de fungos, puxando o corpo de Kavin atrás de mim. A superfície cedeu ligeiramente sob minhas sandálias, e meus pés afundaram o suficiente para me fazer encolher os dedos, temendo que tocassem aquela imundície.

Medo era um luxo que eu não podia ter agora. Não com esses acompanhantes embrutecidos. Mais um passo. Outro. Não deixaria essa... essa coisa me intimidar. Estava acostumado a ser o chefe. Mostraria a eles. Garan, valkuran e xiou, mostraria a todos eles. E ao ladrão espertinho que achou necessário mexer com os meus negócios. Controle-se, pensei, e vai controlar esses homens. Mesmo que Agulha fosse necessário para atingirmos nosso objetivo, talvez não precisássemos levá-lo de volta conosco.

Sim.

Sorri. Eles diziam ser "os melhores".

Vamos ver.

Hraki ficaria mais que satisfeito com a tarefa. Isso me preocupava um pouco. Qual era a melhor maneira de abordar o assunto? Wei, pelo menos, parecia mais propenso a se aliar ao ladrão. Reputação não era suficiente para manter alguém vivo em Khyber, muito menos embaixo dela. Agulha podia ter mais cartas para jogar, dados para lançar.

Havia muitos jogadores nessa disputa — se, de fato, todos nós estivéssemos no mesmo jogo.

A reflexão me distraiu por tempo suficiente para eu ter percorrido uma boa distância sobre o grande cogumelo. Queria olhar para trás, mas não me atrevia. Esse era um sinal de fraqueza. Eles que pensassem que eu não me importava com o fato de terem ou não me seguido. Quando eu — o porta-moedas gordo, como Hraki gostava tanto de me chamar — estivesse do outro lado da coisa terrível, eles teriam que me seguir.

É claro, se não viessem, se me abandonassem, não haveria ninguém para desmentir a coragem deles lá em cima. Se as criaturas vis que foram atrás de meus empregados agora me atacassem, só esses quatro saberiam da própria vergonha e covardia.

Não era um pensamento confortante.

Eu podia acreditar nisso em relação a Agulha, e talvez ao garan. Mas não em relação a Hraki. Honra, coragem, essas coisas eram muito importantes para os valkurans, mesmo tão longe de casa. Não havia lugar no céu para eles, a menos que morressem com uma lâmina nas mãos. Estremeci, tocando a corrente de prata em meu pescoço, feliz por saber que o Filho de Deus não exigia esse tipo de sacrifício de Seus seguidores.

"Vamos, cambada." A voz irritante de Agulha ecoou no espaço. Eu me encolhi com o volume. Não pude evitar. "Acendam o fogo e se mexam, hein? O Porta-Moedas está se afastando."

Uma surpresa que Agulha tenha sido o primeiro a exigir que os rufiões me seguissem, mas dei de ombros, aceitando o estranho fato. Qualquer coisa que pusesse meus homens em movimento era um conforto para mim. E era também um lembrete de quanto eu havia me afastado deles e como estava exposto. Se alguma coisa acontecesse comigo agora, nenhum deles me alcançaria a tempo. Mesmo estando tão empenhados.

Eu sentia os passos atrás de mim. Estranhamente, tinha a impressão de quase poder determinar quais pertenciam a quem. A força que emanava de cada passo relutante de Carvão. O andar arrogante de Agulha, muito atrevido, apesar da leveza. Wei, que mal parecia tocar a superfície. Os passos furiosos de Hraki provocando choques que subiam por minhas costas. Reduzi meu progresso, esperando que eles me alcançassem e torcendo para não ser muito óbvio.

Esperava esconder o medo de ser pego sozinho.

Um grande buquê de plantas amarelas bloqueava meu caminho. Dessa vez, não havia coluna erguendo-se do centro. Parei, olhando para o fundo de um vasto abismo circular. Torci o nariz ao sentir o cheiro que vinha lá de dentro. À luz roxa e fantasmagórica que emanava da coisa horrenda, vi um dos meus empregados apodrecendo. O corpo estava irreconhecível, mas vi o pingente com a insígnia de minha casa. Não havia pele à vista que não estivesse coberta pelos brotos sujos dos cogumelos famintos, balançantes.

O corpo se moveu e eu saltei para trás com um grito.

Ele estava morto, mas tinha se mexido. Meu intestino virou água. Eu pretendia me virar. Correr. Mas os gritos furiosos dos meus guardas armados informaram que eu não encontraria segurança.

Eles surgiram de baixo do meu empregado, levantaram-se como homens, mas não eram. Os chapéus largos subiam pontudos e seriam quase cômicos, não fossem os pontos fosforescentes de luz onde víamos os olhos de um homem, brilhando como o fogo do mal. As silhuetas ondulavam sem ossos, nos seguindo. Outros surgiram de estreitas aberturas, como banquetas expulsas das entranhas de seu mestre.

Atrás de mim, ouvi um sopro de ar e um crepitar de chamas, como óleo caindo sobre fogo. Carvão tirava proveito do acordo feito com *seu* deus pagão. A cisterna se acendeu, quase tão radiante quanto o dia, enquanto as mãos escuras do garan queimavam brancas de calor.

"O Destino deitou seu olhar maligno sobre todos vocês." Hraki pôs na boca um punhado generoso de alguma coisa preta e gotejante.

Segurei a corrente, agarrando-me à proteção do Filho de Deus, o verdadeiro e apropriado Deus de Khyber, qualquer que fosse a crença dos cultos. Prendi a respiração quando o cordão de prata apertou meu pescoço.

"Vão embora!", esganicei.

Eles pararam, me olharam de um jeito estranho, antes de se dispersarem diante do símbolo de minha fé como uma onda quebrando no porto. Meus guardas não tiveram a mesma sorte. As criaturas passaram por mim, seguiram em direção aos outros. Era quase herege, mas eu tinha esperança de que o Filho de Deus julgasse apropriado oferecer aos meus guardas pagãos a proteção de que eles precisavam para sobreviver. Ainda poderia precisar deles, afinal.

Fogo se projetou das mãos de Carvão. As criaturas atingidas murcharam e caíram.

Hraki ficou parado como se tivesse raízes, tremendo, embora eu sentisse que não era de medo. Podia quase sentir a raiva que transbordava do valkuran. Sua boca espumava, os olhos reviraram para trás, e então, só quando foi cercado pelas criaturas, ele se moveu. Machados cruzaram o ar como coisas vivas, arrancando membros de troncos. Cabeças de pescoços. Rachando as criaturas como se fossem toras de madeira.

"Destino! Destino! Destino!", ele gritava. O nome de seu deus era a única coisa que parecia poder sair daquela boca espumante.

De início, o cajado de Wei se mostrou inútil. Bater nas criaturas não servia de nada. Elas balançavam, absorvendo cada golpe. O xiou nem se incomodou. Com um movimento de seu punho, o cajado se abriu e duas lâminas finas de metal cintilaram, refletindo as chamas de Carvão.

De Agulha, não se via nem sinal.

"É isso, rapaz", a voz dele sussurrou em meu ouvido. "Mantenha-os longe de nós."

Virei e vi o ladrão ao meu lado, quase tão próximo quanto um amante, erguendo um punhal que não usava e observando as criaturas que passavam por nós para atacar os outros.

Elas caíam e caíam, mas outras se levantavam para tomar seus lugares. Como se a "Trufa Maléfica" de Agulha pudesse vomitar um suprimento interminável, dar à luz uma maré infinita delas.

Tive um momento de esperança de que os instrumentos que escolhi derrotassem aquelas criaturas; de que, com a misericórdia do Filho de Deus, mandássemos esse Cygaricus de volta para o inferno de onde ele saiu.

E então, tudo deu errado.

Hraki olhou para mim. Seu corpo preto de icor, preto como os cogumelos podres que tinha comido para alimentar sua raiva. Saliva oleosa escorria de sua boca quando ele avançou em minha direção. Atravessando uma onda de criaturas, caminhava para mim como uma cavalaria eryan atacando.

Tentei gritar, mas minha garganta fechou. Medo. Vergonha. Senti o conteúdo de minha bexiga escorrendo pelas pernas.

Carvão e Wei, mais corajosos que eu, se mantiveram firmes contra Hraki.

Suplicando ao Filho de Deus, implorei ao meu deus para interceder por suas vidas pagãs. Uma lâmina tocou meu pescoço.

"Vamos ver como isso se desenrola, amor."

Um machado encontrou a coluna de Carvão, e o garan caiu inerte. Hraki passou por cima dele, mas ainda restava alguma vida no garan. Suas mãos ardentes envolveram o tornozelo do valkuran e o seguraram como uma garra, enquanto Hraki arrastava o feiticeiro prostrado pelo chão tumoroso.

Chamas lambiam a perna do valkuran, incendiando sua roupa. Em sua fúria espumante e traidora, Hraki nem notava. Os olhos traiçoeiros estavam interessados apenas em mim.

O ágil Wei ultrapassou com facilidade o queimado — e ardente — valkuran.

Wei arremessou uma de suas lâminas como uma lança. Ela penetrou o peito de Hraki, que continuou avançando, chutando o agora morto garan para longe de seu tornozelo. Hraki arremessou os machados em uma sucessão rápida. Wei bloqueou o primeiro ataque. A força do impacto destruiu seu último cajado.

Farpas se desprenderam, e senti a dor quando uma delas penetrou minha testa. O segundo machado cortou fundo o ombro do xiou. Ele grunhiu. Um grito mais alto do que jamais tinha ouvido na voz do curioso homem.

Cambaleando, Wei agarrou o machado. Hraki tinha interrompido o avanço, caído nas chamas do garan morto que, mesmo na morte, se recusava a soltar seu assassino.

Uma substância vil inchou nas chamas, explodiu e respingou em mim. Senti o ladrão se encolher atrás de mim. Aquilo queimava, e eu não sabia se era calor ou veneno. Limpei sangue e coisa pior da minha testa.

"Para você é isso então, amor", riu Agulha. Não parecia perturbado com meu desconforto. Eu tinha ouvido falar que ferimentos na cabeça sangravam muito, mas nunca pensei em viver a experiência.

Tentei limpar o sangue dos olhos, mas não conseguia vencer o fluxo. Tudo escureceu.

"Me ajuda", implorei. A ferida ardia, a imundície do lugar agravava a situação.

"Receio que não vai haver ajuda para você." Agulha não parecia nada receoso, nem triste.

"Como... como assim?"

"Você é o serviço, né?", disse. Como se assim explicasse tudo. "Fui contratado pelo Trufa para trazer esses rapazes."

"Como assim?", repeti.

"Trabalhar por espólio? Isso é um erro de primeira viagem, amor. Cogumelos crescem na merda, né? Acho que olhos castanhos cor de merda e cérebros de merda também servem."

"Não. Não. Não pode ser. Foi um corte. Só um corte."

Eu sentia o sorriso do ladrão. Naquele momento, fiquei feliz por não estar enxergando.

"O Trufa quer seus... filhos." A palavra era quase uma pergunta. O ladrão escolheu outra: "Prole, então. Os que brotam de seus olhos e talvez de outros lugares também; não que eu tenha olhado lá embaixo".

Estendi a mão trêmula. Temia o que poderia encontrar em minha cegueira. Sabia que meus dedos não tinham tocado pele.

"Não."

"Receio que sim, amor. Você já era."

Senti um forte puxão. Gritei. Era como se o filho da mãe tivesse arrancado um olho do meu crânio. A dor se espalhou pela órbita, desceu pelo queixo, chegou aos dedos, penetrou entre as pernas e seguiu para os pés. Era como se ele esmagasse a órbita entre os dedos.

Arfei: "O que você fez?".

As palavras soaram grossas, retorcidas. Minha língua tinha inchado. Um barulho em minhas entranhas e me esvaziei soluçando. O que descia por meu rosto não eram lágrimas. Filho de Deus, me ajude, eu não tinha olhos. Queria vomitar. Alguma coisa surgiu, abrindo minha boca de tal maneira que a mandíbula estalou como um trovão. Respirei.

Foi a última vez.

Quando minhas narinas se fecharam, esperneei, tentando agarrar o ar com dedos ensanguentados.

"Pagamento recebido", disse Agulha envaidecido. Suas palavras foram ficando mais e mais distantes. "Esses sujeitinhos crescem na sua carne, mas dizem que guardam um lampejo das memórias de sua comida em algum lugar secreto. Você tem muitos segredos, Porta-Moedas, e vou negociar com eles. Duvido que o Trufa perceba, se eu provar só um pouquinho..."

PEQUENOS ESPOROS MORTAIS
NATUREZA MACABRA
DARKSIDE

DE REPENTE, TUDO AZUL

IAN ROGERS

Eram quatro da manhã quando cheguei à casa. Jerry tinha me ligado uma hora antes, sabendo que eu ainda estaria acordado. Nós dois sofríamos de insônia — a minha era sintoma de um distúrbio do sono real, enquanto a de Jerry era resultado da ingestão de muita cafeína. Ele alegou que isso nos tornava irmãos de uma certa forma, e eu estava cansado demais para discutir.

Jerry era corretor de imóveis com uma área de interesse muito específica e incomum: só negociava propriedades mal-assombradas. Casas, apartamentos, fazendas, lojas, armazéns — não importava, desde que tivessem algum tipo de mácula sobrenatural. Era um nicho de mercado, mas Jerry era um bom vendedor e se saía bem. Quando não estava tentando emplacar o próximo *Terror em Amityville*, geralmente estava correndo atrás de mulheres nos melhores bares e salões de coquetéis de Toronto.

Achei que era esse o motivo da ligação naquela noite.

"Não vou sair", disse a ele. "Vai ter que voar sozinho esta noite, Maverick."

"Goose", respondeu Jerry, desapontado, "assim você me magoa."

"São três da manhã, Jer. Já passou da hora da saideira."

"Não foi por isso que liguei."

"E não vou aí ver pereba em parte nenhuma do seu corpo."

"Também não é isso."

"Então por que não pode esperar até de manhã?"

"Tecnicamente, é de manhã."

"Então, tecnicamente, vou desligar."

"Espera", pediu Jerry, subitamente sério. "É uma emergência."

"Que tipo de emergência?"

"Lembra da casa que eu te falei semana passada? Ao norte da cidade, perto de Barrie?"

"Não."

"Peguei há alguns meses. Lembra? A caixa-de-merda-com-teto-ruim--mas-que-tem-potencial?"

"Ainda não faço ideia."

"Ok, não importa. Preciso que você venha aqui."

"Por quê?"

"Eu..." Jerry hesitou, o que me deixou intrigado, pois ele nunca hesitava. "Vai ser mais fácil explicar aqui."

"Em Barrie? Jerry, vou levar uma hora para chegar aí."

"Eu disse que é perto de Barrie. Não vai demorar tanto. Não tem trânsito a essa hora da madrugada."

Soltei um grunhido.

"Por favor, cara. Quebra esse galho. Eu te ajudei quando aquela mulher tentou te processar depois que a irmã dela foi morta por aqueles garotos fantasmagóricos."

Soltei outro grunhido. Jerry não costumava conseguir me convencer a fazer coisas que eu não queria, mas nas raras ocasiões em que conseguia, eu me recusava a admitir com palavras.

A verdade era que eu meio que estava em dívida com ele, e não só por causa do incidente com os "garotos fantasmagóricos". Tinha aprendido desde cedo que, se você quer ganhar a vida como detetive especializado em casos sobrenaturais, é uma boa ideia ter um advogado familiarizado com as leis do sobrenatural. Jerry havia se formado em direito anos antes de começar a vender imóveis mal-assombrados, mas, no momento, só exercia a advocacia em ocasiões especiais. Ele era útil quando eu precisava de aconselhamento jurídico — ou quando precisava, mesmo, de representação legal. Jerry era um debatedor insistente e perspicaz que não sabia quando desistir. E por causa dessas características eu sabia que não adiantava discutir com ele.

"Mesmo assim, vou demorar um tempo para chegar aí."

"Tudo bem", disse Jerry. Eu podia ouvir o alívio em sua voz. "Obrigado, Felix. De verdade."

Grunhi e desliguei o telefone.

Não gosto de estar na floresta à noite. É uma fobia comum entre aqueles que já estiveram em Black Lands. Minha única excursão foi breve, nada além de alguns passos naquela costa plutoniana, mas o suficiente para me afastar das árvores e da escuridão para sempre.

Meu destino não era tão lá dentro da floresta, e essa foi a única razão para que eu não desse meia-volta e fosse para casa. Peguei a 400 ao norte da cidade, saí na Shore Acres Drive, perto de Cookstown, e logo me vi aos solavancos em uma estrada de terra sem nada ao redor, exceto algumas árvores intercaladas com campos recém-revolvidos.

Avistei o carro de Jerry — um Ford Galaxie 1968 preto, totalmente restaurado e a única coisa que ele realmente amava — estacionado em frente a uma pequena casa, do outro lado da estrada. Estacionei atrás dele e desliguei o motor. Os faróis se apagaram no mesmo instante e senti um aperto doloroso no estômago quando a escuridão tomou conta.

Permaneci sentado e inspirei profundamente algumas vezes para me acalmar. Vi a luz interna do carro de Jerry se acender quando ele saiu e veio ao meu encontro.

Jerry era baixo e careca, com olhos brilhantes e animados e um queixo atarracado. Me lembrava o maníaco lavador de dinheiro interpretado por Joe Pesci na série de filmes *Máquina Mortífera*. Vestia uma camiseta cinza e calças de treino pretas com listras brancas nas laterais. Sua preferência habitual era por ternos caros e gravatas berrantes, mas não era o tipo de coisa que alguém usaria àquela hora. Ainda assim, fiquei um pouco surpreso ao vê-lo vestido de forma tão casual. Não lembrava em nada o verdadeiro Jerry.

"É melhor que seja importante", eu disse, saindo do carro.

"E é." Os olhos de Jerry desviaram-se, nervosos, para o lado. "Pelo menos, acho que é."

"Acha?"

Segui seu olhar até a casa. Um carro e uma van estavam estacionados na entrada de cascalho. A van tinha algo impresso na lateral, mas não consegui distinguir no escuro.

Jerry contou: "Estou preocupado com Julie Spiro".

O nome parecia familiar, mas meu cérebro estava enevoado demais pela falta de sono para fazer a conexão.

"A decoradora de interiores que contratei para dar um jeito na casa", disse Jerry.

"A que você está levando para a cama?"

Jerry parecia horrorizado. "Você quer dizer a Barbara? Não, caramba. Terminei esse lance meses atrás."

"Então você não está dormindo com esta?"

"Bem..." Jerry inclinou a cabeça para o lado. "Ainda não. É um projeto em andamento."

"Mais ou menos como a casa."

Os olhos de Jerry se desviaram para o lado novamente.

"Então por que você está preocupado com essa mulher se não está dormindo com ela?"

"Porque ela não atende minhas ligações."

"Deve haver uma conexão aí."

"Dá para você parar de pensar besteira?", Jerry disparou.

"Você disse a ela que é escritor?"

"Eu *sou* escritor", disse Jerry. "Já escrevi livros."

"Sim", concordei. "Enciclopédias da Time-Life."

"São livros! Qual foi, preciso escrever a porra de um *Guerra e Paz* antes de me considerar escritor?"

"Você disse a ela que escreve livros da Time-Life?"

Jerry franziu a testa. "Não."

Abri as mãos como se dissesse: *Bem, aí está.*

"Isso não tem nada a ver com a história, Felix."

"Então tem uma *história* para que eu esteja aqui no mato às quatro da manhã?"

"Ah, sim, se você calar a boca e ouvir."

Fiz um gesto para que ele continuasse.

Jerry pigarreou e alisou a gravata que não estava usando. "Acho que Julie pode estar correndo perigo. Falei com ela hoje cedo — ou melhor, ontem, eu acho —, e ela disse que ficaria até tarde com os caras que contratou para trabalhar na casa."

Olhei para a van estacionada na entrada.

"Julie e eu estamos trabalhando juntos desde que peguei a casa. Falamos ao telefone dez vezes por dia; trocamos centenas de e-mails e mensagens de texto; e, depois de um tempo, começou a rolar uma paquera." Jerry fez uma expressão que conseguia ser marota e envergonhada ao mesmo tempo. "E então começou a rolar uma...sacanagem."

"Pula para a emergência, Jerry."

"Bem, de qualquer forma, combinamos de nos encontrar mais tarde esta noite, talvez comer alguma coisa ou algo assim quando os caras terminassem. Como ela ainda não tinha dado notícias às oito, tentei ligar para ela, mas não tive resposta. Tentei de novo às oito e meia, nove, nove e meia. Às dez...".

"Você veio até aqui", completei.

"Na verdade, peguei no sono", confessou Jerry, com um pouco de culpa na voz. "Acordei por volta das duas e meia e tentei ligar para ela outra vez. De novo não tive resposta, e foi aí que comecei a ficar preocupado."

"Talvez ela não estivesse com o telefone."

Jerry sacudiu a cabeça. "Julie é uma dessas pessoas que têm o celular enxertado na mão."

"Talvez ela esteja ignorando suas ligações."

Jerry disse: "Pensei nisso também", mas percebi por seu tom desdenhoso que ele não considerava que fosse uma hipótese realista. "Passei pela casa dela e o carro não estava lá. Este", Jerry acenou com a cabeça em direção à casa, "foi o único outro lugar em que consegui pensar, então vim até aqui e encontrei o carro dela. Estava prestes a olhar lá dentro, mas então vi a van de trabalho estacionada aqui também."

"E aí?"

"E aí?" Jerry franziu a testa. "Esta é uma das *minhas* casas, Felix. Isto é, *assombrada*. Isto é, pode ser, paranormalmente *perigosa*."

"Que você está planejando reformar e vender para alguém", ressaltei.

"Informo a todos os compradores em potencial o que eles estão prestes a adquirir", disse Jerry, na defensiva. "É a lei. Divulgação completa de toda e qualquer atividade sobrenatural no local. Além disso, a maioria das pessoas que se interessa por essas coisas não compra as propriedades para morar nelas. Elas as colecionam da mesma maneira que os outros colecionam selos ou figurinhas de beisebol."

"Pois bem, qual é o problema com este lugar?"

"É uma casa relativamente nova, construída há cerca de vinte anos, na época em que a expansão urbana de Toronto estava mesmo... bem, se expandindo. As pessoas queriam lugares como este: perto o bastante da cidade para ir e voltar, mas longe do barulho, da criminalidade e da loucura geral."

Balancei a mão em um gesto de vamos-em-frente.

"Bem, de qualquer forma, o casal que construiu a casa estava morando aqui havia apenas algumas semanas quando o marido, de repente, se levantou uma noite e matou a esposa e o filho. Não consegui descobrir muita coisa sobre o caso — foi antes da internet —, mas sei que o mesmo aconteceu com o próximo casal que veio para cá. Exceto que, dessa vez, foi a esposa que matou o marido. Eles não tinham filhos, então a história não causou tanto burburinho quanto a primeira, mas, em seus respectivos julgamentos, ambos os acusados alegaram estar 'possuídos'."

"Suponho que os dois tenham sido condenados."

"É claro", confirmou Jerry. "Você sabe como é difícil provar possessão por uma entidade sobrenatural em um tribunal de justiça?"

"Só porque você vive me dizendo isso."

Jerry assentiu. "É muito difícil. Quase impossível. Posso contar o número de absolvições em uma das mãos. Merda, até uns trinta anos antes, a acusação ainda era chamada de 'possessão demoníaca', o que trazia todo tipo de implicação religiosa que não exatamente combinava com o processo judicial. Já é complicado o bastante defender uma pessoa em um caso envolvendo fenômenos paranormais sem meter Deus e o Diabo no meio."

"Essa decoradora de interiores, qual é mesmo o nome dela?"

"Julie Spiro."

"Por que soa familiar?"

"Ela apresentava um programa de reforma de casas no The Learning Channel."

Agora eu me lembrava. Não tanto do programa quanto da apresentadora: uma mulher alta de cabelos escuros com bochechas sardentas que ficava tão bem com um terno elegante e salto alto quanto com uma blusa manchada de tinta e calças cargo.

"O programa ainda está no ar?"

"Não", disse Jerry. "Foi cancelado. Julie ainda reforma casas; só não anda mais com uma equipe de filmagem."

Fiz um gesto com a cabeça em direção à casa. "E você não olhou se ela está lá?"

"Eu comecei a..." Jerry ficou em silêncio. "Pensei ter visto alguém lá dentro, mas é difícil ter certeza com todas as janelas fechadas por tábuas. Gritei o nome dela aqui de fora, mas ninguém saiu."

"Mas você não entrou."

Vi um lampejo de vergonha no rosto de Jerry, e então seus olhos se tornaram pequenos e raivosos. "Se eu tivesse entrado, não estaria me perguntando o que diabos está acontecendo, né?"

Eu quase disse algo sarcástico, mas mantive a boca fechada. Afinal, quem era eu para falar? O detetive particular que tinha medo de entrar na floresta à noite.

"Você podia ter chamado a polícia", eu disse.

Jerry zombou. "Sim, é claro. Sem ofensa, mas se isso aqui não for nada, prefiro levar uma bronca sua do que dos policiais." Ele olhou para a casa. "Mas não acho que não seja nada. Estou com uma sensação ruim."

"Talvez eles estejam trabalhando lá dentro", eu sugeri, mesmo sem acreditar. Não estava com a mesma sensação ruim de Jerry, mas tinha que admitir que era meio preocupante ver o carro de Julie Spiro e a van dos trabalhadores estacionados ao lado de uma casa abandonada ali, no meio do nada. "Talvez vão virar a noite."

Jerry sacudiu a cabeça. "Ainda não religuei a eletricidade. Eles não trabalhariam no escuro."

Fiquei sem argumento.

"Ok, vamos investigar. Mas se não for nada, você paga o meu café da manhã."

"Combinado", disse Jerry em uma voz monótona.

* * *

Peguei uma lanterna no carro e comecei a atravessar a rua. Percebendo que Jerry não estava me seguindo, me virei e o vi parado no acostamento de cascalho. Parecia uma criança esperando um ônibus escolar que jamais viria. Ele olhava para a lanterna em minha mão.

"Cadê sua arma?", perguntou.

"No meu armário, em casa."

"O que ela está fazendo lá?" A voz de Jerry tremia de raiva. "Eu ligo e digo que há uma possível ameaça sobrenatural na casa que estou reformando e você sequer traz uma arma?"

"Você não me disse nada", eu o lembrei. "Só me pediu para vir."

Jerry franziu a testa e marchou até o seu carro. Por um segundo, pensei que fosse entrar e ir embora. Em vez disso, ele abriu o porta-malas, vasculhou um pouco e tirou uma chave de roda.

"Ok", falou, "vamos."

Não havia postes de luz naquele trecho da estrada e a lua havia se posto horas antes. Estava escuro, mas um leve indício de alvorada vinha do leste, como um reostato ajustado no nível mais baixo.

Passei a lanterna pela frente da casa. Não era preciso ser detetive particular para saber que estava vazia há algum tempo. A fachada de tijolos vermelhos estava desbotada e caindo aos pedaços; o telhado estava rebaixado e cheio de buracos; e a grama da frente havia crescido tanto que o caminho de pedra que conduzia à porta tinha se tornado uma trincheira.

Enquanto nos aproximávamos, notei que as janelas estavam cobertas com folhas de compensado. Uma visão corriqueira em qualquer casa desabitada, até que notei que as janelas do andar de cima também estavam cobertas. Aquilo era um pouco mais incomum. Crianças e pessoas em situação de rua — os dois grupos mais fortemente atraídos por casas abandonadas — não costumam andar por aí com escadas.

Ao chegarmos à porta da frente, olhei para Jerry. "Preparado?"

Ele agarrou a chave de roda com as duas mãos. "Preparado."

Girei a maçaneta e abri a porta. As dobradiças soltaram um rangido prolongado tão clichê que, de repente, tive certeza de que toda aquela situação acabaria sendo um ridículo mal-entendido.

A sensação evaporou no momento em que vi o corpo caído no chão.

Jerry também viu — capturado nitidamente pelo facho da minha lanterna, era impossível não ver — e passou por mim, entrando na casa.

"Jerry, espera!"

"É a Julie!"

Entrei atrás dele, movendo a lanterna de um lado para o outro enquanto cruzava o pequeno vestíbulo e passava por um arco para chegar ao que provavelmente tinha sido uma sala de estar na época em que havia pessoas morando ali. Jerry se agachou ao lado de Julie. Ela estava caída de bruços no chão empoeirado. Vestia um paletó cinza e uma saia combinando. Um único sapato *slingback* de salto alto pendia de um pé; o outro estava descalço.

"Vamos", disse Jerry, a voz cheia de pânico. "Me ajuda."

Ajoelhei-me ao lado dele e entreguei-lhe a lanterna. Ele direcionou a luz para a cabeça de Julie enquanto eu pressionava dois dedos contra a lateral de seu pescoço. Achei um pulso.

"Ela está viva", eu declarei, e Jerry suspirou de alívio. "Mas temos que levá-la para um hospital."

Ouvi uma tábua ranger atrás de nós. Olhei por cima do ombro. Jerry virou a lanterna ao mesmo tempo, revelando dois homens parados na porta. Um deles era baixo com corte militar; o outro era alto, com costeletas e um mullet. Usavam macacões cinza, do tipo que geralmente tem o nome do dono bordado no peito. Eu não sabia se os deles tinham por que a maior parte estava coberta por algum tipo de gosma azul felpuda. Seus rostos também estavam cobertos com aquilo. Visíveis estavam apenas algumas áreas da pele e os olhos, que nos encaravam com a mesma expressão vazia.

"Ei, amigos", eu disse. "Precisamos de uma ajudinha aqui."

Não esperava que eles ajudassem e não fiquei desapontado. Havia algo na forma como estavam parados ali, imóveis, cobertos por aquela coisa azul, que me dizia que alguma coisa estava realmente errada.

Enquanto eu olhava, o trabalhador da esquerda virou a cabeça para o lado, escancarou a boca e vomitou algo grosso e escuro na parede. Jerry moveu a lanterna para lá. A coisa parecia uma versão viscosa da penugem azul que os cobria.

"O que é isso?", perguntou Jerry, enojado.

Sacudi a cabeça. "Parece algum tipo de mofo ou fungo. Ambos estão infectados com ele."

"E espalhando", disse Jerry. Ele apontou a lanterna para o trabalhador alto com mullet enquanto ele se curvava e vomitava um jato azul no chão entre seus pés.

Peguei a chave de roda que Jerry havia deixado no chão e dei a ele em troca da lanterna. "Leve a Julie lá para dentro." Apontei com a cabeça para a porta atrás de nós. "Vou segurá-los."

Jerry enfiou a chave de roda debaixo do braço, suspendeu Julie pelos ombros e começou a arrastá-la em direção à porta. "Aposto que você queria ter trazido a arma agora", resmungou baixinho.

Quando eles estavam a uma distância segura, levantei-me e apontei a lanterna para os dois trabalhadores. "Vocês me entendem?"

Eles não demonstraram ter me ouvido, mas deram um passo em minha direção. Então outro. Mantive a lanterna apontada para eles, como se pudesse detê-los mantendo-os no centro do feixe de luz. Eles continuaram vindo.

Pensei em usar a lanterna como arma, mas sabia que só conseguiria dar um golpe ou dois antes que a lâmpada se quebrasse. E então eu estaria preso no escuro com eles.

Coloquei a lanterna no chão com o feixe de luz direcionado para os trabalhadores. Só chegava até os joelhos deles, mas era melhor do que nada. Entrei na frente da claridade e minha sombra derramou-se pelo chão à minha frente. Decidi tentar fazer alguma coisa e dei um passo rápido para a esquerda. Os trabalhadores viraram a cabeça para me seguir, mas com um movimento lento e robótico. Senti uma pontada de esperança. O que quer que estivesse controlando aqueles homens, não parecia ter a resposta completa e rápida dos reflexos. Devia ser possível contorná-los e sair pela porta da frente.

Mas eu não podia deixar Jerry e Julie se virarem sozinhos. Estava sem meu celular. Mesmo se estivesse com ele, a ajuda mais próxima ainda estava a meia hora de distância. Precisava imobilizar aqueles homens de alguma forma; de preferência sem matá-los.

O trabalhador baixinho com corte militar arrastou-se em minha direção, com as pernas rígidas e as mãos estendidas. Assim que se aproximou, virei-me para o lado e acertei um soco direto em seu rosto. A cabeça do homem tombou para trás e seu nariz começou a sangrar. Ele se atirou sobre mim outra vez, conseguiu passar o braço direito em volta do meu pescoço e me puxou para perto como se quisesse me contar um segredo. Acompanhei o movimento e me virei de frente para ele, agarrando seu braço com as duas mãos e o jogando por cima do ombro. Ele caiu de costas com um baque alto, levantando uma nuvem de poeira que pairou na luz baixa da lanterna.

O outro trabalhador avançou, arrastando os pés. Era maior do que eu, não sabia se seria capaz de lidar com ele com a mesma eficiência com que lidara com seu amigo. Olhei para o homem que tinha acabado de derrubar no chão. Ele não se mexia, e isso me preocupou. Não queria matar aqueles caras. O que quer que houvesse de errado, não era culpa deles e talvez tivesse cura.

Com isso em mente, peguei a lanterna e segui para o outro cômodo.

Fechei a porta e me encostei nela. Alguns momentos depois, senti o trabalhador batendo do outro lado. Talvez o fungo o tivesse deixado lento, mas não afetara em nada sua força. Movi a lanterna ao redor. Estava na cozinha. Os eletrodomésticos tinham desaparecido há muito tempo, mas eu podia ver os contornos de onde eles estiveram. Jerry arrastara Julie Spiro até a porta que dava para o quintal. Ele olhou para mim com olhos arregalados e assustados.

"Um já foi", eu anunciei. "Falta o outro."

"O que diabos há de errado com eles?"

"Acho que é a casa", eu disse com os dentes cerrados, enquanto outro golpe atingia a porta.

"Mas não faz o menor sentido", retrucou Jerry com desespero. "Já estive neste lugar uma dezena de vezes e estou completamente bem."

"Isso é discutível." De repente, pensei em algo. "As pessoas que morreram aqui, você disse que elas foram mortas à noite?"

"Sim."

"Você já tinha vindo aqui à noite?"

Jerry pensou por um momento. "Não", ele disse. "Sempre foi durante o dia. Julie não me deixava trazê-la aqui à noite. Achava que eu ia tentar alguma coisa." Ele olhou para ela com tristeza. "Provavelmente estava certa."

"Se há um portal em algum lugar da casa que cospe esse fungo, só deve acontecer em determinadas condições."

Jerry assentiu. "Não há sol em Black Lands. E fungos crescem em lugares escuros."

"Mas não transformam ninguém em um zumbi irracional", ponderei. "A menos que seja um fungo sobrenatural."

"Você vai ter que pensar em algo melhor para colocar em seu próximo livro."

De repente, Jerry parecia preocupado, como se esse fosse o verdadeiro problema. Apontei a lanterna para o seu rosto para trazê-lo de volta.

"Que tal ver se a Julie está bem?"

Jerry anuiu. "Certo, certo."

A porta foi golpeada novamente. Eu estava bastante certo de que conseguiria mantê-la fechada, pelo menos até Jerry tirar Julie da casa e levá-la para o carro. Então eu iria ao encontro deles e daríamos o fora daquele lugar.

Mantive a luz em Julie enquanto Jerry gentilmente a virava de costas. Eu já a tinha visto antes em seu programa de TV e sempre a achara uma mulher atraente. À primeira vista, minha opinião não tinha mudado. Então vi a barba azul-escura que cobria as bochechas e o queixo dela.

Jerry soltou um som ofegante e assustado e recuou.

Os olhos de Julie se abriram. O mesmo aconteceu com sua boca, onde uma espuma azul borbulhava.

Dei um passo na direção de Jerry enquanto o trabalhador esmurrava a porta mais uma vez. Recuei e encostei o ombro nela.

"Jerry, sai daqui", gritei. "Você não pode fazer nada por ela."

Jerry não me ouviu ou não ligou. Ergueu o corpo e se inclinou sobre a figura prostrada de Julie. A cabeça dela tombou para trás e, antes que eu pudesse fazer ou dizer qualquer coisa, ela lançou um jato de gosma azul pegajosa sobre toda a frente da camisa de Jerry.

Jerry recuou com um grito estrangulado. Ele conseguiu se manter de pé e cambaleou até a porta dos fundos. Julie se sentou e começou lentamente a se levantar. Jerry olhou para mim, depois de volta para Julie.

"Sai daqui!", gritei de novo. "Vai!"

Jerry não precisou ouvir duas vezes. Ou melhor, precisou. Mas o que lhe faltara em reação foi mais do que compensado em velocidade quando ele se virou e saiu pela porta. Julie o observou se afastar com a mesma expressão vazia que eu vira nos rostos dos trabalhadores. Então ela se virou e olhou para mim.

Eu precisava me mexer, mas sabia que quando me afastasse da porta, o trabalhador entraria correndo. Então eu teria que lidar com duas pessoas infectadas em vez de uma. Mas se eu ficasse onde estava, Julie me encurralaria. Tinha que tomar uma decisão, e rápido.

Afastei-me da porta e esperei que o trabalhador entrasse. Ouvi as batidas de seus punhos, e então um pensamento me ocorreu. Não o ouvira tentar a maçaneta uma única vez. Nem mesmo ao bater a porta na cara dele. Talvez ele não tivesse tentado porque não tinha pensado nisso. Porque o *fungo* não tinha pensado nisso.

Fui tirado desse devaneio pelas mãos de Julie Spiro apertando minha garganta. Eram mãos pequenas, mas de uma força incrível. Eu me virei e ela se virou junto comigo. Seu ombro bateu na parede e uma das mãos se soltou. Consegui puxar a outra mão, empurrar Julie para longe de mim e escapar pela porta dos fundos.

O gramado do quintal estava tão alto quanto o da frente. Parei no meio do mato e inspirei profundamente o ar da noite. Porém não era mais noite. O céu ao leste tinha um tom pálido de violeta.

Olhei por cima do ombro e vi Julie parada na porta da cozinha. Ocorreu-me que eu poderia simplesmente ter fechado a porta dos fundos, prendendo-a dentro da casa. Não parecia que as pessoas infectadas pelo fungo tivessem capacidade mental para fazer algo além de vagar e vomitar aquela coisa.

Agora eu precisava dar um jeito em Julie. Do contrário, ela continuaria espalhando o fungo até que a polícia ou a Agência de Inteligência Paranormal a detivessem. E conhecendo a AIP, detê-la, provavelmente, significaria matá-la.

Precisava encontrar uma maneira de pará-la até conseguir entrar em contato com as autoridades.

Ergui as mãos como um boxeador enquanto ela se arrastava em minha direção. Baixei os olhos e notei uma mancha escura na minha mão direita. Observei com mais atenção e vi que era a penugem azul nos nós dos meus dedos. A princípio, não sabia de onde tinha vindo, então me lembrei de ter socado o trabalhador. Bem no rosto coberto de fungo.

Esfreguei os nós dos dedos na calça jeans, mas o fungo não saía. Tentei arrancá-lo com a outra mão, mas estava firmemente preso à pele. Comecei a entrar em pânico e levei a mão à boca, com a intenção de tirá-lo com os dentes. Me contive no último momento. Já havia algumas pequenas manchas da coisa azul sob as unhas da mão esquerda.

Estava tão absorto em minhas mãos — e me imaginando amarrado à mesa de exame em algum laboratório da AIP —, que havia me esquecido completamente de Julie. Pelo menos até sentir as mãos *dela* se fecharem em volta da minha garganta e começarem a me sufocar.

Estava prestes a empurrá-la quando Jerry, de repente, se chocou contra ela de lado e os dois rolaram pelo chão. Perdi-os de vista na grama alta. Então Julie se levantou, o cabelo desgrenhado e uma das mangas do paletó rasgada no ombro. Ela se recuperava muito mais rápido do que os trabalhadores e me perguntei se era por sua infecção ser mais recente. Imaginei o fungo azul se espalhando pelo corpo dela, deixando-a cada vez mais lenta enquanto a preenchia, até que ela não conseguisse se mover. Não sabia se era assim que funcionava, porém se a coisa em minhas próprias mãos fosse um sinal, eu descobriria em breve.

Julie caiu sobre Jerry no local onde ele gemia na grama alta. Eu estava correndo para ajudá-lo quando a boca de Julie se abriu e uma torrente de gosma azul foi derramada. Aquilo se espalhou por todo o rosto de Jerry, cobrindo-o. O sol estava nascendo e eu vi com mais clareza do que gostaria. Os gemidos de dor de Jerry se transformaram em um lamento de repulsa.

Agarrei Julie pela cintura e joguei-a para longe. Depois ajudei Jerry a se levantar. Ele tentava loucamente limpar os úmidos coágulos de fungos em seu rosto. Alguns saíram, mas a maioria continuou lá.

“Felix!”, disse ele com uma voz aguda e cheia de pânico. “Não consigo ver! Está nos meus olhos! Está na porra dos meus olhos!”

Ele começou a tentar agarrá-los, mas puxei seus braços para baixo e os mantive ao lado do corpo dele. “Não, Jerry. Não adianta. Você não vai conseguir tirar.”

Ele soltou um gemido miserável. Seu corpo estremeceu em meu aperto e suas pernas se dobraram. Baixei-o com cuidado até o chão e o deixei lá, voltando em seguida para dentro da casa para pegar a chave de roda.

Estava com tanta raiva àquela altura que não me importaria de machucar Julie Spiro seriamente, desde que soubesse que ela não machucaria mais ninguém como fizera com Jerry. Aquilo tinha que parar ali.

Quando voltei, Julie estava lutando para se levantar. Já não tinha a agilidade de apenas alguns momentos antes. O fungo estava se espalhando rápido. A coisa nas juntas dos meus dedos agora cobria a mão inteira. Era a mão que segurava a chave de roda, então talvez eu não devesse ter ficado surpreso quando a ergui para atingir Julie e, de repente, ela ficou congelada no ar.

Julie me encarou com seus olhos vazios, passando-os por mim e seguindo em direção a Jerry. Eu já não era uma ameaça. Fazia parte da família dos fungos. Tentei baixar a chave de roda e golpeá-la na nuca, mas as ordens do meu cérebro já não chegavam à minha mão.

Os olhos de Jerry estavam cobertos de fungos e ele não podia ver que Julie se aproximava. Abri a boca, torcendo para que minha voz não estivesse tão inútil quanto minha mão.

"Jerry!", gritei. "Ela está indo atrás de você! Corre!"

Jerry não deu nenhum sinal de ter me ouvido. O fungo em seu rosto se espalhava rapidamente; ele parecia estar usando um capacete felpudo azul.

Era isso, então. Felix Renn, detetive sobrenatural, havia sido derrotado, não por um vampiro ou um lobisomem, mas por algum tipo de fungo azul. Fiquei feliz por ninguém estar ali para testemunhar.

Dei um passo na direção de Julie, mais para ver se conseguia. Senti uma resistência, mas deu certo. Dei mais um, mas quando tentei um terceiro, minha perna não respondeu. Meus pensamentos começavam a parecer distantes.

Olhei por cima do ombro — ainda tinha controle suficiente sobre meu corpo para fazer isso — e me perguntei quanto tempo demoraria até que alguém nos encontrasse. Ainda estaríamos ali ou estaríamos espalhando aquela praga azul por todo canto?

Era um pensamento terrível, mas o fungo não permitiu que ele durasse muito tempo. Minha mente continuava a flutuar como dente-de-leão em uma brisa forte. Fechei os olhos e tentei me agarrar à última coisa que havia visto: o sol começando a nascer sobre as árvores distantes.

Nesse momento, senti algo. Um formigamento ao longo do braço direito. Abri os olhos a tempo de ver meus dedos se abrirem de repente. A chave de roda caiu da minha mão bem em cima do meu pé. Uma pontada de dor subiu pela minha perna. Comecei a pular sobre o outro pé e percebi que havia recuperado o controle do meu corpo.

Olhei para minha mão direita. O fungo azul ainda estava lá, mas não tinha mais o mesmo aspecto felpudo e levemente úmido. Estava quebradiço como lama seca e, quando passei a mão na calça, saiu com a mesma facilidade.

Estava tentando descobrir o que havia provocado aquilo quando ouvi alguém vomitando ruidosamente. Olhei e vi Julie Spiro de quatro, expelindo fios grossos e pegajosos do fungo azul pela boca. Ele não tinha a consistência viscosa da coisa que os trabalhadores tinham colocado para fora. Enquanto observava, eu o vi murchar e se tornar tão quebradiço quanto o material em minha mão.

Jerry estava arrancando placas de fungo seco do rosto. Ele olhou para mim quando me aproximei.

"Felix." Sua voz saiu baixa e trêmula. "Pensei que..."

Assenti. "Tudo bem, Jer. Eu também."

"O que aconteceu?"

"Acho que essa coisa não gosta de sol." Olhei para a casa. "Deve ser por isso que nunca se espalhou para além de Black Lands. Ficava aí e infectava quem estivesse na casa, e então, quando o sol aparecia, era como se nunca tivesse existido."

Jerry olhou para Julie. Ela estava deitada de costas e gemia como alguém com uma ressaca monumental.

"Ela vai ficar bem?"

"Provavelmente", eu disse. "Mas terá que ser examinada. Todos teremos."

De repente, Jerry estalou os dedos e exclamou: "Musgo de vampiro".

"O quê?"

"É o nome que darei a essa coisa no meu próximo livro."

Aquilo era típico. Jerry estava pensando em títulos de livros, enquanto eu pensava no que teria acontecido se, em vez de junho, estivéssemos em novembro, quando o sol demoraria mais uma hora para nascer.

"Ótimo, Jer. Mas você acha que poderia me ajudar a tirar os trabalhadores da casa para que a gente também possa mostrar a eles a luz?"

Jerry sorriu. "Mostrar a luz? Nada mau, Felix. Posso usar no livro?"

"É claro."

"A propósito, você me deve o café da manhã."

"O quê?"

"Você apostou que isso acabaria não sendo nada. Fungo invasor de corpos significa que você paga o café." Jerry esfregou as mãos. "Um novo livro, uma refeição grátis e uma donzela em perigo salva por este que vos fala. O dia mal começou e já promete ser bom."

"Como assim, salva por *você*? Eu que tirei a gente da casa."

"Sim, mas se eu não tivesse ligado, você estaria em casa dormindo e haveria quatro pessoas infectadas espalhando fungo azul — desculpe, musgo de vampiro — na região central de Ontário."

"Como isso faz de você o herói?"

Jerry olhou para Julie. "Por favor", ele sussurrou. "Preciso dessa. Você deveria ser meu braço direito, Goose."

Sacudi a cabeça. "Bem-vindo à raça humana, Jerry. Estamos felizes em tê-lo de volta."

5

GAMMA

LAIRD BARRON

Meu pai atirou em um cavalo quando eu era menino. O cavalo, uma jovem égua alazã chamada Gamma, escorregou e caiu enquanto atravessava um riacho no caminho das montanhas Talkeetna. Papai havia deixado sua sela excessivamente pesada com suprimentos. Eu *sabia* que a carga estava pesada demais quando ele a estava empilhando, como se estivéssemos a caminho da porra do monte Denali, mas eu era um covarde e não disse nada, nem um pio. Papai me dava medo. Ele teve que cortar as rédeas com um canivete, enquanto a égua se debatia na água gelada, envolvendo-os em lama, galhos e mijo.

Vamos lá, garota, ele murmurou por entre os dentes enquanto o animal lutava. *Vamos lá, querida. Você está ok, você está bem*. Ele dançou na ponta do cabresto, um maldito acrobata se esquivando daqueles cascos voadores. Uma bailarina barbuda com um chapéu de feltro e botas de caubói, a espingarda batendo em suas costas enquanto ele saltava e cabriolava. Suas trapalhadas eram tão hilárias que dei risada ao mesmo tempo em que chorava.

Gamma se esforçou para ficar novamente em pé, mas depois disso ficou estranha e nunca mais foi a mesma. À medida que o verão caminhava em direção ao outono, sua saúde piorou e ela ficou doente e fraca. Seu olho esquerdo ficou esbranquiçado e seus ossos se sobressaíram. Parou de espantar as moscas com seu rabo quando elas se reuniam em nuvens sob suas ancas. Ficava no mesmo lugar por horas, com o focinho na lama.

Uma manhã, papai vestiu seu casaco e pegou o grande rifle. Foi até o celeiro, colocou uma corda ao redor do pescoço de Gamma e a levou até um lugar isolado onde estourou seus miolos. Eu ouvi o tiro abafado pelas paredes de madeira do meu quarto. Papai voltou para o chalé acolhedor e colocou a carabina de volta no suporte acima da mesa de jantar. Sentou-se à mesa sem falar nada, esperando seu café da manhã.

Mamãe lhe serviu uma xícara de café e fritou algumas de suas famosas panquecas. Recheadas com mirtilos que ela havia guardado no porão. Deixe-me dizer algo, fruta fresca era um motivo de comemoração naquela velha propriedade. Me lembro de estar tão agradecido que até lambi o prato. Exatamente como um cachorro faria.

Se o Platelminto B come o Platelminto A, Platelminto B herdará tudo que o Platelminto A sabia. Até mesmo o Snopes* fica em cima do muro quando se trata de refutar essa teoria. Mas olha. Quando eu falo *quando*, quero dizer agora. Sempre foi e sempre existirá apenas o agora. Depois que os ratos e as baratas sucumbirem, há uma outra ordem a postos. É claro que, lá na frente, não haverá mais nenhuma vida baseada em carbono na Terra, nem mesmo aquela porcaria de fibroide minúscula que existe dentro das fissuras vulcânicas no fundo do mar.

Não são apenas os platelmintos; é tudo. Me dê uma machadinha. Mas que inferno, pode ser até uma pedra achatada, e vou te mostrar.

* * *

* Snopes é um site de checagem de fatos lançado em 1995, ficando inicialmente conhecido por investigar e desmistificar lendas urbanas, rumores e outras histórias.

Há cerca de 180 mil anos, um hominídeo entrou furtivamente em uma caverna e assassinou seu irmão com um arpão feito de madeira de abeto e endurecido com fogo na ponta. O grito mortal ecoou na entrada da caverna e os pássaros que repousavam nas árvores começaram a chilrear.

Por motivos desconhecidos, o assassino optou por permanecer naquela escuridão. Até mesmo os devoradores de carniça permaneceram afastados do lugar. *Tudo* que andasse ou rastejasse permaneceu afastado dali. Um enorme e fértil leito de cogumelos jazia dentro das profundezas, com uma porção se estendendo até o mundo da superfície no formato de uma acinzentada língua babando de uma mandíbula frouxa. Na protolíngua glótica dos hominídeos, a caverna era referida como um lugar amaldiçoado. Eventualmente aconteceu um terremoto e a encosta da montanha se fechou sobre si mesma.

Obrigado, grande verme que circunda toda a criação.

Eu como panquecas, dirijo um Toyota e faço caminhadas em trilhas ecológicas. À noite, quando estou acampando na natureza, fazendo por prazer o que meus ancestrais faziam por necessidade, digo a mim mesmo que as estrelas são nuvens flamejantes de gás e não os olhos dos antigos deuses espiando através de uma tapeçaria escura.

Eu falo muita merda para mim mesmo.

Conheci Erin quando estudava na Universidade de Washington. Ela trabalhava meio período no cinema Saturn. Era uma norueguesa loira, de olhos azuis e dentes brancos deslumbrantes com uma inclinação a trajar saias no estilo das usadas por estudantes de colégios católicos. Ela sorriu para mim algumas vezes enquanto eu passava pela bilheteria e, eventualmente, criei coragem e a convidei para sair. Transamos no terceiro encontro, e na manhã seguinte fomos tomar café naquela espelunca que ficava na esquina das ruas 4ª e Payne. Restaurante e Discoteca da Ruby. A parte da discoteca era apenas humor pré-hipster.

Se bem me lembro, pedimos panquecas de mirtilo com xarope de mirtilo. O lugar se tornou nosso ponto de encontro semanal. Depois que nos casamos e mudamos para Olympia, toda primavera, eu ainda levava Erin lá para comemorar o aniversário do nosso primeiro encontro.

Há alguns anos, li no jornal que a jovem e desleixada garçonete que nos atendia nos velhos tempos foi assassinada. Um estudante de intercâmbio que pedia café e um prato com carne, batatas e cebolas picadas toda maldita manhã desenvolveu uma paixonite não correspondida por ela. Vindo do Vietnã, o rapaz era um gênio da matemática. Os membros de sua família haviam penhorado suas almas para enviá-lo aos Estados Unidos na esperança de que tivesse uma chance nas melhores universidades. Ele seguiu a garçonete até sua casa e quando ela abriu a porta, usou clorofórmio para anestesiá-la. Supostamente, ela ter sido asfixiada até a morte foi um acidente. O rapaz decidiu não encarar as consequências e se matou no banco de trás da viatura policial, usando um saquinho de substâncias químicas que havia escondido na meia.

O Restaurante e Discoteca da Ruby faliu com a recessão, então não tive que inventar uma desculpa à Erin para irmos em outro lugar na celebração do nosso dia feliz.

Gamma morreu em um buraco. Perto de irregulares árvores de abeto unidas por musgo preto e emaranhadas como dentes em um solo pantanoso com água estagnada. Um poço de reprodução para mosquitos e pernilongos. O inverno havia chegado e ido embora. Os pássaros, as moscas e as minhocas também haviam chegado e ido embora. Tudo o que restava de Gamma eram seus ossos incrustados em mofo esverdeado, afundados na lama de um leito de cogumelos. Alguns deles eram tão altos que chegavam na altura da minha coxa.

Não sei o que me atraiu lá meses depois de papai tê-la matado. Me lembro de estar sentado sob as sombras das árvores, em um verão que abafou a encosta da montanha, e me lembro do barulho de um pequeno avião atravessando o céu ao leste. Me lembro de pensar que o crânio de Gamma era um palácio das formigas abandonado, um museu de cogumelos venenosos. Eu ainda não tinha lido nenhum escrito de Baudelaire, mas, uau, que se foda, isso teria feito sentido, explodido meu cérebro, assim como o de Gamma.

O que eu não conseguia entender, ou não queria entender, era como havia ossos demais naquela pilha. O musgo e o fungo ocultavam a bagunça, mas lá no fundo eu sabia que a forma estava errada, sabia que tinha me deparado com um terrível segredo, mas decidi me fazer de burro.

O musgo ondulava e as samambaias chiavam com a brisa passageira que chilreava, tal qual uma flauta, através das órbitas oculares de Gamma, enquanto os cogumelos cinza, pretos e amarelos pingavam e transbordavam. Então, os fungos sussurraram para mim.

Fato ou ficção: em 1951, a CIA secretamente envenenou uma vila na França com um fungo alucinógeno. A Agência estava interessada em estudar na prática os efeitos do controle farmacológico da mente. Alguns habitantes morreram, outros foram enviados para hospitais psiquiátricos devido à insanidade. Uma cagada gigantesca, como diria minha avó.

Ficção. Na época, a CIA estava muito ocupada desenvolvendo um mecanismo de contaminação de varíola. Sim, o controle da mente e a farmacologia foram os temas originais na pesquisa e desenvolvimento, como atesta o projeto MKUltra. Sim, havia um fungo envolvido e, sim, diversos aldeões enlouqueceram. No entanto, foi simplesmente o trabalho de uma fornada de pão estragado. O assistente arrogante do padeiro adormeceu no volante, por assim dizer. Culpe ele. Não a CIA e muito menos os amigos alados de H.P. Lovecraft oriundos do gélido Yuggoth. Não preste atenção aos rumores sobre eles. Nenhum governo jamais fez contato com uma espécie alienígena, muito menos conspirou com ela no que diz respeito a experimentos humanos. Foi o aprendiz de padeiro no moinho com um saco de farinha mofada.

Seguindo em frente, seguindo em frente.

Durante algum tempo, entre certos círculos periféricos, a descoberta do *Cordyceps* fez os corações dos cientistas baterem mais forte. Alguns o chamaram de "o fungo zumbi". Um organismo anterior ao trilobita. Seu método de proliferação era infestar várias espécies de insetos com esporos, as formigas sendo o exemplo mais famoso até o final do século XXI, quando uma descoberta bastante horrível foi feita em um mosteiro ao norte da Itália. De qualquer forma, os lunáticos sugeriram que o juízo final poderia vir na forma de um organismo esporulante despertado da hibernação, ou pior, modificado por alguma empresa farmacêutica para uso no setor militar ou privado.

Os malucos estavam errados sobre o pobre e inocente *Cordyceps*, mas essencialmente tiveram a ideia certa.

O lago Vostok foi o epicentro do maior e mais recente evento de extinção a passar pelo planeta. Você sabe, o lago bem abaixo dos lençóis de gelo da Antártida, no chamado "Polo do Frio", onde os soviéticos construíram uma estação, quando ainda existiam soviéticos de carne e osso. A Estação Vostok. Os soviéticos se estabeleceram por lá, e depois que saíram, os russos ficaram ambiciosos e começaram a cavar e cavar. Não tinham dinheiro para pão e não tinham dinheiro para combustível, mas tinham muitos rublos para aventuras militares e projetos científicos inúteis que incluíam escavações.

No gelo.

Aquele gelo, que perto da superfície já possui milhares de anos e só vai ficando mais velho, até você chegar no fundo, em um grande lago pré-histórico repleto de... vida. Que tipo de vida? Oh, não seja tímido, filho da puta. Você sabe que tipo.

A parte engraçada é que no futuro aquela "hipotética" estrela intergaláctica teria feito o trabalho soltando um asteroide assassino de planetas e o mandando em nossa direção. A cada vinte e seis milhões de anos. Olhe Iucatã; olhe o *Grande Coupure*. Basta olhar. A cada vinte e seis milhões de anos. Como um relógio. Adeus, grandes e pequenos lagartos; adeus, peixes; adeus, seus pequenos primatas encrenqueiros. Adeus.

Exceto que desta vez não foi nem é adeus. Foi olá, querida. Os vivos, os mortos e aqueles no meio dos dois se fundiram. A separação não existe mais. O que dá àquela velha frase "ligado em você" uma definição completamente nova. Vale mais a pena me resignar ao meu novo lugar na cadeia alimentar. Tenho a sensação de que nada vai mudar até que a deusa Nêmesis apareça novamente.

Ao contrário das previsões de mamãe, não morri com uma saraivada de balas.

Minha esposa, esqueci seu nome, dormiu com o professor de inglês de sua escola e decidiu que ele era uma melhoria. Ela me deu um tapinha na mão e disse: *Sayonara*, *seu trouxa*, ou algo do gênero. Deixei minha feliz residência suburbana e por um tempo vaguei pelo mundo. Isso não curou minhas dores.

Li sobre este pobre coitado na Alemanha. Estava tão depressivo que respondeu ao anúncio pessoal de um assassino psicopata que procurava uma vítima voluntária. O homem deprimido foi até o apartamento do psicopata e desempenhou o papel do cordeiro sacrificial. Algumas taças de vinho misturadas com sedativos e o Cara Deprimido ficou inconsciente. O psicopata cortou a garganta do convidado e cozinhou seu músculo do ombro para o jantar. Sim, houve alguma merda doentia e insana. Mas, mas... no fim, eu meio que entendi o ponto de vista do homem deprimido. O desejo de autoaniquilação ocasionalmente domina até mesmo os melhores de nós. Prova A: a bomba atômica. Prova B: o amor.

Papai e mamãe tinham se mudado para pastos mais verde quando eu ainda era um adolescente. Ao retornar como um desastre de meia-idade, descobri que nossa fazenda nas montanhas estava em ruínas. O telhado havia cedido, o quintal estava coberto de vegetação. Ninguém havia visitado nosso vale privado. Me surpreendeu o quão fácil foi encontrar a cova de Gamma e o quão pouco ela havia mudado se comparada à destruição do trabalho manual de papai e as trilhas quase apagadas que levavam até lá.

Meu Deus, meu Deus, os ossos, ou *alguns* ossos, permaneceram em uma pilha calcificada, entrelaçados em um estranho novelo de azul e amarelo que se agarrava a tudo e escorria dos galhos das árvores. Aqueles cogumelos estavam maiores do que nunca — gigantes ciclópicos da mesma circunferência do meu tronco, transbordando uma seiva escura. Milhares de insetos, pássaros e esquilos estavam incrustados na teia e nos caules dos imponentes fungos. Mumificados e levemente atrofiados.

O horror que senti foi superado por uma esmagadora sensação de inevitabilidade, de *certeza*. Eu não havia voltado para casa com a intenção consciente de cometer suicídio, então não tinha trazido nenhuma ferramenta adequada. Não tinha uma arma, nem faca, nem corda. Quando arranquei um galho do abeto e enfiei sua ponta afiada em meu peito, fui pego de surpresa. Desabei no leito de lodo e lama, esperando que a agonia fosse substituída pelo suave e perfeito vazio da morte.

O apetite rastejante daquela sepultura deserta me subsumiu por décadas. Me lembro de cada momento. Embora esteja cada vez mais confuso agora. Em vez de me espetar com uma lança caseira, estou olhando para o cano do rifle de meu pai e diretamente para dentro de seus olhos frios e mortos enquanto ele aperta o gatilho.

Se os visitantes de alguma constelação distante chegarem até aqui, eles irão encontrar um lugar silencioso e tranquilo. Nada se mexe, com exceção da água e do vento; das frondes, folhas e caules das plantas e dos fungos que cobrem tudo desde o mar até a espuma marinha, de uma calota polar até outra calota polar. Se os visitantes forem espertos — e, certamente, para viajar até tão longe de casa eles serão bastante avançados —, seu equipamento irá protegê-los dos esporos, do pólen e dos bolores rastejantes que se tornaram onipresentes. No entanto, duvido que tais visitantes tomem conhecimento da minha presença presa no âmbar eterno, espiando-os por cada buraco de fechadura, por cada versão perturbadora de uma orvalhinha, de uma framboesa-dedal, de uma planta carnívora. Duvido que percebam que o chiado da grama e o gotejar da seiva sejam as expressões visíveis dos meus gritos de lamento. Eles irão coletar suas amostras, analisar seus dados e ir embora, jamais adivinhando que pisaram, não em um cemitério, mas no próprio Sheol.* Vou vê-los partir e não me movimentarei, não importa minha angústia. Eu estou no inferno.

Por *eu*, quero dizer *nós*.

* Sheol ou Seol é frequentemente descrito como o mundo ou região dos mortos.

CORDYCEPS ZUMBIS

ANN K. SCHWADER

Faiscaram qual mistérios na desértica noite,
centelhas do espaço conhecidas como esporos;
porém, primeiro fomos reféns de seu afoite: cada mente
infantil forjadora de mitos próprios. O contágio
[assim espraiado,
como maldade sempre corrompida: sem intento
além do impulso de aperfeiçoar a própria vida.

A busca quixotesca da humanidade pela vida,
para além deste orbe e terra fresca, parou naquela noite,
agora definitiva. Para sempre. Por intento
ou não, nosso destino jazia com aqueles esporos,
mergulhando mais fundo a cada respiração adormecida, espraiados,
suas tramas de fome para enredar a mente.

Por que a clareza nunca veio à mente
de que solidão era segurança? Decerto a vida
alhures poderia ter objetivos presentes, espraiados
pelos ventos estelares até que a dança da noite
explodisse em novas constelações: esporos
suficientes para legiões unidas por um intento.

Movimento incessante parecia o único intento
a sustentar os infestados. Mutilados na mente,
a vagar como mera carne para esporos
de gerações futuras. Andarilhos imitando a vida
que não mais lhes pertencia, pela noite
explodiam-se no fruto da morte, terrores espraiados.

De continente a continente, males espraiados
cada vez mais, alimentados por bom intento
agora trágico como disparo na noite
desferido, inconsciente. Cada acometida mente
liberava, por sua vez, seu epitáfio à vida
como era vivida, inocente de esporos.

À deriva nesta necrópole onde os esporos
deixaram-nos afinal, os sobreviventes espraiados
emitiram mil sinais de advertência pela vida
que poderia rondar nosso planeta ainda mais. No entanto, o intento
ainda nos caça qual açoite: infestada de hifas, cada mente
clama um canto de sereia de boas-vindas à noite.

Assim, a vida aperfeiçoa seu próprio maligno intento
até que as estrelas se tornem meros esporos espraiados,
dementes, até a curva da noite.

PEQUENOS ESPOROS MORTAIS
NATUREZA MACABRA
DARKSIDE

NOVOS PÉS ADENTRAM MEU JARDIM

E. CATHERINE TOBLER

I. Jardim

Terremoto. O corpo fétido de Dunya se mexe, recua da extensão do rio que lambe o solo contaminado. A onda de espuma quebra contra uma faixa de rochas, indo da parte superior do campo para subir até a altura do peito envolta em prateleiras de poliporos que escorrem em âmbar, ocre, cinza-esverdeado. Erguendo por ombros e pescoço, gomphus dourados formam um colar que era pressionado até a mandíbula, enquanto os olhos castanhos observam a curva do surgimento de um chapéu e um talo no vazio do que antes era o cotovelo.

Dunya está dando frutos.

Um torrão de seu corpo de barro cai, esquecido. Ela encara o chapéu e o talo, como se estivesse confusa com a forma como a frutificação havia acontecido. A boca se fecha, querendo arrancar aquilo antes que aparecesse por completo. Antes que esporos pudessem cobrir o corpo dela com uma névoa rosa e encorajar mais o crescimento. Uma parte dela nega aquela coisa, não quer o mesmo que a outra parte quer. A boca abre, o hálito quente e fétido, e o chapéu brilha em nova cor — o laranja perpassa e esmaece. Pulsação.

Ela recua para longe do rio antes que ele a encharque ainda mais. A cabeça se levanta e ela se remexe, consciente de sua tarefa. Ermolai pediu a ela um porco.

A terra ali é plana. Algas mortas se enroscam pelo rio escuro e ela as esmaga. A poeira sobe no ar cinza; o adubo putrefato do corpo dela inspira. A morte está dando vida. Ela supõe que o pequeno chapéu aninhado no que era seu cotovelo também é prova disso, Ermolai e Larisa estavam certos, no fim das contas.

Dunya atravessa o rio onde as rochas formam um cume para que se equilibre em cima. Apenas ela pode fazer isso entre eles. Ela não gosta das águas escuras, mesmo quando uma parte quer sucumbir ao chamado. Ela não consegue compreender essa divisão dentro de si e, assim, a deixa de lado. Ela está atenta ao sabor metálico da água — mesmo passando depressa, o líquido colide contra ela, agarrando-se. Ela carrega gotículas pela grama morta longe da margem. O gramado é pressionado, recém-molhado, contra o chão.

Os porcos pálidos chafurdam na lama e nos destroços que coletam nas ruas da cidade. Evidência de que o rio, um dia, transbordou, empurrando suas sujeiras para onde não deveria. Lama e folhas se prendem em Dunya, são pegos e tragados pela saia de limo dela. Caliptras haploides roçam nas panturrilhas de barro quando o ar bolorento as incita. Uma lufada de vento repentina a assusta, chamando sua atenção para o céu em decadência.

O objeto lá em cima é um ovo cuja casca fina está manchada de preto por cima do marrom, em pinceladas descuidadas e mãos tremulas. Dunya observa enquanto o ovo expele uma língua comprida para se prender ao arco da roda-gigante. Tudo está pintado em fileiras ermas na paisagem de nuvens que se movimentam rápido enquanto a luz brilha, enquanto a esfera luminosa no céu se faz ser vista por um breve momento. O corpo dela reage, úmido e morno sob a luz; buscando pela claridade, para que ela chegue aonde nada mais consegue. Ela vira a bochecha rachada em direção ao calor. Os antóceros verdes que cobrem seu couro cabeludo escuro farfalham.

2. Menino

O homem que um dia foi um menino viajara pelo mundo. O que restava do mundo. Em seu dirigível, bem lá no alto, por cima das ruínas, Pavel busca por qualquer coisa que possa ser encontrada.

Em outros tempos, Pavel buscava por algo específico — alguém em específico. Mas agora, com os anos tendo seguido e ela sem aparecer, Pavel sabe que ela não está em lugar nenhum, mesmo estando em cada sussurro que os ventos sopram nas alturas. Ela é como a curva em náutilo de uma nuvem envenenada; as pegadas dela são as menores que resistem no barro congelado. Assim, o menino vira um homem que ainda viaja, buscando por qualquer coisa que possa ser encontrada. Ele se recusa a acreditar que ainda busca por ela. Por Ninel.

Ela amava tagetes, especialmente aquelas bicolores. Ele se lembra disso. Pavel não via tagetes há doze anos. Ele também se lembra disso, porque anotou em um de seus muitos diários. Colocou uma flor pressionada entre as páginas. Os papéis costumavam grudar, graças à planta esmagada, mas ele abria e fechava o caderno tantas vezes que as páginas estão, de novo, soltas. A flor ainda tem aroma de condimento. Como Ninel.

Então, ele não está buscando por ela quando sua jornada faz o ciclo completo, até a roda-gigante que se lembrava da infância. Ele acha que é um sonho, de primeira. O dirigível diminui a velocidade por vontade própria, como se compartilhasse a surpresa com aquela visão. Está firme, como sempre, em meio às ruínas deterioradas, irrompendo da superfície com seus mais de sessenta metros. Os carrinhos amarelos estão manchados de óleo, lembranças, limo.

Uma visita. Só restava isso antes do mundo se despedaçar. Os pais dele o prenderam em um assento sozinho e acenaram enquanto ele subia cada vez mais alto. Os rostos deles pareciam do tamanho de moedas no momento que ele estava na metade da altura do arco. Lá de cima, pareciam um borrão de pessoas que ele nem conhecia.

Agora, o chão está sem movimento, exceto pelos porcos chafurdando o lixo molhado. Ele não via um porco há três anos, nem chuva.

Pavel direciona o zepelim na direção da roda-gigante para ancorar. Ele fizera isso incontáveis vezes, em tantos lugares que não saberia nomear, mas aquele ele sabia: lar. Não esperava estar aqui hoje, com as nuvens baixas e o fedor do rio perpassando a escuridão. Um brilho oleoso passa furtivamente pelo rio, parecendo se aproximar sorrateiramente dos troncos das árvores e do céu, deslizando como tinta em papel molhado.

Pavel observa o mundo por muito tempo, contando os pássaros que passam pelo arco (zero) e os cavalos que galopam no campo que ele costumava correr quando criança (zero). Os fantasmas não saem antes de estar escuro, supõe ele; assim como os porcos, eles vão chafurdar no lixo molhado para ver o que podem encontrar. Ele se pergunta se isso o torna um porco ou um fantasma, e não sabe responder, porque, bem neste momento, aparece uma garota. Uma garota que vira seu rosto arruinado para o céu.

Ele não via uma garota havia trinta e um anos.

3. Cidade

Seu nome já foi esquecido. Entre os desastres do mundo, essa é apenas uma adição menor. Se livros ainda fossem publicados, ela estaria em uma nota de rodapé. Sim, pessoas moraram aqui e perdiam suas vidas até aquele dia, mas isso também acontecera pelo mundo — este lugar não era especial naquele aspecto, ou em qualquer outro.

Uma nota de rodapé, exceto pelo que está prestes a acontecer.

Os porcos não serão capturados. Eles nunca gostaram de pessoas, e Dunya não é o que consideram como pessoa. Ela é a Outra. Ela é a Mudança. Eles disparam quando ela se aproxima, com todo enxofre e limo mofado. Eles deslizam pelo lixo das ruas e trombam uns nos outros na pressa de fugir.

Mas eles a observam enquanto ela desliza pela lama como se fosse um segundo lar. Eles se agacham nas sombras, que são muitas, e vigiam para ver aonde ela quer ir. Ela tocou um deles uma vez; eles não conseguem esquecer a sensação intensa de oleosidade daqueles dedos de líquen.

Antes, supõem que aqueles dedos tivessem sidos calorosos, macios. Os dedos de uma garota de verdade. Agora, estão envolvidos em pulmão-dos-carvalhos e, nos dias quentes, gotejam coisas que rastejam até os pesadelos dos porcos. Aqueles líquidos dissolvem a carne, transformando-a em outro líquido que ela bebe. Eles já haviam testemunhado.

Agora eles testemunham isto:

A garota que não é uma garota se move na direção da roda-gigante, em silêncio e gotejando. Uma névoa baixa paira em volta da cintura dela, perto de seu pescoço. É um branco puro, quase desconhecido naquele mundo arruinado. Lá está o roxo-ameixa, embora os porcos não saibam de quais ameixas. Esporos começam seu balé, espalhando-se pelas lamelas para cobrir os destroços de seu corpo.

O menino que se tornou um homem se move até ela como se estivesse em transe. Sua boca se entreabre, uma das mãos é esticada para a frente. Os porcos pressionam as barrigas vazias contra o chão. Este menino que se tornou um homem não para de se mexer mesmo quando ela o encara. A boca dele se fecha, no entanto, e as beiradas se curvam para cima. E a garota...

A garota muda de destino. A roda-gigante é esquecida e os pés de lama agora patinam até ele, com seu cabelo escuro e casaco esfarrapado, embora seja o mais perto de um casaco que ela verá. Ela não vai perceber o cachecol, nem as botas que ele usa, mas essas coisas não vão importar. Ela percebe a carne. Ela sabe o que pode ser feito.

Chegando mais perto, ele consegue vê-la melhor. Onde a breve luz do sol se esgueira pelas nuvens tóxicas, quando ela de novo ergue a bochecha e os antóceros em sua cabeça reagem ao calor momentâneo. Agora os passos dele vacilam. Ele abaixa a mão quando a dela se ergue em sua direção. Ela já conhecera o toque de uma pessoa — antes, quando era pequena, quando Ermolai e Larisa a carregaram até a cabana dos dois. Quando abriram sua carne para semear este jardim.

4. Toque

Dunya é atraída para ele da forma que um peixe é atraído para luz inesperada na escuridão do oceano profundo. Ele é uma coisa fora de seu mundo normal, parecendo nu sob aquele céu claro. Os que ela conhece — Ermolai, Larisa, Aquela Que Ainda Está de Pé, Gardner e os wells menores — não eram nada como ele, então ela não sabia quase nada sobre suas bochechas macias, o jeito que os olhos dele estão desprotegidos demais. Ela não tinha palavras para o que cobria a cabeça dele, embora parecesse grama preta molenga, nem uma palavra para o volume fibroso que cercava o pescoço dele. Sua mão tinha apenas cinco hastes finas, como corais que perderam a textura. A mão dele recua quando a dela se ergue. A mão dela goteja, uma mancha de líquen na direção dele. Querendo provar.

O que é você?

Ele pergunta sobre ela, embora ela pudesse perguntar sobre ele também. Ela não pergunta. Linguagem ainda é algo novo para ela; palavras a confundem, embora Larisa a encoraje a tentar. Dunya prefere falar com aromas, com movimentos, e assim ela se move na direção do menino, com determinação, e o corpo dela pinga uma massa doce que pode atrair formigas, mosquitos, outras criaturas das florestas. Atraídas e absorvidas para que o que cresce dentro dela possa viver.

Ela caminha adiante e ele recua, e é o tipo de dança que ela vê os bambus fazendo quando o vento sopra nos meses quentes. Toma lá, dá cá, e com as costas pressionadas contra a roda-gigante, Dunya o alcança. O líquen úmido escorrega pela bochecha macia e o tremor do corpo dele é de novo como aqueles bambus. Sussurros.

O que fizeram com você?

Dunya visualiza a resposta para essa pergunta, mesmo sem falar. O calor úmido dentro de uma pequena sala com paredes envolvidas em plásticos que formam gotas. A água ensopa o chão, molhando toda superfície, inclusive a que ela ocupa. Ela está com frio, gotas de umidade se formam em sua pele, e aqueles à sua volta observam, curiosos. A minhoca da boca de Larisa se retorce em um sorriso, e os dedos finos como algas roçam a bochecha de Dunya, movimentos semelhantes que queimam. Larisa é picante e amarga, a parte de dentro de sua boca é de um carmim surpreendente. Um aviso. Ermolai não prova Larisa, não mais. Ele prova Dunya, a língua como uma haste, explorando com intensidade.

Dunya agora se inclina para mais perto do menino que se tornou um homem, com as mãos repousando nos ombros que ainda são vazios demais para o gosto dela. Ele arregala os olhos e a língua dela desliza para a boca dele, do jeito que Ermolai buscava a dela. A boca desse homem é quente, apimentada, quase de um jeito alarmante. A boca dele resiste até que o lodo doce domina sua mente, até que os esporos recaem como neve. Então, a boca do homem se abre para ela, provando sua podridão úmida. Ele é a coisa mais doce que ela já provou. Estranho e suave e maduro. Ele é maduro do jeito que um dia ela foi, puro e alqueive, pronto para o plantio.

5. Fantasma

Na verdade, os fantasmas saem antes de escurecer.

Dunya não é Ninel e Pavel sabe disso; ainda assim, a boca dele se abre, submetendo-se. Em sua mente, ele sente o gosto de condimentos de uma tagete, quando, na realidade, só existe o amargor bolorento de terra molhada. Ninel não beijava assim, como se a boca dele fosse um buraco feito para plantar. A boca dela era complacente; a de Dunya não, embora os dentes que cercavam sua boca tivessem a qualidade de não existir, pequenas protuberâncias que cobrem língua e lábios com pó de esporos.

Ela é fétida e às vezes doce, e a mão dele desliza pela bagunça que ela é, até seus braços terrosos, o dedão roçando pelo chapéu que surge do que antes era seu cotovelo. Dunya recua com isso, como se tivesse sido golpeada. O pequeno chapéu agora parecia um fruto, vermelho e quase explodindo.

Ninel sussurra de trás de Dunya, esgueirando-se para mente de Pavel da mesma forma que a névoa de esporos faz. Silenciosa, translúcida. Ninel diz que morreu há tempos, a criança dentro de si consumida pela praga. Ela apodreceu de dentro para fora. De alguma forma, como Dunya, ela foi aberta e transformada, mas ela ainda lembra da roda-gigante e do menino que amava ir lá. Lembra do menino que sonhava em velejar, não por águas, mas pelo céu.

Ela vagou, Ninel, procurando até que seus olhos ficassem escuros, até o mundo virar um borrão cinza; ela se arrastou pelas ruas de barro vermelho até o rio subir, até colidir por terra e levar tudo embora.

Pavel pode sentir a pressão da água do rio na língua de Dunya...

(*Está tudo bem*, o rio diz. *Água transborda; as coisas são assim.*)

Assim, empurrando Ninel até o limo onde ela e a criança se dissolvem...

(*Está tudo bem,* o rio diz. *Água dissolve aquilo que do contrário abraçaria.*)

Primeiro, o sangue e os músculos, mas depois os ossos também, devorando até a carne da medula. Filetes de nova vida serpenteiam para cima, do jeito que os braços de Dunya serpenteiam agora, do jeito que as caliptras se retorcem dela para prendê-lo na roda-gigante.

Um barulhinho — ele grunhe e tenta empurrá-la, mas a terra molhada de Dunya o sufoca, apertando-o para baixo. Os fantasmas o pressionam com força, com o cheiro de...

Ele não lembra do nome da flor, aquela pequena coisa franzida que a fantasma ama tanto. Uma variedade cresce nos pântanos, pensa ele, mas não é desse tipo que ela gosta. Outro som baixo escapa dele, um grito de preocupação que Dunya engole.

Não, ele quer dizer.

Por favor, ele quer dizer.

O corpo pressiona, mesmo quando recua. Ele acha que está sendo quebrado em dois — sabe que está. O rasgo começa na boca dele, gentil e sangrento sob os cuidados de Dunya. Quando, enfim, ele se afasta — firmando o pé no chão encharcado e deslizando do abraço —, o grito escorre dela.

Ela nem sempre foi assim, queria dizer a ele, mas não há palavras.

(O fantasma da garota que ela foi passa sem ser visto, em silêncio e sem deixar pegadas, pois isso é deixado para outro alguém.)

Há apenas a névoa de esporos, a necessidade de plantar um novo jardim. A necessidade de abri-lo como ela foi aberta.

6. Ar

Os fantasmas observam de longe agora. Assim como os porcos. Um fantasma grita — ela é como a curva em náutilo de uma nuvem envenenada e suas pegadas são as menores que resistem no barro congelado. Dunya rasteja; o instinto natural a conduz. Ermolai quer um porco por sua força vital, mas ela quer o menino que se tornou homem. Não mais alqueive, já corrompido pelo beijo — ele está com o seu cheiro, não tão intenso ou obscuro, mas isso acontece com o tempo.

Ela cambaleia mais do que anda, a cabeça leve pelos esporos que nublam seu corpo inteiro, ainda assim, a cada passo, ela se percebe mudando de novo. O pequeno chapéu vermelho explode do que antes era seu cotovelo, brotando pelo solo com o esforço de alcançar a luz fraca que vaza lá de cima. Pelas costas, chapéus no formato de sinos explodem pela vértebra, uma trilha dourada pela madeira escura. Quando a garoa rompe o céu, ela cai de joelhos, os braços e a cabeça jogados para trás, permitindo que os poliporos e os gomphus bebam. A chuva contaminada escorre por sua garganta e, na lama adiante, o homem desliza. Sucumbe.

Dunya está ao seu lado antes que ele possa se levantar, o corpo encharcado cobrindo, de novo, o dele. Ela inala...

O que fizeram com você?

... e exala e é o hálito de um matagal, da samambaia que se dissolve em composto que alimenta a coisa que ela se tornou. Ela se pressiona forte contra ele. Suas mãos afundam no chão envenenado. A lama molhada do corpo dela o invade; engole água salgada e gritos até que fica imóvel. Até que o fantasma da garota esmaece no céu nublado como tinta escorrendo. Até os porcos pálidos irem mais além nas ruas, onde não serão encontrados.

O homem que um dia foi menino choraminga, *Ninel, Ninel*, mas se recusa a acreditar que busca por ela, que provara o gosto de tagete em sua boca dentro dos lábios descuidados de Dunya. O nome se parte na língua dele quando uma raiz brota em sua bochecha, chegando até a orelha. Seu dirigível manchado é puxado pelo vento, libertando-se em um estalo da roda-gigante com suas cadeirinhas amarelas.

E ele flutua.

O ÊXODO DO GRIMÓRIO GREIFSWALD

J.T. GLOVER

A casa era um convite à permanência. Papel de parede em seda. Trabalho delicado em madeira escura retratando florestas cheias de prodígios botânicos. Couro vermelho sangue-de-boi e sobrecapas de Mylar forrando o hall de entrada, os espaços entre as estantes cheios de luminárias de latão e esculturas de gosto distintamente questionável. O restante da casa tinha mais ou menos a mesma aparência, de acordo com o que dizia a sobrinha do falecido professor Jansen. Parado na soleira, Eustace sentiu-se inundado pela mistura particular de curiosidade e desejo que uma vez, em um momento de fraqueza, confessou ao irmão que pensava ser a "ereção do literato". Com Waskowitz distraindo o Escudo de Jerusalém em Islamabade, tinham tempo, não só para encontrar a elusiva fonte, como para desfrutar da busca.

"É como estar nos portões do Éden com Uriel de férias, não é?", disse Winslow, coçando a longa barba ruiva.

"Sem dúvida nenhuma, querido irmão", respondeu Eustace, meio aborrecido com a interrupção de seu devaneio. "Howard Carter nunca esperou mais."

"Hum. Múmias infestadas de antraz e cocô de crocodilo empoeirado. Mas é uma boa atmosfera para a preservação de códigos desviados."

"De fato", concordou Eustace. "Se o Grimório Greifswald atravessou o Mediterrâneo e chegou ao Vale dos Reis..."

"... sem enlouquecer seus portadores, nem transmogrificar os sujeitos em sonâmbulos necrófagos..."

"... ele ainda pode estar em alguma caverna anoitecida por encantamentos, esperando por nós."

"Ou por um pobre pastor precisando de combustível para o fogo."

Eustace estremeceu, e Winslow riu como um chacal acanhado.

"Chega de histórias de terror", Eustace anunciou. "A sobrinha se mostrou receptiva à nossa proposta de 'avaliar a coleção para o leilão', depois que misturei um encantamento em seu coquetel, mas se um de nossos adversários perceber que uma parada cardíaca mandou seu augusto guardião de livros para um passeio permanente pelo astral..."

Winslow não tinha uma resposta engraçadinha para isso. Eles seguiram adiante em um acordo silencioso e começaram a examinar as prateleiras na sala úmida. A diligência dos dois em remover capas empoeiradas e verificar páginas de títulos em busca de substituições era tão intensa que a natureza aquisitiva de Eustace logo se apresentou. Ele começou a pensar em como poderia levar vários tesouros para sua coleção pessoal.

"Meu irmão?", chamou Winslow.

"Sim", respondeu Eustace, demorando a dar as costas para uma prateleira onde havia não só uma impecável primeira edição de *Theosophical Debates of Northern Vermont*, como também uma cópia de *Historia Ignis Arcani* com as gravuras de Doré intactas.

"Corrija-me, por favor, se eu estiver enganado, mas estamos no meio da tarde, não é?"

"Não são mais que duas horas, acho."

"Mesmo com a noite mais longa do ano se aproximando, não devia estar escuro, ainda não."

Eustace congelou. Depois se virou e viu que a janela em forma de leque acima da porta poderia ter sido pintada de preto, pelo tanto de luz que deixava passar.

"Ridículo", resmungou. "Mal chegamos e já começaram as manipulações?"

"Pode ser uma ilusão simples", opinou Winslow, "talvez uma defesa automatizada. Lembra-se da 'parede de fogo' de Nils Svensson em Oaxaca em 1982? Aqueles pilantras distribuíam feitiços como prostitu... *não faça isso.*"

Ignorando o grito agudo, Eustace abriu a porta. O som da fuga desajeitada do irmão foi superado pela imagem de milhares de brilhantes filamentos escuros cruzando a porta. Não conseguia imaginar como aquilo era visto de fora, mas de dentro...

"Seda etérea? Lágrimas do *tsuchigumo*?"

Ele tentou pensar, franzindo a testa quando um odor tóxico invadiu a casa.

"Winslow!", chamou. "Preciso da sua opinião!"

"Feche essa porta, e talvez a tenha", o outro respondeu de um cômodo distante.

A membrana escura vibrou.

Eustace estendia a mão para a maçaneta, quando uma fita passou voando perto de seu rosto e se prendeu a uma das prateleiras.

"Ah, não."

Antes que ele pudesse pensar, mais três fitas flutuaram no ar e grudaram no teto e no chão, bloqueando a porta aberta. Um fluido viscoso emanava delas, acumulando-se em torno das pontas de contato. Pequenos cogumelos que pareciam veludo preto brotaram instantaneamente. Eles pulsavam, inchavam e liberavam torrentes de icor que se espalhavam lentamente, mas de maneira constante, para o interior da casa.

"Que coisa deliciosa", ele disse encantado, apesar de tudo.

Mais cogumelos brotaram. Esses eram consideravelmente maiores, e ele não se surpreendeu quando um deles estremeceu e se desprendeu do chão. Outros o seguiram.

Começaram a se mover na direção dele.

Mais fitas entraram voando, e os cogumelos inalaram, sopraram, multiplicaram-se.

Eustace começava a admirar a postura filosófica do irmão quanto a não abrir portas fechadas atrás das quais podia-se esperar que a escuridão sinistra estivesse à espreita.

"Acredito que pode ser necessário um deslocamento estratégico", falou.

* * *

Eustace correu da passagem estreita para o cômodo no fim dela, arfando ao fechar a porta. Alguma coisa bateu de leve do outro lado, e depois mais uma coisa, e logo havia um coro suave, insistente. Ele fechou os olhos, visualizou uma criatura menor no meio de seus perseguidores micológicos e fez uma longa prece em nabateu. As batidas cessaram, substituídas por um guincho agudo que foi rapidamente suplantado por mastigação ruidosa. A cacofonia se afastou na direção de onde ele viera há pouco.

"Uma solução elegante", disse Winslow, olhando para ele de trás da estante que o escondia. "Bravo!"

"Muita consideração sua ter notado", Eustace respondeu irritado. "Estou surpreso por não ter se distraído com o barulho de seus joelhos tremendo."

"Eu tenho o cérebro, não o coração, e nunca fingi que era diferente."

"Sim, bem, e pensou em alguma coisa enquanto estava escondido?"

"Sim! Pensei que o melhor lugar para encontrar uma coisa é, frequentemente, o último lugar onde alguém olharia. Em uma casa repleta de livros, quem pensaria em procurar..."

Ele abriu os braços e os moveu em um grande círculo. Eustace estudou o cômodo, que não havia olhado antes por pressa. O restante da casa era usado para acomodar o excesso bibliófilo do falecido professor, mas esta sala tinha poltronas de couro, estantes de ébano e uma lareira grande o bastante para assar um touro, praticamente clamando por um leitor de roupão e seu fiel sabujo diante dele. Resumindo, era o tipo de ambiente que a palavra "biblioteca" trazia à mente.

"Irmão, talvez você tenha razão."

Eles se viraram para as prateleiras ao mesmo tempo. Eustace se mantinha em alerta para novos perigos, mas não encontraram mais nenhuma complicação durante a busca, nada além de um ou outro alçapão ou adaga voadora. Berros ecoavam em aposentos distantes, mas havia neles uma nota familiar sugerindo que a criatura inferior estava trabalhando com afinco.

"Foi uma boa ideia, Winslow", disse ele depois de concluírem a varredura, "mas receio que Jansen tenha mais truques na manga que um simples esconderijo."

O irmão olhou em volta com um ar furioso, sem dizer nada, rangendo os dentes e passando os dedos pela barba com movimentos vigorosos. Então ele sorriu.

"Talvez não seja um *simples* esconderijo", retrucou.

Winslow se dirigiu à escrivaninha encostada à parede em obediente silêncio. Acima dela havia uma pintura empoeirada, uma mulher tomada por fungos e quase de perfil, com a cabeça coberta por uma touca marrom ligeiramente abaixada, da qual brotavam filamentos que flutuavam como algas marinhas na correnteza. Ela olhava para a esquerda, como uma duquesa da Renascença olhando para um amante que não se via. Winslow pressionou o ponto da moldura onde o olhar repousava, e a tela se afastou da parede. Atrás dela havia um conjunto oculto de prateleiras cheias de pastas de arquivo, uma pequena máquina de escrever Underwood, a cabeça de marfim de um menino coroado de louros e um tesouro de livros.

"Senhores da Grande Escuridão! Eustace, o *Salvator Maleficarum*..."

"... e a *Historia Magnobarbatorum* bem ao lado do *Lesser Song of Dyzan*..."

"... e a edição de Ceniza do *Megalaporta*, mas onde..."

"... está o *Grimório Greifswald*?", perguntou, atrás deles, uma voz áspera.

Eustace se virou, como Winslow. Da lareira, surgiu uma criatura muito magra com um focinho repleto de dentes muitos afiados e irregulares. Carregava um livro grande e sujo de fuligem, fechado por uma presilha. Eustace exibiu o que esperava ser seu sorriso mais servil.

"Isto é, por acaso, bom senhor..."

"Não sou nenhum 'senhor', Eustace Stalling."

"Bem", disse Winslow com tom conciliador, enquanto olhava de soslaio para Eustace, "então milady..."

"Gênero é para humanos fracos", a criatura declarou sem emoção.

"Nossa meta", Eustace falou, esforçando-se para não perder o que sobrava de sua paciência, "é o volume em suas mãos, seja de que gênero ou não gênero elas forem. Estamos dispostos a pagar bem por isso, ou prestar serviços. Podemos ao menos saber seu nome e sua espécie, já que aparentemente nos conhece, antes de seguirmos negociando?"

"Meu nome é meu, e quanto ao que sou, você pensou nisso há menos de cinco minutos."

Eustace e Winslow trocaram olhares intrigados, depois miraram a criatura outra vez.

Cada um deles arqueou uma sobrancelha.

A criatura sorriu, exibindo ainda mais dentes, se fosse possível.

"Eis o fiel sabujo", ele disse.

Uma sombra envolveu Eustace, e ele caiu na escuridão.

Eustace foi despertado por uma batida na testa. Manteve os olhos fechados, notando o formigamento nas mãos e nos pés. Aparentemente, tinha sido amarrado e deixado no chão como um saco de batatas. Não sentia dor, exceto uma moderada cefaleia, e ainda conservava todos os membros. Satisfeito com essas constatações, abriu os olhos com cuidado.

"Que bom que se juntou novamente a nós", disse o recém-conhecido cheio de dentes, cujo focinho estava a menos de quinze centímetros do rosto de Eustace.

"O prazer é meu, é claro", respondeu, esforçando-se para não demonstrar repulsa ao cheiro inconfundível de carniça no hálito. "Se posso perguntar..."

"Seu irmão não sofreu nenhum mal, por enquanto", a criatura anunciou, apontando para um lado.

Eustace viu Winslow deitado ali perto, mas ainda desacordado, e o tapete turco sobre o qual ele estava parecia vagamente familiar. Considerando o arranjo das estantes e o cheiro forte de poeira de livros, era provável que ainda estivessem na biblioteca.

"Não estávamos brincando", declarou. "Podemos fazer uma boa oferta, seja em bens ou serviços. Medidas tão drásticas não são necessárias."

"Talvez eu o tenha amarrado para preparar o banquete, Magus. O que acha disso?"

"Acho que existem refeições melhores", Eustace argumentou, tentando ignorar o repentino movimento no intestino. "Podemos levá-lo a... bem, trazer comida de... dos melhores restaurantes no mundo, ou podemos cozinhar para você. Meu irmão aperfeiçoou seu *enfant-frites*, e eu faço um *rémoulade* ao molho vierge bem razoável."

"Delicioso", disse a criatura, "mas eu estava brincando. Vamos esperar a chegada do colega de meu falecido mestre, Hefesto Lázaro. Acredito que o conhece, certo?"

"Ah. Lázaro ainda vive?"

"Sim, e quer agradecer a você e a seu irmão pessoalmente pela salamandra que enviaram no último Natal. Ele passou meses se recuperando no astral."

Eustace deixou a cabeça cair para trás sobre o tapete. A criatura saiu de seu campo de visão e foi fazer alguma coisa perto da lareira.

"Winslow", ele sussurrou. "Acorde."

Nenhuma resposta. Os ruídos dos preparativos para acender o fogo foram seguidos pelo som de um fósforo sendo riscado. Contrariado, Eustace pensou se essa seria sua morte indigna — incineração nas mãos de um benfeitor com um fetiche por fogo.

Winslow gemeu. Abriu os olhos, e Eustace viu suas pupilas dilatando e contraindo. Finalmente, teve a impressão de que ele conseguia recuperar o foco.

"Onde estamos?", perguntou Winslow em voz rouca.

"Na primeira fila", disse a criatura que os capturou com um entusiasmo desconcertante. "Vou deixar vocês mais confortáveis."

Em pouco tempo, Eustace foi arrastado para perto da lareira e, apoiado sobre almofadas, observava as chamas. A criatura olhou para um e para o outro. Depois sorriu.

"Recebi instruções para que isso seja doloroso, e é o que vou fazer. Vejam."

Enquanto falava, a criatura jogou o grande volume coberto de fuligem nas chamas. Winslow quase sufocou. Eustace gemeu e se lançou para a frente, mas só conseguiu esfolados nos pulsos deixados pelas cordas. O livro queimava depressa, e a presilha se abriu com um estalo. Fumaça preta saía da chaminé, e a criatura encarou os dois com o rosto sujo e os dentes brilhando.

"Seu demônio", Winslow falou em voz baixa. "Essa era a última cópia que restava do *Grimório Greifswald,* o último testemunho de Cuno Visão Dupla. Continha não apenas o registro da vida dele, mas trechos do *Vita Moloch* e da *Chave de Salomão*."

Eustace só olhava. Com o livro destruído, eles estavam...

"Não há mais livros de magia das trevas que se comparem àquele, não é, rapazes?", alguém comentou animado quando a porta se abriu.

Eustace se virou para ver quem era, embora a voz agradável fosse quase inconfundível. De trás do canto de uma estante surgiu um sujeito idoso que poderia ser descrito como "um velhinho fofo", não fossem as enormes cicatrizes de queimaduras que retorciam seus traços. Seu sorriso satisfeito teria feito escoteiras fugirem aos gritos, e a risada enferrujada era o tipo de coisa útil à produção de alimentos cujo processo envolvia talhar leite.

"Deus o abençoe, sabujo! Jansen sempre disse que você era o guardião da obra da vida dele, e estava mais certo do que podia saber."

"Você é muito bondoso, Mestre Lázaro", respondeu a criatura ao se curvar em profunda reverência. "Fiz apenas o que o meu senhor teria desejado."

"De fato, de fato", Lázaro concordou sorrindo. "E sua recompensa será grande — liberdade, presentes e tudo mais que o Escudo de Jerusalém puder fornecer. Mas resta ainda uma tarefa."

Ele se aproximou da lareira e examinou seu interior. Assentiu e se virou de frente para os prisioneiros.

"Escute, Hefesto", disse Winslow, enquanto Eustace começava a pensar resignado em encantamentos reversos de portais, holocaustos sombrios e coisas piores. "Deus não haveria de querer que você fosse cruel. E, certamente, a vontade de seus compatriotas será nos interrogar."

"Vontade é coisa que dá e passa, seu merdinha seboso de visão estreita. Ainda não decidi se dou sumiço em vocês, ou se deixo fragmentos carbonizados dos corpos espalhados pela casa e digo que houve luta. Quanto a Deus, suspeito que Ele vai fingir que não viu nada, dessa vez. Quando penso no sofrimento que vocês dois causaram..."

Lázaro parou de falar, coçou o queixo meio distraído. Depois riu. "Melhor ainda é saber que vocês mesmos se prenderam."

Eustace tentava desesperadamente lembrar a Nona Invocação Pnakótica, mas os poucos fragmentos que conseguia recordar desapareciam da mente. Longos anos de competição com seu irmão desgraçadamente inteligente o deixaram meio sensível em relação a ser enganado, confundido ou ludibriado. Mesmo com uma provável morte flamejante e aflitiva na próxima hora, odiava pensar que seu fim podia ter sido provocado por um truque.

"Fale", ele grunhiu.

"A casa de cada membro do Escudo é impregnada com os esporos de um fungo alucinógeno, que ocorre naturalmente apenas em uma caverna, uma das mais remotas e inacessíveis do Vietnã. Fomos imunizados contra esse fungo há muito tempo. No entanto, ele torna outras pessoas altamente suscetíveis a sugestão, a imaginar atacantes onde eles não existem. Vocês dois entraram na casa de Jansen e viram o lindo trabalho em madeira na porta. O que imaginaram que os perseguia? Árvores raivosas? Arbustos vorazes?"

"Um gigantesco cogumelo carnívoro", disse Winslow.

"Que poético", Lázaro comentou com um sorriso maldoso demais para uma criatura que afirmava estar do lado Certo. "Arruinados por uma multiplicação mental daquilo que foi sua ruína."

"Não", Winslow protestou animado. "Atrás de você, um gigantesco cogumelo carnívoro."

"Engraçadinho, muito engraçado", Lázaro respondeu rindo, "mas meio óbvio até para você." Eustace começou a suar ao ver o sabujo, que estava atrás de Lázaro, iniciar uma transformação. Sentiu que os olhos se arregalavam, enquanto a carne se retorcia e se alongava, até a criatura ter a altura da sala. Os olhos se reduziram a buracos no chapéu; os membros finos engrossaram, tornaram-se apêndices que pareciam raízes e terminavam em mãos escuras, gotejantes; e o focinho encolheu, mas os dentes permaneceram iguais em tamanho e número.

A criatura abocanhou a cabeça inteira de Lázaro enquanto ele ainda falava, e seus gritos abafados foram interrompidos quando dentes encontraram dentes. O corpo decapitado caiu no chão. Lá ele tremeu, evacuou e sangrou, até que a morte o paralisou por completo.

Eustace olhava para a criatura, que ainda arrotava satisfeita e cobria a boca com a pata educadamente. O gesto não foi o bastante para esconder um pedaço de orelha preso entre dois dentes excepcionalmente tortos, mas foi o suficiente para fingir polidez. A coisa o encarou com seriedade.

"Você primeiro", disse, "ou seu irmão?"

Lealdade e autopreservação disputavam por primazia no coração de Eustace, mas ele não saberia quem seria o vencedor da disputa, não nesse dia, pelo menos.

"Definitivamente, ele", decidiu Winslow. "Eustace já suportou demais por um dia."

Eustace encarou Winslow com ar perplexo, e ficou ainda mais chocado ao ouvir a risada do irmão.

"Peço desculpas pelo subterfúgio, meu irmão, mas você precisava permanecer na ignorância. Desconfiei de que éramos observados pelo Escudo, e minhas suspeitas se confirmaram. A única questão que ainda restava era quantos inimigos enfrentaríamos."

Pela primeira vez em muito tempo, Eustace não soube o que dizer. Acenou com a cabeça para a criatura que cortava as cordas, o que também fez em seguida por Winslow, que se levantou e começou a massagear os pulsos vigorosamente.

"Nosso aliado aqui é um metamorfo astral a quem fiz um pequeno favor durante meu estágio no Tibete. A passagem do tempo é diferente para a espécie deles, e ele não se importou quando, alguns anos antes, pedi para que vigiasse o professor Jansen, imaginando que ele poderia invocar um servidor. Quando esse momento chegou, ele se apresentou para ser ajudante de Jansen e meu espião."

"Então, o grimório não foi...", Eustace olhou para o fogo.

"É claro que não", respondeu Winslow.

Ele estendeu as mãos para as chamas e resgatou o livro inteiro, sem danos.

"*Exeunt*", disse, e as chamas se extinguiram ao estalar de seus dedos. "Só uma ilusão. Aprendi muito em Oaxaca, o suficiente para desconfiar de suecos armados com facas ritualísticas envenenadas."

"Se minha ajuda não é mais necessária", avisou o metamorfo, olhando para Winslow, "estou com saudades das praias de casa."

"É claro, meu amigo. Você tem nossa gratidão. Que a estrada seja curta e o mar, sempre prateado."

A criatura gigantesca acenou com a cabeça para os dois, antes de tremular e transformar-se em uma coisa parecida com um caranguejo--roxo. Ele brilhou por mais um momento, e depois ouviu-se o som do ar se deslocando para preencher um vácuo.

"Alguma coisa nisso foi verdadeiro?", perguntou Eustace irritado. "Combate sobrenatural, cogumelos homicidas, pensar que eu seria flambado... Queria que confiasse mais em seu irmão mais velho."

“Seu coração tem boas intenções, Eustace, e o tom apropriado de preto, mas você tem o hábito infeliz de se exibir.”

“Hum. E dessa vez, você me privou dessa oportunidade. Sua Terrível e Escamosa Magnificência vai recompensar seu esforço, sem dúvida, talvez até tomar providências para sua jornada de se tornar um Transcendente.”

Winslow apontou o cubículo que eles haviam encontrado mais cedo atrás do quadro, e Eustace assentiu, embora com alguma ingratidão. Um ou outro livro ou bugiganga ali poderia ser útil, ou para eles, ou para os grandes Senhores da Grande Escuridão, o que, no fim, representaria um lucro para eles também.

Mas talvez ainda tivesse tempo para recuperar o território perdido.

“Depois de pegarmos tudo que pudermos carregar”, disse Eustace, “o que acha de fazermos uma viagem secundária, antes de voltarmos para casa?”

“Em que está pensando?”, Winslow quis saber, já vasculhando a escrivaninha.

“Faz muito tempo que visitamos Buenos Aires pela última vez, e há menos de uma semana ouvi uma fofoca sobre o Caldeirão da Laodiceia ter aparecido por lá.”

“Aquilo seria um pequeno troféu. Não é o *Grimório Greifswald*, é claro, mas não é insignificante. Acho que o sol nos faria bem.”

“Faria, querido irmão”, concordou Eustace, imitando o tom pomposo do irmão. “Faria.”

A AVENTURA DOS SOBREVIVENTES

CLAUDE LALUMIÈRE

Guy Pequeno estava monopolizando o baseado — mesmo tendo sido Guy Grandão a conseguir e pagar pelo haxixe. Guy Grandão sempre pagava por tudo, mesmo Guy Pequeno nem agradecendo, Guy Grandão se sentia responsável por seu xará esquelético e retraído. Eles eram melhores amigos desde os doze anos, se Guy Grandão não tivesse estado lá para tomar conta dele todo esse tempo, quem o faria? De qualquer forma, era fácil ser amigo de Guy Pequeno. Guy Grandão continuava tentando dar um toque para fazer Guy Pequeno passar o beck, mas ele agia como se não percebesse. Ele estava, mais uma vez, em um dos seus discursos nostálgicos sobre os anos de 1980.

"Era tão fácil conseguir haxixe naquele tempo, Grandão. Agora é tudo erva pra lá, erva pra cá, tipo, erva é ótimo, sabe? Claro, maconha é a melhor planta para misturar — tabaco é ruim pra caralho, cara —, mas sozinha, não rola. Quer dizer, não me entenda errado, vou fumar, se só tiver isso, mas haxixe é o bagulho certo, sabe. O melhor bagulho."

De repente, percebendo que o baseado estava queimando, sem ser fumado, entre seus dedos, Guy Pequeno dá uma tragada longa e finalmente lembra de passar o barato para Guy Grandão.

Ele dá um tapa. Aquele bagulho era mesmo bom. Enquanto mantinha a fumaça pungente no pulmão, ele se sentiu bem relaxado. Era como se a sensação quente se espalhasse por dentro, toda sua irritação insignificante com o enrolado e mandão Guy Pequeno sumiram depressa. O Pequeno ainda estava falando, mas Grandão simplesmente o ignorou.

Guy Grandão passou o baseado de novo para Guy Pequeno, que parou de falar no meio da frase para dar outro tapa. Guy Grandão viu seu xará menor exalar. Ele finalmente pôde ver o Pequeno se acalmar. Haxixe era a única coisa que sempre conseguia relaxar Guy Pequeno. Maconha costumava deixá-lo bravo. Ácido o deixava chorão e sentimental. Cocaína o deixava violento, e ele era pequeno demais para entrar em brigas. Guy Grandão sempre tinha que se envolver antes de o outro se machucar, mas Grandão, embora tivesse o tamanho de uma geladeira, odiava violência. E a única vez que a dupla provou cogumelo, eles devem ter pegado uns ruins, porque não só tiveram uma bad trip horrível — como se cada um deles estivesse vivendo um pesadelo acordado —, mas também passaram mal por uma semana. Náusea, diarreia — o pacote completo. Com certeza não deixou nenhum dos dois ansiosos para provar aquele negócio de novo.

A noite estava na metade. O Monte Tabor ficava oficialmente fechado ao público depois da meia-noite, mas isso só significava que não tinha ninguém ali para incomodá-los. Naquele momento, Guy Grandão sentia-se como se estivesse nas nuvens. Curtindo com seu melhor amigo. Os dois calmos e chapados de um bagulho bom. Inspirando o cheiro das plantas ao redor. O céu noturno era profundo, azul-escuro, nenhuma nuvem à vista. Tantas estrelas estavam visíveis que era difícil acreditar que estavam no meio de uma cidade agitada.

Os dois Guys estavam sentados no chão, perto do topo da montanha, encarando o oeste, com as costas contra o tronco de uma grande árvore. Ao longe, podiam ver as luzes e os prédios do centro de Portland. Guy Grandão e Guy Pequeno absorviam tudo em silêncio. Àquela altura, eles estavam de mãos dadas. Pequeno nunca queria dar as mãos em público.

Ele dizia que não queria que as pessoas pensassem que estavam namorando ou algo assim; Guy Pequeno gostava de garotas. Não que em algum momento tivesse conseguido qualquer garota. Guy Grandão conseguia, às vezes, mas ele tomava cuidado para não deixar o amigo saber. Pequeno às vezes podia explodir em um furor de ciúme, e Guy Grandão preferia manter as coisas em paz entre eles. Porém os dois gostavam de segurar a mão um do outro quando estavam sozinhos. Como agora.

De repente, o céu se iluminou e um barulho ensurdecedor preencheu a noite. Um objeto brilhante fez um rastro até a Terra e colidiu no meio da cidade. Um gigantesco cogumelo fosforescente brotou rapidamente do chão, desdobrando-se como um origami. Assim que chegou ao tamanho completo, entrou em erupção como um vulcão, esguichando uma névoa luminosa pelo céu. Uma neve fosforescente recaiu em Portland. Só que não estava frio — era meio de setembro —, então não podia ser neve. Era o negócio do cogumelo-vulcão. Dentro de alguns minutos, estava caindo tão densamente que Guy Grandão não conseguia mais ver a cidade. Apesar de tudo, era mágico.

Algumas, mas bem poucas, das precipitações estranhas chegaram até o monte Tabor, mas seu brilho morria sempre que se aproximava das árvores.

Guy Pequeno disse: "Uau, cara. Essa erva é intensa. Você não vai acreditar na alucinação que tô tendo".

"Não acho que seja o haxixe, Guy Pequeno. Eu também tô vendo."

"Surreal!" Guy Pequeno acendeu outro baseado e os dois o dividiram em silêncio, encarando a aura luminescente que cobriu Portland, até caírem no sono, a cabeça de Guy Pequeno encostada no peito do amigo.

Guy Grandão acordou com o sol e gentilmente reposicionou Guy Pequeno para não o despertar. O Guy menor tinha babado na jaqueta do maior. Guy Grandão não se importou em limpar; achou meio fofo.

Ele ficou de pé, apressando-se em achar um lugar para mijar, limpou as mãos na calça jeans, bocejando e espreguiçando os braços e as costas. Então ele percebeu o barulho estridente que se elevava da cidade. Algo estava errado. Não deveria haver tanta algazarra ao amanhecer. Ele se lembrou da estranheza da noite anterior. Antes mesmo de organizar os pensamentos sobre o acontecido esquisito ou a alucinação, ele andou até o mirante que permitia ver a cidade se esticando ao oeste, além do rio Willamete.

Olhando na direção da cidade, de primeira, Guy Grandão simplesmente não conseguiu encontrar sentido no que via. Precisou focar em um detalhe de cada vez. Era muita coisa para absorver em uma tacada só.

Primeiro, o lado oeste do centro, as montanhas Tualatin, verdes e exuberantes e cobertas por uma névoa úmida, era tranquilizadoramente familiar. Guy Grandão esperou um tempo e usou aquela imagem para ancorar sua percepção. O olhar dele foi para o centro...

Ele estava sóbrio agora. Aquilo não era viagem ou alucinação.

O cenário urbano, na verdade, tinha de modo geral a mesma definição dos contornos normais — apesar do gigante cogumelo-vulcão cinza, agora adormecido — mas, em vez dos prédios e arranha-céus, a topografia urbana era feita de... cogumelos. Cogumelos gigantes. Marrom. Branco. Vermelho. Amarelo. Roxo. Pontilhado. Protuberante. Eles eram majestosos e ameaçadores e resolutos, pulsando e ondulando de um jeito bem sutil, inquestionavelmente vivos. Titãs conquistadores sendo senhores em seu novo domínio.

Ele tentou focar no nível das ruas, o que não era fácil de distinguir ao longe. Só que isso também parecia errado. Não havia sinal nenhum de qualquer trânsito. O que ele conseguia ver das ruas parecia bulboso, esponjoso, vivo. Ele precisava de um binóculo para compreender o que via.

O rio Willamette dividia o sudoeste do sudeste de Portland, e os dois lados eram ligados por uma rede de pontes; visível de onde Guy Grandão estava: Steel, Burnside, Morrison, Hawthorne, Marquam. Toda criança de Portland conhecia as pontes e as distâncias de cor. Um dos muitos apelidos de Portland era "Cidade das Pontes", e os moradores eram ensinados a ter orgulho desse patrimônio. Porém, além da localização, não havia nada familiar naquelas estruturas. Elas pareciam ter saído da sua coleção de álbuns de rock progressivo: aquelas pinturas estranhas, sobrenaturais e psicodélicas de paisagens bizarras e impossíveis. E não havia engano, mesmo de longe: aquelas pontes não eram feitas de concreto e metal; em vez disso, eram redes de fungos conectadas e interligadas, passagens para um pesadelo estranho, perturbador.

Uma das coisas incríveis sobre o centro do sudeste de Portland, a parte da cidade entre o monte Tabor e o rio Willamette, onde os dois Guys dividiam um apartamento, que pertencia a Guy Grandão e ele pagava todas as despesas, era que — apesar de ser uma área urbana agitada com restaurantes, bares, cinemas e todos os tipos de comércios —, vista da montanha, parecia uma floresta, com apenas algumas ruas e escassos prédios salpicando a paisagem verde. A ilusão sempre fascinava Guy Grandão.

Hoje não. O sudeste de Portland agora parecia uma área de desastre. As árvores estavam caindo a cada segundo, revelando a paisagem urbana. Havia incêndios, especialmente nas margens dos parques. Mas o pior de tudo eram os gritos e os tiros. Ele conseguia ver as pessoas correndo freneticamente pelas ruas, mas não podia compreender exatamente de quem ou para onde estavam correndo. Hawthorne Boulevard tinha virado um caos completo, mas não havia trânsito, em lugar algum.

Ele se perguntou onde estavam todos os carros, então percebeu que, estacionados nas laterais das ruas, onde deveriam estar os automóveis, ficavam aquelas coisas protuberantes em um formato vagamente retangular com grandes cogumelos.

Um movimento chamou sua atenção: as casas estavam ondulando, metamorfoseando, como se estivessem sendo comidas por — ou melhor, se submetendo aos — fungos. Tinha gente dentro das casas?

Que porra estava acontecendo lá embaixo?

Perto de onde ele estava, no pé do monte Tabor, ficavam dois reservatórios da cidade. As estruturas e prédios ao redor também foram tomadas por fungos, mas de forma mais lenta e hesitante, diferente da cidade em si. O fungo chegava apenas até onde era cercado por vegetação, como se as plantas funcionassem como um escudo contra a invasão. *Então*, pensou ele, *estamos a salvo aqui, na montanha, entre as árvores*.

Ele olhou para os próprios pés. O chão estava esparsamente coberto por aquelas coisas murchas em forma de esperma, com menos de três centímetros. Deve ter sido isso que o cogumelo gigante esguichou para o céu na noite anterior. Esporos. Esporos de fungos.

Guy Grandão analisou com mais cuidado o que havia em volta dele. A montanha não era toda vegetação, no fim das contas. Ele e Guy Pequeno tinham dormido sob uma árvore, que claramente os tinha protegido. Na verdade, à primeira vista, tudo ao redor dele parecia não ter mudado. Todos os esporos morreram antes de chegar ao chão. Que tipo de fungo morre ao ser exposto a plantas?

Aí ele olhou com mais atenção. Alguns esporos tinham sobrevivido. Havia um banco à sua esquerda, onde cresciam alguns fungos minúsculos, lutando para se espalhar. Atrás, a trilha pavimentada também estava coberta com pequenas placas de fungos frágeis.

Guy Grandão se perguntou se aquilo tinha acontecido com o mundo inteiro, ou apenas ali em Portland. Uma coisa era certa: ele não desceria até que tudo estivesse acabado. Naquele momento, seu estômago grunhiu, e se perguntou como ele e Guy Pequeno iriam sobreviver ali em cima, no monte Tabor, sem nenhuma comida.

Guy Pequeno ainda dormia, roncando.

Guy Pequeno acendeu outro baseado e disse: "Se a gente tivesse usado cogumelo em vez de haxixe, eu acharia que isso é outra bad trip".

"Tem certeza de que deveríamos fumar agora? A gente não devia, sei lá, ficar atento ou algo assim?", perguntou Guy Grandão.

"Atentos com o quê, Grandão? Nós vamos morrer. Olha lá para baixo. É o fim do mundo, cara. O que mais dá pra fazer além de ficar chapado? Se a gente tivesse sido inteligente de trazer umas meninas, podíamos foder, mas você sempre atrapalha meu jogo, cara. Quer dizer, eu te amo, pô. Você é meu mano, mas não é exatamente um ímã de minas. Ontem à noite, em vez de vir direto pra cá com você, eu devia ter dado um pulo no bar em Belmont primeiro e pegado umas três garotas. Aí trazia pra cá pra gente fumar e foder."

Por dentro, Guy Grandão suspirou com aquele discurso familiar. Guy Pequeno gostava de divulgar todas as garotas que ele conseguia sozinho, mas Grandão sabia a verdade: Pequeno só não era um virgem de 50 anos porque teve uma foda bêbado na faculdade.

"Pequeno, deixa disso. Quer dizer, claro, parece ruim, mas até onde sabemos, o Exército vai chegar e matar essas coisas. Ou elas vão morrer sozinhas na próxima vez que chover, ou sei lá. Não podemos simplesmente desistir."

Guy Pequeno puxou o beck. "Grandão, você sempre vê o lado bom das coisas e é por isso que é gente boa, mas precisa encarar os fatos, amigão. É isso. Apocalipse. Armagedom. Fim do mundo. Ataque dos cogumelos gigantes assassinos. Além do mais, como vamos sobreviver aqui em cima? Não é como se de repente a gente fosse receber poderes de escoteiros e aprender como conseguir comida e viver na selva. Você e eu juntos mal sabemos como fazer uma torrada e cozinhar um ovo. Num dia bom, a gente, tipo, coloca leite no cereal como campeões olímpicos, mas isso não é exatamente um conhecimento de sobrevivente."

Guy Grandão tentou interromper, mas Pequeno ergueu a mão para silenciá-lo enquanto dava outro tapa. Guy Pequeno exalou a fumaça, depois voltou ao raciocínio: "Este é meu plano, Grandão: ficar o mais chapado que é possível; depois, com o coco bem doidão, eu vou até o caos lá embaixo e sou comido por nossos novos senhores cogumelos enquanto tô muito fora de mim pra me importar. Melhor isso do que passar fome enquanto me preocupo com quando ou como a morte vai chegar. Sugiro que você faça o mesmo. Escolhe o caminho sem dor, meu amigo". Guy Pequeno tentou passar o baseado na direção do melhor amigo, mas Guy Grandão balançou a cabeça.

"Não posso simplesmente desistir, Pequeno. Também não quero deixar que você desista, mas..." Guy Grandão tinha que admitir que entendia o argumento de Guy Pequeno; talvez, naquele caso, seu otimismo estivesse equivocado. E que direito ele tinha de interferir em uma decisão tão importante? Ele queria ser responsável por tornar o fim da vida de Guy Pequeno cheio de dor e miséria? Ele admirava Guy Pequeno — pela primeira vez, naquele momento, quando os riscos eram tão altos — por ser tão decidido, por querer tomar o controle de seu próprio destino. "Mas vou apoiar qualquer decisão que você tomar, Pequeno. Não vou descer com você lá embaixo, se decidir isso, mas também não vou tentar discutir com você."

Os olhos de Guy Pequeno ficaram úmidos ao reprimir as lágrimas. "Vamos fazer assim, Grandão: vamos fumar e pensar. Combinado?"

Guy Grandão abraçou seu velho amigo. "Combinado."

Então pegou o baseado e deu uma puxada longa e profunda.

Cinco baseados e duas horas depois, a dupla de hippies modernos estava sem haxixe. Eles não tinham trocado uma única palavra durante todo aquele tempo. Àquela altura, Portland estava em silêncio lá embaixo. Do pé do monte Tabor até as montanhas Tualatin, verdejantes como nunca, o que menos de um dia antes fora uma cidade próspera agora era uma grande floresta colorida de fungos, interrompida apenas pelo rio Willamette e a parte que um dia fora o parque Laurelhurst: lá ainda queimava. Sem dúvida, no tempo certo, os cogumelos encontrariam uma forma de desmatar as montanhas também.

Coisas se moviam lá embaixo. Isso assustava Guy Grandão para caralho. Ele não sabia exatamente o que eram aquelas coisas, olhando lá de cima, mas não pareciam com qualquer pessoa, animal ou veículo que ele já tinha visto. Eram fungos. Fungos ambulantes.

"Tudo bem, Pequeno, eu vou lá embaixo com você. Vamos mostrar pra esses cogumelos fodidos que podemos morrer com dignidade!"

Guy Grandão esperou por uma resposta, mas Guy Pequeno não disse nada. Ele olhou em volta; não via seu amigo em lugar nenhum. Ele gritou: "Guy Pequeno, cadê você?".

Ele já tinha ido para a cidade sozinho? Há quanto tempo tinha partido? A memória recente de Guy Grandão estava confusa por causa do haxixe. Os cogumelos provavelmente já haviam consumido o corpo pequeno e engraçado de seu velho amigo àquela altura. Guy Grandão não achou que ele teria coragem de descer sozinho. Por que Guy Pequeno não esperou por ele?

Solidão e luto inundaram Guy Grandão e ele começou a chorar. Falou consigo mesmo, mergulhado em autopiedade: "Cara, minha vida foi um desperdício. Cinquenta anos e eu nunca conquistei porra nenhuma. Gastei meu tempo, minha vida, minhas economias fumando, com medo demais de sequer tentar alguma coisa. Porra, eu nunca nem fui pra algum lugar que fosse mais distante do que Seattle. Que perdedor de merda. Até meu único amigo não se importou em se despedir de mim antes de caminhar pra morte. Eu costumava achar que o Pequeno era pior do que eu; tudo que ele fazia era viver à minha custa. Mas pelo menos ele teve coragem de descer lá sozinho. No fim, ele foi um Guy maior do que eu acreditava. Porra, eu sinto a falta dele".

Guy Grandão perdeu a noção do tempo. Ele apenas ficou sentado lá e encarou, inexpressivo, o que costumava ser Portland, ocasionalmente secando as lágrimas e o catarro do rosto, ignorando o estômago rugindo.

... Até que Guy Pequeno veio saltitando pela trilha pavimentada, parecendo estar tendo o melhor dia de sua vida.

"Cara, você precisa provar esses cogumelos. É a melhor brisa possível! Cara, é isso. Este é o melhor bagulho que já existiu!"

Segurando um punhado de fungos com aparência bizarra, ele estendeu a mão na direção do amigo.

O alívio inundou Grandão; ele riu com tanta força que caiu rolando no chão.

Guy Pequeno não queria sair da trilha.

"Tem vozes na minha cabeça, Grandão. Eles odeiam a montanha. Sabia que árvores sabem cantar? Até a grama cantarola num tom sutil, cara. Esses cogumelos, mano, eles odeiam música. Em doses altas, pode ser, tipo, letal pra eles. As vozes estão me mandando seguir a estrada até Fungolândia e sair dessa porra desta montanha."

"Fungolândia? É assim que eles chamam Portland?"

"Porra, não, mano. Eu inventei. As vozes, cara, elas não falam idiomas que conhecemos. Elas falam em impressões. É muito maravilhoso, mano. É como se meus pensamentos e emoções fluíssem por partes do meu cérebro que eu não podia acessar antes. Tudo foi acentuado. Tipo, camadas por múltiplas dimensões ou alguma merda assim."

"Cara, tem cogumelo crescendo no seu rosto."

"Ah, é, eles estão tentando dominar meu corpo, mas tá tudo bem. Tenho tudo sob controle. Contanto que eu fique na montanha, cercado pelas músicas de todas essas árvores, eles ficam fracos demais. Em vez de me dominarem, eu vou usá-los para ficar muito chapadão. Não tô de brincadeira contigo, mano. Vale o risco. Eu nunca me senti tão bem assim."

"Então vem aqui. Não quero sair do gramado."

"Porra, não, mano. Eles gritam pra caralho se eu pisar na grama. A dor é muito grande pros fungos e estamos tão conectados que eu sinto o que eles sentem. Sem chance de eu fazer isso."

"Mas não tô sacando esse lance de 'as árvores são mortais'. Tem cogumelos em várias árvores e nas florestas e coisas assim."

"É, mas esses são cogumelos da Terra. Estes cogumelos, mano, eles são do espaço. Eles não gostam nadinha da nossa vegetação mais alta."

"Pequeno, não acho que você tá tão no controle quanto pensa. Você não tá se vendo. Tá começando a parecer uma colônia de cogumelos."

"Mas, parceiro, você não entendeu. Mesmo enquanto tô aqui falando contigo, minha mente tá funcionando em múltiplas dimensões de uma vez. Chapando que nem um doidão fodido. Explorando a consciência do cogumelo. Viajando pelo tempo e espaço e umas merdas. É, tipo, como se eu estivesse me tornando o próprio universo."

Guy Grandão foi até a margem da trilha, encarando Guy Pequeno. Tinham mais placas de cogumelos no pavimento do que antes, como se estivessem ficando mais fortes, se acostumando ao ataque da música verde.

"Isso é pro seu próprio bem, amigão."

Guy Grandão agarrou o Pequeno, empurrou-o para o chão e o rolou na grama.

Guy Pequeno gritou. Os cogumelos em sua pele começaram a secar, ficando brancos e descascando. Guy Grandão ainda estava empurrando o amigo para baixo quando o Pequeno começou a vomitar. *Argh*. Era o cheiro mais horroroso que o Grandão já tinha sentido.

Finalmente, o vômito diminuiu. Guy Grandão soltou o Pequeno.

"Você tá bem, parceiro? Tá começando a se parecer mais com você mesmo." Guy Grandão tentou apertar suavemente a mão do amigo.

"Sai de perto de mim, seu cuzão! Por que caralhos você fez isso? Escutou uma palavra do que eu te disse? Vai se foder, mano. Eu volto pra dividir uma coisa maravilhosa contigo e você faz isso comigo? Vai se foder! Eu tava nas nuvens, mano."

Guy Pequeno se levantou e cuspiu no ex-amigo. "Eu não preciso de você, Grandão. Sempre achando que sabe mais do que eu, como se eu fosse um idiota. Tô cansado de alimentar seu ego. Prefiro morrer e deixar esses cogumelos me consumirem do que viver com você sendo paternalista e condescendente o tempo todo. Que se foda sua atitude de superioridade. Estes cogumelos, eles me deram tudo que sempre quis. Tudo. Foda-se!"

Guy Pequeno disparou pela trilha pavimentada, em direção à Fungolândia.

* * *

Nos últimos três dias, tudo que Guy Grandão tinha para comer eram folhas e grama. Porém ele havia vomitado a maioria. Como os humanos sobreviveram na porra da selva por milhares de anos?

Tinha chovido algumas vezes, pelo menos, e ele havia conseguido coletar água o bastante para não desidratar. Mas a fome o atormentava. Ele não seria capaz de sobreviver por muito mais tempo, sabia disso.

Portland — ou melhor, Fungolândia — era uma paisagem em metamorfose constante, parecendo mais alienígena com o passar das horas. Pelo menos ainda não havia acontecido nenhum ataque no monte Tabor. Mas a trilha pavimentada estava ficando maior e maior, com placas de cogumelos mais firmes.

Seria mesmo tão ruim comer aqueles cogumelos? Talvez ele não morresse. Talvez ele só se transformasse. Se tornasse um homem-cogumelo. Virasse aquela junção com o universo ou qualquer coisa lá que Guy Pequeno tinha dito.

Melhor comer do que ser comido.

Guy Grandão não tinha mais força para ficar de pé. Ele se arrastou pelo gramado até a trilha. Quando se deitou completamente nela, com nenhuma parte de si tocando a grama, ele esticou a cabeça para cheirar a trilha de cogumelos. O aroma era sutil, ainda que indiscutivelmente nojento. Ele esticou a mão e os arrancou do concreto. Eles pulsavam em sua mão, como se sangue ou respiração os perpassasse. Ele os encarou por um momento. Então fechou os olhos. Levou a mão até a boca e começou a mastigar os invasores alienígenas.

ARTE FUNGI

Literatura & Cinema

ILUSTRAÇÃO
Julie de Graag
1877 – 1924

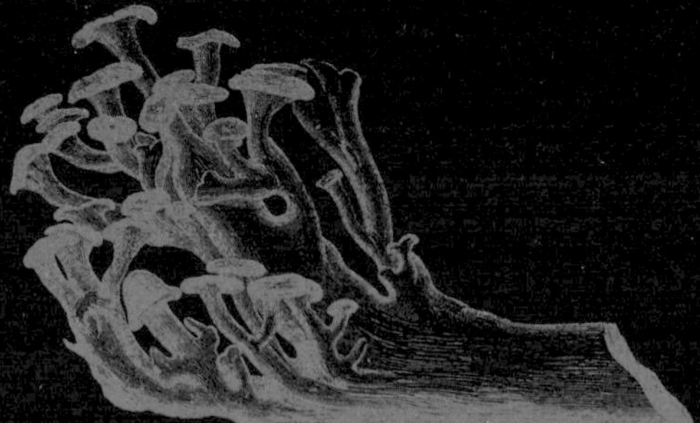

A.J.D.G.1916

FUNGO EM TODA PARTE

Enquanto trabalhávamos nessa antologia, criamos uma lista de exemplos de fungos em diversos tipos de mídia. Este compêndio, elaborado de forma coletiva, não pretende ser uma seleção completa, mas pode servir como porta de entrada para aqueles que desejam explorar mais sobre o fascinante universo dos cogumelos.

LITERATURA

A Botanical Daughter

Romance de Noah Medlock (2024)

Em uma estufa vitoriana isolada, Simon e Gregor, dois cavalheiros peculiares, escondem sua relação do mundo e se dedicam a suas paixões: a taxidermia e plantas exóticas. Quando Gregor adquire um fungo estranho com sinais de inteligência, ele decide criar vida inteligente a partir de matéria vegetal, usando um cadáver como substrato. O resultado, uma criatura chamada Chloe, supera todas as expectativas e enreda seus criadores em uma teia de segredos e perigos. À medida que o micélio se espalha, fica claro que talvez eles não estejam cultivando a criatura, mas sim sendo cultivados por ela. Uma narrativa cativante de família, fungos e vingança sangrenta.

Gótico Mexicano

Romance de Silvia Moreno-Garcia (2020)

Na Cidade do México dos anos 1950, Noemí Taboada recebe uma carta de sua prima Catalina pedindo ajuda, alegando que seu marido inglês, Virgil Doyle, pretende envenená-la. Noemí viaja para a isolada mansão dos Doyle, onde descobre um ambiente estranho e hostil. Enquanto investiga, ela descobre que a família Doyle usa um fungo misterioso para prolongar suas vidas, com a mansão impregnada pelos esporos que lhes permitem controlar outros. Determinada a salvar sua prima e escapar, Noemí e Francis, um membro dissidente da família, confrontam os horrores do fungo. Eles incendeiam a mansão, destruindo os Doyle e libertando-se da terrível influência do micélio.

Amplificador

Romance de Cesar Bravo (2023)

Em uma cidade peculiar, um fungo misterioso começa a crescer e se espalhar, adaptando-se a diversas condições ambientais. À medida que a planta invade casas e até mesmo corpos, os habitantes precisam lidar com os desafios de um inimigo invisível e aparentemente imbatível. A narrativa de Cesar Bravo envolve mistério e um toque de sobrenatural, explorando o impacto de um organismo fúngico que ameaça transformar a vida em Terra Cota.

Mestres do Gótico Botânico

Coletânea (2022)

Todos sabem que se deve arrancar o mal pela raiz. Quando o assunto são plantas e fungos assassinos, ninguém melhor do que os autores dos séculos passados para entregarem histórias regadas com terror, suspense e mistério sobrenatural. O subgênero do horror botânico e *killer plants* pode ter se popularizado no século XIX, mas as plantas alucinógenas, tóxicas e venenosas já eram temidas desde tempos antigos, por serem ligadas à bruxaria e poções. *Mestres do Gótico Botânico* e outros suspenses venenosos entrega histórias populares e raras dos grandes autores de terror, envolvendo árvores amaldiçoadas, plantas carnívoras, flores venenosas, fungos mortíferos e descrições sombrias da literatura gótica.

Os Botes do Glen Carrig

Romance de William Hope Hodson (1757)

Quando o navio *Glen Carrig* é atingido por uma rocha escondida no oceano, não resta nada aos passageiros a não ser deixar a embarcação e partir rumo ao desconhecido em botes salva-vidas. O que eles encontram, entretanto, pode ser mais perigoso para suas vidas do que permanecer à deriva no oceano.

Saint Peter's Snow

Leo Perutz (1933)

Durante o período em que ficou em coma, o dr. Georg Amberg se recorda de uma estranha realidade em um lugarejo chamado Morwede, uma aldeia rural em que ocorreram acontecimentos perturbadores. Amberg se lembra, também, de uma droga capaz de alterar o cérebro, um experimento secreto feito a partir de um fungo do trigo, chamado Neve de São Pedro.

The Wonderful Flight to the Mushroom Planet

Eleanor Cameron (1954)

Basidium é uma pequena lua habitável da Terra, mas que é invisível em sua órbita. Em sua superfície, habitam pequenas criaturas verdes e uma série de cogumelos e fungos. Como parte de um experimento do misterioso sr. Tyco Bass, os amigos David Topman e Chuck Masterson são enviados até lá e descobrem que a população está doente com alguma estranha doença.

A Scent of New-Mown Hay

John Blackburn (1958)

Quando a tripulação de um navio inglês e os habitantes de uma vila russa são exterminados de forma misteriosa, o general Charles Kirk, da Inteligência Britânica, decide investigar. Viajando pelo continente europeu até chegar a um antigo campo de experiências nazistas abandonado, Kirk terá que descobrir quem é o responsável pela estranha epidemia, causada por algum tipo estranho de fungo, e como é possível detê-lo.

The Hendon Fungus

Richard Parker (1968)

Peter e Emelle Hendon plantam uma semente em seu jardim, mas mal sabiam eles que o que cresceria dali afetaria para sempre a vida de sua família e de todos à sua volta. O fungo que nasce da plantação dos irmãos começa a devastar rapidamente todas as construções próximas, e deve ser detido imediatamente.

Love and War

(um livro tie-in de Doctor Who)

Paul Cornell (1992)

No planeta chamado Heaven, humanos e draconianos vivem em harmonia. Em uma missão bastante trivial, a de recuperar um livro, conforme afirma, o Doctor desembarca em Heaven. Porém, neste lugar de paz e tranquilidade, o Doctor e sua *companion*, Ace, descobrem um antigo mal terrível que até os Time Lords temem.

Shriek: An Afterword

Jeff VanderMeer (2006)

Janice Shriek, uma ex-figura da sociedade, conta detalhes sobre sua família e diversos dos acontecimentos estranhos e inquietantes que aconteceram na cidade de Ambergris, incluindo as desventuras de seu irmão, Duncan; a disputa entre duas editoras que alterará para sempre a cidade; e os capuzes cinzentos, um grupo marginalizado armado com potentes armas fúngicas. Segundo livro da trilogia de Ambergris.

Finch

Jeff VanderMeer (2009)

Quando dois corpos sem identificação são encontrados, o detetive Finch fica interessado na questão. Há uma rede de intrigas acontecendo na cidade de Ambergris, e seus novos mestres não querem que muitas investigações sejam feitas. Mas Finch logo se verá no centro dos acontecimentos que mudarão para sempre a cidade. Terceiro livro da trilogia de Ambergris.

Spore

John Skipp & Cody Goodfellow (2011)

Há uma inteligência crescendo sob Los Angeles, liberando esporos que adentram os cérebros humanos e assumem o controle, levando seus hospedeiros ao terror e à carnificina. Enquanto isso, Rory Long e Trixie Wright estão profundamente apaixonados, mas correm para salvar suas vidas em uma área dos subúrbios de LA, onde incêndios florestais e ondas de violência devastam o local. Há como deter a loucura?

"A Voz na Noite"

Conto de William Hope Hodgson

Uma embarcação é abordada por um homem estranho, que se nega a se aproximar demais da luz. Para aqueles que estão dispostos a ouvir, ele conta uma história aterrorizante sobre como ele e a noiva foram parar em uma ilha não muito distante, infestada por fungos. • Leia em: *Mestres do Gótico Botânico*, Editora Wish, 2022

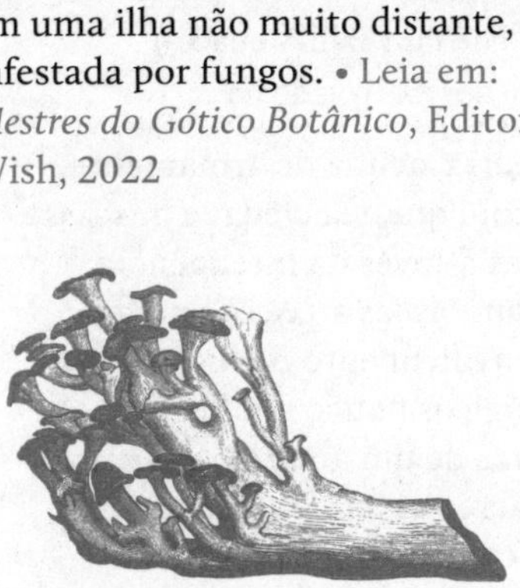

"Fungus Isle"

Conto de Philip M. Fisher

Os sobreviventes de um naufrágio chegam a uma ilha. Pensando terem encontrado abrigo, logo eles se veem obrigados a lutar pelas próprias vidas contra um grupo de homens cujos corpos estão infestados de ervas. Uma homenagem a William Hope Hodgson e H.P. Lovecraft. • Leia em: *Argosy All-Story Weekly*, 1923

"Sussurros na Escuridão"

Conto de H.P. Lovecraft

Quando Albert N. Wilmarth ouve sobre as coisas estranhas flutuando na inundação de Vermont, ele escolhe ser cético. Mas o encontro com Henry Wentworth Akeley, um homem que vive em uma fazenda e diz ter provas para Wilmarth que o tornarão um crente, ele se verá diante de segredos obscuros e inimagináveis do universo e além. • Leia em: *Sussurros na Escuridão: E Outros Contos*, Novo Século, 2020

"Spheres of Hell"

(ou "The Puff-Ball Menace")

Conto de John Wyndham

A guerra, acima de armamento, fez com que a sociedade buscasse saídas através da inteligência, voltando suas atenções para o desenvolvimento de dispositivos biológicos pouco conhecidos. As esferas de um amarelo doentio e inacreditavelmente leves que começaram a crescer na Cornualha, e em tantos outros lugares depois disso, são um ótimo exemplo disso. • Leia em: *Wonder Stories*, 1933

"A Casa Temida"

Conto de H.P. Lovecraft

Há uma casa assustadora na Benefit Street, objeto de fascínio e horror do narrador e de seu tio, dr. Elihu Whipple. Além de incontáveis mortes de antigos moradores, a casa é envolta em outros mistérios, como as estranhas ervas que crescem em seu jardim e um misterioso fungo fosforescente que resplandece no sótão. • Leia em: *Biblioteca Lovecraft Vol. 1*, Companhia das Letras, 2019

"Cultivem Cogumelos, Rapazes!"

Conto de Ray Bradbury

Uma ameaça alienígena inteligente está consumindo aos poucos os habitantes da terra. Conforme eles infestam sua vítima, eles acabam com seu livre-arbítrio e, em seguida, enviam novos fungos para serem plantas e comidos por novas pessoas incautas. • Leia em: *As Máquinas da Alegria*, Editora Livros do Brasil, 1965

"Massa Cinzenta"

Conto de Stephen King

Em Bangor, no Maine, um grupo de conhecidos enfrenta uma forte nevasca na loja de conveniência local. Quando o filho de Richie Grenadine aparece no local aterrorizado, eles resolvem fazer uma visita a Richie, apenas para descobrirem que há algo muito errado com o homem. • Leia em: *Sombras da Noite*, Suma, 2013

"A Cabin in the Woods"

Conto de John Coyne

Uma cabana no meio da floresta começa a ser atacada por um misterioso fungo. • Leia em: Alfred Hitchcock's Mystery Magazine, 1976

"Fruiting Bodies"

Conto de Brian Lumley

Uma antiga vila no topo de um penhasco está sendo duplamente ameaçada. Por um lado, a erupção pode destruir a base pouco sólida do local e levar a todos para o mar. Mas, mais assustador, é o crescimento de um terrível fungo que pode devorar tudo pelo caminho. • Leia em: *Weird Tales*, 1988

"The All-Consuming"

Conto de Lucius Shepard & Robert Frazier

Na estranha cidade de Santander Jimenez, localizada na fronteira da floresta Malsueno, apenas os criminosos e aqueles que não querem ser encontrados têm coragem de viver. Arce, um desses homens, é contratado por um milionário para encontrar algo para ele na floresta. O que Arce encontra, entretanto, é muito mais do que ele poderia imaginar. • Leia em: *Playboy*, 1990

"Growing Things"

Conto de T.E.D. Klein

Um casal compra uma casinha afastada da cidade, no interior. O lugar precisa de alguns reparos variados. Mas, conforme eles se acostumam e descobrem coisas novas, eles se perguntam o que pode ter acontecido com o casal anterior. • Leia em: *999: New Stories of Horror & Suspense*, 1999

"Leng"

Conto de Marc Laidlaw

Uma expedição liderada por um entusiasta de fungos escolhe como local para sua próxima busca a região de Leng, um local próximo ao Tibete conhecido por sua variedade fúngica. Em Leng, porém, o narrador entrará em contato com uma estranha entidade que mostrará a ele muito mais do que ele buscava. • Leia em: *Lovecraft Unbound*, 2009

"The Black Mould"

Conto de Mark Samuels

Um fungo autoconsciente surge espontaneamente em um aerólito à deriva no espaço. Aterrorizado por sua própria existência, ele se espalha pelo universo, assimilando tudo em seu caminho em uma tentativa desesperada de se libertar de seus pesadelos. Um breve e intenso conto de terror cósmico. • Leia em: *The Man Who Collected Machen & Other Stories*, 2010

1

A Caverna do Terror
The Unknown Terror, 1957
Dirigido por Charles Marquis Warren
Escrito por Kenneth Higgins

Um milionário lidera uma expedição a uma floresta remota para encontrar o irmão de sua esposa há muito perdido. Mas, em vez disso, o grupo encontra um cientista louco que criou um monstro fúngico que se alimenta dos habitantes locais.

2

Matango: A Ilha da Morte
Matango, 1963
Dirigido por Ishirō Honda ✷ Escrito por Takeshi Kimura, Shin'ichi Hoshi, Masami Fukushima ✷ Adaptado de "A Voz da Noite", conto de William Hope Hodgson

Ao sobreviverem a um naufrágio, um grupo chega a uma estranha ilha, somente para, um a um, se transformarem em estranhas criaturas parecidas com cogumelos.

3

Nausicaä do Vale do Vento
Kaze no tani no Naushika, 1984
Escrito e dirigido por Hayao Miyazaki

Em um futuro distante, a Terra está devastada pela poluição. Nausicaä habita o Vale do Vento, terra que faz fronteira com uma floresta perigosa, com criaturas estranhas. Outras duas nações vizinhas estão em guerra, e Nausicaä fará o que puder para impedir que elas destruam sua casa e o que resta de seu planeta.

4

Alucinação
Shrooms, 2007
Dirigido por Paddy Breathnach ✷ Escrito por Pearse Elliott

Um grupo de amigos viaja por uma floresta da Irlanda para colherem cogumelos alucinógenos. Encontrando alguns habitantes do local, logo eles estão sentados ao redor de uma fogueira ouvindo estranhas histórias — que talvez não sejam apenas histórias. As coisas ficam mais assustadoras ainda quando ocorrências bizarras começam a acontecer.

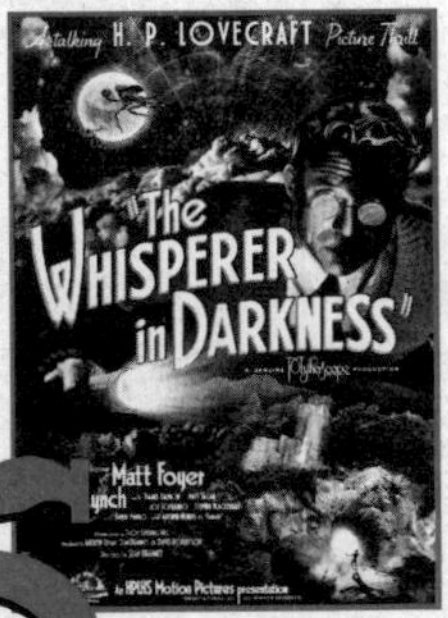

5

Um Sussurro nas Trevas
The Whisperer in Darkness, 2011
Dirigido por Sean Branney ✷ Escrito por Sean Branney, Andrew Leman ✷ Adaptado do conto "Sussurros na Escuridão", de H.P. Lovecraft

Albert Wilmarth é um professor de folclore na Universidade Miskatonic, que viaja até as montanhas de Vermont para investigar rumores de estranhas criaturas. Sua investigação, entretanto, o fará encontrar horrores muito piores do que ele imaginava poder existir.

6

The Last of Us
The Last of Us, 2023–
Criada por Neil Druckmann, Craig Mazin
Adaptada do jogo de videogame *The Last of Us*

Vinte anos depois da civilização moderna colapsar, Joel é contratado para contrabandear Ellie, uma garotinha, para fora da zona de segurança. Enquanto viajam, ambos irão atravessar uma jornada brutal e dolorosa pelo novo mundo destruído.

PEQUENOS ESPOROS MORTAIS
NATUREZA MACABRA
DARKSIDE

BIOGRAFIAS

AUTORES

A.C. WISE **(p. 143)** é autora de *Wendy, Darling* e *Hooked*, da coleção de contos *The Ghost Consequences* e das novelas *Grackle* e *Out of the Drowning Deep*. Seu trabalho ganhou um prêmio Sunburst e foi finalista dos prêmios Nebula, Stoker, World Fantasy, Locus, British Fantasy, Aurora, Shirley Jackson, Ignyte e Lambda. Além de sua ficção, ela contribui com uma coluna de resenhas para o Locus e Apex. • acwise.net

ANN K. SCHWADER **(p. 266)** mora nos subúrbios do Colorado, Estados Unidos. Sua coleção de poesia *Unquiet Stars* (Weird House Press, 2021) ficou em terceiro lugar no prêmio Elgin em 2022, na categoria Coleção Completa. Ann é duas vezes finalista do prêmio Bram Stoker, e recebeu o Rhysling pelos seus trabalhos. Foi nomeada Grande Mestre na Science Fiction & Fantasy Poetry Association em 2019. • schwader.net

ANDREW PENN ROMINE **(p. 47)** vive em Los Angeles e trabalha na indústria de efeitos visuais e de animação. Graduado no workshop da Clarion West de 2010, sua ficção apareceu nas publicações *Lightspeed Magazine* e *Crossed Genres*, assim como nas antologias *Broken Time Blues: Fantastic Tales in the Roaring 20s* e *Rigor Amortis*. Ele também contribuiu com artigos na *Lightspeed Magazine* e *Fantasy Magazine*. • andrewpennromine.com

CAMILLE ALEXA **(p. 34)** vive perto de um vulcão ao noroeste do Pacífico em uma casa estilo eduardiano repleta de fósseis, conchas quebradas, galhos secos e outras coisas mortas. Sua poesia foi indicada aos prêmios Rhysling e Dwarf Star, enquanto sua coletânea de contos, *Push of the Sky* (Hadley Rille Books, 2009), ganhou elogios na Publishers Weekly e foi finalista do Endeavour Award.

CHADWICK GINTHER **(p. 225)** é autor da trilogia *The Thunder Road* (Ravenstone), do romance *Graveyard Mind* (ChiZine, 2018) e de mais de trinta contos, alguns deles presentes em *Khyber: Sinister Tales of Sword and Sorcery* e *When the Sky Comes Looking for You: Short Trips Down the Thunder Road*. A sua história "All Cats Go to Valhalla" ganhou o prêmio de melhor conto no Prix Aurora Award de 2021. Ele se recusa a comer cogumelos. • chadwickginther.com

CLAUDE LALUMIÈRE (p. 288) é autor de cinco livros, incluindo a coleção *Objects of Worship* (ChiZine, 2009), *The Door to Lost Pages* (ChiZine, 2011) e *Altre persone / Other Persons* (Future Fiction 2018). Editou antologias de vários gêneros e foi colunista de ficção fantástica para *The Montreal Gazette*. É o cocriador de *Lost Myths*, uma coleção de artefatos pop, uma série ao vivo em multimídia e um arquivo online de criptomitologia. • lostmyths.net

DANIEL MILLS (p. 155) é autor de *Revenants: A Dream of New England* (Chomu Press, 2011). Seus contos de ficção foram publicados em vários meios, entre os quais *Delicate Toxins* (Side Real Press, 2011), *Supernatural Tales 20* (Supernatural Tales Press, 2011), *Dadaoism* (Chomu Press, 2012), *A Season in Carcosa* (Miskatonic River Press, 2012), *The Grimscribe's Puppets* (Miskatonic River Press, 2012) e *The Mammoth Book of Best New Horror 23* (Robinson, 2012).

E. CATHERINE TOBLER (p. 268) é autora de contos que apareceram nas publicações *Clarkesworld*, *F&SF*, *Beneath Ceaseless Skies*, *Apex Magazine* e outras. Sua novela, *The Necessity of Stars*, foi finalista dos prêmios Nebula, Utopia e Sturgeon.

IAN ROGERS (p. 239) é autor de Every House is Hunted. Sua noveleta "The House on Ashley Avenue" foi finalista do prêmio Shirley Jackson e está sendo adaptada em um filme produzido por Sam Raimi e dirigido por Corin Hardy.

JANE HERTENSTEIN (p. 124) é autora de mais de trinta histórias publicadas. Escreveu *Beyond Paradise Orphan Girl: The Memoir of a Chicago Bag Lady* e *teve* seu trabalho publicado em lugares como *Hunger Mountain*, *Rosebud*, *Word Riot*, *Flashquake*, *Fiction Fix*, *Froswriting* e outras antologias temáticas. Ela também leciona em um workshop sobre a técnica de "flash memoir", de não ficção curta. • memoirouswrite.blogspot.com

JEFF VANDERMEER (p. 89) atualmente é um bebê guaxinim morando na Florida.

JESSE BULLINGTON (p. 103) é o autor de *The Sad Tale of the Brothers Grossbart*, *The Enterprise of Death* e *The Folly of the World*, assim como outras histórias de ficção. Aprecia IPAs, filmes coreanos de crimes e brincar com furões. Sua rivalidade com o gato de Molly Tanzer, Lemmy, forneceu inspiração para seu conto neste livro. Ele vive em Boulder, no Colorado. • jessebullington.com

JOHN LANGAN (p. 16) é escritor e professor. Ganhou o Bram Stoker Award de Melhor Romance de Terror em 2016 com *O Pescador* (DarkSide Books, 2022), e é autor de outro romance, *House of Windows* (2009), e de cinco coletâneas. Um dos cofundadores do Shirley Jackson Awards, integrou o júri nos primeiros três anos. Mora no Vale do Hudson em Nova York com sua família e vários animais. • johnpaullangan.wordpress.com

J. T. GLOVER (p. 277) publicou contos de ficção, artigos e entrevistas em *Best New Horror*, *Beneath the Surface*, *Dark Recesses*, *Everyday Weirdness* e *Lighstpeed*, entre outros, além de histórias de não ficção em *Postscripts to Darkness*, *The Silent Garden* e *Thinking Horror*. De dia, é um bibliotecário acadêmico especializado em humanidades. • jtglover.wordpress.com

JULIO TORO SAN MARTIN (p. 177) mora em Toronto, Canadá, e teve contos publicados online na Innsmouth Magazine, The Lovecraft Enzine, e nas antologias impressas Historical Lovecraft e Future Lovecraft.

KRIS REISZ (p. 63) vive no Alabama. Além de um punhado de contos, publicou dois romances. Um deles, *Unleashed* (Simon & Schuster, 2010), fala sobre lobisomens que adoram um deus fúngico de decomposição e ruína.

LAIRD BARRON (p. 258) é autor de vários livros, incluindo *The Imago Sequence* (Night Shade Books, 2007), *Occultation* (Night Shade Books, 2010) e *The Croning* (Night Shade Books, 2012). Seu trabalho apareceu em muitas revistas e antologias. Expatriado do Alasca, Barron atualmente reside no interior do estado de Nova York e escreve sobre as maldades que a humanidade comete.

LAVIE TIDHAR (p. 26) é autor premiado com títulos como *A Man Lies Dreaming*, que ganhou o prêmio Jerwood; *Central Station*, que ganhou os prêmios Campbell e Neukom; e *Osama*, premiado com o prêmio World Fantasy. Já foi indicado aos prêmios BSFA, British Fantasy, Sidewise e Sturgeon. Atualmente vive em Londres.

LISA M. BRADLEY (p. 190) é escritora latina com deficiência que vive em Iowa. Estreou com *Exile* (Rosarium Publishing), e lançou também uma coleção de ficções curtas e poesia chamada *The Haunted Girl* (Aqueduct Press). Também é editora de poesia na Strange Horizons e coeditou, com R.B. Lemberg, *Climbing Lightly Through Forests: A Poetry Anthology Honoring Ursula K. Le Guin* (Aqueduct Press). • lisambradley.com.

MOLLY TANZER (p. 103) é autora premiada de cinco novelas e vários contos. Ela mora fora da cidade de Boulder, no Colorado, com suas muitas plantas.

NICK MAMATAS (p. 209) é autor de vários romances, incluindo *The Second Shooter* (Solaris, 2011) e *I Am Providence* (Night Shade, 2016), e mais de oitenta contos veiculados na *Best American Mystery Stories*, *Tor.com*, *Weird Tales* e *Asimov's* Science Fiction. Já foi quatro vezes perdedor e uma vez vencedor do prêmio Bram Stoker, e indicado a grandes prêmios como Hugo, Shirley Jackson, Locus e World Fantasy. Escreve sobre fungos por causa de seu ávido interesse em estados alterados de consciência. Aliás, escreve, como um todo, pelo mesmo motivo.

PAUL TREMBLAY (p. 134) ganhou os prêmios Bram Stoker, British Fantasy e Massachusetts Book. É autor dos livros *Na Escuridão da Mente*, *Horror Movie*, *The Beast You Are*, *The Pallbearers Club*, *Survivor Song*, *Growing Things and Other Stories*, *Disappearance at Devil's Rock*, *The Little Sleep* e *No Sleep Till Wonderland*. Seu livro *O Chalé no Fim do Mundo* foi adaptado para o cinema no filme intitulado *Batem à Porta*.

POLENTH BLAKE (p. 205) mora onde os cogumelos florescem no outono. Tem duas baratas de estimação, exceto às sextas-feiras, quando elas assumem o comando. Sua ficção foi publicada na *Nature* e *Strange Horizons*. • polenthblake.com

RICHARD GAVIN (p. 97) escreve tanto ficção gótica quanto não ficção, explorando as ligações entre o horror e o sublime. Suas histórias foram reunidas em algumas publicações, como *grotesquerie* (Undertow Publications, 2020), várias antologias de melhores do ano e foram traduzidas para dez línguas. Seus livros sobre esoterismo apareceram em meio distintos como Theion Publishing e Three Hands Press. • richardgavin.net

SIMON STRANTZAS (p. 216) é o autor de seis coleções de contos, incluindo *Only the Living Are Lost* (Hippocampus Press, 2023), e editor de várias antologias, como *Year's Best Weird Fiction, Vol. 3*. É cofundador e editor associado do periódico *Thinking Horror*. Foi finalista de quatro prêmios Shirley Jackson, dois British Fantasy, e World Fantasy. Sua ficção apareceu em diversas antologias anuais e publicações como *Nightmare*, *The Dark* e *Cemetery Dance*. Vive em Toronto, Canadá, com sua esposa.

STEVE BERMAN (p. 85) pensa que cogumelos são fascinantes, mas não pretende experimentar nenhum. Ele está desapontado que o Suillus bovinus é conhecido como "cogumelo da vaca de Jersey" porque ele acha que New Jersey deveria ser representada por um fungo mais assustador. Vendeu cerca de cem artigos, ensaios e contos e foi finalista do prêmio Lambda inúmeras vezes.

WILUM HOPFROG PUGMIRE (p. 78) tem escrito ficção weird desde 1972. Sua obsessão por Lovecraft continua intensa enquanto ele cambaleia em direção à senilidade. Seus livros incluem *The Fungal Stain and Other Dreams*, *Encounters with Enoch Coffin* (coescrito com Jeffrey Thomas), *Uncommon Places* e *Some Unknown Gulf of Night*, inteiramente inspirado na criação monstruosa de Lovecraft, o fungo de Yuggoth.

ANA CUNHA VESTERGAARD (p. 134, 155, 190, 205 e 239) é tradutora e legendadora dos idiomas inglês e dinamarquês e atua profissionalmente na área desde 2010. Depois de alguns anos na Dinamarca, voltou para o Rio de Janeiro, onde mora atualmente com o marido, também tradutor, e as filhas caninas Saga e Frida. Ama viajar, literalmente ou por um bom filme ou livro.

CRISTINA LASAITIS (p. 47, 89, 143 e 209) tem uma história de vinte anos com a literatura, como leitora, escritora, editora e profissional do texto. É graduada em biomedicina e editoração, com pós-graduação na área do comportamento e psicobiologia, e também estudou tradução literária. É autora da coletânea de contos *Fábulas do Tempo e da Eternidade*, entre outras obras.

DÉBORA ISIDORO (p. 16, 97, 177, 225 e 277) cursou psicologia na PUC-SP, mas se apaixonou pela tradução desde o primeiro livro, quando ainda pensava que seria psicóloga para sempre, e nunca mais parou. São trinta anos de uma estrada que passa por praticamente todos os gêneros e mais de quinhentos livros traduzidos. E, se depender dela, essa estrada ainda vai longe.

GABRIELA MÜLLER LAROCCA (p. 34, 78, 216 e 258) é historiadora e pesquisadora de cinema de horror. Doutora em história, trabalha há mais de dez anos com representação feminina no audiovisual e o uso do horror como fonte histórica. Produtora de conteúdo, podcaster e aspirante a final girl. Nunca nega um bom livro de horror e um filme assustador. Para a DarkSide® traduziu *Fala Comigo*, *Lon Chaney* e colaborou em projetos como *Possessão*, *Os Doze Macacos* e *Livros de Sangue*.

MONIQUE D'ORAZIO (p. 63, 103, 124 e 266) é paulistana, tradutora editorial de inglês e espanhol e revisora de textos. Com mais de quinze anos de mercado editorial, atua nas áreas de ficção de entretenimento, clássicos, infantis e não ficção, mas tem um carinho especial pela ficção histórica. Graduada em relações internacionais, MBA em Book Publishing e pós-graduada em revisão de textos, já traduziu do inglês e do espanhol mais de 150 livros de ficção e não ficção, e mais de 300 livros infantis. É professora de tradução e de língua portuguesa em cursos de graduação e pós-graduação. Considera os cogumelos muito bonitos — só que de longe.

SOLAINE CHIORO (p. 26, 85, 268 e 288) é da baixada santista, mora em São Paulo e se formou em Letras – Português/Latim pela UNESP de Araraquara. Além de tradutora, também é revisora e escritora. É autora de *Reticências*, de contos nas coletâneas *Sobre Amor e Estrelas (e algumas lágrimas)* e *Flores ao Mar*, além de outras obras independentes.

A CORNILLON (est.1823), um talentoso litógrafo francês do início do século XIX, tem poucos trabalhos registrados em seu nome, tornando-o difícil de rastrear, mas suas detalhadas e artísticas ilustrações de fungos são altamente valorizadas por sua precisão científica e beleza estética.

ERNST HAECKEL (1834–1919) foi biólogo, naturalista, filósofo, médico, professor e artista alemão que ajudou a popularizar o trabalho de Charles Darwin e um dos grandes expoentes do cientificismo positivista. Descreveu e nomeou várias espécies novas, mapeou uma árvore genealógica que relaciona todas as formas de vida. Seus principais interesses recaíram nos processos evolutivos e de desenvolvimento e na ilustração científica. O seu livro *Kunstformen der Natur* é um conjunto de ilustrações de diversos grupos de seres vivos.

ADOLPHE PHILIPPE MILLOT (1857–1921) foi pintor, litógrafo e entomologista francês. Ilustrou muitas das seções de história natural de Petit Larousse, foi o ilustrador sênior do Muséum National d'Histoire Naturelle, membro do Salon des Artistes Française e da Société entomologique de France.

ORGANIZADORES

ORRIN GREY é autor de vários livros assustadores. Suas histórias de monstros, fantasmas e, às vezes, fantasmas de monstros apareceram em inúmeras antologias, incluindo *Best Horror of the Year*. Também é pesquisador de cinema amador e escreveu diversos livros sobre filmes de terror antigos. A sua fascinação por monstros e fungos não é de hoje e não mostra sinais de diminuição em um futuro próximo. Uma vez, John Langan o chamou de "o cara dos monstros" e Orrin não deixa ninguém esquecer disso.

SILVIA MORENO-GARCIA nasceu no México e atualmente mora no Canadá. Escreveu vários livros aclamados pela crítica, incluindo *Gótico Mexicano* (Locus Award, British Fantasy Award, Pacific Northwest Book Award, Aurora Award, Goodreads Award), *Gods of Jade and Shadow* (Sunburst Award for Excellence in Canadian Literature of the Fantastic) e *Velvet Was the Night* (finalista do Los Angeles Times Book Prize e Macavity Award). Escreve em uma variedade de gêneros, incluindo fantasia, terror, noir e ficção histórica.

DADOS INTERNACIONAIS DE
CATALOGAÇÃO NA PUBLICAÇÃO (CIP)
Jéssica de Oliveira Molinari CRB-8/9852

Stewart, Amy
Natureza macabra : plantas / Amy Stewart ; tradução de Dalton Caldas ; ilustrações de Briony Morrow-Cribbs.
— Rio de Janeiro : DarkSide Books, 2024
256 p. : il., color.

ISBN: 978-65-5598-444-6
Título original: Wicked plants: the weed that killed lincoln's mother and other botanical atrocities

1. Plantas venenosas
I. Título II. Caldas, Dalton III. Morrow-Cribbs, Briony

24-2895 CDD 581.6

Índice para catálogo sistemático:
1. Plantas venenosas

Impressão: Braspor

A Mãe Natureza nem sempre é benevolente. Algumas de suas criações mais belas escondem perigos mortais. Este livro é dedicado às plantas que encantam e envenenam, lembrando-nos de que o fascínio botânico pode vir com um custo letal.

Fazenda Macabra
Reverendo Menezes
Pastora Moritz
Coveiro Assis
Caseiro Moraes

Leitura Sagrada
Débora Zacharias
Karen Alvares
Maximo Ribera
Tinhoso e Ventura

Direção de Arte
Macabra

Coord. de Diagramação
Sergio Chaves

Colaboradores
Caroline Gomes
Jessica Reinaldo

A toda Família DarkSide

MACABRA™
DARKSIDE

Todos os direitos desta edição reservados à
DarkSide® Entretenimento Ltda. • darksidebooks.com
Macabra™ Filmes Ltda. • macabra.tv

AMY STEWART

PEQUENAS FOLHAS MORTAIS

NATUREZA MACABRA

DARKSIDE

PLANTAS

A erva que matou a mãe de Abraham Lincoln e outras atrocidades botânicas

ILUSTRAÇÕES

Briony Morrow-Cribbs
Jonathon Rosen

TRADUÇÃO

Dalton Caldas

MACABRA™
DARKSIDE

Para PSB

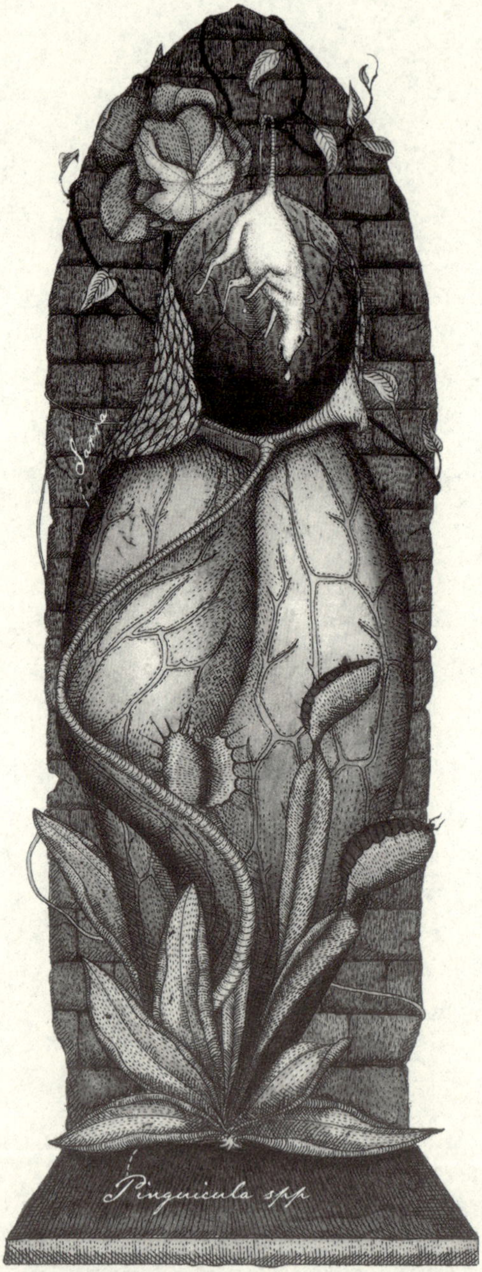
Pinguicula spp

"Será que a terra, avivada a um propósito maligno em harmonia com o olhar dele, não o saudaria com arbustos venenosos... Será que ele não afundaria subitamente na terra, deixando um local estéril e destruído no qual, com o devido tempo, ver-se-iam beladonas, cornisos, meimendros ou qualquer outro vegetal perverso que o clima pudesse produzir, todos florescendo com terrível exuberância?"

A LETRA ESCARLATE
Nathaniel Hawthorne

SUMÁRIO

INTRODUÇÃO

GUIA DE PLANTAS

OUTRAS PLANTAS ASSUSTADORAS

NOTAS FINAIS

CONTO MACABRO

INTRODUÇÃO

CONSIDERE-SE AVISADO

Uma árvore lança adagas venenosas; uma semente vermelha reluzente faz parar o coração; um arbusto causa uma dor intolerável; uma trepadeira intoxica; uma folha desencadeia uma guerra. No reino das plantas existem males insondáveis.

Em sua história "A Filha de Rappaccini", de 1844, Nathaniel Hawthorne descreveu um médico idoso que cuidava de um misterioso jardim murado de plantas venenosas. O comportamento do velho na presença de seus arbustos e trepadeiras "era o de quem andava em meio a influências malignas, como feras selvagens, cobras venenosas ou espíritos do mal que, caso ele lhes permitisse um momento sequer de liberdade, descarregariam sobre ele alguma terrível fatalidade". O herói da história, o jovem Giovanni, observava de uma janela e achava muito perturbador "ver aquele ar de insegurança em uma pessoa cultivando um jardim, a mais simples e inocente das tarefas humanas".

Inocente? Era assim que Giovanni via a vegetação exuberante embaixo de sua janela, e é assim que a maioria de nós enxerga nossos jardins e as plantas que encontramos na natureza: com uma espécie de confiança ingênua. Jamais pegaríamos um copo de café jogado na calçada e beberíamos dele, mas durante uma trilha mordemos frutinhas desconhecidas como se tivessem sido colocadas ali apenas para satisfazer nosso apetite. Fazemos chás medicinais com cascas irreconhecíveis e folhas que um amigo passa adiante, na suposição de que tudo que é natural deve ser seguro. E, quando chega um bebê em casa, corremos para colocar tampas de proteção nas tomadas, mas ignoramos o vaso de planta na cozinha e o arbusto na porta da frente — apesar do fato de que 3.900 pessoas são feridas por tomadas elétricas anualmente, enquanto 68.847 são envenenadas por plantas.

Você pode praticar jardinagem por anos sem jamais sofrer os efeitos nocivos de uma planta como o acônito, cujas alegres flores azuis escondem uma toxina que causa morte por asfixia. Pode fazer quilômetros de trilhas sem nunca encontrar o arbusto coyotillo, cujas frutas causam uma paralisia lenta, mas mortal. Mas algum dia o lado sombrio do reino vegetal pode se apresentar a você. Quando isso acontecer, você deve estar preparado.

Não escrevi este livro para afugentar as pessoas da natureza, muito pelo contrário. Acho que todos ganhamos ao passar mais tempo nela, mas também devemos entender seu poder. Moro na costa acidentada do norte da Califórnia, e todo verão o Oceano Pacífico vem sorrateiro atrás de uma família curtindo um dia na praia e tira uma vida. Nós que vivemos aqui sabemos que as chamadas ondas traiçoeiras podem matar sem aviso prévio. Eu amo o mar, mas nunca viro as costas para ele. As plantas merecem o mesmo tipo de respeito cauteloso. Elas podem nutrir e curar, mas também podem destruir.

Algumas plantas neste livro têm histórias bem escandalosas. Uma erva matou a mãe de Abraham Lincoln. Um arbusto quase cegou Frederick Law Olmsted, o paisagista mais famoso dos Estados Unidos. Um bulbo de flor adoeceu membros da expedição de Lewis e Clark. A venenosa cicuta matou Sócrates, e a erva mais perversa de todas, o tabaco, ceifou 90 milhões de vidas. Um pequeno arbusto estimulante na Colômbia e Bolívia, chamado Erythroxylum coca, alimentou uma guerra mundial às drogas, e o heléboro foi usado pelos antigos gregos em um dos primeiros casos de guerra química.

Plantas que são monstruosamente mal-educadas também merecem ser reconhecidas: o kudzu devorou carros e prédios no sul dos Estados Unidos, e uma alga marinha conhecida como alga assassina fugiu do aquário de Jacques Cousteau em Mônaco e continua a sufocar o fundo dos oceanos do mundo todo. A horrível flor-cadáver fede a carniça; a carnívora Nepenthes truncata pode devorar um camundongo; e a acácia espinhosa abriga um exército de formigas agressivas que atacam qualquer um que se aproxime da árvore.

Até alguns intrusos de fora do reino das plantas — cogumelos alucinógenos, algas tóxicas — merecem ser incluídos aqui por seus modos perversos.

Se este livro entreter, alarmar e esclarecer você, meu trabalho foi cumprido. Não sou botânica nem cientista, e sim uma escritora e jardineira fascinada pelo mundo natural. Estas são as plantas mais fascinantes e malignas dentre milhares que crescem pelo mundo. Se está procurando um guia abrangente de identificação de plantas venenosas, incluí para você uma seção especial na bibliografia. E, se suspeitar que alguém foi envenenado por uma planta, não perca tempo precioso folheando este livro em busca de sintomas ou de um diagnóstico. Embora eu descreva os possíveis ou prováveis efeitos de muitas toxinas, a potência delas pode variar bastante dependendo do tamanho da planta, do horário, da temperatura, da parte da planta em questão e de como ela foi ingerida. Não tente descobrir por conta própria. Ligue para um instituto de botânica especializado em pesquisas ambientais ou procure atendimento médico imediato.

Por fim, não faça experiências com plantas desconhecidas nem subestime seus poderes. Use luvas no jardim, pense duas vezes antes de engolir uma frutinha na trilha ou jogar uma raiz na panela do cozido. Se tem crianças pequenas, ensine-as a não colocar plantas na boca. Se tem animais de estimação, retire do ambiente deles a tentação das plantas venenosas. A indústria de viveiros é lamentavelmente negligente na identificação de plantas venenosas; informe ao centro de jardinagem local que você gostaria de ver uma rotulagem sensata e rigorosa de plantas que podem fazer mal. Use fontes confiáveis para identificar plantas venenosas, medicinais e comestíveis (há uma enorme quantidade de informações erradas circulando na internet, com consequências trágicas). Não deixei de incluir plantas que inebriam, mas fiz isso como um aviso, não um endosso.

Confesso que estou encantada pelo elemento criminoso do reino das plantas. Adoro um bom vilão, seja ele um enorme espécime de Euphorbia tirucalli, ou avelós, um tipo de planta em forma de lápis com seiva corrosiva que forma vergões na pele, exibido em uma mostra de jardinagem, ou a dama-da-noite alucinógena, Datura inoxia, florescendo no deserto. Existe algo sedutor em compartilhar seus segredinhos sombrios. E esses segredos não estão à espreita apenas em uma floresta remota, mas em nossos quintais.

PEQUENAS FOLHAS MORTAIS

NATUREZA MACABRA

DARKSIDE

Guia de Plantas

ACÁCIA ESPINHOSA

Acacia drepanolobium

Uma das mais malignas entre as centenas de acácias encontradas em todo o mundo, essa árvore magrela da África Oriental se vale de dolorosos espinhos de 7 cm para afastar os curiosos de suas folhas rendilhadas. Ela também hospeda um bando de formigas agressivas e picadoras.

Quatro espécies diferentes de formigas firmaram residência nessas árvores, embora não possam ocupar a mesma árvore sem entrar em guerra umas com as outras. Elas vivem nas bases inchadas dos espinhos da acácia, onde entram abrindo um buraco através do espinho. Esse buraquinho cria o estranho som de assobio que a árvore faz com o vento.

As formigas não são só ferozes, são organizadas também. Pequenas milícias patrulham os galhos à procura de predadores. Elas se enxameiam sobre uma girafa ou outro animal de pasto para impedir que destruam seu lar. Outras formigas podam a árvore de forma seletiva, permitindo novos crescimentos apenas perto de suas colônias, para que possam desfrutar do néctar da árvore. As formigas também mastigam trepadeiras e outras plantas invasoras até o toco. Se uma árvore ocupada por uma colônia rival estender seus galhos perto demais, as formigas dizimam metade de sua própria árvore para impedir que as copas se toquem e formem uma ponte para o território inimigo.

Os pequenos zumbis carregam as sementes da acácia como se fossem seus próprios mortos, ajudando a espalhá-las e começar a próxima geração.

E, quando as tribos de fato brigam, lutam até a morte. Uma vez, pesquisadores amarraram os galhos de árvores vizinhas para provocar um conflito, e na manhã seguinte os cadáveres das formigas estavam acumulados em uma pilha de mais de 1 cm no chão.

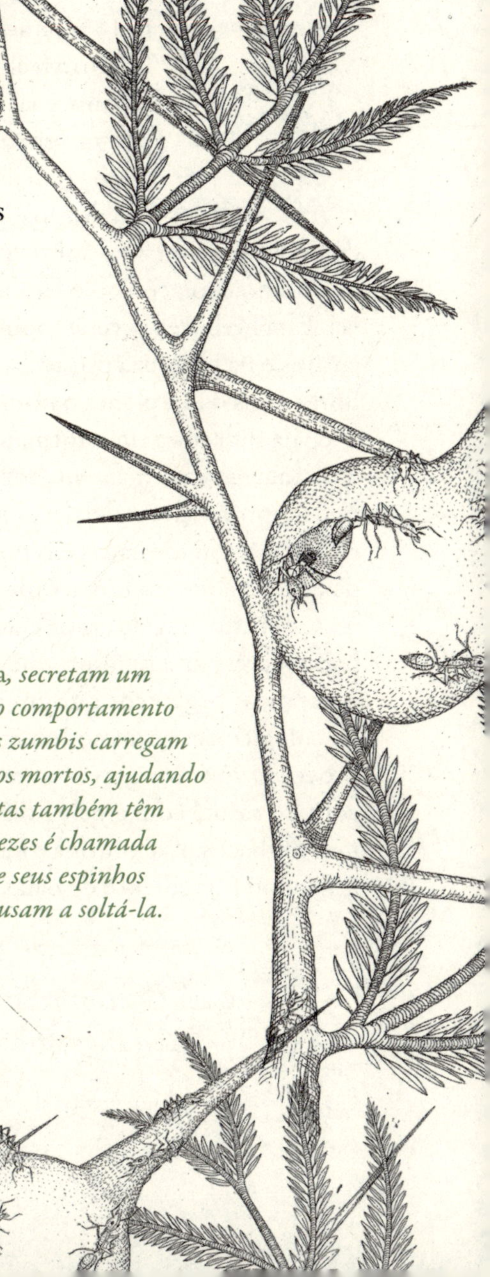

FAMÍLIA *Fabaceae ou Leguminosae*

HABITAT *Trópicos secos, Quênia*

NATIVA DA *África*

NOME COMUM *espinho assobiador*

Conheça a família

Algumas espécies, incluindo a Acacia verticillata, *secretam um produto químico que induz a necroforese, que é o comportamento de carregar cadáveres, em formigas. Os pequenos zumbis carregam as sementes da acácia como se fossem seus próprios mortos, ajudando a espalhá-las e começar a próxima geração. Muitas também têm espinhos; a acácia unha-de-gato, A. greggii, às vezes é chamada em inglês de "arbusto espere-um-minuto", porque seus espinhos agarram uma pessoa que esteja passando e se recusam a soltá-la.*

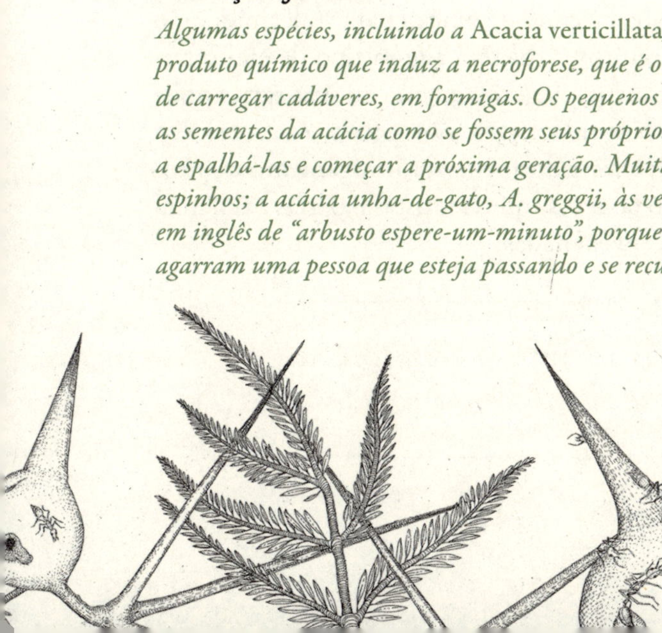

ACÔNITO
Aconitum napellus

Em 1856, um jantar na vila escocesa de Dingwall teve um fim horrível. Tinham mandado um empregado buscar rábano, mas ele acabou desenterrando acônito. A cozinheira, sem reconhecer que recebera o ingrediente errado, ralou-o em um molho para o assado e imediatamente matou dois padres convidados para o jantar. Outros convidados adoeceram, mas sobreviveram.

Até hoje, o acônito é facilmente confundido com uma erva comestível. Esta herbácea perene robusta e de crescimento baixo é encontrada em jardins e na natureza por toda a Europa e Estados Unidos. Os espigões de flores azuis dão à planta o nome popular de "capuz-de-frade", uma vez que a sépala superior tem o formato de um capacete ou capuz. Todas as partes da planta são extremamente tóxicas. Os jardineiros devem usar luvas sempre que se aproximarem dela, e os mochileiros não devem ser tentados por sua raiz branca em formato de cenoura. O ator canadense Andre Noble morreu de envenenamento por acônito após encontrá-lo em uma trilha em 2004.

O veneno, um alcaloide chamado aconitina, paralisa o sistema nervoso, baixa a pressão sanguínea e acaba fazendo o coração parar (alcaloides são compostos orgânicos que em muitos casos têm algum tipo de efeito farmacológico em humanos ou animais). Ingerir a planta ou suas raízes pode provocar vômitos graves e, em seguida, morte por asfixia. Até mesmo o contato casual com a pele pode causar dormência, formigamento e sintomas cardíacos. A aconitina é tão poderosa que cientistas nazistas a acharam útil como ingrediente de balas envenenadas.

Cientistas nazistas acharam a aconitina útil como ingrediente de balas envenenadas.

Na mitologia grega, o acônito mortal saía da saliva do cão de três cabeças Cérbero, quando Hércules o arrastou para fora de Hades. Diz a lenda que outro de seus nomes comuns, mata-lobos, foi dado porque antigos caçadores gregos usavam a planta como isca e veneno de flecha para caçar lobos. Sua reputação como ingrediente para poções de bruxas da Idade Média o fez ganhar papel de destaque na franquia Harry Potter, na qual o Professor Snape prepara uma poção para ajudar Remo Lupin a se manter seguro durante sua transformação em lobisomem.

FAMÍLIA *Ranunculaceae*

HABITAT *Solo de jardim rico e úmido, climas temperados*

NATIVA DA *Europa*

NOMES COMUNS *mata-lobos, capuz-de-frade, napelo*

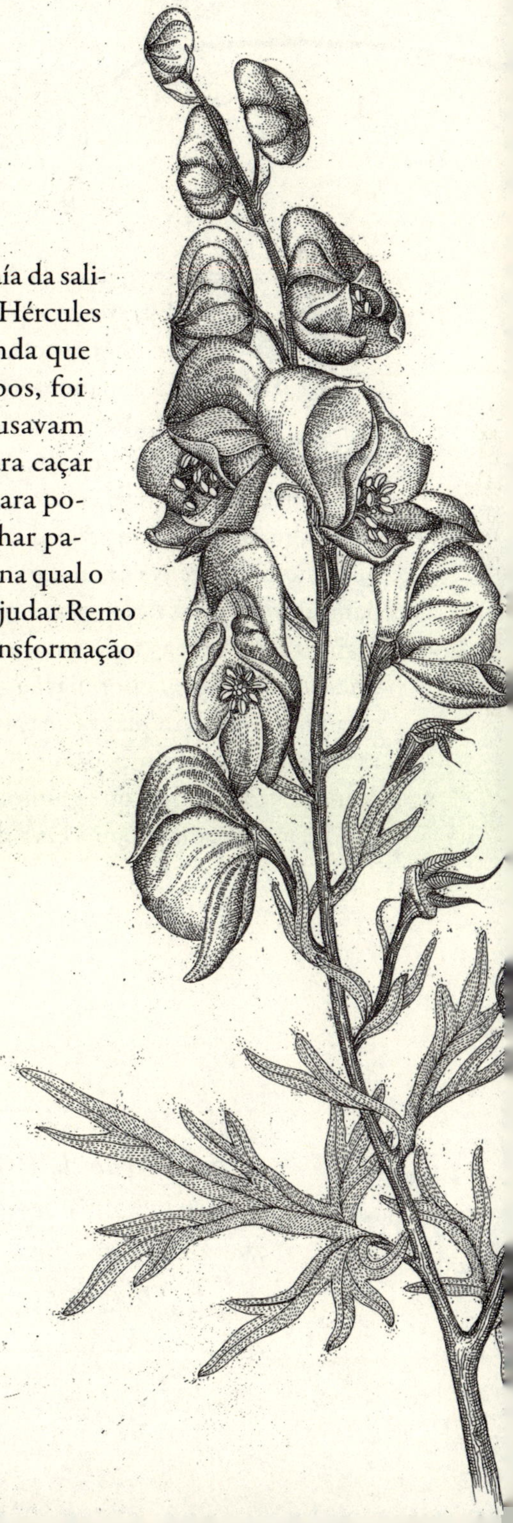

Conheça a família

Os parentes do acônito são o belo Aconitum cammarum *azul e branco,* A. carmichaelii, *parecido com o delfínio, e o* A. lycoctonum *amarelo, chamado popularmente de mata-lobos.*

AGUAPÉ

Eichhornia crassipes

Esta nativa da América do Sul não é difícil de reconhecer. Ela cresce até cerca de um metro de altura na água e ostenta sedutoras flores cor de lavanda com uma característica mancha amarela em apenas uma de suas seis pétalas. Embora seja bonita, os crimes que essa planta aquática cometeu são tão graves que ela deveria ser presa para sempre — se é que isso daria certo.

O aguapé forma tapetes densos e extensos na superfície da água que nem mesmo barcos comerciais conseguem penetrar. Esses tapetes se tornam suas próprias ilhas, proporcionando o ambiente perfeito para outras plantas e gramíneas semiaquáticas brotarem. Ela é assustadoramente prolífica, dobrando sua população a cada duas semanas. Embora predadores naturais impeçam a planta de tomar conta de sua Amazônia nativa, ela saiu em uma onda de crimes pela Ásia, Austrália, Américas e parte da África. A planta é tão horrível que ganhou seu próprio registro do Livro Guinness dos Recordes como a pior erva daninha aquática do mundo.

A população de Papua Nova Guiné ficou sem poder pescar, chegar às suas fazendas ou ir ao mercado por causa dessa ameaça flutuante — o aguapé — em seu caminho.

SEUS CRIMES INCLUEM

Sufocar Cursos d'Água: A planta rapidamente toma conta de um lago, lagoa ou rio, diminuindo o fluxo de água, sugando todo o oxigênio e estrangulando as plantas nativas.

Entupir Usinas de Energia: Uma infestação vigorosa de aguapé pode fechar uma usina hidrelétrica ou barragem, apagando as luzes de milhares de moradores desavisados.

Matar os Moradores Locais de Fome: Em partes da África, pescadores viram suas capturas caírem pela metade por causa do aguapé. A população de Papua Nova Guiné ficou sem poder pescar, chegar às suas fazendas ou ir ao mercado por causa dessa ameaça flutuante em seu caminho.

Roubar Água: Água potável limpa é realmente escassa em algumas partes da África porque o aguapé ganancioso bebe tudo.

Roubar Nutrientes: Embora o aguapé tenha recebido alguns elogios cautelosos por sua capacidade de absorver poluentes como metais pesados, seu apetite voraz dificulta que outras criaturas pequenas que vivem na água tenham alimento suficiente. O aguapé devora nitrogênio, fósforo e outros nutrientes essenciais até não restar mais nada para as outras plantas.

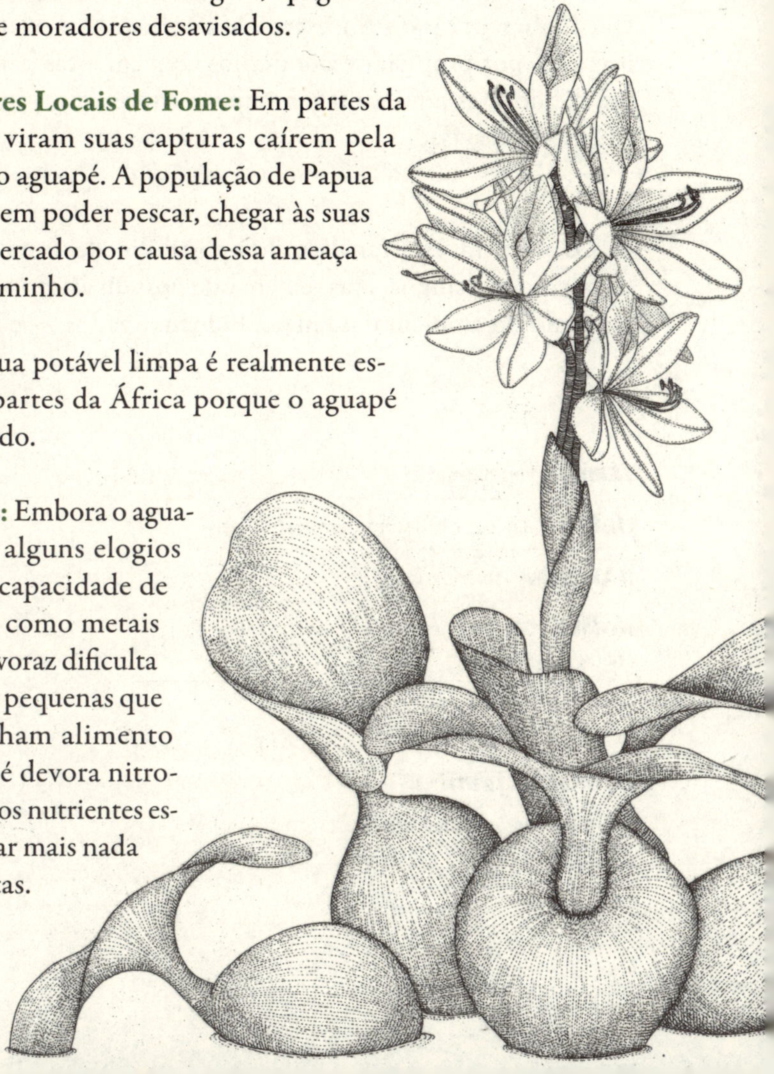

Criar Pragas Desagradáveis: O aguapé pode ser um terreno fértil para mosquitos, que são vetores de transmissão da malária e do vírus do Nilo Ocidental. Também fornece alimento e abrigo para uma espécie específica de caracol aquático que, por sua vez, é um hospedeiro especialmente amigável para algumas espécies diferentes de vermes parasitas. Esses vermes saem dos caracóis hospedeiros e ficam nadando até encontrarem um humano para infestar. A doença, comum em países em desenvolvimento, chama-se esquistossomose ou barriga d'água. Os pequenos vermes viajam livremente pelo corpo, botando ovos no cérebro, em torno da coluna vertebral e em qualquer órgão que pareça convidativo. Há mais de 100 milhões de pessoas infectadas no mundo todo.

Dar Cobertura para Monstros Marinhos: Um relatório responsabiliza o aguapé por propiciar esconderijos convenientes para cobras e crocodilos, dando-lhes uma vantagem injusta em relação a barqueiros, banhistas e turistas desavisados.

Os cientistas estão analisando a possibilidade de introduzir insetos para comer a erva maligna, mas temem que possam estar apenas incluindo mais um bandido ambiental no meio. Fiquem ligados — e longe do aguapé.

FAMÍLIA *Pontederiaceae*

HABITAT *Lagoas e rios tropicais e subtropicais*

NATIVA DA *América do Sul*

NOMES COMUNS *jacinto-de-água, mururé, orelha-de-veado*

Conheça a família

Existem sete espécies diferentes de aguapé, a maioria invasora.

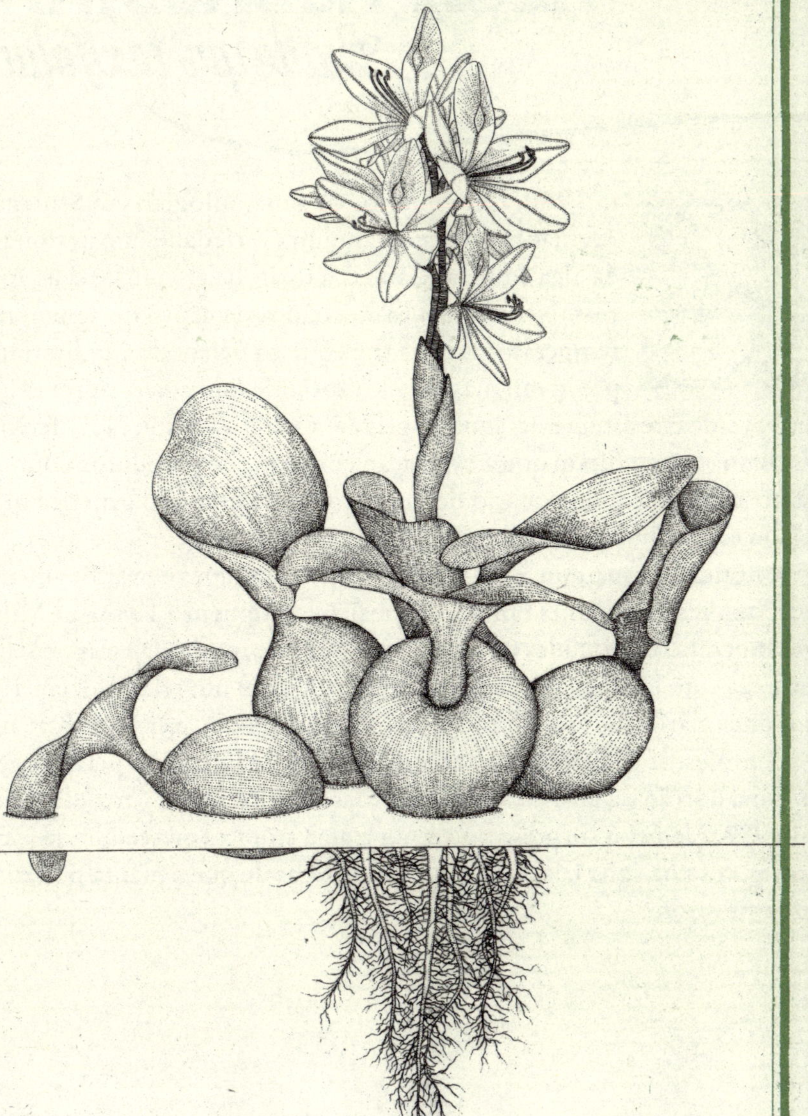

ALGA ASSASSINA
Caulerpa taxifolia

Em 1980, funcionários de um zoológico em Stuttgart, Alemanha, perceberam uma variedade impressionante da alga tropical Caulerpa taxifolia em um de seus aquários. Normalmente, ela não seria capaz de aguentar as temperaturas mais frias que os peixes do Mediterrâneo precisam, mas aquele espécime específico estava exuberante, verde e resistente no aquário gelado. O que a tornou tão diferente? Os cientistas acreditam que a exposição constante aos produtos químicos e à luz ultravioleta do aquário desencadeou uma mutação genética que a deixou especialmente resistente.

A notícia se espalhou, e em pouco tempo as equipes de vários aquários quiseram testar a planta em suas exposições. Alguém a levou ao Museu Oceanográfico de Jacques Cousteau, em Mônaco, onde ela escapou para a natureza com uma ajudinha extra. De acordo com um relatório, em 1984 um funcionário que estava limpando os tanques jogou os resíduos no mar.

O professor de biologia francês Alexandre Meinesz viu pela primeira vez uma porção da alga crescendo no Mar Mediterrâneo perto do museu em 1989. Ele ficou surpreso ao ver uma alga tropical crescendo de forma tão vigorosa na água fria, e alertou seus colegas de que a planta poderia se tornar invasora.

A planta inteira — as folhas emplumadas, caules resistentes e rizoides firmes que a ancoram ao fundo do mar — é apenas uma única célula gigante que pode se estender por mais de 60 cm de comprimento e crescer cerca de um centímetro por dia.

Isso deu início a um debate de uma década sobre a origem da planta, a probabilidade de se tornar invasora e a responsabilidade de combater a invasão, caso acontecesse. Enquanto comitês eram formados e relatórios escritos, a alga chegou a 68 locais ao redor do mundo, cobrindo 4,8 mil hectares do fundo do oceano. Atualmente, um tapete exuberante e verde de C. taxifolia cobre mais de 13 mil hectares de oceano em todo o mundo, ou cerca de 130 km^2.

Isso é realmente impressionante, considerando-se o fato de que a alga assassina é um organismo unicelular. A planta inteira, incluindo as folhas emplumadas, caules resistentes e rizoides firmes que a ancoram ao fundo do mar, é apenas uma única célula gigante que pode se estender por mais de 60 cm de comprimento e crescer cerca de um centímetro por dia. Isso faz dela um dos maiores — e mais perigosos — organismos unicelulares do mundo.

A alga assassina não mata seres humanos. A planta ganhou esse apelido por conta de uma toxina chamada caulerpina que envenena os peixes. Isso impede que a vida marinha coma a planta, o que é parte do motivo pelo qual ela se espalhou sem controle nos oceanos do mundo todo. A vegetação exuberante e verde forma prados com três metros de profundidade no fundo do oceano, sufocando todas as outras vidas aquáticas. As populações de peixes estão morrendo e os cursos de água ficaram entupidos com a planta.

Essa mutação de aquário da C. taxifolia é exclusivamente masculina, sugerindo que toda a população invasiva ao redor do mundo seja derivada da mesma planta. Ela se reproduz apenas através da propagação: um pedaço se rompe, é triturado pela subestrutura dos barcos e depois se espalha pelo oceano. A toxina caulerpina forma um gel que cura o ferimento dentro de uma hora, permitindo que o fragmento cresça e estabeleça seu próprio prado.

A alga assassina é classificada como uma erva daninha nociva nos Estados Unidos, o que significa que não pode ser importada para o país nem enviada através das fronteiras estaduais. É considerada uma das cem piores invasoras do mundo pelo Grupo Especialista de Espécies Invasoras. As tentativas de erradicá-la não tiveram muito sucesso, pois cortar a planta só a ajuda a se reproduzir. Uma das poucas histórias de sucesso vem de San Diego, onde um trecho de mil metros quadrados foi destruído, cobrindo-o com uma lona e jogando cloro lá dentro. As autoridades ainda não contaram vitória: até mesmo um pedacinho de um milímetro da alga assassina flutuando no oceano poderia enraizar e se espalhar novamente.

FAMÍLIA *Caulerpaceae*

HABITAT *A alga assassina cresce no Mediterrâneo, ao longo da costa do Pacífico, na Califórnia, nos oceanos da Austrália tropical e subtropical e em aquários de água salgada no mundo todo.*

NATIVA DA *Originalmente descoberta na costa francesa, essa alga é nativa do Caribe, leste da África, norte da Índia e outros lugares.*

NOMES COMUNS *caulerpa, clone mediterrâneo*

Conheça a família

*A comestível alface-do-mar (*Ulva lactuca*) e outras pequenas algas verdes são parentes da ameaçadora alga assassina.*

ÁRVORE DO SUICÍDIO

Cerbera odollam

As lagoas úmidas e salobras dos remansos de Querala, na costa sudoeste da Índia, abrigam macacos-cauda-de-leão, esquilos gigantes de Malabar e uma raça de cabras pequenas, porém robustas, chamadas Nilgiri tahr. Aqui, nos cursos de água rasos, povoados por víboras, pítons e bagres picadores, cresce a Cerbera odollam, a árvore do suicídio. Suas folhas estreitas e verde-escuras parecem as de seu primo, o oleandro comum. Ramos de flores brancas estreladas liberam um perfume tão doce quanto o jasmim. Os frutos verdes e carnosos são como pequenas mangas não amadurecidas, só que escondem uma desagradável surpresa: a parte branca das sementes contém cardioglicosídeos suficientes para fazer o coração parar dentro de três a seis horas.

As vantagens de um recurso natural tão poderoso não passam despercebidas pelos moradores locais. A taxa de suicídio em Querala é cerca de três vezes maior que a média da Índia, com cerca de cem queralitas tentando o suicídio todos os dias e de vinte e cinco a trinta conseguindo. O envenenamento é um método popular, preferido por 40% dos desesperados. As mulheres, em especial, gostam de uma sobremesa da noz de odollam triturada e misturada com jagra, um açúcar não refinado extraído da seiva da palmeira, como sua última refeição. No entanto, o sabor amargo da noz também é facilmente mascarado em um curry popular da região, geralmente servido com coco e arroz.

Como os sintomas do envenenamento por odollam são parecidos com os de um infarto, as sementes já foram usadas em assassinatos. Em 2004, uma equipe de cientistas franceses e indianos realizou análises de cromatografia líquida e espectrometria de massa para provar que muitas pessoas que morreram em circunstâncias misteriosas na verdade tinham comido odollam dado por conhecidos homicidas.

O gênero Cerbera tem esse nome em homenagem a Cérbero, o cachorro de Hades, da mitologia grega, um cão feroz de três cabeças com uma cobra na cauda. Ele protegia os portões do inferno, mantendo os mortos perpetuamente presos lá dentro e impedindo os vivos de entrarem. Mas seu sucesso como instrumento de suicídio foi o que fez a árvore ganhar o mesmo nome.

"Até onde sabemos", escreveram os cientistas que analisaram os dados forenses, "nenhuma planta no mundo é responsável por tantas mortes por suicídio quanto a árvore odollam*."*

FAMÍLIA *Apocynaceae*

HABITAT *Manguezais e margens de rios no sul da Índia, além do Sudeste Asiático*

NATIVA DA *Índia*

NOMES COMUNS *othalanga maram, kattu aralia, famentana, kisopo, samanta, tangena, pong-pong, buta-buta, nyan*

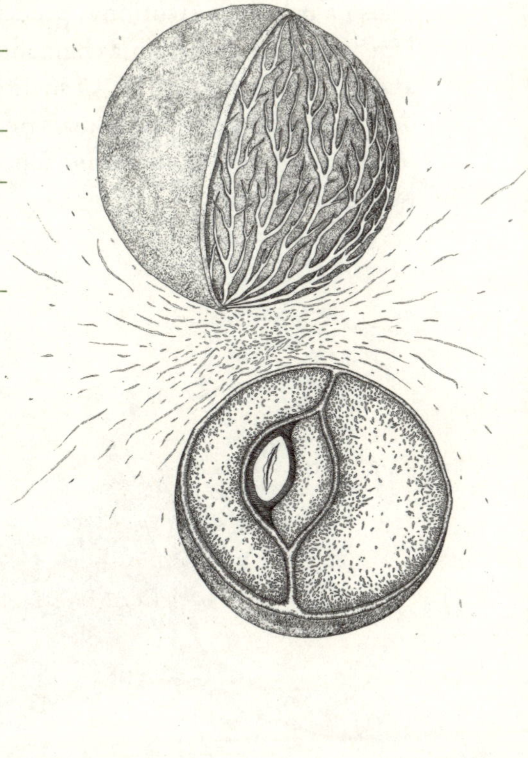

Conheça a família

A Cerbera *é prima do oleandro venenoso. As flores da* C. manghas *lembram a pluméria. Apesar de todas as árvores e arbustos do gênero* Cerbera *serem perfumadas e belas, matam mesmo assim. Até a fumaça da madeira queimada é considerada perigosa.*

BELADONA
Atropa belladonna

Henry G. Walters, professor e pesquisador de plantas, especulou em 1915 sobre o potencial de um cruzamento entre plantas carnívoras e venenosas. Ele acreditava que se uma planta venenosa tivesse "o sistema semimuscular que as plantas carnívoras possuem, isso seria mais perigoso que a cólera". Dr. Walters declarou que as plantas eram capazes de amar e que tinham memória, sugerindo que também podiam guardar rancor como fazem os amantes. A beladona, segundo ele acreditava, era cheia de ódio.

Embora a planta inteira seja venenosa — só roçar nela pode causar pústulas na pele —, as frutinhas pretas são sua característica mais tentadora. Um agricultor da Virgínia chamado Charles Wilson perdeu os filhos para as tais frutinhas em 1880. O sucinto obituário dos jovens sugere um fim de semana angustiante: "O mais novo morreu primeiro, na última quinta-feira; o segundo, no domingo à noite; e o terceiro e único filho restante, na segunda-feira".

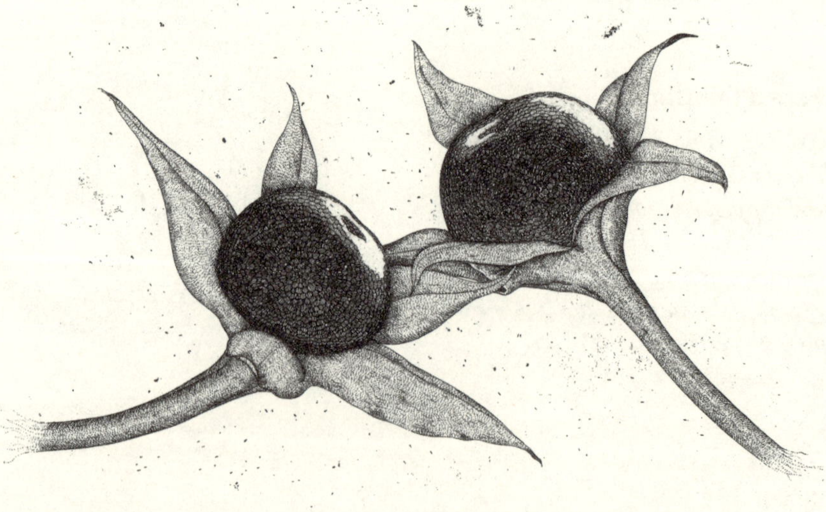

"Quente como uma lebre, cego como um morcego, seco como um osso, vermelho como uma beterraba e louco como um chapeleiro."

Até hoje, histórias de envenenamento por beladona aparecem na literatura médica. Uma mulher idosa ia parar no hospital todo outono com uma espécie de psicose. Os médicos não conseguiam localizar a causa das alucinações, delírios e dores de cabeça dela. Após vários dias, os sintomas passavam sozinhos. Finalmente, sua filha levou um punhado de frutinhas que cresciam em um arbusto perto de casa. A mãe estava comendo beladona todo outono, quando as frutas ficavam maduras, mas de alguma forma conseguiu escapar de um envenenamento fatal.

Esse está longe de ser o único caso. Um casal conquistou seu lugar na história da medicina ao fazer uma torta de frutas da beladona, confundindo-as com mirtilos, bem mais comestíveis. Na Turquia, uma análise de envenenamento por beladona descobriu que 49 crianças ficaram doentes em um período de seis anos. A maioria comeu as frutas por conta própria, por curiosidade, mas pelo menos uma criança recebeu a beladona dos pais, na esperança equivocada de tratar sua diarreia.

A beladona faz sua mágica sombria com a ajuda de um alcaloide chamado atropina, que causa taquicardia, confusão, alucinações e convulsões. Os sintomas são tão desagradáveis que a atropina às vezes é adicionada a analgésicos potencialmente viciantes para evitar que os pacientes fiquem viciados. Os estudantes de medicina memorizam esse simples truque mnemônico para ajudar a reconhecer os sinais de envenenamento: "Quente como uma lebre, cego como um morcego, seco como um osso, vermelho como uma beterraba e louco como um chapeleiro". A "loucura" nesse caso se refere à fala incoerente, um sinal de envenenamento por beladona.

A herbácea perene é encontrada por toda a Europa, Ásia e América do Norte, onde cresce em locais úmidos e com sombra. Ela chega a cerca de um metro de altura, produzindo folhas pontudas e ovais e flores tubulares marrons-arroxeadas. Dessas flores surgem as frutas pretas brilhantes, que começam como frutas verdes duras que ficam vermelhas à medida que amadurecem e finalmente chegam ao seu esplendor escuro total no outono.

Os primeiros médicos faziam uma poderosa mistura de beladona, cicuta, mandrágora, meimendro, ópio e outras ervas como anestésico cirúrgico. A atropina ainda tem usos medicinais atualmente e tem sido administrada como antídoto para o envenenamento por exposição a gases nervosos e pesticidas.

As mulheres italianas pingavam extratos suaves de beladona nos olhos para dilatar as pupilas, pois achavam que isso as deixava mais atraentes. O nome "*belladonna*", que significa "bela mulher" em italiano, pode ter surgido dessa prática. A origem do termo também pode ter vindo de *buona donna*, uma curandeira medieval que tratava os indigentes com poções misteriosas.

"*Atropa*" vem de uma das três moiras da mitologia grega. Cada moira tinha um papel para determinar o destino dos humanos. Láquesis media o fio do destino no nascimento; Cloto tecia o fio, controlando o destino; por fim, Átropos trazia a morte no momento e da maneira que escolhesse. Milton lembrou-se dela da seguinte forma:

Vem a cega Fúria com a odiosa tesoura
E corta a fina vida fiada.

FAMÍLIA *Solanaceae*

HABITAT *Áreas sombreadas e úmidas; as sementes precisam de solo uniformemente úmido para germinar*

NATIVA DA *Europa, Ásia, norte da África*

NOMES COMUNS *bela-dama, erva-do-diabo, cereja-da-morte*

Conheça a família

Integrante da grande e desregrada família das solanáceas, que inclui meimendro, mandrágora, estramônio (ou figueira-do-inferno) e a picante pimenta habanero.

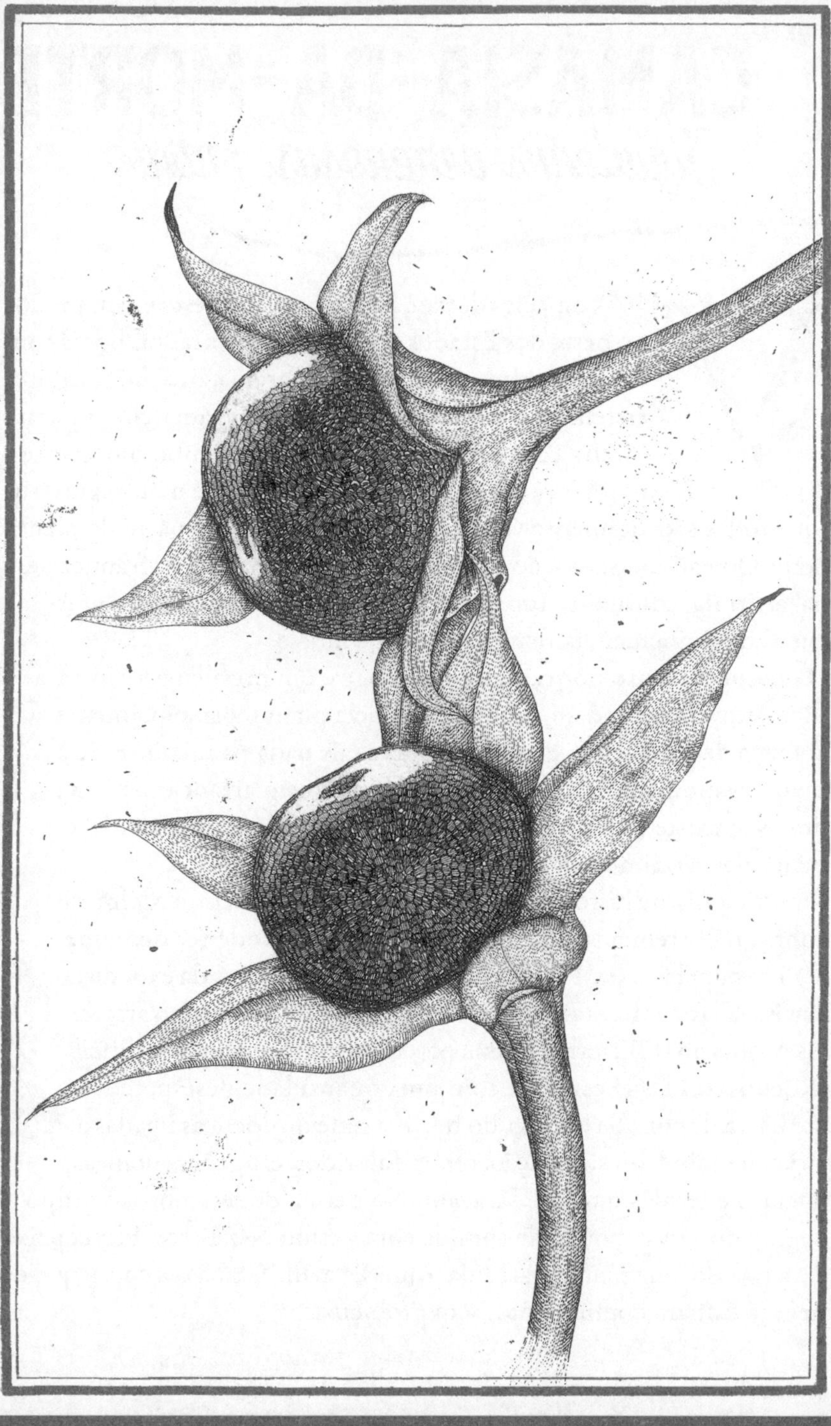

CAMÁSIA-DA-MORTE
Zigadenus venenosus, outras

Várias espécies de camásias da morte crescem em prados no oeste dos Estados Unidos. São plantas bulbosas com folhas em tiras, parecidas com grama, e cachos de flores estreladas em tons de rosa, branco ou amarelo. A planta inteira contém alcaloides tóxicos, e embora o nível de toxinas possa variar entre as espécies, é mais seguro supor que todas são altamente venenosas. Comer qualquer parte da planta ou do bulbo causará salivação ou espuma na boca, vômitos, fraqueza extrema, arritmia, confusão e tontura. Em casos de envenenamento grave, os sintomas finais incluem convulsões, coma e morte.

O envenenamento por camásia-da-morte é um problema sério para o gado. As ovelhas tendem a ser atraídas pela planta, principalmente no começo da primavera, quando não há mais nada para comer. Se a terra estiver molhada, muitas vezes elas conseguem arrancar a planta inteira. Não existe tratamento para animais que ficaram doentes, e geralmente eles são simplesmente encontrados mortos.

A nutricionista e historiadora de alimentos Elaine Nelson McIntosh descobriu recentemente que a camásia-da-morte pode ter desempenhado um papel nas terríveis doenças que os integrantes da expedição de Lewis e Clark enfrentaram. Em setembro de 1805, o grupo atravessou as Montanhas Bitterroot, uma cordilheira especialmente difícil das Rochosas. Eles já estavam com uma quantidade desesperadamente baixa de comida e sofrendo de uma série de doenças ligadas à nutrição, incluindo desidratação, olhos doloridos, erupções cutâneas, furúnculos e feridas que não saravam. No dia 22 de setembro, o grupo conseguiu obter um pouco de comida com a tribo Nez Perce. Havia peixe seco e a raiz de uma planta parecida, camásia azul (Camassia spp.), que os homens já tinham comido antes sem problemas.

Os membros do grupo foram acometidos por uma doença violenta e tiveram diarreia e vômitos. O próprio Lewis ficou gravemente doente por duas semanas. A dra. McIntosh acredita que os homens possam ter sido envenenados por acidente ao comerem camásia-da-morte, em vez da camásia azul comestível. As flores não teriam desabrochado naquela época, o que dificultaria a diferenciação das duas, e até os indígenas locais, familiarizados com os bulbos, poderiam ter cometido um erro inocente. A expedição foi interrompida enquanto os homens se recuperavam. Por fim, seguiram cambaleando, enfrentando um inverno no qual seriam forçados a comer seus cachorros e se arriscar com as raízes de outras plantas desconhecidas.

FAMÍLIA *Melanthiaceae*

HABITAT *Prados*

NATIVA DA *América do Norte, principalmente no oeste*

NOMES COMUNS *raiz-de-cobra preta, lírio-estrela*

Conheça a família

*Antes classificada na família dos lírios, a camásia-da-morte agora é agrupada em uma família com outros bulbos selvagens, muitos deles venenosos. Entre os parentes estão o heléboro-branco (*Veratrum album*) e o trílio (*Trillium spp.*).*

CIANOBACTÉRIA

Cyanobacteria

Limo pode não ser tecnicamente uma planta — essa forma específica de algas na verdade é classificada como bactéria —, mas essa criatura verde encontrada no mundo todo representa uma séria ameaça a humanos e animais. Algumas espécies de cianobactéria, também conhecida como alga azul tóxica, podem se reproduzir ou "florescer" de forma repentina, liberando venenos na água. As pessoas que bebem da água ou comem peixes contaminados já tiveram convulsões, vômito, febre, paralisia e morreram.

O que faz uma população normal de algas florescer e liberar seu veneno? Os cientistas ainda estão descobrindo. O escoamento de fertilizantes pode ter um papel, dando às algas algo com que se alimentarem. Temperaturas quentes e águas tranquilas as encorajam a crescer, e os envenenamentos realmente parecem ocorrer mais em climas quentes durante os meses de verão.

Nadar em lagoas, lagos ou rios com algas visíveis apresenta inegáveis riscos à saúde. As algas liberam hepatotoxinas, que podem causar insuficiência hepática, e neurotoxinas, que podem causar paralisia, além de outros venenos que podem causar reações alérgicas e danos a órgãos importantes.

Uma das toxinas mais estranhas produzidas por algas é o ácido domóico. Ele pode provocar desconforto gastrointestinal, tontura e amnésia. O envenenamento por ácido domóico geralmente ocorre quando as pessoas comem mariscos que se alimentaram de certas espécies de algas; a síndrome é conhecida como intoxicação amnésica por marisco. Não existe tratamento, então os médicos aliviam os sintomas da maneira que podem e esperam que os pacientes se recuperem.

Uma eflorescência algal no Brasil matou 88 pessoas e deixou milhares doentes em 1988. Em Los Angeles, biólogos marinhos ficaram sobrecarregados com animais doentes em 2007, quando uma floração de algas tóxicas fez leões marinhos e focas aparecerem na praia com convulsões. Vários surtos na Austrália deixaram pessoas e gado doentes. Mas o incidente mais notório de todos só foi compreendido recentemente. Em 1961, moradores de Santa Cruz, na Califórnia, acordaram com o barulho de pássaros batendo em suas casas. Algumas pessoas correram para fora com lanternas e encontraram aves mortas e desorientadas na rua, gaivotas doentes indo direto para cima delas, atraídas pela luz.

A história chamou a atenção de Alfred Hitchcock, que tinha considerado basear um filme em uma história de Daphne du Maurier chamada "Os Pássaros". Motivado pelo incidente da vida real, Hitchcock começou a trabalhar no filme. Levou mais de quarenta anos para que os cientistas percebessem que o comportamento bizarro daquelas gaivotas provavelmente foi causado por uma eflorescência de algas tóxicas que envenenou as anchovas que as aves comeram.

REINO *Bacteria*

HABITAT *Ambientes de água salgada e doce do mundo todo, incluindo oceanos, rios, lagoas, lagos e riachos*

NATIVA DE *Todos os lugares; presente até em registros fósseis de 3,5 bilhões de anos*

NOME COMUM *alga azul, alga verde-azulada, alga cianofícea*

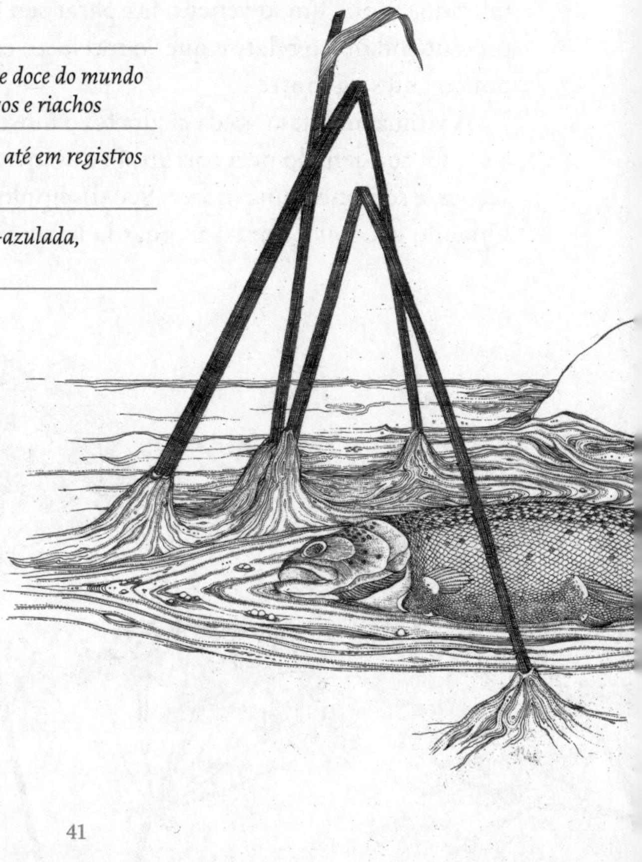

Conheça a família

*Existem milhares de espécies de algas em todo o mundo, das quais muitas são bastante benéficas à vida marinha e aos humanos. Uma das cianobactérias mais conhecidas é a spirulina (*Arthrospira platensis*), um popular suplemento de alimentação saudável.*

CICUTA

Conium maculatum

Um dia, em 1845, um alfaiate escocês chamado Duncan Gow comeu um sanduíche feito com verduras selvagens que seus filhos colheram para ele. Dentro de poucas horas, estava morto. As crianças cometeram o engano fatal de confundir a folhagem rendilhada da salsinha com a da cicuta. Foi a última (e suspeita-se que a única) lição de botânica que as crianças aprenderam com o pai, e uma que jamais esqueceriam.

A morte provocada pela cicuta é, pelas aparências externas, fácil. O sr. Gow cambaleou tropegamente, seus membros ficaram gradualmente paralisados e, por fim, o veneno faz parar seu coração e pulmões. O médico presente no óbito relatou que "o intelecto estava perfeitamente lúcido até pouco antes da morte".

A vítima mais famosa da cicuta foi o filósofo grego Sócrates, que, em 399 a.C., foi condenado pela corrupção dos jovens de Atenas, entre outras acusações, e sentenciado à morte. Seu discípulo Platão testemunhou a morte. Quando chegou a hora, um guarda levou para Sócrates uma bebida feita

com o veneno, que ele tomou calmamente. O condenado caminhou pela cela até suas pernas ficarem pesadas; em seguida, deitou-se de costas. O guarda apertou suas pernas e pés e perguntou a Sócrates se ele as sentia; ele respondeu que não. "E então ele o tocou", escreveu Platão, "e disse que quando aquilo, a frieza, chegasse ao coração, ele morreria." Pouco tempo depois, Sócrates ficou quieto e imóvel, e então morreu.

O envenenamento por cicuta nem sempre foi considerado tão delicado. Nicandro, médico do exército romano que viveu de 197 a 130 a.C., escreveu um poema em prosa sobre venenos, no qual disse: "Observe o trago nocivo que é a cicuta, pois esta bebida certamente desenreda um desastre na cabeça, trazendo a escuridão da noite: os olhos se reviram e os homens vagam pelas ruas com passos trôpegos e rastejando-se de quatro; uma terrível asfixia bloqueia a parte inferior da garganta e a passagem estreita da traqueia; as extremidades ficam geladas; e, nos membros, as robustas artérias se contraem; por um curto instante, a vítima respira como em um desmaio, e seu espírito contempla Hades".

A cicuta, planta da família da cenoura, é tão tóxica que é conhecida na Escócia como "aveia de defunto".

Os estudiosos acabaram concluindo que Nicandro devia estar descrevendo outra planta, talvez acônito ou cicuta-aquática. A prova definitiva veio de John Harley, médico britânico que tomou pequenas quantidades de cicuta experimentalmente e relatou suas descobertas notavelmente variadas em 1869.

"Houve um enfraquecimento distinto da força motora", escreveu ele. "Eu senti, por assim dizer, que a 'energia' me fora arrancada." Ele continuou: "As pernas pareciam que logo ficariam fracas demais para me dar suporte... A mente continuou perfeitamente lúcida e calma, e o cérebro ativo o tempo todo, mas o corpo pareceu pesado, quase dormente".

A cicuta, planta da família da cenoura, é tão tóxica que é conhecida na Escócia como "aveia de defunto". As plantas jovens aparecem na primavera, e suas folhas finamente cortadas e raízes pontudas se parecem enganosamente com as da salsinha ou da cenoura. Elas podem chegar a 2,5 metros de altura em uma estação, produzindo delicadas flores que lembram a cenoura selvagem. Os caules são ocos e salpicados de manchas roxas que às vezes são chamadas de sangue de Sócrates. Se estiver em dúvida, esmague as folhas e cheire-as. O odor é suficiente para afastar a maioria dos animais e foi descrito como tendo cheiro de "chirivia ou camundongo".

FAMÍLIA *Apiaceae*

HABITAT *Campos e pastos por todo o hemisfério norte; prefere solos molhados e áreas costeiras*

NATIVA DA *Europa*

NOMES COMUNS *cicuta-maior, cicuta-da-europa, cegude*

Conheça a família

A cicuta é a malvada de uma família que inclui endro, aipo, erva-doce, salsinha e anis, que é venenoso se ingerido em grandes quantidades.

CICUTA-AQUÁTICA

Cicuta spp

Amplamente considerada uma das plantas mais perigosas dos Estados Unidos, a cicuta-aquática cresce em valas, pântanos e prados por todo o país, e seus cachos achatados, em forma de guarda-chuva, de flores brancas e folhagem rendilhada, se parecem com parentes mais comestíveis, como coentro, chirivia e cenoura. Na verdade, a maioria dos envenenamentos acidentais com a cicuta-aquática acontece porque as pessoas acreditam equivocadamente que as raízes são comestíveis. Infelizmente, as raízes têm um sabor ligeiramente adocicado que pode encorajar alguém a dar uma segunda mordida.

É preciso apenas uma mordida ou duas para obter uma dose letal da toxina da planta, a cicutoxina. Ela perturba o sistema nervoso central e rapidamente provoca náusea, vômito e convulsões. Uma mordida pequena na raiz da planta, que é a parte mais tóxica, poderia matar uma criança.

Em uma caminhada no começo dos anos 1990, dois irmãos confundiram a planta com ginseng selvagem. Um homem deu três mordidas e morreu dentro de algumas horas; o outro deu apenas uma mordida e sofreu convulsões e delírios, mas se recuperou após uma visita ao pronto-socorro. Nos anos 1930, várias crianças morreram após fazerem apitos ou zarabatanas com os caules ocos da planta. Crianças também já confundiram as raízes com cenouras e tiveram convulsões após algumas dentadas.

Nos anos 1930, várias crianças morreram após fazerem apitos ou zarabatanas com os caules ocos da cicuta-aquática.

Houve cerca de cem casos de óbito por cicuta-aquática nos Estados Unidos no século XX, embora os especialistas acreditem que o número real provavelmente seja muito mais alto, uma vez que as vítimas geralmente não sobrevivem para contar o que comeram.

A cicuta-aquática também representa uma ameaça a animais de estimação e gado. Como a fragrância da planta não é tão desagradável quanto outras plantas venenosas, os animais são mais tentados a pastar nela. Quando pés maduros são arrancados por tratores, as raízes expostas podem ser tentadoras para animais com fome. Geralmente o veneno age de forma tão rápida que os animais já estão à beira da morte quando são descobertos. Uma única raiz é tóxica o bastante para matar uma vaca de 725 kg.

A herbácea passa de dois metros de altura e possui manchas roxas no caule. As raízes carnosas produzem grandes quantidades do veneno na forma de um líquido amarelado espesso que escorre quando são cortadas. A espécie mais difundida é a Cicuta maculata.

No oeste dos Estados Unidos e Canadá, a C. douglasii cresce em pastos e pântanos. Ela produz hastes excepcionalmente grossas e as flores são tão grandes e robustas que às vezes são colhidas como flores ornamentais. É uma ideia de decoração muito perigosa: até uma pequena quantidade do suco tóxico nas mãos pode chegar à corrente sanguínea.

FAMÍLIA *Apiaceae*

HABITAT *Climas temperados, geralmente perto de rios e zonas úmidas*

NATIVA DA *América do Norte*

NOMES COMUNS *cicuta-da-américa, cicuta malhada*

Conheça a família

Um parente é a cicuta-maior, Conium maculatum, *que matou Sócrates; outros incluem a salsinha, cenoura, chirivia e endro.*

CIPÓ DA AYAHUASCA
Banisteriopsis caapi
E CHACRONA
Psychotria viridis

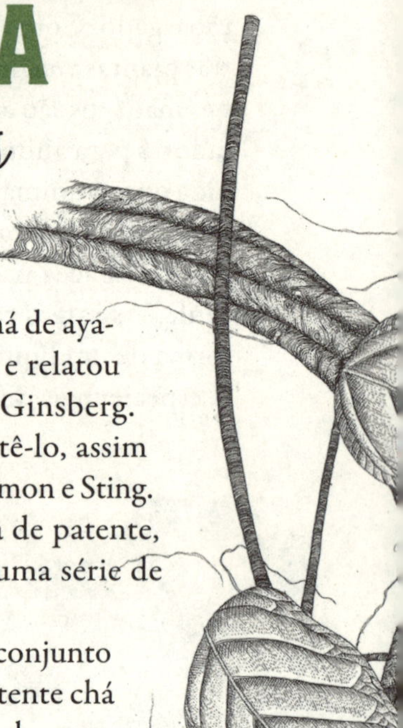

William Burroughs tomou chá de ayahuasca na floresta tropical e relatou suas descobertas a Allen Ginsberg. Alice Walker procurou obtê-lo, assim como Paul Theroux, Paul Simon e Sting. Foi objeto de uma disputa de patente, de um caso da Suprema Corte norte-americana e de uma série de apreensões de drogas.

A infusão da casca do cipó lenhoso da ayahuasca, em conjunto com as folhas do arbusto da chacrona, produzem um potente chá chamado ayahuasca (ou hoasca, daime ou Vegetal). A chacrona contém a poderosa droga psicoativa DMT (dimetiltriptamina), uma substância controlada de Classificação I, mas as folhas precisam ser ativadas por outra planta, geralmente a Banisteriopsis caapi, antes que os efeitos possam ser sentidos. Esta última contém um inibidor natural da monoamina oxidase, semelhante aos compostos encontrados em antidepressivos. Junte as duas e você terá uma experiência de alteração da mente.

Um dos grupos religiosos mais conhecidos a usar o chá é a União do Vegetal, ou UDV. Suas cerimônias geralmente duram várias horas e são atentamente supervisionadas por um membro mais experiente da igreja.

Os participantes têm alucinações bizarras, que foram descritas por um deles desta forma: "Criaturas sombrias passam. Emaranhados de longas serpentes sibilantes. Dragões cuspindo fogo. Formas humanas gritando".

A experiência geralmente termina com vômitos intensos. O vômito é visto como uma espécie de expurgação de problemas psicológicos ou demônios. Pessoas que participaram da cerimônia relatam que ela aliviou a depressão, curou o vício ou tratou outros problemas médicos. Embora haja poucas evidências clínicas para corroborar isso, a semelhança da ayahuasca com antidepressivos interessou alguns pesquisadores, que pediram estudos mais detalhados.

"Criaturas sombrias passam. Emaranhados de longas serpentes sibilantes. Dragões cuspindo fogo. Formas humanas gritando."

O chá também atraiu a atenção de Jeffrey Bronfman, integrante da família endinheirada que fundou a Seagram, fabricante de uísque e gim. Bronfman formou uma filial da igreja UDV nos Estados Unidos e começou a

importar o chá. Em 1999, seu carregamento foi interceptado por agentes alfandegários dos EUA e Bronfman entrou com uma ação para que lhe devolvessem o chá. O caso foi parar na Suprema Corte e, em 2006, o tribunal decidiu a seu favor, permitindo o uso do chá para fins religiosos. A decisão do tribunal se baseou principalmente na Lei de Restauração da Liberdade Religiosa, que o Congresso norte-americano aprovou em resposta a uma decisão anterior da Suprema Corte contra o uso de peiote para fins religiosos. De acordo com reportagens, a igreja, conhecida como Centro Espírita Beneficente União do Vegetal, possui 130 membros e se reúne na casa de Bronfman, em Santa Fé. A Administração de Fiscalização de Drogas (Drug Enforcement Administration — DEA) dos Estados Unidos continua a fazer cumprir as leis contra o uso não religioso da ayahuasca e de outros produtos que contêm DMT.

BANISTERIOPSIS CAAPI

FAMÍLIA *Malpighiaceae*

HABITAT *Florestas tropicais da América do Sul*

NATIVA DO *Peru, Equador, Brasil*

NOMES COMUNS *cipó-mariri, jagube, liana, yagé ou caapi*

Conheça a família

Banisteriopsis caapi *faz parte de uma grande família de trepadeiras e arbustos floríferos encontrados principalmente na América do Sul e nas Índias Ocidentais.*

PSYCHOTRIA VIRIDIS

FAMÍLIA *Rubiaceae*

HABITAT *Níveis mais baixos da Amazônia; também encontrada em outras partes da América do Sul*

NATIVA DO *Brasil*

NOMES COMUNS *chacrona*

Conheça a família

Psychotria viridis é integrante da família do café, cujos parentes incluem a quina, a quinquina e a venenosa aspérula odorífera, que cobre o solo e aromatiza o vinho alemão *Maiwein*. Outra poderosa trepadeira do mesmo gênero é a *P. ipecacuanha*, da qual se faz o xarope de ipeca, um tratamento contra envenenamento por plantas.

COCA

Erythroxylum coca

Em 1895, Sigmund Freud escreveu a um colega que "a cocainização da narina esquerda me ajudou de uma forma incrível". Um arbusto modesto e de tamanho mediano transformou toda a visão de Freud sobre a vida. "Nos últimos dias, tenho me sentido incrivelmente bem", escreveu ele, "como se tudo tivesse sido apagado... Tenho me sentido maravilhoso, como se nunca tivesse havido nada de errado".

Evidências arqueológicas mostram que as folhas de coca eram colocadas entre a bochecha e a gengiva como um estimulante suave desde 3000 a.C. Quando os incas chegaram ao poder no Peru, a classe dominante assumiu o controle do fornecimento de coca. Assim que os conquistadores espanhóis chegaram no século XVI, a Igreja Católica baniu o uso da planta diabólica. No fim, as considerações práticas venceram e o governo espanhol percebeu que seria melhor regular e tributar o uso da coca, ao mesmo tempo em que a disponibilizava às pessoas escravizadas forçadas a trabalhar nas minas de ouro e prata. Os espanhóis descobriram que, com coca suficiente, os nativos eram capazes de trabalhar rapidamente, por muitas horas e com pouquíssima comida (não importava o fato de que a maioria morria após alguns meses desse tratamento).

Um médico italiano chamado Paolo Mantegazza defendeu o uso medicinal e recreativo das folhas da coca em meados do século XIX. Ele estava tão encantado por sua descoberta que escreveu: "Desdenhei dos pobres mortais condenados a viver neste vale de lágrimas, enquanto eu, levado nas asas de duas folhas de coca, saí voando pelos espaços de 77.438 palavras, cada uma mais esplêndida que a outra...".

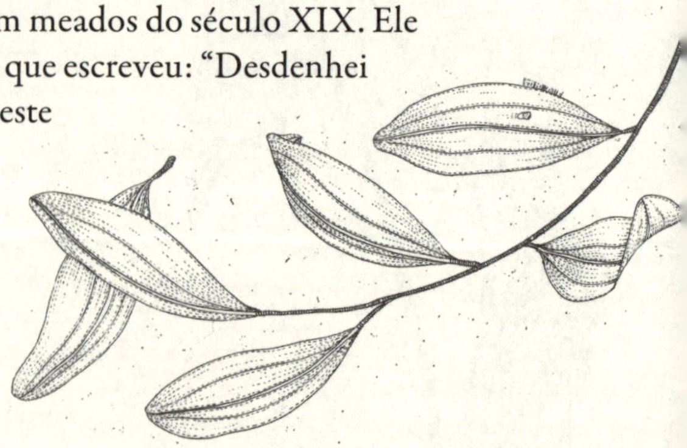

A cocaína, um alcaloide que pode ser extraído das folhas de coca, já foi usada como anestésico, analgésico, digestivo e tônico de saúde geral. Havia vestígios presentes nas primeiras versões do refrigerante Coca-Cola; embora a fórmula da companhia seja um segredo guardado a sete chaves, acredita-se que o extrato de coca ainda seja um aromatizante, só que sem o alcaloide cocaína. As folhas são legalmente importadas por um fabricante americano, que a compra da Empresa Nacional de la Coca do Peru, transforma no aromatizante secreto da Coca-Cola e extrai a cocaína para uso farmacêutico como anestésico tópico.

A capacidade da planta de coca de inspirar humanos a guerrearem, tanto uns contra os outros quanto contra a planta, talvez seja sua característica mais mortal. Um arbusto saudável pode produzir três safras anuais de folhas frescas e brilhantes. A cocaína e outros alcaloides nas folhas agem como um pesticida natural, ajudando a garantir que a planta prospere mesmo quando está sendo atacada. Embora algumas espécies diferentes possam ser usadas para extrair a cocaína, a planta mais usada para esse propósito é a Erythroxylum coca, que cresce na encosta leste da cordilheira dos Andes.

Em comunidades andinas nativas, as folhas de coca ainda são mascadas como um estimulante suave. Alguns estudos farmacológicos sugerem que isso proporciona um estímulo muito mais brando e não viciante, que age

A capacidade da planta de coca de inspirar humanos a guerrearem, tanto uns contra os outros quanto contra a planta, talvez seja sua característica mais mortal.

em uma parte diferente do cérebro em comparação à cocaína. As folhas são surpreendentemente nutritivas e muito ricas em cálcio, o que levou um ministro do novo governo pró-coca da Bolívia a sugerir que, em vez de leite, deveriam dar folhas de coca às crianças nas escolas.

O arbusto também sobreviveu a ataques de outro tipo de inimigo: a pulverização aérea do herbicida glifosato por ações de combate às drogas. Os programas de erradicação das drogas foram frustrados por uma nova e resistente variedade de coca chamada Boliviana negra. Ela surgiu, aparentemente, sem nenhuma ajuda de cientistas em laboratórios. Plantas naturalmente resistentes foram simplesmente descobertas nos campos e passadas de produtor a produtor.

Os defensores do plantio tradicional salientam que a coca é uma cultura andina que remonta a milhares de anos, enquanto a cocaína foi inventada na Europa há 150 anos. Os problemas criados pelo uso da cocaína, sugerem eles, devem ser solucionados nesses países, e não à custa da planta de coca.

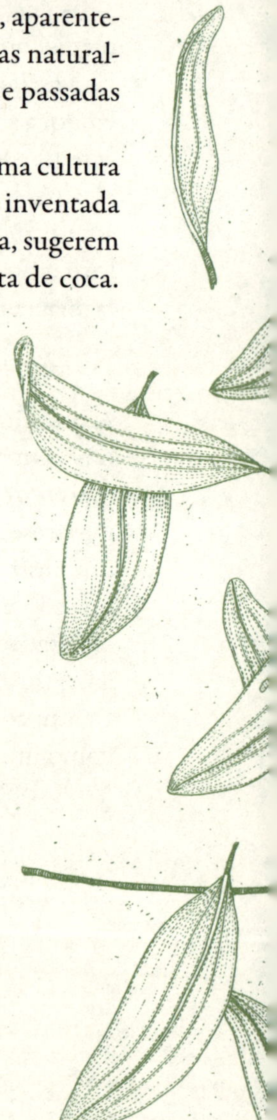

FAMÍLIA *Erythroxylaceae*

HABITAT *Floresta tropical pluvial*

NATIVA DA *América do Sul*

NOME COMUM *cocaína*

Conheça a família

Erythroxylum coca é a integrante mais conhecida dessa família de angiospermas, mas E. novagranatense também contém o alcaloide cocaína. E. rufum, ou falsa cocaína, pode ser encontrada em alguns jardins botânicos dos Estados Unidos.

COYOTILLO

Karwinskia humboldtiana

Coyotillo é um arbusto modesto das planícies do Texas, raramente passando de 1,5 ou 1,8 metro de altura. As folhas verdes brilhantes não dentadas e as flores verde-claras fazem dele um arbusto totalmente esquecível. Mas as frutas pretas redondas que ele produz no outono seriam impossíveis de esquecer.

As frutas do coyotillo contêm um composto que causa paralisia, mas não de imediato. A pessoa azarada pode passar vários dias ou até semanas sem perceber que foi envenenada. Mas então a paralisia se estabelece — e se estivéssemos falando em um mistério de assassinato, essa paralisia aconteceria exatamente enquanto a vítima infeliz estivesse dirigindo pelo estreito sombrio de uma montanha ou tentando passar pelo alarme de segurança de uma joalheria. Que autor seria capaz de inventar uma droga mais traiçoeira?

Sabe-se que os animais perdem o controle das patas traseiras ou se empinam para trás, sem nenhum motivo que consigam compreender, sob a influência dessa frutinha de aparência inofensiva. Em laboratório, administrar a dose exata a animais causaria tetraplegia. Animais que pastejem livremente no arbusto podem acabar perdendo completamente o controle das patas, e a morte não demoraria muito.

O coyotillo age primeiro nos pés e depois passa para a parte inferior das pernas. Uma vez que os membros estão imobilizados, ele faz o sistema respiratório parar e em seguida silencia a língua e a garganta. A planta cresce ao longo da fronteira entre o Texas e o México. Ironicamente, o nome coyotillo

Uma vez que os membros estão imobilizados, o coyotillo faz o sistema respiratório parar e em seguida silencia a língua e a garganta.

é o diminutivo em espanhol da palavra coiote, apelido da pessoa que ajuda imigrantes ilegais a cruzarem a perigosa fronteira com os Estados Unidos. Um estudo contabilizou que cerca de cinquenta pessoas no México morreram por terem comido as frutas em um período de dois anos.

O coyotillo prospera nos cânions e leitos de rios secos no sul do Texas, Novo México e norte do México, onde é capaz de tolerar o calor inclemente e a terra ressecada. Nas condições certas, pode alcançar até seis metros de altura, o tamanho de uma árvore pequena.

FAMÍLIA: *Rhamnaceae*

HABITAT: *Deserto seco do sudoeste*

NATIVO DO: *Oeste norte-americano*

NOMES COMUNS: *tullidora, palo negrito, capulincillo*

Conheça a família

O coyotillo é integrante da família dos espinheiros; muitos arbustos dessa família hospedam borboletas. A maioria produz frutos, mas não representam a mesma ameaça.

ERVILHA-DO-ROSÁRIO
Abrus precatorius

"No futuro, uma planta tropical comum desempenhará um papel importante na previsão do tempo", noticiou o Washington Post em 1908. A planta era a Abrus precatorius, e o professor Joseph Nowack, barão de Fridland, de Viena, era seu incansável defensor. O barão planejava montar estações meteorológicas botânicas em todo o mundo, onde esta misteriosa trepadeira tropical seria cultivada e cuidadosamente analisada em busca de padrões climáticos. Se suas folhas emplumadas apontassem para cima, isso significava um belo dia; se apontassem para baixo, tempestades estavam a caminho.

O barão Nowack nunca foi capaz de provar suas afirmações e construir as estações meteorológicas, mas conseguiu chamar a atenção do público para uma das sementes mais mortíferas do planeta.

A trepadeira da ervilha-do-rosário serpenteia pelas florestas tropicais, enrolando seus caules finos em árvores e arbustos. A planta madura desenvolve um forte caule lenhoso para suporte, permitindo que escale de três a 4,5 metros de altura. Flores violeta-claro aparecem na haste em pequenos cachos, e depois surgem as vagens, contendo suas brilhantes joias venenosas.

Cada semente brilhosa é vermelha com um ponto preto no hilo, que é a cicatriz deixada onde a ervilha se prende à vagem. Elas são do tamanho e da cor de uma joaninha, tornando-as populares para confecção de bijuterias.

Elas também são tão tóxicas que uma única semente, bem mastigada, mataria uma pessoa. Na verdade, fazer furos nas cascas duras para passar um fio através das sementes coloca os fabricantes de bijuterias em risco: picar o dedo com a agulha na presença de até mesmo pequenas quantidades de pó de ervilha-do-rosário poderia ser fatal, e inalar a poeira é arriscado também.

O veneno em ação na ervilha-do-rosário é a abrina, semelhante à ricina encontrada na mamona. A abrina se liga às membranas celulares e impede que as células fabriquem proteínas, o que as mata. Pode levar algumas horas ou até alguns dias para os sintomas aparecerem, mas, quando surgem, a vítima desafortunada será acometida por náusea, vômitos, cólicas, desorientação, convulsões, insuficiência hepática e, após alguns dias, morte. Infelizmente, as coloridas sementes são atrativas para crianças pequenas. Como um médico indiano alertou, a ervilha-do-rosário “beija uma criança até a morte”.

FAMÍLIA *Fabaceae*

HABITAT *Solo seco, baixas elevações, climas tropicais*

NATIVA DA *África e Ásia tropical; naturalizada em regiões tropicais e subtropicais do mundo todo*

NOMES COMUNS *tento, jiquiriti, fruta-de-conta*

Conheça a família

Há relatos de que a Abrus melanospermus *e a* A. mollis *tenham usos medicinais, especialmente para lesões e picadas na pele, mas não se sabe o suficiente sobre sua toxicidade.*

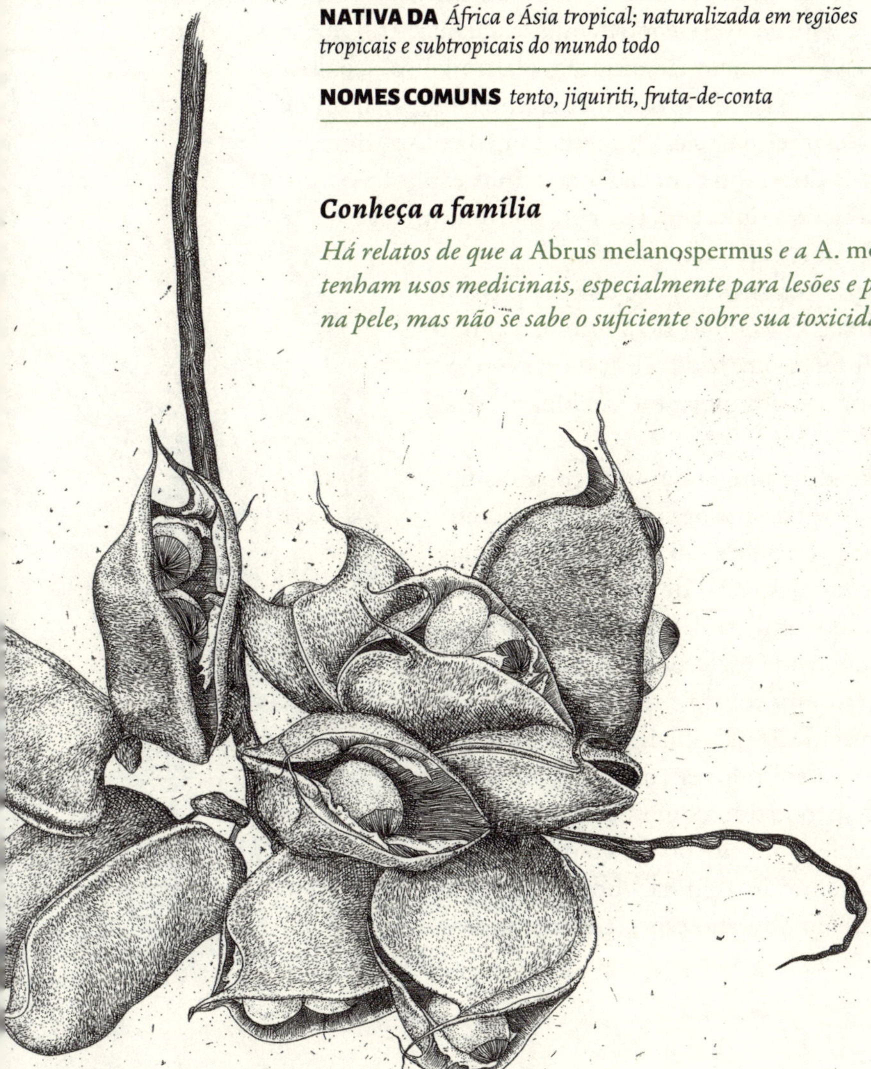

ESPORÃO-DO-CENTEIO

Claviceps purpura

Os historiadores ainda se perguntam o que causou o comportamento bizarro que levou oito jovens a serem suspeitas de possessão demoníaca e bruxaria durante o inverno de 1691 em Salem, Massachusetts. Uma após a outra, as meninas entraram em convulsões, balbuciaram de forma incoerente e reclamaram de sensações rastejantes na pele. Os médicos não conseguiram encontrar nada de errado com elas, e a melhor explicação médica que a ciência tinha a oferecer era que uma bruxa havia lançado um feitiço nas garotas.

Quase trezentos anos depois, um pesquisador teve outra ideia. O esporão-do-centeio, o fungo tóxico que infecta o cereal e contamina o pão, poderia explicar o comportamento bizarro das meninas.

O esporão-do-centeio é um fungo parasita que se liga a uma gramínea de cereal em flor, como centeio ou trigo. Cresce em condições úmidas e possui o truque especial de conseguir imitar o próprio grão que infectou. Ele forma uma massa endurecida chamada esclerócio no hospedeiro e é capaz de nutrir esporos dormentes até que as condições estejam ideais para liberá-los. Milhões de esporos podem ser colhidos em uma safra de centeio ou trigo, e o pão produzido com esses grãos pode conter uma quantidade suficiente do fungo para infectar quem comê-lo — incluindo algumas moças que moravam em Salem durante um inverno especialmente úmido.

Os alcaloides no esporão-do-centeio constringem os vasos sanguíneos, causando convulsões, náusea, contrações uterinas e, por fim, gangrena e morte. Muito antes de Albert Hoffmann extrair o ácido lisérgico do esporão-do-centeio para fazer LSD, as pessoas infectadas com o ergotismo tinham suas próprias viagens psicodélicas parecidas com LSD. Histeria, alucinações e uma sensação de ter algo rastejando sobre a pele são sinais de envenenamento por esporão-do-centeio.

Registros que remontam à Idade Média mostram que, de tempos em tempos, uma aldeia inteira sucumbia a uma doença misteriosa. Os aldeões dançavam nas ruas, tinham convulsões e acabavam entrando em colapso. Essa "mania dançante" às vezes também era chamada de fogo de Santo Antônio, uma possível referência às terríveis sensações de ardência que as vítimas sentiam, e as consequentes bolhas gangrenosas e descamação da pele. Acredita-se que a doença tenha matado mais de 50 mil pessoas naquela época. Nem mesmo o gado estava a salvo: quando eram alimentadas com os grãos infectados, as vacas perdiam os cascos, os rabos e até as orelhas antes de morrerem.

Essa "mania dançante" às vezes também era chamada de fogo de Santo Antônio, uma possível referência às terríveis sensações de ardência que as vítimas do esporão-do-centeio sentiam, e as consequentes bolhas gangrenosas e descamação da pele.

A relação entre esses estranhos comportamentos e a infestação do esporão-do-centeio tinha acabado de ser descoberta na Europa quando os julgamentos das bruxas de Salem começaram, mas é improvável que essa notícia tivesse chegado às colônias. No fim, dezenove pessoas foram para a forca pelo crime de lançar feitiços nas garotas. Elas protestaram sua inocência até o fim.

Se ao menos alguém tivesse pensado em questionar o padeiro da cidade. A julgar pelos registros meteorológicos, os relatórios de colheita, os sintomas das meninas e o fato de que a histeria parou de forma quase tão abrupta quanto tinha começado, é inteiramente possível que todo o evento tenha sido causado por um afloramento de esporão-do-centeio provocado por um inverno excepcionalmente úmido.

Os surtos de ergotismo são raros hoje em dia, mas ocorreram alguns no século XX. Ainda não existem cepas de centeio resistentes ao esporão, mas os produtores agora lavam suas colheitas em uma solução salina para matar o fungo.

FAMÍLIA *Clavicipitaceae*

HABITAT *Cresce em plantações de cereais como centeio, trigo e cevada*

NATIVA DA *Europa*

NOMES COMUNS *cravagem, fogo de Santo Antônio*

Conheça a família

Existem cerca de cinquenta espécies de esporão, cada uma preferindo um determinado tipo de grama ou cereal.

ESTRAMÔNIO

Datura stramonium

Em 1607, os colonizadores que chegaram a Jamestown Island, no estado da Virgínia, provavelmente acharam que tinham escolhido o local perfeito para um posto avançado. Tinha excelente visibilidade para avistar conquistadores espanhóis, um canal fundo que permitia a navegação dos navios e, o melhor de tudo, não havia indígenas na ilha. Em pouco tempo, os colonizadores malfadados descobririam por quê.

Além da população de mosquitos, da água potável suja e salobra e da falta de animais de caça ou qualquer outra fonte de alimento confiável, a ilha era abarrotada de uma erva daninha sedutoramente bela. Alguns cometeram o erro terrível de tentar acrescentar essa erva, o estramônio, à sua alimentação. As mortes horríveis, provavelmente marcadas por delírios, convulsões e insuficiência respiratória, não foram esquecidas pelos sobreviventes nem por seus filhos. Cerca de setenta anos depois, soldados britânicos chegaram para reprimir uma das primeiras revoltas da nova colônia. Os colonizadores se lembraram da planta tóxica e puseram folhas de estramônio na comida dos soldados.

Os soldados britânicos não morreram, mas ficaram loucos durante onze dias, dando temporariamente a vantagem aos colonizadores. Segundo um antigo historiador: "um soprava uma pena no ar; outro atirava palhas nela furiosamente; outro, totalmente pelado, ficava sentado em um canto como um macaco, sorrindo e fazendo caretas para eles; um quarto beijava e tocava carinhosamente seus companheiros".

Foi preciso mais que o estramônio para derrubar o domínio britânico, mas o papel da planta lhe rendeu o apelido de erva de Jamestown. A planta, que cresce na maior parte da América do Norte e é comum no sudoeste, alcança entre 60 e 90 cm de altura e produz belas flores brancas ou roxas de 15 cm de comprimento, em formato de trombeta, que se fecham à noite.

Foi preciso mais que o estramônio para derrubar o domínio britânico, mas o papel da planta lhe rendeu o apelido de erva de Jamestown.

O fruto tem o tamanho de um ovo pequeno, verde-claro e coberto de espinhos. No outono, os frutos liberam um generoso punhado de sementes altamente tóxicas.

Os efeitos do envenenamento por estramônio são parecidos com os da Atropa belladonna. Todas as partes da planta contêm alcaloides tropânicos que causam alucinações e convulsões, mas eles são especialmente concentrados nas sementes. Os níveis variam muito ao longo do tempo e em diferentes partes da planta, o que torna a experimentação perigosa. Um usuário recreativo escreveu que "a parte mais assustadora dessa viagem foi que eu parei de respirar automaticamente e tive que me forçar a respirar com o diafragma. Essas condições duraram a noite toda".

Uma mulher no Canadá colocou sementes de estramônio na carne do hambúrguer, achando que eram um tempero (as vagens estavam secando acima do fogão para serem cultivadas em seu jardim no ano seguinte). Ela ficou em coma por 24 horas até se recuperar o suficiente para contar aos médicos o que tinha feito. Ela e o marido passaram três dias no hospital.

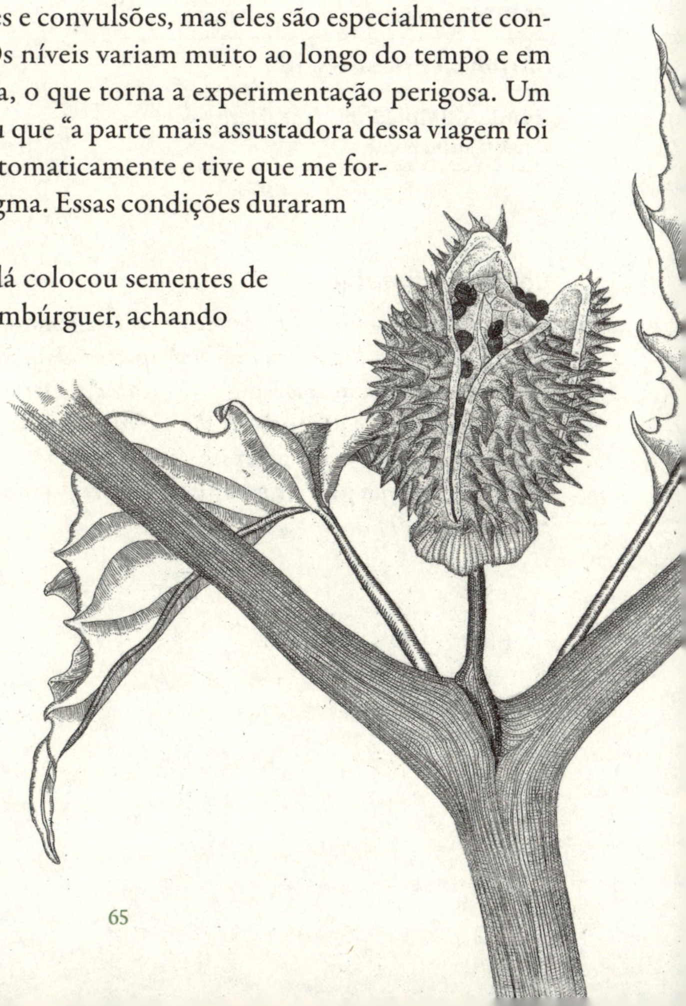

Os adolescentes (e adultos que se comportam como adolescentes) fazem chá com as folhas à procura de uma onda barata, mas beber um chá desses pode ser um erro fatal. Alucinações assustadoras e perturbadoras podem chegar lentamente e durar dias. Outros efeitos colaterais comuns incluem febres altas o suficiente para matar células nervosas e causar falha no sistema nervoso autônomo, que regula os batimentos cardíacos e a respiração, levando ao coma e à morte.

FAMÍLIA *Solanaceae*

HABITAT *Climas temperados e tropicais*

NATIVA DA *América Central*

NOMES COMUNS *trombeta, figueira-do-diabo, figueira brava*

Conheça a família

Integrantes da família das solanáceas, todas as plantas do gênero Datura *são venenosas. A dramática dama-da-noite alucinógena, de coloração roxa-azulada,* Datura inoxia, *cresce em todo o sudoeste dos Estados Unidos. As plantas do gênero* Brugmansia, *como a trombeta ou zabumba, uma parente próxima, são uma popular espécie de jardim.*

FLOR-DE-PAVÃO

Caesalpinia pulcherrima [sin. *Poinciana pulcherrima*]

A flor-de-pavão tem um papel trágico na história do tráfico de pessoas escravizadas. Este belo arbusto tropical, com suas folhas finas e rendilhadas e flores alaranjadas brilhantes e irresistíveis para os beija-flores, produz uma vagem cujo veneno era bastante conhecido pelas mulheres das Índias Ocidentais.

A literatura médica do século XVIII descreve as tentativas das mulheres escravizadas de dar fim às suas gravidezes, a fim de que seus filhos não contribuíssem para a riqueza de um escravocrata. Essa rebelião assumiu muitas formas: algumas mulheres buscavam remédios com o médico da plantação na esperança de que isso provocasse um aborto espontâneo, mas outras se valiam de plantas como a flor-de-pavão. Acreditava-se que ela ajudava a trazer a menstruação, ou "fazer descer as flores", como às vezes chamavam os médicos europeus.

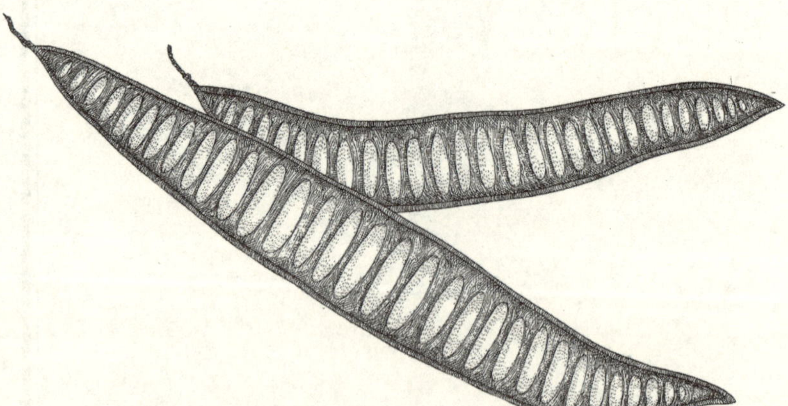

Em 1705, a exploradora botânica Maria Sibylla Merian descreveu pela primeira vez a maneira que as mulheres escravizadas das Índias Ocidentais usavam a planta, como forma de resistência contra seus proprietários. "As indianas, que não são bem-tratadas por seus senhores holandeses, usam as sementes [desta planta] para abortar seus filhos, a fim de que não se tornem escravos como elas. As escravas negras da Guiné e da Angola exigiram ser bem-tratadas, ameaçando recusarem-se a ter filhos. Na verdade, elas às vezes tiram a própria vida por serem tão maltratadas e por acreditarem que renascerão, livres e vivendo em sua própria terra. Elas próprias me contaram isso."

A flor-de-pavão se tornou um popular arbusto ornamental entre colecionadores de plantas da Europa. Cresce em todo o sul dos Estados Unidos, especialmente na Flórida, Arizona e Califórnia. Em regiões com invernos amenos, pode chegar a seis metros de altura. A casca é coberta com

"As indianas, que não são bem-tratadas por seus senhores holandeses, usam as sementes [da flor-de-pavão] para abortar seus filhos, a fim de que não se tornem escravos como elas."

espinhos afiados que dificultam seu manuseio. As flores vermelhas, amarelas ou laranja florescem durante todo o verão, dando lugar no outono a vagens marrons achatadas que contêm as sementes venenosas.

As mulheres da Índias Ocidentais escondiam bem seu segredo: ao longo de toda sua história como arbusto ornamental, pouco foi mencionado na literatura botânica a respeito do papel que a planta teve na vida de mulheres escravizadas desesperadas que lutavam contra a terrível situação em que se encontravam.

FAMILIA *Fabaceae*

HABITAT *Encostas de montanhas tropicais e subtropicais, floresta tropical de planície*

NATIVA DAS *Índias Ocidentais*

NOMES COMUNS *flamboyanzinho, flamboyant-mirim, barba-de-barata*

Conheça a família

Caesalpinia *inclui cerca de setenta espécies de arbustos e arvoretas tropicais.* C. gilliesii*, também chamada de flor-de-índio, é um popular arbusto ornamental no sudoeste dos Estados Unidos. O tanino em suas sementes é tóxico, mas a maioria das pessoas se recupera dos fortes efeitos gastrointestinais do veneno após 24 horas.*

GYMPIE-FERRÃO

Dendrocnide moroides

A pequenina gympie-ferrão já foi chamada de a árvore mais temida da Austrália. Ela alcança cerca de dois metros de altura e produz cachos de tentadoras frutas vermelhas que parecem framboesas. Cada centímetro dela é coberto com finos pelos de silício que lembram a penugem do pêssego e contêm uma neurotoxina venenosíssima. O simples ato de encostar na planta resulta em uma dor insuportável que pode durar até um ano. Em alguns casos, o choque da dor pode ser tão grande que provoca um infarto.

Os pelos são tão minúsculos que facilmente penetram na pele e são quase impossíveis de arrancar. O silício não se decompõe na corrente sanguínea, e a toxina em si é surpreendentemente forte e estável. Na verdade, ela permanece ativa até em espécimes antigos e secos da planta. A dor pode ser reativada durante meses pelo calor ou frio extremos ou simplesmente pelo toque na pele. Até caminhar na floresta onde as plantas estão presentes pode representar uma ameaça. A árvore solta seus pelos constantemente, e eles podem ser inalados ou cair nos olhos dos transeuntes.

Um soldado lembra de ter sido picado pela árvore durante seu treinamento em 1941. Ele caiu bem em cima da planta, tendo contato com ela no corpo todo, e ficou amarrado à cama do hospital durante três semanas na mais pura agonia. Outro oficial foi picado de tal maneira que cometeu suicídio para escapar da dor. Os humanos não são os únicos afetados; reportagens de jornal do século XIX incluem relatos de cavalos que morreram das picadas.

O simples ato de encostar na gympie-ferrão resulta em uma dor insuportável que pode durar até um ano. Em alguns casos, o choque da dor pode ser tão grande que provoca um infarto.

Qualquer pessoa andando pela floresta tropical australiana faria bem em ficar de olho nessa planta. Ela é capaz de penetrar facilmente na maioria das roupas de proteção. Um tratamento comum é a aplicação de cera removedora de pelos, que arranca os finos pelos da planta com os da pessoa. Os especialistas recomendam uma dose de uísque antes de experimentar esse tratamento.

FAMÍLIA *Urticaceae*

HABITAT *Florestas tropicais, especialmente em áreas perturbadas, desfiladeiros ou encostas*

NATIVA DA *Austrália*

NOMES COMUNS *gympie-gympie, picada de mato, ferrão do mato*

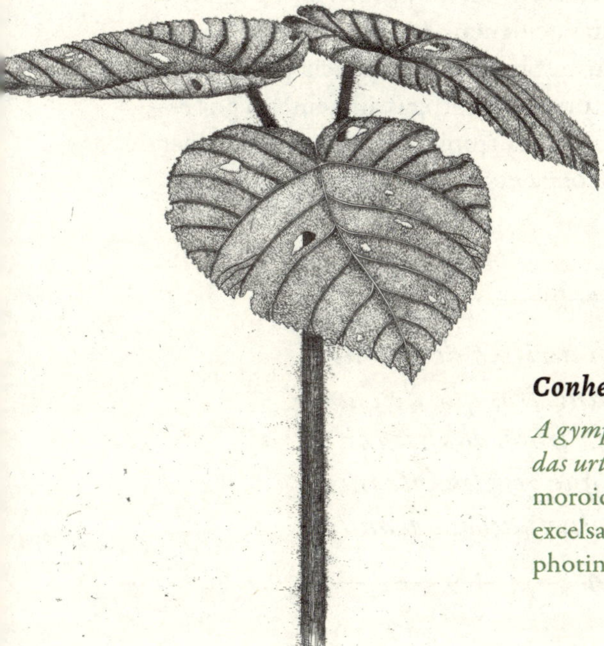

Conheça a família

A gympie-ferrão é integrante da família das urtigas; o gênero inclui Dendrocnide moroides, *considerada a mais dolorosa.* D. excelsa, D. cordifolia, D. subclausa *e* D. photinophylla *também são árvores urticantes.*

IBOGA
Tabernanthe iboga

Iboga é um arbusto florido que atinge cerca de 1,80 m de altura entre a vegetação rasteira tropical das florestas, na parte central da costa oeste da África. Produz cachos de pequenas flores rosa, amarelas ou brancas, seguidos de uma alongada fruta laranja que lembra a pimenta habanero. A planta contém um poderoso alcaloide chamado ibogaína, especialmente concentrado nas raízes, usado para fazer um polêmico medicamento que algumas pessoas acreditam ser capaz de curar o vício em heroína.

Os membros da religião bwiti, na África Ocidental, usam a iboga como uma espécie de sacramento cerimonial. Acredita-se que as alucinações provocadas pela planta permitem que os membros se conectem com seus ancestrais, passem por rituais de iniciação e curem problemas de saúde e emocionais. A prática atraiu jornalistas ocidentais, incluindo o explorador Bruce Parry, que fez um documentário sobre sua experiência para a série da BBC Tribos. Também gerou um turismo de drogas alimentado por estrangeiros que desejam viajar para a floresta tropical africana e participar do ritual, que geralmente inclui uma longa noite de alucinações e vômitos.

Também gerou um turismo de drogas alimentado por estrangeiros que desejam viajar para a floresta tropical africana e participar do ritual, que geralmente inclui uma longa noite de alucinações e vômitos.

Em 1962, um norte-americano de 19 anos chamado Howard Lotsof conseguiu a droga e decidiu experimentar. Talvez estivesse esperando uma experiência de droga recreativa, mas ficou surpreso ao descobrir que a ibogaína o deixou sem a menor vontade de usar heroína, que era a sua droga favorita. Ele convidou alguns amigos a testá-la e alguns tiveram resultados parecidos. Vinte anos depois, ele ainda estava interessado na capacidade dessa planta de curar as pessoas do vício causado por outra planta do mal, a papoula do ópio. Ele obteve patentes para medicamentos à base de ibogaína e fundou a Fundação Dora Weiner para apoiar pesquisas sobre tratamentos alternativos para o vício em drogas. Os usuários de drogas relataram níveis variados de sucesso com a terapia com ibogaína. Alguns acreditam que o tratamento pode "redefinir" a química do cérebro, de forma a não sentir vontade de usar drogas, e que as alucinações dão uma nova percepção sobre os motivos por trás do uso de drogas por eles. No entanto, a ibogaína continua sendo uma substância controlada de Classificação I, e a Administração de Alimentos e Medicamentos dos Estados Unidos não a aprovou para nenhum uso médico.

Existem vários relatos de mortes relacionadas à ibogaína em todo o mundo, incluindo a do roqueiro punk Jason Sears, em 2006, vocalista da banda Rich Kids on LSD. Ele tomou a droga em um centro de desintoxicação em Tijuana, na esperança de curar seu problema de dependência.

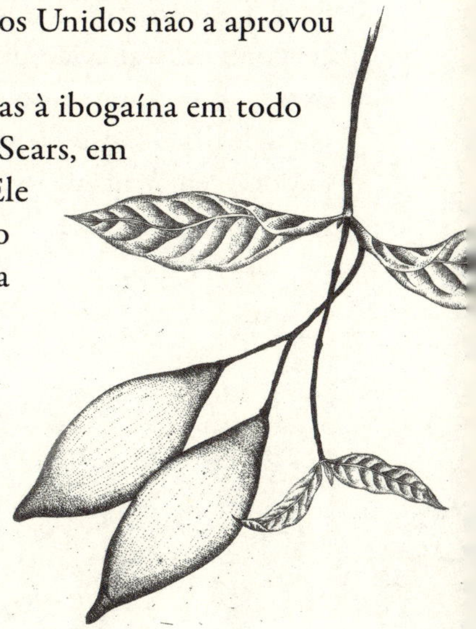

FAMÍLIA *Apocynaceae*

HABITAT *Florestas tropicais*

NATIVA DA *África Ocidental*

NOMES COMUNS *cimicifuga negra, folha de Deus*

Conheça a família

Mesma família do perfumado arbusto tropical pluméria, além de uma série de plantas venenosas. O oleandro é um parente, assim como a planta flecha envenenada Acokanthera *e a árvore do suicídio* Cerbera odollam.

KHAT
Catha edulis

O khat teve um papel pequeno, mas fundamental, na batalha de Mogadíscio, em 1993, na qual dois helicópteros americanos Falcão Negro foram abatidos. Somalianos armados enfiaram folhas de khat nas bochechas e saíram correndo por Mogadíscio em uma onda nervosa que durou até a madrugada, contribuindo para a violência e as mortes de soldados norte-americanos presos no local do acidente.

O autor Mark Bowden encontrou uma rota interessante para a Somália quando estava fazendo pesquisa para seu livro *Falcão Negro em Perigo:* ele voou em um avião de khat. Como as folhas precisam ser consumidas frescas, Bowden teve que pagar pelo volume de khat que estava ocupando naquele dia. “O que eles fizeram foi descarregar 90 kg de khat para que eu pudesse sentar no avião”, disse ele em uma entrevista. “Eu paguei como se fosse khat para entrar no país.”

Somalianos armados enfiaram folhas de khat nas bochechas e saíram correndo por Mogadíscio em uma onda nervosa que durou até a madrugada.

As folhas proporcionam uma euforia lúcida que dura horas. No Iêmen e na Somália, três em cada quatro homens adultos usam a droga, colocando algumas folhas entre a bochecha e a gengiva, da mesma forma que a coca é usada na América Latina. E, assim como a coca, a planta de khat alimenta guerras entre os que afirmam que isso é um ritual cultural benigno praticado há séculos e os que o consideram uma ameaça à saúde pública.

Quando um avião de khat pousa na Somália, sua carga é descarregada e distribuída em questão de horas. Os homens ficam vadiando em estado de êxtase, mascando seu khat, sem cuidar da família nem do trabalho. O uso prolongado leva a agressões, delírios, paranoia e psicose. Mas o usuário típico de khat não é dissuadido por esses sintomas alarmantes. Como disse um homem: "Quando masco, sinto como se meus problemas desaparecessem. O khat é meu chapa. Cuida de todas as coisas". Outro homem afirmou: "Você desabrocha como uma flor quando masca".

Catha edulis é um arbusto florido que cresce na Etiópia e no Quênia, onde goza de pleno sol e temperaturas quentes. As folhas escuras e brilhosas nascem de caules vermelhos, e as folhas jovens também podem ser franjadas de vermelho. A planta chega a seis metros de altura ou mais na natureza, mas fica apenas entre 1,5 e 1,8 metros quando cultivada.

Seu ingrediente mais potente, a catinona, é classificada nos Estados Unidos como narcótico de Classificação I, o que a coloca em pé de igualdade com a maconha e o peiote. O nível de catinona das folhas cai bruscamente após apenas 48 horas da colheita, um fato que transforma o contrabando da droga em uma corrida louca. Uma vez que a catinona se decompõe, só sobra a catina, um elemento químico muito suave parecido com a pílula emagrecedora efedrina. Por esse motivo, a polícia precisa agir rápido para levar a planta até um laboratório de drogas. Após 48 horas, uma grande apreensão de drogas se torna uma apreensão de pílulas de dieta.

Traficantes de khat em Seattle, Vancouver e Nova York foram presos por vender maços de folhas debaixo do balcão em pequenos mercados que atendem imigrantes somalianos. Em 2006, o movimento islâmico da Somália proibiu a planta nas áreas que controlava e interrompeu todos os voos que vinham do Quênia na tentativa de coibir o uso da planta. Resta saber se os somalianos vão abrir mão da droga, que foi chamada de ópio do povo.

FAMÍLIA *Celastraceae*

HABITAT *Elevações tropicais acima de novecentos metros*

NATIVA DA *África*

NOMES COMUNS *qat, cat, chat, miraa, jaad*

Conheça a família

O khat tem parentesco com cerca de 1.300 espécies de trepadeiras e arbustos tropicais e temperados, incluindo o altamente venenoso celastro e os igualmente venenosos arbustos conhecidos como Euonymus.

KUDZU

Pueraria lobata

“Kudzu ao resgate!” Assim proclamava um artigo de 1937 no *Washington Post* sobre os poderes dessa exótica trepadeira para controlar a erosão. De fato, durante quase cem anos, a trepadeira contou com o apoio entusiástico de jardineiros e agricultores norte-americanos.

A Exposição Universal, realizada em 1876 na Filadélfia, foi um desfile de maravilhas. Aproximadamente dez milhões de norte-americanos foram apresentados ao telefone, à máquina de escrever e a uma nova planta milagrosa vinda do Japão: kudzu. Os entusiastas de plantas adoraram a fragrância frutada das flores, semelhante à uva, e o fato de a trepadeira ser capaz de escalar uma treliça com bastante rapidez.

Em pouco tempo, os fazendeiros perceberam que o gado comia a trepadeira, tornando-a uma forragem útil. O kudzu se agarrava ao solo e continha a erosão. Um programa do governo que encorajava o uso da trepadeira deu ao kudzu todo o incentivo de que precisava.

Mas o kudzu tinha outros planos para o sul dos Estados Unidos. A trepadeira se sentiu em casa, crescendo até 30 cm por dia durante os verões quentes e úmidos. Essa planta nasceu para correr: mais de duas dúzias de caules saem de uma única coroa, e cada uma dessas trepadeiras pode se estender por trinta metros. Uma única raiz primária pode pesar até 180 kg. Cada folha é capaz de se retorcer e girar para receber a quantidade máxima de luz do sol, o que torna a trepadeira especialmente eficiente em aproveitar a energia solar e impedir que os raios cheguem às plantas abaixo dela.

O kudzu evita o tempo frio e se espalha por rizomas e sementes subterrâneas, que podem sobreviver por vários anos antes de brotar. Ele estrangula árvores, sufoca prados, corrói prédios e derruba linhas de energia. Os sulistas dos Estados Unidos dizem que dormem com as janelas fechadas para impedir que ele entre no quarto à noite.

A trepadeira cobre 2,8 milhões de hectares nos Estados Unidos. O dano causado por ela é estimado em centenas de milhões de dólares. Na base militar de Fort Pickett, na Virgínia, o kudzu dominou oitenta hectares de área de treinamento. Nem mesmo os tanques de batalha M1 Abrams conseguiram penetrar aquele crescimento desenfreado.

Mas o sul não se rendeu. Campanhas agressivas de herbicidas, queimadas controladas e cortes repetidos de novos crescimentos podem manter o kudzu sob controle. Os sulistas também reagem comendo a trepadeira que os devora: folha de kudzu frita, geleia de flor de kudzu e molho de caule de kudzu fazem bom uso de uma planta ruim.

FAMÍLIA *Fabaceae*

HABITAT *Climas quentes e úmidos*

NATIVA DA *China; introduzida no Japão nos anos 1700*

NOMES COMUNS *"a trepadeira que engoliu o Sul". Para os japoneses, a palavra kudzu significa "lixo", "detrito" ou "restos inúteis".*

Conheça a família

O kudzu é um legume, parente de plantas úteis como a soja, a alfafa e trevo.

MACONHA
Cannabis sativa

A cannabis é usada por humanos há pelos menos 5 mil anos e regulada ou banida pelos últimos setenta. Fibras de cânhamo (de variedades de cannabis que contêm pouco THC ou tetrahidrocanabinol e, portanto, são inúteis como droga) foram encontradas em escavações de cavernas por toda a Ásia. O médico romano Dioscórides mencionou as propriedades medicinais da planta em seu guia médico *De materia medica* em 70 d.C. Seu uso se espalhou para a Índia, Europa e, por fim, para o Novo Mundo, onde os primeiros colonizadores a cultivavam como uma plantação de fibra economicamente útil. Os primeiros rascunhos da Declaração da Independência dos Estados Unidos foram escritos em papel de cânhamo. A planta foi usada nos primeiros medicamentos patenteados e até vendida em Manhattan como bala de 1864 até 1900. "Ganja Árabe do Encantamento" era seu nome. "Um estimulante muito prazeroso e inofensivo."

Esta planta herbácea anual chega a ter de três até 4,5 metros de altura e produz uma resina pegajosa e intoxicante que também é usada para produzir o haxixe. Todas as partes da planta contêm THC, o composto psicoativo que causa uma sensação de leve euforia, relaxamento e de o tempo estar passando lentamente. Em doses mais elevadas, às vezes causa paranoia e

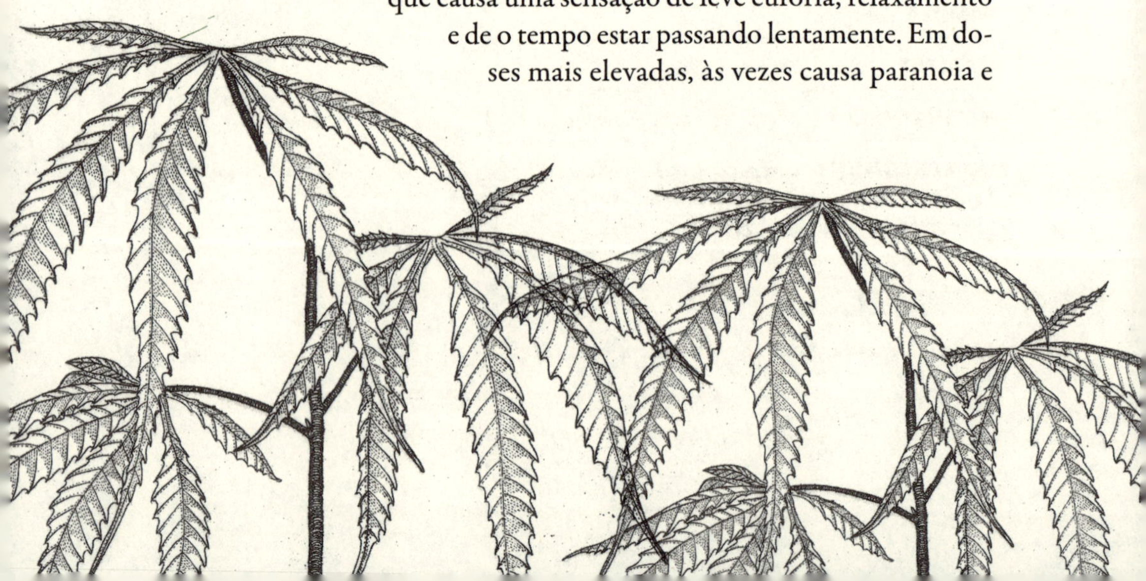

A maconha era vendida em Manhattan como bala de 1864 até 1900. "Ganja Árabe do Encantamento" era seu nome.

ansiedade, mas a maioria dos efeitos diminui após algumas horas. A cannabis não é considerada uma planta mortal, exceto pela possibilidade de provocar acidentes de automóvel, roubos e incêndios elétricos pelas operações de cultivo interno.

A taxonomia da cannabis ainda está sendo debatida por botânicos. Alguns argumentam que a *Cannabis sativa*, *C. indica* e *C. ruderalis* são três espécies separadas, enquanto outros acreditam que a C. sativa é a única espécie do gênero, que pode ter muitas linhagens diferentes. Todas essas variedades ou espécies podem ser chamadas de cânhamo ou maconha. Além do uso da fibra para roupas e papel, o cânhamo também vem sendo investigado como uma possível fonte de biocombustível, e as sementes são usadas como ingrediente alimentar por conterem proteínas, ácidos graxos saudáveis e vitaminas.

Alguns historiadores sugerem que o impulso de proibir a cannabis no começo do século XX veio das guerras culturais. O uso recreativo da maconha era popular entre músicos de jazz, artistas, escritores e outros "vagabundos". Seu uso foi regulado, mas não banido, pela Lei de Taxação da Maconha de 1937. O começo do movimento beat pode ter sido o incentivo para finalmente tirar essa erva das mãos dos jovens norte-americanos. Ela foi proibida em 1951, como parte da Lei Boggs.

Atualmente, o uso da maconha é proibido ou estritamente regulamentado na maioria dos países do mundo todo. Apesar disso, pesquisas do Departamento de Saúde dos Estados Unidos mostram que 97 milhões de pessoas acima dos 12 anos, ou aproximadamente um terço dos norte-americanos, já usaram maconha na vida. Só no último ano, 35 milhões, mais de 10% da população, usaram a droga. As Nações Unidas estimam que aproximadamente 4% da população mundial, ou 160 milhões de pessoas, consomem maconha todos os anos.

Estima-se que a produção ilegal de cannabis ocupe mais de 200 mil hectares no mundo todo e produza 42 mil toneladas, o que faz dela uma plantação que gera aproximadamente 400 bilhões de dólares no mundo todo. A produção nos Estados Unidos é calculada em 35 bilhões de dólares, enquanto o valor da plantação de milho do país é de 22,6 bilhões e o de outra planta maligna, o tabaco, é de apenas 1 bilhão. Apesar de seu valor como plantação comercial, ela ainda é uma erva daninha. A Administração de Fiscalização de Drogas dos Estados Unidos informou que, em 2005, os órgãos de fiscalização erradicaram 4,2 milhões de plantas cultivadas e mais de 218 milhões de "erva das valas", que a agência descreve como pés de maconha que crescem na natureza e normalmente não são colhidos (essa é uma variedade de cânhamo remanescente da época do cultivo legalizado). Isso significa que 98% dos esforços de erradicação nos Estados Unidos são direcionados às ervas.

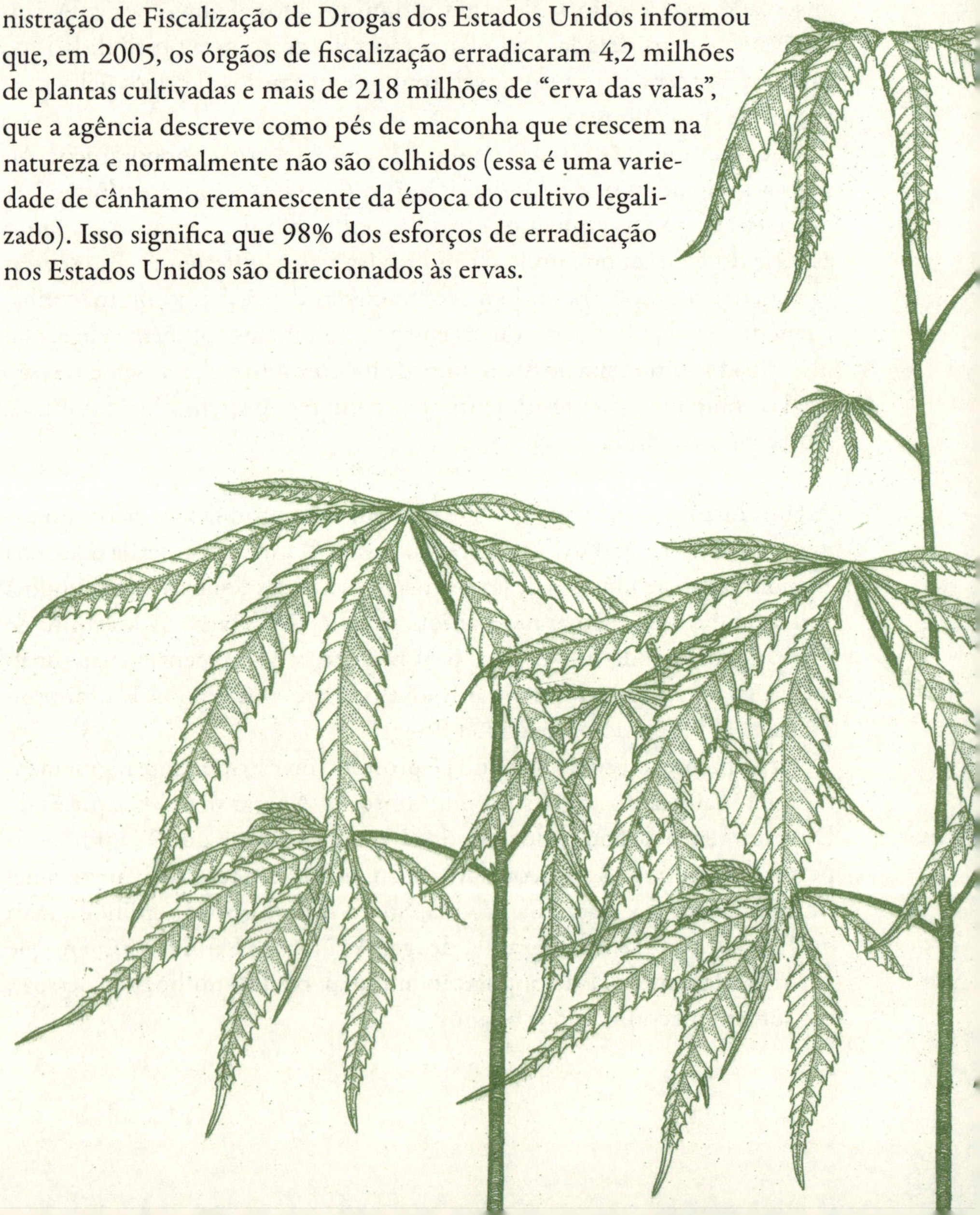

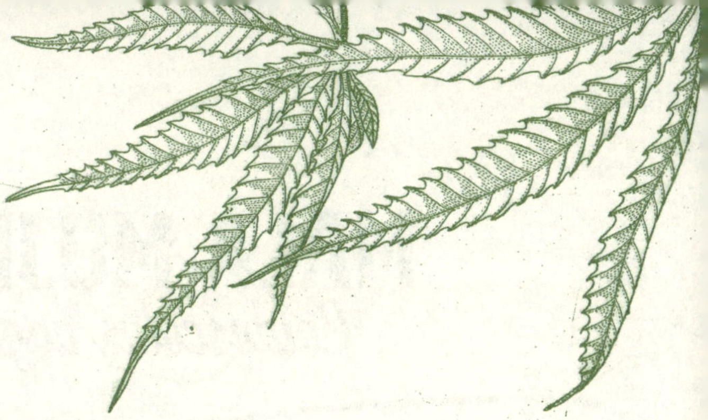

FAMÍLIA *Cannabaceae*

HABITAT *Áreas ensolaradas, quentes e abertas, como prados e campos*

NATIVA DA *Ásia*

NOMES COMUNS *cânhamo, marijuana, Maria Joana, bagulho, ganja, erva*

Conheça a família

*O lúpulo (*Humulus lupulus*), usado para dar sabor à cerveja, está na mesma família que a cannabis. Ele não tem atributos intoxicantes, embora os botões possam agir como um leve sedativo. O lódão (*Celtis spp.*) é um gênero relacionado de árvores ornamentais da América do Norte.*

MALA MUJER
Cnidoscolus angustidens

Parece história de filme de terror. Um grupo de adolescentes estava caminhando pelo deserto do México e voltou com uma erupção cutânea misteriosa. No dia seguinte, uma garota foi ao médico reclamando de manchas vermelhas e coceira na mão. Prescreveram um anti-histamínico, que deveria ter resolvido o caso, mas a dor só piorou. Em alguns dias, uma dolorida irritação vermelha e roxa no formato exato de mão apareceu nas costas dela.

A garota acabou indo a outro médico, que tratou dela com corticoides. A inflamação diminuiu, deixando marcas marrons que sumiram após alguns meses. Mas o que causou a irritação? Parece ter sido obra da mala mujer, ou "mulher má". Essa planta perene que vive no deserto tem a seiva tóxica de uma eufórbia e os minúsculos pelos hipodérmicos espinhosos de uma urtiga. A vítima provavelmente topou com a planta durante a caminhada, e o namorado devia ter resquícios na mão quando encostou nas costas dela.

Ninguém sabe como a planta recebeu esse nome, mas talvez quem já foi atormentado pela ira de uma mulher irritada reconheceu a sensação ao encontrar a Cnidoscolus angustidens, muitas vezes descrita como uma das plantas mais dolorosas do deserto de Sonora. Esse arbusto perene cresce até 60 cm de altura e produz pequenas flores brancas; é fácil de reconhecer por causa das manchas brancas distintas nas folhas e nos pelos que cobrem a planta inteira. Embora não seja uma urtiga verdadeira, comporta-se como uma: os pelos finos, ou tricomas, penetram facilmente na pele e liberam uma pequena dose de seu doloroso veneno. Um pesquisador achou a dor da picada da mala mujer tão excruciante que chamou os tricomas de "punhais de vidro nuclear".

Um pesquisador achou a dor da picada da mala mujer tão excruciante que chamou os tricomas de "punhais de vidro nuclear".

De acordo com uma matéria de jornal de 1971, havia rumores de que a mala mujer era um tratamento para infidelidade no México; os maridos faziam um chá com ela para controlar os impulsos sexuais das esposas. Mas as esposas tinham um tratamento muito mais potente para os homens que saíam da linha: um chá alucinógeno ou possivelmente fatal feito com as sementes do estramônio.

FAMÍLIA *Euphorbiaceae*

HABITAT *Ambientes desérticos secos*

NATIVA DO *Arizona e México*

NOMES COMUNS *mulher má, urtica, urtiga-de-espinho*

Conheça a família

Estes outros integrantes do gênero Cnidoscolus *às vezes são equivocadamente chamados de urtigas: urtiga do touro do Texas (*C. texanus*), encontrada por todo o sul dos Estados Unidos, e* C. stimulosus, *encontrada em matagais secos do sudeste do país. As duas podem provocar náusea e cólicas, sem falar na dor insuportável.*

MAMONA

Ricinus communis

Em uma manhã de outono de 1978, o desertor comunista e jornalista da BBC Georgi Markov caminhou pela ponte de Waterloo, em Londres, e parou em um ponto de ônibus, esperando. Ele sentiu uma pontada dolorida na parte de trás da coxa e se virou a tempo de ver um homem pegar um guarda-chuva, balbuciar um pedido de desculpas e sair correndo. Ao longo dos próximos dias, ele teve febre, dificuldade de falar, começou a vomitar sangue e finalmente foi para o hospital, onde morreu.

O patologista descobriu hemorragias em quase todos os órgãos do corpo dele. Também encontrou uma pequena marca de picada na coxa de Markov e uma pequena bolinha de metal em sua perna. A bolinha continha ricina, o extrato venenoso da mamoneira. Embora agentes da KGB fossem suspeitos do crime, ninguém jamais foi acusado pelo famoso "assassinato do guarda-chuva".

A mamona é um dramático arbusto anual ou perene sensível, com folhas profundamente lobadas, vagens espinhosas e grandes sementes pintadas. Algumas variedades de jardim mais populares ostentam hastes vermelhas e toques de vinho nas folhas. A planta pode passar de três metros de altura em uma única estação de crescimento e se transformar em um arbusto considerável, se não morrer na geada de inverno. Só as sementes são venenosas. Três ou quatro podem matar uma pessoa, embora seja possível sobreviver ao envenenamento por mamona, seja porque as sementes não foram bem mastigadas ou porque foram expurgadas rapidamente.

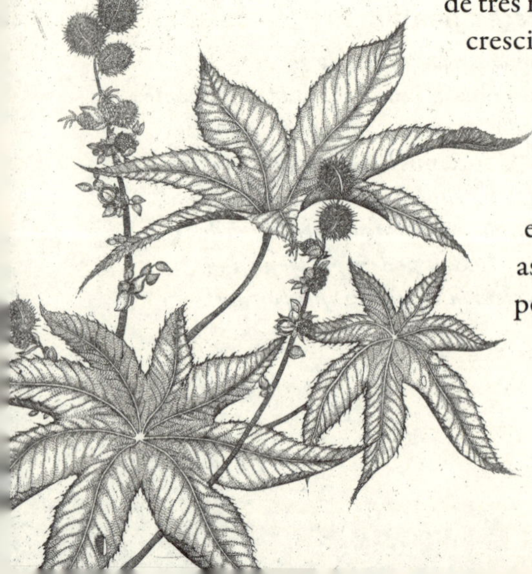

Embora agentes da KGB fossem suspeitos do crime, ninguém jamais foi acusado pelo famoso "assassinato do guarda-chuva".

O óleo de mamona é um remédio caseiro popular há séculos (a ricina é removida durante o processo de fabricação). Uma colherada do óleo é um laxante eficaz. As compressas de óleo de mamona são usadas externamente para aliviar músculos doloridos e inflamações. O óleo também é usado em cosméticos e outros produtos.

Mas nem mesmo esse óleo vegetal natural é totalmente benigno: nos anos 1920, os capangas de Mussolini costumavam reunir os dissidentes e jogar óleo de mamona em suas gargantas, provocando uma diarreia terrível. Sherwood Anderson descreveu a tortura com óleo de mamona desta maneira: "Era divertido ver os fascistas, vestindo camisas pretas e parecendo muito sérios, com frascos saindo dos bolsos, correndo loucamente pela rua atrás de um comunista aos berros. E então a captura, a terrível agressão, jogando o comuna infeliz na calçada, injetando o frasco em sua boca acompanhado da blasfêmia abafada de todos os deuses e diabos do universo".

FAMÍLIA *Euphorbiaceae*

HABITAT *Climas quentes e de inverno ameno, solo rico, áreas ensolaradas*

NATIVA DO *Leste da África, partes da Ásia Ocidental*

NOMES COMUNS *mamona, rícino*

Conheça a família

O arbusto de jardim chamado eufórbia, conhecido por sua seiva irritante; a poinsétia, também levemente irritante, mas que, ao contrário dos rumores, não é perigosa; e a seringueira, Hevea brasiliensis, *fonte da borracha natural, são todas parentes da mamona.*

MANCENILHEIRA

Hippomane mancinella

Os turistas de férias no Caribe ou no litoral da América Central são constantemente alertados sobre os perigos da mancenilheira. Como integrante da família das euforbiáceas, ela produz uma seiva altamente irritante que pode sair da árvore quando um galho é quebrado. Também produz um fruto tóxico que provoca bolhas na boca e faz a garganta se fechar. Até relaxar debaixo das árvores pode ser perigoso: a chuva que pinga delas pode causar erupções cutâneas e coceira.

As árvores são irresistíveis aos turistas. Apesar de sua formação médica, uma radiologista que visitava a ilha de Tobago ficou tentada a provar a fruta verde que encontrou caída na praia. Ao dar uma mordida, descobriu que era doce e suculenta, como uma ameixa. Levou apenas alguns minutos para começar a sensação de queimação na boca. Em pouco tempo, sua garganta se fechou de tal forma que ela mal podia engolir. O remédio mais próximo, uma piña colada, ajudou um pouco, mas provavelmente só por causa do leite que continha.

O capitão James Cook se deparou com as árvores em sua viagem, e ele e sua tripulação também tiveram um desagradável encontro com a árvore tóxica. Os homens estavam precisando de mantimentos; Cook ordenou que eles começassem pegando um pouco de água fresca e cortando madeira da mancenilheira. Alguns da tripulação cometeram o erro de esfregar os olhos e, como consequência, ficaram cegos por duas semanas. Não existe registro se eles de fato queimaram a madeira, mas, se o fizeram, a fumaça teria sido especialmente nociva.

Até relaxar debaixo das árvores pode ser perigoso: a chuva que pinga delas pode causar erupções cutâneas e coceira.

Os poderes da mancenilheira foram exagerados na arte e nas lendas. Em 1865, a árvore chegou à ópera L'Africaine, do compositor alemão Giacomo Meyerbeer. Uma rainha da ilha, de coração partido por estar secretamente apaixonada por um explorador, se joga embaixo da mancenilheira e dá seu último suspiro, cantando:

Seu suave perfume, dizem, traz uma felicidade fatal
Que, por um momento, transporta ao paraíso
E depois traz o sono que não tem fim.

FAMÍLIA *Euphorbiaceae*

HABITAT *Praias em ilhas tropicais, regiões pantanosas da Flórida*

NATIVA DE *Ilhas do Caribe*

NOMES COMUNS *mancenilheira-da-praia, mancenilha*

Conheça a família

Parte da família das euforbiáceas, que inclui uma série de outras árvores e arbustos que produzem seiva leitosa e tóxica.

MANDRÁGORA

Mandragora officinarum

Vai apanhar uma estrela cadente
Emprenha uma raiz de mandrágora
Diz-me onde estão os anos idos
Ou quem fendeu o pé do diabo...
— John Donne

A mandrágora pode não ser a pior malfeitora da família das solanáceas, mas certamente tem a reputação mais temível. Acima do solo, é uma plantinha pouco imponente, com uma roseta de folhas de 30 cm de altura, flores verde-claras e frutos levemente venenosos que parecem pequenos tomates verdes. Mas a fonte de poder da mandrágora está embaixo da terra.

Sua raiz longa e pontuda pode crescer entre 90 e 120 cm e é bifurcada como uma cenoura que cresceu em solo rochoso. Os membros das civilizações antigas achavam que a raiz bifurcada e cabeluda parecia uma pequena pessoa diabólica, às vezes homem, às vezes mulher. Os romanos acreditavam que a mandrágora era capaz de curar possessões demoníacas, e os gregos a usavam para poções do amor, por acharem que parecia um órgão sexual masculino. Também acreditava-se amplamente que, ao ser arrancada da terra, a mandrágora berrava tão alto que os gritos matariam qualquer um que os ouvisse.

Flávio Josefo, historiador judeu do primeiro século d.C., descreveu um método para sobreviver aos horripilantes gritos da mandrágora. Um cachorro seria amarrado à base da planta com uma corda e o dono se afastaria até uma distância segura. Quando o animal saísse correndo, arrancaria a raiz. Mesmo se os gritos o matassem, a pessoa ainda podia pegar a raiz e usá-la.

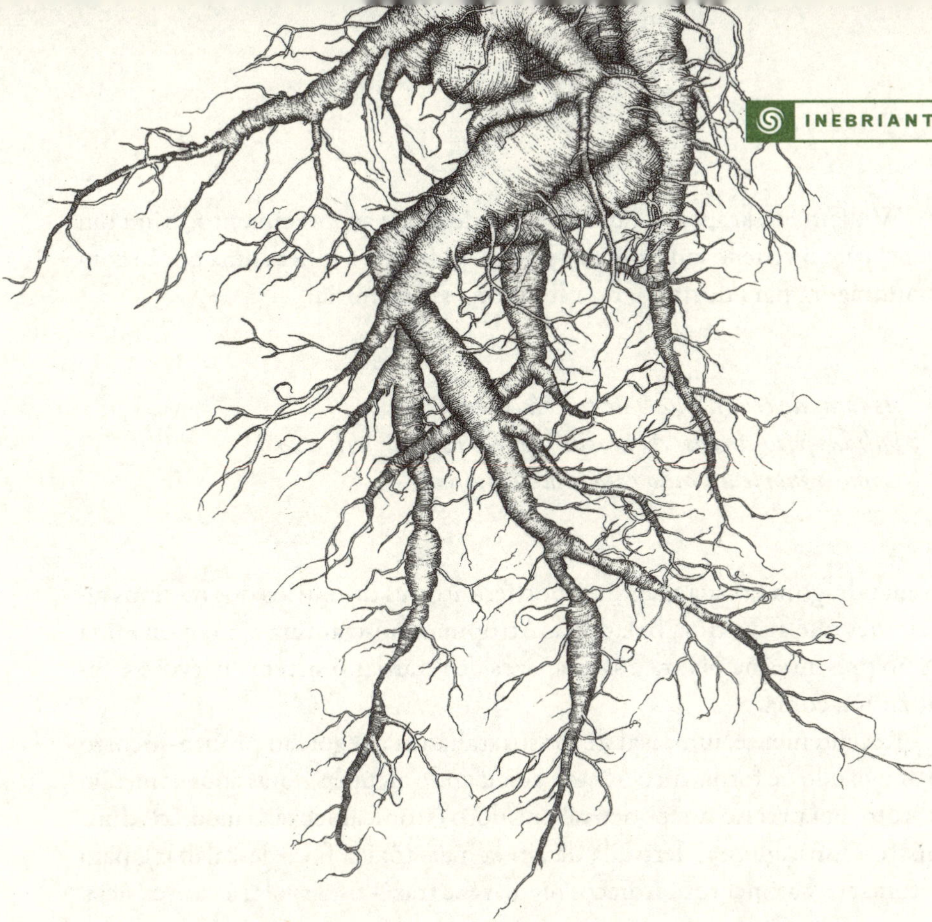

O frei deu a Julieta uma poção com mandrágora para dormir, para que ela parecesse "a morte quando cala a luz da vida".

A mandrágora era misturada ao vinho para fazer um poderoso sedativo, útil para pregar peças desagradáveis nos inimigos. Em uma batalha pela cidade de Cartago, no norte da África, por volta de 200 a.C., o general Aníbal travou uma forma primitiva de guerra química ao se retirar da cidade e deixar para trás um banquete, incluindo um vinho misturado com mandrágora. Os guerreiros africanos beberam e dormiram, apenas para serem emboscados e mortos quando as tropas de Aníbal voltaram.

William Shakespeare, talvez pensando nesse acontecimento, criou um papel para o veneno em Romeu e Julieta. O frei dá a Julieta uma poção com mandrágora para dormir e faz esta promessa sombria:

As rosas de teus lábios e de tuas faces murcharão
Pálidas feito cinzas. As janelas de teus olhos se fecharão
Como a morte quando cala a luz da vida

A mandrágora faz sua mágica soporífera através de muitos dos mesmos alcaloides que sua prima beladona. Atropina, hiosciamina e escopolamina estão presentes na planta e são capazes de retardar o sistema nervoso e induzir um coma.

Recentemente, um casal de idosos italianos chegou ao pronto-socorro balbuciando de forma incoerente e alucinando algumas horas após comerem o fruto. Foi preciso um poderoso antídoto (ironicamente, o médico administrou fisostigmina, derivada da ainda mais tóxica fava-de-calabar), para retomar os batimentos cardíacos regulares e trazê-los de volta à consciência.

FAMÍLIA *Solanaceae*

HABITAT *Campos, áreas abertas e ensolaradas*

NATIVA DA *Europa*

NOMES COMUNS *maçã do diabo*

Conheça a família

A conhecida família das solanáceas inclui pimenta, tomate e batata, além da beladona.

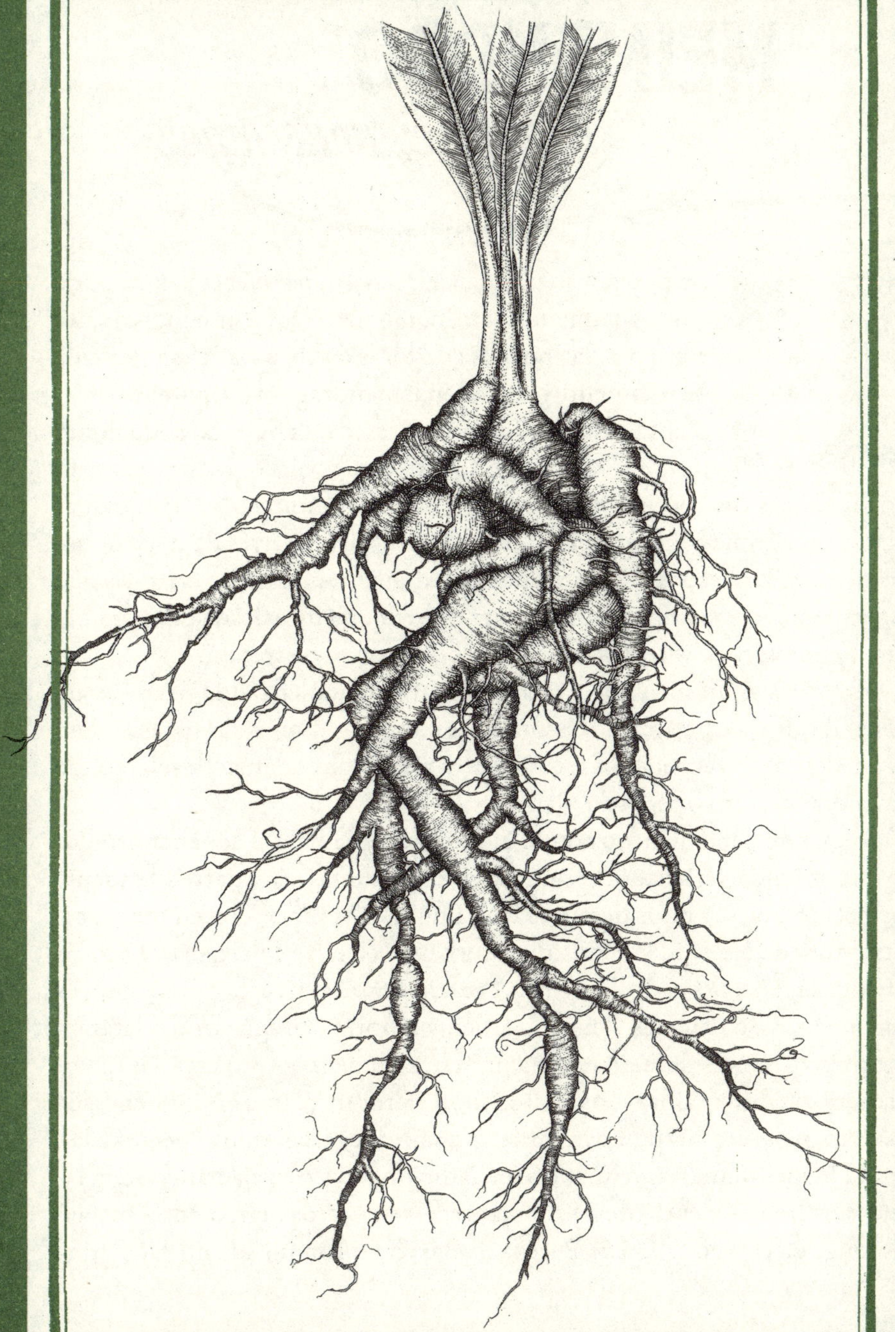

MEIMENDRO

Hyoscyamus niger

Essa porção em particular de malvadeza vegetal conhecida como meimendro era, como diz a lenda, um ingrediente essencial das poções voadoras das bruxas. Uma pomada de meimendro, beladona, mandrágora e algumas outras plantas mortais, quando passada na pele, fazia qualquer um se sentir como se estivesse voando. Misturas assim são chamadas de "receita do diabo" por um bom motivo. Na Turquia, as crianças têm uma brincadeira na qual comem várias partes de determinadas plantas. Um estudo médico mostrou que um quarto das crianças que participaram dessa brincadeira ficaram gravemente intoxicadas após comerem meimendro. Cinco entraram em coma e duas morreram.

Hyoscyamus niger é uma erva daninha anual ou bienal que só cresce até 60 cm de altura e produz flores amarelas com "lúgubres veias roxas", como foram descritas. As pequenas sementes ovais são de cor amarelo-clara e tão venenosas quanto o resto da planta.

Apesar de o meimendro conter alcaloides semelhantes aos encontrados no estramônio e na beladona, suas parentes próximas, ele é particularmente conhecido por seu odor desagradável. Plínio, o Velho, escreveu que as diversas variedades de meimendro "perturbam o cérebro e deixam os homens fora de seu juízo normal; além disso, causam tonturas na cabeça". De fato, os funcionários do Alnwick Poison Garden, no norte da Inglaterra, relataram que dois visitantes desmaiaram na presença do meimendro em dias quentes. Será que foi o calor ou os efeitos soporíferos da planta? Ninguém sabe ao certo, mas eles alertam os visitantes a não chegarem muito perto dela.

Na Idade Média, o meimendro era adicionado à cerveja para potencializar seus efeitos inebriantes. Para manter esse e outros ingredientes suspeitos longe da cerveja, a Lei da Pureza da Baviera, promulgada na Alemanha em 1516, decretava que a bebida fosse feita apenas com malte de cevada, lúpulo e água (a levedura foi permitida depois, quando sua função foi mais bem compreendida).

O meimendro foi usado como uma forma muito arriscada de anestesia desde os tempos romanos até o surgimento do éter e do clorofórmio no século XIX. Uma "esponja soporífera" era embebida nos sucos de meimendro, papoula do ópio e mandrágora. Ela podia ser seca, armazenada e depois molhada com água quente para que algum infeliz candidato à cirurgia inalasse. Com alguma sorte, o paciente caía em um sono crepuscular e acordava depois sem nenhuma memória do procedimento. No entanto, a qualidade dessas poções era muito irregular. Se fosse pouca, o paciente sentiria tudo; se fosse demais, talvez nunca mais sentisse nada.

FAMÍLIA *Solanaceae*

HABITAT *Distribuído em climas temperados*

NATIVA DO *Mediterrâneo, Europa, norte da África*

NOMES COMUNS *meimendro-negro, erva-dos-cavalos, velenho*

Conheça a família

Outras espécies de Hyoscyamus, *como* H. albus, *chamada de meimendro-branco, e* H. muticus, *conhecida como meimendro-egípcio, são igualmente venenosas.*

NOZ DE BÉTEL

Areca catechu

A palmeira de bétel eleva-se graciosamente a mais de dez metros de altura sobre um fino tronco verde-escuro, ostenta folhas escuras e brilhantes e produz lindas flores brancas que perfumam a brisa tropical. Essa palmeira também é responsável pela noz de bétel, um estimulante viciante que deixa os dentes pretos e a saliva vermelha. Cerca de 400 milhões de pessoas a consomem ao redor do mundo.

O hábito de mastigar nozes de bétel remonta a milhares de anos. Sementes de 5000 a 7000 a.C. foram encontradas em uma caverna na Tailândia, e nas Filipinas foi descoberto um esqueleto de 2650 a.C. com os dentes manchados pelo suco da noz de bétel.

Assim como a coca, a noz de bétel fica escondida entre a bochecha e a gengiva e geralmente é misturada com alguma outra coisa para dar uma potencializada. Na Índia, finas fatias da noz são enroladas em uma folha de bétel fresca com um pouco de cal hidratada (hidróxido de cálcio extraído de cinzas), alguns temperos indianos e às vezes tabaco. A folha de bétel usada para enrolar é a da Piper betle, a trepadeira "bétel", uma planta perene de baixo crescimento cujas folhas também são estimulantes. Na verdade, a palmeira de

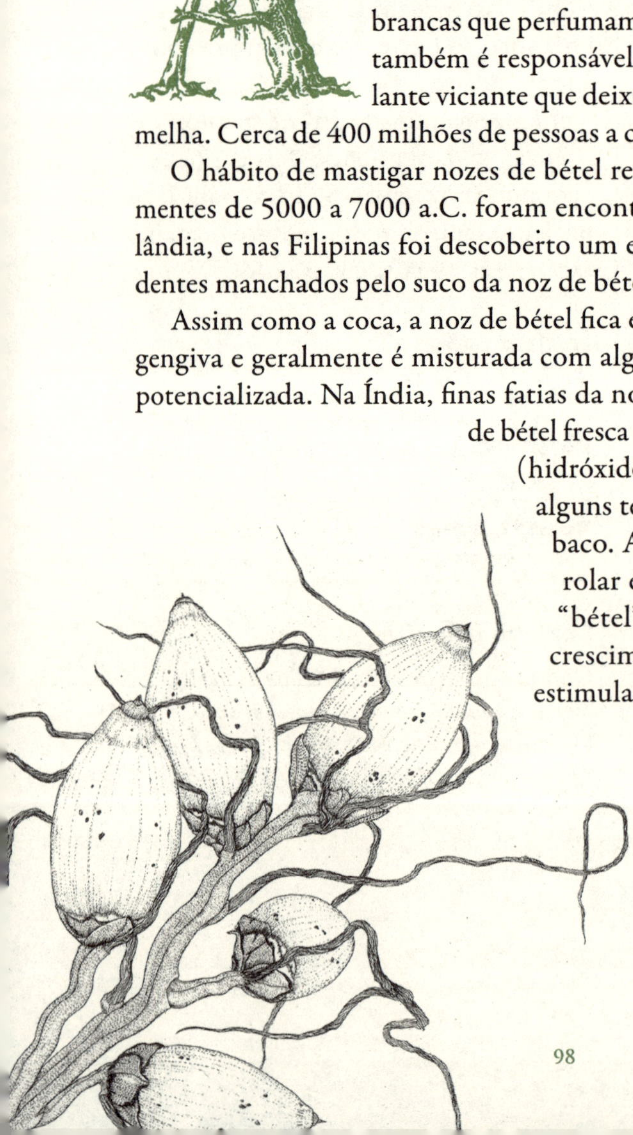

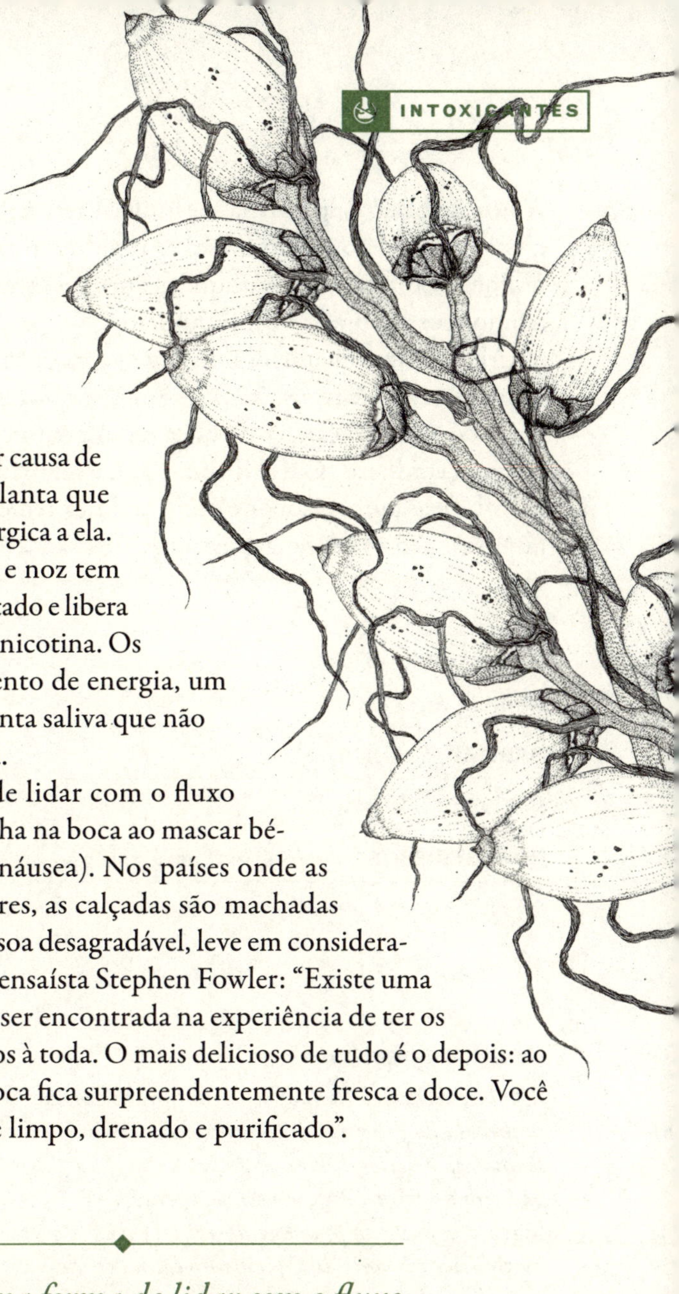

bétel ganhou esse nome por causa de sua associação com essa planta que não tem relação, mas é sinérgica a ela.

Este enrolado de folha e noz tem um sabor amargo e apimentado e libera um alcaloide semelhante à nicotina. Os usuários sentem um aumento de energia, um leve barato e acumulam tanta saliva que não sabem o que fazer com ela.

Só existe uma forma de lidar com o fluxo constante de saliva vermelha na boca ao mascar bétel: cuspir (engolir causa náusea). Nos países onde as nozes de bétel são populares, as calçadas são machadas de saliva vermelha. Se isso soa desagradável, leve em consideração a descrição do poeta e ensaísta Stephen Fowler: "Existe uma sensação quase orgástica a ser encontrada na experiência de ter os dutos salivares escancarados à toda. O mais delicioso de tudo é o depois: ao terminar de mascar, sua boca fica surpreendentemente fresca e doce. Você se sente excepcionalmente limpo, drenado e purificado".

Só existe uma forma de lidar com o fluxo constante de saliva vermelha na boca ao mascar bétel: cuspir.

A noz de bétel é apreciada na Índia, Vietnã, Papua Nova Guiné, China e Taiwan, onde o governo está tentando reprimir as "beldades do bétel", mulheres com pouca roupa que ficam em barracas na beira da estrada vendendo seus produtos a caminhoneiros.

Além de suas qualidades viciantes — os sintomas de abstinência incluem dores de cabeça e transpiração —, mascar nozes de bétel regularmente aumenta o risco de câncer de boca e também pode contribuir para asma e doenças cardíacas. O uso de bétel não é regulamentado na maior parte do mundo, e as autoridades de saúde pública temem que ele possa se equiparar ao tabaco como uma grave ameaça à saúde.

FAMÍLIA *Arecaceae*

HABITAT *Florestas tropicais*

NATIVA DA *Malásia*

NOMES COMUNS *palmeira de bétel, areca, pinanga*

Conheça a família

A palmeira de bétel talvez seja a integrante mais conhecida do gênero Areca, que contém cerca de cinquenta espécies diferentes de palmeira. Sua parceira no crime, Piper betle, *é parente da* P. nigrum, *a fonte da pimenta-do-reino, e da* P. methysticum, *fonte do suplemento calmante de ervas kava-kava.*

NOZ-VÔMICA

Strychnos nux-vomica

Dr. Thomas Neill Cream foi um assassino em série do século XIX que gostava de usar estricnina, que vem da semente de uma árvore de quinze metros de altura. Essas sementes funcionam bem para matar roedores e outras pragas domésticas — a estricnina também é usada como veneno de rato —, e Cream descobriu que era igualmente eficaz em cônjuges e amantes estafantes.

Ele começou no Canadá, onde, sob a mira de uma arma, foi forçado a se casar com uma mulher após engravidá-la. Cream fugiu pouco depois do casamento, mas posteriormente voltou ao país. Pouco depois de seu retorno, ela morreu de forma misteriosa. Ele teve um caso na faculdade de medicina que também acabou com a morte da moça.

Mais tarde, montou seu consultório em Chicago. Enquanto estava lá, um homem morreu envenenado com estricnina, e a esposa dele, para não cumprir pena, denunciou o dr. Cream pelo fornecimento do veneno.

Mas isso não o deteve. Dez anos depois, Cream tinha saído da cadeia e prestava serviços médicos a jovens desafortunadas em Londres, cujas mortes muitas vezes eram atribuídas a outras doenças, como alcoolismo. Mas a verdadeira causa da morte era o pó de estricnina que ele botava na bebida delas. O orgulho do dr. Cream de seu trabalho o levou a se gabar de seus feitos, e isso levou à sua prisão. Aos 42 anos, foi julgado, condenado e enforcado.

A estricnina assume o controle do sistema nervoso, apertando um botão que leva a uma enxurrada de sinais dolorosos e incessantes. Sem nada para impedir os disparos do sistema nervoso, todos os músculos do corpo entram em espasmos violentos, as costas arqueiam, a respiração fica impossível e a vítima morre de insuficiência respiratória ou simplesmente de exaustão. Os sintomas começam dentro de meia hora e a morte vem algumas horas de agonia depois. No final, o rosto do falecido está fixo em um sorriso rígido e aterrorizado.

Há rumores de que a estricnina seja o tipo de veneno para o qual se poderia desenvolver uma tolerância gradual. Acredita-se que o rei grego Mitrídates tenha lentamente criado resistência a todo um buquê de venenos, incluindo a estricnina, para poder sobreviver a um ataque sorrateiro de um inimigo. Ele testava suas poções em prisioneiros antes de tomá-las; a partir dessa lenda, A. E. Housman escreveu estas linhas:

Derramaram estricnina em sua taça
E tremeram ao vê-lo beber;
Tremeram, observaram, brancos feito suas vestes:
Foi o veneno deles que os feriu.
— Conto a história que ouvi.
Mitrídates, ele morreu de velho.

Em *O Conde de Monte Cristo,* Alexandre Dumas escreve sobre a brucina, outro veneno encontrado na semente da noz-vômica, e sugere que, após tomar pequenas quantidades e gradualmente desenvolver uma tolerância, "ao final de um mês, ao beber água da mesma garrafa, você mataria a pessoa que bebeu com você sem perceber, exceto pela pequena inconveniência, que havia qualquer substância venenosa misturada nessa água".

FAMÍLIA *Loganiaceae*

HABITAT *Climas tropicais e subtropicais; prefere áreas abertas e ensolaradas*

NATIVA DO *Sudeste Asiático*

NOMES COMUNS *árvore da estricnina, noz-vomitória, fava-de-santo-inácio*

Conheça a família

A casca da Strychnos toxifera *pode ser fervida e usada como veneno de flecha.* S. potatorum *é usada na Índia para purificar água, matando os micróbios nocivos.*

OLEANDRO

Nerium oleander

Em 77 d.C., Plínio, o Velho, descreveu o oleandro como "uma sempre-viva, tendo forte semelhança com a roseira, que lança vários galhos a partir do caule; para animais de carga, cabras e ovelhas é venenosa, mas para o homem é um antídoto contra o veneno de serpentes".

Plínio pode ter sido o botânico mais influente de sua época, mas estava errado sobre o oleandro. O único alívio que a planta daria a uma vítima de picada de cobra seria uma morte rápida e misericordiosa. Este arbusto altamente tóxico é popular em climas quentes do mundo todo por suas flores vermelhas, rosa, amarelas ou brancas. Por ser tão difundido, foi envolvido em um número surpreendente de assassinatos e mortes acidentais ao longo dos anos. Uma conhecida lenda é que as pessoas de um acampamento morreram após grelharem carne na fogueira com espetos feitos de galhos de oleandro. A história não é confirmada, mas os venenos presentes na seiva e na casca do oleandro poderiam facilmente contaminar alimentos.

O oleandro contém oleandrina, um cardioglicosídeo que provoca náusea e vômito, fraqueza extrema, batimentos cardíacos irregulares e diminuição da frequência cardíaca, que leva rapidamente à morte. Também é tóxico para animais: apesar do sabor amargo das folhas, um gato ou cachorro pode ser tentado a mordê-las. Inalar a fumaça da queima da madeira do oleandro pode ser altamente irritante, e até mesmo o mel feito com o néctar da planta pode ser venenoso. Um estudo de compostagem feita com oleandro mostrou que a oleandrina permanece em níveis detectáveis no composto durante trezentos dias, mas que os vegetais cultivados nesse adubo não absorvem as toxinas.

Uma mulher no sul da Califórnia tentou receber o seguro de vida do marido colocando folhas de oleandro na comida dele.

As crianças correm um risco especial, porque é preciso apenas algumas folhas para matá-las. Em 2000, no sul da Califórnia, duas crianças pequenas foram encontradas mortas no berço após mastigarem as folhas. Apenas alguns meses depois, uma mulher no sul da Califórnia tentou receber o seguro de vida do marido colocando as folhas na comida dele. Ele foi hospitalizado com graves problemas gastrointestinais, mas sobreviveu. Quando estava se recuperando, a esposa terminou o serviço oferecendo a ele Gatorade misturado com anticongelante. Hoje, ela é uma das quinze mulheres no corredor da morte da Califórnia, e a única que tentou matar com uma planta.

Tentativas de suicídio relacionadas ao oleandro aparecem regularmente na literatura médica, principalmente entre pacientes de casas de repouso, provavelmente pelo fato de a planta ser popular no paisagismo

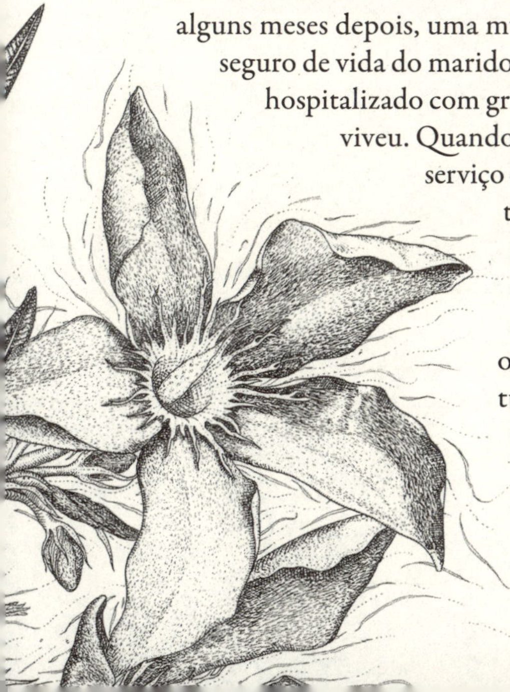

e conhecida entre os idosos como uma planta venenosa. No Sri Lanka, uma planta parente do oleandro chamada chapéu-de-napoleão (*Thevetia peruviana*) se tornou o método mais comum de suicídio, especialmente entre mulheres. Estudos recentes do problema amostraram mais de 1900 pacientes hospitalizados que se envenenaram com sementes de chapéu--de-napoleão. Embora apenas cerca de 5% dos pacientes tenham morrido, os idosos foram especialmente bem-sucedidos. Isso pode ser devido à sua fragilidade ou à sua determinação, já que tenderam a ingerir mais sementes do que pessoas mais jovens.

Infelizmente, o oleandro também tem a reputação de ser uma planta medicinal, levando pessoas que sofrem de certos tipos de câncer ou problemas cardíacos a experimentarem sopa ou chá de oleandro com receitas encontradas na internet. Essa prática é muito perigosa. Embora existam tentativas de comercializar um extrato chamado Anvirzel nos Estados Unidos, ele não recebeu a aprovação da Administração de Alimentos e Medicamentos (FDA).

FAMÍLIA *Apocynaceae*

HABITAT *Climas tropicais, subtropicais e temperados, geralmente em locais secos e ensolarados e leitos de riachos secos*

NATIVA DE *Áreas mediterrâneas*

NOMES COMUNS *loandro, loureiro-rosa, espirradeira*

Conheça a família

Outras árvores e arbustos florescentes da família incluem a perfumada plumeria, a altamente tóxica cerbera, a vinca e o chapéu-de-napoleão, Thevetia peruviana.

PAPOULA DO ÓPIO

Papaver somniferum

A papoula do ópio é o único narcótico de Classificação II (definida como tendo alto potencial de abuso, mas que ainda pode ser prescrita) que se pode pedir através de um catálogo de jardim, encontrar em um berçário, comprar em um arranjo floral ou curtir em seu próprio canteiro. Embora a posse de plantas da papoula do ópio ou palhas da papoula seja estritamente ilegal, a maioria dos policiais locais admite que têm problemas maiores do que algumas flores rosa ou roxas no jardim da vovó. Apenas a posse das sementes da planta é legal, em reconhecimento ao fato de serem um popular ingrediente alimentar.

Jardineiros experientes não têm dificuldade de distinguir a papoula do ópio de suas primas não narcóticas. As folhas lisas e verde-azuladas da planta, as enormes pétalas cor-de-rosa, roxas, brancas ou vermelhas, bem como as grossas vagens azul-esverdeadas, a denunciam. Quando as vagens recém-colhidas são cortadas com uma faca, escorre uma seiva leitosa. Essa seiva produz o ópio, que contém morfina, codeína e outros opiáceos usados como analgésicos.

A *Papaver somniferum* é cultivada no Oriente Médio desde aproximadamente 3.400 a.C. *A Odisseia de Homero* menciona um elixir chamado nepente, que permitiu que Helena de Troia esquecesse suas dores; muitos estudiosos acreditam que nepente era uma bebida à base de ópio. Em 460 a.C., Hipócrates defendeu o ópio como analgésico. Registros de seu uso como droga recreativa remontam à Idade Média.

A Odisseia de Homero menciona um elixir chamado nepente, que permitiu que Helena de Troia esquecesse suas dores; muitos estudiosos acreditam que nepente era uma bebida à base de ópio.

A substância foi combinada com alguns outros ingredientes e distribuída como um medicamento chamado láudano no século XVII. Os médicos extraíram a morfina da planta no começo do século XIX. Mas a companhia farmacêutica Bayer apresentou seu extrato mais popular em 1898 ao criar uma droga muito mais poderosa a partir da papoula. O nome dado ao seu novo produto? Heroína. A Bayer a vendia como xarope para tosse para crianças e adultos, mas só ficou no mercado por cerca de dez anos. Ainda assim, os usuários de drogas começaram a tomar heroína de forma recreativa.

Um aumento alarmante no uso de heroína levou o governo dos Estados Unidos a reprimi-la, e em 1923 foi banida por completo. No entanto, o uso de heroína só continuou crescendo, e hoje 3,5 milhões de norte-americanos dizem já ter usado a droga alguma vez na vida. A Organização Mundial de Saúde calcula que pelo menos 9,2 milhões de pessoas usam heroína no mundo todo. O Afeganistão produz cerca de 90% do ópio do mundo, mas os usuários nos Estados Unidos obtêm a droga principalmente da Colômbia e do México.

O ópio causa uma sensação de euforia, mas também deprime o sistema respiratório e pode levar a coma e morte. Ele interfere com os receptores de endorfina no cérebro, dificultando a utilização dos analgésicos naturais do cérebro para os viciados. Esse é um dos motivos pelos quais a abstinência da heroína é tão difícil. Os viciados que são jogados na cadeia e forçados a parar abruptamente às vezes se atiram contra as barras das celas para se distraírem da intensa dor muscular. Até o chá feito com as sementes e cabeças de sementes pode

ser perigoso, pois os níveis de morfina variam muito de planta para planta: em 2003, um adolescente de 17 anos morreu na Califórnia de overdose de chá "natural" de papoula.

Seria preciso uma colheita anual de pelo menos 10 mil plantas de papoula para abastecer o usuário de heroína típico por um ano, mas não há exceções na lei para jardineiros que desejam cultivar as flores. Em meados dos anos 1990, a DEA pediu às empresas do ramo que parassem de comercializar as sementes voluntariamente em seus catálogos, temendo que a disponibilidade pudesse contribuir para a produção caseira de heroína. A maioria das empresas ignorou o pedido, e a flor continua popular entre os jardineiros. As sementes usadas em produtos assados são inofensivas em pequenas quantidades, mas comer dois muffins de semente de papoula pode levar a um resultado positivo em um exame de drogas.

FAMÍLIA *Papaveraceae*

HABITAT *Climas temperados, sol, solo rico de jardim*

NATIVA DA *Europa e oeste da Ásia*

NOMES COMUNS *papoula-dormideira, dormideira-brava*

Conheça a família

Outras papoulas incluem a papoula-do-oriente, Papaver orientale*; a papoula-das-searas ou papoula-brava,* P. rhoeas*; e a papoula-da-islândia,* P. nudicaule. *A papoula-da-califórnia, de cor laranja, não tem parentesco; essa flor silvestre nativa da América do Norte é a* Eschscholzia californica.

PEIOTE
Lophophora williamsii

Quando chegaram ao Novo Mundo, os missionários espanhóis observaram o uso ritual do cacto peiote (mescal) pelos nativos norte-americanos e chamaram de bruxaria. Os conquistadores e colonizadores o baniram e levaram seu uso à clandestinidade. Ironicamente, quando os colonizadores brancos se opuseram ao uso do peiote, isso geralmente foi expresso em termos dos danos que ele poderia causar aos povos nativos. Essa crença continuou até o século XX. Em 1923, o *New York Times* citou um ativista contrário ao peiote que dizia que quem fazia uso dele talvez já não tivesse mais ajuda: "O alcoólatra, através de um tratamento cuidadoso, pode escapar da fraqueza física e mental, mas o viciado em mescal[ina] chega à incompetência absoluta".

Este diminuto cacto de crescimento lento tem o formato de um botão de 2,5 a 5 cm de diâmetro, sem espinhos. Por conta própria, uma pequena flor branca nasce no topo do cacto e depois vira semente. Mas não vá sair procurando jardins de peiote no deserto: a colheita excessiva do cacto tornou a planta escassa no sudoeste norte-americano.

Os botões secos e amargos do peiote são comidos ou transformados em chá. Os efeitos iniciais podem ser bastante assustadores e incluem ansiedade, tontura, dor de cabeça, calafrios, náusea extrema e vômito. As alucinações que se seguem foram descritas como uma experiência intensa de cores vibrantes, aumento da consciência dos sons e clareza de pensamento. No entanto, a experiência da intoxicação por peiote pode variar muito e também foi descrita como "um modelo de doença mental por indução química".

O uso dos cactos de peiote nos rituais religiosos dos povos nativos há muito tempo é recebido com ceticismo nos Estados Unidos. O dr. Harvey W. Wiley, incansável defensor da segurança de alimentos e medicamentos no começo do século XX, uma vez se queixou ao Comitê de Assuntos Indígenas do Senado norte-americano que, se o uso religioso do peiote for permitido, "teremos uma igreja do álcool, uma da cocaína e uma do tabaco". Em 1990, no caso Employment Division v. Smith, a Suprema Corte dos Estados Unidos decidiu que a Primeira Emenda da Constituição não protegia os nativos norte-americanos que desejavam usar a droga na prática da sua religião. Como resposta, o Congresso alterou a Lei de Liberdade Religiosa dos Indígenas Americanos para permitir o uso do peiote nas cerimônias religiosas dos povos nativos. Para todas as outras pessoas, a mescalina é uma substância controlada de Classificação I e sua posse é crime.

FAMÍLIA *Cactaceae*

HABITAT *Deserto, mas prefere certa umidade para germinação das sementes*

NATIVA DO *Sudoeste dos Estados Unidos e México*

NOME COMUM *mescal*

Conheça a família

O peiote é integrante da família dos cactos, que contém de 2 a 3 mil espécies. Um parente é o Lophophora diffusa, *que demonstrou conter apenas traços de mescalina, entre outros componentes psicoativos.*

PIMENTA HABANERO

Capsicum chinense

Imagine uma pimenta tão ardida que pode fazer você parar no hospital só de botá-la na boca. Primeiro, os olhos se enchem de água e a garganta queima; depois, você começa a ter dificuldade de engolir. As mãos e o rosto ficam dormentes. Se for especialmente azarado, vai entrar em desconforto respiratório — tudo isso por causa de uma pimenta habanero.

No começo dos anos de 1900, o químico Wilbur Scoville desenvolveu um teste para medir a intensidade da ardência das pimentas. Um extrato da pimenta é dissolvido em água e experimentado por um painel de pessoas que não costumam comer pimentas ardidas e, portanto, são mais sensíveis ao sabor. A classificação de Scoville das pimentas é expressa pela proporção de água para extrato de pimenta necessária para fazer a ardência passar por completo. Um pimentão, que não contém ardência nenhuma, recebeu uma classificação de 0 SHU, ou unidades de ardência Scoville. Uma pimenta jalapeño, geralmente considerada a pimenta mais ardida que uma pessoa em sã consciência tentaria mastigar e engolir, tem uma classificação de cerca de 5.000 SHU.

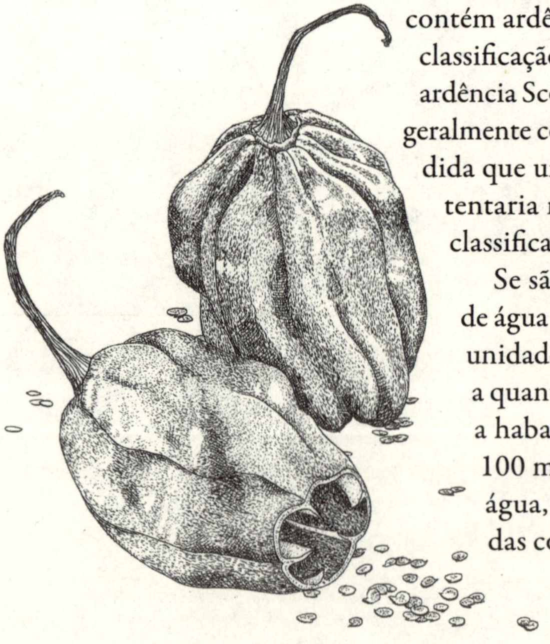

Se são necessárias 5 mil unidades de água para diluir a ardência de uma unidade de extrato de jalapeño, qual a quantidade necessária para tornar a habanero inofensiva? Algo entre 100 mil e 1 milhão de unidades de água, dependendo da variedade e das condições de cultivo.

Apenas um punhado de pimentas compete pelo título da mais ardida do mundo, e todas são variedades de Capsicum chinense, chamada comumente de habanero. A pequena variedade laranja chamada scotch bonnet confere um sabor único aos pratos jamaicanos. Outra, a savina-vermelha, entrou para o Livro Guinness dos Recordes em 1994 como pimenta mais ardida, com classificação na escala Scoville de mais de 500 mil SHU. Mas a habanero mais ardida do mundo talvez venha de Dorset, Inglaterra, uma região que não é muito conhecida por sua culinária picante.

Um jardineiro inglês desenvolveu a "Dorset Naga" a partir de sementes de uma pimenta de Bangladesh. As melhores mudas foram selecionadas e cultivadas e, após algumas gerações sucessivas, produziram uma pimenta tão ardida que mal dava para usar como condimento. Era possível segurar a pimenta pela haste e passá-la na comida, mas fazer mais que isso seria dar chance ao azar. Dois laboratórios americanos testaram as pimentas usando uma nova tecnologia, a cromatografia líquida de alta eficiência. Os níveis de ardência chegaram perto de 1 milhão SHU. Como comparação, o spray de pimenta usado por policiais registra entre 2 e 5 milhões SHU.

Os níveis de ardência chegaram perto de 1 milhão de unidades Scoville. Como comparação, o spray de pimenta usado por policiais registra entre 2 e 5 milhões de unidades.

Estranhamente, o ingrediente ativo das pimentas ardidas, a capsaicina, não queima de fato. Ela estimula as terminações nervosas a enviarem um sinal para o cérebro que se assemelha à sensação de queimação. A capsaicina não se dissolve em água, então sair correndo em busca de uma garrafa d'água para apagar o incêndio na boca não adianta. No entanto, ela se liga a gorduras como a da manteiga, do leite ou do queijo. Uma boa bebida forte também serve, pois o álcool age como solvente.

Mas nada seria capaz de protegê-lo contra o poder do molho picante Blair's 16 Million Reserve, de gradação supostamente farmacêutica, feito com puro extrato de capsaicina. Um minúsculo frasco com 1 ml da poção transparente é vendido por 199 dólares e vem com um aviso para ser usado "apenas para fins experimentais/de exibição", nunca como condimento na comida.

FAMÍLIA *Solananceae*

HABITAT *Climas tropicais; precisa de calor e água regularmente*

NATIVA DA *América Central e do Sul*

NOME COMUM *habanero*

Conheça a família

As pimentas são mais uma integrante famosa da família das solanáceas, que inclui tomate, batata e berinjela, além de malfeitores como tabaco, estramônio e meimendro.

RAIZ-DE-COBRA BRANCA

Eupatorium rugosum [sin. Ageratina altissima]

A vida na fronteira já era dura o bastante sem a assustadora possibilidade de que o leite fresco, a manteiga e a carne pudessem estar contaminados por uma planta mortal. A doença do leite era um risco muito comum nos primórdios da vida agrícola nos Estados Unidos: famílias inteiras sucumbiam à doença após sofrerem com sintomas que incluíam fraqueza, vômito, tremores e delírios. O gado também apresentava sintomas da enfermidade: cavalos e vacas cambaleavam até morrerem, e os fazendeiros ficavam desamparados, sem perceber que a responsável era uma planta que servia de pasto para os animais. A doença era tão comum que os nomes Serra Doente de Leite, Enseada Doente de Leite e Vale Doente de Leite ainda estão ligados a lugares no sul do país, onde a doença foi galopante.

Uma das vítimas mais famosas da doença do leite foi Nancy Hanks Lincoln, mãe de Abraham Lincoln. Ela lutou por uma semana, mas finalmente sucumbiu, assim como os tios dela e várias outras pessoas na pequena cidade de Little Pigeon Creek, em Indiana. Ela morreu em 1818 aos 34 anos, deixando Abraham Lincoln, com 9 anos, e sua irmã Sarah. O próprio pai de Lincoln fez os caixões; o pequeno Abraham ajudou esculpindo as cavilhas do caixão de sua mãe.

Durante o século XIX, alguns médicos e fazendeiros descobriram de forma independente que a raiz-de-cobra branca era a causa dessa doença, mas as notícias viajavam lentamente naquela época. Uma médica de Illinois chamada Anna Bixby percebeu a sazonalidade da doença e especulou que talvez tivesse relação com o surgimento de alguma planta específica no verão. Ela perambulou pelos campos até encontrar a raiz-de-cobra branca e deu a erva a um bezerro para confirmar que ela causava a doença. Bixby conduziu uma campanha para erradicar a planta de sua comunidade e quase eliminou a doença do leite naquela região por volta de 1834. Infelizmente, suas tentativas de notificar as autoridades não foram ouvidas, talvez porque médicas mulheres não eram levadas a sério.

Uma das vítimas mais famosas da doença do leite, causada pela raiz-de-cobra branca, foi Nancy Hanks Lincoln, mãe de Abraham Lincoln.

Outra descoberta inicial foi feita em 1867 por um fazendeiro chamado William Jerry, no condado de Madison, Illinois, que percebeu que a doença ocorria após seu gado pastar na raiz-de-cobra branca, mas só na década de 1920 a planta foi largamente reconhecida como a causa. Por fim, os fazendeiros aprenderam a cercar o gado ou erradicar a erva dos pastos para prevenir a doença.

A raiz-de-cobra branca chega a 1,2 metros de altura e produz pequenos cachos de flores brancas com formato parecido com as da cenoura selvagem. A planta ainda é encontrada nas matas do leste da América do Norte e no sul. O ingrediente tóxico, tremetol, permanece ativo mesmo após a planta secar, o que faz dela uma ameaça também em campos de fenos, além das pastagens.

FAMÍLIA: *Asteraceae (ou Compositae)*

HABITAT *Bosques, matagais, prados e pastagens*

NATIVA DA *América do Norte*

NOME COMUM *sanícula branca*

Conheça a família

O trevo-cervino-purpúreo, Eupatorium purpureum, *planta popular em jardins de borboletas, e o eupatório,* E. perfoliatum, *que no passado era usado como laxante e tratamento para febre e gripe, são parentes da raiz-de-cobra branca.*

SAGU-DE-JARDIM

Cycas spp.

Qualquer jardineiro da Flórida até a Califórnia conhece o sagu-de-jardim. É uma árvore muito resistente, de crescimento lento, amplamente utilizada como planta de destaque em paisagismo. A variedade mais comum, *Cycas revoluta*, é uma planta doméstica popular e muitas vezes é encontrada em estufas de jardins botânicos. O que a maioria das pessoas não percebe é que todas as partes da planta, especialmente as folhas e sementes, contêm substâncias cancerígenas e neurotoxinas. É muito comum animais de estimação serem envenenados ao morderem a planta, que também é responsável por muitos casos de envenenamento humano.

O incidente de envenenamento mais conhecido ocorreu em Guam. Moradores locais fizeram uma farinha com as sementes de uma parente, a palmeira-samambaia C. circinalis. O método tradicional envolvia a lixiviação do veneno deixando as sementes de molho na água, mas a escassez de alimentos durante a Segunda Guerra Mundial pode ter forçado as pessoas a comerem as sementes sem antes tratá-las da forma adequada. Os compostos venenosos também foram encontrados em morcegos, que o povo de Guam considerava uma iguaria. A escassez de alimentos durante a guerra, aliada à disponibilidade de armas quando os militares estavam destacados lá, significava que os morcegos também eram caçados e comidos com mais frequência naquela época.

Hoje, os cientistas acreditam que isso causou a misteriosa variante da esclerose lateral amiotrófica ou ELA (também conhecida como doença de Lou Gehrig) que ocorreu na ilha após a guerra. Essa forma peculiar da ELA incluía a degeneração nervosa comum à doença, os tremores associados ao mal de Parkinson e alguns sintomas parecidos com os do Alzheimer. Os especialistas médicos batizaram a síndrome de doença de Guam e, impotentes, a viram se tornar a principal causa de morte entre os adultos nativos que viviam na ilha. Veteranos britânicos e prisioneiros de guerra que passaram algum tempo na ilha durante o conflito também tiveram taxas excepcionalmente altas de Parkinson posteriormente na vida. À medida que o padrão de vida na ilha melhorou e as pessoas passaram a ter uma alimentação mais balanceada, a síndrome praticamente despareceu.

A Sociedade Americana para Prevenção da Crueldade a Animais identificou o sagu-de-jardim como uma das plantas mais tóxicas que os animais de estimação podem encontrar. Apenas algumas sementes podem levar a problemas gastrointestinais, convulsões, danos permanentes ao fígado e morte. A planta é especialmente nociva para cães tentados a morder as folhas e roer a base. Apesar de parecer uma palmeira, o sagu-de-jardim é uma gimnosperma, o que significa que produz cones de sementes parecidos com os das coníferas.

FAMÍLIA *Cycadaceae*

HABITAT *Trópicos, alguns ambientes desérticos*

NATIVA DO *Sudoeste Asiático, Ilhas do Pacífico e Austrália*

NOMES COMUNS *cica, cicadácea, palmeira-sagu*

Conheça a família

Cycas *é o único gênero nesta família. Algumas são raras e procuradas por colecionadores. Essas plantas são extremamente antigas; algumas aparecem em registros fósseis datando de 65 milhões de anos.*

SALGUEIRINHA-ROXA

Lythrum salicaria

Charles Darwin era apaixonado pela salgueirinha. Em 1862, escreveu a seu amigo Asa Gray, renomado botânico americano, na esperança de que Gray tivesse alguns espécimes para ele. "Pelo amor de Deus", escreveu, "dê uma olhada nas suas espécies e, se puder me arranjar sementes, faça isso… Semente! Semente! Semente! Eu gostaria bastante de sementes de Mitchella. Mas, ah, Lythrum!" Ele assinou a carta: "Seu amigo completamente doido, C. Darwin".

Darwin não era o único doido pela salgueirinha. Os colonos europeus levaram a planta de prado para os Estados Unidos, onde ela se estabeleceu rapidamente. Jardineiros e naturalistas tinham verdadeira afeição pela alta e vigorosa flor silvestre e seus belos cachos de floração roxa. Pela maior parte do século XX, os horticultores a recomendavam com entusiasmo para pontos difíceis do jardim, como áreas com sombra ou leitos com solo pobre ou drenagem ruim. Ainda em 1982, os escritores de jardinagem reconheciam suas tendências de erva daninha, mas ainda se referiam à planta como um "belo cafajeste", como se insinuassem que garotos são assim mesmo e que os jardineiros deveriam amar a planta por sua natureza agressiva.

Como estavam errados! A salgueirinha-roxa é certamente uma das piores invasoras que o paisagismo norte-americano já viu. Ela marchou por 47 estados americanos e a maior parte do Canadá, e também chegou à Nova Zelândia, Austrália e toda a Ásia. A planta alcança facilmente três metros de altura e 1,5 de largura, e até cinquenta hastes podem brotar de uma única e

Um único espécime de salgueirinha-roxa pode produzir mais de 2,5 milhões de sementes em uma estação. Essas sementes podem viver por vinte anos antes de brotarem.

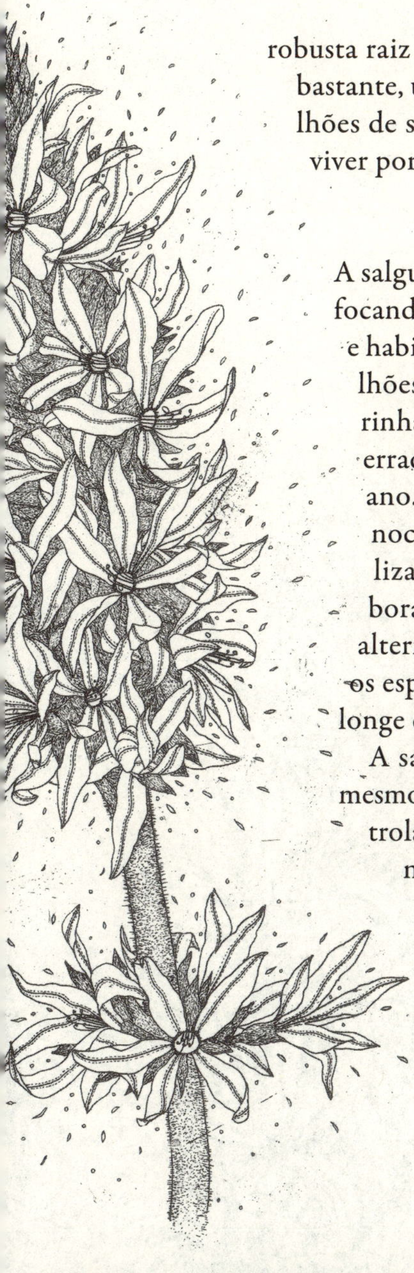

robusta raiz primária perene. Se a raiz já não fosse vigorosa o bastante, um único espécime pode produzir mais de 2,5 milhões de sementes em uma estação. Essas sementes podem viver por vinte anos antes de brotarem.

A salgueirinha-roxa entope pântanos e cursos d'água, sufocando outras plantas e eliminando fontes de alimento e habitat para animais selvagens. Calcula-se que 6,5 milhões de hectares tenham sido infestados pela salgueirinha-roxa só nos Estados Unidos, e as campanhas de erradicação custam cerca de 45 milhões de dólares por ano. A planta é classificada como uma erva daninha nociva em escala federal e seu transporte e comercialização também são ilegais em muitos estados. Embora outras espécies sejam vendidas como estéreis ou alternativas não invasoras à temida salgueirinha-roxa, os especialistas em plantas nativas recomendam passar longe de qualquer coisa rotulada como Lythrum.

A salgueirinha é nativa da Europa, mas não causa o mesmo estrago lá. Esse fato trouxe uma pista de como controlá-la nos Estados Unidos. Sprays químicos, cultivos mecânicos e outros controles não foram especialmente bem-sucedidos, mas então os pesquisadores tentaram importar os mesmos insetos que se alimentam da planta na Europa. Agora algumas espécies de gorgulhos de raiz e besouros comedores de folhas foram soltos como forma de controle biológico, e está dando certo. Até o momento, parece que os insetos não estão comendo as plantas nativas, mas introduzir uma criatura exótica para controlar outra sempre tem seus riscos.

FAMÍLIA *Lythraceae*

HABITAT *Prados temperados e zonas úmidas*

NATIVA DA *Europa*

NOMES COMUNS *salgueirinha, erva-carapau, salicária*

Conheça a família

Resedá e Cuphea*, um gênero de arbustos com flores fúcsia.*

TABACO

Nicotiana tabacum

Uma folha tão tóxica que já tirou a vida de 90 milhões de pessoas no mundo todo; tão potente que pode matar só pelo contato com a pele; tão viciante que alimentou uma guerra contra os povos nativos americanos; tão poderosa que levou ao estabelecimento da escravidão no sul dos Estados Unidos; e tão lucrativa que deu origem a uma indústria global avaliada em mais de 300 bilhões de dólares.

Essa plantinha oportunista contém o alcaloide nicotina, que afasta insetos. A nicotina tem uma função ainda mais útil da perspectiva da planta: é tão viciante que os humanos foram persuadidos a cultivá-la em massa. Hoje, o tabaco ocupa 4 milhões de hectares em todo o planeta e continua

tirando 5 milhões de vidas por ano, tornando a planta uma das mais poderosas e mortais do mundo. Cerca de 1,3 bilhão de pessoas no mundo todo seguram essa planta entre os dedos trêmulos todos os dias.

O cultivo da *Nicotiana* começou nas Américas e remonta a 5000 a.C. Há evidências de que os povos nativos fumavam as folhas há 2 mil anos, mas isso não se espalhou para o resto do mundo até os europeus descobrirem a prática quando chegaram à América. Dentro de um século, o tabaco migrou para Índia, Japão, África, China, Europa e Oriente Médio. As folhas em si, e mais tarde as "notas de tabaco", atestando a qualidade de uma plantação, foram usadas como moeda legal na Virgínia. O comércio de escravos dos Estados Unidos nasceu da necessidade de ter mais trabalhadores no campo para fazer uma colheita de tabaco lucrativa. As pessoas não só fumavam; também acreditavam que a planta era capaz de curar enxaquecas, afastar a peste e, ironicamente, tratar tosse e câncer.

Mas fumar não foi aceito por todos, mesmo no começo. Em 1604, o rei Jaime I chamou o hábito de "repugnante" e disse que era "prejudicial ao cérebro, perigoso para os pulmões". Sua declaração se mostrou correta diversas vezes ao longo dos próximos quatrocentos anos, mas o uso do tabaco apenas cresceu.

A nicotina é uma neurotoxina tão poderosa que é usada como ingrediente de inseticidas. Ingerir uma folha é muito mais prejudicial do que fumar um cigarro, porque uma boa quantidade da nicotina presente nos cigarros é destruída à medida que ele queima. Mastigar apenas algumas folhas ou fazer chá com elas pode rapidamente provocar cólicas, suor, dificuldade de respirar, fraqueza extrema, convulsões e morte. O contato prolongado com a pele também pode ser perigoso: a "doença da folha verde do tabaco" é um risco ocupacional entre os trabalhadores de campo que precisam andar entre os pés de tabaco molhados no verão.

A nicotina não é a única arma que as plantas desse gênero possuem. *N. glauca*, o tabaco-arbóreo, chega a 7,5 metros de altura e é comum na Califórnia e por todo o sudoeste dos Estados Unidos. É notável pela presença de outro alcaloide tóxico, anabasina. A ingestão de apenas algumas folhas já causou paralisia e morte. Um homem foi encontrado morto em um campo no Texas vários anos antes; a causa da morte só pôde ser determinada depois que uma análise de espectrometria de massa mostrou o veneno do tabaco-arbóreo na corrente sanguínea dele.

Apesar de seus efeitos nocivos, o tabaco continua sua marcha da morte. Todo ano, são produzidos cigarros suficientes para colocar mil cigarros nas mãos de todos os homens, mulheres e crianças do mundo. Outras ofertas incluem o rapé, o fumo de mascar e o tradicional bétel de mascar, que combina a *Nicotiana* com outra planta formadora de hábito, a noz de bétel. Entre algumas tribos nativas do Alasca, é popular um produto chamado *iqmik*, feito misturando tabaco com as cinzas de um cogumelo queimado que cresce nas bétulas. Alguns membros acreditam que seja mais seguro do que cigarros por ser um produto "natural", e é usado por mulheres grávidas e dado a crianças e bebês em fase de dentição. No entanto, o nível de nicotina é muito mais alto, e as cinzas ajudam a levá-la diretamente ao cérebro, o que fez com que algumas autoridades de saúde pública o descrevessem como "cheirar carreira de nicotina".

Na Índia, rapé cremoso é popular entre as mulheres. Ele é vendido em um tubo como o de pasta de dente e contém não só tabaco, mas também cravo, hortelã e outros ingredientes saborosos. O fabricante recomenda escovar os dentes com o produto pela manhã e à noite, e "quando você precisar", inclusive quando estiver "em estado de desespero ou deprimida". Eles sugerem que você "deixe um tempinho antes de enxaguar a boca". Uma cliente satisfeita declarou que usava de oito a dez vezes ao dia.

FAMÍLIA *Solanaceae*

HABITAT *Áreas quentes, tropicais e subtropicais de inverno ameno*

NATIVO DA *América do Sul*

NOMES COMUNS *fumo, erva-santa*

Conheça a família

Esta herbácea maligna é integrante da família das solanáceas. Suas parentes mais tóxicas incluem o estramônio, a beladona e o meimendro.

TEIXO

Taxus baccata

Em 1240, Bartolomeu da Inglaterra descreveu o teixo em sua enciclopédia, Sobre as Propriedades das Coisas, como "uma árvore com veneno". É adequado, talvez, que esta árvore altamente tóxica tenha passado a ser conhecida como árvore do cemitério na Inglaterra. A planta recebeu essa alcunha não por sua capacidade de mandar as pessoas para a cova antes da hora, mas sim porque os invasores romanos começaram a oferecer cultos religiosos à sombra dos teixos, esperando que isso atraísse a população pagã. Hoje, antigos teixos ainda são encontrados próximos a igrejas no interior da Inglaterra.

Ver essas árvores nos cemitérios inspirou Alfred, lorde Tennyson, a escrever: "Tuas fibras enredam a cabeça sem sonhos / Tuas raízes se enroscam nos ossos". De fato, um velho teixo que crescia ao lado de uma igreja na vila inglesa de Selborne foi derrubado em 1990 durante uma tempestade, e os ossos de mortos antigos foram encontrados enrolados em suas raízes.

O teixo é uma perene de crescimento baixo capaz de viver por dois ou três séculos, mas é difícil datar árvores maduras porque a madeira densa nem sempre produz anéis. As folhas finas feito agulhas e frutos vermelhos fazem dela uma atraente árvore de paisagismo, capaz de chegar facilmente a vinte metros de altura. Na Inglaterra, os teixos são geralmente podados para formar uma cerca viva projetada; o lendário labirinto de sebes do palácio de Hampton Court, de 300 anos de idade, atualmente está plantado quase inteiramente com teixos.

Um velho teixo que crescia ao lado de uma igreja na vila inglesa de Selborne foi derrubado em 1990 durante uma tempestade, e os ossos de mortos antigos foram encontrados enrolados em suas raízes.

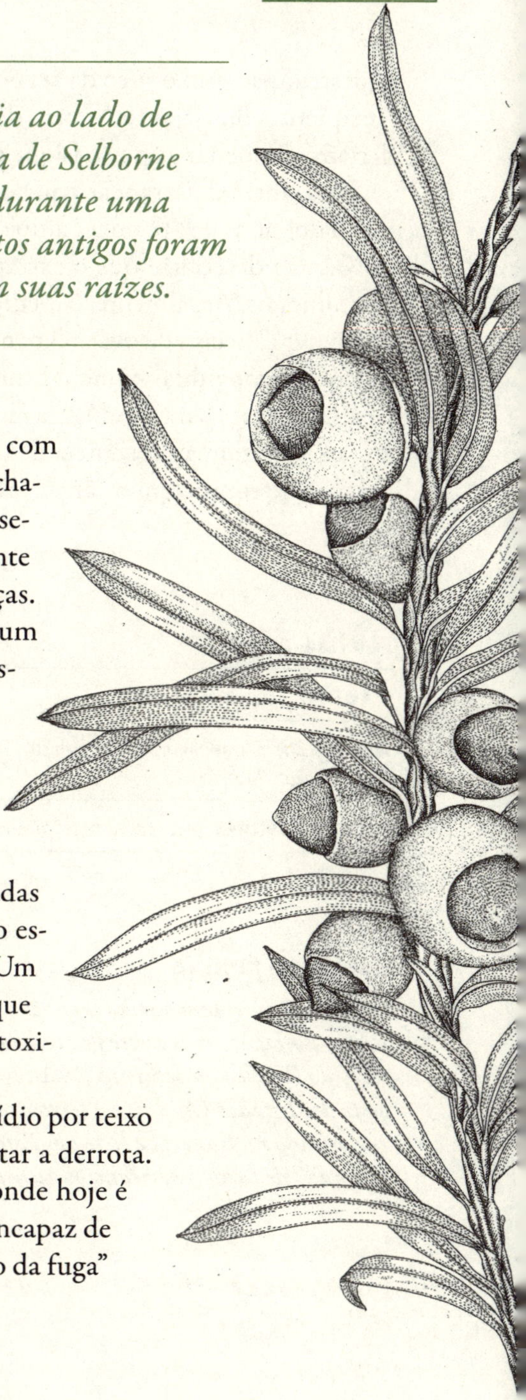

Todas as partes do teixo são venenosas, com exceção da polpa de sua fruta vermelha (chamada arilo), e mesmo ela contém uma semente tóxica. O arilo em si é ligeiramente doce, tornando-o tentador para crianças. Comer apenas algumas sementes ou um punhado de folhas causa sintomas gastrointestinais, uma queda perigosa na frequência cardíaca e possivelmente insuficiência cardíaca. Um manual médico observou pesarosamente que "a maioria das vítimas nunca descreveu seus sintomas" porque foram encontradas mortas. Os teixos representam um risco especial para animais de estimação e gado. Um artigo de medicina veterinária afirmou que "muitas vezes, a primeira evidência da toxicose do teixo é a morte inesperada".

Em Guerras da Gália de César, o suicídio por teixo se tornou uma maneira de evitar enfrentar a derrota. Cativolcus, rei de uma tribo que vivia onde hoje é a Bélgica, estava "cansado pela idade... incapaz de suportar a fadiga tanto da guerra quanto da fuga" e "destruiu-se com o suco da árvore do teixo". Plínio, o Velho, escreveu que "recipientes de viajantes" feitos de madeira de teixo e cheios de vinho poderiam envenenar as pessoas que bebessem deles.

Mas, antes de arrancar aquele teixo do jardim, considere isto: no começo dos anos 1960, uma equipe de pesquisadores do Instituto Nacional do Câncer descobriu que o extrato de teixo tinha potentes propriedades antitumorais. Atualmente, o medicamento paclitaxel ou Taxol é usado para combater cânceres de ovário, mama e pulmão e tem potencial para muitos outros. Companhias como a Limehurst Ltd. coletam aparas de sebes dos jardins ingleses para a indústria farmacêutica. Pesquisas indicam que os teixos até secretam a substância na terra, abrindo a possibilidade de os compostos que combatem o câncer serem extraídos sem prejudicar as árvores.

FAMÍLIA *Taxaceae*

HABITAT *Florestas temperadas*

NATIVA DA *Europa, noroeste da África, Oriente Médio, partes da Ásia*

NOMES COMUNS *teixo comum, teixo europeu*

Conheça a família

Os parentes incluem o teixo japonês, Taxus cuspidata, *que é nativo do Japão, mas cresce por toda a América do Norte; o teixo do Pacífico ou ocidental,* T. brevifolia, *encontrado no oeste dos Estados Unidos; e o teixo canadense,* T. canadensis, *encontrado no Canadá e leste dos Estados Unidos, também chamado de teixo americano ou cicuta terrestre.*

VENENO-DE-RATO

Dichapetalum cymosum ou D. toxicarium

Várias plantas produzem o veneno mortal fluoroacetato de sódio, mas as fontes mais conhecidas são duas árvores floridas na África Ocidental, Dichapetalum cymosum e D. toxicarium. Por conta do isolamento geográfico, as árvores não representavam muita ameaça até a década de 1940, quando cientistas descobriram que podiam extrair o veneno e criar um poderoso químico para o controle de ratos e animais predatórios como o coiote.

O veneno é inodoro e insípido, e basta uma quantidade mínima para matar um mamífero. A morte chega dentro de poucas horas, geralmente precedida por vômitos, convulsões, arritmia cardíaca e desconforto respiratório. Os sobreviventes podem ter danos permanentes a órgãos vitais. O veneno permanece no corpo; se um animal for comido por outro, pode envenenar o resto da cadeia alimentar. Por este motivo, a veneno-de-rato às vezes é chamada de "o veneno que continua matando".

O fluoroacetato de sódio, também chamado de Composto 1080, foi usado intermitentemente até 1972, quando a Agência de Proteção Ambiental (EPA, na sigla em inglês) dos Estados Unidos o proibiu, junto ao cianeto de sódio e a estricnina. Posteriormente, no entanto, a agência permitiu que o Departamento de Agricultura do país continuasse a usar o veneno em coleiras de proteção de gado. As coleiras contêm 15 ml do Composto 1080 e podem ser ajustadas no pescoço de ovelhas e gado. Quando um coiote ataca a jugular, recebe uma dose tóxica do veneno.

O veneno permanece no corpo; se um animal for comido por outro, pode envenenar o resto da cadeia alimentar. Por este motivo, a veneno-de-rato às vezes é chamada de "o veneno que continua matando".

O uso do composto químico para controle de predadores é controverso. Alguns conservacionistas argumentam que amarrar uma toxina tão potente no pescoço dos animais poderia acabar resultando no envenenamento de peixes, pássaros e do abastecimento de água. Na Nova Zelândia, a pulverização aérea para matar ratos e gambás invasores provocou protestos de ativistas que se opõem ao uso deste matador indiscriminado.

O veneno chamou a atenção em 2004, quando foi usado por um assassino em série misterioso para dizimar dezenas de animais em um zoológico de São Paulo. Nenhum vestígio do veneno foi encontrado na comida ou na água dos animais, o que sugere um assassino muito sofisticado com bom acesso aos animais. Camelos, porcos-espinhos, chimpanzés e elefantes morreram, enquanto a equipe do local se esforçava para implantar medidas de segurança. Embora o veneno seja proibido no Brasil, o assassino conseguiu contrabandeá-lo e causar uma destruição terrível.

Em 2006, um registro de pouca repercussão no relatório do Grupo de Estudo do Iraque revelou que um dos estoques químicos encontrados pelas forças de coalizão continha frascos do Composto 1080 fabricados por uma empresa em Oxford, Alabama. Como Saddam Hussein conseguira esse estoque e o que planejava fazer com ele? O deputado Peter DeFazio, democrata do Oregon, não tinha certeza, mas achava que o risco de a substância ser usada como arma química era maior que seus benefícios como forma de controle de gado. De acordo com reportagens, a EPA disse a ele que só proibiria a substância sob recomendação do Departamento de Segurança Interna dos Estados Unidos. O departamento, por sua vez, disse que não podia recomendar a proibição de nenhum produto químico em particular. Ele apresentou um projeto de lei proibindo o fluoroacetato de sódio, mas o projeto morreu na comissão.

FAMÍLIA *Dichapetalaceae*

HABITAT *Áreas tropicais e subtropicais*

NATIVA DA *África*

NOME COMUM *folha venenosa*

Conheça a família

A veneno-de-rato é parente de algumas outras árvores e arbustos de flores encontrados na África e América do Sul, incluindo as dos gêneros Tapura *e* Stephanopodium.

PEQUENAS FOLHAS MORTAIS

NATUREZA MACABRA

DARKSIDE

Outras Plantas Assustadoras

ADIVINHE QUEM VEM PARA JANTAR

OFENSIVAS

As plantas não se armam só com venenos e espinhos. Algumas delas contam com a ajuda de insetos também. Muitas plantas aparentemente inofensivas agem como hospedeiras de formigas picadoras, vespas e outras criaturas, oferecendo-lhes comida e abrigo em troca de seus serviços.

CARVALHO DO VALE

Quercus lobata

Muitos carvalhos hospedam espécies de vespas, mas o carvalho do vale da Califórnia é um dos mais conhecidos e hospitaleiros de todos. O processo começa quando uma vespa bota um ovo em uma folha de carvalho. As células da planta começam a se multiplicar a uma velocidade extraordinariamente alta, formando uma espécie de casulo protetor chamado galha. O ovo acaba eclodindo em uma larva, e a galha, que pode chegar ao tamanho de uma bola de beisebol, torna-se o lar da larva e também lhe dá comida. As larvas emergem como vespas adultas.

Uma espécie de vespa faz com que o carvalho do vale forme galhas que caem da árvore. As galhas podem ficar pulando por alguns dias enquanto a vespa dentro delas tenta se libertar, o que lhes conferiu o nome "galhas saltitantes de carvalho".

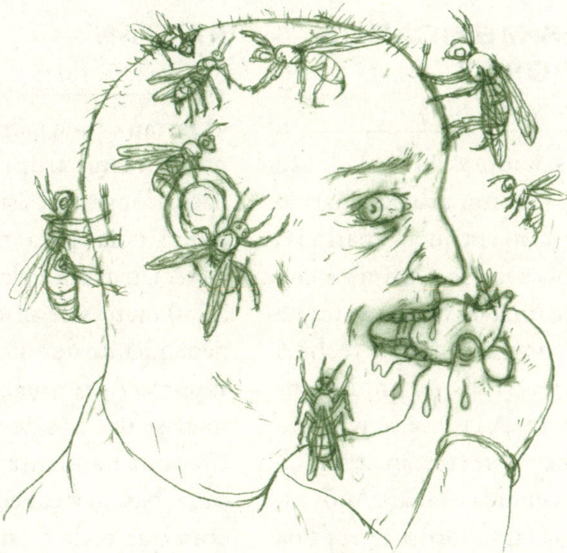

FIGUEIRA

Ficus spp.

A relação entre a figueira e as vespas é uma das mais complicadas do reino das plantas. As figueiras na verdade não produzem frutos; aquele apêndice carnudo e suculento que as pessoas comem é mais como um pedaço inchado de caule com resquícios da flor no interior e uma pequena abertura na ponta. As vespas do figo, que podem ter o tamanho de formigas, acasalam-se no interior dessa estrutura semelhante a uma fruta. Depois de acasalarem, a fêmea grávida voa para outro figo e entra nele, polinizando-o nesse processo, para em seguida botar seus ovos. Ela geralmente morre lá dentro depois que seu trabalho termina. As larvas se alimentam do figo enquanto estão crescendo e, ao atingirem o tamanho adulto, acasalam-se umas com as outras. O macho abre um buraco no figo para permitir que a fêmea escape e depois morre, tendo cumprido seu único propósito na vida. Após as vespas irem embora, a "fruta" continua a amadurecer e acaba se tornando uma fonte de alimento para pássaros e humanos.

Os amantes de figo podem se perguntar se estão comendo cadáveres de vespas esse tempo todo. Na verdade, muitas variedades comerciais de figo não requerem nenhuma polinização e outras são apenas polinizadas pelas vespas, sem hospedarem os ovos.

FEIJÕES MEXICANOS SALTADORES

Sebastiania pavoniana

Os feijões saltadores na verdade são as sementes de um arbusto nativo do México. Uma pequena mariposa marrom bota seu ovo sobre a vagem, e o ovo vira uma larva que entra na vagem a dentadas e depois fecha o buraco com a seda que produz enquanto cresce. A larva é sensível ao calor e começa a se contorcer se a semente for segurada na mão. Após vários meses, a larva forma uma pupa e depois emerge como adulta, que viverá apenas alguns dias.

PLANTA FORMIGUEIRO

Hydnophytum formicarum

Esta planta do Sudeste Asiático é uma epífita, ou seja, cresce em outra árvore que lhe dá suporte. A base da planta incha e forma um grande espaço oco que serve de lar para uma colônia inteira de formigas. Elas constroem apartamentos de vários aposentos, com um local separado para a rainha, um berçário para os pequenos e um espaço para depositar o lixo. Em troca de fornecer um lar para as formigas, a planta se sustenta com os nutrientes dos produtos residuais delas.

RATTAN

Daemonorops spp.

O rattan é uma palmeira que cresce nas florestas tropicais, onde suas hastes longas e resistentes são muito requisitadas para móveis de cana e vime. Uma única planta pode chegar a 150 metros de altura, muitas vezes dependendo de outras plantas como suporte. As formigas fazem morada na base dos pés de rattan e, se sentirem que a planta está sendo atacada, batem a cabeça nela, fazendo com que toda a estrutura balance e estremeça. Depois que soarem o alarme, as colônias de formigas partem para o ataque, defendendo vigorosamente seu lar contra os colhedores de rattan.

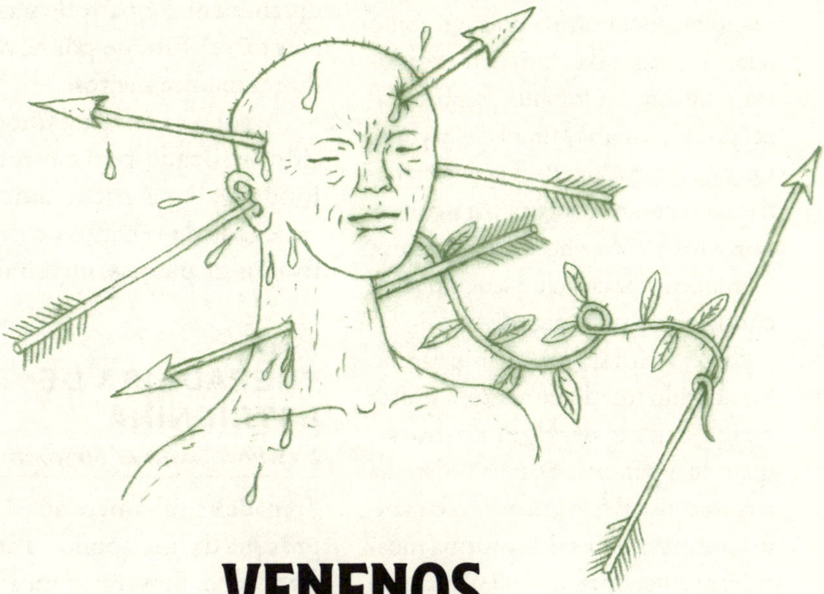

VENENOS DE FLECHA

MORTAIS

Povos indígenas da América do Sul e da África usam plantas tóxicas como venenos de flecha há séculos. A seiva venenosa de uma trepadeira tropical, esfregada na ponta de uma flecha, é uma poderosa ferramenta tanto para guerreiros quanto para caçadores. Muitos desses venenos, incluindo o curare de trepadeira tropical, causam paralisia. Os pulmões param de funcionar e por fim o coração para de bater, mas muitas vezes não há nenhum sinal externo de sofrimento.

CURARE

Chondrodendron tomentosum

Trepadeira robusta e lenhosa encontrada por toda a América do Sul. Ela contém um poderoso alcaloide chamado d-tubocurarina que age como relaxante muscular. Útil para caçadores, rapidamente imobiliza a presa, fazendo até pássaros caírem das árvores. Qualquer caça com flechas envenenadas com curare é segura para comer, pois a toxina só é eficaz quando entra diretamente na corrente sanguínea, ao contrário do trato digestivo.

Se o animal (ou inimigo) não for abatido imediatamente, a morte chega dentro de algumas horas, quando a paralisia atingir o sistema respiratório. Experimentos com animais envenenados dessa forma mostraram que, após a interrupção da respiração, o coração continua batendo por um breve período, embora a pobre criatura pareça estar morta.

O poder dessa droga não passou despercebido por médicos dos séculos XIX e XX, que perceberam que ela poderia ser usada para manter um paciente imóvel durante uma cirurgia. Infelizmente, ela não aliviava a dor em nada, mas permitia que o médico fizesse seu trabalho sem a distração do paciente se debatendo. Desde que se mantivesse a respiração artificial durante a cirurgia para manter os pulmões funcionando, o curare acabaria passando sem deixar efeitos colaterais duradouros. Na verdade, um extrato da planta era usado em conjunto com outros anestésicos durante a maior parte do século XX, mas foi substituído por novos e melhores medicamentos.

A palavra curare também tem sido utilizada para se referir de forma mais genérica a uma grande variedade de venenos de flecha derivados de plantas, incluindo:

TREPADEIRA DE ESTRICNINA

Strychnos toxifera / Strychnine vine

Trepadeira sul-americana e parente próxima da noz-vômica, a árvore da estricnina, Strychnos nux-vomica. Assim como o curare, causa paralisia. Na verdade, os dois, muitas vezes, eram usados em conjunto.

KOMBE

Strophanthus kombe

Trepadeira nativa da África que contém um cardioglicosídeo que age diretamente no coração. Embora uma dose poderosa possa fazê-lo parar, extratos também vêm sendo usados como estimulante para tratar insuficiência cardíaca ou batimentos

O avô de Charles Darwin, Erasmus, dizia que os vapores da árvore podiam matar qualquer um que chegasse a quilômetros dela.

irregulares. Sir John Kirk, explorador e pesquisador de plantas do século XIX, obteve espécimes da planta para levar para os Reais Jardins Botânicos de Kew e, sem querer, participou de um experimento médico: por acidente, ele deixou cair um pouco do suco da planta em sua escova de dentes e relatou uma rápida queda em sua frequência cardíaca após utilizá-la.

ÁRVORE UPAS

Antiaris toxicaria

Integrante da família da amoreira, nativa da China e de outras partes da Ásia. A casca e as folhas produzem uma seiva altamente tóxica. O avô de Charles Darwin, Erasmus, dizia que os vapores da árvore podiam matar qualquer um que chegasse a quilômetros dela. Embora isso seja apenas lenda, referências aos vapores nocivos da árvore upas podem ser encontradas nos escritos de Charles Dickens, Lord Byron e Charlotte Brontë. Uma personagem de um romance de Dorothy L. Sayers certa vez descreveu um assassino em série como "primo em primeiro grau de uma árvore upas". Assim como outros venenos de flecha, a seiva contém um poderoso alcaloide que pode fazer parar o coração.

PLANTA FLECHA ENVENENADA

Acokanthera spp.

Arbusto de nome apropriado, nativo da África do Sul, que também mata atacando o coração. Alguns relatos mostram que a planta foi usada de forma especialmente maldosa: o suco era espalhado nas sementes afiadas da trepadeira abrolhos (*Tribulus terrestris*). As sementes crescem no formato duro de estrepe, que é uma arma simples e pontuda com duas ou mais pontas e que sempre cai com uma delas apontada para cima. Versões de metal dessas armas são usadas desde os tempos romanos; era fácil jogá-las no caminho de um inimigo que se aproximava. As sementes de abrolhos cobertas com o suco da *Aconkanthera* seriam uma maneira eficiente de injetar o veneno nos pés de um agressor, e os espinhos de 1,2 cm o retardaria consideravelmente.

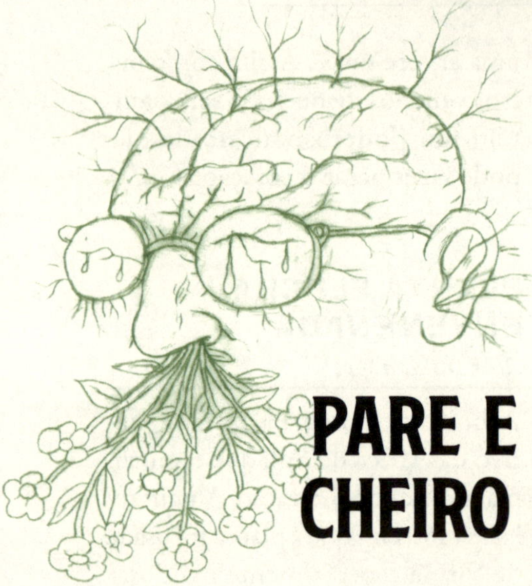

PARE E SINTA O CHEIRO DA ERVA

PERIGOSAS

Uma semente venenosa só mata se você a mastigar e engolir. Uma irritação dolorosa só pode se espalhar se você roçar nas folhas. Mas algumas plantas descobriram como estender seu alcance liberando alérgenos altamente irritantes no ar.

Existe um motivo pelo qual as alergias sazonais parecem piorar a cada ano. Os jardineiros e paisagistas, tentando ser organizados, preferem plantar árvores e arbustos machos. As fêmeas soltam frutos, deixando uma bagunça pelas calçadas ou gramados. Mas a árvore macho produz apenas pequenas flores comportadas — isto é, se a sua definição de comportada incluir lançar esperma de planta pelo ar durante semanas a fio.

Nos anos 1950 e 1960, olmos norte-americanos doentes foram substituídos por variedades masculinas de árvores polinizadas pelo vento. Como resultado, algumas cidades, especialmente no Sudeste, são praticamente inabitáveis para pessoas com fortes alergias e asma.

Surpreendentemente, os donos das propriedades relutam em remover essas árvores. Um especialista em alérgenos se lembra de uma família com uma enorme amoreira macho no jardim. Após molharem a árvore com uma mangueira, na tentativa equivocada de lavar o pólen, o marido e a esposa sentiram suas gargantas fecharem e tiveram que se trancar no banheiro a noite toda só para conseguirem respirar. O pólen germinou na água, liberando ainda mais alérgenos do que antes.

Cogite banir essas plantas do quintal:

AMBRÓSIA

Ambrosia spp.

Uma erva versátil que cresce nos Estados Unidos e por toda a Europa. Uma única planta pode produzir um bilhão de grãos de pólen durante uma estação. O pólen permanece no ar por dias e pode viajar vários quilômetros, afetando cerca de 75% dos alérgicos e causando alergias cruzadas com alimentos que possuem proteínas semelhantes, incluindo melão-cantalupo, banana e melancia. A ambrósia libera mais pólen quando os níveis de dióxido de carbono estão mais altos, de forma que o aquecimento global só piora a situação.

PINHEIRO-BUDISTA

Podocarpus macrophyllus

Arbusto ou arvoreta muito utilizada como árvore de rua ou planta de base no paisagismo, é uma grande produtora de pólen, e o fato de ser frequentemente cultivada logo abaixo das janelas nos subúrbios significa que os alérgicos vão acordar com uma dor de garganta que só vai piorar se passarem o dia na cama.

AROEIRA

Schinus molle ou S. terebinthefolius

Controversa árvore de paisagismo que pode ser invasora e causar uma terrível erupção cutânea. Os frutos são venenosos se ingeridos. As árvores macho jogam grandes quantidades de pólen no ar durante uma longa estação de floração. Por ter parentesco com a hera venenosa e outros integrantes do gênero Toxicodendron, quem é especialmente sensível a essas plantas também sofrerá na presença da aroeira. Ela produz um óleo que pode vaporizar no ar, fazendo as pessoas desenvolverem asma, inflamação nos olhos e outras reações só por estarem próximas.

OLIVEIRA
Olea europaea

O pólen da oliveira é tão irritante, devido ao número de alérgenos diferentes que contém, que algumas cidades estão tentando banir totalmente a árvore. A cidade de Tucson, no Arizona, aprovou uma lei que proíbe a venda ou o plantio de oliveiras.

AMOREIRA
Morus spp.

Uma das fontes mais poderosas de alergias da primavera, esta planta solta bilhões de grãos de pólen que permanecem nos pátios e são levados para dentro de casa.

GRAMA-BERMUDA
Cynodon dactylon

Uma das gramíneas mais populares para gramados no sul dos Estados Unidos e climas quentes de todo o mundo, também é a mais alergênica. Floresce continuamente, e muitas vezes as flores crescem tão baixas que os cortadores de grama não as alcançam. As novas variedades não produzem pólen nenhum, mas as mais antigas são tão problemáticas que algumas cidades do sudoeste norte-americano as baniram.

CEDRO-DO-HIMALAIA
Cedrus deodara

Cedro de crescimento rápido que pode chegar a 24 metros de altura e doze de largura, encontrado em jardins e parques de regiões de inverno ameno na América do Norte e Europa. Os pequenos cones machos liberam pólen no outono. Muitos alérgicos sazonais são sensíveis ao cedro, o que torna insuportável ficar perto da árvore.

ESCOVA-DE-GARRAFA
Callistemon spp.

Arbusto vistoso e popular na América do Norte, Europa e Austrália. Os estames vermelhos longos e eriçados liberam pólen dourado das pontas. O pólen tem formato triangular e se aloja nas cavidades nasais, o que faz dele um alérgeno especialmente perigoso.

JUNÍPERO
Juniperus spp.

Embora pouco lembrada, esta sempre-viva é uma grande fonte de alérgenos. Os machos produzem cones, junto a grandes quantidades de pólen. Alguns juníperos possuem órgãos masculinos e femininos na mesma planta (monoicos), o que significa que podem produzir alguns frutos, mas também soltam pólen.

PEQUENAS FOLHAS MORTAIS
NATUREZA MACABRA
DARKSIDE

A PLANTA QUE VOCÊ CULTIVA EM CASA PODE SER A ÚLTIMA

⚠ PERIGOSAS

Algumas das plantas domésticas mais populares são surpreendentemente tóxicas. Elas foram escolhidas não por serem adequadas para lanches de animais de estimação ou crianças pequenas, mas sim por sua capacidade de crescer o ano todo em temperaturas entre 10° e 21° Celsius. É por isso que muitas delas na verdade são plantas tropicais que vieram das florestas da América do Sul e da África.

A poinsétia, uma das plantas de interior mais odiadas, não é nem de perto tão tóxica quanto sua reputação faria acreditar. Como integrante da família Euphorbiaceae, a seiva é levemente irritante, mas só isso. Enquanto a poinsétia recebe muitas críticas durante o fim de ano, outras plantas domésticas escapam dos holofotes, apesar de suas qualidades mais tóxicas.

LÍRIO-DA-PAZ

Spathiphyllum spp.

Planta sul-americana com flores brancas simples que lembram copos-de-leite. Em 2005, mais pessoas ligaram para centros de controle de envenenamento sobre uma possível intoxicação por lírio-da-paz do que por qualquer outra planta (isso pode ter mais relação com a popularidade dela do que com a sua quantidade de veneno). Contém cristais de oxalato de cálcio que podem causar irritações na pele, ardência na boca, dificuldade de engolir e náusea.

FILODENDRO

Philodendron spp.

Planta semelhante à hera, nativa da América do Sul nas Índias Ocidentais. Todas as partes da planta contêm oxalatos de cálcio. Mordiscar uma folha talvez cause apenas uma leve ardência na boca ou um pouco de enjoo, mas ingeri-la pode levar a fortes dores abdominais, e o contato repetido com a pele pode provocar graves reações alérgicas. Os centros de controle de envenenamento dos Estados Unidos receberam mais de 1.600 telefonemas em 2006 relacionados ao envenenamento por filodendro.

HERA

Hedera helix

Essa onipresente trepadeira europeia cresce ao ar livre como cobertura do solo, mas também é uma das plantas mais populares em vasos para interiores. As frutas são amargas o bastante para desencorajar as pessoas de comê-las, mas poderiam causar graves problemas gastrointestinais e possíveis delírios ou problemas respiratórios. A seiva das folhas pode causar graves irritações na pele e bolhas.

COMIGO-NINGUÉM-PODE

Dieffenbachia spp.

Planta tropical sul-americana muito conhecida pela sua capacidade de inflamar temporariamente as cordas vocais, deixando as pessoas incapazes de falar. Acredita-se que algumas espécies tenham sido usadas como veneno de flecha em conjunto a outras plantas. Muitos envenenamentos envolvem grave irritação da boca e da garganta, inchaço da língua e do rosto e problemas estomacais. A seiva também é irritante para a pele e pode provocar sensibilidade à luz e dor se entrar em contato com os olhos.

FIGUEIRA-BENJAMIN E FALSA-SERINGUEIRA

Ficus benjamina, F. elastica

Essas duas árvores de interiores são parentes próximas na família das amoreiras. O látex dessas plantas pode provocar graves reações alérgicas. Um caso clínico descreve uma mulher que teve choque anafilático e outros sintomas assustadores que rapidamente desapareceram após sua figueira-benjamim ser retirada de casa.

AVELÓS OU ÁRVORE-LÁPIS

Euphorbia tirucalli

Essa planta africana, apesar de se assemelhar a um cacto, não é um de verdade, embora suas hastes longas e finas lembrem uma suculenta. O avelós se tornou popular na decoração de interiores moderna por sua forma marcante e arquitetônica. Mas, assim como as outras eufórbias, produz uma seiva corrosiva que causa fortes erupções cutâneas e irritação nos olhos. O avelós requer um pouco de poda para ser mantido em um tamanho razoável para interiores, e os jardineiros muitas vezes se surpreendem com o fato de uma única poda causar uma reação tão dolorosa.

CEREJA-DE-NATAL OU CEREJA-DE--JERUSALÉM

Solanum pseudocapsicum

Também conhecida como peloteira ou laranjinha-do-mato, é muitas vezes vendida como pimenteira ornamental, mas na verdade é uma parente mais próxima da beladona. Todas as partes da planta contêm um alcaloide que pode provocar fraqueza, sonolência, náusea, vômito e problemas cardíacos.

GRAMADO DA MORTE

DESTRUIDORAS

Quem diria que a grama poderia ser tão perigosa? Uma relva de gramas malignas pode cortar sua pele com folhas feito navalhas, fechar sua garganta com um pólen enlouquecedor, embebedar você e envenená-lo com cianeto. Uma gramínea até age como cremadora, entrando em combustão e jogando suas sementes e estolhos sobre as cinzas.

CANIÇO-BRANCO

Imperata cylindrical

As folhas verde-amareladas crescem até 1,2 metros de altura, expulsando tudo em seu caminho. A borda de cada folha é incrustada com minúsculos cristais de sílica, tão afiados e serrilhados quanto os dentes de uma serra. As raízes podem chegar a um metro de profundidade, produzindo rizomas farpados que perfuram as raízes de outras plantas e as expulsam do caminho em uma busca sinistra por dominação mundial.

Alguns botânicos sugerem que o caniço-branco contém um veneno que mata seus adversários, mas nem seria necessário: sua arma favorita é o fogo. Graças à sua alta inflamabilidade, ela atrai o fogo para um prado e o solta nos adversários, incentivando-o a queimar mais do que de costume (apenas uma faísca de uma serra elétrica foi o suficiente para transformar 3,2 hectares em Ocala, na Flórida, em uma conflagração). Em seguida, como uma fênix surgindo das cinzas, novas folhas de caniço brotam dos restos carbonizados das raízes e crescem mais fortes do que nunca depois do incêndio devastador. Quando não há fogo disponível, o vento também serve: uma planta dispersa milhares de sementes a até noventa metros de distância.

O caniço-branco chegou aos Estados Unidos na década de 1940, quando o Departamento de Agricultura tomou a desconcertante decisão de plantá-lo para controlar a erosão e como pasto para o gado, apesar de a grama ser pouco nutritiva e afiada o bastante para cortar os lábios e a língua das vacas. Cresce no sul dos Estados Unidos, mas aos poucos chegou ao norte.

CAPIM-ANDREQUICÉ

Leersia hexandra

Gramínea de pântano com folhas afiadas, espalhada pelo sudeste dos Estados Unidos.

CAPIM DA PRADARIA

Spartina pectinata

Encontrado em toda a América do Norte; cresce de 90 cm a dois metros de altura com bordas afiadas e dentadas, o que lhe rendeu o charmoso apelido de "rasga-tripa".

CAPIM DOS PAMPAS

Cortaderia selloana

Calamidade invasora da costa da Califórnia. Altamente inflamável e praticamente impossível de matar.

Os brotos jovens do capim-massambará contêm cianeto suficiente para matar um cavalo.

Cada planta produz milhões de sementes. Os belos penachos emplumados muitas vezes são colhidos e levados por turistas ingênuos, ajudando a espalhar ainda mais as sementes.

CAPIM RABO-DE-GATO

Phleum pratense

Gramínea perene em formato de tufo que contém dois alérgenos que são os principais responsáveis pelas formas mais graves de febre do feno; cresce em toda a América do Norte.

GRAMA-AZUL

Poa pratensis

Escolha popular para gramados e a causa de algumas das piores alergias dos subúrbios.

CAPIM-MASSAMBARÁ

Sorghum halepense

Erva daninha invasora em todo os Estados Unidos que pode chegar a 2,4 metros de altura. Os brotos jovens contêm cianeto suficiente para matar um cavalo. A morte é misericordiosamente rápida, geralmente causada por parada cardíaca ou insuficiência respiratória e precedida por apenas algumas horas de ansiedade, convulsões e cambaleios.

JOIO

Lolium temulentum

Gramínea anual que cresce ao lado de várias plantações de cereais no mundo todo. O joio muitas vezes é infectado com um fungo que, se ingerido por acidente, provoca sintomas parecidos com a embriaguez. Há 2 mil anos, Ovídio descreveu os campos arruinados de um agricultor da seguinte maneira: "...o joio, o cardo e uma plantação impura / Da grama nodosa pelos acres se erguem / E espalham suas prósperas raízes por toda a terra".

CARNÍVORAS

OFENSIVAS

Plantas comedoras de carne sabem como tirar o melhor proveito de uma situação ruim. Muitas vivem em pântanos e charcos onde a alimentação é escassa, e por isso desenvolveram maneiras engenhosas de aprisionar criaturas vivas para o jantar.

BOCA-DE-LEÃO-DO-BANHADO

Utricularia spp.

Pequenas plantas que vivem em solo úmido e na água e sugam minúsculos insetos e água em armadilhas semelhantes a bolhas quando seus pelos de gatilho são tocados. As armadilhas são restabelecidas dentro de aproximadamente trinta minutos, fazendo delas plantas extraordinariamente vorazes. Algumas espécies da boca-de-leão-do-banhado são grandes o bastante para comer larvas de mosquito e girinos.

PINGUICULA

Pinguicula spp.

Flores delicadas, parecidas com a violeta, enganam a natureza carnívora desta planta. As folhas soltam uma gosma escorregadia que atrai moscas de frutas e pernilongos para a morte. Enzimas digestivas excretadas pelas folhas decompõem o corpo dos insetos, deixando apenas carcaças ocas em torno da planta.

DIONEIA

Dionaea muscipula

Talvez a planta carnívora mais conhecida e fácil de cultivar como planta doméstica. A armadilha delas fica aberta e excreta um néctar doce que atrai insetos. Quando uma mosca voa lá dentro, a armadilha se fecha. Glândulas na parte interna das folhas começam a liberar sucos digestivos que afogam o inseto condenado. Pode levar mais de uma semana para a dioneia devorar sua presa, e ela pode comer apenas alguns insetos durante a vida. Embora as pessoas possam forçar uma armadilha a se fechar passando o dedo sobre ela, os entusiastas de plantas carnívoras acham isso muito indelicado.

PLANTA-JARRO

Nepenthes spp., Sarracenia spp.

As mais exibidas das plantas carnívoras, alcançando 30 cm de altura e produzindo flores belíssimas que parecem de outro mundo. Os norte-americanos reconhecem a família Sarraceniaceae nativa, que inclui uma série de plantas altas, parecidas com flautas, que vivem em pântanos com padrões vermelhos vivos e brancos. Os insetos entram na flauta da planta-jarro atraídos pelo néctar que ela produz e se afogam nos sucos digestivos que ocupam as regiões inferiores da planta. Às vezes, são cultivadas como plantas domésticas; é possível fazer a autópsia de um espécime bem-alimentado cortando uma das folhas em formato de trombeta no comprimento, expondo uma horrível vala comum de moscas mortas.

As plantas do gênero Nepenthes também são chamadas de plantas-jarro, mas funcionam de forma um pouco diferente. As plantas, que crescem nas florestas de Bornéu, mas também são encontradas por todo o Sudeste Asiático, produzem caules parecidos com trepadeiras e flores em formato de taça que se penduram nas hastes e atraem as presas. Algumas delas podem conter um litro de fluidos digestivos. A *Nepenthes* geralmente se alimenta de formigas e outros insetos pequenos, mas de vez em quando se delicia com uma refeição maior. Em 2006, os visitantes do Jardim Botânico de Lyon, na França, reclamaram de um cheiro desagradável na estufa. Os funcionários investigaram e descobriram um camundongo parcialmente digerido dentro de um grande espécime de *Nepenthes truncata*.

PAPO-DE-PERU

Aristolochia clematitis

Trepadeira que produz flores bizarras que lembram vagamente cachimbos. Os gregos olharam para a flor e viram outra coisa: um bebê saindo do canal de parto. Na época, as plantas muitas vezes eram usadas para tratar doenças das partes do corpo com as quais se pareciam mais. O papo-de-peru era dado a mulheres para ajudá-las em partos difíceis, mas o cipó é muito venenoso e carcinogênico. Certamente deve ter matado mais mulheres do que ajudado.

O papo-de-peru atrai moscas com seu cheiro forte e flores pegajosas, mas só aprisiona as moscas tempo suficiente para garantir que fiquem cobertas de pólen. Os pelos pegajosos murcham e libertam as moscas para poderem polinizar outras plantas.

A Nepenthes geralmente se alimenta de formigas e outros insetos pequenos, mas de vez em quando se delicia com uma refeição maior.

LÁ VEM O SOL

DOLOROSAS

Plantas fototóxicas canalizam o poder do sol para fazer seus estragos, usando seiva que queima a pele quando exposta à luz. Em alguns casos, comer a planta ou seus frutos deixa a pessoa mais suscetível a queimaduras solares.

HOGWEED GIGANTE

Heracleum mantegazzianum

Esta erva invasora integrante da família da cenoura parece a irmã mais velha da cenoura selvagem. É uma planta grande e robusta que ultrapassa três metros de altura e expulsa outras plantas de seu habitat em córregos e prados. Também é uma das plantas mais fototóxicas que se pode encontrar. Um livro de botânica mostra uma fatia redonda de caule colocada sobre o braço de um homem; em um dia, aparece um vergão vermelho circular e, após três dias, ele começa a formar bolhas. A ferida se parece perturbadoramente com a queimadura grave que o isqueiro de um carro deixaria.

AIPO

Apium graveolens

Outro membro da família da cenoura, esta planta é suscetível a uma doença chamada mofo-branco (Sclerotinia sclerotiorum). O principal mecanismo de defesa é produzir mais compostos fototóxicos para matar o fungo. Os trabalhadores agrícolas e manipuladores de aipo costumam sofrer queimaduras na pele que aparecem sob a luz do sol, e as pessoas que comem grandes quantidades de aipo também correm risco. Um periódico médico citou o caso de uma mulher que comeu raiz de aipo, depois foi para uma cabine de bronzeamento e acabou com uma grave queimadura de sol.

ARBUSTO BOLHA

Peucedanum galbanum

Esta planta de nome apropriado também faz parte da família da cenoura; suas folhas se parecem com as do aipo. Ela cresce na África do Sul, e os turistas que escalam a Montanha da Mesa, perto da Cidade do Cabo, são orientados a evitá-la. O simples ato de encostar nela ao passar pode provocar uma reação, e os trilheiros que quebram um galho por acidente podem sofrer uma grave erupção cutânea devido ao contato com a seiva. A irritação demora dois ou três dias para aparecer após o contato com a planta e fica muito pior com a exposição ao sol. As bolhas podem durar uma semana ou mais e deixar manchas marrons na pele durante anos.

LIMÃO

Citrus aurantifolia, outros

Os limões e outras frutas cítricas contêm compostos fototóxicos nas glândulas sebáceas encontradas na casca externa da fruta. Um periódico médico noticiou a respeito de um grupo de crianças de um acampamento que apareceram com erupções inesperadas nas mãos e braços. Os médicos determinaram que as únicas crianças afetadas foram as que frequentaram uma aula de artesanato. Estavam usando limões para fazer bolas perfumadas, e o ato de furar a casca das frutas com a tesoura espalhou óleo suficiente nas mãos e braços das crianças para provocar uma reação.

Geleia de laranja e outros alimentos que contenham casca de frutas cítricas ou óleo cítrico podem causar uma reação. O óleo de bergamota, um pequeno cítrico em formato de pera, é um ingrediente de fragrâncias muito utilizado; qualquer perfume ou loção à base de frutas cítricas também pode queimar.

MOKIHANA

Melicope anisata sin. Pelea anisata

A mokihana é a flor oficial da ilha havaiana de Kauai. Os turistas muitas vezes são presenteados com um colar feito com as frutas verde-escuras e cítricas da mokihana, que são do tamanho de uvas. Os óleos também são altamente fototóxicos: alguns anos antes, uma turista usou um colar de mokihana por cerca de vinte minutos. Em poucas horas, apareceu uma erupção dolorosa e com bolhas em seu pescoço e peito no formato exato do colar. As marcas acabaram sumindo sozinhas, mas ficaram visíveis durante dois meses.

REMÉDIOS HERBÁCEOS

Uma variedade de plantas usadas em chás de ervas, pot-pourris, loções ou outras misturas podem ser fototóxicas, embora os sintomas possam não aparecer por alguns dias. Estudos de casos médicos relatam reações a erva-de-são-joão, alecrim, calêndula, arruda, crisântemo, folha de figueira e outras.

Uma turista usou um colar de mokihana por cerca de vinte minutos. Em poucas horas, apareceu uma erupção dolorosa e com bolhas em seu pescoço e peito no formato exato do colar.

DESAJUSTADAS SOCIAIS

 # OFENSIVAS

A forma como algumas plantas se comportam é repugnante e totalmente constrangedora. Existem as incendiárias — plantas que usam fogo como arma para abrir caminho para suas crias e matar a concorrência, e uma série delas até precisa de um bom fogo para que suas sementes germinem. Algumas cidades em regiões com tendência a secas chegam a publicar listas de plantas inflamáveis a serem evitadas.

Outras infratoras fedem, babam e até sangram. Não convide nenhuma destas desajustadas hortícolas para sua próxima festa no jardim.

Em uma noite quente de verão, a sarça ardente produz óleo volátil suficiente de modo que acender um fósforo por perto pode incendiá-la.

PIROMANÍACAS

SARÇA ARDENTE

Dictamnus albus

Perene florida nativa da Europa e partes da África. Em uma noite quente de verão, a planta produz óleo volátil suficiente de modo que acender um fósforo por perto pode incendiá-la.

EUCALIPTO

Eucalyptus spp.

Nativa da Austrália, mas naturalizada na Califórnia, o óleo altamente volátil produzido pelas árvores ajudou a espalhar o incêndio mortal de Oakland que matou 25 pessoas e destruiu milhares de casas.

CAPIM DOS PAMPAS

Cortaderia selloana

Nativa da América do Sul que se tornou uma planta invasora bastante odiada no oeste dos Estados Unidos. Cada moita pode passar de três metros de altura e produzir tanta biomassa seca e quebradiça que pode acelerar e redirecionar incêndios florestais.

CHAMISE

Adenostoma fasciculatum

Arbusto florido de chaparral que produz uma resina inflamável; a planta também é rejuvenescida pelo fogo e uma das primeiras a brotar da terra queimada.

FLOR-CADÁVER OU JARRO-TITÃ

Amorphophallus titanum

Parece um enorme copo-de-leite cor de vinho. Geralmente passa vários anos sem florescer, mas, quando isso acontece, produz um único talo de flor que pode chegar a três metros de altura e pesar mais de 45 kg. Quando uma flor-cadáver nasce em um jardim botânico, os visitantes formam fila para vê-la, mas são alertados a entrarem na estufa com cuidado, pois o fedor pode ser avassalador.

RAFLÉSIA-COMUM OU FLOR-MONSTRO

Rafflesia arnoldii

Produz a maior flor única do mundo, com mais de um metro de diâmetro (a enorme flor-cadáver na verdade é um agrupamento de muitas flores pequenas sobre uma haste, tirando-a da competição). Esta planta parasita de cor laranja, manchada e atarracada, é realmente uma flor que só um botânico poderia amar. As flores duram apenas alguns dias e têm cheiro de carne podre ao brotar, atraindo moscas que se alimentam de animais mortos na floresta da Indonésia, onde a planta vive.

GREVÍLEA DE PLUMAS BRANCAS

Grevillea leucopteris

Planta australiana da família da *protea* que produz lindos talos de flores branco-amareladas. Infelizmente, a maioria das pessoas não chega perto delas por causa do fedor, que lembra meias velhas com chulé.

As flores duram apenas alguns dias e têm cheiro de carne podre ao brotar, atraindo moscas que se alimentam de animais mortos na floresta da Indonésia.

LÍRIO-FÉTIDO

Iris foetidissima

Lindo lírio dos bosques ingleses, cujas flores roxas e brancas enchem o ar com cheiro de rosbife. Alguns jardineiros acreditam que o cheiro pareça mais com o de borracha queimada, alho ou carne crua estragada.

HELÉBORO-FÉTIDO

Helleborus foetidus

Popular na Inglaterra por suas flores verde-limão e folhagem escura e dramática. Quando esmagadas, as flores soltam um cheiro que já foi descrito como "cheiro de gato", "gambá" ou simplesmente "azedo e desagradável".

REPOLHO-GAMBÁ

Symplocarpus foetidus

Cresce em pântanos por todo o leste da América do Norte e partes da Ásia. Conhecido por sua capacidade de liberar calor; no inverno, o repolho-gambá pode romper o solo congelado e derreter a neve ao redor, permitindo que floresça e atraia polinizadores antes das flores da primavera. As folhas esmagadas da planta soltam um cheiro desagradável parecido com o do gambá.

SERPENTÁRIA

Dracunculus vulgaris

Popular entre jardineiros, apesar de seu cheiro de carne podre. As flores, que brotam toda primavera, parecem copos-de-leite preto-arroxeados. A planta chega a um metro de altura, o que faz dela uma característica marcante no jardim. Felizmente, as flores só fedem por alguns dias quando estão totalmente desabrochadas.

LÍRIO-DO-BOSQUE

Trillium erectum

Um belo trílio vermelho ou roxo que cresce em condições úmidas em florestas do leste da América do Norte. É uma das plantas fedorentas mais suaves, e os botânicos descrevem o cheiro como almiscarado ou de cachorro molhado.

Durante a ação salivar do jaborandi-do-paraguai, podem ser secretados de meio a um livro de saliva, ou até mais.

JABORANDI-DO--PARAGUAI

Pilocarpus pennatifolius

Você vai se babar todo. O *King's American Dispensatory,* de 1898, relatou o poderoso efeito da planta nas glândulas salivares, afirmando que "a secreção da saliva aumenta a ponto de atrapalhar a fala, e a pessoa muitas vezes é obrigada a ficar em posição inclinada de forma a facilitar o escape da saliva. Durante a ação salivar, podem ser secretados de meio a um litro de saliva, ou até mais".

Não tente fazer isso como um truque de festa, no entanto. A babação costuma ser seguida de horas de náusea, tontura e outros sintomas desagradáveis. Outras plantas que fazem você babar incluem a noz de bétel, que produz saliva vermelha e brilhante, além da fava-de-calabar e do avelós, que também provocam efeitos colaterais desagradáveis e às vezes fatais.

SANGUE-DE-DRAGÃO

Croton lechleri

Arbusto da família Euphorbiaceae que exsuda uma espessa seiva vermelha. O "sangue" é usado por algumas tribos amazônicas para estancar sangramento e tratar outras enfermidades.

PAU-SANGUE

Pterocarpus erinaceus

Secreta uma resina vermelho-escura usada como corante. A madeira pode ser usada para fabricar finos produtos de madeira, as folhas são boas para alimentar gado e a planta ainda pode ter algumas propriedades medicinais.

DRACO

Daemonorops draco

Cresce no Sudeste Asiático; a resina marrom-avermelhada que excreta já foi coletada e vendida em pequenos pedaços sólidos como "ópio de pedra vermelha". Centros de controle de envenenamento e agências fiscalizadoras dos Estados Unidos começaram a ver a substância nas ruas no fim dos anos 1990. No entanto, testes de laboratório confirmaram que ela não possui propriedades alucinógenas e certamente não contém ópio.

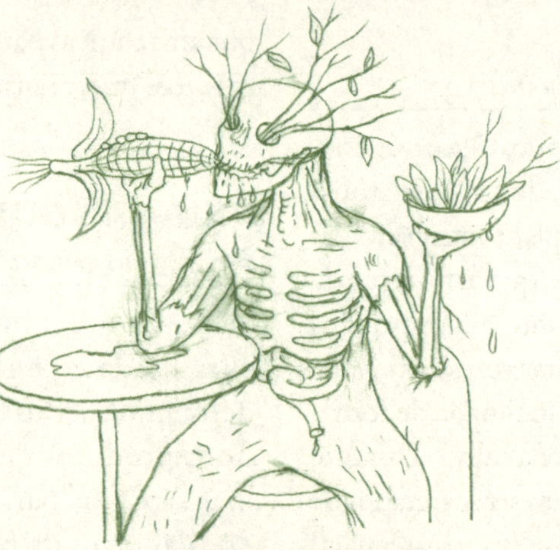

JANTAR MORTAL

MORTAIS

O que o milho, a batata, o feijão e a castanha-de-caju têm em comum? Todos podem ser venenosos nas circunstâncias certas. Algumas das plantações de alimentos mais importantes do mundo contêm compostos tóxicos que exigem que eles sejam cozidos ou aliados a outros alimentos para torná-los seguros. Alguns, como o chícharo, ganharam reputação mundial por transformarem a fome em uma catástrofe ainda mais trágica.

CHÍCHARO

Lathyrus sativus

Esta ervilha é um alimento básico no Mediterrâneo, África, Índia e partes da Ásia há séculos. Como a maioria das leguminosas, é uma excelente fonte de proteína, mas tem um grave inconveniente: contém uma neurotoxina chamada ácido-beta-N-oxalildiaminopropiônico, ou beta-ODAP. O primeiro sintoma de envenenamento por beta-ODAP ou latirismo é um enfraquecimento das pernas. Por fim, a toxina mata as células nervosas e as vítimas ficam paralisadas da cintura para baixo. Sem tratamento, acabam morrendo.

Como é que essa ervilha continuou sendo um ingrediente tão popular em farinhas, mingaus e cozidos? Se for deixada de molho na água por bastante tempo ou fermentada em pães e panquecas, o risco é pequeno. O chícharo é uma das poucas plantações de alimento que conseguem sobreviver a uma grande seca. As pessoas acabam ficando sem outra coisa para comer e sem água suficiente para deixar as ervilhas de molho.

Hipócrates alertou que as pessoas que "comiam ervilhas ficavam continuamente impotentes nas pernas". Hoje, uma das grandes tragédias da fome em lugares como Etiópia e Afeganistão é que a ervilha altamente proteica é tipicamente reservada aos homens, para que tenham força para alimentar suas famílias. Em vez disso, ocorre o efeito contrário, reduzindo-os a se rastejarem de joelhos (e, como observou uma reportagem: "cadeiras de rodas não são uma opção para a maioria dos portadores de latirismo, que tendem a viver em cabanas na terra"). Mesmo que a seca diminuísse e eles parassem de comer as ervilhas, ainda poderiam continuar com deficiência pelo resto da vida.

Francisco Goya, por volta de 1810, retratou os estragos do latirismo em sua gravura de água-tinta chamada *Gracias a la Almorta*, ou "graças ao chícharo". Ele estava retratando um terrível surto que ocorreu durante a guerra pela independência da Espanha contra o exército de Napoleão.

O chícharo se assemelha à ervilha-de-cheiro. É uma trepadeira com gavinhas finas e flores azuis, rosa, roxas ou brancas. Muitas vezes é usado como forragem para o gado, e ainda aparece na culinária de muitos países em todo o mundo.

MILHO

Zea mays

Os povos nativos das Américas sabiam como preparar esse alimento local com segurança. As receitas tradicionais pediam a adição de cal hidratada ou hidróxido de cálcio, um mineral natural, ao milho (a receita básica das tortilhas mexicanas ainda inclui a adição de cal). Sem ela, a niacina presente no milho não pode ser absorvida. Isso não é um problema, a não ser que o milho seja consumido sozinho e constitua a maior parte da alimentação de uma pessoa. Quando isso acontece — como foi com os primeiros colonizadores, que não conheciam os riscos — o resultado é uma grave deficiência de niacina chamada pelagra.

Já em 1735, quando o milho era importado do Novo Mundo, pessoas pobres da Espanha e outros países europeus apresentaram sinais de pelagra. Esses sintomas passaram a ser conhecidos como os quatro Ds: dermatite, demência, diarreia e defunção. Uma dupla de pesquisadores que escrevia para um periódico médico britânico sugeriu que os sintomas medonhos da pelagra poderiam ter inspirado mitos europeus de vampirismo no Drácula de Bram Stoker: pele pálida que explodia em bolhas quando exposta ao sol, noites insones provocadas pela demência, incapacidade de comer comidas normais por causa de problemas digestivos e uma aparência mórbida pouco antes da morte.

Durante a primeira metade do século XX, a pelagra adoeceu 3 milhões de norte-americanos e matou 100 mil. A doença só foi totalmente compreendida nos anos 1930. Hoje, o milho é considerado parte de uma alimentação perfeitamente segura e saudável, contanto que seja consumido com outros alimentos.

RUIBARBO

Rheum x hybridum

As folhas dessa planta asiática contêm altos níveis de ácido oxálico, que pode causar fraqueza, dificuldade de respirar, problemas gastrointestinais e até mesmo coma e morte em circunstâncias raras. Em 1917, o *Times* de Londres noticiou o falecimento de um ministro que morreu após ter comido um prato feito com folhas de ruibarbo. A pobre cozinheira admitiu que havia usado uma receita que encontrou no jornal, intitulada "Dica para Épocas de Guerra das Escolas Nacionais de Treinamento em Culinária". De fato, uma guerra estava acontecendo e a comida era escassa, mas receitas como essa representavam mais uma ameaça, tanto para soldados quanto para civis.

SABUGUEIRO

Sambucus spp.

As frutas dessa planta, populares em geleias, bolos e tortas, são muito mais perigosas quando consumidas sem serem preparadas de alguma forma. Em 1983, um grupo de pessoas que participava de um retiro na região central da Califórnia teve que ser levado de helicóptero a um hospital depois de tomar um suco fresco feito com as frutas do sabugueiro. A maior parte da planta, incluindo as frutas cruas, pode conter níveis diversos de cianeto. Geralmente, as pessoas sentem uma forte náusea e depois se recuperam.

CASTANHA-DE-CAJU

Anacardium occidentale

Existe um motivo pelo qual os mercados não vendem castanhas de caju cruas. Os cajueiros fazem parte da mesma família botânica que a hera venenosa, o carvalho venenoso e o sumagre venenoso, e produzem o mesmo óleo irritante, urushiol. A castanha em si é perfeitamente segura para consumo, mas se entrar em contato com qualquer parte da casca durante a colheita, a pessoa que comê-la terá uma terrível erupção cutânea. Por esse motivo, as castanhas são abertas no vapor, deixando-as parcialmente cozidas mesmo que pareçam cruas. Em 1982, um time da liga juvenil de beisebol na Pensilvânia vendeu sacos de castanha-de-caju importadas de Moçambique. Metade das pessoas que comeram tiveram irritações nos braços, virilhas, axilas ou nádegas porque alguns sacos continham pedaços das cascas. Isso teria o mesmo efeito de misturar folhas de hera venenosa às castanhas.

FEIJÃO VERMELHO

Phaseolus vulgaris

Perfeitamente seguro e saudável, a não ser se consumido cru ou pouco cozido. O composto nocivo do feijão vermelho é chamado fitoemaglutinina, e pode provocar fortes náuseas, vômitos e diarreia. As pessoas geralmente se recuperam rapidamente, mas bastam quatro ou cinco feijões crus para causar esses sintomas extremos. O cozimento incompleto dos feijões em uma panela sem pressão é uma fonte comum de intoxicação por feijão vermelho.

BATATA

Solanum tuberosum

Essa integrante da temida família das solanáceas contém um veneno chamado solanina, que pode causar queimação e sintomas gastrointestinais e até mesmo coma e morte em casos raros. Cozinhar a batata elimina a maior parte da solanina contida nela, mas se a batata foi exposta à luz tempo suficiente para que sua casca fique verde, isso pode ser um sinal de níveis elevados de solanina.

AKEE

Blighia sapida

A fruta tem um papel essencial na culinária jamaicana. Apenas o arilo (a polpa em torno das sementes) é seguro para comer, e a fruta deve ser colhida no ponto exato de amadurecimento. Caso contrário, pode ser tóxica. O envenenamento por akee, ou doença do vômito jamaicano, pode ser fatal se ficar sem tratamento.

MANDIOCA

Manihot esculenta

Uma importante plantação na América Latina, Ásia e partes da África, essa raiz é cozida praticamente da mesma forma que as batatas. Uma farinha amilácea derivada da raiz é usada para fazer pudim de tapioca e pão. Só que existe um problema: a mandioca contém uma substância chamada linamarina, que se converte em cianeto no corpo. O cianeto pode ser eliminado através do preparo cuidadoso, que envolve demolhar, secar ou assar a raiz, mas esse processo é imperfeito e pode levar vários dias. Em épocas de seca, as raízes da mandioca podem produzir níveis mais altos da toxina, e as pessoas em áreas assoladas pela fome podem comer quantidades maiores da raiz e tomar menos cuidado no preparo.

O envenenamento pela mandioca pode ser fatal. Mesmo em níveis mais baixos, pode causar uma doença crônica conhecida na África como konzo. Os sintomas incluem fraqueza, tremores, falta de coordenação, problemas de visão e paralisia parcial.

PEQUENAS FOLHAS MORTAIS
NATUREZA MACABRA
DARKSIDE

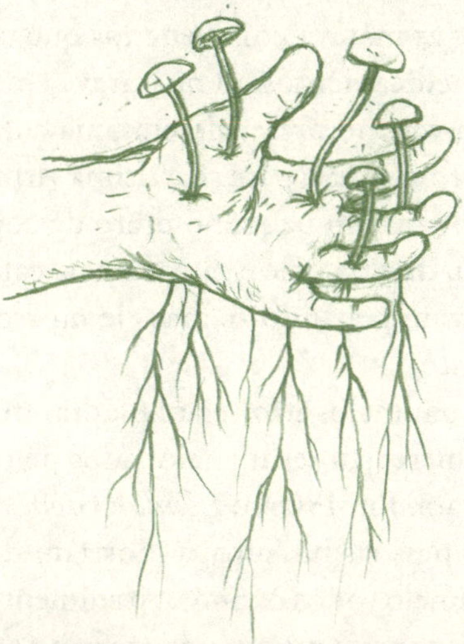

FUNGOS FATAIS

⚠ PERIGOSAS

Em 2001, um grupo de pesquisadores médicos reabriu um antigo caso de assassinato. Cláudio, imperador de Roma entre 41 e 54 a.C., morreu em circunstâncias misteriosas após vários meses de intensas brigas com sua quarta esposa, Agripina. Uma revisão atual de seus sintomas indicou envenenamento por muscarina, uma toxina encontrada em várias espécies de cogumelos mortais. Mas quem lhe deu essa última refeição? Um especialista presente na conferência sugeriu que "Cláudio morreu de *una uxore nimia,* ou por esposas demais".

Outro famoso caso de envenenamento por cogumelo aconteceu em Paris, em 1918. Henri Girard era um corretor de seguros que tinha um pouco de conhecimento de química. Isso acabou sendo uma boa combinação para um assassino em série: ele fazia apólices de seguro no nome das vítimas e depois as matava com venenos que comprava de atacadistas de medicamentos ou misturava em seu próprio laboratório. Seu veneno preferido era uma cultura de bactérias da febre tifoide, mas, para sua última vítima, madame Monin, ele preparou um pequeno prato de cogumelos venenosos. Ela saiu da casa dele e caiu dura na calçada. As autoridades acabaram pegando-o, mas ele morreu antes que fosse a julgamento.

Embora os cogumelos não sejam plantas de fato — são fungos —, eles merecem ser mencionados pelo número de mortes que causam. Em 1909, o *London Globe* noticiou que cerca de 10 mil pessoas na Europa morriam de envenenamento por cogumelo todos os anos. Atualmente, há poucas fontes confiáveis sobre o número de mortes por cogumelos no mundo, mas, nos Estados Unidos, os centros de controle de envenenamento recebem mais de 7 mil ligações por ano. Em 2005, foram relatadas seis mortes por envenenamento por cogumelo. Surtos esporádicos podem matar muito mais. Em 1996, por exemplo, os cogumelos mataram mais de 100 pessoas na Ucrânia, graças a uma safra extraordinariamente abundante na floresta.

Algumas espécies podem conter mais toxinas que outras, mas as variedades mais perigosas agem no fígado ou nos rins, causando danos irreversíveis ou morte.

CHAPÉU-DA-MORTE

Amanita phalloides

Esses cogumelos claros e de tamanho médio encontrados por toda a América do Norte e Europa são responsáveis por cerca de 90% dos óbitos relacionados a cogumelos no mundo todo. Eles se parecem com os cogumelos comestíveis da palha de arroz, populares na Ásia, mas basta apenas metade de um chapéu-da-morte para matar um adulto. O cogumelo causa danos permanentes aos rins e fígado, e algumas vítimas precisam de transplante de fígado para sobreviver ao suplício.

Uma espécie de parentesco próximo é o cogumelo anjo-destruidor-europeu (*Amanita verna ou A. virosa*), que é considerada a espécie mais venenosa. Os sintomas podem não aparecer por várias horas, o que poderia resultar em demora no tratamento, com consequências trágicas.

CORTINARIUS

Cortinarius spp.

Esses pequenos cogumelos marrons parecem shitake e outras espécies comestíveis, mas são altamente venenosos. Os sintomas podem atrasar vários dias, tornando mais difícil a identificação e o tratamento dos médicos. Os cogumelos cortinarius podem causar convulsões, dor intensa e insuficiência renal.

FALSO MORCHELLA

Gyromitra esculenta

Encontrado em toda a América do Norte, este cogumelo se parece com o delicioso e muito procurado cogumelo comestível *Morchella.* Como na maioria dos envenenamentos por cogumelo, os sintomas incluem náusea, tontura e até coma, e a morte muitas vezes é causada por danos aos rins ou fígado.

MATA-MOSCAS

Amanita muscaria

Laranja-avermelhado com manchas brancas, este é um dos cogumelos mais reconhecidos do mundo todo e é frequentemente usado nas ilustrações dos contos de fadas. É bem provável que a lagarta que fumava narguilé em cima de um cogumelo em *Alice no País das Maravilhas* estivesse sentada em um deste tipo. De fato, os sintomas que Alice sentiu após comer um pedacinho do cogumelo não são muito diferentes dos tipos de alucinação que marcam os primeiros sinais de envenenamento por esta espécie. Tontura, delírios e intoxicação às vezes são seguidos de um sono profundo ou coma.

COGUMELO MÁGICO

Psilocybe spp.

Psilocibina e psilocina são compostos alucinógenos encontrados em diversas espécies de cogumelos, mas principalmente no gênero *Psilocybe*. Os dois compostos estão listados pela Administração de Fiscalização de Drogas (Drug Enforcement Administration — DEA) dos Estados Unidos como substâncias controladas de Classificação I (definidas como sem utilização médica), mas a agência não lista nenhuma espécie específica de cogumelo.

Os cogumelos com psilocibina geralmente são comidos ou transformados em chá; além das alucinações, os efeitos podem incluir náusea e vômitos, fraqueza e sonolência. Grandes doses podem provocar ataques de pânico e psicose. Crescem na natureza por todo o sul e oeste dos Estados Unidos, indo do México ao Canadá. Algumas espécies são encontradas na Europa também. É fácil confundir os cogumelos com psilocibina com outros parecidos, mas altamente venenosos, e pessoas já morreram por terem comido a espécie errada.

CHAPÉU-DE-TINTA

Coprinus atramentarius

Este pequeno cogumelo branco com chapéu em formato de sino é conhecido por sua capacidade de ficar preto feito tinta ao amadurecer. Seu veneno é especialmente traiçoeiro: as vítimas só se sentem mal se consumirem o cogumelo em conjunto ao álcool. As pessoas podem ter suores, náusea, tontura e dificuldade de respirar por algumas horas. A maioria se recupera, mas quem foi envenenado precisa evitar álcool por pelo menos uma semana. Algumas pessoas não sentem nenhum efeito nocivo, o que faz deste um cogumelo arriscado e imprevisível.

FAMÍLIAS BOTÂNICAS DO CRIME

DOLOROSAS

Algumas famílias de plantas parecem ter uma quantidade acima da média de casos problemáticos. As características que as diferem — pelos urticantes, seiva leitosa ou folhagem rendilhada — também as entregam.

FAMÍLIA DAS SOLANÁCEAS

Solanaceae

As solanáceas representam algumas das melhores e piores plantas que os humanos já encontraram. Batata, pimenta, berinjela e tomate estão entre os membros mais respeitáveis dessa família. No entanto, quando os colonizadores europeus se depararam com tomates pela primeira vez no Novo Mundo, acreditaram que fossem venenosos como as outras solanáceas que conheciam. Afinal, o tomate tem uma semelhança familiar com sua prima, a beladona, e outros parentes perigosos e nefastos, como a narcótica mandrágora, a erva do mal tabaco e os venenosos e inebriantes meimendro e estramônio.

As solanáceas há muito tempo são vistas com suspeita e desconfiança. John Smith, filósofo do século XVII, comparou o "vapor congelante que emana do pecado e do vício" aos poderes malignos "daquela venenosa beladona, que injeta seu veneno frio no juízo dos homens". De fato, muitas solanáceas contêm alcaloides tropânicos que causam alucinações, convulsões e comas mortais.

A petúnia também é uma solanácea. Aliás, conhecer a aparência da flor da petúnia pode dar uma pista para reconhecer outras integrantes dessa família. Do contrário, uma planta desconhecida que produz frutos pequenos e redondos e tem o hábito de crescimento geral do tomate ou da berinjela deve ser vista com certa cautela.

FAMÍLIA DO CAJU

Anacardiaceae

As árvores e arbustos dessa família geralmente produzem uma drupa, um tipo de fruto no qual a semente é rodeada por um caroço duro, que por sua vez é envolto por uma parte carnosa doce e suculenta (as mangas são um exemplo, assim como as frutas com caroço que não têm relação, como o pêssego e a cereja). Mas o que a família do caju faz de melhor é produzir uma resina tóxica que provoca erupções cutâneas dolorosas e duradouras. E não coloque fogo em um membro da família do caju: isso produzirá uma fumaça nociva que faz os pulmões arderem.

Hera venenosa, carvalho venenoso e sumagre venenoso talvez

sejam os integrantes mais temidos dessa família. Mangueiras e cajueiros também produzem a resina irritante conhecida como urushiol, assim como a árvore de laca. Na verdade, quem é altamente sensível à hera venenosa ou um de seus primos pode ter sensibilidade cruzada à casca de manga ou uma caixa coberta de laca. Outros parentes incluem as árvores de pistache, ginkgo biloba, madeira venenosa e pimenta.

FAMÍLIA DA URTIGA

Urticaceae

Essas plantas pequenas e de aparência geralmente inofensiva são mais conhecidas por sua característica anatômica singular, os pelos urticantes. Eles podem parecer tão inocentes quanto a penugem do pêssego, mas muitas vezes contêm uma minúscula dose de veneno que é liberado quando os finos pelos entram sob a pele. O termo médico para a sensação de dor e coceira, urticária, vem da inflamação da pele causada pela urtiga.

A maioria das urtigas são plantas de crescimento baixo que lembram superficialmente ervas como menta ou manjericão, com as bordas dentadas. A gympie-ferrão, uma árvore urticante da Austrália, largamente considerada a planta mais dolorosa do mundo, faz parte da família, mas sua integrante mais conhecida é a urtiga-comum, *Urtica dioica*. Os pelos são tão finos que quem não conhece a planta é capaz de nem percebê-los. Além dos pelos urticantes, as urtigas também podem ser identificadas pelos pequenos cachos de flores que nascem na articulação onde a folha se conecta ao caule. No entanto, o melhor conselho para evitar a família das urtigas é resistir à tentação de passar a mão em uma folha desconhecida felpuda ou peluda.

FAMÍLIA DAS EUFORBIÁCEAS

Euphorbiaceae

A seiva leitosa e altamente irritante produzida pela maioria dos membros da família das euforbiáceas é o que as diferencia. Os jardineiros podem reconhecer as eufórbias mais comuns que são populares em jardins mediterrâneos, mas outros membros dessa família não têm um parentesco tão óbvio: poinsétia, avelós, urtiga do touro do Texas, mamona, seringueira, açacu, urtigão, guarda-olhos e mancenilheira são todas eufórbias. Muitas delas podem queimar e escoriar a pele, mas outras, como a mamona, também contêm poderosos venenos que podem matar caso sejam ingeridos. No mínimo, plantas que produzem seiva leitosa devem ser manuseadas com cuidado, pois podem queimar a pele e os olhos. Algumas eufórbias podem ser identificadas por suas brácteas coloridas: por exemplo, as flores das eufórbias ou poinsétias.

FAMÍLIA DA CENOURA OU SALSINHA

Apiaceae

Esta família esconde alguns criminosos notórios entre seus membros saudáveis e belos. Cenoura, endro, erva-doce, salsinha, anis, levístico, cerefólio, chirivia, alcaravia, coentro, angélica e aipo são plantas sem as quais um bom chef de cozinha não saberia viver, mas até elas precisam de certa cautela: muitas delas, incluindo aipo, endro, salsinha e chirivia são fototóxicas, o que significa que o contato com a pele, aliada à exposição ao sol, pode provocar uma erupção. Uma flor de jardim, âmio-maior (*Ammi majus*), é tão fototóxica que a exposição às sementes pode escurecer a pele permanentemente.

Mas o perigo real vem de parentes como cicuta-aquática, a venenosa cicuta, *Heracleum mantegazzianum* e *Heracleum maximum*. Essas plantas selvagens contêm neurotoxinas e irritantes cutâneos, mas se parecem tanto com suas primas comestíveis que erros trágicos foram cometidos por trilheiros e cozinheiros.

Identificar plantas da família da cenoura é bem fácil. A cenoura selvagem é um exemplo típico; como a maioria dos integrantes da família, produz folhagem fina e rendilhada e cachos achatados de flores chamados de umbelas, além de uma raiz com formato de cenoura.

CONHEÇA AS URTIGAS

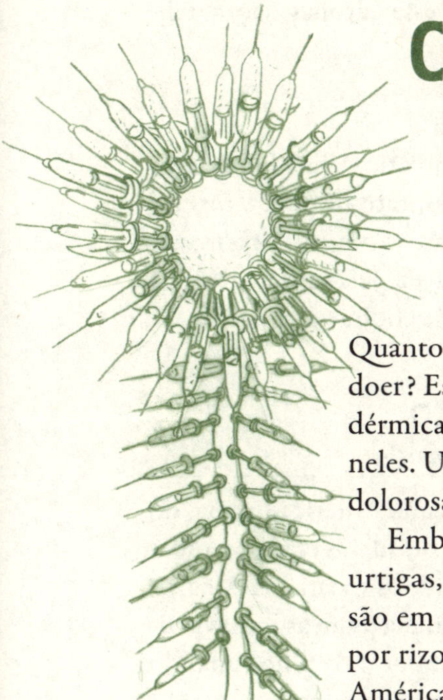

DOLOROSAS

Quanto os pelos pequenos e finos de uma urtiga poderiam doer? Esses delicados tricomas agem como agulhas hipodérmicas, injetando veneno sob a pele quando se encosta neles. Urticária, o termo médico para a irritação intensa e dolorosa, vem do nome da planta em latim, *urtica*.

Embora muitas plantas dolorosas sejam chamadas de urtigas, as verdadeiras vêm da família Urticaceae. Elas são em sua maioria herbáceas perenes que se espalham por rizomas subterrâneos e se sentem em casa por toda a América do Norte, Europa, Ásia e partes da África. Uma variedade de compostos é responsável pela picada da urtiga, incluindo uma toxina muscular chamada ácido tartárico, além de ácido oxálico, que é encontrado em uma série de frutas e vegetais e pode irritar o estômago. O ácido fórmico, componente da picada de abelhas e formigas, também está presente nas urtigas em níveis baixos.

Felizmente, existe um remédio caseiro para as picadas: suco de urtiga. Isso mesmo, acredita-se que a seiva das folhas esmagadas neutraliza a acidez da picada. Labaça, uma erva que muitas vezes cresce perto da urtiga, também pode aliviar a picada da vizinha — e as folhas da labaça felizmente são livres de espinhos afiados e venenosos. Existem poucas evidências da eficácia dessas soluções, mas os especialistas concordam que a tarefa de sair procurando uma folha de labaça pode distrair a pessoa da dor.

Nem todas as notícias sobre a urtiga são ruins: os brotos da planta, quando fervidos para remover os pelos, são uma nutritiva iguaria da primavera, e pessoas que sofrem de reumatismo tentam se picar deliberadamente para aliviar a dor nas juntas. Existe até nome para essa autoflagelação deliberada com urtigas: urticação.

URTIGA-COMUM

Urtica dioica

A urtiga mais conhecida, que cresce bastante por todo o território dos Estados Unidos e no norte da Europa onde puder encontrar solo úmido. Herbácea perene, atinge cerca de um metro de altura no verão e morre no inverno, retornando ao solo.

URTIGA-MENOR

Urtica urens

Herbácea anual de crescimento baixo, considerada por algumas pessoas a planta mais dolorosa dos Estados Unidos. Cresce na maior parte da Europa e América do Norte.

ONGAONGA

Urtica ferox

Uma das plantas mais dolorosas da Nova Zelândia. Provoca erupções cutâneas, bolhas e picadas intensas que duram vários dias. Há relatos de que o contato de corpo inteiro com a planta já matou cachorros e cavalos, talvez pela reação alérgica sistêmica de choque anafilático.

URTIGÃO

Urera baccifera

Encontrada na América Latina, do México ao Brasil. Os etnobotânicos relataram que os shuaras da Amazônia equatoriana usam as folhas urticantes para punir os filhos quando estes se comportam mal.

URTIGA GRAÚDA

Laportea spp.

Cresce em regiões tropicais e subtropicais da Ásia e Austrália. Ao contrário da maioria das urtigas, a picada pode durar semanas ou meses e causar dificuldade respiratória. Galhos velhos e secos largados há várias décadas ainda podem causar danos.

ERVAS DE DESTRUIÇÃO EM MASSA

DESTRUIDORAS

Algumas plantas simplesmente levam jeito para assumir o controle. Elas não pensam duas vezes antes de sufocar as adversárias, roubar o alimento delas ou até mesmo liberar compostos venenosos no solo para tirá-las do caminho. Essas plantas não são só invasoras, são homicidas.

HYDRILLA

Hydrilla verticillata

Uma planta de água doce que migrou da Ásia para a Flórida nos anos 1960. Rapidamente se estabeleceu em lagos e rios, onde finca raízes fortes e cresce até 2,5 cm por dia até chegar à superfície. Algumas plantas individuais do gênero *Hydrilla* têm quase oito metros de comprimento. Como é atraída pela luz do sol, uma vez que atinge a superfície da água, muitas vezes forma um espesso tapete de vegetação que sufoca a vida aquática e dificulta a navegação. A água fica parada em volta da infestação da planta, incentivando os mosquitos a se reproduzirem. É encontrada em ambientes quentes de água doce nos Estados Unidos e é quase impossível de eliminar, já que até mesmo o menor fragmento pode se regenerar. Um cientista a comparou com o herpes. "Depois que pega", disse ele, "você tem para sempre."

FIOS-DE-OVOS

Cuscuta spp.

O Departamento de Agricultura dos Estados Unidos colocou a maioria das espécies de fios-de-ovos na sua lista federal de ervas daninhas nocivas. Esta planta parasita parece uma forma de vida alienígena que veio para sugar a vida da vegetação terrestre, e isso não está muito longe da verdade. Os longos caules aparentemente sem folhas crescem em cores de outro mundo, como laranja, rosa, vermelho e amarelo (na verdade, os fios-de-ovos têm algo parecido com folhas, mas são apenas brácteas minúsculas, quase invisíveis). Ela é muito ruim em fazer fotossíntese, e, por isso, precisa obter sua nutrição de outra planta. Após as sementes germinarem, os brotos têm apenas cerca de uma semana para encontrar uma planta hospedeira, caso contrário, morrem. As mudas crescem na direção de possíveis plantas hospedeiras. Testes em laboratório provaram que os fios-de-ovos crescem na direção do cheiro da planta, mesmo que não haja nenhuma crescendo por perto, comprovando que essa invasora realmente tem um olfato semelhante ao dos animais.

Uma vez que encontram uma planta hospedeira, os fios-de-ovos se enrolam na vítima, injetam minúsculas estruturas fúngicas nela e sugam os nutrientes da planta. Uma única planta pode invadir várias hospedeiras, alimentando-se de todas ao mesmo tempo e, por fim, matando-as. Um campo tomado por essa invasora parece que foi de fato atacado por fios de ovos, o doce em forma de fios utilizado para decorar receitas.

TIRIRICA

Cyperus rotundus

A pior erva daninha terrestre, de acordo com muitos especialistas. Encontrada no mundo todo em climas temperados, espalha-se rapidamente, expulsando plantas nativas e invadindo plantações. A lavoura só a incentiva ao quebrar os tubérculos subterrâneos, pois cada um produz

Uma vez que encontram uma planta hospedeira, os fios-de-ovos se enrolam na vítima, injetam minúsculas estruturas fúngicas nela e sugam os nutrientes da planta.

mais plantas. Mas o que torna a tiririca especialmente maldosa é sua capacidade de liberar compostos alelopáticos no solo, que de fato matam a concorrência. Os jardineiros que deixam a tiririca correr solta descobrem que ela não só toma conta, como também envenena outras plantas.

SALVÍNIA

Salvinia molesta

Esta samambaia aquática flutuante pode dobrar de população a cada dois dias, formando densos tapetes de até um metro de profundidade na superfície da água. Uma das maiores infestações tinha impressionantes 250 km^2. A salvínia é encontrada em lagos de água doce, pântanos e riachos por todo o sul dos Estados Unidos. Gosta de água rica em nutrientes, e por isso cresce de forma especialmente vigorosa em água enriquecida por escoamento de fertilizantes ou resíduos de estações de tratamento de esgoto.

FIGUEIRA ESTRANGULADORA

Ficus aurea

Conhecida pelo hábito decididamente hostil de se enrolar em outra árvore e estrangulá-la até a morte. As sementes, que são espalhadas com a ajuda dos pássaros, muitas vezes germinam no alto da copa de outra árvore. Raízes fortes e lenhosas começam a se enroscar na árvore hospedeira, indo em direção ao chão. Às vezes, as raízes envolvem por completo o tronco da árvore e, quando a árvore morre, o interior oco permanece, deixando a figueira no formato de um canudinho gigante.

Embora a figueira estranguladora seja decididamente assustadora, geralmente não é considerada invasora, mas vista como uma curiosidade botânica interessante que tem seu próprio nicho no ecossistema.

PURRRRIGO PARA OS GATOS

PERIGOSAS

Alguns animais são espertos o bastante para evitar plantas que lhes fazem mal, mas qual é a chance de o seu ser um deles? Um bichinho entediado ou confinado por longos períodos pode ser tentado a mordiscar uma dessas plantas comuns. O centro de controle de envenenamento da Sociedade Americana para Prevenção da Crueldade a Animais recebe cerca de 10 mil ligações todos os anos relacionadas a envenenamento por plantas. Além do sagu-de-jardim, qualquer uma das plantas a seguir pode provocar os sintomas favoritos dos donos de animais de estimação, vômito e diarreia, e algumas delas são até fatais. Aqui estão outros efeitos nocivos:

Todas as partes do lírio são tóxicas para os gatos, causando insuficiência renal e morte entre 24 e 48 horas.

BABOSA

Aloe vera

Embora útil para tratar queimaduras e arranhões, as saponinas encontradas na planta podem causar convulsões, paralisia e grave irritação na boca, garganta e trato digestivo.

NARCISO E TULIPA

Narcissus spp. e Tulipa spp.

Os bulbos contêm uma variedade de toxinas que podem causar salivação intensa, depressão, tremores e problemas cardíacos. O cheiro dos fertilizantes de bulbo, que são feitos com farinha de osso, pode ser demais para alguns cachorros, que podem cavar um canteiro recém-plantado e morder alguns bulbos antes de perceberem seu terrível engano.

COMIGO-NINGUÉM-PODE

Dieffenbachia spp.

Planta doméstica comum, também chamada de aningapara. Contém cristais de oxalato de cálcio que podem queimar o interior da boca, provocar salivação e inchaço da língua e possivelmente levar a danos nos rins.

FLOR-DA-FORTUNA

Kalanchoe blossfeldiana

Uma pequena suculenta com flores vermelhas, amarelas ou rosa, muitas vezes vendida como planta de floração para interiores. Contém uma classe de esteroides cardíacos conhecidos como bufadienolídeos que podem causar danos ao coração.

LÍRIO

Lilium spp.

Todas as partes do lírio são tóxicas para os gatos, causando insuficiência renal e morte entre 24 e 48 horas. Pense duas vezes antes de levar um vaso de lírio para casa na Páscoa, e mantenha os arranjos florais que contêm lírios bem longe do alcance dos seus amigos bigodudos.

MACONHA

Cannabis sativa

A maconha pode deprimir o sistema nervoso dos bichinhos e levar a convulsões e comas. Se você precisar levar seu bichinho chapado ao veterinário para tratamento, é melhor confessar a ele o que foi ingerido para que o animal receba os cuidados adequados. Não se preocupe: os veterinários estão acostumados com a história "era do meu amigo".

NANDINA

Nandina domestica

Também chamada de bambu celestial, este arbusto ornamental produz cianeto, que causa convulsões, coma, insuficiência respiratória e morte.

SAI DE BAIXO

OFENSIVAS

Várias plantas aparentemente comportadas podem, se provocadas, ejetar sementes à força e espalhá-las a velocidades alucinantes. Se você irritar uma dessas plantas, saia de perto. Elas podem acertar seu olho — ou coisa pior.

AÇACU

Hura crepitans

Árvore tropical que cresce nas Índias Ocidentais e nas Américas Central e do Sul, chegando a trinta metros de altura e ostentando folhas ovais gigantes, flores vermelhas brilhantes e espinhos afiados. A seiva é tão cáustica que pode matar peixes ou ser usada como veneno de flecha. Mas o que mais se deve temer são as frutas, que explodem com um estrondo quando estão maduras. Suas sementes venenosas podem voar até quase cem metros, o que lhe rendeu o apelido de "árvore dinamite".

TOJO

Ulex europaeus

Cresce na charneca da Inglaterra, onde flores amarelas preenchem o ar com um aroma que alguns comparam com manjar ou coco. Nativa da Europa e invasora em algumas partes dos Estados Unidos, o tojo gosta de fogo em seus galhos secos. As chamas fazem as vagens se abrirem e rejuvenescem as raízes. Em um dia quente, sentar-se perto de um tojo pode ser perigoso: as vagens explodem sem aviso, ejetando sementes no ar com um barulho que parece de tiro.

PEPINO-DE-SÃO-GREGÓRIO

Ecballium elaterium

Um vegetal muito incomum. Apesar de estar na mesma família dos pepinos, abóboras e outras cabaças, não é algo que você vai querer acrescentar à sua alimentação: o suco pode provocar vômito e diarreia se for engolido e fazer a pele arder se entrar em contato com ele. Seus frutos de 5 cm são famosos por explodirem quando estão maduros, esguichando um suco viscoso e mucoso e sementes a quase seis metros de distância.

SERINGUEIRA

Hevea brasiliensis

Nativa da floresta amazônica que chegou à Europa graças a exploradores de plantas britânicos com espírito empreendedor. Embora os usos para o látex pegajoso não fossem imediatamente aparentes, os químicos que trabalhavam nos anos 1800 rapidamente perceberam que a substância podia ser usada para apagar linhas de lápis, revestir roupas para deixá-las à prova d'água e — graças aos experimentos de um americano chamado Goodyear — até ser usada para fabricar pneus. Na natureza, a árvore tem outro truque: seus frutos maduros explodem no outono com um estalo alto, lançando sementes cheias de cianeto por vários metros em todas as direções.

HAMAMÉLIS

Hamamelis virginiana

Adorada planta nativa da América do Norte que produz flores amarelas em formato de estrela no fim do outono. O extrato da casca e das folhas é usado como adstringente para tratar picadas e hematomas. Os galhos já foram usados como varas de radiestesia para encontrar fontes subterrâneas de água ou minas. No outono, as cápsulas de sementes secas, marrons e parecidas com bolotas se abrem e lançam sementes a até dez metros de distância.

VISCO ANÃO

Arceuthobium spp.

Parente do popular visco de Natal, é um parasita que suga a vida das coníferas na América do Norte e Europa. Seu fruto leva mais de um ano e meio para amadurecer e, quando isso acontece, as sementes explodem à espantosa velocidade de quase 100 km/h — tão rápido que você talvez nem consiga vê-las passar.

Os frutos maduros da seringueira explodem no outono com um estalo alto, lançando sementes cheias de cianeto por vários metros em todas as direções.

NÃO OLHE AGORA

PERIGOSAS

Muitas plantas que provocam erupções na pele ou produzem pequenos espinhos irritantes também podem causar problemas de visão, incluindo cegueira. Aqui estão alguns dos exemplos mais notórios:

SUMAGRE VENENOSO

Toxicodendron vernix

A maioria das pessoas do leste dos Estados Unidos sabe que deve evitar o sumagre venenoso, parente próximo da hera venenosa e do carvalho venenoso. Mas um rapaz precisou aprender essa lição da forma difícil. Em 1836, aos 14 anos, Frederick Law Olmsted entrou em um trecho de sumagre venenoso e ficou coberto de seiva. Em pouco tempo, seu rosto estava horrivelmente inchado e ele não conseguia abrir os olhos.

Ele levou semanas para ter uma recuperação parcial, mas os danos à sua visão persistiram. Não pôde voltar à escola por mais de um ano, e certa vez escreveu que os problemas nos olhos duraram até bem mais tarde na vida.

Talvez esse tempo afastado tenha sido o que o garoto precisava para alimentar seu interesse pelo campo e que o levou à sua carreira como arquiteto paisagista visionário. Ele escreveu: "Enquanto meus colegas estavam se preparando para a faculdade, eu pude satisfazer minha forte propensão natural a perambular pelo campo e sonhar acordado debaixo de uma árvore". Talvez esse ano de sonhos tenha dado a inspiração inicial para o Central Park de Nova York, que ele projetou vinte anos depois.

MOSTARDA TANÁSIA

Descurainia pinnata

Esta discreta planta anual tem entre 60 e 90 cm de altura e produz pequenas flores amarelas na primavera. Cresce em campos secos e desertos por todo o território dos Estados Unidos. Seu sabor amargo desencoraja as pessoas de comê-la, mas o gado pasta nela, com consequências que podem ser mortais. A língua dos animais fica paralisada. Eles começam a fazer "compressão cefálica", batendo a cabeça contra algum objeto duro, como uma cerca. Por fim, a mostarda tanásia os deixa cegos. Considerando a compressão cefálica, a paralisia da língua e a cegueira, eles ficam impossibilitados de comer ou beber e morrem de fome ou desidratação.

GUARDA-OLHOS

Excoecaria agallocha

Esta árvore de mangue australiana — mais uma integrante da família altamente irritante das euforbiáceas — ganhou seu nome comum devido à cegueira temporária, ardência e coceira que sua seiva leitosa pode provocar. Se as plantas forem queimadas, a fumaça também vai irritar gravemente os olhos.

FEIJÃO-DA-FLÓRIDA

Mucuna pruriens

Em 1985, um casal de New Jersey chamou uma ambulância após desenvolver uma forte erupção cutânea. Disseram que a culpa era de algumas vagens veludosas de feijão que encontraram em seu canteiro. Os paramédicos desenvolveram os mesmos sintomas, e todos tiveram que ser levados para o pronto-socorro. Até uma enfermeira do hospital começou a se coçar depois de encostar em um dos pacientes. O apartamento deles precisou ser completamente descontaminado, incluindo a limpeza de todos os tapetes e tecidos. As vagens foram identificadas como feijão-da-flórida. O feijão-da-flórida é uma trepadeira tropical da família do feijão e da ervilha. Ele produz vagens de 10 cm de comprimento, de cor marrom-clara e felpudas, cobertas com até 5 mil pelos urticantes. Até os espécimes preservados em museus há décadas podem provocar graves coceiras. Se alguma das minúsculas farpas entrar no olho, pode causar cegueira temporária.

NÊSPERA DE COOKTOWN

Rhodomyrtus macrocarpa

Existem rumores de que esta pequena árvore australiana cause cegueira permanente em pessoas que comem seus pequenos frutos vermelhos. Houve várias notícias de jornal de crianças ficando cegas no começo dos anos de 1900, e em 1945 um jornal noticiou que 27 soldados da Nova Guiné ficaram cegos após provarem a fruta. Uma possível causa é um fungo chamado *Gloesporium periculosum* que infecta a árvore. Os australianos sabem que não devem se arriscar.

TROMBETA

Brugmansia spp.

Parente do estramônio, esta planta sul-americana pode provocar um caso alarmante de "midríase do jardineiro", ou dilatação excessiva das pupilas. Às vezes, a pupila aumenta até quase preencher a íris, dificultando a visão. O efeito é tão assustador que pode mandar as pessoas para o pronto-socorro por medo de um aneurisma cerebral.

Um caso recente envolveu uma menina de 6 anos que caiu da piscininha no quintal. Os pais dela perceberam as pupilas dilatadas e correram para o hospital. Os médicos perguntaram se a menina tinha sido exposta a plantas venenosas e os pais disseram que não. Mais tarde, depois de uma bateria de exames médicos dar um resultado negativo, a menina se lembrou de ter agarrado a planta ao cair da piscina.

Os alcaloides da trombeta e do estramônio podem facilmente ser absorvidos pela pele ou se esfregados sem querer nos olhos, causando esses problemas de visão temporários, porém aterrorizantes.

BARMAN DO DIABO

INEBRIANTES

O reino vegetal oferece uma surpreendente variedade de ingredientes inebriantes. Um bar bem equipado deve seu abastecimento a plantações comuns, como as de uva, batata, milho, cevada e centeio. Mas as bebidas alcoólicas costumavam incluir ingredientes de plantas bem mais interessantes. Vin Mariani era uma poderosa mistura de folhas de coca e vinho tinto, muito popular no século XIX. Láudano, um remédio feito com álcool e ópio, não só era prescrito por médicos até o começo do século XX, como também era misturado com conhaque em um coquetel viciante (era a bebida favorita do rei Jorge IV do Reino Unido). Os antigos gregos escreveram sobre uma bebida de cevada fermentada chamada ciceona, que causava episódios psicoativos. Os estudiosos especulam que ela era feita com centeio infectado com esporões, tornando-se uma espécie de precursor antigo do LSD.

Veja algumas das plantas diabólicas à espreita nos bares atualmente:

O absinto é uma das muitas ervas usadas para dar sabor à bebida verde-clara de mesmo nome do século XIX, que acreditava-se causar alucinações e loucura.

ABSINTO

O sabor — e a má reputação — vem da *Artemisia absinthium*, ou losna. Esta planta perene e prateada de baixo crescimento tem fragrância amarga e pungente. O absinto é uma das muitas ervas usadas para dar sabor à bebida de mesmo nome do século XIX, verde-clara e altamente alcoólica, que acreditava-se causar alucinações e loucura. "A Fada Verde" se tornou uma parte essencial da vida boêmia nos cafés de Paris. Oscar Wilde, Vincent van Gogh e Henri de Toulouse-Lautrec eram notórios bebedores de absinto. A bebida foi banida em toda a Europa e nos Estados Unidos no começo do século XX como parte do movimento da lei seca.

O que torna o absinto tão maligno? A planta contém um potente ingrediente chamado tujona que, em altas concentrações, pode provocar convulsões e morte. Recentemente, no entanto, a análise de espectrômetro de massa comprovou que o nível de tujona na bebida absinto é minúsculo e que seus efeitos embriagantes só podem ser atribuídos ao fato de seu teor alcoólico ser de 65%, quase o dobro do gim ou da vodca.

O absinto hoje é legalizado na União Europeia, contanto que o nível de tujona fique abaixo de um determinado limite. Nos Estados Unidos, qualquer produto que contenha tujona é estritamente proibido, mas novos absintos, livres da substância, são permitidos.

MEZCAL E TEQUILA

Feitas com o interior da planta agave, cujos espinhos afiados e seiva altamente irritante são tão ameaçadores que os carcereiros as plantaram em volta de Alcatraz para desencorajar tentativas de fuga. O agave azul, Agave tequilana, vai na famosa bebida que leva seu nome, a tequila, mas os norte-americanos provavelmente estão mais familiarizados com a secular A. americana. Apesar de seus espinhos pontudos e preferência por climas secos e desérticos, essas plantas não são cactos. Elas fazem parte da família Agavaceae e têm parentesco mais próximo com hostas, yuccas e com a conhecida planta ornamental Chlorophytum comosum, o clorofito. O verme dentro do mezcal é a larva de uma mariposa ou gorgulho que se alimenta da planta.

ZUBROWKA

Tradicional vodca polonesa aromatizada com uma folha de capim-bisonte (*Hierochloe odorata*), também chamada de erva-doce americana. O capim é nativo da Europa e América do Norte, e os indígenas americanos usam a planta para fazer cestos, incensos e remédios. É uma fonte natural do anticoagulante cumarina, que não é permitido como aditivo alimentar nos Estados Unidos, onde a zubrowka é proibida desde 1978. Novas tecnologias permitem que a vodca seja destilada sem cumarina para poder ser exportada, e o capim ainda deixa um leve aroma de baunilha e coco. Na Polônia, a versão não adulterada muitas vezes é misturada com suco de maçã para fazer uma bebida doce e gelada.

MAIWEIN

Popular bebida alemã feita de folhas embebidas da planta rasteira aspérula odorífera (*Galium odoratum* ou *Asperula odorata*) em vinho branco, o que confere um sabor doce de ervas. Ingerir a planta em altas doses pode provocar tontura, paralisia e até coma e morte. As receitas caseiras de maiwein recomendam colher folhas jovens na primavera, antes de a planta florescer, e usá-las com moderação. Nos Estados Unidos, a planta não é considerada um aditivo alimentar seguro, a não ser como aromatizante em bebidas alcoólicas.

AGWA DE BOLÍVIA

Nova bebida alcoólica de sabor herbáceo feita com extrato de folha de coca (*Erythroxylum coca)*. Não contém cocaína, no entanto — o alcaloide é removido durante o processo de fabricação, assim como acredita-se ser feito para o refrigerante Coca-Cola. O licor contém outras plantas estimulantes, incluindo ginseng (*Panax spp.*) e extrato de guaraná (*Paullinia cupana*).

VODCA DE CANNABIS

Vodca com infusão de cânhamo feita na República Checa. Um punhado de sementes de Cannabis sativa flutua no fundo da garrafa, mas os fabricantes garantem aos consumidores que a bebida não contém nada que dê onda além de álcool — e não tem gosto de água de bong.

SAMBUCA

Licor italiano com sabor de anis feito de frutos do sabugueiro (*Sambucus spp.*), que contêm cianeto em sua forma natural. No entanto, os apreciadores da bebida não têm nada a temer, além de uma ressaca da bebida em si.

TÔNICO DE COLA

Mistura não alcoólica feita com a noz-de-cola africana (*Cola spp.*), outro ingrediente original da fórmula da Coca-Cola. A noz contém cafeína e é mascada em países da África Ocidental como estimulante leve. Também possui compostos que podem provocar aborto espontâneo, e um estudo mostrou que extratos da noz poderiam causar sintomas parecidos com os da malária, incluindo fraqueza e tontura. A noz-de-cola é considerada um aditivo alimentar seguro pela agência norte-americana Administração de Alimentos e Medicamentos (Food and Drug Administration — FDA), mas o tônico de cola raramente é vendido nos Estados Unidos.

ÁGUA TÔNICA

O sabor amargo vem do quinino, o extrato da casca da árvore quina (*Cinchona spp.*), da América do Sul. O quinino é o medicamento que salvou o mundo da malária, e sua adição à água tônica deu origem ao clássico drinque de verão, o gim-tônica (essa foi uma maneira fácil de fazer os colonos britânicos na Índia provarem uma leve dose do remédio deles). O medicamento ainda é encontrado na água tônica hoje em dia, embora em doses menores. Na verdade, é o teor de quinino da água tônica que dá à bebida o brilho fluorescente sob luz ultravioleta. O quinino também é encontrado em certas marcas de vermute e bitter. Embora seja perfeitamente seguro em doses baixas, uma overdose pode provocar quininismo, também conhecido como cinchonismo. Os sintomas incluem tontura, problemas estomacais, zumbido, problemas de visão e sintomas cardíacos. A overdose de quinino é tão arriscada que o FDA emitiu alertas sobre o uso do medicamento contra malária para usos sem prescrição, como tratamento de cãibras nas pernas. Os pilotos das forças armadas são aconselhados a não consumir água tônica por 72 horas antes de voar e evitar beber mais de um litro de água tônica por dia.

VENENOS DE ORDÁLIO

MORTAIS

Entre os exploradores europeus do século XIX, circulava uma história sobre a existência de uma fava da África Ocidental capaz de determinar a culpa ou inocência de uma pessoa. De acordo com o costume local, o acusado engoliria a fava, e o que acontecesse em seguida determinaria o resultado do julgamento. Se vomitasse a fava, era inocente; se morresse, era culpado e tivera o que merecia. Existia uma terceira alternativa: ele poderia expurgar a semente ou evacuá-la através do intestino; nesse caso, também era determinado culpado e, como punição, vendido como escravo (um próspero comércio escravista que remontava ao início dos anos 1500 facilitava essa peculiaridade do sistema de justiça criminal da África Ocidental).

Essa prática era conhecida como julgamento por ordálio, e as plantas usadas nos julgamentos eram chamadas de favas de ordálio. Várias plantas eram usadas; os juízes podiam escolher uma menos tóxica quando queriam influenciar o resultado a favor do acusado.

FAVA-DE-CALABAR

Physostigma venenosum

Favorito entre os venenos de ordálio, a fava-de-calabar cresce em climas quentes e tropicais, chega a quinze metros de altura e produz lindas flores vermelhas como as da feijoca, acompanhadas por longas vagens grossas e pesados feijões castanho-escuros.

O alcaloide fisostigmina é responsável pelos efeitos tóxicos da fava. Ele age como um gás nervoso, interrompendo a comunicação entre os nervos e os músculos. Os resultados são excesso de saliva, convulsões e perda de controle da bexiga e do intestino. Por fim, à medida que fica impossível controlar o sistema respiratório, ocorre a morte por asfixia.

Sua composição química, aliada a um pouco de psicologia barata, pode explicar por que a planta tinha efeitos tão diferentes nas pobres almas que enfrentavam julgamento por ordálio. Uma pessoa que sabia que era inocente talvez mastigasse a fava rapidamente e a engolisse com orgulho, ingerindo uma dose rápida que a faria vomitar antes que a fava pudesse causar maiores estragos. Um culpado, temendo a morte, podia dar mordidas pequenas e lentas. Ironicamente, essa tentativa de prolongar a própria vida só aceleraria sua morte ao fornecer uma dose gradual e bem digerida de veneno.

Nos anos 1860, as favas-de-calabar eram o assunto de Londres. Dr. James Livingstone voltou da África com um relato de um veneno que chamou de muave e mencionou que os chefes tribais se ofereciam para tomar o muave para provar sua inocência, sua força de caráter ou para demonstrar que não tinham sido vítimas de bruxaria. Mary Kingsley, exploradora pioneira que quebrou muitos tabus ao viajar sozinha para partes inexploradas da África, escreveu em 1897 sobre um juramento que alguns membros de tribos faziam antes de tomarem um veneno de ordálio que chamavam de Mbiam: "Se eu for culpado deste crime... Então, Mbiam! TU lidarás comigo!".

Esses cânticos assustadores não impediram que intrépidos cientistas britânicos testassem as favas no próprio corpo. Em um artigo de 1866 no London Times intitulado "Martírio Científico", sir Robert Christison é descrito como tendo chegado "muito perto de se matar ao testar o efeito da recém-descoberta fava-de-calabar no próprio organismo... e esteve o mais perto da morte que alguém pode ficar e ainda escapar de suas garras".

TANGHINIA VENENÍFERA

Cerbera tanghin

Utilizada em Madagascar, esta parente da árvore do suicídio *Cerbera odollam* é venenosa em todas as partes; até mesmo a fumaça da madeira queimada pode ser tóxica. No entanto, as nozes entregam o veneno da forma mais conveniente para o julgamento por ordálio.

CASCA DA SASSYWOOD OU PAU-DOS-FEITICEIROS

Erythrophleum guineense ou *E. judiciale*

Observada em uso ao longo das margens do Congo, a casca curva e marrom-avermelhada dessa árvore é tóxica o bastante para fazer o coração parar. Os fazendeiros sabem que devem manter seu gado longe dela, pois pode matar até um novilho. Outros nomes para esta árvore incluem "árvore da provação" e "árvore da sentença".

NOZ-VÔMICA

Strychnos nux-vomica

A semente dessa árvore é um veneno potente o bastante para ser útil como fava de ordálio. Qualquer prisioneiro que receber sementes de *nux vomica* para provar sua inocência deve começar a falar rápido e sugerir outro veneno de ordálio, pois a estricnina tem muito mais probabilidade de causar convulsões e morte por asfixia do que vômito.

ÁRVORE UPAS

Antiaris toxicaria

Essa árvore indonésia produz uma seiva tóxica que também é útil como veneno de flecha. Antigamente, acreditava-se (falsamente) que ela produzia vapores narcóticos e circulavam histórias de que prisioneiros estavam sendo executados simplesmente por serem amarrados à árvore upas e deixarem que a seiva e os vapores envenenassem o condenado lentamente.

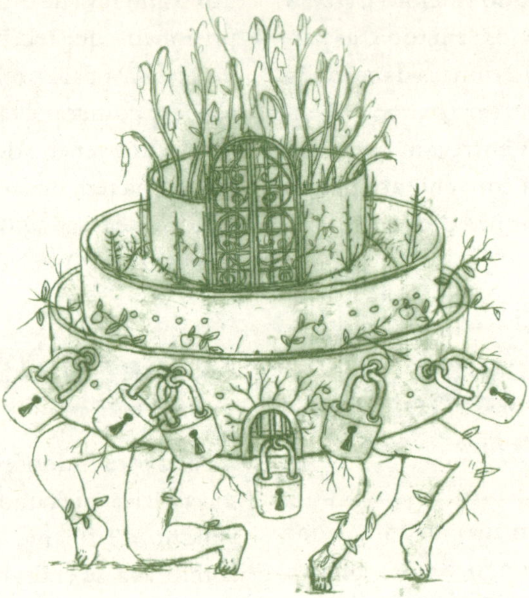

JARDIM PROIBIDO

PERIGOSAS

Plantas perigosas não se escondem somente em locais de difícil acesso. Elas podem estar amplamente disponíveis no seu centro de jardinagem local, apenas não rotuladas como venenosas. Se estiver em dúvida, pergunte; e lembre as crianças de nunca botar na boca algo que já não tenham visto na mesa do jantar. Basta procurar no seu próprio quintal por essas belezuras venenosas:

AZALÉA E RODODENDRO

Rhododendron spp.

Popular grupo de arbustos que contém mais de oitocentas espécies e milhares e variedades. O veneno graianotoxina pode ser encontrado nas folhas, flores, néctar e pólen. Comer qualquer parte da planta pode causar problemas cardíacos, vômitos, tontura e fraqueza extrema. O mel feito do rododendro também pode ser tóxico. Plínio, o Velho, se perguntou por que a Natureza permitiria a criação de mel tóxico e escreveu, por volta de 77 d.C.: "Qual, de fato, pode ter sido a motivação dela, a não ser deixar a humanidade um pouco mais cautelosa e um pouco menos gananciosa?".

FALSA-ACÁCIA

Robinia pseudoacacia

Esta árvore nativa da América do Norte produz cachos de flores parecidas com a glicínia, nas cores rosa, lilás ou creme, mas seus galhos são cobertos por espinhos afiados e todas as partes da planta, exceto as flores, são tóxicas. A toxina, chamada robina, é semelhante à ricina e abrina (produzidas pela mamona e ervilha-do-rosário, respectivamente). Embora seja mais suave, a robina pode causar a diminuição da frequência cardíaca, dor de estômago, dor de cabeça e frio nas extremidades. A casca é especialmente tóxica no outono.

COLCHICUM

Colchicum spp.

Essas plantas floridas do gênero *Colchicum* às vezes são chamadas de açafrão-do-prado, mas não têm relação com a planta da qual o açafrão é derivado. Os cormos produzem lindas flores cor-de-rosa ou brancas no outono, mas todas as partes da planta são tóxicas. O veneno vem do alcaloide colchicina, que causa queimação, febre, vômito e insuficiência renal. A planta é usada desde a antiguidade como tratamento para gota e era o ingrediente ativo de um medicamento naturopático, até que uma onda de mortes em 2017, no Oregon, levou ao seu recolhimento pela FDA.

DAPHNE

Daphne spp.

Arbustos populares pelos pequenos cachos de flores intensamente perfumadas no inverno e no começo da primavera, quando quase não há flores. Só um ou dois ramos são capazes de perfumar um ambiente. A seiva pode irritar a pele, e todas as partes da planta são venenosas. Apenas algumas das frutinhas coloridas poderiam matar uma criança; as que sobrevivem podem sofrer de irritações na garganta, hemorragia, fraqueza e vômito.

DEDALEIRA

Digitalis spp.

Bienais e perenes de baixo crescimento com belíssimos espirais de flores em forma de trombeta em tons de branco, lavanda, rosa e amarelo. Todas as partes da planta podem irritar a pele e causar fortes dores de estômago, delírios, tremores, convulsões, dores de cabeça e problemas cardíacos fatais, se ingeridas. A planta produz o cardioglicosídeo digoxina, usado na preparação do medicamento cardíaco digitálico.

HELÉBORO, ROSA QUARESMAL OU ROSA-DE-NATAL

Helleborus spp.

Esta perene de baixo crescimento produz uma dramática folhagem verde-escura e belas flores de cinco pétalas em tons de verde-claro, branco, rosa, vermelho e castanho e que aparecem no inverno e no início da primavera. Todas as partes da planta são venenosas. A seiva causa irritação à pele, e os sintomas da ingestão incluem ardência na boca, vômito, tontura, depressão do sistema nervoso central e convulsões. A planta antigamente era popular como remédio; uma teoria sobre a morte de Alexandre, o Grande, é que ele teria recebido uma dose medicinal de heléboro. Alguns historiadores acreditam que a Primeira Guerra Sagrada (595-585 a.C.) foi vencida após uma aliança militar grega envenenar o abastecimento de água da cidade de Kirra com heléboro. Esse seria um dos primeiros casos de guerra química nos registros históricos.

HORTÊNSIA

Hydrangea spp.

Amado arbusto de jardim valorizado por seus enormes cachos de flores azuis, rosa, verdes ou brancas, a hortênsia contém níveis baixos de cianeto. Embora os envenenamentos sejam raros, as flores são usadas como enfeites de bolo, o que poderia induzir as pessoas a pensarem que são comestíveis. Os sintomas incluem vômito, dor de cabeça e fraqueza muscular.

LANTANA

Lantana spp.

Perene popular de baixo crescimento que atrai borboletas e floresce durante todo o verão em tons de vermelho, laranja e roxo. As frutas contêm os maiores níveis de toxinas quando ainda estão verdes. Se ingeridas, podem causar problemas de visão, fraqueza, vômito, problemas cardíacos e morte.

LOBÉLIA

Lobelia spp.

O gênero *Lobelia* contém uma série de plantas de jardim adoradas, incluindo a compacta e azul brilhante *L. erinus*, uma anual que se derrama pelos canteiros; a vermelha pontudinha L. cardinalis, que cresce em brejos; e a tropical *L. tupa*, muitas vezes chamada de tabaco do diabo. Uma espécie, *L. inflata*, ou tabaco-indiano, também ganhou o nome de erva do vômito. Os venenos presentes na lobélia, chamados lobelamina e lobelina, são parecidos com a nicotina e podem causar problemas cardíacos, vômitos, tremores e paralisia, se ingeridos.

JASMIM-CAROLINA OU JASMIM-AMARELO

Gelsemium sempervirens

Trepadeira perene do sudoeste dos Estados Unidos. As flores amarelas e perfumadas em forma de trombeta a tornam popular tanto como trepadeira quanto para cobertura do solo, e foi adotada como a flor do estado norte-americano da Carolina do Sul. Todas as partes da planta são venenosas. Crianças morreram por confundi-la com a madressilva e sugarem o néctar das flores. Tanto o pólen quanto o néctar podem ser tóxicos para abelhas que visitam a planta com muita frequência, quando não há outras flores à disposição.

TERRÍVEL BUQUÊ

PERIGOSAS

Em 2 de julho de 1881, Charles Julius Guiteau atirou no presidente norte-americano James Garfield. Sua mira não foi boa o suficiente para matá-lo; Garfield viveu por onze semanas, enquanto médicos cutucavam seus órgãos internos com instrumentos não esterilizados à procura da bala, que na verdade estava alojada perto da coluna. Guiteau tentou usar essa negligência médica em seu julgamento bizarro e teatral, alegando que "os médicos mataram Garfield, eu só atirei nele". Mesmo assim, foi condenado à morte por enforcamento.

Na manhã da execução, sua irmã lhe levou um buquê de flores. Os funcionários da prisão interceptaram o presente e depois descobriram que havia arsênico suficiente escondido entre as pétalas para matar vários homens. Apesar de a irmã negar ter envenenado o buquê, era bastante notório que Guiteau temia o laço da forca e preferiria morrer de outra forma.

Será que o arsênico era necessário? Com um pouco de planejamento, a irmã de Guiteau poderia ter feito um buquê de flores que teriam causado bastante estrago por si só.

ESPORA E DELFÍNIO

Consolida ajacis, Delphinium spp.

Apreciadas pelos amantes de flores por seus altos pináculos de flores rosa, azuis, lavanda ou brancas e sua folhagem fina e rendilhada. A planta contém um veneno parecido com o encontrado em um parente, o acônito. A quantidade de toxina varia de acordo com a espécie e a idade da planta, mas uma dose letal não estaria fora de questão, caso alguém ingerisse quantidade suficiente.

LÍRIO-DO-VALE

Convallaria majalis

Planta de floração primaveril com fragrância celestial; contém alguns cardioglicosídeos variados e pode causar dor de cabeça, náusea, sintomas cardíacos e até mesmo insuficiência cardíaca em doses elevadas. As frutinhas vermelhas que a planta produz após desabrochar também são tóxicas.

CORAÇÃO SANGRENTO

Dicentra spp.

Uma bela e antiquada flor, cujo nome vem do formato de suas pétalas, que parecem um coração com uma gota de sangue pendurada. A coração sangrento contém alcaloides tóxicos que podem causar náusea, convulsões e problemas respiratórios.

ERVILHA-DE-CHEIRO

Lathyrus odoratus

Lembra uma trepadeira de ervilha normal, só que as flores são maiores, mais coloridas e incrivelmente perfumadas. Todas as partes são levemente venenosas, mas os brotos e vagens contêm aminoácidos venenosos chamados latirógenos. A ervilha-de-cheiro é uma entre várias plantas de ervilha e ervilhaca do gênero *Lathyrus* que podem causar latirismo, que provoca paralisia, fraqueza e tremores.

TULIPA

Tulipa spp.

Produz uma seiva altamente irritante e perigosa para os trabalhadores hortícolas. Tocar nos bulbos pode irritar a pele, e os trabalhadores da indústria de bulbos da Holanda sabem que até mesmo o pó seco produzido por essa parte da flor pode causar problemas respiratórios. Uma síndrome chamada dedo de tulipa é um risco ocupacional para floristas que manuseiam as flores o dia todo. Eles sentem um

Funcionários da prisão interceptaram o buquê e depois descobriram que havia arsênico suficiente escondido entre as pétalas para matar vários homens.

inchaço dolorido, erupções vermelhas e rachaduras na pele. Os bulbos de tulipa foram confundidos com cebolas e comidos durante épocas de fome na Holanda, uma péssima ideia, já que um jantar com esses ingredientes pode provocar vômitos, problemas respiratórios e fraqueza extrema.

JACINTO

Hyacinthus orientalis

Igualmente conhecido na indústria de flores por causar a "coceira de jacinto" se os bulbos forem manuseados com as mãos desprotegidas. Sua seiva também pode irritar a pele.

ASTROMÉLIA

Alstroemeria spp.

Causa o mesmo tipo de dermatite que a tulipa e o jacinto. É possível desenvolver sensibilidade cruzada entre essas variedades diferentes de flores, criando uma poderosa combinação de problemas de pele doloridos.

CRISÂNTEMO

Chrysanthemum spp.

As flores são usadas em chás e para fins medicinais, mas as plantas podem causar uma forte reação alérgica. Algumas pessoas podem desenvolver erupções cutâneas, olhos inchados e outros sintomas. Certas espécies são usadas para produzir piretrina, um inseticida orgânico.

ACÔNITO

Aconitum napellus

O acônito ou capuz-de-frade é uma popular flor de jardim que produz cachos de flores azuis ou brancas parecidas com as da espora e do delfínio. Embora sejam lindas em um buquê, o veneno presente na planta é tão mortal que pode paralisar o sistema nervoso e até matar. Os floristas devem evitar manusear as hastes com as mãos desprotegidas; até o contato com a pele pode provocar dormência e problemas cardíacos.

PLANTAS PSICODÉLICAS

INEBRIANTES

A Agência de Fiscalização de Drogas (Drug Enforcement Agency) dos Estados Unidos mal consegue acompanhar o apetite do público por plantas capazes de alterar a consciência. Embora algumas não sejam necessariamente ilegais, essas plantas são muito procuradas por pessoas a fim de um "barato natural". Infelizmente, a maioria das pessoas não é especialista em identificar plantas e não consegue ter certeza do que está tomando. Além disso, o nível do ingrediente ativo pode variar de planta para planta e até aumentar e diminuir ao longo do dia, conforme as condições climáticas mudam. Aqui estão apenas algumas plantas psicodélicas que estão abrindo caminho na cena da contracultura:

SÁLVIA

Salvia divinorum

Uma delicada sálvia perene nativa do México que se parece com muitas outas sálvias de jardim. Ganhou popularidade na internet como um barato fácil. As folhas são fumadas ou mascadas para produzir um efeito alucinógeno, mas muitos usuários relatam uma experiência curta e assustadora que não vale o esforço. Embora a planta não seja incluída na lista de substâncias controladas da Administração de Fiscalização de Drogas (Drug Enforcement Administration — DEA) dos Estados Unidos, a agência a identificou como um ponto de atenção. Alguns estados americanos a proibiram; é banida na maioria das bases militares dos Estados Unidos, e alguns países da Europa também a proibiram. Infelizmente, as reportagens muitas vezes deixam de fazer distinção entre esta espécie em particular e as muitas variedades de sálvia populares em jardins que não possuem nenhum efeito psicoativo.

CACTO SÃO PEDRO

Trichocereus pachanoi, sin. Echinopsis pachanoi

Cacto colunar com poucos espinhos que cresce por toda a Cordilheira dos Andes, onde é usado em cerimônias tribais. Como o peiote, o cacto São Pedro contém mescalina, mas não é listado na classificação de substâncias controladas da DEA. Como resultado, a planta é amplamente cultivada, mas quem o fizer com a intenção de produzir ou distribuir mescalina pode correr o risco de ser processado. Outro cacto parente e menos documentado é o *Echinopsis lageniformis*, às vezes chamado de cacto pênis por seu formato anatomicamente correto.

KRATOM

Mitragyna speciosa Korth

Árvore do Sudeste Asiático cujas folhas são mascadas como estimulante, da mesma forma que a coca ou o khat. Em doses mais elevadas provoca uma leve euforia e possíveis efeitos colaterais desagradáveis que incluem náusea e prisão de ventre. Embora não seja ilegal nos Estados Unidos, foi banida na Tailândia, Austrália e alguns outros países por suas qualidades viciantes.

ANGICO

Anadenanthera peregrina

Árvore sul-americana com longas vagens marrons. As sementes contêm um composto psicoativo chamado bufotenina, que é usado como rapé em cerimônias religiosas de alguns grupos indígenas. As sementes são utilizadas por seu efeito alucinógeno, mas também podem provocar convulsões. A bufotenina também é secretada por certas espécies de sapos. As pessoas chegam a lamber sapos para ficarem chapadas, um ato que pode fazê-las parar no hospital com convulsões e problemas cardíacos.

A bufotenina é listada pela DEA como substância controlada de Classificação I, mas as sementes de angico (ou sapos, aliás) não são especificamente identificadas como ilegais. Alguns estudos clínicos demonstraram que pessoas com esquizofrenia e outros distúrbios mentais excretam bufotenina na urina. Há rumores de que o angico também contenha dimetiltriptamina ou DMT, o ingrediente ativo da ayahuasca, mas os testes não mostram nenhum vestígio dessa substância nas sementes.

GLÓRIA DA MANHÃ

Ipomoea tricolor

As sementes contêm pequenas quantidades de amida de ácido lisérgico, que pode produzir uma viagem semelhante à do LSD se ingeridas em grande quantidade. As sementes fazem sucesso entre adolescentes que as mascam ou as mergulham na água para fazer chá. Reportagens recentes indicam que muitos donos de centros de jardinagem estão por fora dessa tendência e vinham vendendo pacotes de sementes a adolescentes, na esperança de que os jovens estivessem começando a demonstrar interesse por jardinagem. Garotos e garotas que consomem as sementes já foram hospitalizados com frequências cardíacas perigosamente altas e alucinações assustadoras.

PEQUENAS FOLHAS MORTAIS
NATUREZA MACABRA
DARKSIDE

NÃO PISE EM MIM

DOLOROSAS

Algumas plantas se locomovem por aí pegando carona em um animal ou um trilheiro desavisado. Estas são as mais agressivas do reino das plantas, praticamente saltando para se cravar em um tornozelo exposto ou agarrar o rabo de um Golden Retriever. As pequenas farpas em forma de anzol significam que, quanto mais você puxar, mais elas vão se enterrar.

CACTO RABO-DE-DRAGÃO *Cylindropuntia fulgida* ou CACTO URSINHO DE PELÚCIA *C. bigelovii*

Cactos nativos do sudoeste dos Estados Unidos. Os trilheiros juram que as plantas avançam para agarrar botas e pernas de calças. Mas na verdade os espinhos são tão fortes que até mesmo a menor agarradinha é suficiente para fazer um segmento da planta se partir. Não tente puxá-lo, senão vai grudar na sua mão. Os viajantes experientes levam um pente e o usam para remover a planta em um movimento rápido e dolorido.

GARRA-DO-DIABO

Harpagophytum procumbens

Trepadeira perene e resistente encontrada na África do Sul. Suas vagens farpadas podem chegar a vários centímetros de diâmetro e cada espinho lembra um gancho. A planta produz belas flores cor-de-rosa que parecem as da glória da manhã, mas suas sementes grandes e dolorosas fazem dela uma ameaça para fazendeiros e criadores de gado. A garra-do-diabo tenta compensar a dor que causa: extratos da raiz se tornaram um popular remédio alternativo para tratar dores e inflamações.

PLANTA UNICÓRNIO

Proboscidea louisianica, P. altheaefolia, ou P. parviflora

Nativa do sul e oeste dos Estados Unidos, esta planta se espalha pelo chão e parece uma trepadeira de abóbora. Ostenta vistosas flores rosa ou amarelas em forma de trombeta que produzem vagens com longos ganchos curvos que se prendem facilmente a sapatos ou cascos. A semente em si é coberta de pequenos espinhos afiados. Também chamada de garra-do-diabo, chifre de diabo ou chifre de carneiro.

ÁRVORE RATOEIRA

Uncarina grandidieri

Arvoreta nativa de Madagascar, popular entre entusiastas de plantas tropicais e encontrada em jardins botânicos dos Estados Unidos. Produz lindas flores amarelas de 7 cm de comprimento que dão lugar a frutos verdes cobertos de espinhos de outro mundo. Cada espinho tem um minúsculo gancho na ponta; à medida que o fruto seca, a vagem que resta se torna um perigo real. Ela certamente poderia prender um camundongo, e os humanos que já ficaram presos nessas garras relatam que tentar remover as vagens é como ficar preso em uma armadilha de dedo chinesa.

CEVADA-DAS-LEBRES

Hordeum murinum

Essa espécie de cevada selvagem produz cabeças de sementes longas e farpadas que se prendem ao pelo dos cães no verão. No entanto, o nome comum em inglês "foxtail", ou "rabo de raposa", também é aplicado a uma série de gramíneas que têm cabeças de sementes parecidas. Por exemplo, a fura-capa (Bromus diandrus) é tão dura que pode perfurar o revestimento do estômago dos animais e de fato matá-los.

A cevada-das-lebres tem pequenas farpas que, depois que se enterram debaixo da pele, podem ser impossíveis de enxergar e difíceis de remover. O revestimento externo das vagens contém uma bactéria que facilita as farpas a entrarem na pele e até mesmo viajarem pelo corpo. Os cachorros são os mais suscetíveis; veterinários já encontraram a planta dentro do cérebro, pulmões e medula espinhal deles.

CARRAPICHO-BRAVO

Xanthium strumarium

Erva-daninha da família das asteráceas, comum no verão; é nativa da América do Norte, mas se tornou invasora no mundo todo. O carrapicho-bravo produz pequenas vagens cobertas de espinhos. Embora não seja difícil removê-las, as vagens são conhecidas por arruinarem a lã de ovelhas que pastam. As sementes são venenosas e, mesmo que a maioria dos humanos não seja tentada a comê-las, podem matar o gado.

O revestimento externo das vagens contém uma bactéria que facilita as farpas a entrarem na pele e até mesmo viajarem pelo corpo. Os cachorros são os mais suscetíveis; veterinários já encontraram cevada-das-lebres dentro do cérebro, pulmões e medula espinhal deles.

BARDANA

Arctium lappa, A. minus, outras

Produz rebarbas em formato de cardo que se prendem a roupas e pelos; as folhas e hastes irritam a pele. As rebarbas da bardana são comparativamente fáceis de remover, mas possuem a mesma estrutura de anzol de outras agarradoras. Essa estrutura chamou a atenção de George de Mestral, o engenheiro suíço que baseou sua invenção, o velcro, nas rebarbas de bardana que encontrou nos pelos de seu cachorro após um passeio.

CAPIM-CARRAPICHO E CAPIM-CARRAPICHO-DA-AREIA

Cenchrus echinatus e *C. incertus*

Essas plantas invasoras parecidas com gramíneas se naturalizaram em todo o sul dos Estados Unidos. Elas se escondem em gramados e produzem pequenos espinhos afiados que torturam pessoas que fazem piqueniques e punem crianças que ousam correr pela grama descalças. Os carrapichos crescem em solo arenoso com baixa fertilidade. Podem irritar os olhos e lábios do gado, causando úlceras que têm o potencial de infeccionar. O controle é difícil; alguns sulistas se vingam preparando vinho de carrapicho que, além dos carrapichos, leva suco de uva, açúcar e levedura de champanhe.

PEQUENAS FOLHAS MORTAIS
NATUREZA MACABRA
DARKSIDE

OS TERRÍVEIS TOXICODENDROS

DOLOROSAS

Hera venenosa, carvalho venenoso e sumagre venenoso ocupam quase todos os estados norte-americanos. Mas a maioria das pessoas não percebe o quanto os toxicodendros podem ser verdadeiramente malignos.

HERA VENENOSA *Toxicodendron radicans*
CARVALHO VENENOSO *Toxicodendron diversilobum, outros*
SUMAGRE VENENOSO *Toxicodendron vernix*

A hera venenosa não é tecnicamente uma hera. O carvalho venenoso não é um carvalho. O sumagre venenoso não tem nada a ver com as árvores do sumagre. E, aliás, nenhum deles é venenoso.

O óleo irritante que eles produzem, urushiol, não é nada tóxico, mas acontece que a maioria das pessoas é alérgica a ele. Curiosamente, só os humanos se incomodam com a exposição ao urushiol. Ninguém sabe por que as plantas escolheram as pessoas como objeto exclusivo de sua causticidade. Mas o urushiol causa uma reação alérgica — que nada mais é do que o sistema imunológico descontrolado, lutando contra uma substância inofensiva, como Don Quixote atacando os moinhos —, e cada exposição subsequente é pior do que a anterior. A resposta imunológica fica mais forte, portanto, a reação piora a cada exposição repetida.

Cerca de 15 a 25% da população não é alérgica aos toxicodendros e nunca desenvolverá uma reação. Outra pequena fatia da população poderia desenvolver uma erupção cutânea, mas precisaria de um contato íntimo e prolongado com a planta para desencadeá-la. Mas, infelizmente, cerca de metade da população total terá alergia se encostar na planta, e algumas pessoas são tão alérgicas que podem precisar ser hospitalizadas. Essas são chamadas de "extraordinariamente sensíveis" por botânicos e médicos.

Aqueles que são sensíveis à hera venenosa, ao carvalho venenoso ou ao sumagre venenoso desenvolvem uma erupção cutânea exsudativa e insuportável. Como os óleos podem persistir em sacos de dormir, nas roupas e nos pelos de cãezinhos adoráveis, é possível não perceber a exposição até ser tarde demais. Pode levar vários dias para as irritações aparecerem. Depois disso, as reações duram de duas a três semanas. Banhos de aveia podem aliviar e os piores casos talvez precisem de injeção de corticoides, mas a maioria das vítimas simplesmente espera passar. Felizmente, as reações não são contagiosas. As feridas provavelmente vão confiná-lo ao sofá, mas não infectarão o restante da família.

Até as heras e carvalhos venenosos mais comuns são difíceis de reconhecer. Os campistas podem usar um truque simples para identificar as plantas que contêm urushiol: enrolar com cuidado um pedaço de papel branco em volta do caule ou folha da planta em questão, esmagando-a sem entrar em contato com ela. Se a planta contiver urushiol, aparecerá rapidamente no papel uma mancha marrom que ficará preta em poucas horas.

Se você já teve reação alérgica a hera, carvalho ou sumagre venenosos, é muito mais provável que tenha reação a alguns parentes deles, incluindo:

CAJUEIRO

Anacardium occidentale

As castanhas são seguras para comer somente se tiverem sido abertas no vapor. Os óleos presentes na árvore, incluindo a fruta da qual sai a castanha (o caju), podem provocar uma erupção igualzinha à reação ao carvalho venenoso.

MANGUEIRA

Mangifera indica

Produz um óleo volátil por toda parte, menos dentro da fruta. Quem já teve uma forte erupção com hera venenosa pode ser muito sensível à casca da fruta ou outras partes da árvore.

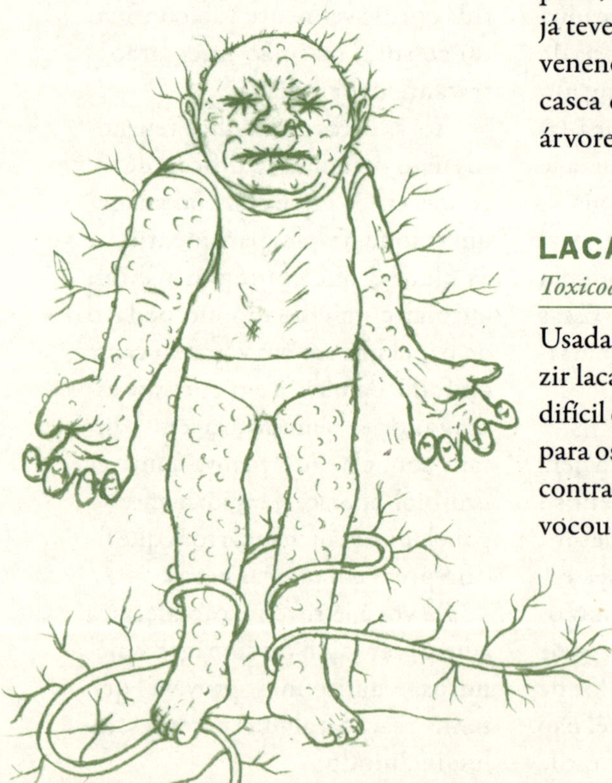

LACA-JAPONESA

Toxicodendron vernicifluum

Usada durante séculos para produzir laca e verniz, mas extremamente difícil de manipular e um perigo real para os trabalhadores. Até a laca encontrada em túmulos antigos já provocou irritação.

PEQUENAS FOLHAS MORTAIS
NATUREZA MACABRA
DARKSIDE

NOTAS FINAIS

ANTÍDOTO

Durante todo o século XX, recomendava-se xarope de ipeca como tratamento para envenenamento acidental. Ele é feito com as raízes da Psychotria ipecacuanha, um arbusto florido do Brasil. O xarope provou ser um emético poderoso, provocando vômitos violentos que podem expelir o veneno. O xarope de ipeca acabou chegando ao armário de remédios de todas as famílias com crianças pequenas como solução contra envenenamento acidental.

No entanto, hoje a Academia Americana de Pediatria e outros grupos médicos desencorajam o uso da ipeca, exceto se recomendado por um médico ou centro de controle de envenenamento. O xarope é abusado por pessoas com bulimia; na verdade, ele contribuiu com a morte da cantora Karen Carpenter. A ipeca também foi usada em alguns casos de envenenamento de grande repercussão, nos quais os pais envenenaram os filhos para receberem atenção, um transtorno psicológico chamado síndrome de Münchausen por procuração. Os médicos também têm tratamentos mais eficazes para casos de envenenamento e acreditam que o uso doméstico da ipeca pode atrasar um tratamento melhor ou mascarar sintomas. Em vez disso, eles recomendam ligar para um centro de controle de envenenamento ou procurar atendimento médico imediatamente.

JARDINS DE VENENO

Alnwick Poison Garden
Este jardim em Northumberland, na Inglaterra, certamente é o melhor lugar do mundo para ver plantas malignas. Fãs dos filmes de Harry Potter reconhecerão o castelo medieval de Alnwick, que fez as vezes de Hogwarts nos primeiros dois filmes. Nos jardins que circundam o castelo existe um elaborado jardim de veneno onde o meimendro e a beladona florescem ao lado do tabaco e um espécime enjaulado de cannabis. Vale a visita. Visite www.alnwickgarden.com para descobrir mais.

Jardim Botânico de Pádua
O jardim botânico universitário mais antigo do mundo está situado em Pádua, na Itália, próximo de Veneza. Inclui uma coleção impressionante de plantas venenosas. Saiba mais em www.ortobotanicopd.it/en.

Chelsea Physic Garden
Este centenário jardim murado de boticários no coração de Londres inclui uma série de plantas medicinais e venenosas, além de um fascinante jardim de "canteiros ordenados" que mostra como as famílias das plantas estão relacionadas entre si. Visite www.chelseaphysicgarden.co.uk.

Jardim Botânico de Montreal
Este jardim botânico de nível internacional inclui um pequeno jardim cercado de plantas tóxicas e um jardim medicinal. Até a hera venenosa está incluída na coleção. Acesse www.espacepourlavie.ca/en/admission-fees-one-museum.

Mütter Museum
O Colegiado de Medicina da Filadélfia tem um museu dedicado à nossa (*às vezes horrível*) história médica. Além de equipamentos médicos antigos e espécimes patológicos, existe um jardim medicinal cheio de plantas poderosas. Visite www.muttermuseum.org.

Jardim de Plantas Venenosas W. C. Muenscher
A Universidade Cornell mantém um jardim de plantas venenosas em Ithaca, Nova York, como parte de sua faculdade de veterinária. A maioria das plantas é familiar aos jardineiros norte-americanos; o objetivo é ajudar a familiarizar os alunos de medicina veterinária com as plantas que os animais têm mais probabilidade de encontrar. Visite www.plantations.cornell.edu.

BIBLIOGRAFIA

FONTES DE PLANTAS VENENOSAS E GUIAS DE IDENTIFICAÇÃO

BRICKELL, Christopher. *The American Horticultural Society A–Z Encyclopedia of Garden Plants*. New York: DK Publishing, 2004.

BROWN, Tom, Jr. *Tom Brown's Guide to Wild Edible and Medicinal Plants*. New York: Berkley Books, 1985.

BRUNETON, Jean. *Toxic Plants Dangerous to Humans and Animals*. Secaucus, NJ: Lavoisier Publishing, 1999.

FOSTER, Steven. *Venomous Animals and Poisonous Plants*. New York: Houghton Mifflin, 1994.

FROHNE, Dietrich. *Poisonous Plants: A Handbook for Doctors, Pharmacists, Toxicologists, Biologists and Veterinarians*. Portland, OR: Timber Press, 2005.

KINGSBURY, John. *Poinsonous Plants of the United States and Canada*. Englewood Cliffs, NJ: Prentice Hall, 1964.

KLAASSEN, Curtis. *Casarett & Doull's Toxicology: The Basic Science of Poisons*. New York: McGraw-Hill Professional, 2001.

TURNER, Nancy. *Common Poisonous Plants and Mushrooms of North America*. Portland, OR: Timber Press, 1991.

VAN WYK, Ben-Erik. *Medicinal Plants of the World*. Portland, OR: Timber Press, 2004.

LEITURAS ADICIONAIS

ADAMS, Jad. *Hideous Absinthe: A History of the Devil in a Bottle.* Madison: University of Wisconsin Press, 2004.

ANDERSON, Thomas. *The Poison Ivy, Oak & Sumac Book: A Short Natural History and Cautionary Account.* Ukiah, CA: Acton Circle Publishing, 1995.

ATTENBOROUGH, David. *The Private Life of Plants: A Natural History of Plant Behaviour.* Princeton, NJ: Princeton University Press, 1995.

BALICK, Michael. *Plants, People and Culture: The Science of Ethnobotany.* New York: Scientific American Library, 1996.

BOOTH, Martin. *Cannabis: A History.* New York: St. Martin's Press, 2003.

______. *Opium: A History*. New York: Thomas Dunne, 1998.

BRICKHOUSE, Thomas. *The Trial and Execution of Socrates.* New York: Oxford University Press, 2001.

CHEEKE, Peter R. *Toxicants of Plant Origin. Vol. I, Alkaloids.* Boca Raton, FL: CRC Press, 1989.

CONRAD, Barnaby. *Absinthe: History in a Bottle.* San Francisco: Chronicle Books, 1988.

CROSBY, Donald. *The Poisoned Weed : Plants Toxic to Skin.* New York: Oxford University Press, 2004.

D'AMATO, Peter. *The Savage Garden: Cultivating Carnivorous Plants.* Berkeley, CA: Ten Speed Press, 1998.

EVERIST, Selwyn. *Poisonous Plants of Australia.* Sydney, Australia: Angus and Robertson, 1974.

GATELY, Iain. Tobacco: *The Story of How Tobacco Seduced the World.* New York: Grove Press, 2001.

GIBBONS, Bob. *The Secret Life of Flowers.* London: Blandford, 1990.

GRIEVE, M. *A Modern Herbal. Vols. 1 and 2.* New York: Dover, 1982.

HARDIN, James. *Human Poisoning from Native and Cultivated Plants.* Durham, NC: Duke University Press, 1974.

HARTZELL, Hal, Jr. *The Yew Tree: A Thousand Whispers.* Eugene, OR: Hulogosi, 1991.

HODGSON, Barbara. *In the Arms of Morpheus: The Tragic History of Laudanum, Morphine, and Patent Medicines.* Buffalo, NY: Firefly Books, 2001.

______. *Opium: A Portrait of the Heavenly Demon.* San Francisco: Chronicle Books, 1999.

PERCY, Duquesa de Northumberland Jane. *The Poison Diaries.* New York: Harry N. Abrams, 2006.

JOLIVET, Pierre. *Interrelationship between Insects and Plants.* Boca Raton, FL: CRC Press, 1998.

LEWIN, Louis. *Phantastica: A Classic Survey on the Use and Abuse of Mind-Altering Plants.* Rochester, VT: Park Street Press, 1998.

MACINNIS, Peter. *Poisons: From Hemlock to Botox to the Killer Bean of Calabar.* New York: Arcade Publishing, 2005.

MAYOR, Adrienne. *Greek Fire, Poison Arrows, and Scorpion Bombs: Biological and Chemical Warfare in the Ancient World.* Woodstock, NY: Overlook Duckworth, 2003.

MEINSESZ, Alexandre. *Killer Algae.* Chicago: University of Chicago Press, 1999.

OGREN, Thomas. *Allergy-Free Gardening.* Berkeley, CA: Ten Speed Press, 2000.

PAVORD, Anna. *The Naming of Names: The Seach for Order in the World of Plants.* New York: Bloomsbury, 2005.

PENDELL, Dale. *Pharmakodynamis Stimulating Plants, Potions, and Herbcraft: Excitantia and Empathogenica.* San Francisco: Mercury House, 2002.

ROCCO, Fiammetta. *Quinine: Malaria and the Quest for a Cure That Changed the World.* New York: HarperCollins, 2003.

SCHIEBINGER, Londa. *Plants and Empire: Colonial Bioprospecting in the Atlantic World.* Cambridge, MA: Harvard University Press, 2004.

SPINELLA, Marcello. *The Psychopharmacology of Herbal Medicine: Plant Drugs That Alter Mind, Brain, and Behavior.* Cambridge, MA: The MIT Press, 2001.

STUARD, David. *Dangerous Garden: The Quest for Plants to Change Our Lives.* Cambridge, MA: Harvard University Press, 2004.

SUMNER, Judith. *The Natural History of Medicinal Plants.* Portland, OR: Timber Press, 2000.

TALALAJ, S., TALALAJ, D., e TALALAJ, J. *The Strangest Plants in the World.* London: Hale, 1992.

TIMBRELL, John. *The Poison Paradox.* New York: Oxford University Press, 2005.

TODD, Kim. *Chrysalis: Maria Sibylla Merian and the Secrets of Metamorphosis.* New York: Harcourt, 2007.

TOMPKINS, Peter. *The Secret Life of Plants.* New York: Harper Perennial, 1973.

WEE, Yeow Chin. *Plants That Heal, Thrill and Kill.* Singapore: SNP Reference, 2005.

WILKINS, Malcom. *Plantwatching: How Plants Remember, Tell Time, Form Relationships, and More.* New York: Facts on File, 1988.

WITTLES, Betina. *Absinthe: Sip of Seduction; A Contemporary Guide.* Denver, CO: Speck Press, 2003.

Nathaniel Hawthorne.

CONTO MACABRO

Publicado originalmente no periódico *United States Magazine and Democratic Review* em dezembro de 1844, "A Filha de Rappaccini", de Nathaniel Hawthorne, é um conto gótico fascinante que explora temas de amor, ciência e moralidade. Ambientado na vibrante cidade de Pádua, na Itália, a história gira em torno de Giovanni, um jovem estudante que se apaixona por Beatrice, a bela e misteriosa filha do dr. Rappaccini. No entanto, o romance deles é ameaçado pelo fato de que Beatrice foi criada entre plantas venenosas cultivadas por seu pai, um cientista obcecado, tornando-a letal para qualquer pessoa que se aproxime dela. Esta obra-prima de Hawthorne combina o encantamento do romance com a inquietação do horror, questionando os limites da ciência e a natureza do verdadeiro amor, e é um dos contos mais antigos do gênero botânico.

PEQUENAS FOLHAS MORTAIS
NATUREZA MACABRA
DARKSIDE

A FILHA DE RAPPACCINI

Nathaniel Hawthorne

Muito tempo atrás, um jovem chamado Giovanni Guasconti saiu da região mais meridional da Itália para estudar na Universidade de Pádua. Giovanni, que tinha um suprimento escasso de ducados de ouro na algibeira, hospedou-se em um aposento alto e soturno de uma antiga construção que parecia digna de ter sido o palácio de um nobre de Pádua e que, de fato, exibia sobre a entrada o brasão de uma família extinta havia muito tempo. O jovem forasteiro, que conhecia o grande poema de seu país, lembrou-se de que um dos antepassados dessa família, e talvez ocupante desta mesma mansão, tinha sido retratado por Dante como personagem das agonias imortais de seu Inferno. Essas lembranças e associações, aliadas a uma tendência à melancolia, natural a um jovem que saía pela primeira vez de sua esfera nativa, levaram Giovanni a soltar suspiros profundos ao passar os olhos no aposento desolado e mal mobiliado.

— Virgem Santa, *signor*! — exclamou a velha dona Lisabetta, que, encantada com a extraordinária beleza do jovem, estava se esforçando gentilmente para dar ao aposento um aspecto habitável. — Que suspiro é esse que sai do coração de um jovem? Esta velha mansão lhe parece soturna? Pelo amor de Deus, então vá até a janela e verá um sol tão luminoso quanto o que deixou em Nápoles.

Guasconti seguiu mecanicamente o conselho da velha, mas não concordou que a luz do sol de Pádua fosse tão exuberante quanto a da Itália meridional. No entanto, ela iluminava um jardim sob a janela e estendia suas influências benéficas por uma enorme variedade de plantas que pareciam ter sido cultivadas com todo o cuidado.

— Esse jardim faz parte da casa? — perguntou Giovanni.

— Deus me livre, *signor,* a menos que fosse fértil para ervas melhores do que as que crescem lá agora — respondeu a velha Lisabetta. — Não, esse jardim é cultivado pelas mãos do *signor* Giacomo Rappaccini, o famoso médico, que, posso garantir, é conhecido até mesmo em Nápoles. Dizem que ele destila dessas plantas medicamentos tão potentes quanto um feitiço. Muitas vezes você verá o signor doutor trabalhando e talvez também a *signora*, filha dele, colhendo as flores estranhas que crescem no jardim.

A velha já tinha feito o que podia pelo aspecto do aposento; e, pedindo a proteção dos santos para o jovem, retirou-se.

Giovanni não tinha uma ocupação melhor do que olhar para o jardim sob a janela. Pela aparência, julgou ser um daqueles jardins botânicos mais antigos em Pádua do que em qualquer outro lugar da Itália ou do mundo. Tampouco era improvável que tivesse sido o lugar de recreação de uma família rica, já que havia escombros de uma fonte de mármore no centro, esculpida com uma arte rara, mas tão desoladoramente despedaçada que era impossível identificar a estrutura original em meio ao caos dos fragmentos restantes. A água, no entanto, continuava a jorrar e cintilar sob os raios de sol com a mesma alegria de sempre. Um burburinho suave subiu até a janela do jovem e deu-lhe a impressão de que a fonte era um espírito imortal que entoava sua canção sem parar e sem levar em conta as vicissitudes ao redor, enquanto um século o incorporara em mármore e outro o despedaçara e espalhara a decoração perecível pelo chão. Ao redor do tanque para onde a água escorria, cresciam diversas plantas que pareciam exigir um suprimento farto de umidade para nutrir folhas gigantescas e, em alguns casos, flores admiravelmente magníficas.

Havia um arbusto específico, plantado em um vaso de mármore perto do tanque, que ostentava uma profusão de flores roxas, cada uma com o lustre e a riqueza de uma pedra preciosa; e o conjunto exibia um espetáculo tão resplandecente que parecia suficiente para iluminar o jardim, embora não houvesse nenhuma luz do sol. Cada pedacinho do solo era povoado de plantas e ervas que, embora fossem menos bonitas, ainda apresentavam sinais de um cuidado assíduo, como se todas tivessem virtudes individuais, conhecidas pela mente científica que cuidava delas. Algumas foram colocadas em urnas, ricas com entalhes antigos, e outras em vasos comuns de jardim; algumas rastejavam como serpentes pelo solo ou escalavam até as alturas, usando qualquer meio de ascensão que lhes era oferecido. Uma planta tinha se enroscado ao redor de uma estátua de Vertumno, que acabou ficando totalmente escondida e envolta em uma cortina de folhagens penduradas, arrumadas com tanta propriedade que poderia servir de estudo para um escultor.

Enquanto Giovanni estava na janela, ouviu um farfalhar atrás de uma cortina de folhas e percebeu que havia uma pessoa trabalhando no jardim. O vulto logo apareceu e revelou que não era um trabalhador comum, mas um homem alto, macilento, pálido e com aparência de doente, vestido com uma túnica preta de acadêmico. Tinha passado da meia-idade, com os cabelos e a barba rala grisalhos, o rosto marcado pela inteligência e pela cultura, mas que jamais, mesmo em seus dias de juventude, poderia expressar muita cordialidade.

Nada superava a dedicação com que esse jardineiro cientista examinava cada arbusto que crescia em seu caminho. Parecia que ele estava perscrutando sua natureza mais íntima, fazendo observações sobre sua essência criativa e descobrindo por que uma folha crescia com essa forma e outra com aquela e por que motivo essas e aquelas flores se distinguiam entre si nos quesitos de cor e perfume. No entanto, apesar dessa profunda inteligência da parte dele, não havia nenhuma abordagem íntima entre ele e aquelas vidas vegetais. Pelo contrário, ele evitava tocar nelas e aspirar diretamente seus odores com uma cautela que impressionou Giovanni da maneira mais desagradável. A atitude daquele homem era, na verdade, a de alguém andando em meio a influências maléficas, como feras selvagens ou serpentes mortíferas ou espíritos malignos, que, se ele lhes permitisse um instante de liberdade, derramariam sobre ele uma fatalidade terrível. Era estranhamente aterrador para a imaginação do jovem ver esse ar de insegurança em uma pessoa que cultivava um jardim, a mais simples e inocente das labutas humanas e que tinha sido a alegria e o trabalho dos pais da raça humana antes da sua queda. Seria, então, aquele jardim o Éden do mundo atual? E esse homem, com tamanha percepção da maldade daquilo que suas próprias mãos fizeram crescer: seria ele Adão?

O jardineiro receoso, enquanto arrancava as folhas mortas ou podava o crescimento exuberante dos arbustos, protegia as próprias mãos com um par de luvas grossas. Mas essa não era sua única armadura. Quando, na caminhada pelo jardim, ele se deparou com a magnífica planta que deixava pender as pedras preciosas roxas ao lado da fonte de mármore, colocou uma espécie de máscara sobre a boca e as narinas, como se aquela beleza fosse capaz de disfarçar a malícia mais mortífera. Mas, considerando essa tarefa ainda perigosa demais, ele recuou, tirou a máscara e chamou bem alto, mas com a voz debilitada de uma pessoa afetada por uma doença interior:

— Beatrice! Beatrice!

— Estou aqui, meu pai. O que deseja? — gritou uma voz agradável e jovial na janela da casa ao lado: uma voz tão agradável quanto um pôr do sol tropical e que fez Giovanni, embora não soubesse por que, pensar em tonalidades profundas de roxo ou escarlate e em perfumes muito aprazíveis. — O senhor está no jardim?

— Estou, Beatrice — respondeu o jardineiro —, e preciso da sua ajuda.

Logo apareceu ali, vinda de baixo de um pórtico esculpido, a silhueta de uma jovem, dotada de tanto bom gosto quanto a mais esplêndida das flores, linda como o dia e com um desabrochar tão profundo e intenso que uma cor a mais seria excessiva. Parecia transbordar vida, saúde e energia. Todos esses atributos estavam atados e comprimidos, por assim dizer, e cingidos tensamente, em sua abundância, pela faixa na cintura. Mas a fantasia de Giovanni deve ter ficado mórbida enquanto ele olhava para o jardim, pois a impressão que a bela desconhecida lhe passou foi a de que ela era mais uma flor, a irmã humana daquelas vegetais, tão linda quanto elas, mais linda que a mais esplêndida delas, mas que só podia ser tocada com uma luva e da qual ninguém podia se aproximar sem uma máscara. Enquanto Beatrice caminhava pela aleia do jardim, era possível observar que ela manuseava e inalava o aroma de várias plantas que o pai tinha meticulosamente evitado.

— Aqui, Beatrice — disse ele —, veja quantos cuidados indispensáveis precisam ser ministrados ao nosso maior tesouro. Mas, debilitado como estou, eu poderia pagar com a vida se me aproximasse tanto dele quanto as circunstâncias exigem. Receio que, daqui por diante, essa planta tenha que ser confiada unicamente aos seus cuidados.

— E eu realizarei a tarefa com alegria — exclamou mais uma vez a jovem com sua entonação vibrante, enquanto se inclinava em direção à planta magnífica e abria os braços como se fosse abraçá-la. — Sim, minha irmã, meu esplendor, será de Beatrice a tarefa de cuidá-la e servi-la, e você a recompensará com seus beijos e seu hálito perfumado, que, para ela, é como o sopro da vida.

Então, com toda a ternura nos modos que era tão evidentemente expressa por suas palavras, ela se ocupou com os cuidados que a planta parecia exigir; e Giovanni, na janela do seu aposento alto, esfregou os olhos e quase duvidou se era uma moça cuidando de sua flor preferida ou uma irmã desempenhando seus deveres de afeto em relação à outra. A cena logo terminou. Quer o dr. Rappaccini tivesse terminado suas funções no jardim ou seu olhar cauteloso tivesse capturado o rosto do desconhecido, ele pegou a filha pelo braço e retirou-se. A noite estava se aproximando. Exalações opressivas pareciam escapar das plantas e subir passando pela janela aberta. Giovanni, fechando a treliça, foi até seu sofá e sonhou com uma flor exuberante e uma moça formosa. A flor e a moça eram diferentes, mas eram idênticas, e repletas de um estranho perigo nas duas formas.

Mas há uma influência na luz da manhã que tende a retificar quaisquer erros da imaginação ou até mesmo do julgamento no qual podemos ter incorrido ao longo do pôr do sol ou em meio às sombras da noite ou na claridade menos salutar do luar. O primeiro movimento de Giovanni ao acordar foi abrir a janela de súbito e olhar para o jardim que seus sonhos tornaram tão fecundo de mistérios. Ele ficou surpreso e um pouco envergonhado ao descobrir como o jardim provou ser algo real e prosaico sob os primeiros raios do sol que douravam as gotas de orvalho penduradas nas folhas e flores e, embora concedesse uma beleza mais luminosa a cada flor rara, levava tudo aos limites da experiência cotidiana. O jovem exultou porque, no coração da cidade estéril, ele tinha o privilégio de contemplar aquele recanto de vegetação adorável e abundante. Serviria, disse para si mesmo, como uma linguagem simbólica para mantê-lo em comunhão com a natureza. Nem o dr. Giacomo Rappaccini, doente e cansado de pensar, é verdade, nem sua filha brilhante estavam visíveis naquele momento. Desse modo, Giovanni não conseguia determinar o quanto da singularidade que ele atribuía a ambos era relacionada às qualidades dos dois e o quanto era sua fantasia criativa, mas ele estava inclinado a formar uma opinião mais racional em relação à questão toda.

No mesmo dia, ele se apresentou ao *signor* Pietro Baglioni, professor de medicina na universidade, médico de reputação elevada, a quem Giovanni tinha levado uma carta de apresentação. O professor era um personagem idoso, aparentemente de natureza cordial e com hábitos que quase podiam ser chamados de joviais. Ele convidou o jovem para jantar e se mostrou muito cordato com a liberdade e a vivacidade da conversa, especialmente depois de aquecida por uma garrafa ou duas de vinho toscano. Giovanni, pensando que homens da ciência, moradores da mesma cidade, deveriam ter um relacionamento próximo e informal, aproveitou a oportunidade para mencionar o nome do dr. Rappaccini. Mas o professor não reagiu com a cordialidade que ele havia previsto.

— Não seria apropriado um professor da divina arte da medicina — disse o professor Pietro Baglioni, em resposta a uma pergunta de Giovanni — se negar a fazer um elogio adequado e bem fundamentado a um médico tão habilidoso quanto Rappaccini; mas, por outro lado, eu não estaria obedecendo à minha consciência se permitisse que um jovem digno como você, signor Giovanni, filho de um velho amigo, alimentasse ideias errôneas a respeito de um homem que poderia, no futuro, ter sua vida e sua morte nas mãos dele. A verdade é que nosso honrado dr. Rappaccini tem tanta sabedoria quanto qualquer membro da academia, talvez com uma única exceção em Pádua ou em toda a Itália; mas há algumas objeções graves à sua reputação profissional.

— E quais são? — perguntou o jovem.

— Meu amigo Giovanni tem alguma doença no corpo ou no coração, para ser tão curioso em relação a médicos? — indagou o professor com um sorriso. — Mas, quanto a Rappaccini, dizem que ele se importa infinitamente mais com a ciência do que com a humanidade; e eu, que conheço bem o homem, posso afirmar que é verdade. Os pacientes só interessam a ele como cobaias de um novo experimento. Ele sacrificaria a vida humana, até mesmo a própria ou a de alguém que lhe fosse muito caro, para acrescentar um grão de mostarda ao acervo de seu conhecimento acumulado.

— Acredito que ele seja de fato um homem repugnante — observou Guasconti, lembrando-se do aspecto frio e puramente intelectual de Rappaccini. — Mas, apesar disso, respeitável professor, ele não é um espírito nobre? Existem tantos homens assim capazes de um amor tão espiritual pela ciência?

— Deus nos livre — respondeu o professor, um tanto irritado. — A menos que eles tenham visões mais sensatas da arte da cura do que as adotadas por Rappaccini. É dele a teoria de que todas as virtudes medicinais estão contidas nas substâncias que chamamos de venenos vegetais. Ele os cultiva com as próprias mãos, e dizem que até produziu novas variedades de veneno, mais terrivelmente destrutivas do que aquelas com as quais a natureza, sem o auxílio dessa pessoa erudita, jamais teria infestado o mundo. É inegável o fato de que esse *signor* doutor provoca menos danos com essas substâncias perigosas do que se esperaria. Vez por outra, precisamos reconhecer, ele realizou ou pareceu realizar uma cura milagrosa. Mas, para lhe dar minha opinião sincera, signor Giovanni, ele deveria receber pouco crédito por esses exemplos de sucesso, pois provavelmente são produto do acaso, e deveria ser exemplarmente responsabilizado pelos seus fracassos, que merecem ser reconhecidos como o trabalho dele.

O jovem teria aceitado as opiniões de Baglioni com alguma prudência se soubesse que havia uma batalha profissional de longa duração entre ele e o dr. Rappaccini, na qual este geralmente parecia ter levado vantagem. Se o leitor estiver inclinado a julgar por si mesmo, podemos indicar certos panfletos impressos com letras góticas em ambos os lados, preservados pelo departamento médico da Universidade de Pádua.

— Não sei, egrégio professor — retrucou Giovanni, depois de refletir sobre o que fora dito sobre o zelo singular de Rappaccini pela ciência —, não sei o quanto esse médico pode amar sua arte; mas certamente há um objeto que lhe é mais caro. Ele tem uma filha.

— Ah! — exclamou o professor com uma risada. — Quer dizer que o segredo do nosso amigo Giovanni foi revelado. Você ouviu falar da filha dele, pela qual todos os jovens de Pádua enlouquecem, embora nem meia dúzia deles tenham tido a sorte de ver seu rosto. Sei pouco sobre a signora Beatrice, exceto que dizem que Rappaccini a instruiu profundamente na sua ciência e que, apesar de jovem e linda como relata a fama, ela já é qualificada para assumir uma cátedra de professora. Talvez o pai a destine para a minha! Existem outros boatos absurdos, que não valem a pena mencionar nem dar ouvidos. Portanto, *signor* Giovanni, beba sua taça de Lacryma Christi.

Guasconti retornou aos seus aposentos um tanto inflamado pelo vinho que tinha saboreado e que fez seu cérebro mergulhar em estranhas fantasias relacionadas ao dr. Rappaccini e à bela Beatrice. No caminho, passando por acaso por um florista, comprou um ramalhete de flores frescas.

Subindo para os aposentos, sentou-se perto da janela, mas escondido na sombra lançada pela parede, de modo a conseguir olhar para o jardim lá embaixo com menos risco de ser descoberto. Tudo sob seu olhar estava ermo. As plantas estranhas estavam se deleitando sob o sol, e de vez em quando davam um aceno delicado umas para as outras, como testemunho de afinidade e parentesco. No meio, perto da fonte dilapidada, crescia o magnífico arbusto, com suas pedras preciosas roxas cobrindo-o de cachos. Elas reluziam ao relento e sua imagem cintilava refletida das profundezas do tanque, que parecia transbordar a resplandecência colorida graças ao suntuoso reflexo do qual estava impregnado. No início, como dissemos, o jardim estava ermo. Em pouco tempo, no entanto, como Giovanni meio que esperava e meio que temia que acontecesse, uma silhueta apareceu sob o antigo pórtico esculpido e caminhou por entre as fileiras de plantas, inalando os diversos perfumes como se fosse um daqueles seres de antigas fábulas clássicas que viviam de doces aromas. Ao ver Beatrice mais uma vez, o jovem ficou até surpreso ao perceber como sua beleza excedia a lembrança que tinha dela; tão brilhante, tão vívida era sua silhueta que ela refulgia sob a luz do sol e, como Giovanni sussurrou para si mesmo, iluminava positivamente os espaços mais sombreados da aleia do jardim. Com o rosto dela se revelando mais agora do que na ocasião anterior, ele ficou abalado com a expressão de simplicidade e doçura, qualidades que não tinham sido consideradas na ideia que ele fazia da sua personalidade e que o fez refletir mais uma vez sobre que tipo de ser mortal ela seria. Ele não deixou de observar de novo — ou imaginar — uma analogia entre a bela moça e o arbusto suntuoso com suas flores parecidas com pedras preciosas penduradas sobre a fonte: uma semelhança que Beatrice parecia ter se dedicado a realçar tanto pelo arranjo de suas vestes quanto pela escolha de suas cores.

Aproximando-se do arbusto, ela abriu os braços com um ardor apaixonado e deu um abraço íntimo nos ramos — tão íntimo que seu rosto ficou escondido no âmago folhoso e seus cachos reluzentes se misturaram às flores.

— Dê-me seu sopro, minha irmã — exclamou Beatrice —, pois estou fraca com o ar comum. E dê-me essa sua flor, que separo da haste com os dedos mais delicados e pouso junto ao meu coração.

Com essas palavras, a bela filha de Rappaccini colheu uma das flores mais bonitas do arbusto e estava prestes a prendê-la junto ao peito. Mas, a menos que os goles de vinho de Giovanni tivessem desnorteado seus sentidos, um incidente singular aconteceu. Um pequeno réptil cor de laranja, da espécie dos lagartos ou dos camaleões, estava passando pela aleia, bem aos pés de Beatrice. Pareceu a Giovanni — mas, da distância de onde estava, mal dava para ver alguma coisa tão insignificante —, pareceu a ele, no entanto, que uma gota, talvez duas, do líquido que escorria da haste quebrada da flor tinha pingado na cabeça do lagarto. Por um instante, o réptil se contorceu violentamente e, em seguida, ficou estirado, imóvel, sob a luz do sol. Beatrice observou aquele fenômeno fora do comum e fez o sinal da cruz, triste, mas não surpresa; também não hesitou em ajeitar a flor fatal no decote. Ali ela desabrochou e reluziu quase com o efeito ofuscante de uma pedra preciosa, acrescentando às vestes e ao aspecto da donzela um encanto oportuno que mais nada no mundo poderia ter proporcionado. Mas Giovanni, saindo das sombras da janela, inclinou-se para a frente e recuou, murmurando e tremendo.

— Estou acordado? Estou em meu juízo perfeito? — indagou a si mesmo. — O que é esse ser? Devo chamá-la de bela ou de indescritivelmente terrível?

Beatrice agora passeava descuidada pelo jardim, se aproximando mais da janela de Giovanni, de modo que ele foi obrigado a sair do esconderijo para satisfazer a curiosidade intensa e dolorosa que ela provocava. Naquele momento, surgiu um lindo inseto sobre o muro do jardim; tinha, talvez, vagado pela cidade sem encontrar flores e folhagens por entre aquelas habitações antigas dos homens até que os intensos perfumes dos arbustos do dr. Rappaccini o tinham atraído de longe. Sem pousar nas flores, aquele esplendor alado pareceu atraído por Beatrice e parou no ar e esvoaçou sobre a cabeça dela. Bem, os olhos de Giovanni Guasconti não podiam mais estar enganando a si mesmos. De qualquer maneira, parecia que, enquanto Beatrice olhava para o inseto com enlevo pueril, o bicho perdeu as forças e caiu aos pés dela; suas asas brilhantes estremeceram. Estava morto, sem nenhuma causa que pudesse ser identificada, a menos que fosse a atmosfera do hálito dela. Mais uma vez, Beatrice fez o sinal da cruz e suspirou pesadamente enquanto se inclinava sobre o inseto morto.

Um movimento impulsivo de Giovanni atraiu os olhos dela para a janela. Ali ela viu a bela cabeça do jovem — uma cabeça mais grega do que italiana, com feições bem-feitas e formosas e um reflexo de ouro nos cachos — olhando para ela lá embaixo como um ser que pairava no ar. Mal sabendo o que estava fazendo, Giovanni jogou o ramalhete que estava segurando até aquele momento.

— *Signora* — disse ele —, estas flores são puras e saudáveis. Use-as em consideração a Giovanni Guasconti.

— Obrigada, signor — respondeu Beatrice com sua voz vibrante, emitida como um jorro musical, e com uma expressão feliz, metade criança e metade mulher. — Aceito seu presente e retribuo de bom grado com esta preciosa flor roxa; mas, se eu jogá-la para o alto, ela não vai alcançá-lo. Portanto, o signor Guasconti deve se contentar apenas com a minha gratidão.

Ela pegou o ramalhete do chão e, como se estivesse intimamente envergonhada por ter deixado de lado sua timidez virginal para responder ao cumprimento de um desconhecido, atravessou rapidamente o jardim em direção à sua casa. Mas, mesmo em poucos segundos, como pareceu a Giovanni, quando ela estava quase desaparecendo sob o pórtico esculpido, o belo ramalhete já estava começando a murchar na mão dela. Era um pensamento sem propósito; não havia a menor possibilidade de distinguir uma flor murcha de uma fresca de tão longe.

Durante muitos dias depois desse incidente, o jovem evitou a janela que dava para o jardim do dr. Rappaccini, como se alguma coisa horrível e monstruosa pudesse amaldiçoar sua visão se ele cedesse à tentação de olhar. Ele estava consciente de ter se colocado, até certo ponto, sob a influência de um poder incompreensível por causa da comunicação que tinha iniciado com Beatrice. O caminho mais sensato teria sido, se seu coração estivesse em perigo de verdade, sair imediatamente da hospedaria e de Pádua; o segundo caminho mais sábio teria sido acostumar-se, até onde fosse possível, à visão familiar e diurna de Beatrice — levando-a rígida e sistematicamente aos limites de uma experiência comum. O que Giovanni não deveria ter feito, enquanto evitava vê-la, era ter ficado tão perto desse ser extraordinário, já que a proximidade e até mesmo a possibilidade de interação poderiam dar substância e realidade às loucas divagações que sua imaginação se rebelava continuamente ao gerar. Guasconti não tinha um coração profundo — ou, em todo caso, suas profundezas não eram sólidas naquele momento —, mas tinha uma imaginação rápida e um ardente temperamento meridional, que a cada instante ficava um grau mais febril. Se Beatrice tinha ou não aqueles atributos terríveis, aquele hálito fatal, a afinidade com aquelas flores tão lindas e tão mortíferas, como apontava o que Giovanni tinha testemunhado, no mínimo ela havia instilado um veneno brutal e sutil no organismo dele. Não era amor, embora a beleza estonteante dela fosse uma loucura para ele; nem pavor, mesmo quando ele imaginava que o espírito dela era imbuído da mesma essência funesta que parecia permear sua constituição física. Era um rebento selvagem de amor e pavor ao mesmo tempo, que continha o pai e a mãe e ardia como um e tremia como o outro. Giovanni não sabia o que temer e menos ainda o que esperar, mas a esperança e o medo travavam uma batalha constante no seu peito, derrotando um ao outro alternadamente e reerguendo-se para reviver o conflito. Abençoadas sejam todas as emoções simples, sejam elas sombrias ou luminosas! É a mistura fúnebre das duas que gera a chama reluzente das regiões do inferno.

Às vezes, ele tentava aliviar a febre do seu espírito com uma caminhada rápida pelas ruas de Pádua ou além de seus portões: seus passos eram sincronizados com o ritmo da pulsação do cérebro, de modo que a caminhada acabava acelerando e virando uma corrida. Certo dia, alguém o fez parar: seu braço foi agarrado por um personagem corpulento que tinha se virado ao reconhecer o jovem e gastado muito fôlego para conseguir alcançá-lo.

— *Signor* Giovanni! Pare, meu jovem amigo! — gritou ele. — Esqueceu-se de mim? Isso poderia acontecer se eu estivesse tão diferente quanto você.

Era Baglioni, que Giovanni vinha evitando desde o primeiro encontro, achando que a sagacidade do professor poderia enxergar profundamente os segredos dele. Tentando se recuperar, ele disparou um olhar desvairado do seu mundo interior para o exterior e falou como um homem perdido em sonhos.

— Sim, sou Giovanni Guasconti. Você é o professor Pietro Baglioni. Agora me deixe passar!

— Ainda não, ainda não, signor Giovanni Guasconti — disse o professor, sorrindo, mas ao mesmo tempo analisando o jovem com um olhar penetrante. — O quê? Eu cresci lado a lado com o seu pai! E o filho dele vai me considerar um desconhecido nestas antigas ruas de Pádua? Fique parado, signor Giovanni, pois precisamos trocar umas palavras antes de nos afastarmos.

— Seja rápido, então, nobre professor, seja rápido — disse Giovanni com uma impaciência ardente. — O nobre professor não vê que estou com pressa?

Enquanto ele estava falando, um homem vestido de preto se aproximou, encurvado e se movendo devagar, como uma pessoa com a saúde debilitada. Seu rosto estava todo coberto com uma tonalidade doentia e amarelada, mas tão impregnado com uma expressão de intelecto pungente e ativo que um observador poderia facilmente ter ignorado os atributos meramente físicos e ter visto apenas essa energia maravilhosa. Ao passar por eles, essa pessoa trocou um cumprimento frio e distante com Baglioni, mas fixou o olhar em Giovanni com uma determinação que parecia trazer à tona tudo que valia a pena notar nele. No entanto, havia uma tranquilidade peculiar naquele olhar, como se assumisse um interesse meramente especulativo, e não humano, no jovem.

— É o dr. Rappaccini! — sussurrou o professor depois que o desconhecido passou. — Ele já tinha visto o seu rosto?

— Não que eu saiba — respondeu Giovanni, se assustando ao ouvir o nome.

— Ele o viu, sim! Ele deve tê-lo visto! — disse Baglioni apressadamente. — Por algum motivo qualquer, esse homem da ciência está fazendo um estudo sobre você. Eu conheço aquele olhar! É o mesmo que ilumina friamente o rosto dele quando se inclina sobre um pássaro, um rato ou uma borboleta, que, para executar um experimento, ele matou com o perfume de uma flor; um olhar tão profundo quanto a própria natureza, mas sem a ternura do amor da natureza. *Signor* Giovanni, posso apostar a minha vida que você é a cobaia de um dos experimentos de Rappaccini!

— Está pensando que sou tolo? — exclamou Giovanni de um jeito acalorado. — Isso, sim, signor professor, seria um experimento perverso.

— Paciência! Paciência! — retrucou o professor, inabalável. — Eu lhe digo que Rappaccini tem um interesse científico em você, meu pobre Giovanni. Você caiu em mãos temerosas! E a *signora* Beatrice, que papel desempenha nesse mistério?

Mas Guasconti, achando intolerável a tenacidade de Baglioni, afastou-se nesse momento e sumiu antes que o professor conseguisse segurar seu braço mais uma vez. Ele olhou para o jovem com determinação e balançou a cabeça.

— Isso não pode acontecer — disse Baglioni para si mesmo. — O jovem é filho do meu velho amigo e não pode sofrer nenhum mal do qual os arcanos da ciência médica possam preservá-lo. Além do mais, é uma impertinência insuportável demais da parte de Rappaccini arrancar o rapaz das minhas mãos, digamos assim, e fazer uso dele em seus experimentos infernais. Aquela filha dele! Isso precisa ser investigado. É possível, egrégio Rappaccini, que eu o derrote onde você menos espera!

Enquanto isso, Giovanni tinha percorrido uma rota sinuosa e finalmente tinha chegado à porta de sua hospedaria. Ao atravessar o solado da porta, foi recebido pela velha Lisabetta, cheia de mesuras e sorrisos, que evidentemente desejava atrair sua atenção, mas foi em vão, já que a ebulição dos sentimentos dele tinha cedido momentaneamente a um vazio frio e tedioso. Ele encarou o rosto encarquilhado que estava se contraindo em um sorriso, mas pareceu não o perceber. A velha senhora, então, agarrou o casaco dele.

— *Signor! Signor!* — sussurrou ela, ainda com um sorriso atravessado no rosto todo, de modo que não parecia muito diferente de uma escultura grotesca em madeira, escurecida pelos séculos. — Escute, *signor*! Há uma entrada secreta para o jardim!

— O que está dizendo? — exclamou Giovanni, virando-se rapidamente, como se uma coisa inanimada tivesse criado uma vida intensa. — Uma entrada secreta para o jardim do dr. Rappaccini?

— Shh! Shh! Não fale tão alto! — sussurrou Lisabetta, colocando a mão sobre a boca do jovem. — Sim, para o jardim do honorável doutor, onde o senhor poderá ver todas as plantas. Muitos jovens em Pádua dariam ouro para serem admitidos no meio daquelas flores.

Giovanni colocou uma moeda de ouro na mão dela.

— Mostre-me o caminho — disse ele.

Uma suspeita, provavelmente estimulada pela conversa com Baglioni, atravessou sua mente, de que essa mediação da velha Lisabetta talvez pudesse estar ligada à intriga, qualquer que fosse sua natureza, na qual o professor parecia supor que o dr. Rappaccini o estava envolvendo. Mas essa suspeita, embora perturbasse Giovanni, não foi suficiente para detê-lo. No instante em que ele percebeu a possibilidade de se aproximar de Beatrice, pareceu que essa era uma necessidade imperiosa para a existência dele. Não importava se ela era um anjo ou um demônio; ele estava irrevogavelmente envolvido na esfera dela e precisava obedecer à lei que o fez remoinhar em frente, em círculos cada vez mais estreitos, em direção a um resultado que nem tentou prever. E, ainda assim, por mais estranho que pareça, ocorreu-lhe uma dúvida súbita se esse interesse intenso não era ilusório; se era realmente uma natureza tão profunda e positiva que justificasse ele agora se jogar numa situação incalculável; se não era apenas a fantasia do cérebro de um jovem, apenas levemente conectado ou totalmente desconectado do seu coração.

Ele parou, hesitou, deu meia-volta, mas depois prosseguiu. Sua guia encarquilhada o conduziu por várias passagens obscuras e finalmente destrancou uma porta, através da qual, depois de aberta, vieram a visão e o som de folhagens farfalhando com a luz do sol recortada por entre elas. Giovanni deu um passo à frente e, forçando a passagem através do emaranhado de um arbusto que trançava suas gavinhas sobre a entrada secreta, ficou sob sua própria janela na área descoberta do jardim do dr. Rappaccini.

Com que frequência acontece de, quando as impossibilidades são superadas e os sonhos condensam sua substância nebulosa em realidades tangíveis, nos vermos calmos, e até mesmo friamente controlados, em meio a circunstâncias cuja previsão seria um delírio de felicidade ou de angústia? O destino se deleita em nos frustrar dessa maneira. A paixão escolhe seu próprio tempo para se lançar no palco e se atrasa morosamente quando uma combinação adequada de eventos parece invocar sua aparição. Era o que estava acontecendo agora com Giovanni. Dia após dia suas veias tinham pulsado com o sangue febril à ideia improvável de uma conversa com Beatrice e de estar com ela, cara a cara, naquele mesmo jardim, aquecendo-se no sol oriental da beleza dela e roubando do seu olhar o mistério que ele considerava ser o enigma da sua própria existência. Mas agora existia uma tranquilidade esquisita e inoportuna no seu peito. Ele deu uma olhada ao redor do jardim para descobrir se Beatrice ou seu pai estava presente e, ao perceber que estava sozinho, começou a fazer uma observação crítica das plantas.

O aspecto de cada uma e de todas lhe desagradava: seu esplendor parecia poderoso, ardente e até mesmo anormal. Era difícil encontrar um arbusto que um transeunte, vagando sozinho por uma floresta, não estranharia de encontrar no mundo selvagem, como se um vulto sobrenatural o tivesse encarado do matagal. Vários também teriam chocado um instinto delicado pela aparência de artificialidade, indicando que tinha havido tantos cruzamentos e, digamos assim, adultérios entre diversas espécies vegetais, que o resultado não era mais um feito de Deus, mas os rebentos monstruosos da ilusão depravada do homem, reluzindo apenas como uma diabólica imitação da beleza. Provavelmente eram o resultado de experimentos que, em um ou dois casos, tiveram sucesso no cruzamento de plantas individualmente belas, transformando-as em uma combinação de caráter duvidoso e nefasto que distinguia toda a vegetação do jardim. Por fim, Giovanni reconheceu apenas duas ou três plantas no meio da vegetação, e de um tipo que ele sabia muito bem que eram venenosas. Enquanto estava ocupado com essas contemplações, ele ouviu o farfalhar de um tecido sedoso e, ao se virar, viu Beatrice saindo pelo pórtico esculpido.

Giovanni não tinha pensado em como seria sua conduta: se deveria pedir desculpas pela invasão ao jardim ou considerar que estava ali com o conhecimento, no mínimo, ou talvez pela vontade do dr. Rappaccini ou de sua filha. Mas os modos de Beatrice o puseram à vontade, embora ainda deixassem nele uma dúvida quanto à autoridade pela qual sua entrada ali tinha sido permitida. Ela seguiu com leveza pela aleia e o encontrou perto da fonte em ruínas. Havia surpresa no rosto dela, mas iluminada por uma expressão simples e gentil de prazer.

— O *signor* é um bom conhecedor das flores — disse Beatrice com um sorriso, fazendo referência ao ramalhete que ele havia jogado para ela pela janela. — Não é de surpreender, portanto, que a rara coleção do meu pai o tenha instigado a vê-la mais de perto. Se ele estivesse aqui, poderia lhe contar vários fatos estranhos e interessantes quanto à natureza e aos hábitos desses arbustos, pois ele passou a vida inteira estudando isso, e este jardim é o mundo dele.

— E a *signora* — observou Giovanni —, se a fama for verdadeira, também é profundamente conhecedora das virtudes indicadas por essas suntuosas flores e essas intensas fragrâncias. Se quisesse se dignar a ser minha instrutora, eu provaria ser um aluno mais dedicado do que se recebesse os ensinamentos do próprio dr. Rappaccini.

— Existem esses rumores tão sem propósito? — indagou Beatrice com a música de uma risada agradável. — As pessoas dizem que sou instruída na ciência das plantas do meu pai? Que pilhéria! Não. Embora eu tenha crescido entre essas flores, não conheço nada além de suas tonalidades e seus perfumes; e às vezes acho que me livraria de bom grado até mesmo desse parco conhecimento. Há muitas flores aqui, e não as menos esplêndidas, que me chocam e me ofendem quando meu olhar as encontra. Mas peço, signor, que não acredite nessas histórias sobre a minha ciência. Não acredite em nada sobre mim que não seja o que vê com seus próprios olhos.

— E devo acreditar em tudo que tenho visto com meus próprios olhos? — indagou Giovanni de um jeito enfático, enquanto as lembranças de cenas anteriores o faziam se encolher. — Não, a signora exige muito pouco de mim. Ordene que eu não acredite em nada além do que sai de seus próprios lábios.

Parecia que Beatrice o entendia. Um rubor intenso subiu ao seu rosto, mas ela cravou os olhos nos de Giovanni e reagiu à expressão de suspeita irrequieta com a altivez de uma rainha.

— É o que ordeno, *signor* — respondeu ela. — Esqueça tudo que pode ter imaginado a meu respeito. Embora seja verdade para os sentidos externos, ainda pode ser falso em essência, mas as palavras dos lábios de Beatrice Rappaccini são verdadeiras e brotam das profundezas do coração. Nessas o *signor* pode acreditar.

Um fervor reluziu por toda a expressão dela e irradiou na consciência de Giovanni como a luz da própria verdade. Mas, enquanto ela falava, havia na atmosfera ao redor uma fragrância profunda e encantadora, embora evanescente, que o jovem, com uma relutância indefinível, mal tinha coragem de aspirar para os pulmões. Poderia ser o aroma das flores. Poderia ser o hálito de Beatrice que embalsamava suas palavras com uma intensidade estranha, como se as impregnasse no coração? Um mal-estar passou como uma sombra sobre Giovanni e logo escapou. Ele parecia olhar para a alma transparente da bela moça através de seus olhos e não sentiu mais dúvida nem medo.

O rubor de arrebatamento que havia colorido as feições de Beatrice evaporou; ela se tornou alegre e pareceu extrair o puro deleite da companhia do jovem, não diferente do que uma virgem de uma ilha deserta poderia sentir ao conversar com um viajante vindo do mundo civilizado. Era evidente que sua experiência de vida fora confinada aos limites daquele jardim. Ora ela falava de assuntos simples como a luz do dia ou as nuvens de verão e ora fazia perguntas referentes à cidade ou ao lar distante de Giovanni, seus amigos, sua mãe e suas irmãs — perguntas que indicavam tamanha reclusão e tamanha falta de familiaridade com costumes e comportamentos que Giovanni respondia como se estivesse falando com uma criança. O espírito da donzela jorrava diante dele como um riacho doce que captava seu primeiro vislumbre da luz do sol e se maravilhava com os reflexos da terra e do céu lançados ao seu seio. Também surgiram pensamentos, vindos de uma fonte profunda, e fantasias revestidas de um brilho parecido com o de pedras preciosas, como se diamantes e rubis reluzissem por entre as borbulhas da fonte. De vez em quando, brilhava na mente do jovem uma sensação de espanto por estar andando lado a lado com o ser que ele havia moldado tanto na sua imaginação, a quem havia idealizado com tantos tons de pavor, em quem ele certamente havia testemunhado manifestações de atributos pavorosos — por estar conversando com Beatrice como um irmão e descobrindo como ela era tão humana e tão pura. Mas essas reflexões eram apenas momentâneas;

o efeito da personalidade dela era real demais para não se tornar imediatamente familiar.

Enquanto conversavam livremente, os dois passeavam pelo jardim e, agora, depois de muitas voltas pelas suas alamedas, tinham chegado à fonte em ruínas, ao lado da qual crescia o arbusto magnífico, com seu tesouro de flores reluzentes. Uma fragrância exalava dali, e Giovanni a reconheceu como idêntica àquela que havia atribuído ao hálito de Beatrice, mas incomparavelmente mais poderosa. Quando os olhos dela pousaram na planta, Giovanni a observou pressionando a mão no peito, como se seu coração estivesse pulsando súbita e dolorosamente.

— Pela primeira vez na vida — murmurou ela, se dirigindo ao arbusto —, eu me esqueci de você.

— Eu me lembro, *signora* — disse Giovanni —, que você prometeu me recompensar com uma dessa pedras preciosas vivas em troca do ramalhete que tive a feliz ousadia de jogar aos seus pés. Permita-me colhê-la agora, como uma lembrança desta conversa.

Ele deu um passo em direção ao arbusto com a mão estendida, mas Beatrice lançou-se para a frente, soltando um grito agudo que atravessou o coração dele como um punhal. Ela pegou a mão dele e a afastou com toda a força contida em seu corpo frágil. Giovanni sentiu nas próprias fibras a vibração do toque dela.

— Não toque nela! — exclamou Beatrice com uma voz agoniada. — Pela sua vida! Ela é fatal!

Depois, escondendo o rosto, ela fugiu dele e desapareceu sob o pórtico esculpido. Quando Giovanni a seguiu com os olhos, viu o vulto macilento e a inteligência pálida do dr. Rappaccini, que observava a cena protegido pela sombra da entrada, mas ele não sabia havia quanto tempo.

Assim que Guasconti se viu sozinho nos seus aposentos, a imagem de Beatrice voltou aos seus devaneios apaixonados, investidos de toda a magia que tinha se formado ao redor dela desde que a vira pela primeira vez, e agora também impregnados com a ternura da jovem moça. Ela era humana; sua índole era provida de todas as qualidades gentis e femininas; ela era digna de ser adorada; era capaz, claro, por parte dela, de um amor sublime e heroico. Esses símbolos que ele até então havia considerado como provas de uma peculiaridade aterradora na constituição física e moral dela agora ou estavam esquecidos ou, pela sutil argúcia da paixão, tinham sido transformados em uma coroa dourada de encantamento, tornando Beatrice ainda mais admirável, já que a tornavam ainda mais única. O que antes parecia hediondo agora era belo. Ou, se fosse incapaz de tal mudança, tinha fugido e se escondido por entre aqueles meios pensamentos disformes que povoam a região turva fora do alcance da luz da nossa consciência perfeita. E assim ele passou a noite, sem dormir até a aurora começar a despertar as flores letárgicas no jardim do dr. Rappaccini, para onde os sonhos de Giovanni sem dúvida o conduziam. O sol nasceu na hora certa e, lançando seus raios sobre as pálpebras do jovem, o despertou com uma sensação de dor. Quando estava totalmente acordado, percebeu uma dor de queimadura e coceira na mão — na mão direita —, aquela que Beatrice tinha segurado quando ele estava prestes a colher uma das flores que pareciam pedras preciosas. No dorso dessa mão agora havia uma marca roxa como a de quatro dedos pequenos e a imagem de um polegar delgado no pulso.

Ah, como o amor — ou até mesmo aquela enganadora aparência de amor que floresce na imaginação, mas não cria raízes no coração —, como o amor agarra teimosamente seu destino até o instante em que se torna condenado a desaparecer na névoa impalpável! Giovanni envolveu a mão com um lenço e se perguntou qual ser maligno o picara, e logo se esqueceu da dor em seus devaneios com Beatrice.

Depois da primeira conversa, a segunda era o curso inevitável do que chamamos de destino. A terceira, a quarta, e um encontro com Beatrice no jardim não era mais um incidente na vida cotidiana de Giovanni, mas o próprio espaço onde se podia dizer que ele vivia, pois a expectativa e a lembrança daquela hora arrebatadora completavam as outras. O mesmo acontecia com a filha de Rappaccini. Ela aguardava a chegada do jovem e disparava para o lado dele com uma confiança tão incondicional como se eles tivessem brincado juntos desde a mais tenra infância — como se ainda fossem crianças brincando. Se, por algum problema incomum, ele não chegasse na hora marcada, ela se posicionava sob a janela dele e fazia a intensa doçura da sua voz subir e flutuar ao redor dele nos aposentos e ecoar e reverberar no seu coração:

— Giovanni! Giovanni! Por que essa demora? Desça logo! — E ele descia, apressado, para aquele Éden de flores venenosas.

Mas, apesar de toda essa familiaridade íntima, ainda havia uma reserva no comportamento de Beatrice tão rígida e invariavelmente sustentada que a ideia de infringi-la quase não ocorria à imaginação dele. Por todos os sinais reconhecíveis, eles se amavam: tinham observado o amor com olhos que transmitiam o mistério sagrado das profundezas de uma alma para as profundezas da outra, como se fosse sagrado demais para ser sussurrado incidentalmente; tinham falado de amor naqueles jorros de paixão, quando seus espíritos disparavam em suspiros articulados como línguas de chamas havia muito escondidas; e, ainda assim, não houvera nenhum contato labial, ou mão dada, nem o mínimo carinho que o amor exige e consagra. Ele nunca havia tocado nenhum dos cachos reluzentes dos cabelos dela. Sua roupa — tão nítida era a barreira física entre os dois — nunca havia roçado nele ao sopro de uma brisa. Nas poucas ocasiões em que Giovanni parecia tentado a ultrapassar o limite, Beatrice ficava tão triste, tão séria e, ao mesmo tempo, com uma expressão de separação desolada, estremecendo com essa perspectiva, que nem uma palavra precisava ser dita para afastá-lo. Nesses momentos, ele ficava assustado com as terríveis suspeitas que surgiam das cavernas de seu coração, como um monstro, e o encaravam. Seu amor diminuía e enfraquecia como a névoa matinal, e apenas suas dúvidas tinham substância. Mas, quando o rosto de Beatrice se iluminava de novo depois da sombra momentânea, ela se transformava e não era mais um ser misterioso e questionável que ele observava com tanto fascínio e pavor; era, mais uma vez, a bela e simplória moça que ele sentia que seu espírito conhecia com uma certeza mais forte que todos os outros conhecimentos.

Um tempo considerável tinha se passado desde o último encontro de Giovanni com Baglioni. No entanto, certa manhã, foi desagradavelmente surpreendido por uma visita do professor, em quem mal tinha pensado durante semanas e gostaria de ter esquecido por mais tempo. Considerando que havia muito tempo que estava rendido a uma empolgação avassaladora, ele não conseguia tolerar nenhuma companhia, exceto com a condição de que elas tivessem uma sincronia perfeita para com seu atual estado de espírito. Não se podia esperar essa sincronia do professor Baglioni.

O visitante tagarelou de maneira indiscreta durante alguns minutos sobre as fofocas da cidade e da universidade, depois se voltou para outro assunto.

— Estou lendo um antigo autor clássico nos últimos dias — disse ele — e encontrei uma história que estranhamente me interessou. Talvez você se lembre dela. Fala de um príncipe indiano que enviou uma bela mulher de presente para Alexandre, o Grande. Era bela como a aurora e esplendorosa como o poente, mas o que a distinguia especialmente era um perfume intenso no hálito: mais intenso que o de um jardim de rosas persas. Alexandre, como era natural a um jovem conquistador, apaixonou-se à primeira vista por aquela desconhecida magnífica. Mas um médico muito sábio, que por acaso estava presente, descobriu um segredo terrível relacionado a ela.

— E qual era? — indagou Giovanni, baixando os olhos para evitar os do professor.

— Essa adorável mulher — continuou Baglioni, com ênfase — tinha sido alimentada com venenos desde seu nascimento, até que todo o seu organismo estava tão imbuído deles que ela acabou se tornando o veneno mais mortal que existia. O veneno era seu elemento vital. Com esse perfume intenso no hálito, ela destruía o próprio ar. O amor dela teria sido um veneno; seu abraço, a morte. Não é uma história maravilhosa?

— Uma fábula infantil — respondeu Giovanni, se levantando da cadeira com um pulo nervoso. — Fico admirado de como o nobre professor encontra tempo para ler essas bobagens em meio aos seus estudos mais sérios.

— A propósito — disse o professor, olhando, preocupado, ao redor —, que fragrância esquisita é esta no apartamento? É o perfume das suas luvas? É fraco, mas delicioso. Apesar disso, não é nem um pouco agradável. Se eu tivesse que o respirar por muito tempo, acho que me deixaria doente. É como o hálito de uma flor, mas não vejo flores no aposento.

— Não há nenhuma — respondeu Giovanni, que tinha ficado pálido enquanto o professor falava —, e também acho que não há nenhuma fragrância exceto na imaginação do nobre professor. Os odores, sendo um tipo de elemento que combina o sensorial e o espiritual, conseguem nos iludir dessa maneira. A lembrança de um aroma, a simples ideia dele, pode ser facilmente confundida com uma realidade presente.

— Sim, mas minha imaginação sóbria não costuma me pregar essas peças com frequência — disse Baglioni. — E, se eu imaginasse qualquer tipo de cheiro, seria o de um medicamento farmacêutico nauseante, com o qual meus dedos poderiam facilmente estar impregnados. Nosso honrado amigo Rappaccini, pelo que sei, infunde seus medicamentos com odores mais fortes do que os arábicos. Sem dúvida, da mesma forma, a bela e instruída signora Beatrice administraria aos seus pacientes poções tão doces quanto o hálito de uma donzela; mas ai de quem as tomar!

O rosto de Giovanni revelava muitas emoções contraditórias. O tom no qual o professor tinha feito alusão à pura e adorável filha de Rappaccini era uma tortura para sua alma. Apesar disso, a advertência velada a um aspecto da personalidade de Beatrice contrária à dele deu uma clareza instantânea a mil suspeitas turvas, que agora faziam caretas para ele como muitos demônios. Mas ele se esforçou para reprimi-las e responder a Baglioni com a fé perfeita de um verdadeiro apaixonado.

— Signor professor — disse ele —, o senhor foi amigo do meu pai. Talvez seja seu objetivo desempenhar um papel amistoso em relação ao filho dele. De bom grado eu não desejaria sentir nada pelo senhor que não fosse respeito e deferência, mas rogo que o signor observe que há um assunto sobre o qual não devemos conversar. O nobre professor não conhece a signora Beatrice. Portanto, não pode avaliar o mal, ou a blasfêmia, eu poderia até dizer, que faz à reputação dela com uma palavra leviana ou ofensiva.

— Giovanni! Meu pobre Giovanni! — respondeu o professor com uma expressão calma de piedade. — Conheço essa moça miserável muito melhor do que você. E você precisa ouvir a verdade em relação ao envenenador Rappaccini e sua filha venenosa. Sim, tão venenosa quanto linda. Escute, pois: mesmo que você cometa uma violência contra os meus cabelos grisalhos, isso não vai me silenciar. A antiga fábula da mulher indiana tornou-se verdadeira pela ciência profunda e fatal de Rappaccini e na pessoa da formosa Beatrice.

Giovanni grunhiu e escondeu o rosto.

— O pai dela — continuou Baglioni — não foi refreado, pelo afeto natural, de oferecer a filha dessa maneira terrível como vítima de seu zelo insano pela ciência. Sejamos justos: ele é um homem da ciência tão fiel que seria capaz de destilar o próprio coração num alambique. Qual será, então, o seu destino? Sem sombra de dúvida você foi escolhido como material de algum experimento novo. Talvez o resultado seja a morte; talvez um destino ainda mais terrível. Tendo diante dos olhos o que chama de interesse da ciência, Rappaccini não vai hesitar por nada.

— É um sonho — murmurou Giovanni para si mesmo —, tenho certeza de que é um sonho.

— Mas — continuou o professor — anime-se, filho do meu amigo. Ainda não é tarde demais para salvá-lo. Talvez possamos até conseguir trazer de volta aquela moça miserável para dentro dos limites da natureza ordinária, da qual a loucura do próprio pai a alienou. Veja este pequeno frasco de prata! Foi forjado pelas mãos do renomado Benvenuto Cellini e é digno de ser um presente de amor para a dama mais linda da Itália. Mas seu conteúdo é inestimável. Um pequeno gole deste antídoto teria tornado inócuos os mais virulentos venenos dos Bórgias. Não duvide que será igualmente eficaz contra os de Rappaccini. Entregue o frasco e o precioso líquido contido nele a sua Beatrice e aguarde o resultado com esperança.

Baglioni pousou um frasco de prata pequeno e lindamente forjado sobre a mesa e saiu porta afora, deixando que suas palavras produzissem algum efeito na mente do jovem.

Ainda vamos derrotar Rappaccini, pensou ele, rindo consigo mesmo enquanto descia a escada. Mas confessemos a verdade: ele é um homem extraordinário, verdadeiramente extraordinário. No entanto, é um empírico vil na profissão e, portanto, não pode ser tolerado por aqueles que respeitam as boas e velhas regras da medicina profissional.

Ao longo de toda a relação de Giovanni com Beatrice, ele ocasionalmente tinha sido, como já dissemos, perseguido por suspeitas sombrias relacionadas à personalidade dela. Mas ela havia se mostrado uma criatura tão minuciosamente simples, natural, muito afetuosa e ingênua que a imagem agora apresentada pelo professor Baglioni parecia estranha e inacreditável, como se não estivesse de acordo com a própria concepção original dele. A verdade é que havia lembranças horríveis conectadas aos seus primeiros vislumbres da bela moça. Ele não conseguia se esquecer do ramalhete que havia murchado quando ela o pegou nem do inseto que perecera sob o ar ensolarado sem nenhuma causa visível que não fosse a fragrância do hálito dela. No entanto, esses incidentes, dissolvendo-se à pura luz da personalidade dela, não tinham mais a eficácia dos fatos, mas eram reconhecidos como fantasias enganosas pelo testemunho dos sentidos aos quais poderiam parecer consubstanciados.

Existe alguma coisa mais verdadeira e mais real do que aquilo que podemos ver com os olhos e tocar com os dedos. Giovanni tinha fundado sua confiança em Beatrice em evidências melhores, mais pela força necessária dos belos atributos dela do que por uma fé profunda e generosa por parte dele. Mas agora seu espírito era incapaz de se sustentar na altura à qual o entusiasmo precoce da paixão o tinha exaltado. Ele desabou, prostrando-se entre dúvidas terrenas, e profanou a imaculada candura da imagem de Beatrice. Não que tivesse desistido dela; ele apenas desconfiava. Decidiu instituir um teste decisivo que identificaria, de uma vez por todas, se realmente existiam na natureza física dela aquelas peculiaridades apavorantes que não poderiam existir sem uma monstruosidade correspondente na alma. Seus olhos, contemplando de longe, podem tê-lo enganado quanto ao lagarto, ao inseto e às flores. Mas, se ele pudesse testemunhar, à distância de alguns passos, a deterioração súbita de uma flor fresca e viçosa na mão de Beatrice, não haveria mais espaço para questionamentos. Com essa ideia, ele se apressou até o florista e comprou um ramalhete ainda salpicado com as gotas do orvalho matinal.

Estava na hora de sua costumeira conversa diária com Beatrice. Antes de descer para o jardim, Giovanni não conseguiu deixar de se olhar no espelho — uma vaidade esperada em um belo jovem, mas que, mostrando-se naquele momento perturbado e febril, era o símbolo de certa superficialidade de sentimentos e desonestidade de caráter. No entanto, ele olhou e disse para si mesmo que suas feições nunca tinham tido uma graciosidade tão profunda, nem seus olhos tanta vivacidade, nem suas bochechas uma tonalidade tão intensa de vida superabundante.

Pelo menos, pensou, o veneno dela ainda não se infiltrou no meu organismo. Não sou uma flor perecendo ao seu toque.

Com esse pensamento, voltou o olhar para o ramalhete, que não tinha soltado em nenhum momento. Um tremor de pânico indefinível disparou pelo seu corpo ao perceber que as flores orvalhadas já estavam começando a murchar. Tinham o aspecto de coisas que estavam frescas e adoráveis na véspera. Giovanni embranqueceu como mármore e ficou imóvel diante do espelho, encarando seu próprio reflexo ali como se encarasse a probabilidade de alguma coisa assustadora. Lembrou-se do comentário de Baglioni sobre a fragrância que parecia impregnar o aposento. Devia ser o veneno de seu próprio hálito!

Em seguida, ele estremeceu... estremeceu vendo a si mesmo. Recuperando-se desse torpor, começou a observar com curiosidade uma aranha que estava ocupada pendurando sua teia na cornija antiga do apartamento, cruzando e recruzando o habilidoso sistema dos fios entrelaçados — uma aranha tão vigorosa e ativa quanto qualquer uma pendurada num teto antigo. Giovanni se inclinou em direção ao inseto e deu um sopro profundo e demorado. A aranha parou seu trabalho imediatamente. A teia vibrou com um tremor que se originava no corpo da pequena artesã. Dessa vez, Giovanni deu um sopro mais profundo, mais demorado e imbuído com um sentimento venenoso que saía de seu coração: ele não sabia se era maligno ou apenas desesperado. A aranha fez um movimento convulsivo com as patas e ficou pendurada morta na janela.

— Maldito! Maldito! — murmurou Giovanni, dirigindo-se a si mesmo. — Como você ficou tão venenoso que esse inseto mortal pereceu sob seu hálito?

Nesse instante, uma voz melodiosa e doce subiu flutuando do jardim.

— Giovanni! Giovanni! Já passou da hora! Por que essa demora? Desça logo!

— Sim — murmurou Giovanni mais uma vez. — Ela é o único ser que meu hálito não pode matar! Quisera pudesse!

Ele desceu apressado e, em um instante, estava diante dos olhos brilhantes e amorosos de Beatrice. Um minuto antes, sua ira e seu desespero eram tão violentos que ele nunca havia desejado tanto algo quanto agora desejava fazê-la murchar com um olhar. Mas, com a presença dela, surgiam influências tão reais que ele não conseguia afastar de imediato: lembranças do poder delicado e benigno da sua natureza feminina, que tantas vezes o envolvera em uma serenidade religiosa; lembranças de um jorro sagrado e apaixonado do coração dela, quando a fonte pura tinha sido liberada de suas profundezas e se tornado visível em sua transparência para o olhar mental dele; lembranças que, se Giovanni soubesse estimá-las, teriam lhe assegurado que todo aquele mistério horroroso era apenas uma ilusão terrena e que, apesar da névoa de maldade que parecia ter se acumulado sobre ela, a verdadeira Beatrice era um anjo celestial. Por mais que ele fosse incapaz dessa fé elevada, a presença dela ainda não havia perdido totalmente sua magia.

A ira de Giovanni foi aplacada, assumindo um aspecto de insensibilidade sombria. Beatrice, com uma rápida percepção espiritual, sentiu imediatamente que havia um abismo de escuridão entre eles que nenhum dos dois poderia transpor. Eles caminharam juntos, tristes e silenciosos, e chegaram à fonte de mármore e ao tanque de água no chão, perto da qual crescia o arbusto de flores parecidas com pedras preciosas. Giovanni ficou assustado com o prazer ávido — o apetite, na verdade — com que se viu inalando a fragrância das flores.

— Beatrice — perguntou ele abruptamente —, de onde veio este arbusto?

— Meu pai o criou — respondeu ela com simplicidade.

— Criou! Criou! — repetiu Giovanni. — O que você quer dizer, Beatrice?

— Ele é um homem profundamente conhecedor dos segredos da natureza — respondeu Beatrice. — E, no instante em que respirei pela primeira vez, essa planta nasceu no solo, fruto da sua ciência, do seu intelecto, enquanto eu era apenas sua filha de sangue. Não se aproxime dela! — continuou, observando com pavor que Giovanni estava chegando perto do arbusto. — Ela tem qualidades com as quais você nem sonha. Mas eu, querido Giovanni, eu cresci e me desenvolvi com essa planta e fui alimentada pelo seu hálito. Ela era minha irmã, e eu a amava com um afeto humano, pois, ai de mim!, você ainda não suspeitou?, havia uma maldição terrível.

Giovanni franziu a testa de um jeito tão sombrio que Beatrice fez uma pausa e estremeceu. Mas a fé que ela depositava na ternura dele a tranquilizou e a fez corar por ter duvidado sequer por um instante.

— Havia uma maldição terrível — continuou —, consequência do amor fatal do meu pai pela ciência, que me afastou de toda a companhia da minha espécie. Até o Céu ter mandado você, querido Giovanni, ah, sua pobre Beatrice era muito solitária!

— Era uma maldição difícil? — perguntou Giovanni, cravando os olhos nela.

— Só nos últimos tempos eu descobri o quanto era difícil — respondeu ela com ternura. — Ah, mas meu coração estava entorpecido e, portanto, tranquilo.

A ira de Giovanni disparou da sua melancolia lúgubre como um raio saindo com faíscas de uma nuvem escura.

— Maldita! — gritou ele com desprezo e raiva venenosos. — E, achando sua solidão monótona, você também me privou de todo o calor da vida e me arrastou para sua região de pavor inexprimível!

— Giovanni! — exclamou Beatrice, voltando os grandes olhos brilhantes para o rosto dele. A força das palavras dele não tinham encontrado o caminho até a mente da jovem moça. Ela só estava estupefata.

— Sim, coisa peçonhenta! — repetiu Giovanni, fora de si de tanta emoção. — Você fez isso! Você me destruiu! Encheu-me as veias de veneno! Tornou-me uma criatura tão odiosa, tão horrível, tão abominável e tão fatal quanto você mesma: um assombro de hedionda monstruosidade para o mundo! Agora, se nosso sopro for tão fatal para nós quanto para todos os outros, vamos unir nossos lábios em um beijo de ódio inexprimível e assim morrer!

— O que foi que me sucedeu? — murmurou Beatrice com um gemido baixo escapando do coração. — Virgem Santa, tende piedade de mim, uma pobre criança de coração partido!

— Você... está rezando? — gritou Giovanni, com o mesmo desprezo infernal. — Suas preces, saindo de seus lábios, espalham a morte na atmosfera. Sim, sim, vamos rezar! Vamos até a igreja para mergulhar os dedos na água benta da entrada! Aqueles que vierem depois de nós vão perecer como se tivessem contraído a peste! Vamos fazer o sinal da cruz no ar! Ele vai espalhar maldições em forma de símbolos sagrados!

— Giovanni — disse Beatrice, calmamente, pois seu sofrimento ia além da tristeza —, por que se juntou a mim com essas palavras tão terríveis? É verdade, eu sou esse ser horrível que você diz. Mas você... o que tem a fazer, além de sair deste jardim com um arrepio de pavor diante da minha desgraça repugnante e se misturar à sua raça e se esquecer de que um dia rastejou na Terra um monstro como a pobre Beatrice?

— Você está fingindo ignorância? — perguntou Giovanni, fazendo uma careta ameaçadora. — Veja! Este poder eu recebi da filha pura de Rappaccini.

Havia um enxame de insetos de verão adejando pelo ar em busca do alimento prometido pelo perfume das flores do jardim fatal. Eles circulavam ao redor da cabeça de Giovanni e foram evidentemente atraídos em direção a ele pela mesma influência que os atraíra por um instante para diversos arbustos. Ele expeliu um sopro sobre eles e deu um sorriso amargo para Beatrice quando pelo menos uns vinte insetos caíram mortos no chão.

— Estou vendo! Estou vendo! — Beatrice soltou um grito agudo. — É a ciência fatal do meu pai! Não, não, Giovanni, não fui eu! Nunca! Nunca! Eu apenas sonhei em amá-lo e em estar com você por pouco tempo, até sua partida, deixando apenas sua imagem no meu coração. Porque, acredite, Giovanni, embora meu corpo tenha sido alimentado com veneno, meu espírito é criação de Deus e anseia por amor como seu alimento diário. Mas meu pai, ele nos uniu nesse sentimento medonho. Sim, me despreze, me pisoteie, me mate! Ah, o que é a morte, depois dessas suas palavras? Mas não fui eu. Nem por um mundo de felicidade eu teria feito isso.

A ira de Giovanni tinha se exaurido ao jorrar de seus lábios. E agora surgia nele uma sensação desoladora e repleta de ternura ligada ao relacionamento íntimo e peculiar entre ele e Beatrice. Os dois ficaram ali, na mais completa solidão, que não se tornaria menos solitária pela aglomeração mais densa de vida humana. Não deveria, então, o deserto de humanidade ao redor deles aproximar o casal isolado? Se ambos fossem cruéis um com o outro, quem seria gentil com eles?

Além disso, pensou Giovanni, não poderia haver uma esperança de ele voltar aos limites da natureza comum e conduzir Beatrice, a redimida Beatrice, pela mão?

Ó, espírito fraco, egoísta e indigno, que poderia sonhar com uma união terrena e uma felicidade terrena como se fossem possíveis depois de um amor tão profundo ter sido tão amargamente injustiçado como foi o amor de Beatrice pelas palavras infames de Giovanni! Não, não, não poderia existir essa esperança. Ela precisava transpor com dificuldade, com aquele coração despedaçado, as fronteiras do tempo — precisava banhar suas feridas em uma fonte do paraíso e se esquecer do sofrimento à luz da imortalidade e ali ficar feliz.

Mas Giovanni não sabia disso.

— Querida Beatrice — disse, aproximando-se, enquanto ela se encolhia como sempre quando ele se aproximava, mas agora movida por um impulso diferente. — Minha querida Beatrice, nosso destino ainda não é tão desesperado. Veja! Existe um medicamento poderoso, como me garantiu um médico sábio, e quase divino em termos de eficácia. É composto de ingredientes bem opostos àqueles por meio dos quais seu pai repugnante provocou essa calamidade em você e em mim. É destilado a partir de ervas abençoadas. Não devemos tomá-lo juntos e, assim, sermos purificados do mal?

— Dê-me! — disse Beatrice, estendendo a mão para receber o pequeno frasco de prata que Giovanni tirou do peito. E acrescentou, com uma ênfase peculiar: — Vou beber, mas espere o resultado.

Ela levou o antídoto de Baglioni aos lábios; e, ao mesmo tempo, o vulto de Rappaccini apareceu no pórtico e seguiu lentamente em direção à fonte de mármore. Conforme se aproximava, o pálido homem da ciência pareceu contemplar com uma expressão triunfante o belo jovem e a donzela, como poderia fazer um artista que passasse a vida toda criando um quadro ou um grupo de estátuas e finalmente se sentisse satisfeito com seu sucesso. Ele parou. Sua forma encurvada ficou ereta com um poder consciente. Ele estendeu as mãos para eles na atitude de um pai rogando uma bênção sobre os filhos, mas aquelas eram as mesmas mãos que tinham lançado o veneno no fluxo de vida de ambos. Giovanni estremeceu. Beatrice tremeu, nervosa, e levou a mão ao coração.

— Minha filha — disse Rappaccini —, você não está mais sozinha no mundo. Colha uma dessas pedras preciosas da planta que é sua irmã e ordene que seu noivo a use no peito. Ela não vai causar nenhum mal a ele agora. Minha ciência e o relacionamento entre você e ele estão tão entranhados no organismo dele que seu noivo agora está tão distante dos homens comuns quanto você, filha do meu orgulho e do meu triunfo, está das mulheres comuns. Sigam, então, pelo mundo, ambos adorados um pelo outro e temidos por todos os demais!

— Meu pai — disse Beatrice, fraca e mantendo a mão no coração —, por que você infligiu essa maldição miserável sobre sua filha?

— Miserável? — exclamou Rappaccini. — O que quer dizer, moça tola? Você acha uma miséria ser favorecida com dons maravilhosos contra os quais nenhum poder ou força pode beneficiar um inimigo? É miséria ser capaz de vencer os mais fortes com um sopro? É miséria ser tão terrível quanto é linda? Você preferia a condição de uma mulher fraca, exposta a todos os males e capaz de nenhum?

— Eu gostaria de ser amada, não temida — murmurou Beatrice, desfalecendo no chão. — Mas agora não importa. Estou indo, meu pai, para onde o mal que você se esforçou para misturar ao meu ser vai se extinguir como um sonho, como a fragrância dessas flores venenosas, que não mais perfumarão meu hálito entre as flores do Éden. Adeus, Giovanni! Suas palavras de ódio são como chumbo no meu coração, mas também vão se extinguir enquanto eu me elevo. Ah, será que não havia, desde o início, mais veneno na sua natureza do que na minha?

Para Beatrice — cuja parte terrena tinha sido tão radicalmente moldada pelas habilidades de Rappaccini —, assim como o veneno era a vida, o poderoso antídoto era a morte. E, assim, a pobre vítima da engenhosidade humana, da natureza frustrada e da fatalidade que corresponde a todos os esforços da sabedoria pervertida, pereceu ali, aos pés do pai e de Giovanni. Bem naquele instante, o professor Pietro Baglioni olhou pela janela e gritou bem alto, em tom de triunfo misturado com pavor, para o aturdido homem da ciência:

— Rappaccini! Rappaccini! Esse é o resultado do seu experimento!

AMY STEWART é escritora best-seller do *New York Times*. Na não ficção, seu trabalho se volta ao mundo natural. Além de *Natureza Macabra: Plantas*, também escreveu *Natureza Macabra: Insetos* e *The Drunken Botanist*. Ela é autora da série de ficção histórica *Kopp Sisters*, sobre uma das primeiras subxerifes dos Estados Unidos. Seu jardim de plantas venenosas entrou na lista da revista *Popular Mechanics* dos dezoito jardins mais estranhos do mundo. Saiba mais em amystewart.com.

BRIONY MORROW-CRIBBS cria gravuras em cobre, livros de encadernação elegantes e esculturas de cerâmica que ficam em vitrines de lojas de esquisitices. Eles refletem seu fascínio pelas maneiras como a linguagem racional da ciência encontra o mundo misterioso e, por vezes, grotesco da natureza.

JONATHON ROSEN escreveu e ilustrou dois livros, *Intestinal Fortitude* e *Birth of Machine Consciousness*, e sua obra foi colecionada pelo Museu Metropolitano de Nova York, David Cronenberg e Si Newhouse. O artista do Brooklyn atendeu clients como Tim Burton, revista *I.D.*, *Popular Science, Details, Sony,* revista *Outside, Psychology Today, New York Times Magazine, Screwgun Records, Salon, Rolling Stone, Fortune, MTV,* revista *Time* e *Mother Jones*, entre outros.

NATHANIEL HAWTHORNE (1804-1864), Salem, Massachusetts. Entre suas narrativas notáveis está "A Filha de Rappaccini", um conto gótico publicado pela primeira vez em dezembro de 1844 na revista *The United States Magazine*, que simboliza a corrupção da inocência e a ambiguidade moral, temas recorrentes em sua obra, refletindo o conflito entre ciência e ética. Hawthorne é um dos mais importantes romancistas norte-americanos, amplamente reconhecido por suas obras-primas *A Letra Escarlate* e *O Fauno de Mármore*, e foi um dos principais expoentes do romantismo sombrio do século XIX.

MACABRA™

DARKSIDE